ALESSANDRA TORRE

PECCATO D'INNOCENZA

traduzione di Alessandra De Angelis

HARLEQUIN hm MONDADORI

ISBN 978-88-6183-479-8

Titolo originale dell'edizione in lingua inglese:
Blindfolded Innocence
HQN Books

Traduzione di Alessandra De Angelis

Prima edizione HM
agosto 2014

Peccato d'innocenza

. Prologo .

Ero bendata e inginocchiata sul pavimento. Concentrata, tendevo l'orecchio in attesa di un segnale, un suono, un rumore qualsiasi, un fruscio... insomma *qualcosa* che mi indicasse cosa stesse per succedere, però riuscivo solo a udire il ronzio sommesso del condizionatore dell'albergo.

Passò qualche secondo, poi un minuto. Infine udii la porta aprirsi e richiudersi con uno scatto quasi impercettibile, e dei passi alle mie spalle, attutiti dalla moquette.

Non sentii ma percepii una presenza maschile che mi passava accanto e si fermava davanti a me.

Era vicino, vicinissimo...

Per reazione istintiva mi tirai leggermente indietro con il busto, come per allontanarmi da quella presenza muta. Nella stanza completamente immersa nel silenzio udii il lieve rumore di una cerniera che veniva abbassata.

. 1 .

Quattro mesi prima

Decisi di rompere il fidanzamento un mercoledì notte, per la precisione alle due e venti.

Ero così ubriaca che non ero in grado di camminare in linea retta, ma ancora non tanto da farfugliare, perciò ne approfittai prima di essere in condizioni tali da non riuscire ad articolare una frase di senso compiuto e biascicare qualche concetto fumoso e contorto, perché il mio eloquio era annegato nell'alcol, come la mia lucidità.

Mi rendevo perfettamente conto che l'ubriachezza non era la condizione mentale ideale per prendere una decisione così importante, che avrebbe mutato il corso della mia vita. Tuttavia avevo l'impressione che mi fosse stato strappato di colpo davanti agli occhi un velo che mi offuscava la vista, e che ora potessi finalmente vedere la verità che cercavo di ignorare da mesi. Era come se adesso una figura sgradevole ma ineludibile fosse al centro esatto del mio palcoscenico mentale e si fosse messa a gridare agitando le braccia, per avvertirmi che stavo commettendo un errore madornale.

Ma io lo sapevo già, per quanto avessi cercato di nascondere la testa sotto la sabbia.

Luke non era quello giusto per me. No, decisamente non era lui l'uomo della mia vita.

L'avevo conosciuto quando frequentavo il secondo anno di università. A quell'epoca ero molto vulnerabile dal punto di vista emotivo, perché ero stata lasciata da poco da colui che avevo considerato come il mio primo vero amore. Il bastardo mi aveva mollata due settimane dopo aver carpito la mia verginità.

Non c'erano sufficienti termini dispregiativi per definire quel farabutto che mi aveva deflorata senza il minimo riguardo, per poi fuggire con una viziatissima e saputella diciassettenne californiana che sembrava il ritratto sputato di Barbie: bionda, snella, abbronzata, con il gloss fucsia in tinta con lo smalto.

Luke invece era un tipo ombroso e taciturno, introverso e sensibile. Aveva l'aria di essere assolutamente terrorizzato da me, che ero il suo esatto opposto, perché ero carina ed effervescente, estroversa e dinamica, ma soprattutto decisa a superare la delusione d'amore come si faceva all'università, cioè dandomi alla pazza gioia e conducendo una vita sregolata per dimenticare il mio primo amore tra feste, flirt e sbronze colossali.

Appena Luke era entrato nel mio campo visivo, l'avevo puntato e gli avevo dato la caccia come una leonessa agguerrita che vuole mettere le zampe su un indifeso cucciolo di antilope, pregustando già di divorare quel bocconcino tenero e succulento.

L'obiettivo prioritario della mia esistenza era perciò diventato quello di farlo innamorare di me. Non mi bastava piacergli, oh, no! Non desideravo un'avventura. Pretendevo che perdesse la testa, cosa che aveva fatto puntualmente. Volevo che fosse pazzo di me, perché avevo bisogno di gratificare il mio ego dopo aver preso una solenne bastonata, e di avere conferme del mio fascino e del mio potere di seduzione. Infatti l'avevo conquistato senza troppa fatica; Luke mi aveva messo su un piedistallo e il suo compito era diventato quello di donarmi a piene mani la sua adorazione incondizionata.

Avevo fatto dei programmi precisi e stabilito le tappe della nostra storia d'amore come tacche sul muro con cui si misura la crescita di un figlio. Gli avevo fatto il lavaggio del cervello per indurlo a chiedermi di sposarlo entro la boa dei sei mesi dopo esserci conosciuti, e lui aveva ubbidito accontentandomi volentieri... o almeno pensavo che così fosse.

Perciò avevamo cominciato a fare i preparativi per le nozze e i programmi per la nostra futura vita insieme. I miei progetti si stavano avviando magnificamente verso una fase esecutiva e tutto sarebbe andato a gonfie vele se non fosse stato per un piccolo inconveniente che ne rallentava la concretizzazione. Purtroppo, infatti, Luke era un sognatore che si poneva obiettivi molto ambiziosi, ma era dotato di scarsissimo senso pratico e poche capacità di realizzazione. Insomma, faceva degli stupendi castelli in aria ma non concludeva niente. Gli piaceva stare con me e trascorrevamo molto tempo insieme, ma faceva ben poco d'altro.

Lavorava nel campo dell'edilizia; all'inizio avevo creduto che fosse un costruttore e che avesse un'impresa, per quanto piccola, ma poi avevo scoperto che in realtà era un operaio. La mia personalità frizzante ed esuberante si era lentamente trasformata e della maliarda che l'aveva sedotto e conquistato prendendolo inesorabilmente al laccio con il suo fascino irresistibile era rimasto ben poco. La fidanzata si era tramutata in una madre surrogata; avevo assunto pian piano un ruolo di genitrice petulante, ossessiva e piena di pretese e consigli.

Non era passato molto tempo prima che il mio inconscio avesse cominciato a mandarmi dei segnali, pungolandomi con piccole lance acuminate. Per un anno intero avevo ignorato quelle punzecchiature fastidiose e insistenti, finché il mio inconscio non si era stancato di avvertirmi senza alcun risultato e aveva deciso di dare una netta sferzata a una situazione stagnante.

Be', ho notato che è proprio strano quello che passa per la testa durante una rottura sentimentale...

Ricordo che, in quella precisa occasione, ero seduta sul mio letto, con Luke accanto a me, e mi guardavo intorno perplessa, chiedendomi perché non avessi mai acquistato una sedia o una poltroncina da mettere in camera. Assurdamente, avevo uno scrittoio e un comodino, ma nulla su cui sedersi.

Avere una sedia avrebbe reso meno imbarazzante la situazione. Forse mi illudevo semplicemente che sarebbe stato più facile lasciarlo se non fossi stata seduta sul letto al suo fianco. Averlo accanto era troppo intimo; sarei stata troppo vicina al suo dolore dopo avergli dato la brutta notizia e sapevo già che avrei dovuto farmi forza per dominare l'impulso di consolarlo. Avrei dovuto faticare per impedirmi di stendere la mano verso la sua spalla e dargli dei colpetti rassicuranti o una carezza, forse addirittura abbracciarlo per offrirgli almeno il mio conforto, visto che non avevo più intenzione di condividere con lui la mia vita e, di certo, non gli avevo mai donato il mio cuore, per quanto lui si fosse illuso del contrario.

Perciò mi alzai, barcollando leggermente su gambe rese malferme dai sensi di colpa e dall'insicurezza, e mi voltai verso di lui, feci un respiro profondo poi gli feci l'annuncio.

Suppongo che l'enfatico preambolo che mi ero preparata per dargli la brutta notizia che avevo intenzione di lasciarlo fosse intralciato dal fatto che eravamo entrambi ubriachi persi, e questo rovinò l'effetto che mi ero prefissata di ottenere con il mio discorsetto. Tuttavia mi sforzai al massimo per dimostrarmi sensibile e ragionevole, coerente, obiettiva e comprensiva, ma assolutamente ferma nel mio proposito.

Non credo proprio che raggiunsi in pieno il mio obiettivo.

Scoprii poi che Luke aveva un'insospettata inclinazione nascosta per la persecuzione. Non avrei mai immaginato che in lui si celasse uno stalker sotto mentite spoglie. Malgrado tutti i continui solleciti e l'insistenza con cui ero costretta a ricordargli continuamente le sue incombenze, dalla più banale alla più importante, dal cambiarsi i calzini ad andare in banca, dal fare il bagno a compilare accuratamente le matrici degli assegni, fino addirittura a doverlo pungolare affinché si presentasse al lavoro, scoprii che non aveva bisogno di alcun incoraggiamento per perseguitarmi nella speranza di convincermi a tornare sulla mia decisione e rimettermi insieme a lui.

Da quando lo lasciai passò ogni istante delle sue giornate e delle sue notti, tranne le poche ore in cui dormiva, a cercare di farmi cambiare idea.

Con il senno di poi, forse avrei dovuto sforzarmi meno nella prima fase della nostra conoscenza per farlo innamorare di me, perché evidentemente avevo ottenuto un risultato esagerato, sproporzionato rispetto al mio interesse, e ora non riuscivo più a staccarmelo di dosso.

Dopo due settimane in cui cercavo di non tornare a casa sempre allo stesso orario, oltre a evitare tutti i posti che frequentavo abitualmente, dai bar ai locali, dalla palestra ai negozi e al supermercato rionale, decisi di lasciare il mio pulcioso appartamento e il mio schifosissimo impiego per voltare pagina e ricominciare tutto daccapo.

In fondo, a ben pensarci, quel momento arrivò con una tempistica perfetta, perché era il periodo in cui venivano assunti i praticanti negli studi legali.

Stava iniziando un altro genere di stagione di caccia.

. 2 .

Cominciai il praticantato nello studio legale *Clarke, De Luca & Broward* un lunedì mattina alle otto. Per prima cosa, appena messo piede nello studio, mi recai presso l'ufficio Risorse Umane con altri otto assistenti in attesa di conoscere il nome dell'avvocato a cui ero stata assegnata. Il tirocinio sarebbe durato per un semestre e per le successive dieci settimane saremmo stati gli schiavi personali degli avvocati dello studio.

Mi erano giunte all'orecchio storie di tutti i generi. Gli aneddoti sui terribili avvocati dello studio associato *Clarke, De Luca & Broward* si sprecavano. Una volta Liz Renfield, una dei soci minori, aveva mandato al suo posto la praticante all'appuntamento con il ginecologo perché lei non aveva tempo ma doveva rinnovare la ricetta per i contraccettivi; la poverina era stata sottoposta a una visita completa mentre la Renfield preparava una deposizione.

Il sogno dei praticanti era lavorare per Hugo Clarke; era il mentore ideale perché prendeva i tirocinanti sotto la sua ala e garantiva quasi sempre l'assunzione dopo la laurea.

Quanto agli altri...

Brad De Luca era un donnaiolo, Robert Handler un ubriacone e Kent Broward sommergeva i praticanti di lavoro.

Alcuni tra i nuovi associati minori non lavoravano presso lo studio da abbastanza tempo da essersi fatti una reputazione, ma ero sicura che ben presto avremmo sentito girare per lo studio aneddoti anche su di loro.

«Signorina Campbell!» mi chiamò la segretaria con voce stentorea e gracchiante, facendomi segno di avvicinarmi.

Mi alzai, lisciai la gonna e mi diressi verso la scrivania cercando di adottare un'andatura sicura e di mostrarmi calma e composta nonostante il mio nervosismo. Mi fermai davanti a lei e attesi il verdetto.

«Lei assisterà l'avvocato Kent Broward» dichiarò la donna. «Dopo l'orientamento preliminare, si presenti nel suo ufficio al terzo piano.»

Dopo questo annuncio mi liquidò prendendo un altro fascicolo dalla pila e chiamò la vittima successiva, Jennifer Hitchinson. Io mi voltai e tornai a sedere al mio posto, incrociando Jennifer, la quale mi rivolse un sorrisetto tremulo e nervoso che ricambiai con altrettanta agitazione.

Mi accomodai sulla poltroncina ed emisi un lungo respiro; non mi ero neanche accorta che fino a quel momento avevo trattenuto il fiato.

L'avvocato Kent Broward, pensai. *Sarebbe potuta andarmi peggio, decisamente.*

L'avvocato Broward ha orari di lavoro impossibili e si aspetta che i suoi assistenti restino in ufficio giorno e notte insieme a lui, ma almeno metterò a frutto il tirocinio e ne ricaverò insegnamenti utili. Se riuscirò a fare colpo su Broward con le mie capacità e le mie competenze, non dovrei avere problemi ad avere una lettera di referenze positiva, utile per l'ammissione alla specialistica presso la facoltà di legge, pensai per farmi coraggio. Si diceva in giro che Broward fosse un tipo tosto ma equo, serio e mai irragionevole o capriccioso. Non era una primadonna come altri suoi colleghi.

In quel momento sentii che Jennifer riceveva l'assegnazione dalla segretaria. Era stata messa nella squadra di Liz Renfield. *Poveretta...*

L'orientamento fu lungo e noioso; il tempo sembrava

non passare mai. Fummo bombardati da una serie di questionari, moduli e video informativi su argomenti relativi all'impiego, dalle pari opportunità alle molestie sessuali sul posto di lavoro. Ci fu offerto il pranzo nella sala riunioni, riservata appositamente a noi. Non fu niente di particolare, ci diedero solo dei panini con affettato e patatine in busta e misero a nostra disposizione bibite e thermos di caffè.

Sgranocchiando delle patatine, ascoltai distrattamente le chiacchiere degli altri tirocinanti, che sembravano incentrate esclusivamente su dove andare a bere qualcosa al termine del nostro primo giorno di lavoro.

«All'*Hops Grill*» propose Trevor, un ragazzo alto, snello e dinoccolato, con i capelli rossi. «Che ne dici, Julia? Ti va bene?» mi chiese, protendendosi verso di me.

Io mi strinsi nelle spalle con aria indifferente. «Sì, va bene, sempre che Broward mi faccia uscire in tempo» risposi. Sapevo di non poter prendere impegni, e in realtà non mi andava moltissimo. Mi aspettavo di dover condurre un'esistenza da reclusa per dieci settimane ed ero sicura che avrei dovuto saltare parecchi aperitivi con i colleghi. Anzi, potevo anche dire addio a qualsiasi evento sociale fino alla fine del tirocinio, probabilmente.

«Sono sicuro che persino Broward ti farà uscire prima oggi. Dopotutto è solo il primo giorno di lavoro.»

Quel commento ottimistico proveniva da Todd Appleton, un praticante atletico e aitante. Era seduto davanti a me dall'altra parte del lungo tavolo. Mi girai verso di lui, che mi guardò negli occhi. Gli sorrisi e avvertii una scintilla di attrazione tra noi. *Mmh, interessante*, pensai. *Un flirt tra colleghi potrebbe rendere abbastanza piacevoli i prossimi mesi e far sì che passino più in fretta.*

«Può darsi» ammisi. «Tu a chi sei stato assegnato?»

«A De Luca. Non dovrebbe essere male» mi rispose disinvolto.

Lanciai un'occhiata a Jennifer che stava digitando in

fretta un messaggio sul cellulare, probabilmente per dare la notizia al suo ragazzo.

«E tu che intenzioni hai, Jennifer? Vieni a bere qualcosa dopo il lavoro?» le chiesi.

Lei alzò lo sguardo, fece un rapido cenno d'assenso poi riprese a comporre il messaggio.

Un attimo dopo nella sala riunioni entrò con piglio deciso Jane, la segretaria dell'ufficio Risorse Umane. Minuta e con i capelli bianchi, sarebbe sembrata un tipo materno e rassicurante se non fosse stato per il suo sguardo penetrante e severo, e la voce roca da fumatrice.

«Okay, ragazzi, muovetevi!» ordinò battendo le mani con aria da istitutrice di un collegio ottocentesco. «Prendete tutte le vostre cose e presentatevi ai rispettivi avvocati.»

Batté nuovamente le mani e ci scortò verso la porta, facendoci uscire con ampi gesti impazienti. Mentre varcavo la soglia, Todd mi raggiunse e mi tenne aperto l'uscio, mettendomi delicatamente una mano sulla schiena all'altezza della vita per guidarmi. Cercai di trattenere un sorriso compiaciuto, ma mi sentii arrossire per l'eccitazione.

Però misi da parte immediatamente quel momento di soddisfazione femminile e mi preparai psicologicamente a salire al terzo piano e ad affrontare Broward.

L'avvocato Kent Broward era sulla quarantina abbondante ma era molto in forma; aveva un fisico atletico da maratoneta, snello e scattante. Vestito in maniera impeccabile, con una bella giacca classica, era alto e calvo, ma si capiva chiaramente che si rasava per dissimulare una notevole stempiatura. Quando entrai nel suo ufficio, lo trovai seduto dietro la scrivania.

Si alzò appena varcai la soglia e si avvicinò con la mano tesa per accogliermi.

«Julia!» esclamò, raggiante, stringendomi energicamente la mano. «Sono veramente lieto di conoscerti. Posso darti del tu, vero?»

Mi piacque al primo impatto. Aveva l'aria di essere una persona intelligente, affidabile e soprattutto non inavvicinabile. Il fatto che mi avesse scelto e sembrasse entusiasta di avermi tra i suoi collaboratori era un punto in più a suo favore e mi rendeva orgogliosa di me e pronta a dare il massimo per non deluderlo.

Si guardò intorno come se stesse cercando qualcosa. Individuato un mazzo di chiavi, lo prese insieme a una pila di pratiche e mi fece segno di seguirlo.

«Vieni, ti accompagno nel tuo ufficio e ti dico cosa fare, così potrai metterti subito al lavoro.»

Erano passate quattro ore. Mentre stavo digitando sulla tastiera del computer decisi che era il momento di fare una pausa. Appoggiai meglio la schiena alla spalliera della poltroncina, mi stirai stendendo le braccia e le gambe e girai la testa da un lato e dall'altro, per cercare di sciogliere i muscoli tesi del collo.

Mi guardai intorno, scrutando il mio ufficio per la prima volta da quando vi ero entrata. Era una bella stanza, più accogliente di quanto mi sarei aspettata nel mio ruolo di praticante. Le pareti erano rivestite da pannellature di legno scuro come i mobili dalle linee eleganti e severe, ma l'ambiente era illuminato dalla folta e morbida moquette color avorio. Nel complesso l'arredamento aveva un sapore mascolino e molto di classe. Non mi dispiaceva, tutto sommato. Per un avvocato la sobrietà è sinonimo di autorevolezza. Se mi fossi presentata in un'aula di tribunale con i boccoli e un vestitino molto femminile e vezzoso di chiffon a fiorellini rosa non avrei avuto alcuna speranza di incutere timore nella controparte.

La mia scrivania era ingombra di una quantità impressionante di carte. I documenti legali contenuti nelle varie cartelline erano pieni di note a margine scritte a mano da Broward. Il mio incarico era quello di riassumere le memorie e integrarle con i commenti di Broward.

Sospirai, pensando agli orari di lavoro che avrei dovuto sopportare da allora in poi. Sapevo già che uscire dall'ufficio la sera tardi sarebbe stata la norma e che le lunghe giornate lavorative sarebbero state piene soprattutto di compiti di scarsa importanza che non avrebbero migliorato assolutamente le mie competenze.

Benvenuta nel mondo del praticantato, mi dissi. Facevo parte della bassa manovalanza di quello studio legale, e potevo anche ritenermi fortunata, tutto sommato.

Tornai a chinarmi sulla tastiera del computer e mi rimisi all'opera.

Un'ora più tardi sentii dei colpetti sommessi alla porta; un attimo dopo vidi affacciarsi la bella testa bionda di Todd Appleton.

«Noi usciamo a bere qualcosa» mi informò. «Ti va di raggiungerci?»

Aveva già allentato la cravatta e slacciato il primo bottone della camicia. Aveva l'aria rilassata e soddisfatta di chi ha terminato proficuamente la giornata di lavoro ed è pronto a pensare solo a divertirsi.

«Credo proprio che ne avrò ancora per un bel po'» replicai, indicando con un cenno del mento le pile di fascicoli. «Ma grazie di avermi avvertita.»

Todd spostò lo sguardo dal mio viso alla scrivania sommersa dalle cartelline e il suo volto sorridente si rabbuiò per un istante. «Sì, vedo...» sospirò. «Okay, sarà per un'altra volta. Ricorda, l'invito è sempre valido!»

Batté due volte la mano sullo stipite in segno di saluto poi se ne andò e si chiuse la porta alle spalle.

Mi stropicciai gli occhi e tornai a concentrarmi sulla memoria di una causa che riguardava una controversia per i diritti di accesso all'approvvigionamento idrico in un condominio da costruire.

Veramente emozionante..., pensai con sarcasmo. La mia unica consolazione era il fatto che Broward stava condividendo il mio triste destino, perché anche lui era ancora in ufficio. Attraverso la parete sottile lo sentivo parlare al telefono; potevo udire addirittura gli scricchiolii della poltrona quando si alzava per camminare in su e in giù per la stanza come una tigre in gabbia. Ero sicura che avesse consumato la moquette con tutto quel camminare.

Mi brontolava lo stomaco per la fame e pensai che il giorno dopo mi sarei attrezzata portando qualcosa per la cena. Maledissi mentalmente Todd e gli altri tirocinanti, che avevano un minore carico di lavoro rispetto a me e stavano prendendo un aperitivo chiacchierando amabilmente. Altro che *happy hour*!, pensai. Brontolai tra me e me ancora un po', poi cercai di concentrarmi di nuovo.

Alle dieci Broward entrò nel mio ufficio dopo aver bussato. Aveva la cravatta allentata, la camicia spiegazzata e l'aria stanca, ma trovò la forza di sorridermi quando mi fissò e vide che ero esausta quanto lui.

«Dai, Julia, andiamo» mi esortò con un sorriso gentile e comprensivo. «Hai fatto più che abbastanza per essere il tuo primo giorno.»

Gli rivolsi un sorriso debole e affaticato. Avevo i crampi alle mani per aver lavorato al computer senza interruzioni e avevo così tanta fame che ero sul punto di mettermi a masticare i post-it pur di avere qualcosa da addentare. Avrei voluto presentarmi come una lavoratrice zelante e indefessa, una vera guerriera del foro che non batteva ciglio davanti a qualsiasi richiesta, ma ero troppo spossata per mantenere la facciata. Inoltre mi rincuorava il fatto che anche lui sembrava provato dalla giornata.

«Va bene» annuii, infilandomi la giacca. «Non protesterò di certo. Non mi sembra il caso di mettersi a discutere con il capo proprio il primo giorno!» sorrisi.

Presi la borsetta e lo seguii. Ci avviammo lungo il corridoio che era completamente deserto finché non ci imbattemmo nella donna delle pulizie, una messicana rotondetta armata di sacco dell'immondizia e spruzzatore, che aspettava che ce ne fossimo andati per mettersi al lavoro.

Ci salutò con un sorriso a cui Broward rispose con un cenno.

«Ti accompagno all'auto» mi disse Broward in tono categorico. «Non mi piace che tu sia sola nel parcheggio.»

Mormorai un ringraziamento ed entrai con lui nell'ascensore, attenta a mantenere una postura dritta e a non barcollare per la stanchezza.

Nonostante il silenzio fosse mitigato dalla musichetta discreta di sottofondo, mi sentivo imbarazzata e cercai qualcosa di moderatamente intelligente da dire, ma fu Broward ad aprire bocca per primo.

«Oggi ti ho subissata con una valanga di fascicoli e non ti ho fatto fare un giro dell'ufficio né ti ho illustrato il nostro lavoro. Domani penserò a fornirti un'introduzione adeguata e a darti tutte le informazioni fondamentali su tutto ciò che dovrai sapere per collaborare con i miei assistenti. Fra due settimane sarò a Fort Lauderdale perciò non potrò vegliare su di te, per questo è importante che per quella data tu ti sia ambientata il più possibile e sia abbastanza autosufficiente.»

«Va benissimo» annuii con gratitudine. In realtà ero riconoscente a Broward non tanto perché sembrava intenzionato a darmi una mano a inserirmi proficuamente nella squadra invece di lasciarmi abbandonata a me stessa, quanto per la sua partenza che significava avere una settimana lavorativa con orari più umani.

Indicai la mia auto, una Toyota grigia vecchiotta. Era l'auto di mia madre e aveva dieci anni, ma ero contenta che me l'avesse passata permettendomi di essere indipendente in quanto a mobilità. Era l'unica vettura nel parcheggio deserto, oltre a una lucente Lexus nera, che dedussi fosse di Broward.

«Quella è la mia» lo informai, pur essendo un commento del tutto superfluo. «Grazie di avermi accompagnata.» Gli porsi la mano con un gesto goffo e imbarazzato e lui me la strinse.

«Ci vediamo domani, Julia» mi salutò l'avvocato con un sorriso.

«Buonanotte e grazie, avvocato Broward.»

Con un cenno compunto del mento, cercai di assumere un contegno dignitoso mentre mi dirigevo verso la mia macchina, tanto per dargli l'impressione che non aveva commesso un errore a scegliere me come schiava.

. 3 .

Le sei del mattino arrivarono in un lampo. Era troppo presto perché potessi affrontare la giornata con vivacità. Nonostante il giorno prima fossi balzata giù dal letto tutta emozionata per l'inizio del tirocinio, ora la sveglia scattò per ben due volte a distanza di cinque minuti prima che avessi la forza di sollevare la testa.

Mentre stava ancora trillando, annaspai muovendo la mano a tentoni sul comodino per spegnerla e sentii dei colpi sulla parete vicino al letto. Era Zack, il mio coinquilino, che stava dando dei pugni al muro per chiedermi di smettere di fare rumore.

«Ho spento, ho spento!» gridai.

Ma Zack aveva già smesso di percuotere la parete e si era sicuramente riaddormentato. Era stato sveglio fino alle tre passate perché erano venuti a trovarlo degli amici, e non avevano fatto alcuno sforzo per non disturbarmi. Prevedevo già che nei mesi futuri io e Zack avremmo litigato spesso per i rispettivi orari, perché a quanto pareva i nostri ritmi non coincidevano affatto.

Feci colazione e la doccia, poi indossai un vestito di maglia azzurro, che strinsi in vita con una cintura color cuoio. Come unico gioiello scelsi degli orecchini semplicissimi, dei punti luce che da lontano potevano sembrare brillantini veri... Individuare la borsa giusta fu facile, molto meno decidere le scarpe adatte. Le calzature che prediligevo erano tutte sexy e con tacchi oltre gli otto centimetri. Considerato l'orario di lavoro che mi aspettava, avrei dovuto acquistare delle scarpe magari meno glamour ma sicuramente più comode, altrimenti non sarei riuscita ad arrivare fino a sera senza atroci sofferenze. Per il momento optai per delle décolleté dai tacchi a spillo dello stesso colore della cintura.

Arrivai in ufficio alle sette e mezza. Aprii la pesante porta di legno massiccio ed entrai nell'atrio, poi feci un cenno di saluto a Dorothy, la decrepita segretaria.

«Buongiorno, signorina Campbell» gracchiò quando mi vide. «Ieri ha lavorato fino a tardi?» aggiunse, curiosa, e senza il minimo segno di compassione.

«Non troppo» risposi disinvolta. «Per il momento non posso lamentarmi.»

Lei rispose con un sorriso sagace e il suo viso parve accartocciarsi per le rughe profonde che lo segnavano. «Buona giornata!» mi augurò alzando la voce mentre mi stavo dirigendo verso le scale per salire al terzo piano.

I dipendenti dello studio legale l'avevano soprannominato *il piano del potere*; era diviso in tre parti, e ogni socio occupava un'ala. Ogni staff di ognuno era composto da due segretarie, due assistenti e un praticante, a eccezione di quello di Brad De Luca, che aveva quattro segretarie e tre assistenti. Ricordavo che, durante l'incontro di orientamento, ci era stato detto che le cause affidate all'avvocato De Luca erano il doppio di quelle di tutti gli altri, compresi i suoi due soci. Le segretarie di Broward erano Sheila e Beverly e, a giudicare dal fatto che le loro scrivanie erano ancora vuote, dedussi che nessuna delle due arrivava in ufficio prima delle otto.

Broward era già al lavoro. Quando passai davanti alla porta a vetri chiusa, vidi che stava telefonando. Lo salutai con un cenno ed entrai nella mia stanza; posata la borsetta, tolsi la suoneria al cellulare e attaccai la pila di cartelline sulla scrivania. Ero a metà del primo fascicolo quando Broward si affacciò.

«Buongiorno» mi salutò con aria distratta.

«Buongiorno.»

«Hai preparato il caffè?»

La sua domanda mi colse di sorpresa. Alzai lo sguardo e ripetei, perplessa: «Caffè?». Non mi ero resa conto che facesse parte delle mie incombenze.

«Sì, c'è un cucinotto al secondo piano. Scusami, non ti ho fatto fare un giro completo degli uffici ma credevo che avessero dato ai tirocinanti tutte le indicazioni durante l'orientamento» mi spiegò.

Tese l'orecchio, sentendo il telefono che squillava nel suo ufficio, e mi rivolse un'occhiata carica d'agitazione.

«Vado subito» lo rassicurai.

Mi alzai in fretta e mi lisciai il vestito mentre Broward si allontanava rapidamente. Qualche istante dopo lo udii rispondere al telefono.

Devo portare il caffè al capo come una segretaria? Posso farlo, però mi chiedo se Trevor o Todd abbiano quest'incombenza!, pensai, contrariata.

Trovai senza difficoltà il cucinotto al secondo piano ma fissai interdetta la caffettiera elettrica d'acciaio appoggiata su un mobile da cucina, perché mi sembrava alquanto complicata da usare. Nella mia famiglia nessuno beveva caffè, e consideravo la bevanda con lo stesso atteggiamento che avevo nei confronti delle sigarette, della droga... e anche del sesso, almeno fino a diciannove anni. Nulla di tutto ciò faceva parte delle mie abitudini; mi limitavo a tenermi alla larga da qualsiasi vizio, perciò ero in grado di preparare un caffè quanto un bambino di due anni.

Avrei forse dovuto ammettere la mia mancanza e chiedere aiuto a Dorothy? Assolutamente no! Aprii un cassetto del mobile dopo l'altro, sperando di trovare il manuale di istruzioni della macchina da caffè.

Mi salvò una donna bassina e rotondetta con i capelli rossi corti, irti in testa con un chilo di gel e una felpa con una scritta buffa. Guardandola con occhio critico, mi domandai se quell'abbigliamento fosse consono a uno studio legale prestigioso come *Clarke, De Luca & Broward*, ma la mia coscienza mi ricordò che non dovevo giudicare la mia salvatrice.

«Buongiorno!» cinguettò allegramente la rossa, passandomi accanto per andare a mettere nel frigorifero il contenitore a pois arancioni e azzurri che conteneva il suo pranzo.

«Salve!» la salutai con calore.

Forse il mio tono era stato esageratamente entusiastico, perché la donna mi rivolse un sorrisetto incerto prima di andare a lavarsi le mani al lavello.

Mi precipitai a incastrarla lì. «Sono Julia» mi presentai in fretta. «Oggi è il mio secondo giorno di lavoro e Broward mi ha chiesto di preparare il caffè ma io non l'ho mai fatto. Non riesco a trovare il libretto d'istruzioni della caffettiera e non so come devo farlo, se lungo o corto, forte oppure...» le spiegai tutto d'un fiato prima d'interrompermi, rendendomi conto che dovevo sembrarle ridicola. La guardai disperata, trasmettendole un muto messaggio con gli occhi. *Ti prego, abbi pietà di me! Dammi una mano...*

Lei mi sorrise di nuovo, stavolta più indulgente, e mi diede dei colpetti su un braccio con fare rassicurante.

«Su, su, che problema c'è? Non sono una grande bevitrice di caffè, ma ti insegnerò a prepararlo.» Si diresse verso il mobile con piglio deciso e prese un barattolo di caffè in polvere. «Allora, io lo faccio così. Metto tre cucchiaini di caffè macinato e riempio la caffettiera fino a questa tacca, vedi? Corrisponde a otto tazze.»

Tre cucchiaini, otto tazze, ripetei mentalmente. *Facile da ricordare*.

Seguii le sue istruzioni e ben presto il caffè era pronto. Mi sembrava piuttosto acquoso, ma non mi azzardai ad assaggiarlo perché non avevo termini di paragone per decidere se il gusto fosse soddisfacente. Ne versai una tazza per Broward e mi infilai sotto il braccio un piccolo contenitore già pronto, con dolcificante, zucchero, cucchiaino di plastica e vaschetta di latte. Percorsi il corridoio con circospezione fino all'ascensore, attenta a non versare neanche una goccia di caffè, premetti il pulsante con il gomito e, quando si aprirono le porte, vidi l'aitante Todd Appleton che mi salutò tutto allegro. Aveva l'aria riposata; era chiaro che aveva dormito bene, contrariamente a me.

Entrai nella cabina dell'ascensore e mi accorsi che percorreva con lo sguardo tutto il mio corpo dalle caviglie in su, fermandosi sulla tazza di caffè che reggevo maldestramente con mano tremante. Per quanto fossi stata accorta, sentivo qualche goccia che colava dal bordo bagnandomi le dita. *Fantastico...*, pensai.

«Sei la nuova barista?» mi punzecchiò Todd, divertito, sollevando infine lo sguardo fino al mio volto.

«Spiritoso...» borbottai. «Sapevi che tra le nostre incombenze c'è anche quella di preparare il caffè? Non l'avevo mai fatto, devo dire» aggiunsi seccamente.

«Forse per te è una novità» replicò Todd. «De Luca si fa portare una colazione completa dalla pasticceria all'angolo ogni mattina, con caffè, frutta fresca e paste. Viene consegnata alle otto in punto.» S'interruppe e guardò l'orologio. «È per questo che sono arrivato presto. Voglio mettere qualcosa sotto i denti prima che gli altri spazzolino tutto.»

Quando l'ascensore si fermò al terzo piano con un *dlin*, le porte si aprirono lentamente e Todd si allontanò a passo svelto, ignorando sfrontatamente una delle norme fondamentali del galateo secondo cui avrebbe dovuto farmi passare per prima.

Uscii muovendomi con la massima cautela, sforzandomi di non rovesciare altro caffè, e riuscii a superare indenne tre svolte e due tratti rettilinei di corridoio fino ad arrivare davanti alla porta dell'ufficio di Broward, che aprii spingendola con un ginocchio.

Ero accaldata e con il fiatone per lo sforzo, nonostante avessi camminato lentamente. Sentivo delle ciocche sottili che erano sfuggite alla crocchia e mi accarezzavano il viso, facendomi sentire in disordine. Imbarazzata, cercai di appoggiare con una certa grazia la tazza e il contenitore sulla scrivania di Broward ma fallii miseramente e udii nettamente il tonfo della tazza quando urtò il piano, mentre il liquido scuro e acquoso fluttuava pericolosamente come il moto ondoso di un mare in tempesta.

Broward stava parlando animatamente al telefono e sollevò un indice imperioso per farmi capire che avrei dovuto attendere. Obbediente, mi accomodai davanti a lui su una delle due severe poltroncine rivestite di pelle scura, aspettando pazientemente che terminasse la telefonata.

Mentre l'avvocato continuava a discutere sull'impatto ambientale di un sentiero panoramico per passeggiate nella natura, ingannai l'attesa guardandomi intorno con discrezione. Anche l'ufficio di Broward, come le altre stanze, era arredato con il medesimo stile pesante e classico, dall'impronta virile. C'erano pile di fascicoli su ogni superficie disponibile e scatoloni portadocumenti accatastati agli angoli della stanza. Una parete era occupata completamente da schedari, e al lato destro troneggiava un tavolo da riunioni che poteva ospitare sei persone.

L'ufficio di Broward era spazioso e calcolai a occhio e croce che potesse essere largo il doppio del mio, ma me l'aspettavo considerato che era uno dei soci dello studio legale. Il tavolo non sembrava utilizzato per le riunioni, perché era ingombro di carte. Le cartelline e i fogli erano decorati da centinaia di post-it colorati, grandi e piccoli, che sporgevano dai bordi delle pile come festosi addobbi natalizi. Una simile mole di lavoro mi faceva girare la testa. Ero stata ingenua a credere di poter dare un contributo concreto a evadere le pratiche dello studio con le misere quattordici ore di lavoro che avevo fatto il giorno prima.

Mi bastava guardarmi intorno in quell'ufficio, comodamente seduta senza fare niente, per sentirmi stressata e sotto pressione.

Mi girai verso Broward e notai che la scrivania era lo spazio più ordinato dell'ufficio. C'erano solo tre faldoni, uno dei quali era aperto davanti a lui perché lo stava sfogliando mentre parlava al telefono. Evidentemente riguardava la causa di cui stava discutendo. Sul piano della scrivania c'erano anche un massiccio orologio da tavolo digitale e due portaritratti accanto al telefono. L'angolazione non mi permetteva di vedere le fotografie, ma supposi che fossero di moglie e figli e pensai che probabilmente Broward vedeva la famiglia molto più in foto che di persona.

La mia piccola perlustrazione curiosa fu interrotta dal suono del ricevitore che veniva appoggiato sull'alloggiamento con forza. Alzai lo sguardo e vidi che Broward mi fissava con i suoi penetranti occhi azzurri.

«Non sapevo come preferisse il caffè, perciò ho portato l'occorrente» mi giustificai, indicando il contenitore di ceramica prima di alzarmi e avvicinare la tazza al suo lato della scrivania.

«Con latte e zucchero» rispose lui prendendo la vaschetta del latte e tirando la linguetta mentre io osservavo con attenzione i suoi gesti per cercare di memorizzare le dosi.

Notai che versava appena un goccio di latte e mezza bustina di zucchero, poi lo scrutai mentre mescolava il tutto con il bastoncino di plastica. Mi accorsi che per qualche istante fissò perplesso il colore del caffè, ma poi portò la tazza alle labbra scuotendo impercettibilmente le spalle, come se avesse liquidato il dubbio che l'aveva assalito.

Dire che ebbe un conato di vomito dopo aver bevuto un sorso sarebbe esagerato, però di sicuro ebbe un istintivo moto di disgusto che non riuscì a dissimulare. Batté più volte le palpebre e storse la bocca in una smorfia, con le spalle scosse da un lieve brivido di repulsione. Travolta dall'impulso di ridere, mi misi una mano sulla bocca e Broward mi guardò sconcertato, come se stesse cercando di capire se la mia intenzione fosse stata quella di fargli uno scherzo di pessimo gusto. La sua espressione era vagamente irritata ma anche divertita.

«Mi scusi tanto, sono mortificata!» mi affrettai a mormorare, sforzandomi di non cedere alla risata isterica che premeva per uscirmi dalle labbra. «Deve sapere che non bevo caffè e non l'ho mai preparato in vita mia. Stavo annaspando, cercando di capire come fare, quando è entrata una persona che è stata tanto gentile da darmi delle indicazioni...» La mia voce si spense e il desiderio di ridere evaporò, mentre una cupa mortificazione mi avvolgeva. «È tanto terribile?» sussurrai, piena di vergogna.

«Abbastanza» ammise Broward abbozzando un sorriso. «Ma non preoccuparti. Domattina ti farò aiutare da Sheila che ti mostrerà come preparare un caffè decente. Intanto, cosa più importante, ho bisogno che tu vada subito a prendere un fascicolo da *Rothsfield and Merchant*. Giacché sei fuori, puoi fermarti da *Starbucks* a prendermi un caffè quando torni?»

Feci un rapido e nervoso cenno d'assenso, alquanto sollevata perché non mi sembrava che Broward fosse arrabbiato per l'orribile brodaglia che gli avevo servito. Avevo fatto la figura dell'inetta, ma il mio capo pareva aver accettato con naturalezza la mia mancanza.

«Se preferisce non aspettare, mi sembra che l'avvocato De Luca si faccia consegnare la colazione. Vuole che vada a prenderle qualcosa dal suo ufficio?» azzardai.

Broward si rabbuiò e io cominciai subito a tremare. Avevo fatto un passo falso, a giudicare dalla sua espressione contrariata.

«No» rifiutò seccamente. «Brad fa portare la colazione per le sue segretarie, i praticanti e i clienti. Tra i nostri uffici non c'è alcun passaggio. Non prendiamo nulla da lui e non ci intromettiamo, e mi aspetto che De Luca faccia altrettanto con le mie cose e il mio personale» dichiarò con fermezza. La sua aria torva si addolcì leggermente quando notò che ero impallidita. «Scusa...» borbottò. «Forse è il momento giusto per darti qualche notizia di base sulla storia di questo studio legale» esordì.

Chiuse il faldone che aveva davanti, poi premette un pulsante dell'interfono.

«Sì, avvocato?» rispose un'educata voce femminile attraverso l'altoparlante. Mi parve di riconoscere Sheila, la sua segretaria, e mi chiesi perché non fosse lei a portargli il caffè. Mi sembrava un compito più da segretarie che da tirocinanti.

«Non sarò disponibile per una decina di minuti. Non passarmi telefonate» le ordinò al vivavoce.

«Sì, avvocato Broward» rispose lei docilmente.

«Puoi chiudere la porta?» mi chiese poi il mio capo.

Io mi affrettai a obbedire, poi tornai a sedermi davanti a lui, che si appoggiò meglio allo schienale della poltrona e mi fissò tamburellando sul mento con le dita, con aria pensosa, mentre io cercavo di non far trapelare la mia agitazione.

«Dunque, sarà meglio cominciare subito dal problema più grosso...» esordì Broward, guardandomi fisso e piegando leggermente il busto in avanti. La sua espressione severa mi ricordava quella di mio padre quando mi faceva una delle sue interminabili prediche.

A giudicare dalla sua aria seria e inflessibile, il mio

capo non poteva essere così preoccupato solo per la pessima qualità del caffè che gli avevo servito. Doveva esserci dell'altro.

«Cioè Brad De Luca» dichiarò. «Brad è indubbiamente il miglior divorzista della zona. Ha una lista d'attesa di quasi un anno e molte mogli infelici continuano a tenere in piedi il matrimonio solo perché aspettano che Brad sia libero per rappresentarle in tribunale» le spiegò in tono asciutto, pragmatico, con una lieve nota sarcastica. «Brad è un vero squalo in aula e non ha alcun problema a provocare dolorosi spargimenti di sangue pur di raggiungere il suo obiettivo. Ha molto a cuore i clienti e se ne occupa con grande cura e interesse, soprattutto *le* clienti» insinuò, facendomi capire con il suo tono allusivo che l'interesse dell'avvocato De Luca nei confronti delle signore che rappresentava non era unicamente professionale.

Feci un cenno d'assenso per fargli intendere che avevo capito.

«Sicuramente, stando qui, noterai le monumentali colazioni che vengono consegnate quotidianamente, verrai a sapere che a volte Brad parte con i suoi collaboratori per Las Vegas o per le Bahamas e sentirai spesso il frastuono che proviene dalla sua ala per i continui ed eccessivi festeggiamenti ogni volta che vince una causa» continuò Broward, trafiggendomi con uno sguardo sempre più severo. «Julia, non voglio che tu ti faccia coinvolgere» mi intimò, autoritario. «Anche se Brad gestisce il suo ufficio a modo suo, io gestisco il mio in una maniera molto più professionale ed efficiente. Se non sei stata assegnata a Brad c'è un motivo preciso, perciò ti raccomando caldamente di tenerti lontana da lui.»

In Broward non c'era più alcuna traccia dell'atteggiamento comprensivo e cordiale di prima. Davanti a me vedevo seduto un arcigno dittatore, o un addestratore tedesco di cani che si rivolgeva a me con il tono con cui si tratta un cucciolo indisciplinato e troppo esuberante.

Lo guardai contrita, anche se non avevo fatto niente. «Sissignore» lo rassicurai sottovoce ma con fermezza.

«Bene, e ora passiamo all'altro socio, l'avvocato Clarke» sbottò lui. «Hugo Clarke si occupa di penale. I suoi clienti sono principalmente accusati di reati amministrativi o illeciti, ma se un caso ha una particolare risonanza accetta anche di occuparsi di omicidi o crimini simili. Ha un nipotino che viene a trovarlo spesso, a lui piace tenerlo con sé perciò se vedi un bimbo di due anni che vaga per l'ufficio è il nipote di Clarke.»

Broward tacque e io lo guardai trepidante, supponendo che stesse per mettermi in guardia su di lui o che mi facesse qualche rivelazione scottante su Clarke. Mi aspettavo di tutto, anche che mi informasse che il suo socio si dedicava al traffico di organi nel tempo libero. Invece Broward aveva ripreso la sua espressione gioviale, ora che si era sfogato. Ero sconcertata dai suoi sbalzi di umore, degni di una donna in menopausa!

«Io invece mi occupo quasi esclusivamente di diritto aziendale e societario e tratto cause civili. Il nostro lavoro sarà anche meno emozionante, ma è comunque interessante e stimolante.»

Per quanto cercasse di vendersi bene, era chiaro che nessuno studente di giurisprudenza fosse ansioso di passare il suo tempo a occuparsi di diritto societario.

Broward continuò a presentarmi gli altri avvocati, snocciolandone i nomi e qualche notizia fondamentale su di loro, poi mi illustrò le procedure di addebito al cliente delle ore lavorative e le sue esigenze in generale. Mi parve che le sue aspettative nei confronti dei praticanti fossero ragionevoli anche se, quando accennò alla settimana lavorativa di sessanta ore che pretendeva, pensai che più realisticamente sarebbero state settanta o addirittura ottanta.

Mi accorsi che considerava finito il preambolo informativo quando chiamò Sheila all'interfono e mi chiese di aprire la porta.

«Sì, avvocato?» rispose la segretaria con il suo tono flautato attraverso il vivavoce.

«Per favore, fai fare a Julia un giro degli uffici. A quanto pare Jane non è stata esaustiva durante l'orientamento. Inoltre Julia dovrà andare da Rothsfield a prendere il fascicolo Danko, perciò spiegale tutto sulle uscite in missione e la cassa per le piccole spese.»

«Certamente.»

Pochi secondi dopo, Sheila comparve sulla soglia come se avesse fatto uno scatto fulmineo. Il suo aspetto era all'altezza della sua voce garbata; era un'elegante e composta signora matura sulla sessantina, con un twin set blu, pantaloni di lana grigia con la piega perfetta, un'acconciatura impeccabile e l'immancabile filo di perle al collo. Mi rivolse un sorriso educato e mi prese in consegna, scortandomi fuori e chiudendo la porta alle proprie spalle.

Mi fece fare un giro approfondito dell'ala di Broward, dandomi tutte le informazioni del caso. Mi presentò una dozzina di segretarie, sei assistenti e l'avvocato Liz Renfield. Mentre ci spostavamo da una zona all'altra salutai con un cenno gli altri praticanti, ma senza scambiare neanche due parole con loro.

Capii subito perché Sheila non servisse il caffè a Broward; quando mi diede la chiave della cassa per le piccole spese notai che le tremavano le mani. Mi raccontò che lavorava lì da ventidue anni, da quando lo studio legale era ancora solo di Clarke e capitava che non ci fossero i fondi per pagarle lo stipendio tutti i mesi. Aveva quattro nipoti piccoli, e di tutti i soci preferiva Broward, soprattutto perché le ricordava suo figlio Frankie.

Al termine del giro avevo saputo che Liz Renfield e Robert Handler avevano avuto una storia e che, più di recente, il civilista Chris Hemming era stato licenziato dopo che era risultato colpevole di appropriazione indebita.

Sheila mi guidò verso l'archivio all'ultimo piano, salendo una scala che odorava di chiuso, poi si fermò con la chiave nella mano tremante, puntata verso la serratura, si voltò a guardarmi e mi chiese in tono apparentemente disinvolto: «L'avvocato Broward ti ha detto qualcosa di Brad De Luca?».

. 4 .

Io e Sheila eravamo sole nell'archivio all'ultimo piano, una stanza soffocante, piena di file e file di scatoloni contenenti fascicoli. A una prima occhiata, erano una ventina di scaffali da ogni lato e contenevano una quindicina di scatoloni in profondità e otto o nove in altezza. Al soffitto c'erano dei neon che illuminavano a giorno l'ambiente ma lo riscaldavano anche, tanto che mancava l'aria. Tra la luce cruda e livida e la domanda di Sheila, mi sembrava di essere sottoposta a un interrogatorio in prigione.

Perché tutti sembrano così ossessionati da quel tizio?, mi chiesi, perplessa.

«Sì, Broward, cioè... l'avvocato Broward» mi corressi in fretta, per adottare un tono più educato e formale. «Mi ha detto che l'ufficio di De Luca opera in maniera un po' diversa dal nostro, e che farei bene a tenermi alla larga» dichiarai diligentemente, come una scolaretta che ripete i precetti impartiti dall'istitutrice.

Negli occhi di Sheila si accese un bagliore interessato perché aveva annusato un pettegolezzo succoso, ma con una nota di avvertimento. «Probabilmente l'avvocato Broward è troppo corretto per dirti la verità, cioè che Brad è un incallito seduttore! È veramente incorreggibile... Da tre anni non gli vengono più assegnate praticanti donne perché non riesce a tenere le mani a posto e non ce n'è una che prima o poi non finisca nel suo letto. È divorziato a causa di una delle sue relazioni illecite e ha un'avventura dopo l'altra. Non è mai solo, dovunque vada ha sempre una ragazza giovane e decorativa appesa al braccio. È di origini italiane, e sai come sono fatti gli italiani...» mi informò, agitando la mano come se questo potesse spiegare la sua tendenza a essere un inguaribile dongiovanni, e pronunciando la parola *italiani* come se fosse una razza di animali feroci e pericolosi, oltre che infettivi. «Insomma, per farla breve, sappi che sei esattamente il suo tipo, perciò devi stare lontana il più possibile da Brad De Luca» concluse puntandomi in faccia il suo sguardo severo e glaciale.

Assurdo!, pensai, incredula. *Ed è questo il motivo per cui tutti mi avvertono che farei meglio a evitare l'avvocato De Luca come la peste? Si preoccupano che io possa ingrossare le fila delle sue conquiste? Per prima cosa, sono promiscua come una suora. La mia vita sessuale è vivace come quella di... probabilmente Sheila! Per essere una studentessa ventunenne, è scandaloso che sia stata a letto solo con due persone. Rispetto alla media degli universitari sono praticamente una santa! E poi l'avvocato Brad De Luca è* vecchio. *Avrà quarant'anni, di sicuro più di trentacinque. Nessuno sano di mente potrebbe mai presumere che io sia interessata a un uomo della sua età!*

Al pensiero che in ufficio fossi stata considerata come una persona con degli standard così bassi mi sentii vagamente offesa.

Ricambiai lo sguardo di Sheila con la stessa fermezza. «Fidati, Sheila, per quel che mi riguarda non hai assolutamente nulla di cui preoccuparti» dichiarai con piglio deciso.

L'occhiata che mi lanciò di rimando fu molto meno sicura della mia...

. 5 .

Finimmo il giro turistico degli uffici, non senza un certo imbarazzo, e dieci minuti dopo ero in macchina con i finestrini abbassati e la musica a palla. C'era un'afa infernale e sarebbe stato meglio non rinunciare al refrigerio dell'aria condizionata, ma non mi importava perché avevo bisogno del vento in faccia e di stordirmi con un po' di sano rock per farmi passare il cattivo umore. Volevo fare una buona impressione durante il praticantato, ma come futuro avvocato zelante e intelligente, non come la squinzia che secondo tutti sarebbe stata la prossima conquista del famigerato Brad De Luca!

Quando tornai in ufficio armata del fascicolo Danko e di un caffè fumante di *Starbucks* mi ero schiarita le idee ma avevo ancora la luna un po' storta. Consegnai la cartellina a Sheila e lasciai il caffè sulla scrivania di Broward, che ovviamente era al telefono e mi fece un cenno distratto.

Entrai in ufficio e mi misi al lavoro, riprendendo da dove mi ero interrotta la sera prima, ma non più di tre minuti dopo Todd Appleton spalancò la porta con la veemenza di una folata di vento e si accomodò sulla sedia davanti alla scrivania.

Non c'era proprio verso di combinare qualcosa?, mi chiesi, stizzita.

Alzai lo sguardo dal fascicolo e cercai di trasmettergli con gli occhi un muto messaggio del genere *Non vedi che ho da fare, che diavolo vuoi?*, sperando che lo recepisse.

«Sì, Todd?»

«Dove sei stata tutto il giorno? Noi dell'ala est siamo impegnatissimi! Ci stiamo occupando di un caso pazzesco. Pensa, una moglie ha beccato il marito che si sbatteva la figlia del capo! E ha scoperto che...»

Todd continuò a spettegolare ma, invece di seguire il discorso, finii per concentrare l'attenzione sui suoi lineamenti finché non mi riscossi dalla contemplazione del suo bel viso e agitai una mano.

«Todd, scusa ma non posso proprio parlare, ho una montagna di lavoro» lo bloccai indicando con un gesto vago le pile di fascicoli.

Lui si guardò intorno, interdetto. «Lo so, ma sei stata fuori tutta la mattina!»

«È proprio per questo che ho tanto da fare. Devo proprio mettermi d'impegno, non ho tempo da perdere.»

«Oh...» La sua espressione delusa e sconsolata era quella di un bambino a cui è appena stato rivelato che Babbo Natale non esiste.

«Scusa, Todd, ma sono sommersa dalle memorie di eccitantissime deposizioni da rivedere» insistetti con sarcasmo.

«Non c'è problema. Ci sei mancata ieri sera all'aperitivo. Cerca di venire con noi appena puoi, dai!»

Mi scoccò un sorriso assassino e si alzò con movimenti fluidi, facendomi notare il suo fisico asciutto e atletico da tipico bel ragazzo americano.

Gli risposi con un sorriso e tornai a dedicarmi alle mie deposizioni. Erano le undici... mi mancavano ancora dieci o dodici ore, e poi avrei potuto considerare conclusa la mia giornata lavorativa.

Le prime due settimane da *Clarke, De Luca & Broward* trascorsero con una lentezza esasperante. Oltre a istruirmi sulla diplomazia negli ambienti lavorativi, acquisii ben poche competenze legali perché le mie incombenze si limitavano in pratica ad archiviare documenti, copiare appunti e riassumere deposizioni, tutti compiti sterili e noiosi. La mia unica consolazione era il pensiero che la settimana successiva Broward ci avrebbe graziato perché sarebbe partito per Fort Lauderdale. Mi ero già informata con Sheila su quali fossero gli orari d'ufficio quando il capo era assente.

Mi ero sentita sollevata quando mi aveva promesso che avremmo adottato il normale orario dalle nove alle cinque, decisamente molto più umano. Mi aveva guardato con aria comprensiva chiedendomi in tono materno se quelle prime settimane fossero state pesanti, e io avrei voluto abbracciarla per avermi dimostrato tanta sensibilità. Nessuno negli uffici di Broward sembrava avere la minima compassione; tutti lavoravano come se fossero dotati di batterie ricaricabili. A peggiorare la situazione c'erano i racconti che mi giungevano all'orecchio riguardo alla vita ben diversa che si conduceva nell'ala est, in cui sembrava che fosse in corso una festa continua.

L'ala est era chiusa da una pesante porta a due battenti di noce massiccio che sembrava l'ingresso per l'inferno dei peccatori. Si riusciva a cogliere di sfuggita uno scorcio di quello che accadeva all'interno degli uffici solo quando qualcuno entrava o usciva. Era come un club superesclusivo in cui mi era impossibile essere ammessa, per cui inventavo fantasie eccentriche e trasgressive su quel mondo stravagante dove, secondo me, tutto era permesso... e nulla era proibito.

Mi attenevo alla lettera alle indicazioni, o forse dovrei dire piuttosto le minacce, di Broward per cui evitavo accuratamente l'ala est e non mi facevo coinvolgere nelle attività illecite che vi si svolgevano, ma in cuor mio smaniavo d'invidia.

Spesso, passando davanti alla porta ermeticamente chiusa, sentivo risate sguaiate e un certo trambusto provenire dall'interno. Quel mercoledì c'era stata una specie di festa. Alle cinque e mezza i camerieri di un noto ristorante di classe, *Smith & Wollensky*, avevano cominciato a portare carrelli stracolmi di ogni ben di Dio. Dagli ascensori si riversavano vassoi di aragoste e bistecche fumanti, antipasti e leccornie di ogni genere sotto coprivivande d'argento, con a seguire casse di champagne e carrelli di dolci che mi avevano fatto venire l'acquolina in bocca. Da sotto la porta filtrava una musica tutt'altro che discreta; quando si era udito distintamente il ritmo cupo e incalzante di un basso, che indicava che si erano aperte le danze, non più di tre minuti dopo Broward era uscito dal suo ufficio sbraitando e si era diretto verso l'ala est con piglio bellicoso. Poco dopo qualcuno aveva abbassato il volume e il pavimento aveva smesso di vibrare.

Sheila si era appoggiata alla spalliera della sedia dondolandosi all'indietro fino a farsi vedere da me attraverso il vetro della porta e mi aveva strizzato l'occhio. Evidentemente la mia espressione doveva esserle sembrata proprio sconsolata, perché era venuta da me e io l'avevo guardata sospirando.

A meno che non fosse in corso una festa, nessuno restava nell'ala est dopo le sei. Nell'ala nord, il regno di Clarke, si lavorava quasi sempre fino alle otto e mezza. Noi invece, nell'ala ovest, eravamo gli animali notturni. Quasi tutti gli assistenti di Broward si trattenevano fino alle nove e mezza, io invece restavo in ufficio finché non andava via anche Broward, cioè di solito tra le dieci e le undici. Non era fisicamente stancante come un lavoro manuale, ma mentalmente era comunque faticoso, perciò ogni sera andavo dritto a casa, facevo la doccia, m'infilavo tra le lenzuola e mi addormentavo di schianto. Nelle ultime due settimane non facevo altro che lavorare, mangiare e dormire.

«Tranquilla, tranquilla» mi aveva detto Sheila, dandomi dei colpetti rassicuranti su una spalla. «Ti ci abituerai, te lo prometto.»

Il primo fine settimana del tirocinio l'avevo passato tutto a letto, a mangiare popcorn mentre guardavo vecchi film in TV. Considerato che gli SMS degli amici e i messaggi che mi lasciavano su Facebook si diradavano sempre di più, decisi di tornare nella terra dei vivi il fine settimana successivo. Era ora di riprendere una parvenza di vita sociale. Venerdì sera tornai sorprendentemente a casa alle otto e ne approfittai per rispondere a tutte le chiamate perse che avevo ricevuto in quelle due settimane.

Dopo aver chiesto scusa e promesso di farmi perdonare, convinsi le mie due migliori amiche a cenare con me in un locale messicano vicino a casa mia, *Los Amigos*, notoriamente frequentato dagli universitari. Il mio programma era di ubriacarmi bevendo *Margarita*, poi tornare a casa barcollando e buttarmi a letto.

Alle nove e mezza mi feci largo a fatica tra la folla accalcata intorno al bar del ristorante e raggiunsi le mie amiche che mi aspettavano a un tavolo alto d'angolo. Mi ero vestita con cura, con un abitino azzurro a prendisole e i tacchi alti, avevo i capelli sciolti e mi ero truccata con cura. Ero meno abbronzata del solito perché non avevo avuto tempo di prendere il sole in piscina, ma notai che comunque attiravo diverse occhiate di ammirazione.

Quando individuai Olivia e Becca le salutai sventolando la mano. «*Hola!*» esclamai con entusiasmo arrampicandomi sull'alto sgabello.

Le due ragazze avevano già davanti a loro due grossi bicchieri di *Margarita* con cannucce e ombrellino colorato e io mi guardai intorno in cerca del cameriere, che arrivò prontamente a prendere la mia ordinazione. Mentre aspettavo che mi portasse da bere e qualche stuzzichino per tutte e tre, Becca non perse tempo e cominciò subito a torchiarmi.

«Insomma, non ti vediamo da due settimane!» mi rimproverò bonariamente. «È inaccettabile che tu sia sparita così» aggiunse sbattendo la mano con enfasi sul tavolo.

«Vacci piano, Becca» la redarguì Olivia. «Julia *lavora*. So che è un concetto che non puoi comprendere» ironizzò con un sorriso divertito.

Olivia aveva ragione; la parola *lavoro* non esisteva nel vocabolario di Becca. I genitori benestanti e generosi con lei le avrebbero garantito con le loro risorse la più completa tranquillità economica finché non avesse trovato un marito ricco. Becca era bella, intelligente e istruita. Oltre a non avere alcun problema di natura finanziaria, aveva praticamente vinto la lotteria genetica.

Olivia invece era del mio stesso livello; i genitori erano operai e si manteneva agli studi con borse di studio e lavoretti part-time. Io non nuotavo certo nell'oro, considerato che non ero stipendiata per il tirocinio che mi impegnava a tempo pieno e mi impediva quindi di trovare un altro lavoro per arrotondare. Studiavamo tutte e tre giurisprudenza, ma io ero un semestre avanti a loro, perciò ero la prima a fare l'esperienza del praticantato.

Eravamo al terzo giro di cocktail chiacchierando allegramente quando sentii un braccio intorno alle spalle.

«Ehi, bellezza...» mi sussurrò all'orecchio una voce maschile.

Mi scostai e, quando mi girai, mi trovai davanti al bel volto di Todd Appleton.

«Todd!» esclamai, stupita di vederlo fuori dallo studio. In quelle due settimane, a dire il vero, non ci eravamo incontrati spesso, considerato che mi era stato proibito di mettere piede nell'ala est. Era passato a trovarmi un paio di volte ma ero troppo impegnata per chiacchierare con lui.

«È occupato qui?» mi chiese, indicando uno sgabello vuoto al nostro tavolo.

«Assolutamente no!» gli rispose Becca scostando una ciocca di capelli scuri dietro la spalla con un gesto seducente e protendendosi verso di lui, per fulminarlo con il suo sorriso smagliante.

Mi girai verso Olivia per chiederle il permesso di far sedere Todd con noi e lei rispose con un cenno d'assenso e un sorriso divertito alla mia occhiata interrogativa.

Todd si presentò a Olivia e Becca, poi si sedette con disinvoltura. Chiamò il cameriere quindi prese una patatina e si girò verso di me masticando soddisfatto.

«Tutti i praticanti escono a bere qualcosa insieme diverse volte alla settimana, tranne te. Perché non vieni?» osservò.

Lo fulminai con lo sguardo. «Se proprio insisti, rinuncerò a una delle tre pause settimanali di cinque minuti che mi sono concesse per andare alla toilette, e verrò a prendere l'aperitivo con voi» replicai seccamente.

«Ah, quindi Julia ignora anche te?» intervenne Becca sporgendosi verso Todd e mostrandogli la sua scollatura generosa.

«La sto solo prendendo in giro per stuzzicarla» rispose Todd. «So benissimo che il suo capo la sommerge di lavoro.» Rassicurante, mi sfiorò il braccio con una lunga carezza che mi provocò un brivido, anche se mi scostai di riflesso. Flirtare con lui non era proprio ciò di cui avevo bisogno in quel momento.

Becca mi guardò con aria interrogativa e io risposi dicendole con gli occhi che poteva accomodarsi. Non mi importava se avesse civettato con Todd.

Il cameriere arrivò a prendere i piatti e i bicchieri vuoti, e Todd ordinò da bere.

«Allora, com'è lavorare per De Luca?» gli chiesi con disinvoltura.

Todd annuì con entusiasmo. «Fantastico! De Luca è un vero animale. Dovresti vederlo in aula. Riduce la controparte in poltiglia.»

«In aula?» esclamai con voce strozzata, interrompendolo. «Sei stato in tribunale?» Era assurdo! Oltre ad avere orari di lavoro normali, Todd poteva anche fare esperienza in aula?

«Sì.» La testa di Todd si muoveva in su e in giù. «De Luca mi ha permesso di accompagnarlo lunedì. È stato fantastico!»

Erano bastati cinque minuti con Todd ed ero già diventata allergica all'aggettivo *fantastico*. Mi rendevo conto di essere insofferente perché ero irritata dall'ingiustizia che percepivo nella differenza tra le nostre condizioni di lavoro. Comunque cercai di dimostrarmi noncurante e sicura di me.

«Toglimi una curiosità. Cos'è successo mercoledì? Qual era il motivo di tutto quel baccano che si sentiva in ufficio?»

«Mercoledì?» ripeté Todd, sforzandosi di concentrarsi per ricordare.

Avevo voglia di gridargli in faccia che erano passati solo due giorni. Aragoste, musica, un trionfo di dolci e champagne a fiumi... come faceva a non ricordare?

«Ah, sì!» esclamò infine battendosi la fronte con una mano. «La causa Hatfield! Hai presente Hatfield, il magnate dei media? Finalmente i coniugi sono giunti a un accordo, perciò De Luca ha organizzato una festicciola per la signora.»

«E la chiami *festicciola*?» sbottai, incapace di trattenermi.

Todd mi guardò sorpresa. «Be', sai, le feste di De Luca sono sempre faraoniche, quindi al confronto quella era una cosa sottotono. Darà una grossa festa a casa sua per un cliente questo fine settimana» mi spiegò scrollando le spalle come se non fosse niente di particolare.

«E tu ci vai?»

«Ma certo!» sbuffò Todd. «Sarà una festa *fantastica*! Ho sentito dire che ha ingaggiato addirittura delle spogliarelliste!»

Fantastico, ripetei mentalmente con sarcasmo. *E anche molto raffinato...*

Decisamente De Luca era all'altezza della sua pessima

reputazione. Bevvi una lunga sorsata di *Margarita* e ringraziai il cielo di non essere stata assegnata a lui.

Tracannato l'ennesimo cocktail, trovavo Todd sempre molto sexy ma molto meno fastidioso e irritante. Ero abbastanza brilla da considerare simpatico il suo atteggiamento da brillante. Stavo cominciando a permettergli di palpeggiarmi quando Olivia mi prese da parte.

«Julia, credo proprio che dovresti tornare a casa ora» mi bisbigliò.

«Eh? Perché?» farfugliai. Mi resi conto che biascicavo con il tipico tono di una persona ubriaca e agitavo le mani in maniera incontrollata. «Va bene, lascia perdere, hai ragione. Vado.»

Mi avvicinai a Becca per salutarla con un abbraccio, facendole capire a gesti che stavo per andarmene perché la musica era troppo forte e io non avevo l'energia necessaria per urlare. Lei mi diede un bacio e agitò la mano.

Salutai Olivia e Todd, che mi abbracciò più a lungo del necessario, stringendomi forte. Olivia mi accompagnò fuori dal locale e si offrì di chiamarmi un taxi ma io rifiutai, sempre sventolando le mani, e mi avviai verso casa camminando a zigzag, proprio come avevo previsto.

. 6 .

In qualsiasi rapporto a tre o incontro fra scambisti, affinché sia soddisfacente per tutti, devono essere stabilite delle regole in modo che i partecipanti sappiano come comportarsi e nessuno venga offeso o sia sfruttato.

Le regole variano da coppia a coppia a seconda delle preferenze dei partecipanti.

. 7 .

Martedì, ore 10.00

Il fascicolo Dupont/Murray era piazzato proprio al centro della mia scrivania. Lo notai appena misi piede in ufficio e mi bloccai a guardarlo. Compresi immediatamente che era un intruso perché la cartellina era rossa, mentre tutti i documenti ammucchiati sul mio tavolo erano contenuti nelle cartelline azzurre o verdi che si utilizzavano per convenzione in quello studio legale, rispettivamente per le cause civili o le pratiche aziendali.

Mi sedetti, presi il fascicolo con gesti esitanti e lo sfogliai. Mi bastò un'occhiata per capire che si trattava di una causa di divorzio, perché c'erano diversi fogli contrassegnati con dei post-it adesivi su cui era scritto *Custodia* e *Divisione dei beni*.

Chiusi la cartella e la battei ritmicamente sul piano della scrivania, chiedendomi cosa fare.

Avrei potuto chiamare Dorothy e dirle che un fascicolo era finito nel mio ufficio per sbaglio, in modo che lo consegnasse alla sezione giusta, ma sarebbe stato assurdo, visto che ero a poco più di cinque metri dall'ala est dello studio legale. Avrei potuto semplicemente portarlo di persona e darlo alla prima segretaria in cui mi fossi imbattuta. Avrei impiegato non più di un minuto, in modo che la pratica potesse arrivare in fretta a destinazione. Sì, era la cosa più logica da fare.

Però Broward non vuole che tu metta piede nell'ala est,

mi ricordò la voce della mia coscienza, con un tono saccente che mi indispettì.

Ho forse cinque anni?, replicai mentalmente, irritata. *Sono perfettamente in grado di consegnare un fascicolo nel posto giusto senza finire nei guai!*

Presa la decisione, afferrai la famigerata cartellina rossa e uscii dal mio ufficio con piglio battagliero, accelerando l'andatura quando passai davanti a Sheila e alle altre porte aperte. Avevo l'impressione che il fascicolo fosse un'insegna al neon con su scritto *Guardatemi!* e una freccia che indicava la mia destinazione. In effetti era proprio così.

Cercai di mimetizzare il rosso della cartellina infilandola sotto il braccio e camminando rasente la parete, ma mi accorsi ben presto che le mie precauzioni non erano affatto necessarie perché nessuno alzò lo sguardo al mio passaggio. I miei colleghi erano concentratissimi e aggredivano a testa bassa le pile di pratiche da cui erano sommersi. Il fatto che Broward fosse partito non riduceva la pressione.

D'impulso feci una deviazione ed entrai nella toilette che si trovava a destra degli ascensori, per darmi una rapida occhiata allo specchio sopra il lavabo. Nel bagno c'erano le luci soffuse, ma erano sufficientemente forti da farmi notare che non era una delle mie giornate migliori. Istintivamente, non mi ero sforzata di vestirmi bene e avere un aspetto impeccabile, sapendo che Broward non era in ufficio. Perciò quella mattina avevo indossato dei pantaloni sportivi beige, una camicetta bianca e un paio di scarpe basse, più comode che eleganti. Come al solito, avevo raccolto i capelli in una crocchia e avevo semplicemente infilato gli occhiali invece di mettermi le lenti a contatto come sempre. Per alcuni una donna con gli occhiali è sexy, ma può pensarlo solo chi non ha visto i miei, perché la definizione più attinente sarebbe *fondi di bottiglia*...

Non mi ero neanche truccata, per cui il mio abituale pallore non era mitigato dal fondotinta né scaldato da un tocco di fard sulle gote, e le occhiaie scure non erano coperte dal correttore.

Per fortuna ero stata tanto previdente da preparare un piccolo beauty con dei cosmetici fondamentali per ogni evenienza e l'avevo lasciato in fondo al mobiletto sotto il lavandino, dietro la scatola dei tamponi di chissà chi, pensando che sarebbe potuto tornare utile se avessi dovuto ritoccare il trucco prima di una riunione importante o se una mattina non avessi avuto il tempo di truccarmi prima di venire in ufficio. Perciò mi piegai e aprii lo sportello, poi recuperai il mio kit di emergenza cercandolo a tastoni.

Nel beauty c'erano mascara, lucidalabbra e correttore, l'essenziale per la sopravvivenza. Inviai una muta preghiera di ringraziamento al Signore per avermi illuminato rendendomi previdente, almeno in quel caso, e raddrizzai la schiena, poi mi truccai rapidamente.

Tre minuti dopo ero almeno un po' più presentabile. Malgrado gli occhiali, avevo le labbra più rosee e lucide, le ciglia folte e nere dietro le lenti spesse e le occhiaie sufficientemente mimetizzate dal correttore.

Presa la cartellina rossa, raddrizzai le spalle e mi sforzai di combattere il nervosismo che mi attanagliava lo stomaco. Poi aprii la porta del bagno e marciai decisa verso l'ala est.

. 8 .

Regola n°1: La donna dovrà essere bendata durante il primo incontro. Lei, e solo lei, potrà decidere se e quando togliere la benda dagli occhi.

Aprii la massiccia porta a due battenti dell'ala est e mi trovai davanti un universo parallelo, brulicante di persone in pieno fermento. C'era un viavai ininterrotto; parecchi avevano l'aria indaffarata e solerte, alcuni invece sembravano semplicemente darsi molta importanza.

Mi fermai appena varcata la soglia e cercai di assumere un contegno professionale, oltre a capire dove andare. La stanza era ampia; vi troneggiavano tre enormi banconi curvi da *reception* che creavano un semicerchio in fondo alla sala. Per arrivare alle segretarie bisognava percorrere un corridoio che aveva due gruppi di poltroncine in pelle ai lati, tutte occupate.

Da una parte sembrava che fosse in corso una riunione, dall'altra c'erano due bionde dalle gambe chilometriche e un uomo maturo in giacca e cravatta, di sicuro clienti in attesa.

A destra vidi una sala riunioni racchiusa da pareti in vetro, e anche lì c'era un incontro in corso; dalla porta chiusa filtravano le voci alterate di persone che discutevano animatamente. A sinistra c'erano gli uffici, probabilmente degli assistenti e di Todd.

Oltre il bancone delle segretarie, attraverso una vetrata di collegamento si intravedeva uno spazioso ufficio con finestre a tutta parete, da cui si godeva il panorama della città. Alla scrivania era seduto un uomo intento a fare una telefonata. A giudicare dalle dimensioni e dalla vista spettacolare dell'ufficio, dedussi che fosse quello di De Luca.

Okay, riprenditi e smettila di fissare imbambolata, mi dissi per riscuotermi. *Entra, fai quello che devi fare e vattene.*

Mi diressi verso il bancone a passo svelto e sicuro, o almeno speravo che risultasse tale. Data l'altezza delle scrivanie mi pareva di essere un imputato che si avvicinava allo scranno del giudice. Le segretarie sembravano fatte in serie; erano tutte e tre mature, sobrie, sussiegose e severe. Non riuscivo a capire se il loro stile da inflessibile direttrice di scuola fosse dovuto ai gusti di De Luca oppure fosse un'imposizione dell'ufficio Risorse Umane per limitare i danni provocati dai suoi bollenti spiriti e dalla sua tendenza alla seduzione, apparentemente incontenibile.

La segretaria al centro indossava un tailleur rosso e la targhetta in ottone sulla sua scrivania la identificava come Carol Featherston.

Alzò lo sguardo mentre mi avvicinavo e individuò all'istante la cartellina rossa che stringevo nella mano sudaticcia. Senza accennare a un saluto stese il braccio e allargò il palmo; io mi limitai a consegnare il bottino senza fiatare mentre il suo telefono cominciava a trillare. Lei ignorò gli squilli insistenti e diede una rapida scorsa al contenuto del fascicolo, poi lo chiuse con un gesto secco e mi fissò.

«Dove l'ha preso?» mi domandò severa.

«Sono Julia Campbell dell'ufficio di Broward...» attaccai.

«*Dove l'ha preso?*» ripeté lei alzando la voce e scandendo bene le parole. Il suo sguardo penetrante e il suo tono aspro mi indussero a non tergiversare.

«L'ho trovato sulla mia scrivania, signora» risposi timidamente.

«Va bene, ci penso io, grazie» replicò seccamente la segretaria liquidandomi.

Non riuscivo proprio a raffigurarmela intenta a organizzare festini con spogliarelliste e champagne a fiumi. Sicuramente Todd esagerava nei suoi racconti. Mi accomiatai con un sorriso garbato e le voltai le spalle. Stavo per avviarmi verso la porta quando sentii bussare sul vetro; mi bloccai e mi girai di nuovo verso la Featherston che mi fece segno di fermarmi alzando un dito, poi lanciò un'occhiata in direzione della vetrata dietro di lei.

Seguii la direzione del suo sguardo e il mio cuore perse un battito.

Davanti alla vetrata dell'ufficio, alle spalle della reception, c'era un uomo alto e imponente, con la corporatura atletica di uno sportivo. La camicia elegante non riusciva quasi a contenere le spalle ampie e le braccia muscolose che tendevano la stoffa. Aveva la carnagione olivastra, folti capelli scuri e lineamenti forti, molto affascinanti. Sarebbe sembrato sin troppo bello se non avesse avuto un'espressione intensa, lo sguardo rapace di un uomo senza scrupoli che affronta di petto il nemico e poi lo divora vivo.

Anche se stava parlando al cellulare batteva ancora le nocche sul vetro per attirare la mia attenzione. Quando incrociai il suo sguardo puntò un dito verso di me poi mi fece cenno di raggiungerlo, ma mi voltò le spalle e si allontanò dal vetro senza aspettare la mia risposta.

Quando guardai la Featherston, evidentemente il terrore si era dipinto sul mio volto perché notai che aveva l'espressione leggermente meno arcigna.

«Entra, ti vuole» mi disse in tono fermo ma un po' più gentile.

La Featherston tornò a dedicare la propria attenzione al fascicolo che avevo portato. Interdetta, mi guardai intorno in cerca di una possibile via di fuga ma, vedendomi in trappola, non potei fare altro che aggirare a passo incerto il bancone a semicerchio per dirigermi verso la porta dell'ufficio di De Luca, al centro della quale c'era una targa d'ottone su cui era scritto il suo nome in maiuscolo.

AVV. BRAD DE LUCA. Appena vi posai lo sguardo mi dissi subito che Broward mi avrebbe strangolato.

Aprii la porta senza bussare ed entrai, poi la chiusi piano alle mie spalle e rimasi ferma lì, con le mani intrecciate in una posa piena di timore e deferenza, in attesa che De Luca concludesse la telefonata.

L'ufficio era grande, eppure mi sembrava che ci fosse pochissimo spazio tra me e lui. Ero fermamente intenzionata a non avvicinarmi di un passo a meno che non fosse stato strettamente necessario.

Mi sembrava di avere difficoltà a respirare. Avevo il cuore stretto da una morsa d'ansia e gocce di sudore mi imperlavano il labbro superiore per l'agitazione. Le asciugai con discrezione con un rapido gesto, chiedendomi perché mai fossi tanto nervosa. *Non mi mangerà mica!*, mi dissi per farmi coraggio, nonostante avessi la netta impressione del contrario.

Terminato il colloquio telefonico, chiuse la comunicazione e posò il cellulare sulla scrivania fissandomi. Mi sentivo una giovane gazzella innocente trafitta dallo sguardo spietato del leone che stava per azzannarla. Rimasi immobile e zitta, in attesa che dicesse qualcosa.

«Mi serve una macchina» dichiarò con voce calda e profonda, molto sexy e decisa. Sembrava il tipo d'uomo che non aveva mai dubitato delle proprie azioni in vita sua.

«Una macchina?» ripetei con voce più stridula di quanto volessi, quasi squittendo.

«Sì. So che di solito il casinò si occupa dei miei spostamenti, ma questo fine settimana ho bisogno di un'auto perché ho degli impegni personali. Va bene una vettura normale» spiegò con noncuranza. Dal suo tono capii che considerava chiusa la questione e mi stava congedando. Si avvicinò al telefono, prese il ricevitore e compose un numero, poi si fermò e tornò a guardarmi.

«Hai fatto qualcosa? Mi sembri diversa.»

«Diversa?» Non sapevo proprio cosa dire. Era il colloquio più strano che avessi mai sostenuto; di sicuro non lo stavo ammaliando con la mia parlantina sciolta e la mia presenza di spirito!

«Sì, non sei come al solito.»

«Porto gli occhiali» mi giustificai. Era tutto così assurdo. Mi aveva già vista in ufficio?

De Luca mi fissò nuovamente, poi scrollò le spalle e riprese a comporre il numero girandosi, come per farmi capire che il nostro scambio di battute era finito e non era più interessato a parlare con me.

Veramente bizzarro..., mi dissi.

Tornai al bancone centrale e attesi che la Featherston alzasse la testa. Dopo un paio di secondi mi guardò.

«L'avvocato De Luca mi ha chiesto di procurargli un'auto per questo fine settimana» la informai debolmente, incerta. Mi sentivo un'inetta, e probabilmente anche lei aveva la stessa impressione.

La segretaria mi guardò confusa, poi si illuminò in volto come se avesse capito e abbozzò una parvenza di sorriso. «Credeva che fossi Tiffany» mi spiegò, divertita.

«Chi è?»

«La ragazza che lavora al piano di sotto e si occupa dell'organizzazione delle trasferte e dei viaggi. Le assomigli un po'. Deve averti scambiato per lei. Non preoccuparti, le trasmetterò il messaggio.» Mi lanciò un'ultima occhiata ironica poi tornò a dedicare la sua attenzione allo schermo del computer.

Mi voltai e mi diressi senza indugio verso la porta, ansiosa di tornare alla normalità dell'ala ovest. De Luca era veramente pieno di sé, pensai. Ero sempre più irritata; il suo atteggiamento mi aveva indispettita. Raddrizzai le spalle e sollevai il mento, cercando di assumere un atteggiamento sicuro e dignitoso, lasciando che la collera mi invadesse. Era piacevole sentire che stavo recuperando un minimo di spina dorsale.

Quando fui seduta di nuovo dietro la scrivania, d'impulso presi il cellulare e inviai un SMS a Olivia.

Usciamo stasera?

Mi rispose immediatamente, e ovviamente acconsentì. Ci scambiammo dei messaggi per metterci d'accordo su dove e quando vederci, e ci demmo appuntamento alle otto al *Café Salsa*, un bar del centro dove c'era sempre musica dal vivo e si servivano *tapas* eccellenti. Avevo tutte le intenzioni di godermi quella settimana di libertà senza lo spauracchio di Broward, e non mi sarei fatta rovinare il divertimento da quel pallone gonfiato di De Luca.

Attaccai una nuova pila di fascicoli con rinnovata energia.

Mi vestii con cura, con il fermo proposito di essere supersexy. Scelsi un miniabito rosso e sandali dai tacchi vertiginosi. Indossai della biancheria intima provocante, un reggiseno di pizzo con il perizoma abbinato, poi mi spalmai un autoabbronzante su tutto il corpo. Presi una borsetta nera da sera e mi guardai un'ultima volta allo specchio prima di uscire.

Ero proprio uno schianto.

Alle otto meno cinque Olivia arrivò davanti a casa mia con la sua vecchia Ford grigia. Dai finestrini abbassati proveniva una canzone di Katy Perry a tutto volume. Mi affrettai a salire sull'auto e cantammo a squarciagola ondeggiando al ritmo con la musica per tutto il tragitto fino al bar. A ogni ritornello ero sempre più allegra e spensierata; sentivo che mi stavo scrollando di dosso la fatica e il malumore.

La via era affollata ed era difficile trovare parcheggio. Olivia finì per infilare la Ford in uno spazietto trovato miracolosamente a tre isolati dal *Café Salsa*. Un vantaggio di uscire con Olivia era la garanzia di non dover mai aspettare per avere un tavolo, anche senza prenotazione, perché conosceva qualcuno in ogni singolo locale alla moda in città. Pochi minuti dopo il nostro arrivo eravamo sedute a un tavolo d'angolo da cui si aveva un'ottima visuale del bar e della pista da ballo.

«Allora, dimmi tutto» mi intimò Olivia appena ci fummo accomodate.

«A quale proposito?»

«Raccontami del tuo nuovo lavoro, di quello che fai... tutto insomma! Non ti vedo da più di due settimane, e l'ultima uscita non conta perché c'era Becca e sai che quando c'è lei non si può parlare sul serio.»

Ridacchiò per mitigare l'affermazione, ma sapevamo entrambe che era vero. Becca era un tesoro, ma era costantemente incentrata su se stessa, sulla propria vita e i propri problemi; quando uscivamo con lei era impossibile parlare d'altro.

«Hai notizie di Luke?» tornò all'attacco Olivia.

Sentendo nominare il mio ex, alzai gli occhi al cielo. «No, grazie a Dio» sospirai. «Non sa che ho cominciato il tirocinio e credo che nessuno gli abbia detto dove abito. Ti ha più chiamata?»

Olivia scosse la testa. «No, dopo quell'unica volta. Credo di avergli fatto capire chiaramente che non avrebbe avuto alcuna informazione da me.»

Sollevai il mio Martini come per brindare alla sua affermazione e Olivia fece altrettanto.

«A un nuovo inizio» dissi solennemente.

«A un nuovo inizio» mi fece eco lei.

Toccò il mio bicchiere con il suo poi bevemmo una lunga sorsata di cocktail.

«Allora, parlami del tuo lavoro. È successo qualcosa tra te e il belloccio che abbiamo incontrato a *Los Amigos*?» insinuò con gli occhi scintillanti e l'espressione maliziosa.

«Todd?» Feci una smorfia e scossi la testa. «No, è troppo... non saprei... immaturo, ecco. Inoltre non voglio complicazioni. Sarebbe difficile avere una storia con qualcuno in ufficio.» Di colpo pensai a De Luca e arrossii; il mio improvviso imbarazzo non sfuggì a Olivia.

«Ehi, cosa c'è?»

Le parlai di De Luca e degli avvertimenti di Broward, poi le raccontai della visita all'ufficio e del nostro incontro di quel giorno. Olivia cominciò a ridere sommessamente, ma si tappò la bocca con una mano quando la fulminai con lo sguardo.

«Non c'è niente da ridere» sibilai, offesa.

«E dai! È buffissimo! Ti sei presentata in quel covo di perdizione convinta che si sarebbe fatto in quattro per cercare di sedurti e invece il bel tenebroso ti ha affidato un incarico di poco conto e ti ha liquidata con indifferenza!» Olivia mi sorrise affettuosa e mi diede dei colpetti rassicuranti su un braccio. «Tranquilla, Julia, non tutti sono refrattari al tuo fascino, quel De Luca è solo uno...»

Scrollai le spalle e stavo per replicare con una frase spiritosa e pungente, quando arrivò un cameriere con due cocktail azzurrini.

«Permettete? Questi ve li offrono i signori al tavolo vicino alla pista» annunciò posando i bicchieri davanti a noi.

Si allontanò prima che avessimo potuto rispondere. Io presi il bicchiere e lanciai una rapida occhiata in direzione del tavolo indicato dal cameriere. Vedendo che li guardavamo, tre tizi fecero un cenno e sollevarono i bicchieri in segno di omaggio. Io sorrisi loro e mi girai verso Olivia.

«Che ne dici?»

Olivia bevve un sorso di cocktail e mi guardò da sopra il bordo del bicchiere. «Carini, sembrano tipi distinti e perbene, forse un po' vecchiotti.»

«Quanti anni avranno?»

«Sui ventotto, forse anche *trenta*.» Pronunciò quella parola come se a trent'anni fossero ormai anziani, il che in effetti era così, almeno dal nostro punto di vista.

«Portano la fede nuziale?»

Olivia aguzzò la vista mentre proseguiva il suo esame, ma sospirò delusa. «Non si vede da qui» ammise.

«Allora controlliamo da vicino» le proposi, audace.

Dopotutto non mi ero vestita da battona per niente, no? Mi girai ruotando sulla sedia, scoccai un sorriso seducente in direzione dei tre e feci un cenno per invitarli a raggiungerci.

Era tempo di divertirsi un po'.

Due ore dopo

Sono un'inguaribile civetta, lo so. Me ne rendo conto e non me ne vergogno affatto. Mi piace la caccia, la seduzione, adoro provocare gli uomini, ma non mi interessa il sesso né voglio avere la reputazione di essere una ragazza facile.

La mia conquista quella sera fu Bob, un fiscalista di ventinove anni con delle braccia moderatamente muscolose e lo sterno sporgente. Era disteso supino sotto di me e mi guardava adorante, con gli occhi velati dal desiderio e dallo stupore alcolico. Mi ero spogliata ed ero in reggiseno e tanga di pizzo nero, seduta a cavalcioni su di lui con i capelli sciolti che mi accarezzavano la schiena. Mi chinai su Bob per baciargli e mordicchiargli il collo, strappandogli un gemito. Sentivo il suo pene eretto che tendeva i pantaloni, ansioso di essere liberato.

Fece scorrere le mani lungo la mia schiena per poi accarezzarmi i fianchi e palparmi le natiche. Continuando a stuzzicarlo baciandogli il collo, infilai una mano tra i nostri corpi e la insinuai nei pantaloni. Gli tastai il membro turgido, trovandolo piacevolmente grosso rispetto ai pochi che avevo toccato nelle mie precedenti esperienze, lo afferrai e mossi la mano in su e in giù un paio di volte, facendogli credere che fossi disposta a fare qualcosa di più.

Però poi mi morsi maliziosamente il labbro inferiore, scossi la testa guardandolo negli occhi e tirai fuori la mano.

La sicurezza che gli illuminava lo sguardo si spense; mi guardava con desiderio intenso, pendeva dalle mie labbra.

Ecco, era quello che volevo vedere. La mia autostima si librò verso vette altissime; mi sentivo forte, sexy, sicura di me, soddisfatta. Quello per me era il vero appagamento. *Sei in mio potere, amico...*

. 9 .

Ore 8,15

Il cellulare di Brad De Luca squillò per la settima volta quella mattina.

«Sì?» rispose in tono secco, tenendo lo sguardo fisso sulla collaboratrice domestica mentre si chinava per spolverare il tavolino basso davanti al divano. Anche se lasciava alquanto a desiderare in termini di efficienza nelle pulizie era un bello spettacolo, perché indossava sempre abiti succinti e si piegava spesso durante le faccende. In quel momento portava dei calzoncini di jeans e una maglietta aderente che le arrivava a malapena alla vita; guardandola, Brad era sempre più convinto che valesse la pena avere anche una governante di mezz'età di nome Martha, con il fisico di un lottatore di sumo, che abitava nella *dépendance* e nel pomeriggio ripassava il lavoro della ragazza.

«Che mi dici di Julia Campbell?» esordì suo cugino Tony senza preamboli.

Tony era un divorziato quarantenne con tre figli; la sua principale occupazione era ubriacarsi, ma nel tempo libero faceva l'imbianchino. Brad non ricordava l'ultima volta in cui ci avesse parlato prima delle undici del mattino, per cui dedusse che suo cugino avesse bisogno di soldi, per chiamarlo così presto. Sbuffando sommessamente, attese che continuasse.

«La conosci?»

Brad passò mentalmente in rassegna le clienti, le sue conquiste e le conoscenti, ma senza risultato. «Il nome non mi dice niente.»

«È una praticante nel tuo ufficio» precisò Tony. Brad si accorse che aveva la voce impastata dall'alcol.

«Ah, allora probabilmente lavora con Broward o Clarke, perché fanno in modo di tenermi lontane tutte le tirocinanti donne.»

Tony fece una risata così fragorosa che gli venne il singhiozzo. «E ci credo! Altrimenti te le faresti tutte...»

Sperando che suo cugino arrivasse in fretta al dunque, Brad lanciò un'occhiata impaziente all'orologio.

«Perché mi chiedi di lei? Siamo per caso parenti?» lo incalzò.

«No, bello. Stamattina presto mi ha chiamato Robert Hanstle, un tizio a cui sto ridipingendo la cucina. Un bellimbusto, credo che faccia il commercialista o qualcosa del genere. Mi ha chiesto informazioni su di lei perché sa che lavora nel tuo studio legale e ha collegato il nome a me perché sono un De Luca, perciò ha pensato che potessi dargli qualche notizia sulla pollastra.»

«Il tuo cognome non è De Luca» precisò Brad.

«Be', no, però... forse ho detto di sfuggita che siamo parenti, sai com'è...»

La pazienza di Brad era agli sgoccioli. Era sicuro che Tony non perdesse occasione di fare il suo nome ogni volta che cercava di aggiudicarsi un lavoro, nella speranza che essere il cugino di un noto avvocato fosse una garanzia della sua affidabilità agli occhi dei clienti.

«Non so niente di lei, mi dispiace» dichiarò Brad. Nonostante avesse assunto un tono che avrebbe dovuto far capire a Tony che considerava chiuso il discorso, l'altro non sembrava intenzionato a demordere.

«Su, Brad, fai uno sforzo!» insistette. «Il tizio è disperato, la vuole a tutti i costi. A giudicare da come ha perso la testa per lei, deve fare faville a letto...»

«Scusa, Tony, ma non l'ho mai vista né sentita nominare. Se dovessi scoprire qualcosa, te lo farò sapere immediatamente.»

«Promesso? Chiamami, eh? Il mio cliente...»

Brad chiuse la comunicazione senza aspettare che Tony finisse la frase, poi guardò di nuovo l'ora. Doveva andare subito in ufficio.

Mi svegliai avviluppata come in un bozzolo dalle lenzuola del mio letto comodo e accogliente, che voleva trattenermi con la sua morbidezza avvolgente. Mi stirai e mi girai su un fianco, con le tempie che mi martellavano per i postumi della sbronza. Diedi un'occhiata alla sveglia sul comodino ed ebbi un tuffo al cuore. *Oddio, le sette e tre quarti!*, pensai, atterrita. Tentai di alzarmi di scatto ma avevo la testa bloccata sul cuscino, trafitta da invisibili lance conficcate nel cranio.

Riprovai a sollevare il capo, stavolta più lentamente, e riuscii faticosamente a mettermi in piedi. Avevo uno specchio accanto alla porta e, quando guardai il mio riflesso passandoci davanti, rimasi atterrita. Avevo il trucco sbavato e gli occhi gonfi, su una guancia si erano impresse le pieghe della federa ed ero spettinata come se avessi preso una scossa elettrica... veramente uno spettacolo penoso.

Afferrai al volo dall'armadio dei pantaloni di cotone a pinocchietto azzurro polvere, un twin set bianco composto da cardigan e canottiera, e sandali di cuoio color tabacco con la zeppa. Non avevo il tempo di fare la doccia, perciò mi struccai rapidamente, mi diedi una passata di tonico e crema idratante poi mi truccai appena, tanto per essere decente. Sfruttai l'effetto volumizzante dei capelli scompigliati passandovi le mani, come se la pettinatura disordinata fosse voluta.

Arrivata in ufficio, corsi subito nel cucinotto a prendere un tè e stavo imburrando una fetta biscottata quando entrò. La sua presenza inattesa ebbe uno strano effetto sull'atmosfera della stanzetta, perché parve togliere tutta l'aria e comprimerla come se fosse diventata sottovuoto. Di colpo mi trovai nella traiettoria diretta dei raggi laser che erano i suoi occhi.

Ci guardammo e nessuno dei due si mosse. Quando ero entrata nel suo ufficio, a dividerci c'era l'ampia superficie di quell'ambiente spazioso e arioso. Ora, invece, nella cucina angusta, mi sentivo in trappola e percepivo il suo carisma magnetico che mi avvolgeva come la tela di un ragno. La sua presenza era così ammaliatrice da spaventarmi.

Aveva dei normali occhi scuri, di un marrone assolutamente comune, ma nonostante non fossero di un colore particolare emettevano bagliori intensi come se fossero illuminati da un potente fuoco interiore.

E il suo profumo... Non avrei saputo darne una definizione precisa, ma emanava una fragranza inebriante, quasi animalesca. Odorava di virilità, sesso e seduzione. Tutto il suo corpo sembrava vibrare per l'energia esplosiva a stento trattenuta; non facevo alcuna fatica a immaginarlo mentre sbranava un avversario, ma anche mentre mi prendeva tra le braccia con irruenza piegandomi all'indietro per darmi un bacio appassionato come in un film romantico degli anni Venti.

Mentre me ne stavo lì impalata, senza osare muovere un muscolo né respirare, lui incurvò le sue belle labbra seducenti in un sorriso e se le umettò come se fosse sul punto di divorarmi in un solo boccone.

Indietreggiai fino ad andare a sbattere contro il mobile. Mi ero accorta di avere le dita impiastricciate di burro e sperai, terrorizzata, che non volesse darmi la mano. Mi leccai un dito per pulirlo e dissi la prima cosa che mi venne in mente.

«Non sono Tiffany.»

Lui scosse la testa facendo una risatina. «Lo so.»

«Mi chiamo Julia... Julia Campbell. Faccio praticantato nell'ufficio di Broward.»

«Lo so.»

«Davvero?»

«Sì, infatti ho appena chiesto a Sheila dove avrei potuto trovarti. Mi ha detto lei che eri qui.»

«Oh.» Esitai, mentre lui continuava a fissarmi negli occhi. «Perché mi cercava?»

«Ti va di pranzare con me?»

Irradiava un intenso calore che mi circondava con una potente forza magnetica sensuale. Mi tremavano le gambe e mi girava la testa; faticai per tenermi dritta. Era veramente irresistibile...

«Veramente no, grazie» mormorai.

«No?» Mi sorrise incredulo e si guardò rapidamente intorno come se cercasse testimoni per quell'evento senza precedenti: una donna che rifiutava un suo invito.

«No» ribadii con maggiore fermezza, decisa a resistere alla sua arroganza spavalda.

«Perché?»

Si avvicinò e io persi ogni contatto con la realtà. Era diverso da tutti gli uomini che avevo conosciuto. Ora capivo perché le divorziande che si affidavano a lui erano pronte a spalancare le gambe e offrirsi di pagare in natura i suoi servigi, oltre a saldargli la parcella. Era la quintessenza del sesso. Non mi erano mai piaciuti gli uomini troppo muscolosi, preferivo la bellezza efebica di alcuni modelli che sfilavano sulle passerelle. Ma lui aveva il fisico di un dio greco e il fascino inquietante di Satana in persona. Se fossi stata una sua praticante mi sarebbe stato difficile non finire a letto con lui.

Non potevo indietreggiare di più perché ero schiacciata contro il mobile della cucina. Mi sforzai di ricambiare il suo sguardo divertito con un'occhiata disinvolta.

«Tanto per cominciare, lei è troppo vecchio per me» risposi, sfrontata.

Nei suoi occhi passò un rapido lampo, ma la sua espressione complessiva rimase imperturbabile. «E poi?»

«Inoltre non dovrei parlare con lei.» Questa giustificazione parve puerile anche a me.

Incurvò le labbra in un sorrisetto sornione. «Ah, sì, ora capisco! Broward vuole tenerti tutta per sé...»

Non mi piacque il suo commento, ma non replicai e mi limitai a guardarlo severamente.

«Su, andiamo da *Centaur*» insistette.

«Devo lavorare.»

«Dai, ti riporto in ufficio in un lampo. Nessuno si accorgerà della tua assenza.»

«Veramente...»

«Julia!» esclamò Sheila, apparsa improvvisamente sulla soglia. Lanciò un'occhiataccia a De Luca che ebbe il buongusto di assumere un'aria contrita, da monello colto con le dita nel barattolo della marmellata; la sua espressione maliziosa, purtroppo, mi parve terribilmente sexy.

Mi rifugiai accanto a Sheila per farmi proteggere da lei, abbandonando il tè e il piatto con la fetta biscottata imburrata.

«Ho urgente bisogno di Julia, se ha finito quello che doveva dirle, avvocato» dichiarò Sheila, trasmettendogli chiaramente con lo sguardo tutta la sua riprovazione.

De Luca mi fece un cenno di saluto e uscì dalla cucina. Quando mi passò accanto mi fece l'occhiolino e diede un colpetto affettuoso sulla spalla a Sheila con fare beffardo. Appena andò via ripresi a respirare normalmente.

Sheila si girò verso di me e mi trapassò con uno sguardo glaciale. «È un problema?» mi apostrofò.

«Non penso proprio.»

«Bene.»

. 10 .

Ore 11,45

Non ricordavo cos'avessi fatto nelle ultime due ore e mezza, ma non si era trattato di niente di produttivo. Giocherellando con la matita, cercavo di decidere se andare a chiedere a qualcuno un analgesico perché avevo un principio di emicrania ma il telefono mi bloccò. I suoi squilli acuti mi perforarono il cervello come un trapano, peggiorando il mal di testa.

«Julia Campbell» risposi.

«Sono Beverly.»

Beverly era la seconda segretaria di Broward, una rossa formosa con un pessimo gusto in fatto di abbigliamento e il vizio di fare confidenze imbarazzanti. Abbinava senza ritegno righe, fiori e pois, e la seconda volta in cui ci eravamo incontrate in cucina durante una pausa caffè mi aveva rivelato di aver preso un'infezione genitale nei bagni pubblici, lasciandomi senza parole.

«Ciao, Beverly.»

«Dovresti andare da *OfficeMax*. Ha appena chiamato Rick dell'ufficio informatico, sembra che ci sia un problema tecnico che si può risolvere solamente acquistando un componente particolare, un interfaccia FireWire, anche se non ho assolutamente idea di cosa sia. Andremmo noi, ma dall'ufficio di De Luca ci hanno affibbiato un milione di fotocopie da preparare e mi hanno consigliato di rivolgermi a te.»

«Non c'è problema, Beverly, vado subito» la interruppi annotando quello che dovevo acquistare. Avrei potuto approfittarne per fare un salto in farmacia e comprare delle compresse per il mal di testa.

«Sicura? Mi dispiace chiederti di fare questa commissione, ma è un'emergenza.»

«Sicurissima. Andrò immediatamente.»

«Perfetto, grazie! Quando torni vai direttamente all'ufficio informatico. È al primo piano, vicino a...»

«So dov'è.»

«Okay. Grazie, Julia.»

«Prego.»

Chiusa la comunicazione, mi alzai subito, lieta di avere un pretesto per uscire. Presi la borsa, vi infilai il foglietto con l'appunto e corsi all'ascensore, senza lanciare neppure un'occhiata di sfuggita in direzione della porta dell'ala est. *Alla faccia tua, Brad De Luca!*

Scesi in ascensore direttamente al parcheggio sotterraneo e mi diressi verso la mia auto. Vidi che vicino c'era una delle auto aziendali con il motore acceso e il conducente, un ragazzo sui vent'anni con l'uniforme da autista, abbassò il finestrino quando passai accanto alla macchina e mi chiamò.

«Signorina Campbell?»

Mi fermai sorpresa e lo guardai. «Sì?»

«Ho l'incarico di accompagnarla al negozio.»

«Come?»

«L'accompagnerò io da *OfficeMax*.»

«No, non serve, grazie.»

Ignorando il mio rifiuto, l'autista scese dalla vettura, fece il giro e aprì lo sportello del sedile posteriore.

Lo guardai in cagnesco. «Posso andare con la mia auto, so guidare» protestai.

«Sali in macchina.»

L'ordine perentorio non provenne dal ragazzo brufoloso, ma dall'interno della vettura. Impiegai una frazione di secondo a identificare la voce e scostai l'autista per piegarmi a guardare nell'abitacolo.

«Mi ascolti bene» sibilai puntando l'indice contro De Luca. «Non sono una delle sue spogliarelliste a cui può dare ordini impunemente. Sono impegnata con il lavoro e...»

Il mio scoppio d'ira fu interrotto dalla risata fragorosa di De Luca. Continuai a tenergli il dito puntato contro, ma dovetti sforzarmi per non scoppiare a ridere anch'io.

«Spogliarelliste! Jeff, hai sentito?»

Jeff sorrise ma mi voltai di scatto verso di lui e lo fulminai con lo sguardo. Lui tornò subito serio ma il luccichio divertito dei suoi occhi mi irritò ancora di più. Stavano ridendo di me... Non gli avrei permesso di prendermi in giro, anche se De Luca era socio dello studio legale su cui avevo puntato tutto per la mia futura carriera nell'avvocatura.

«Non so cosa tu abbia sentito dire di me, ma è mia abitudine uscire con tutti i praticanti. Chiedilo a Todd. La scorsa settimana siamo usciti in gruppo, ma Broward ti aveva incastrato con quel noioso arbitrato che, per inciso, ha condotto pessimamente. Ho portato fuori il tirocinante asiatico tre volte, santo cielo! Come si chiama... Anton Woo? Perciò, malgrado quello che tu possa pensare di me, il mio non è un trattamento di favore. Ti sto facendo la stessa cortesia che farei a qualsiasi altro praticante, offrendoti il piacere della mia compagnia e delle mie conoscenze impareggiabili» replicò De Luca, alzando le mani in un gesto difensivo, per sottolineare la sua innocenza.

Il suo sorriso sfrontato mi irritava, ma la mia indignazione si era sgonfiata come un palloncino.

Lo fissai riflettendo, ma ero confusa e non riuscivo a parlare. Il mal di testa che mi tormentava mi rendeva ancora più difficile ragionare.

Alla fine incurvai le spalle in un gesto rassegnato, ammettendo la mia sconfitta, e cedetti.

«Okay» borbottai salendo in macchina.

Quando fui seduta, Jeff chiuse lo sportello e tornò al posto di guida canticchiando sottovoce. Avrei voluto dargli uno scappellotto per la sua sfrontatezza. Mi voltai a guardare De Luca e gli rivolsi un sorriso stentato per rimediare alla mia tirata irosa di poco prima.

Lui si rilassò accanto a me; aveva un fisico così imponente che occupava senza volerlo anche metà del mio posto. Mi scrutava interessato mentre cercavo di accostarmi il più possibile alla portiera senza fargli notare che tentavo di tenermi lontana da lui. Mi accorsi che avevo difficoltà a respirare e non riuscivo a pensare a niente da dire per spezzare il silenzio che mi metteva a disagio.

«Mi sta accompagnando da *OfficeMax*?» gli chiesi infine.

«No.»

«Ma devo prendere una cosa importante per Rick dell'ufficio informatico!» protestai debolmente.

«Andremo a pranzare al *Centaur*» mi annunciò con fermezza. «Da *OfficeMax* ci andrà Jeff mentre noi mangiamo. Scrivi su un foglietto quello che serve, penserà lui a prenderlo così non perdiamo tempo» mi intimò.

«Lei fa sempre tutto ciò che vuole?» sbottai, pentendomi subito per il mio tono accusatorio. Non era così che ci si rivolgeva a un socio del proprio capo...

La mia domanda gli strappò un sorrisetto. «Di solito sì» rispose tranquillamente. «Inoltre trovo che sia più divertente chiedere perdono che permesso. E poi ti avevo già invitato e tu mi hai risposto di no, per cui sono stato costretto a fare in modo che venissi mandata a fare una commissione, per stanarti dall'ufficio» mi spiegò.

Scaltro, pensai. Feci un educato cenno d'assenso, poi gli diedi il foglietto su cui avevo annotato quello che dovevo comprare e mi sforzai di assumere un'espressione rispettosa, ma con scarsi risultati.

«Ti piace *Centaur*?»

«Non ci sono mai stata, per me è un po' fuori budget» risposi con sincerità.

«Credo che lo apprezzerai. Mangi carne?»

«Sì» risposi sforzandomi di non sorridere, perché mi era venuta in mente una risposta piccante. In ogni caso avevo intenzione di vendicarmi ordinando una bella bistecca; quello sbruffone dell'avvocato De Luca avrebbe avuto un conto salato da pagare...

L'auto dello studio varcò un'imponente cancellata e percorse un vialetto bordato da prati verdi e curatissimi, poi si fermò davanti a una maestosa villa bianca in stile Sud, con la facciata candida, grosse colonne e un ampio portico. I lati della scala che conduceva alla porta d'ingresso erano decorati da due statue di centauri. Era chiaro che il ristorante era di lusso; si capiva da tutti i particolari, dal giardino alla struttura imponente, dall'atrio elegante all'addetto al parcheggio in guanti bianchi che accorse vedendoci arrivare e aprì lo sportello dal mio lato. Mi porse la mano per aiutarmi a scendere e io strizzai le palpebre per ripararmi gli occhi dal sole forte, torturata dal mal di testa che mi faceva pulsare le tempie.

Feci il giro dell'auto e raggiunsi De Luca che mi aspettava ai piedi della scala. Mi fece un cenno per invitarmi a precederlo e io salii i gradini; mi seguì mettendomi una mano sulla schiena all'altezza della vita per guidarmi e avvertii un brivido erotico lungo la spina dorsale, ma la mia coscienza scacciò l'impulso come se fosse stato una mosca fastidiosa.

Il maître riconobbe immediatamente De Luca e si illuminò in volto. «Avvocato! Si accomodi, l'accompagno subito al suo tavolo preferito.»

Prese due menu e ci scortò attraversando la sala affollata. Mentre passavamo tra i tavoli, dovemmo fermarci più volte perché diversi uomini si alzarono per salutare De Luca e stringergli la mano. Quando infine arrivammo al tavolo in un angolo appartato in fondo alla sala mi sedetti sollevata. Prima che avessi modo di aprire il menu arrivò prontamente un cameriere in smoking.

«Avvocato De Luca, come sta?»

«Bene, grazie, Mimmo.»

«Da bere il solito?»

«Sì, grazie.»

Il cameriere si voltò e si allontanò celermente. Aprii il menu e guardai De Luca da sopra il bordo.

«Non mi chiede neppure cosa voglio io da bere?» osservai.

«No. Va bene del vino?»

Il mio mal di testa mi accese nel cranio il lampeggiante di un allarme. «Preferirei solo acqua.»

Lui fece un cenno poi, senza aprire il menu, si protese verso di me. Non potei fare a meno di notare che i bicipiti possenti tendevano la stoffa della camicia come se fossero sul punto di lacerarla.

«Come va il praticantato?»

Abbassai leggermente il menu dietro cui mi ero rifugiata come se fosse stato uno scudo e risposi: «È un'esperienza stimolante. Imparo molto, sto accumulando delle conoscenze di base che mi saranno utili per la mia formazione legale».

Lui stese una mano e spinse il menu verso il basso per guardarmi meglio. «È il discorsetto che ti eri preparata al colloquio?»

Un lieve rossore mi tinse le gote. «Più o meno» ammisi.

«Dai, non andrò a riferirlo a Broward! Come ti trovi *veramente* nel nostro studio?»

Sospirai, indecisa. Non sapevo fino a che punto poter essere sincera, poi mi dissi che potevo essere franca, considerato che mi aveva praticamente rapito. Inoltre mi guardava comprensivo, non sembrava una belva assetata di sangue.

«Veramente? Mi trovo malissimo. Broward ha degli orari di lavoro allucinanti e il mio ruolo è poco più di quello di una segretaria. Non faccio altro che copiare appunti, archiviare documenti su file e preparare caffè. Non sto maturando competenze, l'unica cosa di valore che posso aggiungere al mio curriculum è il nome di uno studio prestigioso. Tutto ciò che ho capito è che non voglio specializzarmi in diritto societario. Ho l'impressione che gli altri praticanti imparino molto di più e facciano più esperienza. Santo cielo, Todd è stato in tribunale! Il mio obiettivo è solo quello di sopravvivere indenne ai prossimi due mesi poi voglio dormire per tre settimane di fila.»

Lui sollevò un sopracciglio con aria complice. «Sono certo che avrai di meglio da fare che dormire nel tuo tempo libero.»

Interdetta, non risposi.

De Luca si tirò indietro mentre il cameriere ci versava dell'acqua minerale, poi osservò: «So che Kent può sembrare un tipo intransigente, ma stai su col morale. Alla fine imparerai qualcosa, te l'assicuro, ma se vuoi vedere di persona come lavorano gli altri, puoi sempre passare una giornata nel mio ufficio o da Clarke. È prassi comune far girare i tirocinanti per dar loro modo di far pratica anche in altri ambiti».

Il cameriere gli mostrò una bottiglia di vino e De Luca fece un cenno d'assenso dopo aver guardato l'etichetta.

«Non credo che potrò passare molto tempo negli altri uffici. Broward sembra fermamente intenzionato a tenermi reclusa.»

«O forse vuole evitare che tu entri nel *mio* ufficio?» insinuò De Luca.

«È probabile» ammisi.

Il cameriere gli fece assaggiare il vino poi, avuto il suo permesso, lo versò nei calici e si allontanò in fretta.

«A proposito del tuo commento di prima sulle spogliarelliste, non so cosa tu abbia sentito dire su di me, ma ti assicuro che non sono tremendo come mi dipingono» disse con voce calda e sicura.

Avvertii un pizzico d'orgoglio nel modo in cui aveva pronunciato la parola *tremendo*. Ero sicura che invece fosse proprio come me l'avevano descritto...

«Allora verifichiamo qualche pettegolezzo sul suo conto, avvocato De Luca» lo provocai.

Bevve un sorso di vino senza mai staccare lo sguardo dai miei occhi, poi posò il bicchiere e fece un cenno, raccogliendo la sfida.

Aprii la bocca ma lui sollevò una mano per fermarmi. «Aspetta. Prima facciamo un accordo. Per ogni diceria sul mio conto che devo confermare o smentire, ho il diritto di porti una domanda.»

Feci un cenno e, sentendomi audace, bevvi un sorso di vino, ma il nostro duello verbale fu rimandato dal cameriere eccessivamente zelante.

«Posso prendere gli ordini, avvocato?»

«Sì, Mimmo. Per me il solito. Julia?»

«Una bistecca, cottura media» risposi senza guardare il menu.

«E per contorno?»

«Patate al forno.» Mi accorsi che De Luca mi aveva lanciato un'occhiata strana e mi chiesi perché. Forse le donne con cui pranzava ordinavano solo un'insalata scondita...

«Benissimo.» Con un mezzo inchino, Mimmo girò sui tacchi e se ne andò.

De Luca mi guardò immediatamente. «Un'altra condizione.»

«Sì?»

«Devi darmi del tu.»

La cosa si faceva sempre più audace. «Va bene» accettai, arrossendo.

«Avanti, spara.»

«Sei mai stato a letto con una praticante?»

«Sì.»

«Tutto qui?» replicai, delusa.

«Tengo da parte i dettagli per il nostro secondo appuntamento.»

«Ma noi non avremo un secondo appuntamento!»

«Vedremo...» mormorò lui, enigmatico. «Ora tocca a me. Perché hai scelto il nostro studio legale per il tirocinio?»

«È il migliore. E io voglio solo il meglio.»

«Hai sempre avuto il meglio in passato?»

«Non ho mai avuto un lavoro prima d'ora.»

«Non intendevo questo...» insinuò lui.

Gli lanciai un'occhiata ammonitrice e lui sogghignò. «Perché mi è stato raccomandato di tenermi alla larga da te?» tornai alla carica.

Scrollò le spalle e bevve un sorso di vino. «Sicuramente per motivi validi.»

«È una risposta evasiva» lo ammonii.

«Sono un avvocato, essere evasivo è il mio mestiere.»

«E sei convinto di essere bravo nel tuo mestiere?»

«Lo so per certo» rispose lui, orgoglioso. «Ci sarà pure una ragione se ho una lista d'attesa di dieci mesi!»

«Veramente ho sentito dire che le tue clienti non sono disposte ad aspettare tanto solo perché sei un bravo avvocato, ma anche per altri motivi...» insinuai.

«Cioè?»

«Sesso.»

«Quindi pensi che io sia bravo anche in quello?» ribatté, malizioso.

«Sei di nuovo evasivo» lo ammonii.

«Cerco solo di capire cosa pensi di sapere di me.»

«Quindi vai a letto con chi ti assume come avvocato?»

«Solo con le donne» precisò.

La sua risposta sfrontata e spudorata mi lasciò senza parole, anche perché mi stava fissando con i suoi occhi penetranti che mi sfidavano ad abbassare lo sguardo per prima.

«Tutte?»

«Non sono un gigolò. Quando vado a letto con una cliente lo faccio unicamente per il mio piacere. Se una donna non mi attrae non ha senso farci sesso.»

«Non pensi che possa danneggiare la reputazione dello studio?»

«Al contrario, penso che sia una manna per attirare clienti» sussurrò appoggiando il mento sul palmo della mano e fissandomi con occhi incandescenti. «Sono molto bravo a soddisfare le donne, Julia.»

Arrossii e distolsi lo sguardo, sperando che arrivasse il cameriere a servirci, per togliermi dall'imbarazzo. Invece fu il cellulare di De Luca a salvarmi, perché cominciò a vibrare. Lui rispose senza staccare gli occhi dai miei.

«Sì?» Attese qualche secondo, poi aggiunse: «A pranzo... Va bene, passamela». Mi lanciò un'occhiata contrita, per scusarsi, poi cercò con gli occhi il cameriere che accorse prontamente con una penna e un blocchetto. Evidentemente non era la prima volta che si presentava un'evenienza simile. De Luca guardò l'orologio, prese la penna e scrisse *12,33* sul blocchetto, strappò il foglio e restituì il taccuino a Mimmo ma tenne la penna.

Dal cellulare proveniva una voce femminile, dal tono vagamente isterico, che parlava a raffica. De Luca l'ascoltava attentamente, imperturbabile, senza mostrare il minimo segno di fastidio o impazienza.

Approfittò di una pausa della sua interlocutrice per intervenire. «Claudia, ascoltami. Devi fidarti di me ed essere sicura che so quello che faccio. Ci penso io, chiederò al nostro investigatore privato di occuparsene. Ti prometto che non sfuggirà alla nostra sorveglianza.»

Ci furono altre grida isteriche, poi il tono della donna divenne implorante.

«I beni sono congelati per ordine del giudice, nessuno può toccarli, stai tranquilla. Sei in una botte di ferro, Claudia. Sai che faccio? Ti mando Alfonso così ti fa un bel massaggio rilassante...»

Mentre De Luca parlava, arrivò Mimmo a servirci e capii il motivo dello sguardo incuriosito di De Luca quando avevo ordinato, perché il suo piatto era identico al mio! Mi concentrai sulla succulenta bistecca; era enorme e aveva un odorino stuzzicante. Impugnai coltello e forchetta appena fu portata in tavola e mi accanii sul piatto sotto lo sguardo sconcertato di De Luca. Era perfetta, cotta a puntino, tenera e saporitissima, pensai mentre masticavo con gusto. Smisi di mangiare per bere un sorso di vino e mi accorsi con stupore che avevo il bicchiere pieno, il che significava che ne avevo già bevuto uno e il cameriere l'aveva riempito senza che me ne accorgessi. Perplessa, optai per l'acqua, perché non avevo intenzione di arrivare brilla in ufficio. Per quel giorno avevo già infranto troppe regole.

Avevo divorato le patate e tre quarti della bistecca quando De Luca salutò finalmente la cliente, guardò l'orologio e scrisse *12,42* sul foglietto sotto il mio sguardo stupito.

«Hai intenzione di addebitare alla cliente nove minuti?» esclamai, sbalordita.

«Avrei potuto passarli a parlare con te» obiettò De Luca. «E comunque sì, a ottocentocinquanta dollari l'ora, puoi scommetterci che aggiungo alla parcella nove minuti di consulenza.»

«Non arrotondi a dieci?»

«No, per lo stesso motivo. Sono una persona precisa e corretta» rispose lui sorridendo sornione.

La cosa mi stupiva. Non mi aspettavo che seguisse dei principi...

«Devo tornare in ufficio» mi annunciò tra un boccone e l'altro di bistecca.

«Abbiamo tempo di fare una piccola commissione?»

«Dipende. Non dovevi solo prendere una cosa da *OfficeMax*?»

«Sì, ma vorrei anche fermarmi in farmacia.»

«Cosa ti serve?»

«Se vuoi proprio saperlo, un test di gravidanza» risposi con aria serissima.

De Luca batté le palpebre, preso alla sprovvista, e mi scrutò attentamente, come per capire se dicessi sul serio. Io riuscii a restare impassibile per quattro secondi, poi scoppiai a ridere.

«Dio, non mi aspettavo di fartela e invece ci sei cascato!» ridacchiai compiaciuta. «Ho bisogno di analgesici per il mal di testa. Però ti do un consiglio, e senza addebitartelo in parcella» scherzai. «Proprio tu che sei sempre circondato da donne assatanate, non dovresti mai chiedere cosa devono comprare in farmacia, perché novantanove volte su cento si tratta di qualcosa di riservato o imbarazzante...»

De Luca sorrise e annuì. «Ne terrò conto.» Prese il cellulare, lo sbloccò e fece una chiamata. «Jeff, saremo pronti ad andare fra cinque minuti. Vedi se in macchina abbiamo degli antidolorifici, altrimenti fai un salto a comprarli. Ci vediamo fuori fra poco.»

Chiusa la comunicazione, riprese a mangiare il contorno.

«Grazie, ma avrei potuto farlo da sola.»

«Abbiamo già pochissimo tempo, non vorrei che Sheila si chiedesse come mai ci hai messo tanto.»

«Hai paura di lei?»

De Luca sorrise. «Quella donna mi terrorizza. È peggio di mia madre!»

Terminò la bistecca e quasi tutte le patate senza perdere tempo. Appena ebbe finito, Mimmo apparve con la rapidità di un falco, tolse i piatti poi mi consegnò una scatolina di cartone chiusa con un elegante fiocco di raso.

«Signorina Campbell, mi sono preso la libertà di prepararle una selezione dei nostri tartufi di cioccolato sperando che potesse farle piacere una pausa dolce più tardi» disse, compito.

Lo ringraziai e misi in borsa la confezione. *Come fa a*

sapere come mi chiamo?, mi domandai, stupita.

De Luca si alzò dopo aver bevuto un ultimo sorso di vino ed essersi pulito la bocca con il tovagliolo, poi mi porse la mano. «Andiamo.»

«Non dobbiamo pagare?» gli chiesi alzandomi e prendendo la borsa.

«Ho un conto aperto al *Centaur*» mi spiegò.

Lasciai che mi prendesse la mano ma mi staccai prima di varcare la soglia del ristorante. Non volevo che Jeff si facesse strane idee...

L'auto ci attendeva davanti all'ingresso, e Jeff era appoggiato alla fiancata della vettura. Aprì lo sportello di De Luca poi si avvicinò a me, mi tenne aperta la portiera e mi consegnò il sacchettino della farmacia con un sorriso. Lo ringraziai e salii in macchina, poi lo aprii e vidi che conteneva una confezione di analgesici e una bottiglietta d'acqua. Presi due compresse con una lunga sorsata d'acqua.

De Luca passò a parlare al cellulare tutto il tragitto di ritorno mentre io cercavo di rilassarmi. La bistecca e il vino mi avevano rallentato la digestione ed ero assonnata. Arrivammo al garage dello studio in un lampo e io mi guardai intorno smarrita e ansiosa. De Luca mi mise una mano sul ginocchio.

«Stai calma» mi disse con la sua voce profonda e avvolgente. «Ecco qua.» Mi consegnò il pacchetto contenente l'occorrente da portare a Rick.

«Grazie. Se Broward dovesse scoprire che ho trasgredito ai suoi ordini...»

«E tu obbedisci sempre?»

Gli lanciai un'occhiataccia che non lo scalfì affatto. «Di solito sì.»

«Dovresti imparare a piegare le regole qualche volta...»

«E tu dovresti imparare a rispettarle!» replicai. «Arrivederci, avvocato De Luca. La ringrazio per il pranzo» aggiunsi, tornando a dargli del lei e a rivolgermi a lui in modo formale, visto che eravamo tornati in ufficio.

«Spero che ti sia piaciuto... a me sì» rispose lui, malizioso.

Non sapendo cosa dire, feci per aprire lo sportello, e subito Jeff spalancò la portiera e mi aiutò a scendere. Gli sorrisi e mi avviai verso l'ascensore. Premetti il pulsante di chiamata e, mentre aspettavo, mi voltai verso l'auto. Jeff era tornato al posto di guida e De Luca non era sceso dalla vettura. Quando le porte si aprirono entrai nell'ascensore e salii da Rick, per fortuna senza incontrare nessuno.

Fatta la commissione, tornai in ufficio con la sensazione di avere schivato un proiettile e aver camminato sui carboni ardenti, per poi finire distesa e legata sui binari ferroviari. Il *dlin* dell'ascensore che arrivò al piano risuonò alle mie orecchie come il fischio di un treno in arrivo a tutta velocità per travolgermi.

. 11 .

Regola n°2: lei è mia, non tua. Non dimenticarlo.

Il terzo giorno senza Broward mi svegliai agitata e trepidante. Con la piena consapevolezza che sarei finita dritta all'inferno, mi vestii con cura. Indossai un abito elegante con l'allacciatura a vestaglia, che valorizzava il fondoschiena avvolgendolo alla perfezione, e delle scarpe di Prada dai tacchi a spillo che erano un gentile omaggio di Becca. Aggiunsi una grossa collana dorata e raccolsi i capelli in una crocchia spettinata, molto sexy. Mi truccai più del solito e non uscii di casa finché non fui sicura di essere terribilmente seducente.

Alle 7,40 mi sedetti alla scrivania, accesi il computer e controllai la segreteria telefonica, dove trovai un messaggio di Broward.

«Ciao, Julia, sono Kent Broward. Volevo soltanto sapere come vanno le cose, ma evidentemente sei già andata via. Ti ho mandato delle e-mail, chiamami se hai qualcosa da chiedermi al riguardo. Domani sarò in tribunale tutto il giorno perciò, se hai bisogno di parlarmi, prova nel pomeriggio.»

Cancellai il messaggio e attesi con impazienza che si caricassero i programmi sul computer.

Volevo leggere subito le e-mail di Broward per vedere se contenessero informazioni importanti o istruzioni, poi avrei cercato di finire delle ricerche legali che avevo lasciato in sospeso.

Squillò il telefono e, quando risposi, sentii la voce gracchiante di Dorothy.

«Julia, hai una persona con una consegna. La mando su?»

«Sì, grazie.» Guardai l'orologio. A quell'ora doveva trattarsi di una consegna urgente di un corriere espresso.

Finalmente il computer aveva terminato di caricare i programmi; quando apparve la schermata principale digitai il mio username e la password. Stavo scorrendo la posta in arrivo per trovare l'e-mail di Broward quando sentii bussare alla porta.

«Julia?»

Alzai lo sguardo e vidi sulla soglia un uomo abbastanza attraente, in giacca grigia e cravatta celeste, con in mano un grosso mazzo di fiori. Lo scrutai più attentamente perché aveva un volto familiare, poi mi balenò in mente chi fosse. Billy... Ben... no, Bob! Era il tizio che avevo rimorchiato lunedì sera.

Oh, Cristo! Le cose si mettevano male...

«Bob!» esclamai, cercando di sembrare contenta di vederlo. Però fallii miseramente e invece di assumere un tono lieto, dalle labbra mi uscì una specie d'invocazione strozzata.

«Spero che non ti dispiaccia che sia passato a trovarti. Mi avevi detto che facevi il tirocinio qui. Non sono riuscito a contattarti al numero che mi hai dato e ti ho inviato una richiesta di amicizia su Facebook, poi sono venuto ieri ma non c'eri e...» mi spiegò in fretta, concitato. Si interruppe, forse rendendosi conto di sembrare troppo ansioso, quasi disperato. «Volevo solo darti questi» concluse avvicinandosi alla scrivania e porgendomi i fiori.

Non potei fare altro che prenderli.

«Bob, sono stupendi! Grazie.» Li annusai, tuffando il viso tra le corolle per prendere tempo perché non sapevo cos'altro dire. In effetti era un mazzo bellissimo e doveva essere anche costoso, a giudicare dalla grandezza.

«Ti andrebbe di cenare con me una di queste sere? Conosco un ottimo ristorante italiano non lontano da qui.»

«Non posso, Bob. Sono uscita da poco da una relazione finita male e non sono ancora pronta» risposi. Era la mia battuta più usata, sempre efficace.

Bob apparve deluso ma si sforzò di sorridere. «Ti capisco. Però, se dovessi sentirti pronta, posso lasciarti il mio numero? Magari hai perso il mio biglietto da visita...»

Non l'ho perso, Bob. L'ho buttato nel cestino della carta straccia, pensai.

«Ma certo, lo terrò da parte e ti chiamerò se dovessero cambiare le cose.»

Il suo sorriso contento era così patetico da farmi vergognare. Fece il giro della scrivania allargando le braccia e io mi alzai dopo aver posato i fiori. Tentò di baciarmi ma girai la testa e mi limitai ad abbracciarlo.

Ci stavamo staccando quando De Luca comparve sulla soglia.

Si appoggiò allo stipite a braccia conserte, riempiendo tutto il vano con il suo fisico scultoreo. Aveva lo sguardo cupo, quasi feroce, e irradiava un'intensa energia virile. Spostò lo sguardo da noi due al mazzo di fiori, poi tornò a guardare me e Bob.

«Vi ho interrotti?»

Bob impallidì, dimostrandomi tutta la sua vigliaccheria. Pensai che, se fossimo stati aggrediti mentre eravamo insieme in strada, probabilmente si sarebbe dato alla fuga.

«No, Bob stava per andarsene» mi affrettai a rispondere. «Bob, ti presento l'avvocato De Luca, uno dei miei capi.»

De Luca e Bob si fissarono negli occhi, poi De Luca si avvicinò e gli strinse forte la mano. Dall'espressione di Bob, sospettai che gliel'avesse stritolata. Di colpo il mio ufficio mi parve claustrofobico, con quei due che si guardavano in cagnesco.

«Piacere» squittì Bob.

«Se avete finito, dovrei parlare con Julia» disse De Luca con piglio autoritario.

Bob mi rivolse un sorriso timido e se la diede a gambe. Incrociai le braccia e fissai De Luca con ostilità.

«Cos'è che dovevi dirmi di tanto urgente da non poter aspettare?» lo apostrofai, decisa a non lasciarmi intimidire.

«Chi è?» ribatté lui.

«Bob fa il...»

«So chi è. Quello che voglio sapere è cosa c'è tra voi» precisò De Luca.

«Niente» risposi, irritata dalla sua arroganza perché era sempre convinto di sapere tutto.

«Vi frequentate?»

«Non sono affari tuoi.»

«Invece sì, se viene a trovarti in ufficio.»

«Oh, andiamo, non tentare di sfruttare la tua autorità!» protestai.

«Allora, vi frequentate?»

«No.»

De Luca mi scrutò da capo a piedi e, con mia grande irritazione, mi accorsi che stavo arrossendo. Il magnetismo di quell'uomo era insostenibile. Mi mancava il fiato e per un istante fui fiera della mia lungimiranza perché mi ero vestita bene.

«Vieni a Las Vegas con me questo fine settimana» esordì di punto in bianco.

«Come?»

«Devo andare a Las Vegas per il weekend. Perché non vieni con me?» Anche se aveva trasformato l'affermazione in una domanda, sembrava ancora più un ordine che una proposta.

«Dici davvero?»

«Assolutamente sì.» Sembrava serio, in effetti, e anche molto provocante.

Gli sorrisi. «Grazie dell'invito, ma devo declinarlo.»

«Pensaci bene. Ti riporto in ufficio sana e salva lunedì.»

«Grazie, ma la risposta è sempre no.»

Lui sollevò un sopracciglio. «Sei fidanzata?»

«No.»

«Allora pensaci.»

Si accomiatò con un sorriso terribilmente seducente e se ne andò con la sua falcata elastica.

Mi accasciai sulla poltroncina. Troppe emozioni per essere solo le otto e dieci! Mi sforzai di concentrarmi sull'e-mail di Broward e fissai lo schermo del computer.

Da: Kent Broward
Data: 12 giugno, 21.27
A: Julia Campbell
Oggetto: Progetto Adma / Bakers / Turner

Julia,
in allegato troverai le schede di tre nuove S.p.A. per cui occorre redigere gli atti societari.
*Due società, l'*Adma LLC *e* Bakers Investments, *creeranno una joint venture per un progetto di sviluppo edilizio. Dovrai preparare la bozza preliminare della scrittura privata tra le due suddette società. Puoi usare come modello il contratto di joint venture Henderstone.*
KB

Leggendo l'e-mail, ero piena di terrore ed entusiasmo in pari misura. Ero emozionata perché era il primo vero incarico di natura legale che mi veniva affidato, ma ero anche invasa dall'ansia perché non avevo l'esperienza né le competenze necessarie per portarlo a termine.

Oltretutto, a peggiorare la mia agitazione c'era il fatto

che Broward mi aveva inviato altre tre e-mail ed ero intimorita dal loro possibile contenuto.

Le altre due erano molto meno preoccupanti, perché riguardavano incombenze di poco conto che avrei potuto eseguire senza alcuna difficoltà. L'ultima e-mail, invece, pur essendo cortissima fece comparire sul mio volto almeno tre nuove rughe.

Da: Kent Broward
Data: 12 giugno, 23.08
A: Julia Campbell
Oggetto: De Luca

Julia,
Sheila mi ha riferito che ti ha visto parlare con De Luca in cucina. Ti sta forse dando fastidio? Ti prego caldamente di mantenere le distanze.
Kent

Emisi un gemito sommesso. *Ti sta forse dando fastidio?* Non sapevo proprio come rispondere a quella domanda. Quanto al *mantenere le distanze*, non stavo esattamente seguendo il consiglio del capo... Comunque ero indispettita nei confronti di Sheila che aveva fatto la spia. Contrassegnai l'e-mail, ripromettendomi di rispondere dopo.

Il resto della giornata passò in un lampo e non ebbi il tempo di pensare ad altro che all'incarico che mi era stato affidato. Convinsi Beverly a darmi una mano con gli atti costitutivi delle società e riuscii faticosamente a redigere da sola la scrittura privata. Ero impegnata a fare ricerche quando un brontolio sommesso allo stomaco mi indusse a dare un'occhiata all'ora e vidi che erano le otto e mezza. Mi rammaricai di non aver pensato di tenere una scorta d'emergenza nel cassetto della scrivania per placare temporaneamente l'appetito con un succo di frutta o una barretta, ma la salvezza si presentò sulla soglia sotto le sembianze di De Luca, che recava in mano un cartone di pizza e una Coca Cola grande con dei bicchieri di plastica infilati sul collo della bottiglia.

Cercai di mantenere un'espressione seria ma fallii miseramente e sorrisi contenta. «Non mi fa piacere vederti, è la pizza a farmi quest'effetto» gli spiegai allontanando la poltroncina dalla scrivania e massaggiandomi le tempie.

«Vieni, andiamo a mangiare in sala riunioni. Sei al sicuro, puoi fare questo azzardo pericolosissimo. Ho già mandato Todd in perlustrazione e mi ha riferito che sono andati via tutti in quest'ala» mi informò sottovoce, in tono da cospiratore.

Mi stirai e mi alzai soffocando uno sbadiglio. «Dov'è Todd?»

«L'ho mandato a casa una volta che mi ha dato via libera.»

«Sa che sei venuto da me?»

«Non ne ho idea e, sinceramente, non mi interessa. Comunque Todd è un tipo sveglio e presumo che l'abbia immaginato.»

Fantastico, proprio quello che speravo, pensai, contrariata.

«Mangerò insieme a te solo perché ho fame e non ho finito il lavoro che mi è stato affidato perciò non posso andare a casa, ma ti avverto che è l'ultima volta in cui accetto di avere qualsiasi tipo di interazione con te, che esuli dall'ambito strettamente lavorativo» dichiarai, sostenuta.

«Dici davvero?»

«Sì, dico davvero. Broward ha già sentito puzza di bruciato anche a distanza. Mi ha mandato un'e-mail al riguardo.»

«Ah, sì! Ne ho ricevuta una anch'io, presumo dello stesso tenore.»

«E sei venuto da me ugualmente?»

«Ti sembro forse tipo da obbedire agli ordini di Broward?» ribatté lui.

Scrollai le spalle e lo seguii verso la sala riunioni dell'ala ovest. De Luca accese le luci che rimasero basse per qualche minuto mentre si scaldavano. Stappai la bottiglia e versai la Coca Cola nei bicchieri di plastica poi presi dei tovagliolini di carta dal carrello in un angolo, dove di solito si mettevano bevande e vassoi di dolcetti e tramezzini durante le pause caffè delle riunioni. De Luca si sedette e aprì il cartone della pizza, ne prese una fetta poi girò il cartone verso di me. Mi servii e mi sedetti accanto a lui a un angolo del lungo tavolo.

Per qualche minuto mangiammo in silenzio, poi lui iniziò: «Quindi questa è proprio l'ultima volta?».

Io annuii mugugnando perché ero a bocca piena.

«Pensi veramente di riuscire a starmi lontana?»

«Oh, Signore!» esclamai dopo aver inghiottito il boccone, alzando gli occhi al cielo con finta esasperazione. «Il tuo ego non ha limiti. Per come la vedo io, sei tu che non riesci a stare lontano da me» osservai.

«Mi interesso sempre dei nostri praticanti. Siete il futuro dello studio» sentenziò Brad.

«Come no! Dovrei credere che porti la cena anche a Woo?»

«No, perché non sono attratto da Woo.»

«Invece da me sì?»

«Certamente» confermò con voce calda e tono convinto, lanciandomi uno sguardo seducente.

Deglutii a vuoto. Lo desideravo così intensamente che mi faceva quasi male il cuore ogni volta che posavo lo sguardo su di lui. Sapere che non potevo averlo rendeva il tormento ancora più eccitante.

«Be', se davvero questo è il nostro ultimo incontro, dobbiamo metterlo a frutto» aggiunse con sicurezza.

«In che senso?» squittii, preoccupata.

«Nel senso che voglio sapere tutto di te. Facciamo come quando abbiamo pranzato insieme. Potrai chiedermi tutto quello che vuoi e io farò altrettanto» mi propose.

«Purtroppo io non sono interessante quanto te.»

Brad scosse lentamente la testa, poco convinto. «Avanti, comincia tu» mi invitò.

«Mi è stato detto che sei divorziato. È vero?»

«Sì.»

«Tutto qui?»

Brad mi guardò di sottecchi, esitò poi mi rivelò: «Sono stato sposato solo una volta con la mia fidanzatina dei tempi dell'università. Siamo stati insieme undici anni in tutto e sposati per sette anni. Hillary è una donna eccezionale ma eravamo incompatibili, troppo diversi. Ci siamo resi conto ben presto entrambi di aver commesso un errore ma siamo rimasti insieme, pur non essendo felici, sperando, chissà, che qualcosa potesse cambiare. Purtroppo non è stato così per cui ci siamo separati».

«Chi è stato l'avvocato che ha seguito tua moglie per il divorzio?»

«Nessuno» mi rispose lui con un abbozzo di sorriso. «Abbiamo presentato l'istanza personalmente, senza avvocati.»

«Non mi sembra giusto nei confronti della tua ex moglie.»

«Lo sarebbe stato se non le avessi dato tutto. Non avrebbe proprio potuto chiedere di più.»

«Perché l'hai fatto?»

«Nel mio mestiere vedo troppe persone distrutte dalle liti che accompagnano i divorzi. Diventano orribili, avide e meschine e finiscono per odiarsi pur non avendone veramente motivo. È successo ai miei genitori, ed è uno dei motivi per cui ho scelto questa specializzazione. Come avvocato mi è concesso di essere un animale spietato, una belva assetata di sangue, così le coppie possono restare civili e grazie a me ottengono un accordo equo» mi spiegò. Scrollò le spalle e prese un'altra fetta di pizza. «Almeno questo è il mio intento, anche se devo ammettere che non sempre mi riesce di far restare gli ex coniugi in buoni rapporti occupandomi di tutti i dettagli più sgradevoli.»

«Guarda che non la bevo. Gli avvocati divorzisti non sono umani, comprensivi e animati da nobili intenti come vuoi farmi credere» obiettai.

«Be', quando rimorchio le ragazze nei bar di solito questo discorsetto funziona» sorrise lui, malizioso.

«Sei stato fedele a tua moglie?» tornai all'attacco.

«No, ho avuto una relazione extraconiugale che è durata per tutto l'ultimo anno del nostro matrimonio. È finita prima del divorzio ma è stata l'ultima goccia che ha fatto traboccare il vaso.»

«Perché tua moglie l'ha saputo?»

«Non mi sforzavo molto di nasconderla, forse perché volevo essere scoperto. Sarebbe stato un buon pretesto per divorziare. Per qualche tempo mia moglie aveva chiuso un occhio, finché la mia amante non aveva cominciato a lasciarle sulla segreteria telefonica messaggi insistenti in cui descriveva nei minimi particolari i nostri incontri.»

«Perché?»

«Voleva una relazione alla luce del sole e mia moglie era d'intralcio. Quando cercai di rompere con l'amante, s'inalberò e pensò che mi avrebbe avuto tutto per lei se Hillary mi avesse lasciato.» Sospirò, poi aggiunse: «Ti dispiace cambiare argomento?».

«Assolutamente no. Comunque ora è il tuo turno. Chiedi pure.»

«Qual è il tuo rapporto con Bob?»

«L'ho conosciuto lunedì sera in un bar, e questo è tutto.»

«Sei andata a letto con lui?»

«Cosa? No!» esclamai indignata.

«Davvero?» mi chiese Brad incredulo.

«Davvero. Sono andata a casa sua, ma tra noi c'è stato solo qualche bacio e poco più, poi sono tornata a casa in taxi da sola. L'avevo appena conosciuto, non sono una ragazza facile» mi difesi.

«Però gli sei piaciuta al punto che è venuto a trovarti allo studio?» insinuò lui.

Lo guardai maliziosa prima di addentare una fetta di pizza. «Evidentemente l'ho colpito con il mio fascino irresistibile» replicai.

I suoi occhi si incupirono e abbassai lo sguardo sulla pizza perché ero turbata. *Stai calma, vacci piano*, mi raccomandai mentalmente.

«Con quanti uomini sei andata a letto?»

Masticai lentamente poi inghiottii il boccone mentre cercavo disperatamente una risposta da dargli senza fare la figura della sprovveduta. Ero indecisa; sarebbe stato meglio moltiplicare il vero numero dei miei amanti per sembrargli più navigata o dividerlo per apparire ingenua?

In preda al panico, decisi di dirgli la verità. «Due.»

Lui mi fissò confuso. «Due?» ripeté. «Quanti anni hai? Hai avuto una storia lunga con un ragazzo?» mi domandò a raffica.

«Sì, due» confermai annuendo. «Ho ventuno anni. Ho perso la verginità a diciannove e sono stata fidanzata con il secondo ragazzo con cui ho fatto sesso. Ci siamo lasciati circa un mese e mezzo fa.»

Lui fece un cenno d'assenso pulendosi la bocca con un tovagliolo di carta. «Solo due, eh?» borbottò come se parlasse fra sé e sé.

«Sì. Non faccio sesso se non sono innamorata. Per me il sesso ha valore solo se è accompagnato dall'impegno e dall'amore» sentenziai.

«E amavi quei due?»

«Così credevo. Ero giovane e inesperta.»

«Invece adesso sei vecchia e saggia?» replicò Brad, ironico.

«Sono più matura, ma sempre giovane ed esuberante» ribattei, pungente.

«Ti piace fare sesso?»

Quella domanda aveva riscaldato l'atmosfera. Percepii nettamente una corrente erotica che si era stabilita fra noi due.

«Naturalmente» risposi con aria di superiorità. Era vero, anche se quello che mi esaltava soprattutto non era tanto il godimento di per sé, quanto il senso di potere e di controllo che mi dava.

«Allora perché limitarti? Perché pregiudicare qualsiasi rapporto se non coinvolge anche i sentimenti? Che senso ha condurre per anni un'esistenza arida e sterile, priva di sesso, in attesa di trovare il vero amore? Nel frattempo perdi i tuoi anni di maggiore maturità e pienezza sessuale. Anzi, alcuni non si innamorano mai veramente in tutta la vita e tu stessa hai ammesso che in realtà *credevi* di amare gli unici due con cui sei andata a letto. In base a quel ragionamento, probabilmente finiresti per essere così frustrata sessualmente da convincerti di essere innamorata di qualcuno solo per poter fare sesso con lui. Questo comporterebbe una relazione inutilmente lunga e sicuramente uno dei due finirebbe per soffrire» sbottò, indispettito, dimenticando la pizza nella sua lunga tirata.

«Vedi, per te forse il sesso è una valvola di sfogo fisico, ma per me no, è più una questione emotiva. Non ne ho veramente *bisogno*» obiettai.

«Sciocchezze. Tutti hanno bisogno di sesso.»

«Lo dici perché sei un uomo e quello che percepisci come *bisogno* è l'esigenza di scaricare... la tua roba» replicai, imbarazzata. «Il corpo femminile funziona in un altro modo, perlomeno il mio. Come ti ho detto, per me il desiderio non è solo fisico ma coinvolge i sentimenti.»

«Insomma non scopi ma fai l'amore» concluse Brad. Quella parola cruda, quasi brutale, aveva un suono trasgressivo e incredibilmente sexy, pronunciata dalle sue labbra.

«No, io scopo» ribattei, più per fargli vedere che sapevo tenergli testa senza scandalizzarmi che perché adottassi normalmente quel linguaggio. «Però lo faccio perché mi esalta avere il controllo, non tanto con l'obiettivo del godimento fisico» gli confessai.

Non avevo mai rivelato a nessuno certi aspetti della mia sessualità, ma mi sembrava liberatorio potermi confidare con lui, sapendo che non l'avrei visto più in quelle circostanze intime, e che non ero coinvolta in alcun modo a livello personale con lui, per cui non mi importava il suo giudizio.

Brad mi trapassò con uno sguardo indagatore. «Non hai mai avuto un orgasmo, vero?»

«Eh?» trasecolai. Come si permetteva?

«Rispondi» mi incalzò.

Esitai, non per pudore ma perché non sapevo veramente come rispondere. Stropicciai il tovagliolo di carta, imbarazzata. «Credo di no» ammisi. «Provo sensazioni piacevoli quando faccio sesso, ma l'orgasmo mi è stato descritto come un'esperienza esaltante, sublime, e me ne sarei accorta se mi fosse capitato.» Scrollai le spalle. «Pare che il quindici per cento delle donne non sia in grado di avere un orgasmo, me l'ha detto la mia ginecologa. Secondo lei non dovrei preoccuparmi, perché il sesso può comunque essere piacevole, e infatti lo è.»

Brad ridacchiò, poi si piegò verso di me. «Tu puoi avere un orgasmo» dichiarò con fermezza.

«E come fai a dirlo? Hai capito tutto del funzionamento più intimo del mio corpo nei tre quarti d'ora che abbiamo trascorso insieme?» replicai con sarcasmo.

«Tutte le donne sono in grado di godere. La tua ginecologa non capisce un fico secco, e le statistiche che hai citato sono sicuramente tratte da qualche stupida rivista femminile.»

«Quanto sei testardo! Non sai tutto...»

«Forse non in tutti i campi, ma so tutto del sesso e di come dare piacere a una donna.»

Ci scommetto, pensai. «Sicuramente no. Forse le tue conquiste fingevano di godere» insinuai.

«Non fingevano.»

«Come fai a saperlo con certezza?»

Brad sospirò esasperato. «Potrei darti un dimostrazione pratica invece di cercare di convincerti, se non fossi tanto ostinata a dimostrarti ottusa al riguardo.»

«Di' pure quello che vuoi, tanto ora tocca a me farti una domanda» ribattei. Mi alzai per andare a prendere un altro tovagliolo di carta dal carrello, visto che avevo ridotto in brandelli il mio per il nervosismo.

Sentivo gli occhi di Brad su di me. Gli lanciai un'occhiata da sopra la spalla e vidi che aveva lo sguardo fisso sul mio fondoschiena, con un lieve sorriso che gli aleggiava sulle labbra. Non si curò di distoglierlo per dissimulare il proprio apprezzamento. *Che porco...*

«Ti è mai capitato di essere denunciato per molestie sessuali?» sbottai.

Brad parve offeso. «Ti assicuro che non ho mai molestato nessuna, non tento approcci a meno che la persona in questione non mi faccia capire chiaramente di gradirli.»

Tornai al tavolo e mi sedetti, poi bevvi un sorso di Coca Cola. «E ti sembra che io ti abbia fatto capire *chiaramente* di gradirli?»

Brad si strinse nelle spalle. «Diciamo che con te sono sulla buona strada» rispose con un sorrisetto.

«Non credo che sarebbe una scusa accettabile in udienza» commentai.

«Obiezione accolta» replicò scherzoso.

Era impossibile non subire il fascino magnetico di

Brad De Luca quando si era a tu per tu con lui. Sembrava avere la dote naturale di mettere il suo interlocutore al centro dell'attenzione. Qualunque donna avesse parlato con lui si sarebbe sentita importante. Per la prima volta da quando si era presentato nel mio ufficio pensai che non ero del tutto certa che non l'avrei più rivisto dopo quella sera. Non mi fidavo della mia capacità di stare lontana da lui.

«Continuiamo» ripresi. «Perché Broward ti detesta così tanto?»

«Dovresti piuttosto chiedermi perché Broward insista così tanto a proteggerti» ribatté lui.

«Non eludere la domanda» lo redarguii.

Brad sospirò e bevve un sorso di Coca Cola. «Non vorrei dire che tutti mi odiano solo perché sono invidiosi, perché mi rendo conto che sembra una scusa, ma credo che Broward paragoni la mia vita alla sua. Vedi com'è fatto... sospetto che si seppellisca nel lavoro per evitare di tornare a casa da una moglie intelligente e gentile, ma terribilmente noiosa. Ha scelto un ambito legale altrettanto soporifero e penso che sia scoppiato. Considera il mio ufficio come un posto in cui non si lavora veramente, perché gli dà fastidio il fatto che ci divertiamo oltre a impegnarci. Oltretutto vede che il mio fatturato è molto superiore al suo, nonostante io lavori la metà delle ore... è comprensibile che mi detesti.»

«E *tu* ti detesti o sei contento di quello che fai?» insinuai.

«Conduco la vita che ho scelto. Le donne, le feste, il potere, i soldi... fanno parte di ciò che ho sempre desiderato.»

«È per questo che sei qui a parlare con me mangiando pizza fredda? A quest'ora potresti essere circondato dalle tue conquiste...»

Brad fece una risatina. «Sono qui perché voglio conquistare anche te» dichiarò.

La sua risposta sincera e brutale avrebbe dovuto irritarmi, invece l'accettai come vera e onesta. Sapevo cosa voleva, ma cominciava a preoccuparmi il fatto che forse lo volessi anch'io...

«Pensi che ti risposerai mai?»

«No» rispose con fermezza. «Ho delle esigenze che una donna normale non può soddisfare. Mi ero illuso che non fosse così, ma ora ne sono certo. Non sarebbe giusto promettere un lieto fine a una donna a cui sarei sicuramente infedele.»

«Perché? Sei un sessuomane?»

Brad fece una smorfia. «È una definizione che mi infastidisce. Che significa? Mi piace il sesso e non voglio reprimere i miei impulsi per conformarmi alle regole imposte dalla società.»

«Secondo Sheila sei un sessuomane.»

«Tra me e Sheila c'è una forte attrazione erotica da almeno cinque anni» replicò imperturbabile.

Rimasi a bocca aperta e lui scoppiò a ridere.

«Dio, Julia, abbocchi così facilmente! Quanto sei ingenua...»

«Guarda che ci credo. Stando a quello che ho sentito dire di te, Sheila potrebbe benissimo cadere nella tua rete prima o poi, visto che corri dietro a tutto quello che respira...» lo provocai.

Brad smise di ridere e mi guardò intensamente. «Vieni con me a Las Vegas» tornò a insistere.

«No! Questo è il nostro ultimo incontro. Per me è finita la pacchia. Da domani riprenderò a comportarmi da brava bambina diligente.»

Per quanto insistessi a rifiutare il suo invito, mentalmente stavo già facendo i bagagli e mi chiedevo quali scarpe portare...

«Comincia lunedì a fare la brava, allora» ribatté. «Sei mai stata a Las Vegas?»

«No. I miei genitori preferivano andare in vacanza a

Bismarck, nel Nord Dakota. Molto più stimolante di Las Vegas, te l'assicuro!» ironizzai.

Brad mi prese la mano e mi guardò negli occhi con aria solenne, provocandomi un fremito d'emozione. «Vieni con me, ti prego. Ti prometto che non te ne pentirai.»

Non sapevo che dire; lo fissavo negli occhi, turbata da emozioni contraddittorie. C'erano così tanti pensieri che mi ronzavano in mente che non sapevo a quale dare ascolto.

«No» dissi infine con un'occhiata severa.

. 12 .

«Vai a Las Vegas?» strillò Olivia. La sua espressione sbalordita non fece altro che aumentare la mia ansia.

«Sì... cioè, credo di sì.»

«Quando?»

«Dopodomani dopo il lavoro. Abbiamo il volo alle diciotto e quarantacinque.»

Eravamo in soggiorno a casa mia e stavamo bevendo vino. Quando avevo aperto la porta a Olivia, le era bastata un'occhiata alla mia faccia per andare direttamente in cucina e aprire la prima bottiglia che aveva visto. Ora stavamo tracannando il vino direttamente dalla bottiglia a turno, senza neanche perdere tempo a versarlo nei bicchieri. *Davvero di classe*, pensai.

«Cosa sai di lui, oltre agli avvertimenti che ti hanno lanciato quasi tutti quelli che lavorano con te?»

«Praticamente nulla, tranne che è iscritto all'Ordine degli Avvocati ed esercita, quindi non ha precedenti penali.»

«Ancora!» precisò Olivia. «Dopo questo fine settimana potrebbe avere sulla fedina penale un rapimento, uno stupro e un omicidio!»

Alzai gli occhi al cielo. «Non esagerare, Olivia. Ti ho chiamata perché avevo bisogno di qualcuno che mi calmasse e mi rassicurasse. Se avessi voluto un'amica che si abbandonasse a isterismi e facesse congetture apocalittiche, avrei chiamato Becca.»

«L'hai cercato su Google?»

«Certo, ma c'erano otto milioni di risultati e le prime

cinque pagine erano tutte di articoli relativi a casi di grande risonanza. Non avevo voglia né il tempo di spulciarli tutti.»

«Va bene, siamo pratiche. Se decidi di andare, devi fare le cose per bene. Hai deciso cosa portare?»

Le sorrisi sollevata. Era per questo genere di consigli che avevo chiamato Olivia...

Un'ora dopo, scolata la seconda bottiglia, eravamo circondate da indumenti di ogni genere. Olivia aveva vuotato metà del mio armadio e sul mio letto c'erano pile di vestiti, ma eravamo giunte alla stessa conclusione: non avevo niente da mettermi. Tutto quello che possedevo rientrava in tre categorie: abiti da lavoro, vestitini per le serate nei bar frequentati dagli universitari e costumi per le feste a tema. Non avevo nulla di abbastanza sexy ed elegante che si addicesse a un fine settimana a Las Vegas.

«Forse sarebbe meglio se non andassi» mormorai sconsolata, accasciandomi sul letto e affondando tra gli strati di spandex e paillettes di vestiti assolutamente inadatti allo scopo.

«Oppure potremmo chiamare i rinforzi» mi propose Olivia.

La guardai timorosa. «Becca?»

Lei fece un cenno d'assenso con aria decisa. «Becca.»

La famiglia di Becca non era ricca come i Rockefeller, ma aveva comunque un ingente patrimonio e il generoso appannaggio mensile della nostra amica veniva speso quasi interamente in alcol e vestiti. Becca abitava in un appartamento con due camere da letto, una delle quali era adibita a cabina armadio. Considerato che eravamo brille, io e Olivia decidemmo di andare a farle visita in taxi. Il nostro piano era presentarci alla sua porta con una valigia vuota e una bottiglia di vino, l'ultima che mi fosse rimasta e, ovviamente, anche la più scadente.

Era l'una di notte di mercoledì perciò non avemmo difficoltà a trovare un taxi libero. All'una e un quarto stavamo suonando il campanello di Becca, che ci aprì con il cellulare incollato all'orecchio e una musica assordante in sottofondo. Appena vide che eravamo in tuta da casa e con una bottiglia in mano salutò la persona con cui stava parlando, chiuse la comunicazione e spalancò la porta.

Ragguagliammo rapidamente Becca sulla situazione e, con mia grande sorpresa, caldeggiò la mia decisione di partire per Las Vegas. Avrei dovuto immaginare che per lei fossero assolutamente logiche le decisioni impulsive, avventate e totalmente irrazionali.

Poi ci addentrammo nel regno delle meraviglie che era il guardaroba di Becca. Avevamo una conformazione fisica simile ma io ero molto più alta di lei, il che non era un problema perché a Las Vegas non sarebbe stato molto elegante partecipare alle serate in pantaloni... Ma l'aspetto più vantaggioso era che, oltre ad avere la stessa misura di reggiseno e taglia di vestiti, portavamo anche scarpe dello stesso numero. Becca comprava una quantità impressionante di calzature e le regalava alle amiche dopo averle portate pochissime volte, per cui erano praticamente nuove. Anche se ero perennemente al verde, nessuno l'avrebbe capito se avesse perlustrato il mio armadietto delle scarpe perché ce n'erano tante, e quasi tutte di marca grazie alla generosità di Becca. Era uno dei motivi per cui eravamo tanto amiche; potevo chiudere un occhio su qualsiasi pecca se, quando si scusava per l'ennesimo passo falso, mi offriva anche un paio di Jimmy Choo per farsi perdonare.

Oltretutto, di noi tre, Becca era quella che aveva viaggiato di più ed era stata a Las Vegas innumerevoli volte per cui sapeva esattamente cosa portare per un fine settimana nella Città del Peccato. Mentre passavamo in rassegna il suo guardaroba, snocciolò una serie infinita di ristoranti, locali e negozi in cui andare che non avrei mai ricordato, considerato che avevo la mente annebbiata dall'alcol. Avevo smesso di ascoltarla quando mi accorsi che nella stanza era sceso il silenzio. Mi voltai e vidi che Becca e Olivia mi guardavano con aria interrogativa.

«Mi avete chiesto qualcosa?»

«Parlavo di sesso. Ti ho domandato se hai intenzione di andare a letto con lui» ripeté Becca scandendo le parole come se stesse parlando con una ritardata.

«No!» replicai indignata, anche se dentro di me una voce gridava con entusiasmo *Sì!*

«Ti porterà fino a Las Vegas in aereo, spenderà parecchi soldi per te... se non intendi andarci a letto dovresti fargliela capire» mi ammonì Olivia.

«Si accorgerà che sei una a cui piace civettare con gli uomini senza mai arrivare al dunque» aggiunse Becca, mettendosi le mani sui fianchi. «Sai, Julia, alcuni non la prendono bene quando vengono provocati e poi respinti. Finora sei stata fortunata, ma prima o poi potrebbe capitarti qualcuno che non si fermerà quando gli dirai che non vuoi andare oltre.»

«Non credo proprio che Brad sia un maniaco stupratore» replicai, riappendendo la minigonna di paillettes argentate che stavo esaminando e continuando a passare in rassegna i vestiti, sperando che Becca e Olivia cambiassero argomento.

«Sicuramente le vittime di Ted Bundy avrebbero detto la stessa cosa di lui» sentenziò Becca.

Riflettendoci, forse avrei dovuto affrontare la questione con Brad. Però mi sembrava di averglielo fatto capire chiaramente la sera prima. *Non faccio sesso se non sono innamorata*, gli avevo detto. Lo sapeva, anche se era un concetto che non riusciva a comprendere.

«E, comunque, perché sei così bacchettona?»

«Non è bacchettona, Becca» intervenne Olivia. «Semplicemente non la dà a tutti gli uomini che le offrono un *mojito*» aggiunse, allusiva.

Becca le fece la linguaccia per la sua frecciatina. «Almeno praticagli sesso orale, è il minimo che tu possa fare per quel poveretto.»

«Vi sarei grata se evitaste di considerare la mia futura vita sessuale un argomento di conversazione» commentai acida. «Sono abbastanza grande da passare un fine settimana con un uomo senza essere stuprata, torturata o uccisa. Tornerò tutta intera, ve lo prometto» dichiarai, incrociando le dita dietro la schiena senza farmi vedere, tanto per scaramanzia.

. 13 .

Regola n°3: Non è possibile sapere in anticipo cosa accadrà. Ci riserviamo il diritto di modificare i programmi prima dell'arrivo in base alle esigenze del soggetto.

«Tutti i telefoni devono essere spenti, signore.»

L'hostess dal trucco impeccabile quanto la sua manicure lanciò un'occhiata severa a Brad passandogli accanto mentre attraversava la fusoliera. Il suo tono autoritario fu mitigato dal gesto delicato con cui attirò la sua attenzione, posandogli una mano sulla spalla.

Presi il cellulare dalla borsa, verificai che fosse impostata la modalità volo, poi lo infilai di nuovo nella tasca interna mentre, con un sospiro rassegnato, Brad metteva in pausa la partita in corso del gioco che stava facendo con evidente accanimento, poi spegneva il cellulare e lo posava sul bracciolo.

Io indicai il telefonino e commentai: «Non c'è bisogno di spegnerlo, sai? Puoi continuare a giocare. Basta attivare la modalità volo».

«Che sarebbe?»

«È una modalità che ti permette di giocare o ascoltare musica o comunque utilizzare varie funzioni del cellulare, escludendo le chiamate e il collegamento a Internet» gli spiegai.

Lui mi guardò sbalordito e ammirato, come se avessi annunciato che avevo scoperto la cura per il cancro. «Ne sei sicura?»

«Sicurissima. È per quello che si chiama *modalità volo*, perché puoi usare il telefonino in aereo.»

«Perché diavolo non me l'ha mai detto nessuno?» borbottò Brad. Tutto soddisfatto, riaccese il cellulare e passò in rassegna i vari menu in cerca delle impostazioni.

«Dammi, faccio io» lo esortai. «Altrimenti rischi di non fare in tempo ad attivare la modalità prima che torni la hostess.»

Brad esitò per una frazione di secondo, poi mi consegnò il cellulare. Impostai la modalità aereo e glielo restituii dopo pochi secondi. Brad mi sorrise e riprese a giocare con l'espressione soddisfatta. Io presi una gomma da masticare dalla borsa, controllai che fosse allacciata la cintura di sicurezza, poi spostai lo sguardo verso il finestrino.

Le giornate di giovedì e venerdì erano passate in un lampo in ufficio. Brad era rimasto nella sua zona e io nella mia. Avevo portato a termine tutti gli incarichi che mi aveva assegnato Broward prima di partire ed ero così stanca che non vedevo l'ora di passare due giorni senza pensare al lavoro.

L'hostess della prima classe si avvicinò nuovamente e si fermò accanto ai nostri posti.

«È in modalità volo» le spiegai, notando la sua occhiata interrogativa mentre Brad continuava a giocare beatamente noncurante.

L'hostess fece un cenno d'assenso. «Gradite dello champagne?» ci chiese educatamente.

«Sì, grazie» risposi. Diedi una leggera gomitata a Brad che borbottò qualcosa annuendo. Ero sicura che non avesse ascoltato affatto e non avesse idea di cos'avesse appena accettato.

Mentre l'hostess si allontanava, tornai a guardare fuori del finestrino. Ero in preda a un'esaltazione euforica che mi faceva quasi girare la testa, perché non avevo mai volato in prima classe. L'hostess ci servì lo champagne e ci portò plaid e cuscini. Io mi sistemai con il calice in mano e mi rilassai, pronta a godermi le inattese comodità a mia disposizione. Brad aveva scelto il posto lato corridoio e il suo fisico imponente riempiva il sedile spazioso, facendolo sembrare quasi angusto.

Tirai fuori dalla borsa un romanzo giallo e mi preparai ad affrontare il breve volo in coincidenza con la lunga traversata per Las Vegas.

. 14 .

Atterrare a Las Vegas fu già un'esperienza singolare, non tanto per l'atterraggio in sé, quanto per l'aeroporto che trovai veramente pittoresco. Avevamo portato solo il bagaglio a mano per cui, scesi dall'aereo, ci dirigemmo direttamente verso l'uscita tra orde di turisti, ragazze in abiti succinti con i seni prosperosi bene in mostra e schermi che coprivano ogni superficie disponibile alle pareti per pubblicizzare vari spettacoli, casinò e ristoranti.

Fuori dall'aeroporto regnava il caos più totale; c'era una lunghissima fila per i taxi e il servizio di limousine, e tutti gridavano e agitavano le braccia concitati. Brad individuò subito il nostro autista, un nero corpulento e piuttosto anziano in smoking, che aveva in mano un cartello su cui era stampato il nome *De Luca*. Si avvicinò e gli strinse la mano salutandolo con calore.

«Ciao, Leonard!»

«Buongiorno, signor De Luca. È un piacere rivederla. Come sta?»

«Bene, grazie. Ti presento Julia» rispose Brad stendendo il braccio verso di me.

Mi avvicinai e lo salutai. «Buongiorno.»

«Piacere di conoscerla. Il suo bagaglio è soltanto questo?» mi chiese Leonard prendendo in consegna il mio trolley.

«Sì, ma è pesante.»

«Non è un problema. Ho caricato di peggio...» ridacchiò l'autista. A giudicare dal suo fisico, da giovane doveva essere un buttafuori o una guardia del corpo. «Prego, da questa parte.»

«Come sta Jeanne?» gli domandò Brad mentre lo seguivamo verso una limousine parcheggiata accanto al marciapiede.

«Bene, bene. Si diverte un mondo con i nipotini che stanno con noi dopo la scuola» rispose l'autista camminando a fatica perché zoppicava leggermente.

«Lo immagino. Dev'essere bello avere la casa piena di bambini.»

«Per mia moglie sì ma, se devo essere sincero, a me tutto quel caos pesa, e poi non sono più padrone del televisore. Quei monelli guardano sempre i cartoni animati, e io devo dire addio al baseball!» ridacchiò mentre caricava i trolley nel portabagagli.

Mi tenne aperta la portiera e io salii a bordo dell'ampia limousine, scivolando sull'ampio sedile per far posto a Brad che si sedette al mio fianco.

«Tu e l'autista vi conoscete bene» commentai mentre Leonard si metteva alla guida. «Ne deduco che vieni spesso a Las Vegas.»

Brad mi sorrise e annuì mettendomi una mano su un ginocchio. Notai che il suo atteggiamento era cambiato; un po' della tensione continua che lo caratterizzava si era allentata dopo l'arrivo e mi sembrava più allegro e giocoso. «Di solito vengo a passare il fine settimana qui ogni due mesi. Questo posto mi rilassa e mi libera la mente... anche se mi vuota il portafogli!»

«Vieni solo?» insinuai, anche se mi sentivo una ficcanaso.

«Dipende da cosa ho voglia di fare, se devo vedere qualcuno... Vengo solo o in compagnia a seconda del genere di viaggio.»

«E questo che genere di viaggio è?»

Brad fece scivolare la mano verso l'alto fino a posarla sulla parte alta della coscia. «Non l'ho ancora deciso.»

Obbedendo a un impulso improvviso, mi protesi verso di lui, gli passai una mano dietro la nuca e lo baciai.

Era il nostro primo bacio, e fu incerto ed esplorativo, almeno da parte mia. L'avevo baciato senza preavviso e non sapevo come avrebbe reagito, ma Brad non si fece prendere in contropiede e mi afferrò alla vita stringendomi a sé. Ricambiò il bacio con ardore e mi accarezzò i capelli con l'altra mano, che poi fece scorrere lungo il collo fino al seno, per palparlo. Sentivo il calore della sua mano penetrare attraverso il cotone leggero della maglietta e la sua stretta virile mi eccitò incredibilmente. Intrecciammo le lingue in un duello stuzzicante finché non ci staccammo, ansanti. Lo guardai negli occhi, in preda al panico, chiedendomi in quale guaio fossi andata a cacciarmi.

Prima di liberarmi dalla sua stretta, sentii le mani di Brad che esploravano tutto il mio corpo, fin dove potevano arrivare. Quando mi allontanai da lui e raddrizzai la schiena, guardai nervosamente in direzione dell'autista, chiedendomi se ci avesse visti avvinghiati in un torrido abbraccio, ma notai con sollievo che aveva sollevato la parete di vetro oscurato tra il sedile anteriore e l'abitacolo, garantendoci la massima riservatezza.

«Vieni qui, avvicinati.»

Mi girai verso Brad e vidi che stava battendo sul sedile accanto a sé. Esitante, scivolai nuovamente verso di lui e Brad mi fece spostare finché non mi trovai distesa, rivolta verso la portiera e con la testa sulle sue ginocchia.

«Devo fare una telefonata» mi avvertì. «Intanto riposati, ci vorrà una mezz'ora per arrivare.»

Mi passò lentamente le dita tra i capelli e io mi abbandonai al piacere che mi provocava quel gesto ritmico e tenero. In effetti mi rilassai a poco a poco, mentre pensavo al nostro rapporto, chiedendomi come mi sarei comportata quando fossimo stati soli nella stanza d'albergo.

Non giunsi a una risposta perché le carezze suadenti di

Brad mi fecero scivolare nel dormiveglia, da cui mi riscossi all'incirca un quarto d'ora dopo. Lui stava parlando al telefono e, benché fossi ormai vigile, continuai a tenere gli occhi chiusi.

«Ti ho detto che me ne sarei occupato io» stava dicendo Brad. Dopo una breve pausa continuò e io ascoltai i frammenti del colloquio telefonico.

«No, per l'amor di Dio, non dirgli niente... No, non posso farlo oggi, non sono solo... Una ragazza, non la conosci... Non è il tipo, è troppo pudica e ingenua...»

Mentre tendevo l'orecchio, tenendo gli occhi chiusi, mi accorsi che mi stava ancora accarezzando i capelli e sospettai che non si fosse mai fermato.

«Scusa, devo chiudere. Siamo quasi arrivati. Ti chiamerò la prossima volta, salutami Jenny.»

Brad mise il cellulare in tasca e mi scosse delicatamente una spalla mentre la limousine ondeggiava affrontando una curva. «Julia?» bisbigliò.

Feci finta di dormire ancora e lui insistette a voce più alta.

«Julia!»

Mugugnai assonnata e aprii gli occhi. «Ehi...» mormorai mentre Brad mi guardava sconcertato, come se non gli sembrasse possibile che mi fossi addormentata tanto profondamente. Mi stirai e mi sollevai lentamente a sedere, poi mi sfregai gli occhi dimenticando completamente che mi ero truccata. «Siamo arrivati?»

«Sì.» Brad fece una risatina sommessa. «Ti consiglio di dare un'occhiata allo specchietto prima di scendere.»

Battei più volte le palpebre, poi presi dalla borsa l'astuccio della cipria, lo aprii e vidi che avevo il mascara sbavato. *Veramente sexy, Julia, complimenti*, mi rimproverai mentalmente. Mi pulii in fretta con un fazzolettino di carta e rimisi l'astuccio in borsetta appena in tempo perché la limousine si fermò davanti al casinò.

Eravamo al famoso *Bellagio*, un'imponente costruzione

curva con una torre centrale davanti a un'immensa fontana. Brad indicò lo specchio d'acqua. «Abbiamo una camera con vista sulle fontane. Sono sicuro che apprezzerai il panorama.»

Leonard aveva parcheggiato sotto un enorme porticato che pullulava di fattorini e inservienti in gilet nero. Uno di loro aprì lo sportello per farci scendere e salutò con deferenza Brad, riconoscendolo immediatamente.

«Avvocato De Luca, bentornato!»

«Grazie. I bagagli sono dietro.»

«Li faccio portare subito in camera.»

Brad lo ringraziò e gli diede una mancia generosa, sfilando una banconota da un rotolo che teneva in tasca.

«Grazie, avvocato. Non esiti a chiamarmi se dovesse avere bisogno d'altro.»

Brad gli fece un cenno d'assenso poi mi prese per mano e si diresse verso l'ingresso. Entrammo nell'atrio affollato, con un intenso viavai di persone, un brusio e un trambusto che mi fecero girare la testa. Al soffitto altissimo era appesa una gigantesca scultura di vetro soffiato a mano con migliaia di fiori colorati. Davanti alla *reception* c'era una fila interminabile di persone in attesa di registrarsi al bancone lunghissimo, con una decina d'impiegati per servire i clienti. Invece di mettersi in coda, Brad mi guidò verso un piccolo atrio esclusivo sulla destra, in direzione del casinò.

Quell'ambiente ristretto ma sfarzoso era arredato con estremo lusso: pareti rivestite di carta da parati con un motivo decorativo dorato e pannellature di legno color avorio nella parte inferiore, un divano e poltrone di pelle intorno a un tavolino basso imbandito con dolcetti e stuzzichini, un grande televisore a schermo piatto e un mobile bar d'antiquariato in un angolo, fiancheggiato da due ragazze in tailleur, pronte a intervenire per servire gli ospiti. C'era una scrivania alla parete di fronte alla zona salotto, dietro cui erano sedute altre due belle ragazze. Una era al telefono, ma l'altra sorrise a Brad che si avvicinò dopo avermi fatto segno di aspettarlo seduta sul divano.

Mi feci dare un bicchiere d'acqua dalla barista, poi mi accomodai e mangiai un minuscolo cupcake al limone, che inghiottii appena in tempo quando Brad tornò da me con in mano la scheda magnetica della chiave.

«Andiamo?»

Annuii e posai il bicchiere, rinfrancata dall'acqua fresca e dallo squisito dolcetto, poi mi lasciai condurre verso la dimensione folle del casinò.

Non ero mai stata in un casinò, ma li avevo visti nei film ambientati a Las Vegas. Era proprio come me l'aspettavo, pieno di colori sgargianti, tintinnii e rumori vari, grida esaltate, vecchiette sedute alle slot machine e uomini dall'aria depressa che giocherellavano con mucchietti di *fiches* che diminuivano a vista d'occhio. Brad lanciò un'occhiata interessata ai tavoli del Blackjack mentre attraversavamo la sala, diretti verso gli ascensori. Premette il pulsante e, quando le porte di un ascensore si aprirono, entrammo e subito la cabina mi parve angusta, più che altro per la presenza imponente di Brad. Una musica classica di sottofondo spezzava il silenzio carico d'imbarazzo, almeno da parte mia. Uscimmo al ventesimo piano e ci dirigemmo verso la camera.

Appena vidi che aveva una porta a due battenti capii subito che non avrei dovuto aspettarmi una normale stanza d'albergo. Brad aprì ed entrammo in una spaziosa suite, con due camere da letto e un ampio soggiorno con divano, poltrone, una grande scrivania e vetrate a tutta parete da cui si godeva un panorama spettacolare del corso principale di Las Vegas, la famosa Strip. C'era anche un tavolo da pranzo che occupava un lato del soggiorno con una composizione di fiori al centro. Entrai nella stanza da letto più grande e vidi un tavolino in un angolo con un cesto di frutta e un vassoio d'argento con un assortimento di cioccolatini, insieme a un biglietto di benvenuto da parte della direzione. Il letto era enorme, con una panca imbottita ai piedi e fiori freschi sui comodini. Il bagno era grande quanto il mio appartamento, con un'ampia vasca a idromassaggio, una cabina doccia, due lavelli, uno spogliatoio e una cabina armadio separata, dove erano già stati consegnati i nostri bagagli. Notai che anche il mio trolley era stato portato lì insieme a quello di Brad, e non nell'altra camera da letto, che era più piccola ma accogliente e perfettamente attrezzata, con un letto a una piazza e mezza, una toeletta e una poltroncina, un bagno spazioso ma non paragonabile all'altro.

Terminata la mia esplorazione delle due stanze, tornai in soggiorno. «Devo scendere al casinò per salutare il direttore» mi disse. «Intanto vuoi cambiarti per la cena?»

Guardai l'orologio, sorpresa. Non avevo ancora cambiato l'orario e segnava ancora le 23,40. A Las Vegas dovevano essere le 20,40, calcolai mentalmente. Avevamo mangiato in aereo per cui presumevo che quella fosse la nostra cena, ma a quanto pareva mi sbagliavo.

«Va bene, anche se non ho particolarmente appetito» ammisi.

«Cenare qui è un'esperienza stimolante al di là del cibo di per sé. Sei stanca?»

«Sì... cioè, no... non lo so» farfugliai, impappinandomi. Ero nervosissima; avevo voglia di andare a letto con lui ma l'idea mi terrorizzava, per cui non ero pronta a infilarmi tra le lenzuola pur essendo stanca. L'uomo di mondo vestito con eleganza che dispensava mance generose e si dimostrava perfettamente a suo agio in una lussuosa suite di Las Vegas, accolto con tutti gli onori, non era lo stesso che chiacchierava informalmente con me dividendo una pizza e bevendo Coca Cola. Ero frastornata e non sapevo cosa pensare. A ogni minuto che passava ero sempre più convinta di aver fatto il passo più lungo della gamba.

Brad mi guardò senza parlare per qualche istante, immobile. Mi sforzai di sorridergli ma non riuscii a muovere le labbra che tremavano e, improvvisamente, scoppiai in un pianto inaspettato e incontrollabile.

Brad accorse immediatamente e mi scostò i capelli dal viso, poi mi tempestò la fronte e le guance di baci teneri. Mi prese tra le braccia e mi sollevò di peso senza sforzo apparente, poi mi portò in camera e mi depose sul letto, asciugandomi le guance rigate di lacrime mentre io singhiozzavo, scossa da violenti tremori. Mi coprii il volto con le mani e sentii le labbra di Brad sulle dita.

Quando i singhiozzi cominciarono a calmarsi a poco a poco, deglutii più volte e Brad mi baciò la fronte poi mi porse un fazzoletto di carta dalla scatola sul comodino. Mentre mi soffiavo il naso e asciugavo gli occhi, si distese accanto a me, appoggiato su un gomito.

«Cos'hai?» mi chiese con dolcezza.

La sua voce calda e profonda, e il suo tono comprensivo, mi provocarono un altro accesso di pianto che però riuscii a trattenere anche se avevo gli occhi gonfi di lacrime. *Penserà che sono una svitata*, mi dissi. Ma forse ero davvero pazza, per essere andata a cacciarmi in quella situazione.

Non sapevo cosa rispondere, con quali parole dare voce al mio smarrimento, per cui scossi la testa senza aprire bocca mentre mi guardava preoccupato, confuso dalla mia reazione. Mi sentivo terribilmente sciocca e infantile, nonché deludente per avergli dato prova della mia immaturità.

Qualche secondo dopo, visto che non mi decidevo a dargli una spiegazione, mi prese per le braccia e mi tirò con delicatezza. Mi alzai docilmente e, quando fui in piedi accanto al letto, Brad mi sfilò la maglietta e io sollevai le braccia per assecondarlo. Poi fu il turno della gonna; slacciò il bottone, abbassò la cerniera e la tirò verso il basso. Mi chinai per togliermela e mi sfilai anche le ballerine, rimanendo davanti a lui in biancheria intima. Avrebbe cercato di fare sesso con me?, mi chiesi, trepidante. Invece

Brad mi fece stendere di nuovo dopo avere scostato il copriletto e il lenzuolo, mi coprì avvolgendomi in quel bozzolo di lussuosa morbidezza, mi diede un bacio lieve sulle labbra e poi sulla fronte.

Spense l'abat-jour e si fermò accanto al letto. Nella penombra della luce che proveniva dal soggiorno, il suo viso era più bello e virile che mai e la sua espressione imperscrutabile.

Mentre lo fissavo turbata, si tolse la camicia rivelando un torace muscoloso e abbronzato, bicipiti torniti e spalle possenti. Fece il giro del letto poi sentii il rumore della cerniera dei pantaloni e mi irrigidii, incerta riguardo alle sue intenzioni.

Pochi secondi dopo si infilò tra le lenzuola accanto a me e mi circondò con le sue braccia calde e forti. Mi voltai su un fianco verso il bordo del letto e lui mi abbracciò da dietro, modellando il corpo in una curva contro la mia schiena. Pochi attimi dopo crollai esausta, piombando in un sonno profondo.

. 15 .

Durante la notte mi svegliai e mi girai, stesi la mano verso Brad ma non lo trovai. Il suo lato del letto era vuoto. Sollevai la testa e lo chiamai sottovoce; non avendo risposta, mi alzai e andai in bagno, poi tornai a letto. Non mi serviva controllare in soggiorno o nell'altra stanza per sapere che era uscito; aveva una presenza così magnetica che l'avrei avvertita sicuramente anche senza vederlo, perché ogni ambiente sembrava vibrare quando c'era lui.

Guardai il quadrante luminoso della sveglia digitale sul comodino e vidi che erano le due e tre quarti. Tornai a letto e mi riaddormentai appena la testa toccò il cuscino.

Mi svegliai nuovamente perché ebbi un brivido erotico sentendo la bocca di Brad sul collo. Ero già eccitata ancora prima di aprire gli occhi. Notai che la luce del sole filtrava dai bordi delle tende oscuranti, illuminando la stanza con un delicato chiarore dorato. Brad era sotto le coperte, sopra di me, ma non mi pesava addosso perché si sorreggeva sulle ginocchia e su un braccio mentre con l'altra mano mi accarezzava dappertutto, dal seno al ventre. Quando arrivò all'elastico degli slip lo tirò leggermente verso il basso, sfiorandomi i peli pubici.

Con un gemito carico di desiderio, reagii immediatamente avvolgendogli i fianchi con le gambe e inclinai la testa all'indietro a scoprire il collo per offrirlo ai suoi baci mentre protendevo il seno verso di lui per aderire il più possibile al suo busto.

Infilò la mano sotto l'arco della mia schiena e mi palpò

il fondoschiena, poi insinuò un dito nel solco tra le natiche, facendomi trasalire. La mano risalì immediatamente, come se Brad si fosse reso conto di aver osato troppo, e mi afferrò i capelli per farmi sollevare lo sguardo verso di lui.

Vidi nei suoi occhi un bagliore malizioso, mefistofelico, e mi protesi a baciarlo. Lui rispose con trasporto, premendomi la testa sul cuscino. Ci baciammo a lungo con ardore; Brad era appoggiato su entrambi i gomiti e strofinava il bacino contro il mio ventre, facendomi sentire tutta la potenza della sua erezione. Era così *grosso*!, pensai.

Gli misi le mani sulle spalle e lo spinsi, cercando di farlo girare supino in modo da mettermi sopra di lui, perché era la posizione che preferivo per avere il controllo sull'uomo con cui ero a letto, ma Brad non si spostò di un centimetro e continuò a provocarmi; la sua lingua giocava con la mia e il suo pene premeva insistentemente contro il mio pube. Lo strinsi di più con le gambe e gli piantai i talloni nelle natiche muscolose; mentre gli accarezzavo la schiena, infilai l'altra mano tra i nostri corpi perché avevo voglia di sentire quanto era duro. Lui allargò le ginocchia per premere ancora di più il pene contro i miei slip bagnati, poi si staccò dalla mia bocca, sedendosi sui talloni, e mi prese i polsi per bloccarli con una mano sola sopra la mia testa. Rotolò su un fianco e si distese accanto a me, continuando a tenermi le mani nella sua presa ferrea. Cercai debolmente di divincolarmi, indispettita dalla mia immobilità forzata, ma lui mi baciò con tenerezza come se avesse avvertito la mia irritazione e volesse rabbonirmi.

Quando si staccò mi scrutò da capo a piedi con sguardo avido e abbassò il reggiseno di pizzo per scoprirmi i seni. I capezzoli si inturgidirono all'istante, ma la sua mano proseguì subito verso il basso, senza indugiare sulle due punte rosse e dure che reclamavano attenzioni. Mi accarezzò il pube sopra gli slip e scese più giù, facendo scorrere le dita avanti e indietro dalla clitoride al perineo, poi infilò un dito sotto il bordo e lo fece scivolare dentro di me. Quando sentì il calore umido del mio sesso stretto che gli serrava il dito, nei suoi occhi si accese un lampo di lussuria che li incupì.

«Dio, Julia... cosa devo fare di te?» bisbigliò in un'invocazione carica di desiderio irrefrenabile.

Sgranai gli occhi e lo fissai implorante, perché fremevo dalla voglia di essere baciata. Sollevai il pube per incollare il sesso alla sua mano, incitandolo con quel movimento a darmi il piacere a cui tanto anelavo. Ero sopraffatta dall'eccitazione, incapace di ragionare, perché avevo un unico obiettivo: godere. Solo l'orgasmo avrebbe potuto porre fine al mio tormento.

Ansiosa, mi chiesi se fossero le stesse sensazioni che provavano gli uomini che torturavo con le mie provocazioni senza mai portarli al piacere che desideravano. Era questo che si provava? Questa smania di arrivare all'estasi suprema? Non avevo mai avvertito prima di allora una simile frenesia, e improvvisamente compresi il motivo dell'espressione disperata con cui mi fissavano perché ero sicura di avere lo stesso sguardo bramoso.

Rendermi conto di essere in balia di Brad, che mi torturava sensualmente, rovesciando i ruoli e assumendo quello che era abitualmente il mio, mi riempì di rabbia impotente e mi fece reagire con veemenza. Strappai le mani alla sua stretta, cogliendolo di sorpresa, mentre lo guardavo con occhi fiammeggianti di collera e desiderio, smaniosa di rovesciare l'equilibrio dei poteri tra noi. Il mio unico obiettivo era quello di vedere nei suoi occhi la stessa voglia disperata che gli trasmettevo con lo sguardo.

Cercai di mettermi a cavalcioni sopra di lui, ma Brad era troppo muscoloso e forte e mi tenne a bada senza fatica. Quando tentai di prendergli il pene in mano, mi scostò il braccio e tornò sopra di me.

«Ho voglia di prendertelo in bocca» gli dissi con voce roca, carica di desiderio. Di norma un qualsiasi uomo medio sarebbe impazzito sentendo quelle parole e si sarebbe staccato da me all'istante, per lasciarmi fare quello che gli avevo proposto, ma Brad fece schioccare la lingua in segno di rimprovero, scuotendo la testa.

«No, sarò io a dare piacere a te» dichiarò con fermezza.

«Allora accontentami, perché in questo momento quello che mi darebbe piacere sarebbe succhiartelo...» insinuai, sforzandomi di assumere il più possibile un tono sensuale e invitante. *Quale uomo rifiuta del sesso orale?*, mi chiesi, stupita e indispettita.

«Mi hai detto che non riesci a venire» replicò lui.

«E allora?»

«Voglio farti godere.»

«Non ci riuscirai. Non credere di essere il primo che ci prova.»

Brad assunse un'espressione scettica, di superiorità. «E chi sarebbero gli altri? Degli universitari ventenni che non sanno da che parte cominciare e che credono che i preliminari consistano nel farsi praticare sesso orale da te?» obiettò.

Non insistetti con le mie rimostranze, rendendomi conto che aveva ragione. «Sul serio, lascia perdere» gli consigliai. «Io ci ho rinunciato e tu dovresti fare altrettanto.»

«Ti sembro un uomo che si lascia dissuadere facilmente?»

Veramente mi sembrava un uomo troppo bello per essere vero... Il suo torso nudo era robusto come quello di un gladiatore romano, con muscoli torniti che si flettevano e si gonfiavano a ogni movimento. Le mie mani erano attirate inesorabilmente dai suoi bicipiti per la voglia di accarezzare quelle masse solide, granitiche.

Brad mi spinse con la schiena contro il materasso e si spostò verso il basso, scivolando fino a trovarsi con il viso all'altezza del mio ventre.

Appena mi resi conto di cosa stava per fare esclamai: «No, fermati!».

Il mio tono acuto e isterico lo fece bloccare. Alzò la testa e mi guardò perplesso. «Cosa c'è?»

«Che vuoi fare?» lo apostrofai, diffidente.

«Tu che dici?» ironizzò lui.

«No... non faccio *questo*» ammisi, imbarazzata. A dire il vero, nessuno mi aveva mai praticato sesso orale. Mi vergognavo troppo al pensiero che un uomo mettesse la bocca sulle mie parti intime, mi preoccupavo del mio sapore, del mio odore... Mi chiedevo come avrei dovuto comportarmi se non mi fosse piaciuto quello che mi stava facendo. Si sarebbe offeso se gli avessi detto di smettere? Considerati tutti i miei dubbi, mi era parso molto più semplice evitare del tutto la cosa e devo dire che nessuno aveva mai insistito. Avevo il sospetto che i miei coetanei avessero altrettante incertezze al riguardo...

«Non lo fai, oppure non l'hai mai fatto?» insinuò Brad.

«Entrambe le cose.»

«Fidati di me» insistette con sguardo implorante, come se volesse *veramente* farlo. Non equivaleva alla sensazione inebriante di avere un uomo in mio potere perché avevo in pugno il suo piacere, ma mi resi conto che per il momento non mi sarebbe stato concesso altro, perciò annuii, cedendo alle sue insistenze e preparandomi all'inevitabile delusione... mia, sua o di entrambi.

Brad mi sfilò lentamente gli slip, mi allargò le gambe poi si soffermò ad aspirare la mia fragranza femminile facendomi sentire il respiro caldo sul sesso spalancato. Mi sentivo terribilmente esposta e vulnerabile, così aperta al suo sguardo; mi imbarazzava essere scrutata da vicino. Una volta mi ero esaminata le parti intime con uno specchietto ed ero rimasta traumatizzata da quello che avevo visto; il sesso femminile mi sembrava un insieme complesso e delicato di colori, forme complicate, organi nascosti...

Non riuscivo a respirare bene; mi sentivo sul punto di avere un attacco di panico. Sollevai la testa e vidi che

Brad era concentrato e mi stava osservando assorto il sesso, senza prestare attenzione al mio sguardo. Vedere il suo corpo virile e aitante tra le mie gambe era uno spettacolo erotico che mi eccitò.

Mi preparai, irrigidendomi, quando lui si protese verso il mio pube e trasalii nel sentire il primo contatto delle sue labbra sulla mia carne fremente. Mi ero aspettata di essere stimolata con la lingua, invece lui mi coprì tutto il sesso con la bocca muovendola come per massaggiarmelo con le labbra e mi abbandonai istintivamente alle sensazioni incredibili che mi procurava, anche se non capivo esattamente come. Smisi di ragionare e di cercare di seguire quello che faceva appena mi toccò con la lingua e cominciò a muoverla, perché persi completamente il controllo del mio corpo.

Avevo l'impressione che tutte le terminazioni nervose si fossero concentrate *lì*, nel punto esatto che stava stimolando. Avvertii un brivido, un fremito, sentii il sesso che pulsava e poi una specie di pressione interna, come se fossi sul punto di scoppiare.

Gli strinsi la testa tra le gambe e gli afferrai i capelli, gemendo e mormorando parole senza senso, incapace di controllare quello che dicevo o facevo. Avevo perso ogni pudore, abbandonandomi al piacere. Lui continuava imperterrito a stimolarmi e le vibrazioni divennero più intense, come se dentro di me si stesse gonfiando un'onda di intense sensazioni, incontrollabili e violente. Sollevai il bacino con un grido di esultanza, premendo il sesso contro il suo volto.

Confusamente pensai che era proprio vero; stavo per avere un orgasmo!

E poi esplosi. Protesi il busto verso l'alto, irrigidendomi in un arco teso, e sentii tutti i pianeti e le stelle entrare in collisione dentro di me e intorno a me in una deflagrazione che mi travolse. Provai una sensazione che non avrei saputo come descrivere se non come l'esperienza più incredibile di tutta la vita. Non avrei mai immaginato di provare un simile godimento. Ero appagata, invasa da un piacere puro, sublime, tanto intenso da essere quasi doloroso. Dal mio sesso si propagavano in tutto il corpo ondate di calore pulsante che irradiavano in ogni angolo del mio essere un profondo senso di benessere. Gridai così forte che fui sicura che mi avessero sentito anche gli occupanti delle camere vicine, ma non sarei mai riuscita a trattenere l'esclamazione che mi sgorgò da dentro, potente come l'estasi sublime che mi aveva travolto. Ero stata completamente sopraffatta dall'orgasmo.

A poco a poco il piacere si acquietò negli ultimi spasmi, anche se tremavo ancora quando Brad staccò la bocca dal mio corpo. Ricaddi inerme e spossata sul letto, in preda al delirio dei sensi e a un languore piacevolissimo, avvertendo di tanto in tanto qualche debole contrazione che mi ricordava l'incredibile piacere che mi aveva squassata. Non avevo la forza di aprire gli occhi e non mi importava anche se ero praticamente nuda, a gambe aperte. Brad mi aveva privata di ogni pudore e della capacità di ragionare.

Impiegai due minuti buoni a riacquistare la capacità di muovermi, poi spostai una gamba alla volta come per saggiare la reazione dei muscoli, infine mi girai su un fianco e mi sollevai su un gomito a guardare Brad, che era andato a sedersi sulla poltroncina accanto al letto e mi guardava con un sorriso sornione e soddisfatto che gli aleggiava sulle belle labbra.

«Sei fiero di te, eh?»

Allargò le mani con i palmi in su e si strinse nelle spalle, come a dire *che posso farci?*

«Comunque sappi che ho finto l'orgasmo» aggiunsi, compunta.

Brad scoppiò a ridere e non riuscii a evitare di unirmi alla sua risata. Scossa da quell'attacco di ilarità, mi stesi supina e lui si avvicinò, sedendosi sul bordo del materasso. Girai la testa verso la sveglia. Erano le 9,18.

«Quanto tempo ho impiegato?» gli chiesi, incuriosita.

«Circa quattro minuti.»

«Uffa» brontolai.

Brad sorrise divertito. «Perché? Volevi metterci di più?»

«No, però mi dispiace di aver alimentato il tuo ego già sproporzionato» sbuffai.

Brad mi accarezzò i capelli, scostando una ciocca dalla guancia e puntandola dietro l'orecchio. «Pentita?»

«Scherzi? È stato il momento più bello di tutta la mia vita! Non sono mai stata tanto felice di aver commesso un errore di valutazione!» esclamai.Mi voltai su un fianco verso di lui e lo guardai seria. «Grazie, ti sono debitrice. Devo dire che è stato un vero piacere...»

Brad si piegò su di me e mi diede un lieve bacio sulla bocca. «Piacere mio» sussurrò.

. 16 .

Mi sentivo in preda a un torpore languido quando mi alzai e andai in bagno, praticamente nuda, tranne che per il reggiseno che mi tolsi subito. Mi infilai sotto la doccia e aprii al massimo i getti dell'idromassaggio, mettendomi al centro degli spruzzi violenti che mi investivano da entrambi i lati mentre il bagno si riempiva rapidamente di vapore. La sensazione era fantastica ed estremamente rilassante; mi sembrava di essere massaggiata contemporaneamente da migliaia di dita energiche. Rimasi immobile per cinque minuti abbondanti, sentendo che l'acqua risvegliava il mio corpo, facendomi emergere dalla pigra mollezza che si era impadronita di me. Versai del bagnoschiuma dal flaconcino nel palmo e mi passai le mani insaponate su tutto il corpo.

Sentii la porta aprirsi e vidi attraverso il vetro appannato la testa di Brad che si affacciava in bagno.

«Julia?»

«Sì?»

«Ordino la colazione in camera. Cosa vuoi?»

«Due uova strapazzate con focaccine e della frutta, grazie.»

La testa scomparve e la porta si richiuse. Presi lo shampoo e mi lavai i capelli, poi mi sciacquai sotto i getti corroboranti. *Questa sì che è vita!*, pensai.

Cinque minuti dopo emersi con riluttanza dalla doccia, nella stanza che era ormai piena di vapore come una sauna. Mi avvolsi i capelli in un morbido asciugamano e infilai un accappatoio, poi mi lavai i denti con cura, pensando che Brad avrebbe voluto baciarmi. Infine frizionai i capelli con l'asciugamano, asciugandoli il più possibile, e tornai in camera.

Trovai Brad in soggiorno, seduto al tavolo e intento a parlare al cellulare, rivolto verso la finestra. Era già vestito; con una polo celeste, jeans stinti e Nike bianche e argento immacolate, aveva l'aria di un uomo potente e sicuro di sé... quello che era veramente.

«Dille di chiudersi in casa e non uscire, cambiare la serratura e non rispondere se dovesse venire a suonare alla porta. Se insiste, che chiamasse la guardia. Con quello che pagano per i custodi e il personale di sicurezza, dovrebbe esserci almeno una guardia abbastanza intelligente ed esperta da fornire un rapporto decente per sporgere denuncia presso la polizia. Lunedì per prima cosa richiederemo un ordine restrittivo contro di lui. Dille di calmarsi, perché qualunque cosa farà a questo punto sarà a nostro vantaggio. Qualsiasi suo colpo di testa ci tornerà utile. E per amor di Dio, fai in modo che stia lontana dal giardiniere! Dobbiamo tenerla d'occhio giorno e notte per proteggerla, ma accertatevi anche che non ci siano altri investigatori privati a ronzarle intorno. Ho la sensazione che l'avvocato del marito cercherà di coglierla sul fatto per screditarla, e non voglio che ci facciamo cogliere impreparati.»

Ci fu una lunga pausa mentre Brad ascoltava annuendo.

«Esattamente...»

Un'altra pausa.

«Se te ne serve uno bravo e affidabile, chiama Romanelli. È in debito con me... Ciao.» Chiuse la comunicazione e si girò; stava per alzarsi quando mi vide e si fermò. «Piaciuta la doccia?» mi chiese sorridendo.

«Moltissimo. Sarebbe bello smontare quella cabina doccia e portarmela a casa!»

«Perché non provi anche la vasca, domani?» mi suggerì abbassando la voce a un sussurro caldo e allusivo.

Cercai invano di non arrossire. Per fortuna arrivò un'interruzione imprevista che mi salvò dal dover cercare una risposta seducente. Qualcuno bussò alla porta e Brad scostò la sedia dal tavolo, poi mi fece un cenno invitandomi a sedere. Andò alla porta e l'aprì a una cameriera asiatica con un carrello per il servizio in camera.

Mi mossi per alzarmi ma lei mi sorrise e agitò una mano, facendomi capire che dovevo lasciarmi servire. Brad tornò a sedersi e mi diede un bacio sui capelli passandomi accanto. La cameriera mise sul tavolo i vassoi della colazione e anche un vaso con dei bei fiori che posò al centro, poi si accomiatò con un inchino.

Oltre a quello che avevo ordinato c'erano anche succo d'arancia, yogurt e latte, mentre Brad aveva una colazione sostanziosa, con uova e pancetta, e frittelle con sciroppo d'acero.

Per qualche minuto mangiammo in silenzio, poi Brad mi informò: «Stasera abbiamo una prenotazione per cenare al *Prime*, e alle dieci i biglietti per uno spettacolo del *Cirque du Soleil*. Hai la giornata a tua disposizione. Ti lascerò il numero di Philippe, la persona che mi ha invitato a Las Vegas. Potrà organizzarti qualsiasi attività tu voglia fare».

Stavo per portare una forchettata di uova alla bocca e mi fermai con la mano a mezz'aria, sconcertata. «Quindi mi lasci?»

Brad rise. «Oh, non hai idea di quante volte mi sono sentito dire questa frase!»

«Spiritoso...» mugugnai prima di mangiare il boccone.

«Ho degli impegni che non sarebbero di tuo interesse, e vorrei anche fare una puntatina al tavolo verde, non lo nego. Ci ritroveremo a cena. Fidati, ti divertirai anche senza di me.» Mi strizzò l'occhio e riprese a mangiare, come se considerasse chiuso il discorso.

Dopo il primo orgasmo della mia vita mi era parso di galleggiare su una nuvola dorata a mezz'aria, ma sentii che stavo lentamente tornando con i piedi per terra. Non sapevo cosa mi aspettassi esattamente, ma di certo non di essere lasciata da sola mentre lui si occupava dei suoi *impegni*. Sbuffando, presi lo yogurt e lo aprii con eccessiva foga. Lui mi lanciò un'occhiata circospetta, avvertendo la mia irritazione. Non era difficile intuire che mi aveva infastidito.

«Non stai per metterti a piangere di nuovo, spero...» osservò.

L'idea mi parve così assurda che scoppiai in una risata fragorosa e continuai a ridere fino alle lacrime. Scuotendo la testa, incredula, mi asciugai gli occhi con il tovagliolo.

«È stato uno sfogo isterico che non si ripeterà, te lo giuro!» lo rassicurai. «Non so cosa mi sia preso, non sono un tipo dalle lacrime facili.»

Oltretutto adesso non ho più dubbi; non devo tormentarmi perché non sono sicura di voler fare sesso con te. Ora so quello che voglio, pensai. Avvertii un intenso calore al viso e mi accorsi che stavo arrossendo, imbarazzata. Per cercare di darmi un contegno evitai il suo sguardo e mangiai lo yogurt con lente cucchiaiate.

«Non hai idea del perché?»

Posai il cucchiaino e lo guardai negli occhi. «Se volessi uno strizzacervelli, approfitterei di questa *lunghissima* giornata completamente libera per chiedere al tuo amico Philippe, chiunque sia, di fissarmi un appuntamento. E ora, se vuoi scusarmi, andrò in camera mia per cominciare a scontare la condanna all'isolamento!» sbottai, irritata. Pur rendendomi conto che mi stavo comportando in maniera infantile, mi alzai di scatto e mi diressi verso la seconda camera, ma Brad mi afferrò per un polso mentre gli passavo accanto, si alzò facendomi ruotare su me stessa, mi prese per le braccia e mi baciò con veemenza, poi lasciò la presa.

«Ci vediamo stasera.»

Con questo si diresse in camera tutto vispo e allegro. Meno di un minuto dopo ne uscì con la scheda magnetica della suite in mano mentre io me ne stavo lì impalata, a braccia conserte, sentendomi sciocca e patetica mentre lui mi salutava facendomi l'occhiolino e se ne andava, chiudendo la porta alle proprie spalle.

Era chiaro chi di noi due avesse il coltello dalla parte del manico. Presi il cellulare, poi mi accasciai sul divano, scuotendo la testa e chiamai Olivia, che rispose immediatamente.

«Julia, dimmi che sei sana e salva!» esclamò.

«Mai stata meglio» la stuzzicai, maliziosa.

«Ti diverti?»

«Molto, anche se finora non abbiamo fatto praticamente nulla. Ieri sera siamo venuti in albergo e siamo andati a letto.» Decisi di evitare di riferirle la mia crisi isterica della sera prima.

«A letto per dormire o a *letto*?»

Feci una risatina. «A dormire» precisai. «Si è comportato da perfetto gentiluomo, ha preso una suite con due camere.» *Anche se la seconda stanza non è stata usata...*, aggiunsi mentalmente.

«Quindi avete dormito separati?»

«Più o meno. Ci siamo... coccolati.»

«Wow! Come sei audace e trasgressiva» mi prese in giro Olivia. «Coccole al secondo appuntamento? Se lo sapesse, a Becca prenderebbe un colpo.»

Stavo per commentare, ma sentii squillare il telefono della camera e mi accigliai. «Olivia, scusa, ma mi chiamano. Ci sentiamo presto.»

. 17 .

Guardai il telefono, incerta se rispondere o no. Alla fine mi feci forza e presi il ricevitore. Era il *concierge* che confermava la prenotazione delle 7 al *Prime* e voleva sapere se dovesse farci trovare una limousine per portarci allo spettacolo dopo cena. Non essendo sicura, glielo confermai, pensando che a cena avrei potuto chiedere a Brad se volesse annullare l'auto. Ricordai che, quando mi aveva scambiato per Tiffany, mi aveva chiesto di prenotargli una vettura a noleggio, ma non me ne aveva più parlato e all'aeroporto era venuto a prenderci l'autista. Forse però la stava usando in quel momento per i suoi *impegni*...

Tornai a sedermi al tavolo e spiluccai qualche fragola e dei chicchi d'uva, riflettendo su come impiegare la giornata. Decisi di scendere in piscina per un po', poi passare il pomeriggio al centro benessere. Per qualche istante giocherellai indecisa con il bigliettino che mi aveva lasciato Brad, poi telefonai al misterioso Philippe.

Al secondo squillo mi rispose una voce maschile seria e distaccata, ma il tono del mio interlocutore divenne improvvisamente cordiale appena mi presentai.

«Signorina Campbell, che piacere sentirla! Cosa posso fare per lei?»

«Questo pomeriggio vorrei recarmi alla spa. Potrebbe prenotarmi un trattamento?»

«Certamente. Cosa gradirebbe? Ha già un'idea?»

«Pensavo a un massaggio.»

«Solo? A Las Vegas facciamo tutto in grande, signorina!

Se permette, le prenoto un trattamento completo. Si faccia viziare...»

«Mi rimetto al suo parere, Philippe» risposi sorridendo.

«Va bene all'una?»

«Perfetto, grazie.

Stavo per salutarlo e chiudere la telefonata quando lui aggiunse: «Che programmi ha per la mattinata, se posso permettermi?».

«Pensavo di scendere in piscina» risposi, esitante.

Philippe fece schioccare la lingua con disapprovazione. «Non vorrà andare alla piscina dell'albergo! È un vero manicomio... Mi chiami quando è pronta e farò venire qualcuno a prenderla per accompagnarla alla nostra piscina VIP.»

«La ringrazio moltissimo.»

«A presto, allora.»

Lo salutai e andai in camera, dove per prima cosa accesi la radio per avere un po' di musica di sottofondo mentre mi preparavo. Il mio umore era notevolmente migliorato dopo aver parlato con Philippe e non ero più irritata perché Brad mi aveva lasciata sola per tutto il giorno. Trovata un'emittente che trasmetteva successi pop, alzai il volume e andai nella cabina armadio, aprii la valigia e presi l'unico costume da bagno che avevo portato, un bikini azzurro elettrico. Mi tolsi l'accappatoio e lo indossai, poi andai in bagno ballando e cantando a squarciagola mentre la radio trasmetteva una canzone di Rihanna. Mi lavai i denti e mi diedi una rapida passata di mascara resistente all'acqua; mi pettinai, legai i capelli ancora umidi, un velo di lucidalabbra... ed ero pronta. Becca mi aveva prestato un copricostume bianco trasparente molto sexy e sofisticato. Lo infilai, misi dei sandali piatti tempestati di strass colorati, preparai una borsa da mare con tutto l'occorrente poi chiamai Philippe dal telefono in bagno.

«Già pronta?» si stupì.

«Prontissima!» sorrisi.

«Mando subito qualcuno a prenderla.»

«Grazie.»

Cinque minuti dopo sentii bussare alla porta e, quando aprii, mi trovai davanti un bella bionda in tailleur grigio che, vedendomi, mi rivolse un sorriso cordiale.

«Signorina Julia?»

«Sì, sono io.» Le porsi la mano e lei la strinse.

«Sono Rayne. Mi ha mandato Philippe per accompagnarla alla piscina VIP. È pronta?»

«Sì, devo solo prendere la borsa e possiamo andare.»

Afferrai al volo la borsa che avevo appoggiato sul divano, inforcai gli occhiali da sole e la seguii. Rayne non smise mai di parlare, illustrandomi i vari servizi dell'albergo mentre percorrevamo il corridoio e scendevamo in ascensore al pianterreno, poi attraversavamo quattro edifici che componevano il grande complesso alberghiero. Ero contenta di avere qualcuno ad accompagnarmi perché altrimenti mi sarei persa in quel labirinto, ed ero anche un po' preoccupata perché non ero sicura di riuscire a tornare in camera da sola.

Alla fine arrivammo all'ingresso di una piscina e vidi che era chiuso da un cordone, con un inserviente all'entrata e delle persone che aspettavano di poter entrare. Rayne passò la fila senza fermarsi e fece un cenno di saluto all'addetto, poi mi scortò all'interno della zona VIP, conducendomi verso un gazebo bianco chiuso da tende leggerissime. Vi entrammo e vidi che era arredato con un divano, un lettino, un televisore, un minibar con frutta fresca e bibite, e un cesto di vimini contenente lozioni solari, riviste e teli da mare. Davanti al gazebo, in una zona delimitata da cordoni rossi, c'erano due ampie sdraio con materassini, cuscini e altri teli di spugna.

Mi sedetti sul divano con un sorriso estasiato e Rayne fece una risata divertita per il mio evidente entusiasmo.

«Presumo che sia di suo gradimento...»

«Così tanto che dovrà trascinarmi via di qui a forza!» scherzai.

La ragazza rise e si sedette accanto a me sul divano. «Mi piacerebbe farle compagnia, ma mi aspetta un vecchio sporcaccione nel privè che sicuramente tenterà di palparmi...» mi confidò facendomi l'occhiolino. «Se dovesse aver bisogno di qualcosa, ci penserà Dmitri. Può contare su di lui per tutto.»

Non mi sfuggì il tono vagamente allusivo con cui pronunciò quell'ultima frase. «Chi è Dmitri?»

«Oh, lo vedrà... Non resterà delusa, gliel'assicuro» rispose, ammiccante, prima di allontanarsi.

Rimasta sola, mi guardai intorno, soddisfatta, e posai la borsa che ormai era inutile, considerato che nel gazebo avevo tutto ciò che potesse servirmi. Mi tolsi il copricostume, poi passai in rassegna le varie opzioni di creme solari a mia disposizione nel cesto.

«Salve!»

Mi girai e vidi il viso sorridente di un bel ragazzo biondo che si affacciava tra le tende bianche. Un attimo dopo seguì il resto del fisico scultoreo. L'aitante giovane indossava calzoncini da tennis bianchi e una polo immacolata con lo stemma del *Bellagio* sul petto. Si diresse verso di me con l'andatura di un modello che sfila in passerella; la dentatura di un candore abbagliante e i lineamenti perfetti lo facevano assomigliare al Ken di Barbie... Dedussi che dovesse essere il famoso Dmitri, e non sbagliavo.

«Signorina Campbell, sono Dmitri, piacere» si presentò porgendomi la mano. Aveva un vago accento russo che trovai estremamente esotico e affascinante.

Mi alzai sorridendo e gli strinsi la mano. «Piacere mio.»

Indicò il flacone di crema solare che avevo in mano. «Vuole che gliela spalmi?»

Annuii arrossendo. Venti minuti dopo, tutta unta di olio di cocco superabbronzante, spalmato meticolosamente da Dmitri, ero beatamente distesa su una sdraio davanti al gazebo, con un cocktail fucsia sul tavolinetto accanto a me. Ascoltavo della musica rilassante con l'iPod e ogni dieci minuti dei ventilatori dotati di spruzzatori mi cospargevano di bruma fresca e profumata. Dmitri mi aveva persino fatto un impacco idratante e protettivo ai capelli, ma mi ero opposta quando mi aveva proposto di mettermi due fettine di cetriolo sugli occhi.

Dovevo essermi addormentata, perché mi ridestai quando Dmitri mi scosse delicatamente una spalla. «Signorina Campbell?»

Assonnata, mi tolsi gli auricolari, battei più volte le palpebre e cercai di mettere a fuoco il suo bel viso. «Sì?» farfugliai.

«Mi hanno informato che ha un appuntamento alla spa all'una. Sono le undici e quaranta. Gradisce qualcosa per pranzo?»

Mi stirai e feci un cenno d'assenso. «Un hot dog e patatine fritte.»

Dmitri assunse un'espressione vagamente disgustata. «Un hot dog?» ripeté, incredulo.

Sorrisi divertita. «Non è abbastanza raffinato per questo posto?»

La sua aria imbarazzata mi confermò che in effetti i miei gusti erano troppo plebei per la zona VIP. «E da bere un frappé al cioccolato?» insinuò.

«No, va bene una limonata.» Gli sorrisi suadente e battei le ciglia con fare civettuolo. «Se è possibile...»

«Ai suoi ordini, signorina» replicò senza scomporsi, con un abbozzo d'inchino.

«Grazie, caro» risposi in tono affettato.

Dopo aver passato un'ora supina, mi girai a pancia in giù e non ripresi ad ascoltare l'iPod perché un trio aveva cominciato a suonare a bordo piscina per intrattenere i clienti. Mi tolsi la parte superiore del bikini per non avere il segno più chiaro del laccetto in mezzo alla schiena e lo lanciai sulla sedia accanto alla sdraio.

Dmitri tornò per servirmi la limonata, e mi diede un cuscino morbido per poggiare la guancia poi mi annunciò: «Fra un quarto d'ora sarà pronto il pranzo che ha ordinato. Glielo porterò subito».

Annuii e sorrisi beata, rilassata dal sole sulla schiena nuda. A poco a poco scivolai nel dormiveglia, da cui mi fece riscuotere una voce imperiosa, ma anche calda e sexy... la voce inconfondibile di Brad.

«Ma cosa diavolo ti viene in mente?»

Sussultai e aprii gli occhi, mi girai e lo vidi che incombeva su di me con le mani sui fianchi e un'espressione fintamente irritata. Mi accorsi che aveva spostato lo sguardo sui miei seni nudi e mi affrettai a coprirli con le mani.

«Perché?» replicai, smarrita. *È arrabbiato perché sono in topless?*, mi chiesi. *Voleva che restassi ad aspettarlo in camera?*

«Un hot dog?» mi apostrofò severo, anche se aveva lo sguardo divertito. «Ho lasciato istruzioni affinché ti fosse servito il meglio, sei in un posto di lusso in cui puoi gustare cibi raffinati e vini pregiati, e tu ordini hot dog e patatine per pranzo?»

Si sedette sulla sdraio accanto a me e io mi scostai per fargli spazio, anche se era abbastanza larga per ospitarci entrambi. Avevo ancora le mani sui seni e lui me ne sfiorò uno con la punta di un dito, provocandomi un fremito, poi mi scostò le mani, lasciandomi in topless. Mi affrettai a coprirmi di nuovo, guardandomi intorno per controllare se qualcuno mi avesse vista a seno nudo, e con rammarico notai che diversi uomini mi stavano lanciando occhiate interessate e ammiccanti.

«Non coprirti» mi rimproverò dolcemente Brad. «Hai un bel seno, perché nasconderlo? A me piace molto, voglio vederlo.»

Era difficile non accontentarlo quando mi parlava con quel tono suadente e sensuale...

«No!» sibilai, scandalizzata.

«Perché?»

«Non vado mai in piscina o al mare in topless. E poi non è vero che ho un bel seno. È troppo piccolo.»

«Per me è perfetto. Ti prego, Julia, fammi vedere le tette...» sussurrò.

Sbuffai e lo maledissi mentalmente perché era così irresistibile e aveva il potere di manipolarmi, inducendomi sempre a cedere al suo volere. Abbassai lentamente le mani e Brad mi fissò il seno con occhi avidi. Dmitri tornò proprio in quel momento ma non batté ciglio e mi lanciò un'occhiata di sfuggita, ma fissò adorante Brad.

«Salve, signor De Luca» lo salutò con deferenza, mangiandolo con gli occhi. Se avesse avuto la coda avrebbe scodinzolato, pensai.

Brad gli sorrise e gli fece un cenno, ma tornò subito a guardare me, mentre Dmitri si fingeva indaffarato a sistemare il gazebo, lanciando lunghe occhiate languide a Brad. Evidentemente il suo fascino magnetico non colpiva solo le donne.

Brad si sporse verso di me e mi baciò, mettendomi una mano sul seno destro e accarezzandolo delicatamente.

«Brad!» Gli diedi un buffetto di rimprovero sulla mano e lo respinsi.

«Che c'è?»

«Non puoi palparmi in pubblico! È già indecoroso che io sia in topless» lo redarguii guardandomi intorno furtiva.

«Con quello che spendo al casinò, potrei fare sesso con te su questa sedia a sdraio e nessuno avrebbe niente da ridire.»

Il suo commento mi lasciò a bocca aperta ma, mio malgrado, avvertii un brivido erotico. Mi baciò di nuovo, ma senza toccarmi, poi si staccò da me e si alzò a sedere raddrizzando la schiena, cercando con lo sguardo Dmitri, che accorse prontamente, sorridendo raggiante.

«È pronto il pranzo?» gli chiese.

«Sì, vado subito a prenderlo. Lei gradisce qualcosa?»

«No, grazie.»

«Se dovesse cambiare idea non ha che da chiedere.»

Mentre Dmitri si affrettava ad andare a prendere il mio hot dog, Brad si chinò su di me e mi sfiorò i capezzoli, facendomi rabbrividire. Mi morsi il labbro inferiore e lo fissai. Brad mi sorrise seducente, poi mi diede un bacio su una guancia e mi sussurrò all'orecchio: «Mi stai facendo impazzire. Ho voglia di portarti subito in camera».

Gli sorrisi maliziosa poi mi girai a pancia in giù dimenando il bacino, fingendo di mettermi comoda. Brad mi strinse forte una natica poi mi diede uno schiaffetto sul fondoschiena, strappandomi un gridolino di sorpresa.

Girai la testa e lo guardai corrucciata, ma lui ridacchiò.

«Così impari a provocarmi» commentò. «Passa una bella giornata. E... buon pranzo! Sicuramente l'hot dog sarà eccellente...»

Mugugnai una risposta decisamente offensiva, ma Brad si era già allontanato.

. 18 .

Ore 18,15

Ero davanti allo specchio nel bagno grande della suite e mi stavo truccando dopo essermi asciugata i capelli con phon e spazzola. Il pomeriggio al centro benessere era stato favoloso. Avevo ricevuto un massaggio di un'ora e mezza, un trattamento al viso, manicure e pedicure. Avevo fatto la doccia alla spa ed ero rilassata e in forma. Avevo acceso la radio in camera e ogni tanto muovevo i fianchi al ritmo della musica mentre mi truccavo.

Ero indecisa se richiamare Olivia, ma avevo troppe cose da dirle e non sapevo quando sarebbe tornato Brad, per cui temevo che ci interrompesse. Inoltre non mi sentivo pronta a rispondere alle domande che sicuramente mi avrebbe posto, perché non ero sicura di cosa provassi per Brad. A volte mi irritava con la sua arroganza e i suoi approcci troppo diretti e audaci, ma non potevo nascondere a me stessa che avevo voglia di sbatterlo sul letto e spogliarlo. Ero abituata a essere sessualmente aggressiva e avere il controllo del rapporto, ma con lui non era possibile, anche perché in ogni caso non avrei mai potuto avere una vera relazione con lui.

Avevo fatto sesso solo con due uomini, ed ero spaventata e trepidante al pensiero che Brad potesse essere il terzo. Ero perplessa perché avrei dubitato dei miei principi morali se fossi andato a letto con un uomo che non amavo e che in fondo non apprezzavo neanche come persona. A che era servito restare vergine fino a diciannove anni per poi essere pronta a fare sesso con un estraneo?

Mi misi l'ombretto con cura, sfumando un color bronzo sulle palpebre mentre pensavo che l'attrazione che provavo per Brad era innegabile. Non ero tanto ingenua da illudermi che fosse una sensazione che Brad suscitava solo in me e che ci univa in maniera esclusiva. Vedevo dallo sguardo di tutte le donne che incrociavamo quando eravamo insieme che Brad era un uomo che piaceva, e anche parecchio. Aveva un fascino magnetico irresistibile, una sensualità trascinante, come dimostrava l'incredibile orgasmo che mi aveva procurato quella mattina. Al ricordo avvertii un fremito di piacere che mi scosse tutta come se fossi stata percorsa dalla corrente elettrica. Volevo fare sesso con lui; non avevo mai desiderato nessuno così intensamente.

Andare a letto con Brad sarebbe stato diverso dalle mie esperienze precedenti, lo sapevo. Sarebbe stato emozionante, passionale, erotico e... pericoloso.

Non sapevo proprio cosa fare. Mi guardai allo specchio dopo essermi passata il mascara. Ero soddisfatta del trucco, che aveva esattamente l'effetto voluto, quello di farmi sembrare adulta, seducente e sofisticata. Ero quasi pronta.

Ero a seno nudo e in tanga di pizzo; per sentirmi ancora più sexy, avevo ceduto all'impulso di mettermi subito le scarpe dai tacchi alti. Mi stavo spruzzando il profumo, quando entrò Brad. Si appoggiò allo stipite della porta del bagno, mi sorrise poi fece un fischio sommesso di ammirazione. Notai che durante la giornata doveva essere tornato in camera a cambiarsi, perché indossava giacca e pantaloni, e una camicia bianca.

«Non è l'abbigliamento che mi aspettavo avresti scelto per cenare in un ristorante elegante, ma devo dire che sei un vero schianto» commentò.

Mi avvicinai e gli misi le mani sulle spalle, attirandolo

delicatamente verso di me per baciarlo sulla bocca. «Veramente spiritoso... Mi vesto subito.»

Brad mi rivolse un sorriso sornione. «Sarà un piacere guardarti. Ti va un bicchiere di vino? Ho visto che c'è un buon bianco nel frigobar.»

«No, grazie.»

Brad rimase fermo dov'era e seguì con lo sguardo i miei movimenti a braccia conserte mentre entravo nella cabina armadio e chiudevo la porta.

Becca mi aveva prestato tre vestiti da sera, tutti terribilmente corti e tempestati di strass e paillettes. Secondo lei, a Las Vegas brillava tutto e anche gli abiti dovevano adeguarsi al luccichio generale. Stando a quello che avevo visto fino ad allora, Becca aveva ragione.

Scelsi un miniabito color carne senza spalline, che scintillava sotto le luci ed era perfetto con i sandali dai tacchi a spillo che avevo già indossato, poi mi preparai a fare un'entrata trionfale e presentarmi a Brad. Spalancai di scatto la porta del bagno, con enfasi esagerata, assunsi un broncio sexy e uscii ancheggiando... per trovare il bagno vuoto. *Bella mossa, Julia,* mi dissi.

Mi avviai verso il soggiorno traballando per via dei tacchi a spillo che affondavano nella folta moquette, ma per fortuna riuscii ad arrivare a destinazione senza slogarmi una caviglia e mi sedetti sulla prima poltrona che incontrai. Brad mi accolse con un fischio e mi scrutò da capo a piedi, indugiando con lo sguardo sulle gambe abbronzate mentre io lo guardavo sostenuta. Mi ero impegnata parecchio per ottenere quel risultato esplosivo e volevo attirare l'attenzione che sentivo di meritare.

Non restai delusa, perché si avvicinò e si piegò su di me, poggiando le mani sui braccioli della poltrona. Quando mi avvolse con il suo profumo virile e muschiato mi eccitai solo annusandolo. Come potevo resistere alla sua fragranza mascolina e al suo bel viso, con quegli intensi occhi scuri bordati da lunghe ciglia nere? Mi infilò un ginocchio tra le gambe per farmele allargare e si avvicinò di più, poi mi sfiorò le labbra con le proprie prima di spostare la bocca verso il mio orecchio.

«Con questo vestito mi fai venire voglia di sbatterti» mi sussurrò.

Inspirai a fondo mentre lui insinuava il ginocchio più in alto tra le mie cosce. *Al diavolo la cena e lo spettacolo!*, pensai. *Ti voglio ora, su questa poltrona.* Inclinai la testa all'indietro e lui mi baciò il collo, mordendolo leggermente.

«Hai un buon profumo» mormorò.

Sorrisi soddisfatta. «Vuoi saltare la cena?»

Brad si bloccò e si ritrasse, guardandomi incredulo. «Scherzi? Muoio di fame! E poi...» Mi prese alla vita e mi sollevò, facendomi alzare in piedi come se pesassi quanto una piuma. «Hai bisogno di mangiare, devi fare il pieno di energie per stasera.» Mi baciò di nuovo il collo e mi strizzò una natica. Mi piacevano le sue maniere forti.

Atteggiai il volto a un'espressione innocente. «Pensavo di assistere allo spettacolo del *Cirque du Soleil*, non di parteciparvi come acrobata» osservai, ironica.

«Avanti, muovi le chiappe» ringhiò dandomi una pacca sul sedere.

Arrivammo al *Prime* poco prima delle sette. Brad si fermò prima di entrare nel ristorante per rispondere al cellulare e, mentre lo aspettavo, mi avvicinai a una balconata da cui si vedevano le fontane. Udii delle note sommesse e lui mi raggiunse proprio in quel momento. Mi batté su una spalla e mi indicò il balcone, poi mi fece segno di guardare le fontane mentre stava ancora parlando al telefono. Uscii e mi appoggiai alla balaustra di marmo mentre i getti d'acqua cominciavano a muoversi al ritmo della musica sempre più forte, alzandosi e abbassandosi in una danza armoniosa e suggestiva.

Osservai lo spettacolo rapita fino all'ultima nota, poi mi girai avvertendo la presenza di Brad alle mie spalle.

Commossa dalla bellezza incantevole di quei giochi d'acqua, suoni e luci, lo abbracciai di slancio, stringendolo forte come se volessi assorbire il suo calore e la potenza virile del suo corpo. Lui mi accarezzò i capelli, lo sguardo fisso sulle fontane.

«Bello, eh?»

Mi staccai da lui e annuii.

Lui mi porse la mano. «Andiamo a mangiare?»

Annuii di nuovo e lo presi sottobraccio, sorridendo raggiante, sentendomi come Cenerentola al ballo insieme al principe. «Sì.»

Il ristorante era incredibilmente sofisticato ed elegante, con tendaggi di velluto azzurro. Si affacciava sulle fontane e il nostro tavolo era in una nicchia riservata davanti a una vetrata da cui si godeva uno splendido panorama. Brad ordinò subito una bottiglia di Dom Pérignon che ci fu servito immediatamente. Bevvi un sorso di champagne, intimidita dalla raffinatezza del ristorante. Non ero abituata a cenare in locali di lusso, e l'agitazione della sera prima mi invase di nuovo mentre Brad, seduto davanti a me, era ovviamente a proprio agio, bellissimo e aitante più che mai.

«Non preoccuparti, nessuno ci farà caso» mi sussurrò, notando che fissavo ansiosa le quattro forchette. «Neanch'io ho mai imparato come si deve l'uso delle posate secondo il galateo.»

Ne dubitavo, ma gli sorrisi rincuorata.

Per antipasto ci servirono un trionfo di crostacei e molluschi, una torre colossale di scampi, ostriche, vongole, chele di granchio e aragosta in mezzo a ghiaccio tritato, serviti su un vassoio a quattro piani portato da due camerieri. Brad si tuffò sul cibo con entusiasmo famelico dopo avermi riempito il piatto nonostante le mie proteste.

Non mangiavo molto pesce, soprattutto di quel genere. Non mi piacevano i molluschi, e non ero abituata a mangiarli. Ero cresciuta nutrendomi quasi esclusivamente di pollo, riso e verdure. Nella mia limitata esperienza gastronomica avevo assaggiato solo della polpa di granchio, che secondo me aveva un odore disgustoso, e dei gamberetti che non mi avevano fatto una grande impressione, perciò fissai il piatto pieno con un misto di ribrezzo e timore.

Il cameriere portò una specie di grosso bavaglino per Brad che stava aggredendo una chela di granchio con una pinza e un altro cameriere tentò di allacciarmene uno al collo, ma io lo bloccai.

L'uomo mi fissò sorpreso. «Ma, signorina, il suo vestito...» protestò debolmente, stendendomi il bavaglione come un'offerta di pace, quasi offeso.

Brad si bloccò e mi fissò con aria interrogativa.

Imbarazzata, deglutii e confessai, con il viso in fiamme: «Non mi piacciono molto crostacei e molluschi».

«Neanche l'aragosta?» si stupì lui, accigliandosi.

«Non ci sono abituata» ammisi. «Non ho mai mangiato molto pesce e...»

«Hai mai assaggiato le ostriche? L'aragosta?» mi interruppe lui.

Cenerentola stava per essere smascherata, pensai. «Ho provato la polpa di granchio e non mi è piaciuta.»

Lui sorrise e fece un cenno al cameriere che mi legò al collo il ridicolo bavaglione, mentre Brad mi indicava una ciotola contenente burro fuso sopra una candelina che lo teneva caldo.

«Intingi un pezzo d'aragosta nel burro e prova, ti piacerà, vedrai» mi esortò.

Esitante, obbedii. Infilai un pezzo di polpa d'aragosta nel burro fuso e lo misi in bocca mentre Brad mi guardava intensamente. Masticai ma la trovai untuosa e gommosa. Inghiottii e mi sforzai di sorridere, poi mi pulii le labbra con il tovagliolo e bevvi un sorso di champagne.

«Allora, com'è?»

«Mmh» mugugnai, diplomatica.

Brad sorrise raggiante. «È la migliore aragosta di Las Vegas. Su, assaggia il granchio» mi incalzò riprendendo a mangiare con entusiasmo.

Il cameriere ci riempì i bicchieri e bevvi ancora, sforzandomi di accontentarlo, mentre Brad attaccava il piano superiore della torre dopo aver lasciato solo gusci vuoti su quello più in basso.

Un quarto d'ora dopo, Brad depose le armi con un gemito soddisfatto. «Sognavo quelle chele da settimane!» sospirò, sazio. «Avevo ragione o no?»

Gli sorrisi. «Era tutto ottimo, grazie.»

«Non so come fai a essere così composta. Ogni volta che mangio questo antipasto mi riduco un disastro» disse, togliendosi il bavaglione e pulendosi le dita in una delle due ciotole piene di acqua tiepida e fettine di limone che il cameriere ci aveva portato con un piccolo asciugamano. Io lo imitai timidamente.

«Vogliamo ordinare i secondi?» mi chiese.

«Volentieri.»

Mi lanciò un'occhiata strana e capii che avevo risposto con troppa prontezza, rivelandogli che non ne potevo più di quell'invasione di crostacei.

Il cameriere cominciò a portare via i miseri resti. Speravo che togliesse i piatti prima della torre che occultava il mio piatto alla vista di Brad, invece fece il contrario mentre cercavo disperatamente qualcosa da dire per distrarre Brad.

«Stavo pensando che stasera, dopo lo spettacolo, forse potremmo...» dissi in fretta, ma mi interruppi quando Brad posò lo sguardo sul mio piatto e aggrottò le sopracciglia nel notare che avevo cercato abilmente di dissimulare costosissimi e succulenti bocconi di aragosta, granchio e ostriche in mezzo ai gusci vuoti. Anche il cameriere fissò sconcertato lo sfacelo che avevo perpetrato nei confronti di quel ben di Dio.

Entrambi compresero contemporaneamente il mio giochetto. Mi parve che si fosse accesa all'unisono una lampadina nella loro testa. Mi guardarono sbalorditi e io mi irrigidii, strabuzzando gli occhi e torcendo il tovagliolo in grembo, cercando disperatamente qualcosa da dire, ma Brad parlò prima che avessi trovato una soluzione.

«Hai nascosto tutta quella roba?» mi chiese, fissandomi con un'espressione imperscrutabile.

«Non mi piaceva» ammisi debolmente. «Tu sembravi entusiasta e io avevo il piatto così pieno...»

«Oh, Cristo!» esclamò sorridendo. «Dai qua!»

Afferrò il mio piatto e frugò tra i gusci divorando tutto quello che avevo lasciato mentre il cameriere mi lanciava un'occhiata di disapprovazione e si allontanava con sussiego, lasciandoci soli.

Mentre spazzolava i miei avanzi, sorridendo divertito e scuotendo la testa, Brad mi chiese: «Perché non mi hai detto che non ti piaceva? Ti assicuro che non avrei fatto alcuno sforzo a mangiare tutto da solo. Ti avrei fatto portare qualcos'altro».

«Hai insistito tanto affinché mangiassi, e non volevo deluderti» confessai, sentendomi infantile.

«Non sono tuo padre, Julia» precisò Brad in tono leggero, anche se non sorrideva più. «Non devi per forza obbedirmi.»

Sollevai il mento con aria di sfida. «Lo so, infatti non faccio tutto quello che mi dici tu» puntualizzai, benché fossi poco convinta perché invece mi ero lasciata convincere a fare tante cose controvoglia.

«La nostra differenza d'età ti disturba?» mi domandò di punto in bianco, serio.

Cercai di assumere un'espressione altrettanto compunta ma la gravità della domanda era alquanto sminuita dal fatto che era stata posta da un uomo che si stava ingozzando senza ritegno con un bavaglione di plastica al collo e le dita unte di burro, perciò non riuscii a trattenere un sorriso ironico.

«No, non mi disturba» replicai. «Devo essere onesta, prima di conoscerti pensavo che tu fossi decrepito, rugoso, con i capelli bianchi...» scherzai.

«Che ne sai che non abbia i peli pubici brizzolati? Potresti controllare, tanto per andare sul sicuro...»

Arricciai il naso. «Oltre che vecchio sei anche volgare!» lo rimproverai tirandogli una minuscola briciola di pane.

Brad scoppiò a ridere e mi prese la mano, portandosela alle labbra per baciarla. «Non riesco a tenere la bocca lontana dal tuo corpo...» mormorò.

Bevvi un sorso di champagne per darmi un contegno ma le sue parole mi avevano provocato un caldo fremito erotico. Lo guardai negli occhi pensando che qualsiasi cosa facesse o dicesse Brad De Luca mi suscitava un intenso desiderio. Quell'uomo rappresentava davvero una tentazione irresistibile!

«Un'altra bottiglia di Dom Pérignon, avvocato?» gli chiese il cameriere, avvicinatosi con passo felpato.

Un'altra?, ripetei mentalmente, guardando il mio bicchiere vuoto. *Che fine ha fatto la prima?*

«Sì, grazie. Possiamo ordinare, Julia?»

«Intanto fai tu, io guardo il menu» risposi passando in rassegna i piatti proposti, i cui prezzi mi fecero strabuzzare gli occhi. La torre di frutti di mare appena demolita da Brad costava trecentocinquanta dollari!

Cercai qualcosa di relativamente poco costoso ma dovetti rinunciare subito e alla fine optai per un filetto, essendo sicura che mi piacesse, anche perché non avevo idea di cosa fossero diversi piatti sul menu. Brad prese una bistecca con vari contorni e io ordinai il mio filetto, poi consegnai il menu al cameriere che annuì compunto e si allontanò dopo averci riempito i calici di champagne.

Mi sporsi verso Brad e bisbigliai: «Questo ristorante è terribilmente costoso! Non oso pensare a quante centinaia di dollari di aragosta io abbia scartato!».

Brad sorrise, divertito dalla mia indignazione. «Stai

tranquilla, è tutto compreso. Il nostro soggiorno, pasti inclusi, è offerto dal casinò. A loro interessa che i clienti giochino e ti assicuro che li ripago profumatamente per quello che ci danno. Ogni ora che passo al tavolo di blackjack lascio al *Bellagio* diecimila dollari, tanto per darti un'idea... È la prima volta che vieni a Las Vegas e voglio che tu ti diverta e venga trattata con tutti gli onori.» Mi sorrise indulgente e aggiunse: «Comunque sappi che apprezzo la tua preoccupazione per le mie spese». Sollevò il bicchiere per brindare. «Mi auguro che tu goda appieno di questa breve vacanza.»

Feci cin cin con lui e bevvi un sorso di champagne, poi mi guardai intorno. Dal nostro tavolo d'angolo, in posizione strategica, non solo avevamo una splendida vista di Las Vegas ma anche della sala. Mentre facevo scorrere lo sguardo sugli altri clienti, mi bloccai e fissai una coppia accanto alla vetrata.

«Brad, quello è George Clooney!» bisbigliai con voce strozzata, sbarrando gli occhi.

Brad si voltò, lanciò un'occhiata noncurante al celebre attore poi scrollò le spalle. «Ti capiterà di vedere molte celebrità questo weekend. Vengono spesso a Las Vegas, e quasi tutti soggiornano al *Bellagio*.»

Cercando di non dare nell'occhio, scrutai George Clooney che stese il braccio sul tavolo e accarezzò la mano della donna che era con lui, una splendida bionda in abito da sera azzurro. Cercai di distogliere lo sguardo e di contenere l'emozione, pensando che Becca non ci avrebbe mai creduto quando gliel'avessi raccontato.

Ero tentata di fare una foto di nascosto con il cellulare, ma decisi di evitare per non dimostrarmi troppo provinciale, anche perché Brad mi stava osservando divertito.

Poco dopo arrivò una processione di camerieri a servirci; posarono davanti a Brad un'enorme bistecca succulenta, completa di purè, funghi saltati e mais al burro. Pensavo che non sarebbe mai riuscito a mangiare tutto dopo il trionfo di crostacei e molluschi, ma mi smentì.

Per qualche minuto ci dedicammo al secondo senza parlare. Alla fine emisi un mugolio soddisfatto, bevvi un sorso di champagne e chiusi gli occhi sorridendo.

«Ti piace?»

Annuii senza aprire gli occhi. «Immensamente.»

Sentii la mano di Brad che mi accarezzava un ginocchio sotto il tavolo stretto. Sollevai le palpebre e spostai la gamba, ignorando il suo broncio.

«Non ho ancora deciso se permetterti di tentare l'approccio. Sto cercando di fare la brava bambina» dissi, maliziosa.

«La brava bambina?» ripeté lui, bevendo un sorso di champagne. «Non ho ancora visto questo lato della tua personalità, veramente.»

Emisi un mugugno sommesso e mi protesi verso di lui, appoggiando i gomiti sul tavolo. «Sappi che sono *bravissima*, anzi, direi angelica, anche se ultimamente non ho dimostrato molta forza di carattere con te. Ma da stasera mi comporterò come una santa» dichiarai. *Forse*, aggiunsi tra me e me.

«E la tua decisione di darti all'astinenza scaturisce da motivazioni religiose?» mi chiese Brad, scrutandomi interessato.

Mi strinsi nelle spalle. «Non proprio. Non sono praticante, e ritengo che a Dio non interessi particolarmente se esprimo sessualmente i miei sentimenti, però il mio punto di vista è proprio questo, cioè per me è un modo di esprimere il mio amore a livello fisico. Tu invece fai sesso fine a se stesso, e io non ci sono abituata, o almeno è un approccio che mi mette a disagio, e non per motivi religiosi. Alcune donne si sentono usate o provano senso di colpa dopo aver fatto sesso. A me non è mai capitato e non vorrei cominciare ora, con te» gli spiegai con sincerità.

«Secondo me le donne a cui ti riferisci tu sono quelle che fanno sesso per uno scopo preciso, che sia per conquistare l'affetto di un uomo o la sicurezza economica, oppure per fare colpo su di lui... L'uomo che va a letto con loro lo fa solo per puro piacere, non perché le ama, o vuole amarle o mantenerle, ma perché vuole godere e loro sono disponibili. Dopo il sesso, per l'uomo non è cambiato nulla mentre la donna in questione ha delle aspettative precise e si sente mortificata quando si accorge che non potrà ottenere ciò che vuole. Per le donne l'amplesso ha un effetto quasi magico, direi, ma in effetti non è così, e si concedono con troppa facilità per secondi fini.»

Lo guardai severa, colpita dal suo giudizio cinico. «Ci fai sembrare patetiche» commentai. «È così che ci consideri, dei contenitori usa e getta in cui infilare il pene?»

Brad si passò una mano sulla fronte con aria esasperata. «No, Julia, mi limito a essere sincero. Forse i tuoi coetanei non sono ancora abbastanza esperti riguardo al sesso o ai loro sentimenti, io invece sono un uomo maturo che cerca di spiegarti come funzionano i nostri processi mentali, perché molte donne ignorano il nostro punto di vista.»

«Ed è per questo che vai a letto con le tue clienti?» lo apostrofai. «Solo per piacere fisico? Non pensi che rischi troppo per ottenere qualcosa che potrebbe darti qualsiasi donna tra tutte quelle che sono pronte a spalancare le gambe per te?»

Mi resi conto che avevo alzato troppo la voce quando vidi che Brad si era guardato intorno rapidamente prima di rispondermi. «Julia, le clienti a cui ti riferisci sono adulte e abbastanza mature da capire perfettamente quello che facciamo e quali sono i rispettivi ruoli.»

«E quali sarebbero questi ruoli?» gli chiesi, tagliente.

«Non dovresti aggredirmi così solo perché non approvi il mio stile di vita» mi redarguì. «Sono sicuro di me riguardo ai miei rapporti con le donne e non ritengo di dover dare spiegazioni sulle mie abitudini sessuali. Ho deciso di darti delle spiegazioni solo perché spero che deciderai di venire a letto con me in futuro e non vorrei che avessi delle aspettative errate.»

Infilzai un fungo con la forchetta e masticai lentamente per prendere tempo prima di replicare, irritata perché mi aveva messo in difficoltà.

Brad continuò in tono più indulgente. «Quando sono con una cliente, i nostri ruoli sono molto chiari e definiti. Non facciamo sesso in ufficio, e se ci vediamo fuori per cenare insieme, per esempio, e parlare di lavoro, non facciamo altro perché è quello lo scopo del nostro incontro. Però se la cliente è interessata e io sono attratto da lei, allora ci vediamo dopo, facciamo sesso, poi io torno a casa mia.»

«Detto così, mi sembra tutto molto freddo e impersonale. Non si sentono usate?»

«Non da me, perché modestamente a letto non sono come gli altri. Molti uomini fanno sesso in un modo che sfrutta le donne per il loro piacere, egoisticamente. Amano farsi praticare sesso orale senza ricambiare, oppure fanno i loro comodi nella posizione che preferiscono. Come ho detto prima, lo scopo dell'amplesso è godere, ma in due, ed è per questo che non penso solo a me, ma mi prodigo per la donna con cui sono a letto per darle piacere. Stamattina ti sei forse sentita usata?»

La sua domanda improvvisa mi prese alla sprovvista. Inghiottii il boccone e mi pulii la bocca con il tovagliolo, poi bevvi dell'acqua riflettendo. Mi ero sentita usata? A dire il vero quel pensiero non mi aveva sfiorata. Mi ero sentita emozionata, rilassata, languida; non avevo pensato ai miei sentimenti né mi ero sentita in colpa. Però in effetti non avevamo avuto un vero rapporto completo...

«No, non mi sono sentita usata, ma devo precisare che quello che abbiamo fatto non è quello che intendo veramente per sesso. Per me fare sesso significa donare una parte di me, non è un'esperienza puramente fisica e meccanica.»

Brad arricciò il naso. «E chi lo dice? È un'idea balzana

molto diffusa in società quella secondo cui una donna perde qualcosa di sé ogni volta che fa sesso senza amore. Un uomo può andare a letto con venti donne e conservare intatta la sua autostima, ma una donna viene distrutta emotivamente se ha molti partner? Secondo me è una stupidaggine. Le donne uniscono il sesso e i sentimenti perché è la società a imporlo, perciò pensano di dover provare qualcosa per un uomo prima di concedersi, e costruiscono una relazione attribuendovi dei sentimenti per giustificarsi, per poi restare inevitabilmente deluse, quando invece non c'è nulla di cui vergognarsi per quello che hanno fatto. Il sesso è normale, sano, fa parte della natura umana. Quello che crea danni è conferire emozioni artificiose all'atto.»

Mentre parlava lo ascoltavo attentamente, cercando di non dimenticare che era un bravo avvocato, abituato a cercare di convincere una giuria e delle clienti vulnerabili delle sue ragioni, e in questo caso anche me. Ero turbata, sottosopra, perché per certi versi quello che Brad sosteneva mi sembrava logico, anche se andava contro tutte le mie convinzioni e i precetti che mi erano stati inculcati. Ma perché avrei dovuto seguire pedissequamente quello che mi era stato insegnato? Era ovvio che la chiesa e i miei genitori mi dicessero di aspettare, di fare sesso solo con mio marito, o comunque con l'uomo che amavo; probabilmente se avessi avuto una figlia adolescente le avrei detto la stessa cosa.

«Se il sesso fosse solo mirato alla procreazione, allora sarebbe giusto farlo solo nel talamo coniugale, perché sarebbe sbagliato concepire dei figli con un estraneo. Però non è solo uno strumento per riprodursi, questo modo di pensare ignora completamente l'essenza stessa del sesso, cioè la passione e il godimento» continuò Brad.

«Non sto dicendo che il sesso debba esserci solo dopo il matrimonio, ma penso che per me sia importante amare l'uomo con cui faccio sesso.»

«Cos'è l'amore per te? Come fai a sapere quando sei innamorata?» mi incalzò lui.

«Lo so e basta.»

«E sei mai stata innamorata? Dato che hai detto di aver fatto sesso con due uomini, presumo che tu li abbia amati entrambi.»

Esitai, poi risposi: «Credevo di essere innamorata ma, con il senno di poi, mi sono resa conto che nessuno dei due era l'uomo giusto per me. Probabilmente ero troppo giovane per sapere veramente cosa sia l'amore».

«Invece ora lo sai?» ribatté Brad con il tono calmo e attento di uno psicoanalista.

«So che devo evitare di essere affrettata e di considerare amore il sentimento che provo prima di esserne sicura. Prima ero convinta di essere obbligata a fare sesso con l'uomo che amavo. Non tentavo di giustificare il sesso attraverso sentimenti fittizi, come ritieni tu, ma pensavo di essere innamorata e, per questo, di dover soddisfare le aspettative del mio fidanzato. Inoltre non avrei voluto sposarmi senza essere sicura di essere sessualmente compatibile con il mio futuro marito.»

«Con chi eri fidanzata?»

Abbassai lo sguardo e giocherellai con una briciola di pane per evitare di guardare negli occhi Brad. La sua espressione intensa e le sue iridi calde e profonde mi destabilizzavano. Mi fissava con tale attenzione da farmi sentire esaminata al microscopio; inoltre mi stava incalzando con domande che mi inducevano a riflettere su sentimenti e concetti che non mi ero mai soffermata ad analizzare veramente, per cui non ero sicura delle mie convinzioni.

«Si chiamava Luke» risposi sottovoce. «Credevo di amarlo, e probabilmente ero davvero innamorata, però non era l'uomo giusto per me. Pretendevo troppo da lui, che non aveva le capacità e la mentalità giusta per soddisfare le mie aspettative.»

«In termini materiali, vuoi dire?» Notai che il tono di Brad si era leggermente incupito.

«Non solo. Voglio vivere in un certo modo» risposi. «Non pretendo agi e lusso, ma neanche preoccuparmi per le bollette non pagate né vivere in una topaia. Luke era più grande di me, aveva ventisette anni, ma non aveva aspirazioni per il futuro e non riusciva a mantenere un lavoro stabile, mentre io lo tormentavo continuamente perché vedevo che il mio futuro lavorativo sarebbe stato molto più impegnativo. Non mi piaceva essere diventata assillante e non riuscivo ad accettarlo così com'era. Pur nutrendo dei sentimenti profondi per lui, pensavo che, se fosse stato vero amore, non avrei cercato di cambiarlo con tanta insistenza.»

«E l'altro con cui sei stata?»

«Era un vero bastardo. Era il primo che desideravo più di quanto lui desiderasse me. Mi abbindolò con le sue promesse, per poi lasciarmi due settimane dopo che gli avevo donato la verginità. Stavamo insieme da sei mesi e facemmo l'amore il giorno del mio compleanno. Compivo diciannove anni. Se ripenso a lui, mi sento invadere dalla rabbia. Non era niente di speciale, era un cretino pieno di sé...» borbottai, torva. Mi bloccai e sorrisi a Brad. «Mi rendo conto che è una descrizione piena di risentimento» aggiunsi.

«È normale. Spesso i primi amori lasciano a lungo l'amaro in bocca.»

«Ma dimmi di te» sbottai, per distogliere l'attenzione da me. «Eri innamorato di tua moglie?»

«Credevo di sì.»

«E ora invece hai cambiato idea, ripensandoci in retrospettiva?»

«Ritengo che l'amore sia un concetto fittizio creato dalla società per comodo... Le volevo bene, tenevo a lei, ma ora so che non ero veramente innamorato di lei. Credo che, perché un matrimonio funzioni, i due coniugi debbano essere d'accordo sul fatto che non occorre essere innamorati. Bisogna volersi bene, pensare alle esigenze dell'altro prima che alle proprie e impegnarsi a stare sempre vicino al proprio consorte. Io e Hillary ci eravamo conosciuti all'università e ammetto che, mentre lei era pronta a impegnarsi a stare al mio fianco per tutta la vita, io non lo ero. Scegliere la persona giusta è il primo passo, è fondamentale per un matrimonio felice e riuscito. Non ha senso prodigarsi, fare sforzi, investire tempo e impegno per un'unione stabile con la persona sbagliata. Tutto qui, semplicemente, il nostro matrimonio è fallito perché io e Hillary non eravamo fatti per stare insieme.»

«Ma mi hai detto che non intendi risposarti» precisai. «Quindi escludi di poter trovare un giorno la persona giusta?»

«Le mie convinzioni su ciò che serve perché un matrimonio sia felice sono basate sulle mie esperienze lavorative e sulle unioni riuscite di alcune persone che conosco. Una donna che corrisponde alle mie esigenze sessuali non soddisfa gli stessi criteri con cui cercherei una moglie, per cui, vedi? È come essere in un vicolo cieco. Non c'è via di uscita dal dilemma.» Scrollò le spalle e aggiunse, inclinando il capo: «Mi piace essere scapolo, in fondo. Sto bene da solo e non voglio sposarmi, non ho bisogno di una moglie. La mia vita è piena di soddisfazioni e me la godo un mondo». Sollevò alle labbra il calice quasi vuoto e lo scolò, poi lo posò mangiandomi con gli occhi. «Come ora, perché sono in compagnia di una donna stupenda» sussurrò con voce calda, da seduttore.

Feci una risata sommessa e mossi l'indice in segno di diniego. «Ah, no, no, non provarci! Non tentare di sviarmi facendo il cascamorto. Non abbiamo ancora finito il discorso. Vorrei farti un'ultima domanda.»

«Va bene. Spara.»

«Con quante donne sei andato a letto?»

«Eh?» si stupì Brad.

«Hai sentito bene! Se dovessi mai prendere in considerazione la possibilità di fare sesso con te, vorrei sapere quante mi hanno preceduta.»

Brad tornò a posare la mano sul mio ginocchio, facendomi rabbrividire per quel contatto inatteso. Io gli diedi un colpetto sulle dita per rimproverarlo, ma più lentamente di prima...

«Ah, allora stai pensando di venire a letto con me...» sussurrò, compiaciuto.

Gli lanciai un'occhiata civettuola. «Più o meno. Sei stato molto persuasivo, anche se preferirei non pensare a quante volte tu abbia usato quel discorsetto sul sesso come approccio.»

Brad rise e tolse la mano, sfiorandomi la coscia con i polpastrelli mentre aspettavo con il fiato sospeso che rispondesse. «Dio, Julia, non lo so! Non ne ho la minima idea!»

«Ma come? Non è possibile! Voi uomini non fate le tacche alle colonnine del letto a ogni nuova conquista?»

«Non i gentiluomini» obiettò lui.

«Ma dai! Se sei troppo signore per darmi il numero esatto, almeno forniscimi una stima approssimativa.»

Brad rifletté per qualche istante, massaggiandosi il lobo dell'orecchio. Alla fine, scrollò le spalle e dichiarò: «A occhio e croce, direi dalle centocinquanta alle centottanta».

Sentii che le mie sopracciglia scattavano verso l'alto, attestandosi all'attaccatura dei capelli per quanto ero sorpresa. Mi aspettavo che fosse un dongiovanni, ma non pensavo che avesse avuto così tante conquiste. «È una balla» sbottai.

«Che motivo avrei di mentire per vantarmi con te?» obiettò lui. «Calcolando due donne al mese, che prima di sposarmi erano una decina, e considerato che sono divorziato da quasi sei anni... il totale dovrebbe essere in quella fascia.»

«Che porco!» sbottai.

«Perché? Perché amo il sesso e mi piace farlo con le belle donne?»

«Non approvo una tale girandola di amanti. Non hai avuto una relazione stabile negli ultimi sei anni?»

«Certo, ma non era monogama da nessuna delle due parti.»

«Allora non è una relazione.»

Brad agitò una mano per liquidare l'argomento. «Non ho voglia di intavolare questa discussione con te ora» tagliò corto.

Lo fissai muta e contrariata. Aveva avuto troppe donne, pensai, ma non avrei saputo dire perché la cosa mi infastidisse, così come non sapevo cosa obiettare alla sua convinzione come fautore del sesso senza impegni né coinvolgimenti sentimentali. A tale proposito mi stava inducendo ad allargare le mie vedute, ma non avevo alcuna intenzione di farglielo sapere...

Alla fine sospirai, arrendendomi, e rilassai le spalle rigide. «Ordiniamo il dolce?» gli proposi.

Brad rise sommessamente, poi si piegò verso di me e mi diede un lieve bacio. «Sì, ma non qui.» Chiamò con un cenno il cameriere, che accorse per fargli firmare il conto, poi si alzò e mi porse la mano. «Su, andiamo.»

Presi la borsetta e mi alzai, lisciandomi il vestito. Tenendomi per mano, attraversammo la sala, passando vicino a George Clooney, il che mi provocò un brivido d'emozione, poi uscimmo in terrazza, dov'erano stati apparecchiati dei tavolini con posate d'argento, calici di cristallo e candele accese.

Un cameriere in smoking scostò la sedia dorata e imbottita di velluto rosso per farmi accomodare. Lo ringraziai con un sorriso e mi sedetti mentre Brad prendeva posto di fronte a me.

«Buonasera, signori» ci salutò il cameriere, un ometto bassino e maturo con folti baffi candidi. Versò dell'acqua nei bicchieri e cominciò a snocciolare le proposte per il dessert, ma Brad lo interruppe.

«Quanti dolci avete stasera?»

«Quattro, signore.»

«Ci porti un assaggio di tutti e una bottiglia di Dom Pérignon del novantasei.»

«Come desidera.»

Il cameriere abbozzò un inchino e si allontanò mentre io mi sporgevo verso Brad e bisbigliavo: «Non avresti dovuto ordinare altro champagne. Se continuo a berne finirò per ubriacarmi!».

Anche lui si protese verso di me, fermandosi a pochi centimetri dal mio volto. «E com'è Julia quando è ubriaca?» mi chiese con lo stesso tono basso da cospiratore.

«Eccitata ma anche assonnata, il che riduce moltissimo la mia partecipazione a qualsiasi attività.»

«Adesso sei eccitata?»

Mi umettai le labbra. «No» risposi, anche se la mia mente gridava *Sì!*

«Allora devi bere.»

«Non credi che riuscirai a sedurmi senza farmi ubriacare?»

«*Touché*» disse Brad sollevando una mano.

Il cameriere si presentò celermente al tavolo. «Desidera?»

«Ci ho ripensato. Niente champagne, per favore.»

«Certo, signore. Annullo subito l'ordine.»

Scomparve mentre dalle fontane cominciava a levarsi una musica sommessa e io mi voltai verso lo specchio d'acqua ancora immobile, poi mi alzai e mi avvicinai alla balaustra mentre Brad mi seguiva con lo sguardo, sorridendo per la mia espressione rapita.

La musica aumentò di volume mentre cominciavano i giochi d'acqua con getti sempre più alti. Mentre osservavo lo spettacolo ammirata, pensai che avrei voluto restare lì per sempre, accarezzata da una lieve brezza sulle spalle nude, con il mio bel vestito elegante in quell'ambiente sofisticato, ad ascoltare una potente voce maschile che cantava. Avvertii la presenza di Brad alle mie spalle; si appoggiò alla balaustra per guardare la danza dell'acqua insieme a me. Restammo fermi, vicinissimi, finché non si spense l'ultima nota e il laghetto tornò fermo e buio.

«È bellissimo e struggente, no?»

«La canzone era stupenda» commentai. «Chi era?»

«Andrea Bocelli.»

«Meravigliosa. Un canto così colpisce dritto al cuore.»

«Hai ragione» commentò Brad mettendomi le mani sulle braccia e facendomi voltare verso di lui, con la schiena appoggiata alla balaustra.

Lo guardai negli occhi, nei quali si agitava una miriade di emozioni che non riuscivo a decifrare completamente. L'unica cosa di cui ero sicura era che lo desideravo moltissimo. Sapevo perfettamente che non avrei dovuto, perché ero solo una delle centinaia di donne che aveva sedotto, ma non mi importava. Volevo Brad De Luca più di quanto avessi mai voluto qualsiasi altra cosa in vita mia perciò protesi le labbra verso le sue, chiusi gli occhi e lo baciai con tutta me stessa.

Lui reagì con pari ardore. Aderì a me con tutto il corpo e spostò le mani dalle mie braccia, facendone scivolare una dietro la mia nuca mentre con l'altra mi afferrava con forza una natica. Sollevai una gamba passandola dietro le sue per avvicinarlo a me il più possibile, ansiosa di sentirlo contro il mio corpo. Sentivo chiaramente la sua erezione ed ero compiaciuta per la mia capacità di eccitarlo. Ci baciammo a lungo come adolescenti pieni di ardore incontenibile e quando ci staccammo eravamo entrambi ansanti. Brad incollò le labbra alle mie per un ultimo bacio rapido ma veemente, poi si staccò da me, mi sorrise malizioso e mi riportò al tavolo.

Il cameriere si presentò con tempismo perfetto con un vassoio per servirci, tanto che sospettai che ci stesse spiando in attesa che smettessimo di baciarci. Arrossii a quel pensiero anche se la sua espressione era assolutamente imperturbabile.

Un quarto d'ora dopo avevo gustato degli assaggi di tiramisù, cheesecake, panna cotta e mousse al cioccolato fondente con panna. Avevamo bevuto solo acqua, senza champagne né liquori, ed ero ancora abbastanza lucida quando mi stirai soddisfatta, a stomaco pieno.

Leccai il cucchiaino con fare allusivo dopo aver mangiato l'ultimo boccone di mousse e Brad mi sorrise malizioso; il suo volto illuminato dal chiarore guizzante della candela era ancora più aitante e misterioso.

«Sei incorreggibile» mi sussurrò.

«Direi proprio di sì. Saresti deluso se ti chiedessi di saltare lo spettacolo, infilarmi il pigiama e guardare un film alla TV? Stasera c'è la maratona del *Signore degli anelli*» gli proposi, ironica.

Brad assunse un'espressione scherzosamente avvilita. «Se è quello che vuoi veramente» sospirò rassegnato.

«Di solito vieni a Las Vegas da solo?» gli domandai, incuriosita.

«Una buona metà delle volte.»

«E quando sei solo cosa fai?»

«In realtà non passo mai le mie serate da solo. Anche quando non vengo con una donna, trovo sempre compagnia. Le belle ragazze abbondano nei casinò.»

«Prostitute, intendi?»

«Credo che preferirebbero essere definite *escort*, ma no, non le frequento.»

«Mai?»

Brad sospirò di nuovo. «Fai proprio tante domande, sai?»

«Anche tu, ma io rispondo sempre alle tue.»

«Mi sembra giusto» annuì Brad. «Comunque, una volta, qualche anno fa, il proprietario precedente del casinò mi mandò una ragazza come omaggio. Io declinai l'offerta e spiegai la situazione al mio ospite, che capì e da allora non si è più ripresentata l'occasione.»

«Era carina?»

«Molto, e anche giovanissima. Non doveva avere più di vent'anni, era troppo truccata e aveva un bel vestito corto, molto simile al tuo.»

Bene, sono vestita come una squillo, pensai.

«Ero appena salito in camera e mi stavo vestendo per la cena quando venne a bussare alla porta.»

«Cosa ti disse?»

«Per farla breve, che l'aveva mandata Jeff, il mio ospite. Mi guardò cercando di assumere un'espressione sexy e seducente, poi entrò anche se io ero rimasto interdetto. Tra noi non successe niente. Le dissi che apprezzavo l'offerta ma non ero interessato. Inventai come scusa che ero fidanzato e fedele. Le diedi qualcosa da bere, parlammo per un po', poi se ne andò.»

«Avete solo parlato? Sul serio?» replicai, incredula. «Il seduttore più implacabile e insistente del mondo riceve la visita di una bella ragazza in camera, fa quattro chiacchiere con lei, le offre da bere poi l'accompagna alla porta con tante scuse?» Incrociai le braccia e scossi la testa, fissandolo severa. «No, non ci credo.»

Brad rise, poi si piegò verso di me, mi tirò un braccio per liberarlo e mi prese la mano. «Perché nutri un'opinione così pessima nei miei confronti?»

«Hai ammesso tu stesso di amare il sesso. Perché dovresti rifiutare un'occasione quando ti è servita su un piatto d'argento?»

«Proprio per questo motivo. Quella ragazza era venuta a bussare alla mia porta senza sapere nulla di me, ed era pronta a fare sesso con chiunque le avesse aperto. Non c'è niente di peggio per farmi passare tutto il desiderio... mentre tu, che dai a intendere di volermi resistere strenuamente, mi ecciti di più proprio per questo.»

Mentre parlava, Brad aveva abbassato la voce a un tono caldo, profondo, trafiggendomi con uno sguardo intenso, da vero seduttore. Ero turbata dal suo fascino, ma non gli avrei mai dato la soddisfazione di ammetterlo.

«Do a intendere?» ripetei «Non sto fingendo, sono veramente decisa a resisterti, e l'avrò vinta. In ogni caso ti prego di pensare a quello che hai appena detto. A sentire te, sembra di parlare con uno stupratore!»

«Non essere assurda, hai capito benissimo quello che volevo dire. Mi piace la caccia, la conquista.»

«È l'unico motivo per cui sono qui? Per il gusto del proibito, perché sono una praticante nel tuo studio legale, quindi sono *off limits*, e perché ho rifiutato il tuo invito a pranzo?»

«Ti ho invitata a Las Vegas perché mi fa piacere passare del tempo con te. Sei stimolante, divertente, sei di piacevole compagnia e rappresenti una sfida interessante. Ogni volta che ti vedo, ho voglia di strapparti i vestiti di dosso e...» Terminò la frase con una specie di ringhio e io sentii che la mia forza di volontà cominciava a vacillare, malgrado la mia ferma intenzione di tenerlo a bada.

«Quindi alla fine non hai fatto sesso con quella ragazza?» gli chiesi per cambiare discorso e tornare al suo racconto.

Ma Brad non si lasciò ingannare. Scoppiò a ridere e si girò, cercando con lo sguardo il cameriere che comprese al volo e portò subito il conto. Brad firmò poi mi fece un cenno. «Andiamo» mi disse con decisione.

Cercando di tenermi in equilibrio sui tacchi a spillo, ci dirigemmo verso l'ingresso del casinò. Appena vi mettemmo piede fummo assaliti dall'atmosfera di quell'ambiente stravagante, con i colori rutilanti, le luci, le voci, le risate e il tintinnio delle monete. Procedevamo lentamente, facendoci largo tra la folla; ero aggrappata al braccio di Brad, e quando lo strinsi lui mi sorrise, poi mi diede un bacio sui capelli. Rallentò istintivamente quando passammo davanti a un tavolo di blackjack e indugiò con lo sguardo ma io lo spinsi ridendo. Riuscimmo infine a raggiungere l'atrio dell'albergo. Il portiere in guanti bianchi aprì la porta con un sorriso deferente e un valletto accorse subito, indicando la limousine.

«Avvocato De Luca, l'auto è pronta.»

Brad salutò l'autista, lo stesso che era venuto a prenderci all'aeroporto. «Salve, Leonard.»

L'uomo mi sorrise e mi tenne aperto lo sportello della vettura. «Buonasera, signorina. È veramente stupenda.»

«Grazie. Mi fa piacere rivederla» risposi io.

Quando fummo saliti in macchina, Brad si voltò verso di me. «Se non hai voglia di andare allo spettacolo, possiamo fare solo un giro della Strip e tornare in albergo» mi propose.

«Io e te soli in macchina? Pericoloso...» replicai sorridendo. «Dove ti porterebbe Leonard se io non ci fossi?»

«Di solito, quando non vengo a Las Vegas in compagnia, ceno con Philippe o altri amici con cui passo la serata.»

«A fare cosa?»

«Cosa si può fare a Las Vegas? Si beve, si va a vedere uno spogliarello...»

«Ma niente prostitute?» lo provocai.

«Esatto.»

«Allora passiamo una serata alla De Luca!» gli proposi.

«Vuoi davvero tuffarti nel buco del Bianconiglio come Alice e dare un'occhiata al Paese delle Meraviglie?»

«Viva Las Vegas, baby!» esclamai con entusiasmo.

«Sai che ti dico? Viva Las Vegas!»

. 19 .

Il nome d'arte della spogliarellista era Alexis, in realtà si chiamava Sarah Hinkle, ma l'aveva cambiato perché non le sembrava abbastanza sexy. Era un nome provinciale e banale come lei, che era stata una tipica adolescente scialba con i brufoli e i denti storti fino ai sedici anni, quando aveva tolto l'apparecchio e aveva cominciato a truccarsi. Per sbocciare in tutto il suo splendore le erano occorsi altri due anni e l'amicizia della figlia dei vicini, Jennifer, che le aveva insegnato a usare ombretto e fondotinta per valorizzarsi al meglio. Ora, messa alle spalle Springfield, nell'Illinois, era una bellezza mozzafiato ricoperta di lustrini, con il corpo perfetto e abbronzato tutto l'anno, frutto di sedute regolari nei solarium. Aveva lunghi capelli corvini con morbidi boccoli che le ricadevano sulle spalle, una manicure impeccabile e un debole per i sandali gioiello dai tacchi vertiginosi.

Nuda, in camerino, si spruzzò un profumo seducente, ripassò il rossetto e scrutò attentamente allo specchio il risultato del trucco accurato, poi passò in rassegna la lunga fila di costumi succinti appesi e fece la sua scelta per quella sera.

Brad chiamò Leonard premendo il pulsante dell'interfono tra la parte anteriore e il sedile posteriore della limousine, chiedendogli di portarli al *Baccarat*. L'autista fece inversione di marcia e si diresse verso il *Bellagio*.

«Cos'è il *Baccarat*?» gli domandò Julia.

«È un bar del *Bellagio*. Possiamo bere qualcosa e giocare un po'. Per completare la tua prima esperienza a Las Vegas, devi per forza tentare la fortuna al tavolo verde.»

Leonard parcheggiò e venne ad aprire lo sportello. Entrati nel casinò, lo attraversammo e ci dirigemmo verso un bar, arredato nello stesso stile opulento degli altri ambienti del *Bellagio*. In un angolo c'era un pianoforte e un cantante suonava una canzone melodica, intonandola con voce calda e suadente.

Fummo accolti da un uomo in smoking che riconobbe subito Brad e ci accompagnò in una zona riservata ai VIP. Ci sedemmo su un divanetto e subito un cameriere ci portò i menu ma Brad li rifiutò agitando una mano.

«Due Manhattan» ordinò. «Mi porti anche il telefono interno, per favore.»

«Il centralino VIP è il quattro quattro due» lo informò il cameriere quando tornò, porgendogli un cordless.

Brad lo ringraziò con un cenno, compose il numero e attese. «Sono Brad De Luca. Dovrei parlare con Nadine.» Un'altra pausa, poi disse: «Ciao, Nadine. Ti dispiacerebbe salire in camera mia? C'è una scatola da sigari. Dovresti portarmela al *Baccarat*. Grazie».

Chiusa la comunicazione, restituì l'apparecchio al cameriere che abbozzò un inchino e si allontanò.

«Non ho mai bevuto un Manhattan» osservai.

«È un cocktail piuttosto forte, forse troppo per te, ma...»

«Se devo fare quest'esperienza dev'essere completa» dedussi, interrompendolo.

«Esatto.»

Il cameriere tornò con i bicchieri su un vassoio d'argento. Io e Brad prendemmo i bicchieri, facemmo cin cin, poi bevvi un sorso, ma appena deglutii il cocktail non riuscii a trattenere una smorfia di disgusto e tossii. Mi sembrava di avere bevuto dell'alcol etilico; posai il bicchiere sul tavolino, con la gola in fiamme, mentre Brad ridacchiava per la mia espressione.

Mi coprii la bocca con una mano, scossa da un brivido di ribrezzo. «Scusa» dissi con voce strozzata. «Mi rendo conto di non aver avuto una reazione signorile. Ma quella roba ti piace veramente?»

«Ci sono abituato. Vuoi bere qualcos'altro?»

«No, avrei dovuto evitare di lasciarti ordinare, ma ormai me la sono voluta e ora devo rassegnarmi.» Bevvi un altro timido sorsetto di cocktail e rabbrividii meno violentemente di prima, poi posai il bicchiere e incrociai le gambe, avvicinandole pericolosamente a una mano di Brad, che non perse tempo e me la poggiò sul ginocchio, accarezzandolo delicatamente.

Si avvicinò una rossa alta e con gambe chilometriche, generosamente scoperte da un abitino aderente, scollato e cortissimo. Reggeva una scatola di sigari che aprì e offrì a Brad, chinandosi esageratamente verso di lui. Brad scosse la testa e lei se ne andò dopo avermi sorriso. Mi accorsi che Brad aveva lo sguardo incollato al suo fondoschiena che ondeggiava sinuoso. Gli diedi un colpetto al braccio per rimproverarlo e lui si girò verso di me.

«Cosa c'è?»

«Hai dimenticato che sono qui? Se vuoi fare i raggi X alle donne con lo sguardo, almeno aspetta finché non vado via!»

Brad fece una risatina. «Dopo andremo in uno strip club. Hai intenzione di rimproverarmi ogni volta che guardo un'altra donna?»

Feci schioccare la lingua. «Hai ragione» ammisi.

«Sei un tipo geloso?»

«C'è differenza tra essere gelosa e voler essere rispettata. Se sbavi dietro a una donna in mia presenza mi manchi di rispetto. Non mi importa di chi guardi quando sei solo» precisai.

«Va bene, ho capito. Ma al di là di quest'occasione specifica, ti consideri una persona gelosa?»

Esitai, riflettendo sulle mie esperienze passate, e Brad

sospirò esasperato, in attesa della mia risposta. «Devo essere assolutamente sincera?» gli chiesi infine.

«Ma certo.»

«Allora devo dirti che non lo so.»

«Tutto qui?»

«Aspetta, lascia che ti spieghi.» Feci un'altra lunga pausa, solo per il gusto di indispettirlo e lasciarlo sulle spine. «Non sono mai stata gelosa né possessiva nelle mie relazioni passate, però credo che sia dovuto al fatto che non amavo veramente la persona con cui stavo. Non mi importava se la relazione fosse finita, non tenevo veramente all'uomo con cui ero e non mi interessava se fosse stato fedele oppure no. Davo per scontato che lo fosse, ma solo perché cercavo sempre di avere relazioni in cui ero io ad avere più potere. Certo, il mio primo amore mi aveva lasciato, ma non ero tanto dispiaciuta per averlo perso quanto perché avevo fatto dei progetti per il futuro con lui e dovevo cambiare i miei piani. Inoltre ero ferita perché essere lasciata era stato un duro colpo per la mia autostima. Non ero abituata a essere respinta e il mio ego ne aveva sofferto.»

Terminai la mia spiegazione con un sospiro, pensando che forse ero stata anche troppo sincera.

«In sostanza sei gelosa ma non hai ancora trovato nessuno per cui valesse la pena essere possessiva?» riassunse Brad.

«Quello che sto cercando di dire è che finora non sono mai stata gelosa, tutto qui. E tu sei geloso?»

«Non è il termine esatto. Direi piuttosto che sono sempre molto interessato a quello che fa la mia donna e mi dà fastidio essere estromesso dalle sue attività, in qualunque ambito.»

«Quindi sei un tipo più dispotico che geloso, in pratica?» osservai.

Un lieve sorriso aleggiò sulle belle labbra di Brad. «Sì, mi piace avere il controllo.»

«Avere il controllo ed essere dispotico e autoritario sono due cose diverse» precisai.

«Ecco, ora parla l'avvocato che è in te.»

«Sto imparando, in fondo. Sono una tirocinante, no?» sorrisi.

Prima che potessi dire altro, si avvicinò al nostro tavolo un bell'uomo alto e distinto, con un bel vestito elegante, gli occhiali e i capelli bianchi. Aveva in mano una scatola di legno che consegnò a Brad; ne dedussi che fosse la sua scatola dei sigari.

Appena lo vide, Brad si alzò di scatto, raggiante, e gli strinse la mano con calore, dandogli una pacca sulle spalle. «Philippe!» Mi alzai a mia volta mentre Brad si voltava verso di me. «Julia, ti presento Philippe.»

Ci stringemmo la mano e gli sorrisi. «Mi fa piacere conoscerla di persona, Philippe. Grazie per avermi aiutato a organizzarmi, oggi. Ho passato una bellissima giornata.»

«Ne sono lieto. Com'era la cena al *Prime*?»

«Eccellente.»

«Julia ha apprezzato particolarmente l'antipasto, il trionfo di frutti di mare» intervenne Brad, strizzandomi l'occhio. Io ricambiai la sua battuta fulminandolo con lo sguardo, poi sorrisi a Philippe. «Siediti con noi» lo invitò Brad, indicando la poltroncina accanto al divanetto a due posti.

«No, grazie, non vorrei disturbare. Volevo solo portarti i sigari e conoscere la bellissima Julia.» Consegnò la scatola e aggiunse: «Mi sono permesso di farti omaggio di qualche buon cubano, ho visto che le tue riserve scarseggiavano».

«Grazie, non dovevi.»

«È stato un piacere. Non andate allo spettacolo?» gli chiese Philippe, guardando l'orologio.

«Provvederemo durante il prossimo viaggio a Las Vegas, magari. Per stasera resteremo un po'qui, poi andremo allo *Scores* o al *Sapphire*.»

Philippe mi lanciò una rapida occhiata, poi mi sorrise. «Allora vi lascio ai vostri programmi. Julia, è stato un piacere.»

«Anche per me. E grazie ancora.»

Ci salutammo con una stretta di mano, poi Philippe si accomiatò. Brad si sedette, mise la scatola sul tavolo e l'aprì. Subito il cameriere portò un vassoio con un accendino e altri accessori, prese il bicchiere vuoto di Brad e guardò il mio ancora pieno.

«Gradisce qualcos'altro?» mi chiese.

«No, va bene così. Mi serve un po' di tempo, questo cocktail ne vale dieci!» commentai.

Brad fece un sorrisetto divertito, poi scelse con cura un sigaro, lo scartò e ne tagliò la punta, me lo passò poi ripeté la stessa operazione con un altro. Io presi timidamente il sigaro e lo rigirai tra le dita, senza neanche sapere come tenerlo.

«Hai mai fumato?» mi chiese Brad.

«Ho fatto un tiro da uno spinello una volta, e questo è tutto.»

«Dammi il sigaro, te l'accendo io.»

Lo vidi aprire l'accendino e tenere il sigaro sopra la fiamma, ruotandolo tra le dita, prima di fare una lenta boccata. Quando ebbe visto che la punta era incandescente, me lo passò dicendomi di tenerlo tra pollice e indice.

«Non aspirare, tieni il fumo in bocca, assaporalo poi buttalo fuori.» Io seguii le sue istruzioni. «Lentamente, altrimenti ti verrà la nausea.»

Mi porse un bicchiere d'acqua e bevvi un sorso che mi rinfrescò la gola secca, spostando il sigaro affinché il fumo non mi andasse negli occhi. Brad accese il suo e si appoggiò con le spalle allo schienale del divanetto, assumendo una posa rilassata. Mi girai a guardarlo e mi persi nei suoi occhi intensi, così scuri e profondi, pieni di emozioni che si agitavano come fiamme sotto la superficie. Mi dava l'impressione di avere una battaglia continua in corso nella sua mente, e quel conflitto costante traspariva dalle sue iridi fosche.

Si piegò verso di me, mi diede un lieve bacio, poi mi scostò delicatamente i capelli dal volto e mi puntò una ciocca dietro l'orecchio.

«Dio, ho proprio voglia di rovinarti...» sussurrò, sfiorandomi le labbra con la punta delle dita.

Feci una risata sommessa e chiusi gli occhi, appoggiando la testa sulla spalla di Brad. «Quanto romanticismo!» sospirai, ironica.

Lo sentii irrigidirsi leggermente mentre mi accarezzava lentamente una coscia nuda. «Il romanticismo sta bene nelle storie d'amore, che non fanno per me» precisò. «Credevo lo sapessi.»

«Infatti lo so, non temere, anche se a volte lasci trasparire un barlume di potenziale...» commentai, pentendomi subito per quell'affermazione.

Brad non disse niente per qualche istante. «Devi fare una boccata ogni tanto, altrimenti il sigaro si spegnerà» mi avvertì infine. «Non aspirare il fumo, ricorda.»

Lo guardai sorridendo, poi feci una rapida boccata cercando di imitare l'atteggiamento dei gangster che avevo visto nei film.

«Comunque, per tornare al discorso, ti ho già detto perché non sarei un fidanzato adatto a una ragazza come te» sentenziò Brad.

«Lo pensavi anche quando eri tra le mie gambe aperte stamattina?» obiettai.

«In quel momento non eri una ragazza, ma una donna che volevo far godere» puntualizzò lui. «Fidati, non hai quel che serve per stare con me.»

Il suo commento mi punse sul vivo. Lo guardai storto e aspirai il fumo poi glielo soffiai in faccia. Lui si scostò piegandosi per schivare la nuvoletta aromatica e mi afferrò una coscia per tenersi in equilibrio, ma lasciò lì la mano anche quando raddrizzò la schiena. Per rispondere alla mia provocazione, fece scivolare le dita verso l'alto fino a sfiorare il bordo dei miei slip, poi riportò la mano sul ginocchio mentre io mi sentivo invadere dal desiderio.

«Julia, non è un'offesa ma un complimento» precisò poi. «Io frequento ragazze cattive mentre tu sei tenera, ingenua e innocente. Un giorno sarai la moglie perfetta per un uomo normale.»

Gli sorrisi maliziosa. «Come Bob?»

«Come Bob, sì.»

«Non avresti dovuto farlo scappare, allora. Ora dovrò faticare per riconquistarlo.» Tirai un'altra boccata di fumo, poi lo guardai civettuola. «Non sono un'ingenua, sai?»

«Per il mio mondo sì, e non ho voglia di fartelo conoscere.»

Sbuffai, frustrata, ma ripresi a fumare fingendo che non mi importasse. Brad mi tolse il sigaro di mano e lo appoggiò sul posacenere.

«Basta, o ti farà male, essendo la prima volta.»

Avevo già un lieve capogiro e un vago senso di nausea, ma non l'avrei ammesso per tutto l'oro del mondo. «Sei davvero dispotico» borbottai.

«Vogliamo andare?»

«Cosa c'è in programma ora? Un mazzo di rose e un valzer al chiaro di luna?» lo punzecchiai.

«Forza, spiritosona, andiamo.» Si alzò, tenendo il sigaro tra i denti, poi tirò fuori il portafogli e lasciò due banconote da cento dollari sul tavolo. Mi porse la mano per aiutarmi ad alzarmi, poi si diresse verso la porta continuando a tenermi per mano.

Io mi voltai, titubante. «E la scatola di sigari?»

«Me la porteranno in camera, stai tranquilla.»

Uscimmo dal *Baccarat* e facemmo una sosta presso un tavolo da blackjack. Mentre gli altri erano affollati, a quello in cui si fermò Brad c'erano solo due persone, un obeso dai capelli rossi e il viso rubizzo e un altro alto e allampanato. Entrambi avevano diverse pile di *fiches* davanti alle loro postazioni. Brad mi scostò una sedia per farmi sedere e io sorrisi ai due, che mi fecero un cenno di saluto senza sorridere.

Alexis aveva deciso di indossare un tanga fucsia di pizzo e lustrini abbinato a un reggiseno a balconcino, con sopra un miniabito chiuso lateralmente dallo strap per toglierlo velocemente. Si vestì con cura, perché ci teneva a essere impeccabile. Non voleva deludere Sandra, la responsabile delle ballerine, che pretendeva la perfezione.
Guardandosi allo specchio fece una piroetta e sorrise al suo riflesso, poi sussurrò: «Si va in scena».

La croupier era orientale e si chiamava Xiu, o almeno così era scritto sulla targhetta appuntata sul petto. Sorrise a Brad con aria complice e mi guardò a lungo, impassibile, poi mi chiese la carta d'identità.
Lanciai un'occhiata a Brad, poi tirai fuori la patente dalla borsetta, complimentandomi con me stessa per aver avuto la presenza di spirito di portare un documento. Gliela porsi e lei la esaminò per cinque lunghi secondi, poi fece un cenno d'assenso e me la restituì. Brad le porse la scheda magnetica della nostra camera che passò al direttore di sala, materializzatosi improvvisamente al suo fianco.
Lui la prese e la strisciò accanto a un monitor alle spalle della croupier, poi la diede a Brad. «Buonasera, signor De Luca. Vuole delle *fiches*?»
«Sì, quattro.»
L'uomo fece un cenno alla croupier che mise quattro pile da dieci gettoni neri davanti a Brad, che ne passò due a me e mi chiese sottovoce: «Sai giocare?».
«Sì, ho l'app del blackjack sul cellulare.»
«Va bene, allora mettiamoci d'accordo. Quello che vincerai è tuo, se perderai troverò il modo di riscuotere il debito... Ci stai?»

Lo guardai intensamente, notando il suo sguardo divertito. «Ci sto» mormorai.

La croupier si schiarì la gola, impaziente. «La sua puntata» mi intimò.

Vedendomi esitare, Brad prese due *fiches* nere dalla mia pila e le piazzò sul tavolo davanti a me, poi lanciò un'occhiata severa alla donna. «È la prima volta che gioca qui, abbia pazienza.»

«Sì, signor De Luca» annuì lei con deferenza, dando le carte.

Mezz'ora dopo, anche gli altri due giocatori sorridevano. Tutti avevano raddoppiato le *fiches* e persino la scostante Xiu era più cordiale. La puntata minima era di duecento dollari ma l'avevamo aumentata a poco a poco e ora puntavo seicento dollari su ogni mano e cominciavo a sudare freddo. A un certo punto mi trovai con tremila dollari in gioco, con delle carte pessime. Rischiai e ne chiesi un'altra, migliorando di poco la mia posizione. Guardai trepidante il banco mentre la croupier girava la sua carta. Quando vidi che aveva ventidue, e quindi aveva sballato, il capannello di gente che si era radunato intorno a noi esplose e io mi alzai in piedi con un'esclamazione di esultanza, sollevando le braccia come un pugile che ha messo k.o. l'avversario. Brad mi abbracciò di slancio mentre Xiu contava le *fiches* che poi fece scivolare verso di me. Le diedi un gettone da cento dollari, pensando che era la mancia più generosa che avessi dato in vita mia e che probabilmente sarebbe rimasta un'*una tantum*, poi raccolsi la vincita.

«Mi fermo qui» informai Xiu.

Brad mi guardò sconcertato. «Non giochi più?»

«Preferisco finire in bellezza. Sono sicura che ora la fortuna girerà.»

Brad scrollò le spalle, conciliante, poi guardò Xiu. «Sono fuori anch'io.»

Contai le *fiches* che Brad mi aveva dato all'inizio e gliele restituii, poi feci un rapido calcolo di quelle che mi erano rimaste. Quattromilaottocento dollari... era molto più di quello che avevo in banca. Continuando a sorridere con entusiasmo, abbracciai di nuovo Brad.

«Andiamo a incassare?» mi chiese.

«Sì!»

Attraversammo il casinò e ci dirigemmo verso la lunga fila di sportelli delle casse dove cambiai le *fiches* con una mazzetta di banconote.

«Possiamo salire un momento in camera a mettere i contanti in cassaforte?» chiesi a Brad.

«Come vuoi, altrimenti possiamo fermarci alla *reception* VIP e lasciarli lì.»

Mi accigliai. «Saranno al sicuro?»

«Ti giuro che nessuno toccherà la tua vincita. Al *Bellagio* sono abituati a veder girare somme ben più sostanziose e non guarderanno neppure la miseria che hai vinto tu» sorrise Brad, scherzoso.

Emisi un piccolo sbuffo d'aria dalle narici, poi capitolai e lo seguii al bancone della zona VIP, dove consegnai i contanti a una bella ragazza e un'altra ci offrì un calice di champagne e delle fragole ricoperte di cioccolato. Dopo aver approfittato al volo di quelle delizie, presi sottobraccio Brad e ci avviammo verso la limousine. A un certo punto, mentre giocava, aveva lasciato il sigaro ma l'odore aromatico gli aleggiava ancora intorno mescolandosi con quello speziato e muschiato del suo profumo, creando una combinazione molto mascolina e seducente. Mi girava la testa, un po' per l'euforia della vincita ma in parte sicuramente anche per lo champagne.

Quando arrivammo, Leonard salutò il portiere con cui stava facendo quattro chiacchiere e accorse ad aprirci lo sportello.

«Divertita?» mi chiese, notando il mio sorriso raggiante.

«La fortuna ha girato dalla mia parte» annunciai, tutta fiera e compiaciuta.

«Dove andiamo ora?» domandò l'autista a Brad.
«Al *Sapphire*. La notte è lunga...»

Il cliente era troppo intraprendente. Alexis era seduta a cavalcioni sull'uomo in smoking, sudato e sovrappeso, con lo sguardo fisso sui suoi seni mentre lei glieli scuoteva sotto il naso come due *maracas*. Ogni volta che il tizio si piegava in avanti, Alexis indietreggiava con il busto per non farsi ghermire ma le era sempre più difficile evitare le sue mani invadenti, come tentacoli di una piovra, che continuavano a vagare insinuanti verso i fianchi e le natiche. Sentiva premere contro il pube il pene del cliente, dalle dimensioni piuttosto ridotte, mentre lui le toccava il ventre con movimenti apparentemente casuali, come se le sue carezze fossero assolutamente involontarie.

Ora basta, si disse. Sopportava quel polipo da venti minuti, e si era più che guadagnata la mancia che le avrebbe dovuto dare. Sospirando rassegnata, Alexis si girò e cercò con lo sguardo Ricky, il buttafuori di colore che sorvegliava quella zona del locale e che si avvicinò appena gli fece un cenno.

Ricky afferrò il cliente per un braccio. «Giù le mani, amico.» La sua voce bassa e roca fece riscuotere il grassone dallo stordimento erotico che lo attanagliava.

«Come?» replicò l'uomo con il tono di chi voleva protestare. Era inutile che facesse il finto tonto, pensò Alexis. Non era certo la prima volta che metteva piede in uno strip club.

«Conosci le regole» insistette Ricky.

Per fortuna la canzone finì proprio in quel momento e Alexis si alzò, allontanandosi.

«Per quanto tempo sei stata con lui?»

«Due brani.»

Ricky guardò severamente il cliente incrociando le braccia grosse come prosciutti.

«Sono quaranta dollari, *signore*» lo avvisò, pronunciando la parola *signore* come se fosse stato un insulto.

Il cliente si accigliò ma tirò fuori delle banconote senza fiatare e le consegnò ad Alexis che gli diede un bacio sulla guancia. «Grazie, baby» cinguettò prima di allontanarsi ancheggiando.

Contò le banconote; erano quarantacinque dollari. Entrata in camerino, ne mise cinque nel barattolo delle mance che le ragazze raccoglievano per Ricky, poi si diresse verso il suo armadietto, tirò fuori il cellulare e vide che Brad De Luca le aveva mandato un SMS un'ora prima.

Stasera vengo lì. Lavori?

Alexis rispose: *Sì, sono qui. Ti aspetto. Baci*

Il messaggio di Brad non tardò ad arrivare. *Non sono solo, ma in compagnia di una ragazza seria. Fai la brava.*

Alexis rise e mise via il cellulare. Brad De Luca con una donna normale? Ci avrebbe creduto solo quando l'avesse visto. De Luca evitava le ragazze ingenue e meno smaliziate o quelle sentimentali, che miravano solo all'anello al dito. A lui piacevano quelle con cui divertirsi senza impegno. Perché era con una novellina?

Oltretutto, se la sua accompagnatrice era tanto innocente, perché portarla al *Sapphire*?

Rifletté per qualche secondo, poi digitò la risposta. *Devo tenermi alla larga?*

Brad replicò immediatamente. *No, ti voglio, e porta anche Montana per intrattenere la ragazza.*

Alexis sorrise compiaciuta, mise il cellulare nell'armadietto poi andò a cercare Montana. Quella sera ci sarebbe stato da divertirsi.

«Perché il *Sapphire*? È il migliore?»

Brad arricciò le labbra. «No, ma è di alto livello.»

«Credevo che tu volessi solo il meglio» lo provocai.

Fece una risata sommessa. «Lo diventerà... con il tempo, e comunque sono un cliente affezionato e fedele. È un locale relativamente nuovo, ma è molto più raffinato e di classe rispetto ai tanti strip club di Las Vegas.»

«Cos'è che lo rende tanto speciale?»

«Be', ci sono tanti aspetti che alzano il livello di un club, ma per me la differenza la fanno soprattutto le ragazze. Le spogliarelliste del *Sapphire* non si drogano, non bevono in servizio né fanno servizi extra nei privè.»

«Ma come? Credevo ti piacesse essere oggetto di attenzioni particolari.»

«Non mi piacciono le ragazze che offrono prestazioni extra ai clienti perché mi danno l'idea di essere avide e disperate. Le spogliarelliste del *Sapphire* hanno più autostima, classe e rispetto di sé.»

Alzai gli occhi al cielo. «Sei veramente un egocentrico vanesio e pomposo... un vero pallone gonfiato» borbottai.

«Eppure eccoti qua...»

Mi voltai verso il finestrino e guardai le luci colorate e abbaglianti di Las Vegas che filavano veloci ai bordi della carreggiata. «Eh, già! Eppure eccomi qua...» sospirai. *Chi l'avrebbe mai detto?*

Alexis avvertì dell'arrivo di Brad De Luca il buttafuori e Janine, l'amministratrice.

Janine era un'ex ballerina quarantenne, molto sveglia e dinamica. Non le sfuggiva nulla; avendo lavorato come spogliarellista, aveva l'occhio allenato e coglieva al volo i minimi particolari. Capiva subito quando ragazze o clienti tentavano di fregarla, ma trattava tutti con rispetto e si rendeva perfettamente conto dei problemi che le ballerine dovevano affrontare sul lavoro.

In altri strip club le spogliarelliste erano sfruttate e maltrattate, facevano orari di lavoro faticosi per una paga da fame, invece al *Sapphire* avevano l'assicurazione sanitaria, i contributi pensionistici pagati e la possibilità di fare carriera e ritirarsi dalle scene, partecipando alla gestione del locale se avessero voluto. Alexis non era interessata, perché le piaceva l'attenzione che riceveva come ballerina e non si faceva illusioni sulla propria intelligenza. Non aveva capacità manageriali, avrebbe ballato finché il fisico avesse retto poi probabilmente sarebbe diventata direttrice e coreografa come Sandra.

Comunque era una privilegiata, perché era una delle poche ballerine che ricevesse uno stipendio fisso invece di essere pagata a ora.

Ufficialmente era inquadrata come assistente di scena perché dava una mano a Sandra per i costumi e le coreografie, ma tutti sapevano il motivo di quel trattamento di favore...

Alexis andava a letto con Brad De Luca.

. 20 .

La limousine si fermò davanti a un palazzo bianco con un colonnato sulla facciata e l'onnipresente parcheggiatore. Un uomo muscoloso in maglietta aderente nera mi aprì lo sportello e mi porse la mano per aiutarmi a scendere dalla vettura. Brad mi seguì e salutò l'energumeno con fare confidenziale. Dopo essersi stretti la mano, i due confabularono per qualche istante, poi Brad mi guidò verso l'ingresso. Un altro buttafuori aprì la porta e ci trovammo in un atrio dalle pareti dorate, con la moquette scura. Ci fermammo davanti a un bancone dove mi venne consegnato un braccialetto rosso.

«A che serve?» chiesi a Brad.

«A far capire che sei mia ospite.»

«Perché?»

Lui abbozzò un sorrisetto ironico, guardando allusivo il mio vestitino succinto che scopriva generosamente le gambe.

Gli diedi uno schiaffetto scherzoso su un braccio. «Dai, non dirmi che sembro una spogliarellista!»

Brad sollevò un sopracciglio e io alzai gli occhi al cielo, poi lo seguii lungo un corridoio, per arrivare in un'ampia sala a più livelli, con tavoli rivolti verso il palcoscenico al centro, ad anfiteatro. Dal soffitto pendevano delle lunghe corde su cui volteggiavano delle ragazze coperte solo da fascette di lustrini nei punti strategici. I tavoli erano al buio per offrire una certa discrezione agli occupanti, mentre sul palco illuminato da faretti si esibivano delle ragazze che ballavano intorno a tre pali. Altri pali erano sparsi per il locale, e anche lì vidi corpi flessuosi e abbronzati che ruotavano e si contorcevano con movenze sensuali. Fra i tavoli giravano cameriere sexy in bolero, minigonna e tacchi a spillo. Nel complesso l'ambiente era elegante e anche le spogliarelliste erano più sofisticate di come le avevo immaginate.

Brad mi guidò verso un tavolo vicino al palcoscenico e scostò una sedia per farmi accomodare. Guardai lo spettacolo, e notai che in fondo al palcoscenico c'era un tappeto elastico. Di tanto in tanto una ballerina vi saltava e rimbalzava con un volteggio per atterrare su una pedana rialzata. Più che in uno strip club, sembrava di essere in un circo erotico, e le spogliarelliste si muovevano come ginnaste, che riuscivano a flettersi e a fare capriole con grande fluidità di movimenti e senza sforzo apparente.

Ai tavoli, invece, l'atmosfera era quella tipica di un locale del genere, con le ragazze sedute sulle ginocchia dei clienti, intente a flirtare con loro o a strusciarsi provocanti facendo balletti sexy. Per la maggior parte erano abbronzate e con seni prosperosi che mi facevano sentire inferiore per il mio décolleté poco procace.

Una cameriera si avvicinò al nostro tavolo con una bottiglia di champagne e due calici. Posata la bottiglia, salutò Brad con un abbraccio affettuoso, poi la stappò e ci riempì i bicchieri.

«Grazie, Jen.»

«Di niente, avvocato» rispose lei sorridendogli e facendogli l'occhiolino prima di allontanarsi ancheggiando.

Lo guardai sostenuta. «Presumo che tu sia un cliente abituale anche qui» osservai.

«Cerco di trovare il tempo di farci un salto ogni volta che vengo a Las Vegas.»

Alzai gli occhi al cielo e presi il calice, poi guardai lo spettacolo mentre sorseggiavo lo champagne. Le ballerine avevano corpi stupendi e io le fissavo ammirata; una bionda che stava strisciando sul palco con movenze sinuose, si avvicinò a noi e mi guardò negli occhi. Mi lasciò interdetta quando mi strizzò l'occhio e mi rivolse un sorriso impudente, perché non sapevo come reagire. Imbarazzata, la vidi sollevarsi a sedere e prendere i seni per sollevarli e accostarli tra loro.

Mi girai verso Brad e mi accorsi che la stava fissando intensamente.

Un attimo dopo si avvicinò una ragazza che si fermò accanto a me. Era bruna e minuta, con lineamenti vagamente orientali, il fisico asciutto e seni prosperosi; indossava un bikini scintillante e aveva un girocollo di diamanti finti. Vicino a lei c'era una bella ragazza alta e abbronzata, con capelli corvini, in reggiseno e tanga di pizzo e lustrini fucsia; il completo succinto valorizzava le sue curve perfette.

«Ciao, ragazze! Bevete una coppa di champagne con noi?» le salutò Brad, illuminandosi in volto.

«Non stuzzicarci, Brad. Conosci le regole» rispose la bruna alta con una risatina seducente. Andò a sedersi accanto a lui e si strofinò contro Brad, accarezzandogli una gamba.

Avvertii una vaga irritazione, ma fui distratta dall'altra ragazza che si sedette vicino a me sul divanetto e si presentò. «Ciao, mi chiamo Montana.»

«Io sono Julia» le dissi stringendole la mano.

«Come va la serata? Ti diverti?»

«Molto. Abbiamo avuto fortuna al tavolo verde. Era la prima volta che giocavo a blackjack.»

«Non sembri avere l'età legale per il gioco d'azzardo» commentò lei maliziosa.

«Ho compiuto da poco ventuno anni. È la mia prima volta a Las Vegas» le risposi imbarazzata.

«Mai stata in uno strip club?»

«Credevo che fosse un locale per soli uomini.»

Montana parve trovare divertente la mia risposta e ridacchiò, poi ribatté: «Ah, tesoro, ti troverai bene qui, vedrai! Vuoi fare un giro?».

Mi voltai verso Brad che stava chiacchierando fitto fitto con l'altra, accarezzandole una lunga coscia mentre parlava, e mi dissi che non avrebbe sentito la mia mancanza se mi fossi allontanata.

«Brad, vado con Montana che vuole farmi vedere il locale» lo avvertii.

Lui si voltò verso di noi e sorrise. «Mi sembra una buona idea, però comportati bene. Fai attenzione, a volte a Montana piace scatenarsi...»

«Farò del mio meglio» risposi. «E comportati bene anche tu» aggiunsi d'impulso.

Brad mi lanciò un'occhiata strana, interrogativa, ma gli voltai le spalle e seguii Montana che mi prese per mano come se fossimo amiche di vecchia data. Mentre fendevamo la folla mi voltai per guardare Brad, ma non lo vidi più in mezzo al mare di corpi.

«Finalmente soli!» sospirò Alexis sfiorando con un polpastrello il collo di Brad per poi infilare il dito tra due bottoni della sua camicia. «Vuoi che balli per te?»

Brad le scostò la mano, l'afferrò alla vita, la sollevò con un gesto deciso e se la piazzò a cavalcioni sulle ginocchia, poi la fissò con un luccichio selvaggio negli occhi intensi. «Niente balletto, voglio te e basta» dichiarò con fermezza.

Alexis gli prese il volto fra le mani e lo baciò con foga sulla bocca, poi gli bisbigliò all'orecchio: «Andiamo in ufficio».

Quello che veniva chiamato *ufficio* era una specie di box rettangolare con vetrate a specchio a tutta parete da cui si aveva una visuale perfetta della sala del locale, mentre nessuno poteva guardare all'interno. La stanza era usata soprattutto da Janine e dal ragioniere che curava la contabilità, ma in quel momento era soprattutto uno spazio privato in cui appartarsi in assoluta riservatezza.

Appena varcata la soglia, Brad chiuse la porta a chiave e si girò verso Alexis. Aveva il respiro affannoso e lo sguardo esaltato. Lei capì subito che quell'incontro sarebbe stato diverso dal solito; Brad si concentrava sempre su di lei e la ricopriva di attenzioni per darle piacere, ma quella sera aveva solo bisogno di sfogare un desiderio violento.

Alexis sapeva cosa gli serviva.

Si inginocchiò davanti a lui, abbassò la cerniera dei pantaloni e vide il pene eretto che premeva contro i boxer. Lo tirò fuori, lo strinse forte e lo succhiò energicamente. Brad emise un lungo sospiro e le mise la mano sulla nuca, avvicinandola a sé, poi mosse i fianchi avanti e indietro con un ritmo regolare, mentre la sua erezione cresceva sempre più.

Emise un gemito gutturale e prese Alexis per le braccia, facendola sollevare. Le diede un bacio veemente, poi la fece girare verso la vetrata e le tolse il tanga. Alexis vi posò le mani allargando le dita e protese il fondoschiena all'indietro. Mentre infilava un profilattico sul pene durissimo, Brad percorse con lo sguardo le sue gambe, dai tacchi ai polpacci tonici e alle cosce snelle, per posarlo sulle natiche sode e tonde.

Bisbigliò il suo nome, quello vero, poi la penetrò da dietro con uno slancio deciso e lei gemette, sorpresa come ogni volta dalla circonferenza ragguardevole.

«Oh, Sarah, ti voglio così tanto! Scusa...» mormorò, per giustificare la propria veemenza.

La prese con foga, martellandola con un ritmo regolare, e lei trasalì, accogliendolo senza ancora essere pronta. Qualche altro affondo e il piacere che la invadeva cominciò a farla rilassare. Gemette mentre si accarezzava la clitoride, continuando ad appoggiarsi al vetro con l'altra mano.

Brad le palpava una natica mentre le passava l'altro braccio davanti per giocare con i suoi seni, strizzandoli e pizzicando i capezzoli sopra il pizzo del reggiseno mentre sentiva il suo sesso pulsare e contrarsi. Quando lo serrò forte dentro di lei, gridando il suo nome e abbandonandosi al piacere con un brivido che la scosse tutta, Brad rallentò e si ritrasse.

La fece stendere sul pavimento e si inginocchiò tra le sue gambe aperte. Alexis aveva ancora addosso il reggiseno e Brad lo abbassò per denudarle i seni, li accarezzò poi fece scorrere le mani lungo tutto il suo busto fino al ventre. Le sfiorò il sesso bagnato e le infilò dentro un dito. Alexis sollevò il bacino per assecondarlo mentre lo guardava negli occhi, ansante.

Tenendole le gambe, Brad la penetrò lentamente mentre Alexis si protendeva verso di lui per avvicinarsi il più possibile. Dalla sala proveniva una musica incalzante e le luci colorate si riflettevano sulle pareti dell'ufficio; Brad aumentò il ritmo, come se volesse prenderla a tempo con la musica, con gli occhi fissi sui suoi seni che ondeggiavano.

Alexis chiuse gli occhi e sollevò il mento, offrendogli il collo. Brad lo circondò con la mano aperta, stringendole la gola. Lei sbarrò gli occhi, eccitata dal suo gesto quasi brutale e inatteso, mentre Brad stringeva più forte fino a impedirle di respirare normalmente, penetrandola sempre più incalzante.

Eccitatissima, Alexis gli prese la mano e la strappò via dal collo mentre veniva con un grido roco. Brad continuò a prenderla con lo stesso ritmo serrato, accompagnando il suo orgasmo fino agli ultimi spasmi, poi si tirò indietro, uscendo da lei. Si tolse il profilattico e Alexis si sollevò su un gomito, gli prese il pene e lo massaggiò energicamente fino a farlo godere. Seguì con lo sguardo il suo seme che le schizzava sul seno e lo incitò: «Dammelo tutto, sì, così!».

Con le gambe che tremavano, Brad continuò a riversarle addosso la propria essenza calda. Alexis si protese verso il suo membro e lo prese in bocca per succhiarlo mentre continuava ad accarezzarlo, inghiottendo gli ultimi schizzi.

Quando il piacere si acquietò Brad si staccò da lei, si alzò e si accasciò su una poltroncina con le rotelle che era a portata di mano. Alexis si avvicinò e gli posò la testa in grembo; Brad le accarezzò i capelli, chiudendo gli occhi in attesa che il respiro tornasse normale.

. 21 .

Io e Montana ci dirigemmo verso un corridoio laterale dietro il palcoscenico, poi salimmo le scale. Incuriosita dal suo aspetto eccentrico, di tanto in tanto le lanciavo degli sguardi con la coda dell'occhio, chiedendomi come facessero i suoi seni prosperosi a non straripare dal minuscolo top del bikini di paillettes bianche, rosse e blu che riproducevano la bandiera americana. Anche le scarpe dalla zeppa altissima erano in tema, perché erano azzurre e argento, con stelle rosse sui cinturini alle caviglie.

Montana aprì una porta nera ed entrammo in una stanza stretta e lunga, con un'ampia vetrata da cui si aveva una visuale del locale e una fila di monitor che mostravano il club da varie angolazioni, dall'ingresso all'atrio dei bagni, dal palco ai tavoli. Davanti agli schermi erano seduti quattro addetti alla sicurezza, che seguivano attentamente le scene riprese dalle telecamere e parlavano sottovoce con un walkie talkie.

«Tizio in camicia rossa nei bagni. Ha sniffato qualcosa, ha una bustina nel taschino.»

«Kesha, al tavolo quarantadue, ha preso qualcosa che le ha dato un cliente, probabilmente è una pasticca.»

«La nuova, Misty, sta bevendo degli shot di vodka con un cliente.»

«Al tavolo undici c'è un tizio dalla mano lunga. Tenetelo d'occhio.»

«C'è un principio di rissa al livello due.»

Io percorrevo la fila di monitor affascinata; avrei potuto

restare lì tutta la sera a guardare, ma Montana mi prese per mano e mi condusse di nuovo in corridoio.

«Non possiamo stare lì troppo tempo o si innervosiscono» mi spiegò sussurrando. «Li distraiamo.»

«Vedo che siete costantemente osservate» replicai anch'io a bassa voce. «Non vi disturba?»

Lei continuò a camminare e, quando ci fummo allontanate abbastanza, riprese a parlare in un tono normale. «Solo le ragazze che non si sono integrate sono infastidite dalla sorveglianza. *Sapphire* è un club serio e le ballerine che lavorano qui sanno che devono rispettare certi standard. La direzione è severissima riguardo a tre punti fondamentali, l'alcol, la droga e il sesso. Non possiamo avere contatti intimi con i clienti, e ovviamente niente rapporti completi. Non possono toccarci i genitali, ma ogni tanto si chiude un occhio su una toccatina alle tette. A molte brave ragazze che iniziano a lavorare al club viene offerta droga, e alcune accettano, ma sapere di essere sorvegliate in continuazione evita la tentazione nella maggior parte dei casi» mi spiegò.

Aprì una porta che dava su una scala di servizio e cominciò a salire spedita i gradini di cemento, mentre io che arrancavo per starle dietro mi chiedevo come facesse a essere tanto veloce con quei tacchi.

«A me sta bene questo modo di fare, perché non mi drogo. Sono qui solo per guadagnare, perché sto risparmiando e quando avrò un bel gruzzoletto tornerò nella mia città natia, Great Falls. Sai dov'è?»

«Nel Montana?» tirai a indovinare.

«Esatto!» Arrivata al pianerottolo, aprì una pesante porta e, percorso il corridoio, entrò in un cubo tutto di vetro, dominato da una gigantesca consolle da discoteca.

Un coreano bassino, con le cuffie e con i capelli viola irti in testa con il gel, alzò lo sguardo e le sorrise. «Ciao, bella!»

«Ciao, Danny» lo salutò Montana affettuosamente, avvicinandosi per dargli un bacio su una guancia. «Ti presento Julia, l'amica di Brad De Luca. Le sto facendo fare un giro del locale.»

«De Luca è in città?» le chiese Danny, sorpreso.

Mi stupii che Brad conoscesse il DJ, ma seguii in silenzio il loro scambio di battute.

«Eh, sì» rispose Montana, ammiccante.

«Darà una festa dopo la chiusura stasera? Nessuno mi ha detto che devo fermarmi fino a tardi» disse il ragazzo, preoccupato.

Montana si voltò verso di me con aria interrogativa.

«No, non credo. Perlomeno io non ne so niente» risposi, dubbiosa. «Siamo solo passati perché Brad voleva mostrarmi il club.»

«Ah, meglio così!» esclamò Danny, sollevato. «È il compleanno della mia ragazza e siamo d'accordo che dopo il lavoro andrò a casa sua. Vuoi che chieda conferma a De Luca?»

«No, penso che stasera sia una serata tranquilla. È con Julia, capisci...» rispose Montana, guardandolo con aria complice.

Danny si voltò verso di me. «Okay. Hai qualche richiesta per dei brani in particolare?»

«Mmh, mi piacciono i Black Eyed Peas» risposi, titubante, non sapendo se fosse la risposta che si aspettava.

Il DJ annuì con entusiasmo. «Aggiudicato! Vuoi una canzone dei Black Eyed Peas per esibirti sul palcoscenico?»

«No, Julia è una brava ragazza» intervenne Montana.

Cominciavo a essere stanca di essere considerata una santarellina. Non mi drogavo e non ero sessualmente promiscua, ma non mi ritenevo una *brava ragazza*. Cosa sapeva Montana di me, in fondo?

Alexis alzò lo sguardo verso Brad, che aprì gli occhi sentendola muoversi.

«Cosa c'è tra te e la ragazza?» gli chiese lei di punto in bianco.

«Julia? Niente» mormorò lui fissando il soffitto.

«Non hai mai portato al club una novellina.»

«Avevo prenotato due posti per lo spettacolo del *Cirque du Soleil*, ma voleva fare qualcosa di diverso e trasgressivo perché non era mai stata a Las Vegas, perciò... eccoci qui. Perché me lo chiedi?» abbassando la testa per guardarla.

«Perché non mi hai mai sbattuta con tanta veemenza.»

«Invece sì.»

«No, non con quella frenesia famelica.»

«Ero eccitato, Sarah, tutto qui. Non facevo sesso da due giorni. Non cercare di psicoanalizzarmi.»

«E tu lascia stare i paroloni. Dico solo che mi sei sembrato diverso. Forse la ragazza non c'entra niente, era unicamente una mia impressione.»

Si alzò e si diresse verso la scrivania, aprì il primo cassetto e vi frugò dentro finché non trovò un sigaro. Ne tagliò la punta e lo accese, aspirò una boccata, poi tornò da Brad e si sedette sulle sue ginocchia.

«Vuoi fare a metà?» gli propose. «Oppure per stasera hai fumato già abbastanza? Ti sento addosso l'odore di sigaro, oltre al profumo stucchevole da ragazzina della tua Julia.»

Brad le pizzicò leggermente un capezzolo. «Mi sembri gelosa, Sarah...» insinuò.

Lei gli diede uno schiaffetto sulla mano per allontanarla. «Per prima cosa, smettila di chiamarmi Sarah. Sono Alexis, cavoli! Secondariamente, non credere che mi importi di te tanto da essere gelosa. È solo che non capisco perché tu perda tempo con quella mammoletta quando sappiamo perfettamente entrambi di cosa tu abbia bisogno... e non è di una come lei.»

Brad le tolse di mano il sigaro, tirò una boccata poi glielo passò, guardandola mentre lo racchiudeva sensualmente tra le labbra. Sarah prendeva *tutto* in bocca con voluttà, si vedeva che era esperta, mentre Julia aveva fumato il sigaro timidamente, impacciata. Al solo pensiero sentì che cominciava ad avere di nuovo un'erezione. Sarah sollevò il viso al soffitto ed emise un perfetto anello di fumo.

«Sa dove sei in questo momento?» gli chiese poi.

«No. Ma hai detto a Montana di tenerla occupata, vero?»

«Sì, stai tranquillo. Però prima o poi rimarrà a corto di cose da farle vedere.»

«Okay, alzati, su. Non posso rivestirmi se mi resti incollata addosso. Sei troppo sexy...»

Con una risatina, lei si alzò e andò a raccogliere il tanga. «Accidenti, Brad, è tutto bagnato. Dovrò cambiarmi» brontolò. Dopo averlo infilato, andò a controllarsi il trucco e i capelli al piccolo specchio appeso alla parete.

«Vai a comprarti un completino nuovo. Di' a Janine di metterlo sul mio conto.» Brad si tirò su i pantaloni e allacciò la cintura, poi si diresse verso la vetrata e guardò la sala. «Come vanno gli affari?»

«Bene. Ultimamente c'è stato parecchio movimento. C'è gente anche all'ora di pranzo e la sera siamo aperti quasi sempre fino alle cinque.»

«E lavori all'ora di pranzo anche tu?»

«Solo quando ho bisogno di soldi. Ho comprato la macchina e devo pagare le rate, per cui faccio qualche turno in più ogni tanto. Anche per questo preferirei che stessi alla larga dalla tua fanciullina...»

«Perché ti preoccupa tanto? Non ti è mai importato niente delle altre donne che ho portato qui.»

«Perché è diversa da tutte le altre» sentenziò Alexis, guardandolo attraverso lo specchio.

Brad incrociò le braccia e la guardò. «Non prendi lo stipendio per fare sesso con me.»

«Lo so, ma con una fidanzata tra i piedi forse il mio lavoro potrebbe non essere più tanto sicuro...»

Brad si avvicinò ad Alexis e le mise le mani sulle spalle, poi le baciò il collo. «Stai tranquilla, piccola. Mi conosci, sono merce avariata. Nessuna donna con un briciolo di buonsenso vorrebbe stare stabilmente con me.»

Alexis si girò e lo prese per il collo, fingendo di strozzarlo per sfogare la frustrazione. «Hai ragione. Dimentica quello che ho detto.»

Io e Montana scendemmo le scale e per fortuna riuscii ad arrivare all'ultimo gradino senza slogarmi una caviglia. Percorremmo un corridoio sul retro del locale e ci dirigemmo verso una porta in fondo, su cui vidi una targhetta con scritto *Spogliatoio*. Montana digitò un codice a quattro cifre su una tastiera per sbloccare la porta che si aprì con un clic.

«Per sicurezza» mi disse entrando nella stanza, che era più spaziosa di quanto avessi immaginato. C'erano venti o trenta grandi armadietti su due pareti opposte; uno era aperto, e dentro vidi diversi vestiti appesi, due mensole basse per le scarpe e una cassetta con la chiusura a combinazione, probabilmente per mettere soldi, chiavi e cellulari.

Al centro della sala c'era un lungo bancone doppio con in mezzo specchi illuminati da faretti LED e due file di postazioni da trucco. Montana si avvicinò a uno sgabello girevole e mi spiegò: «L'illuminazione è all'avanguardia. Si può cambiare colore premendo questi pulsanti, per truccarsi con le stesse luci che ci sono in sala, perché a volte nel club sono azzurre o nere, in modo che il trucco non sembri strano».

Premette dei pulsanti e mi mostrò come cambiava il colore dei LED delle specchiere, con un effetto veramente bizzarro.

«Ehi, Montana, piantala!» gridò una ragazza con i capelli biondo platino e un body leopardato. Era l'unica nella stanza deserta; seduta in fondo alla fila di sgabelli, si stava mettendo il mascara, ma si interruppe per lanciare un'occhiata truce a Montana.

«Calma, Heather, le sto solo facendo vedere come funzionano le luci» ribatté lei, stizzita.

«Perché? Cosa fa qui? Sai che non si può fare entrare nessuno» sbuffò l'altra.

Imbarazzata, spostai il peso da un piede all'altro; non volevo essere la causa di un battibecco tra colleghe.

«Sto giusto andando da Sandra per informarla della sua visita. Perché non pensi agli affari tuoi, se non sai quello che dici?» sbottò Montana, guardandola torva.

Mi prese per mano e uscì dallo spogliatoio, con mio grande sollievo. «Dio, oggi Heather è davvero nervosa» commentò.

«Avrai problemi per avermi portato in una zona riservata?»

Montana rise. «No! Avrei avvertito Sandra, la direttrice, se l'avessi vista, ma non c'è, quindi non ha importanza. Va tutto bene, dolcezza» mi rassicurò stringendomi la mano e sorridendomi.

Due minuti dopo eravamo rientrate in sala. Tornammo al tavolo, ma Brad non c'era. Montana si sedette senza esitare mentre io mi guardavo in piedi, incerta.

«Siediti» mi esortò, battendo sul divanetto accanto a sé.

«Dov'è Brad?» le chiesi alzando la voce per farmi sentire sopra il volume alto della musica.

Montana scrollò le spalle. «Forse è in bagno, oppure è andato a parlare con Janine.»

«Chi è Janine?»

«L'amministratrice. Quando viene al club, Brad fa sempre un salto a trovarla per parlare di lavoro con lei.»

Mi sentivo trascurata ed ero nervosa perché Brad mi aveva mollata con una spogliarellista, ma soprattutto perché mi dava fastidio la sua assenza. Però, in fondo, cos'avevo da irritarmi? Ero a Las Vegas per un fine settimana tutto spesato in un albergo di lusso, avevo vinto quasi cinquemila dollari e fino a quel momento mi ero divertita un mondo ed ero stata circondata di attenzioni. Non avevo proprio motivo di risentimento.

«Montana?» Le misi una mano sulla spalla. «Ho voglia di ubriacarmi» annunciai.

L'orientale si illuminò in volto e mi prese per un braccio con entusiasmo. «Ci penso io!» Si guardò intorno, poi balzò in piedi. «Torno subito.»

Si diresse verso una donna alta, in tailleur, con i capelli legati e l'auricolare. Mi indicò e le disse qualcosa gesticolando. La donna fece un cenno d'assenso poi indicò l'orologio con un gesto enfatico. Montana l'abbracciò di slancio e tornò da me saltellando tutta contenta.

«Okay, è fatta!» mi annunciò trionfante. «Ho dovuto chiedere il permesso a Janine.»

«Perché? Sono maggiorenne!» protestai.

«Non per te, sciocca, per me» precisò Montana. «È più divertente bere in compagnia.»

Fece un cenno a una cameriera e ordinò quattro shot di tequila. Ero inquieta al pensiero di trangugiare un bicchierino dopo l'altro, ma non sollevai obiezioni per non avvalorare l'ipotesi che fossi troppo ingenua e inesperta. Mi guardai nuovamente intorno ma Brad non si vedeva, e chiaramente non era con Janine.

«Dov'è la zona VIP?» mi informai con discrezione.

«Non c'è più. Quando il club ha aperto, c'era una saletta riservata, ma Janine si è accorta subito che gli uomini pensavano che in un privè fosse tutto possibile, perciò ora c'è solo un livello superiore con dei tavoli che non si vedono da qui, per cui offrono maggiore privacy.»

La cameriera ci servì la tequila con un piattino di sale e degli spicchi di limone. Montana l'accolse con un battimani e uno squittio entusiastico, poi mi lanciò un'occhiata maliziosa e prese un pizzico di sale.

«Non vorrai mettere il sale sulla mano! È così noioso

bere la tequila nel modo tradizionale...» mi provocò.

Esitai solo per una frazione di secondo. «Certo che no» dichiarai con fermezza, raccogliendo la sfida. «Ci sono tante altre parti del corpo da usare!»

«Brava, batti cinque!» approvò Montana colpendo il mio palmo con il suo. «Faccio prima io. Dove lo vuoi?»

Indicai timidamente la clavicola e Montana alzò gli occhi al cielo, delusa dalla mia scarsa audacia.

«Vieni qui.»

Mi spinse all'indietro facendomi reclinare sul divanetto, poi mi sfiorò il bordo del miniabito senza spalline facendo scivolare le dita verso il basso e io trattenni il fiato, mentre lei mi fissava il seno con aria provocante. Abbassò la scollatura in mezzo e mi leccò tra i seni, provocandomi un brivido, poi vi sparse un pizzico di sale e lo fece aderire bene con il polpastrello. Prese uno spicchio di limone e me lo mise tra le labbra sorridendo.

Non avevo mai avuto esperienze sessuali di alcun genere con una donna, ma ora che mi stavo avvicinando pericolosamente a una dimensione a me ignota non volevo fermarmi. Mi guardai intorno e mi accorsi che c'erano diversi uomini che ci osservavano interessati. Sentirmi guardata mi eccitò, ero trepidante e per questo non vedevo l'ora di scoprire quello che stava per succedere.

Montana si slacciò il reggiseno del bikini liberando i seni, poi si piegò su di me. Alzai il volto e mi trovai quei due morbidi globi di carne premuti contro il viso. Poi leccò il sale dalla mia pelle, si raddrizzò di scatto e tracannò la tequila in un sorso solo, infine incollò la bocca alla mia e succhiò il limone. Prese lo spicchio tra i denti, lo infilò nel bicchierino poi, prendendomi alla sprovvista, mi baciò. Gustai il sapore di limone e tequila mentre Montana intrecciava la lingua alla mia, e a poco a poco la baciai con maggiore sicurezza. Era la prima volta che baciavo una donna e, con mia grande sorpresa, dovevo ammettere che mi piaceva.

Montana si staccò poi mi porse la mano per farmi rialzare, guardandomi con una malizia e una vivacità contagiose quanto l'eccitazione palpabile che mi trasmetteva.

«Ora tocca a me» dichiarai, spavalda. «Dove vuoi il sale?»

Brad attraversò il locale. Era solo e le spogliarelliste lo salutarono sorridendo mentre passava, ma lui non si fermò perché cercava con lo sguardo Montana e Julia tra la folla. Era stato con Alexis più tempo di quanto avesse voluto, e gli sarebbe dispiaciuto trovare Julia sola e arrabbiata. Invece quando scorse tra la gente il tavolo a cui erano seduti prima, accelerò il passo e serrò le labbra, fendendo la folla maschile che si era radunata a guardare le due ragazze.

Julia era in ginocchio sul divanetto e aveva il vestito abbassato fino alla vita. Brad notò subito i capezzoli turgidi, perché Montana aveva un cubetto di ghiaccio tra i denti e stava passando le labbra sui seni di Julia. Mentre guardava le due donne, Julia accarezzò i seni di Montana e la baciò con trasporto. *Oh, Cristo...*

Le due ragazze si staccarono e Montana cosparse di sale i capezzoli di Julia, poi ne succhiò uno mentre si accarezzavano a vicenda, infine prese un bicchierino e lo vuotò.

Julia la imitò e brindò con lei, tra gli applausi entusiastici degli astanti che le incitavano a continuare.

«Un altro! Ancora uno!» acclamavano.

Dove diavolo è Janine?, si chiese Brad, sospinto dal capannello di uomini elettrizzati. Si guardò intorno ma non riuscì a individuarla tra la folla. Montana non avrebbe dovuto bere con Julia, pensò maledicendosi per aver passato troppo tempo con Alexis. Trovò un addetto alla sicurezza e gli gridò all'orecchio: «Janine ha dato a Montana il permesso di bere?».

«Sì, ci ha avvisati che le ha concesso un'ora, poi però

Montana dovrà smettere di lavorare e andare a casa» lo informò l'uomo in maglietta nera.

«Va bene. Tenete sotto controllo la folla e assicuratevi che nessuno importuni le ragazze.»

«Sì, capo, stia tranquillo. Ricky sta tenendo d'occhio la sala dall'altro lato. Per il momento non c'è nessuno che si sia comportato in maniera sconveniente.»

Brad fece un cenno d'assenso, poi tornò a guardare le due. Montana stava sfilando il vestito di Julia dalla testa, scoprendo il suo ventre piatto e abbronzato, coperto solo da un minuscolo tanga di pizzo.

«Vuole che faccia allontanare gli uomini o che dica alle ragazze di smettere, capo?»

«No, lasciale fare. Guarderò da sopra. Montana conosce le regole e sa quando fermarsi.»

Brad si voltò e salì le scale fino ad arrivare alla zona VIP. Si sedette a uno dei tavoli disposti in nicchie appartate, prese il cellulare e chiamò la linea diretta dell'ufficio.

«Sì?» rispose la voce calma e leggermente nasale di un addetto alla sorveglianza.

«Sono nella zona VIP, al tavolo otto. Volevo solo avvertire che ora spegnerò la telecamera che mi inquadra, così non vi allarmate.»

«Capito, capo. Vuole che la spenga io da qui?»

«No, grazie, ci penso io, così poi la riaccendo direttamente.»

«Va bene. Ha in programma una festa privata più tardi?»

«Stasera no. Avverti tutti.»

«Lo consideri fatto, capo.»

Brad si alzò, avvicinò una poltroncina alla parete e vi salì sopra, infilò lo spinotto della chiave di sicurezza nella presa della telecamera, poi premette l'interruttore per spegnerla. Tornò a sedersi e seguì con lo sguardo quello che accadeva al tavolo di Julia, che si era messa a sedere a cavalcioni sulle gambe di Montana e la stava baciando appassionatamente, accarezzandola dappertutto.

Montana staccò la bocca dal mio collo e le sorrisi, palpandole i seni procaci. Non avevo mai toccato delle tette che non fossero le mie, che erano più piccole di quelle di Montana. Mi sembravano incredibilmente morbide e pesanti, con capezzoli rosei, che sfiorai delicatamente.

Le esclamazioni di incitamento degli uomini eccitati che ci circondavano mi esaltavano e mi inebriavano quanto i tre o quattro bicchierini di tequila che avevo bevuto. A tratti mi girava la testa e mi concentravo sul bel viso esotico di Montana per riprendere l'equilibrio. Era così bella!, pensai; era morbida e flessuosa, con lunghi capelli e un profumo conturbante. Ora capivo perché gli uomini frequentavano gli strip club; avevano la possibilità di stare vicino a belle ragazze sexy che nella vita di tutti i giorni non li avrebbero degnati di uno sguardo.

Montana mi fece scostare e si alzò in piedi sul divanetto mentre io mi sedetti, trovandomi con il viso all'altezza del suo inguine. Prese dal tavolino la bottiglia di champagne dal secchiello pieno di cubetti di ghiaccio che ci avevano appena servito, la stappò suscitando un'ondata di applausi ed esclamazioni, poi mi chiese di appoggiarmi all'indietro. Sorreggendomi con i gomiti sul bracciolo, protesi i seni verso l'alto, noncurante degli sguardi avidi e lascivi degli uomini che ci circondavano, stendendo il collo per avere una visuale migliore.

Montana agitò la bottiglia e mi spruzzò con lo champagne che si riversò in una cascata spumeggiante sui miei seni e sul ventre. Il liquido frizzante mi provocò un brivido che mi inturgidì i capezzoli all'istante. Montana si chinò su di me e cominciò a lambirmi la pelle per leccare lo champagne, eccitandomi in maniera inverosimile.

. 22 .

Regola n°4: il piacere della donna è l'obiettivo prioritario di ogni gioco erotico.

Mi svegliai in un letto che non era il mio e per qualche secondo rimasi distesa senza muovermi affatto, cercando di capire dove fossi, poi allungai una mano e toccai il cuscino morbido, il copriletto imbottito e una mano grande e calda... quella di Brad. Fu allora che ricordai che non ero a casa mia ma a Las Vegas.

Mi sollevai a sedere ma il movimento brusco mi provocò una fitta di dolore a una tempia che mi strappò un gemito soffocato. La mano di Brad ebbe una contrazione sotto la mia, e mi affrettai a scostarla per non svegliarlo, poi mi alzai con circospezione. Avevo la bocca impastata e la gola riarsa; mi avviai in punta di piedi verso il minibar, versai dell'acqua minerale in un bicchiere e andai in bagno. Chiusa la porta, accesi la luce con riluttanza, strizzando le palpebre perché la luce mi trapassava il cervello come una lama tagliente. Frugai nel beauty finché non trovai il piccolo flacone da viaggio di aspirina che avevo avuto l'accortezza di portare, versai due compresse nel palmo della mano e le ingoiai con un bel sorso d'acqua. Spenta la luce, mi avvicinai al letto cercando di non fare rumore; ormai la vista si era adattata alla penombra, e scorsi la sagoma scura di Brad che si era alzato a sedere.

«Ti senti bene?» mi chiese sottovoce in tono premuroso.

«Non proprio.»

Fece una risatina sommessa e batté sul materasso. «Vieni, torna a letto.»

Bevvi ancora dell'acqua a lunghe sorsate poi poggiai il bicchiere sul comodino e mi stesi accanto a Brad, ma subito mi girai su un fianco raggomitolandomi e voltandogli le spalle. Lui mi cinse la vita con un braccio e mi attirò a sé, aderendo alla mia schiena, poi mi baciò sul collo. «Dormi» mi sussurrò.

«Odio l'alcol» gemetti.

«Ssh.»

Un secondo dopo ero già addormentata.

Mi svegliai accaldata e subito fissai il soffitto con gli occhi sbarrati, cercando di capire come mi sentissi e se fossi in grado di alzarmi. Sorprendentemente mi accorsi che non ero in condizioni tanto disastrose; avevo bisogno di rinfrescarmi, ma si poteva rimediare facilmente con una bella doccia, e la testa non mi doleva più in maniera insopportabile. Più che altro la sentivo ovattata e mi pulsavano le tempie.

Mi alzai a fatica e mi trascinai in soggiorno. Trovai Brad che stava parlando al cellulare, seduto al tavolo apparecchiato per la colazione e con il giornale aperto accanto alla tazza. Gli feci un cenno svogliato e mi accasciai sulla poltroncina più vicina. Brad si alzò, continuando la telefonata, prese la caraffa di succo d'arancia e lo versò in un bicchiere che vuotai in due lunghe sorsate, con immenso sollievo.

Brad aveva l'aria fresca e riposata di un uomo che è appena uscito dalla doccia e ha dormito bene. La serata di stravizi non sembrava aver lasciato il segno; era bello e affascinante come sempre. Chiuse la telefonata appena riuscì a troncare il discorso, poi mi guardò intensamente e io distolsi lo sguardo, sentendomi a disagio. Mi fissava come se avessi combinato qualcosa, ma non sapevo cos'avessi fatto di grave.

«Hai fame?» mi chiese infine.

Aggrottai la fronte, riflettendo. In effetti avevo sete, ma non avevo veramente appetito. «Dipende» risposi, vaga.

«Da cosa?»

«Dai tuoi programmi per oggi.»

Brad lanciò un'occhiata all'orologio. «Vediamo, sono le dieci... Ho un impegno che mi terrà occupato per qualche ora, perciò pensavo di fare colazione insieme prima di uscire. Poi tu potrai fare quello che ti va, e ci troveremo qui alle due e mezza. Che ne dici? Abbiamo il volo alle sei, per cui dovremmo partire per l'aeroporto verso le quattro e...»

«Di che impegno si tratta?» lo interruppi, curiosa.

Brad mi guardò con aria imperscrutabile. «È una questione personale.»

«Posso accompagnarti?»

Brad rifletté per qualche istante, inclinando la testa di lato. «Direi di sì, anche se, ti avverto, non è niente di esaltante. Su, mangiamo poi decidi.»

L'idea di fare qualcosa di *non esaltante* mi allettava. Mi sembrava di essere a Las Vegas da un mese, con tutto quello che era successo! Era una città così esagerata e intensa che ne ero stata travolta e sentivo l'esigenza di fare qualcosa di normale per ritrovare l'equilibrio.

Mi alzai e mi diressi verso il bagno. «Vado a fare la doccia e mi vesto.»

Entrata in bagno, aprii tutti i getti d'acqua al massimo e mi tolsi i pantaloni del pigiama e la maglietta che indossavo. Li avevo portati per puro scrupolo, perché i miei programmi erano di indossare qualcosa di molto più sexy per dormire, ma in realtà non ricordavo affatto di averli messi la sera prima. Spenta la luce, entrai nella cabina. Mi piaceva fare la doccia al buio ogni tanto, perché, cosa essenziale in quel momento, lo trovavo benefico per il mal di testa da postumi di sbornia e riposante per gli occhi. Però stare sola al buio sotto l'acqua mi faceva anche concentrare sulle mie riflessioni e sensazioni. Sollevai il viso verso gli spruzzi caldi e rilassanti, sperando che sciogliessero la tensione accumulata, sforzandomi di ricordare gli avvenimenti della sera prima, ma il pensiero di Brad mi invadeva completamente la mente.

Posai le mani aperte sulla parete, cercando di ragionare, e mi accorsi che ero eccitata. Accidenti, i miei ormoni avevano proprio un pessimo tempismo! Esitai per qualche istante, poi aprii la cabina e il vapore si diffuse immediatamente nel bagno. L'aria fresca mi investì il corpo nudo e bagnato, ma non pensai affatto ad asciugarmi e mi diressi verso la porta della camera poi, fatto un respiro profondo, entrai in soggiorno così com'ero, fradicia e vogliosa.

Brad era di nuovo al telefono e stava cercando di spiegare a una sua assistente il problema di una cliente riguardo alla questione dell'affidamento dei figli in caso di trasferimento, quando vide uscire dalla camera Julia, bagnata e gocciolante. Così nuda e abbronzata, con le gote arrossate per il calore dell'acqua e i capezzoli turgidi, i capelli incollati alla testa e il viso senza trucco, era veramente sexy e incantevole ma sembrava anche terribilmente giovane e innocente. Avvertì uno spasmo al ventre e un principio di erezione, perché il pene aveva reagito subito a quella vista.

«Debbie, devo andare. Ti richiamo» tagliò corto, concludendo improvvisamente la telefonata.

Chiusa la comunicazione, posò il cellulare sul tavolo e si alzò di scatto. Vide che Julia aveva spostato lo sguardo sul suo inguine e cercò di coprirsi con una mano, ma era troppo tardi perché lei si era accorta che era eccitato. Julia incurvò le labbra in un sorriso compiaciuto e nei suoi occhi apparve un'espressione sicura. Aveva capito di averlo in pugno.

Ero ferma sulla soglia, esitante e sempre più incerta, mentre aspettavo che Brad concludesse la telefonata e alzasse lo sguardo verso di me. Stavo per perdere il coraggio e battere in ritirata quando mi vide e si alzò; notai subito il contorno del pene eretto che tendeva la stoffa dei pantaloni e capii che mi desiderava. Gli rivolsi un sorriso malizioso e soddisfatto, poi mi girai lentamente, passandomi le mani sui fianchi in una carezza seducente, e mi avviai verso il bagno, sicura che mi avrebbe seguito sotto la doccia.

Brad aveva il respiro affannoso e cercava di decidere se raccogliere la sfida o mantenere la testa sulle spalle. Tutte le cellule del suo corpo gridavano incitandolo a seguirla... specialmente la parte anatomica che aveva fra le gambe! Alla fine si arrese imprecando tra i denti e si diresse verso il bagno con piglio deciso.

Accesi la luce, ma solo quella più soffusa sopra lo specchio, poi mi fermai davanti alla cabina doccia in attesa di Brad. Appena varcò la soglia del bagno e si avvicinò, lo afferrai per la camicia e aderii a lui con tutto il corpo, noncurante del fatto che gli stavo bagnando i vestiti. Mi cercò la bocca per darmi un bacio famelico mentre faceva scorrere le mani dappertutto, dal mio fondoschiena alla vita, fino a racchiudere i seni nei palmi per palparli con foga. Avvertivo una pulsazione sempre più insistente tra le gambe e l'eccitazione che mi invadeva mi impediva di ragionare. Non riuscivo a pensare ad altro che alla voglia di essere presa da lui. Strattonai i lembi della camicia per aprirla, con tale foga da far saltare qualche bottone, e scoprii il suo torace muscoloso e abbronzato, coperto da una peluria scura. Feci scorrere le dita fino alla cintura e la tirai, cercando di infilare una mano, ma Brad mi bloccò e slacciò in fretta i pantaloni, lasciandoli cadere fino alle caviglie. La sua erezione era coperta solo dai boxer aderenti che ne evidenziavano il turgore; li tolsi di mezzo rapidamente, tirandoli verso il basso.

Trasalii ammirando la consistenza e la forma del suo pene; era perfettamente proporzionato ma era anche il più grosso che avessi mai visto, tanto da farmi temere di non riuscire ad accoglierlo dentro di me.

Brad scalciò via gli indumenti, mi afferrò forte alla vita e mi sollevò senza sforzo poi mi baciò con ardore. Con un riflesso automatico gli avvolsi i fianchi con le gambe; sorreggendomi per le natiche e con il pene pericolosamente vicino al mio sesso, mi portò fino alla doccia ed entrò nella cabina senza smettere di baciarmi avidamente, in un incontro famelico di lingue e labbra, come se non riuscissimo a saziarci l'uno dell'altra.

Si staccò da me e io feci scivolare le gambe lungo le sue fino a toccare terra con i piedi. Ci guardammo per qualche secondo ansanti, sotto lo scroscio d'acqua, poi Brad mi sospinse contro la parete della doccia e mi prese il viso fra le mani poi le fece scorrere verso il basso, accarezzando e palpando ogni parte del mio corpo, dal seno al ventre, dalle natiche al pube. Fremevo di desiderio, ma Brad mi impediva di muovermi mentre mi mangiava con lo sguardo.

«Non so proprio cosa fare di te» disse infine con voce roca, carica di frustrazione. Avanzò con il bacino premendo il pene contro il mio ventre.

«Perché? Ti voglio!» esclamai, ansiosa. «Prendimi...»

«Non posso. Sei troppo...» Si interruppe, in cerca del termine giusto. «Ti affezioneresti a me e io non sono fatto per essere il tuo fidanzato.»

«Non voglio un fidanzato, voglio solo il tuo sesso, dammelo ora! Voglio sentirti dentro di me» dichiarai con fermezza, fissandolo con occhi incandescenti, animati dall'intenso desiderio che mi invadeva.

Lo sguardo di Brad si incupì. Con una mano sulla mia nuca, mi insinuò l'altra tra le gambe per accarezzarmi. Quando mi infilò dentro due dita sussultai poi mossi il bacino strofinandolo contro la sua mano mentre chiudevo gli occhi.

«Credevo che fossi una brava ragazza e non facessi sesso senza amore» mi stuzzicò sussurrandomi all'orecchio.

«Ho cambiato idea» dichiarai. «Ti voglio, ne ho bisogno» aggiunsi, implorante.

«Lo sai, vero, che non posso essere quello che vuoi?» insistette Brad muovendo le dita sempre più velocemente nella mia vagina che le serrava contraendosi mentre il desiderio aumentava a dismisura.

«Non voglio niente da te tranne il tuo pene, te l'ho detto» ansimai. «E voglio sentirlo ora» gli intimai.

Mi tremavano le gambe e il piacere che cresceva in me mi provocava spasmi incontenibili. Mi morsi il labbro inferiore per trattenere un gemito, ma Brad mi spiazzò tirando indietro il braccio all'improvviso, privandomi delle sue dita magiche che mi stavano facendo godere moltissimo.

Aprii gli occhi di scatto. «No, non smettere, stavo proprio per...»

Brad non attese che terminassi la frase. Mi fece girare verso i getti d'acqua verticali e girò le manopole per aprirli a tutta potenza. Trasalii, investita dagli spruzzi caldi che mi colpivano il seno, lo stomaco e il basso ventre.

«Allarga le gambe» mi ordinò.

Assunsi la posizione che mi aveva chiesto, poi ruotai il bacino in avanti affinché l'acqua mi colpisse nel punto giusto, stimolandomi in maniera incredibile. Il getto potentissimo mi faceva vibrare la clitoride e diffondeva il piacere in tutto il corpo.

Sentii Brad che gemeva eccitato alle mie spalle; fece scorrere le mani sui miei seni e poi si soffermò sul ventre, indugiando come se volesse accertarsi che l'acqua mi massaggiasse dove doveva stimolarmi.

Quando premette il glande contro il mio sesso e mi penetrò con un affondo repentino e deciso, emisi un grido di dolore e sorpresa perché non mi aspettavo di essere presa con tale slancio, senza preavviso.

«Scusami, scusami...» mi ripeté all'orecchio, stringendomi forte a sé. «Mi dispiace.»

«A me no» annaspai, sentendo che il mio corpo si stava adattando alla sua invasione. Era così grosso che lo sentivo dappertutto; mi riempiva completamente, ed era una bella sensazione.

Cominciò a muoversi dapprima lentamente, poi a ritmo più serrato; mi sbatteva addosso trapassandomi e mi ghermì i seni in un assalto da predatore. Io risposi protendendomi all'indietro per andargli incontro e aumentare l'energia dei suoi affondi mentre lo spruzzo d'acqua forte e diretto sulla clitoride mi faceva avvicinare sempre di più all'orgasmo.

Gridai quando sentii le prime vibrazioni diffondersi dal punto più profondo del sesso a tutto il corpo, e lo incitai a prendermi più forte. Gli dissi che mi piaceva, che adoravo sentirlo così grosso dentro di me, mormorai parole senza senso fino a esplodere in un urlo prolungato, con le gambe che tremavano e il sesso che pulsava. Il piacere mi travolse a ondate e Brad rallentò, prolungando il mio godimento fino agli ultimi spasmi. Mi sorresse quando mi appoggiai a lui, stravolta, e mi fece girare, scivolando fuori dal mio sesso che vibrava ancora.

Mi abbracciò e lo guardai aggrottando le sopracciglia, perplessa. «E tu...?» cominciai, incerta.

«No.» Mi sorrise e mi baciò teneramente.

«Allora perché hai smesso?»

«Quest'amplesso non era per me, ma per te. E poi sono stato imprudente. Non avrei dovuto prenderti senza preservativo, ma mi sono lasciato trasportare dal momento. Stai bene?»

Mi accigliai. «Certo. Perché non dovrei?»

«Non so, forse ti sei pentita?»

«Volevo farlo più di quanto io l'abbia mai voluto in vita mia. Volevo che mi prendessi, e devo dire che l'hai fatto egregiamente» gli confessai. Gli diedi un bacio soddisfatto poi mi voltai e presi il flacone del bagnoschiuma, ne versai un po' nel palmo e strofinai le mani insieme per formare una bella schiuma morbida, poi mi girai nuovamente verso di lui e gli chiesi, soave: «Vuoi che ti massaggi la schiena?».

Per colazione decidemmo di scendere al ristorante per approfittare del buffet dell'albergo.

Indossai dei jeans strappati, una canottiera bianca e delle infradito di cuoio. Davanti a tutto quel ben di Dio non resistetti e mi riempii il piatto di leccornie, poi mi sedetti a un tavolo di fronte a Brad e aggredii una pila di pancake allo sciroppo d'acero.

Quando scoppiai a ridere senza motivo apparente mi guardò interrogativo.

«Cosa c'è di tanto buffo?»

«Stavo solo pensando che siamo a rimpinzarci in un albergo di lusso a Las Vegas dopo che mi hai sbattuta per bene nella doccia. Se Broward lo sapesse gli verrebbe un infarto» sogghignai.

«Non credevo che nel codice etico aziendale fossero espressamente vietati i pancake.»

Gli feci la linguaccia, poi tuffai una fragola nello yogurt e la masticai con un sorriso beato. «Allora, posso accompagnarti nella tua missione supersegreta ora?» gli chiesi poi.

«Davvero, non è niente di particolarmente eccitante. Insisti tanto per venire con me solo perché vuoi scoprire cosa devo fare» insinuò lui.

«Allora dimmi di che si tratta, così potrò decidere» replicai, pragmatica.

«Devo andare a trovare una vecchia amica che abita a Boulder City, a una mezz'ora di auto da Las Vegas.»

«Una tua ex?»

«No! Che tu ci creda o no, ho anche delle amiche con cui non vado a letto, sai?»

Arricciai il naso con espressione scettica. «Sì, come no...»

«Allora vuoi venire o no?»

«Alla tua amica dispiacerà se ti accompagno?»

Brad sorrise sornione. «Credo proprio che riuscirà a contenere la sua gelosia.»

«E a te dispiace se vengo? Non vorrei importi la mia presenza se non è gradita.»

«No, anzi, se mi accompagni potremmo fare una piccola deviazione. Anche se sei una palla al piede, non mi dispiace avere la tua compagnia.»

«Bene, allora verrò con te. Sto cominciando a stancarmi di tutto questo lusso!»

. 23 .

Un'ora dopo eravamo in un autonoleggio davanti a una grintosa cabriolet azzurra. Guardavo perplessa la vistosa Dodge Viper, pensando che Tiffany avesse mirato al risparmio quando l'aveva riservata per Brad, perché in quell'autonoleggio, esagerato come tutto a Las Vegas, c'era una ragguardevole collezione di Ferrari e Lamborghini, oltre alle più sobrie e raffinate Bentley e Rolls Royce.

«Davvero vuoi guidare una decappottabile? Credevo che avremmo trovato qualcosa di più comodo, come una Mercedes» osservai.

«Questa è per me... e quella è per te» dichiarò indicando un'auto identica ma rossa alle mie spalle. «Ha il cambio manuale. È un problema?»

Mi voltai, lanciai un'occhiata all'auto poi mi rivolsi verso Brad sforzandomi di assumere un'espressione sicura. «Per me no, ma temo che non riuscirai a starmi dietro» lo sfidai.

«Facciamo una gara?» mi propose Brad ridendo della mia spavalderia.

«Ti farò mangiare la polvere» ribattei, sfrontata.

Chiamò l'addetto per farmi consegnare le chiavi. L'uomo mi spiegò per sommi capi come funzionava la vettura, ma c'era ben poco da ricordare. La Viper era progettata per un solo scopo, la velocità. Notai con soddisfazione che aveva anche un impianto stereo degno di un discoteca.

Mi misi al volante, ben decisa a dimostrare a Brad quanto valevo.

Frenai e mi accostai all'auto di Brad, sorridendogli tutta emozionata e piena d'entusiasmo, dopo aver fatto un giro di prova.

«Sei sicura di non voler salire sulla mia? Hai l'aria triste... senti già la mia mancanza?» mi punzecchiò lui, ironico.

Emisi un sospiro esagerato. «Sarà dura starti lontana, ma mi sforzerò di sopportare la noia senza di te...»

«Seguimi ma, se dovessi perdermi di vista, segui i cartelli per Boulder City. Appena entri in città c'è un *Taco Bell*. Ci vediamo lì.»

«Ti aspetto lì, vuoi dire» precisai sorridendo mentre davo gas e facevo rombare il motore.

Brad scosse la testa e partì. Svoltò a sinistra appena uscito dal piazzale dell'autonoleggio e si fermò quasi subito al semaforo. Mentre attraversavamo la città cercai di prendere dimestichezza con il cambio manuale, con qualche difficoltà, ma finalmente Brad imboccò l'autostrada e si immise in carreggiata. Mi parve come se avessimo decollato. Lanciai l'auto potente, con il vento nei capelli, e alzai il volume della radio. Mi accorsi che ero arrivata a centotrenta in un batter d'occhio. Non esagerammo mai con la velocità, ma rimanemmo sempre sulla corsia di sorpasso e ben presto arrivammo al *Taco Bell*. Mi accigliai contrariata, perché non avevo ancora voglia di fermarmi, ma mi avvicinai a Brad e abbassai il volume della radio.

«Vuoi lasciare l'auto nel parcheggio e venire con me?» gridò per farsi sentire sopra il rombo potente dei motori.

«No, ti seguo.»

«Come vuoi. Però non perdermi di vista.»

Fece inversione nel piazzale del fast food e lo seguii. Mentre attraversavamo il centro vidi dei chioschi turistici che offrivano gite alla diga Hoover e al lago Mead, ma per il resto Boulder City non sembrava diversa da una qualsiasi cittadina di provincia. Le nostre cabriolet potevano anche sembrare normali a Las Vegas, ma qui davano all'occhio. Mi accorsi che i passanti si voltavano a guardarci e i bambini sgranavano gli occhi. Una ragazzina in un'auto che sorpassammo ci fece addirittura una foto con il cellulare dal finestrino.

Brad svoltò diverse volte con disinvoltura, come se conoscesse bene la strada, e ci fermammo infine davanti a una casetta in fondo a un vicolo cieco, con un giardinetto modesto ma curato e due fioriere con piantine di fiori colorati ai lati dell'ingresso. La Mercedes parcheggiata davanti alla casa stonava con l'ambiente modesto.

Spensi il motore e scesi dalla vettura, ravviandomi i capelli scompigliati dal vento. Mi rammaricai di non avere portato una spazzola; conoscendo Brad, ero sicura di trovarmi davanti una donna elegantissima e con un abito scollato che mi avrebbe surclassato in quanto a femminilità. Rassegnata, lo seguii verso la porta.

Brad suonò il campanello e la padrona di casa comparve sulla soglia trenta secondi dopo, lasciandomi a bocca aperta.

Mi sembrava di essere entrata in una macchina del tempo ed emersa negli anni Cinquanta. Fui quasi delusa di non sentire aleggiare nell'aria l'aroma di una torta di mele appena sfornata. Mi aspettavo che andasse a chiamare sua figlia, ma Brad salutò la donna con tale calore e affetto che capii che eravamo venuti a trovare proprio lei. Non mi ero resa conto che era un'*amica vecchia*, più che una *vecchia amica*...

Rimasi in silenzio e in disparte sulla porta in attesa che la donna terminasse le sue manifestazioni di giubilo per l'arrivo di Brad. Alla fine si voltò verso di me e mi trapassò con lo sguardo. Aveva penetranti iridi azzurre dietro gli occhiali dalla delicata montatura dorata e capii immediatamente che non era affatto una vecchietta svampita anche se le tremava leggermente la mano che posò sulla spalla di Brad.

«Non mi presenti la tua amica?» protestò in tono di scherzoso rimprovero.

«Evelyn, lei è Julia, mi ha accompagnato a Las Vegas per il fine settimana.»

La donna storse il naso con aria di disapprovazione. «Sembra giovanissima» commentò.

«Sì, sono giovane e Brad è vecchio come Matusalemme, ma durante questa vacanza non l'ho mai visto usare il deambulatore, *ancora*, e io sono un'ingenua sprovveduta e piena di entusiasmo adolescenziale, perciò c'è speranza per noi» dichiarai con finta serietà, pur con il timore che mi punisse per la mia insolenza dandomi in testa una stampella o una bombola d'ossigeno.

Invece Evelyn scoppiò a ridere allegra e mi strinse la mano. «Piacere, Julia. Scusatemi, ho dimenticato le buone maniere per la sorpresa! Entrate, entrate» ci invitò.

Appena misi piede in casa, sentii subito il piacevole fresco dell'aria condizionata. Evelyn ci fece accomodare in soggiorno, una stanza arredata in maniera tradizionale, con poltrone e divano color avorio, sommersi da plaid fatti da patchwork colorati lavorati all'uncinetto. Sembrava che Evelyn si dedicasse alla maglia nel tempo libero... e che ne avesse parecchio. L'enorme televisore a schermo piatto era acceso e sintonizzato su una trasmissione di cucina, ma Evelyn prese subito il telecomando e lo spense.

«Cosa posso offrirvi da bere? Ho Coca Cola, acqua e tè.»

Brad le chiese della Coca Cola e io un bicchiere d'acqua. Evelyn entrò nella cucina adiacente al soggiorno. Allegra e accogliente, aveva le pareti giallo limone e il pavimento di linoleum grigioverde; era un ambiente molto domestico e tradizionale, come mi aspettavo. Mi voltai verso Brad che si era seduto in poltrona e si era impadronito del telecomando.

«L'ha appena spento!» sibilai vedendo che stava riaccendendo il televisore.

«Perché vuole chiacchierare, ma noi non siamo due comari in visita che vengono a spettegolare sui vicini davanti a una tazza di tè. Evelyn ha fatto l'abbonamento al canale sportivo a pagamento appositamente per me, sarebbe un insulto se non lo guardassi quando vengo a trovarla» dichiarò.

Trovato il canale che voleva, guardò distrattamente la telecronaca di una partita, ma mi accorsi che il suono della sua voce aveva scatenato una serie di penosi guaiti provenienti da una stanza in fondo al corridoio.

«Brad, sii buono, fai uscire Mitzi e Richie?» gli chiese Evelyn ad alta voce.

Brad sbuffò e si alzò in piedi di malavoglia mentre Evelyn entrava in soggiorno con un vassoio di plastica, su cui aveva posto tre bicchieri, dei tovaglioli e un piattino con fettine di limone spolverate di zucchero a velo.

«Non assumere quell'aria svogliata. È tutta la mattina che sono agitati per la voglia di vederti!»

Brad rubò al volo una fettina di limone e se la mise tra i denti, succhiandola mentre si dirigeva verso il corridoio. Evelyn posò il vassoio sul tavolino basso davanti al divano e guardò lo schermo del televisore, corrucciata.

«Ah, quel benedetto ragazzo!» sospirò scuotendo la testa. «Appena arriva, la prima cosa che fa è guardare lo sport... Ma cosa ci troverà mai?»

Presi il bicchiere d'acqua e un tovagliolino, poi le chiesi, tanto per fare conversazione: «Vive qui da tanto?».

Lei rifletté, come se stesse facendo i calcoli mentalmente. «Da diciotto anni, più o meno. Quando sono venuta ad abitare qui, questa era l'unica casa della via. Adesso hai visto? Ci sono villini tutti ammassati gli uni sugli altri.»

Non aggiunse altro perché si udì uno zampettare affrettato, poi arrivarono di corsa due bassotti che si spintonarono mentre giravano l'angolo, come se stessero gareggiando, per poi buttarsi addosso a me.

«Richie, Mitzi, giù!» li rimproverò Evelyn. «Non si accoglie così la nostra ospite!»

Brad tornò a sedersi in poltrona mentre i cagnolini si affannavano intorno a me, e mi sedetti a gambe incrociate sul pavimento per giocare con loro. Uno dei due corse via e tornò immediatamente con un giocattolo di gomma rosa in bocca che mi offrì e io finsi di strappargielo dalle fauci, notando che era felicissimo di quel gioco.

«Bradley, non pensare di guardare lo sport in TV muto come un pesce invece di darmi qualche notizia. Come va il club?» lo redarguì Evelyn sedendosi sul divano vicino a lui.

Brad si girò a guardarla con aria seria e concentrata. «Il club va benissimo. Abbiamo sempre più clienti da quando abbiamo cominciato a fare promozione insieme ai casinò della zona, offrendo degli sconti ai rispettivi frequentatori. Abbiamo avviato una nuova iniziativa pubblicitaria per le feste di addio al celibato e abbiamo un aumento del venti per cento delle prenotazioni dallo scorso anno.»

«Quanto costa la pubblicità?»

«Il tre per cento, perciò l'aumento di introiti copre abbondantemente le spese.»

«E che cosa mi dici delle ragazze? Perché Vicky è andata via?»

«Perché è incinta.»

«Le paghiamo le spese sanitarie?»

«Solo se torna entro due mesi dal parto.»

«Facciamo tre. Non hai idea di quanto sia difficile per una donna lavorare con un neonato.»

Brad sorrise. «No, è vero.»

«E Harmony, invece? È andata via anche lei.»

«Si drogava, l'abbiamo colta in flagrante due volte e le abbiamo posto un aut aut, o la droga o noi. Ha deciso di lasciarci, e adesso lavora al *Painted Horse*.»

Evelyn emise un mugugno contrariato. «Almeno adesso è tutto sotto controllo.»

«Ma scusa, Janine non ti aggiorna? Dovrebbe chiamarti

settimanalmente per tenerti al corrente di tutto.»

«Sai come sono fatta. Preferisco parlare faccia a faccia invece che al telefono, e poi, se devo dirla tutta, Janine non mi fa impazzire. È troppo rigida e attenta al guadagno.»

«È proprio per questo che l'ho assunta, per tenere a bada le ragazze, altrimenti se ne approfittano se non devono trattare con una persona che non si fa mettere i piedi in testa. Inoltre non mi sembra che tu ti sia lamentata degli utili lo scorso trimestre» precisò Brad.

Evelyn gli sorrise e si sporse verso di lui per dargli dei colpetti su un ginocchio. «Lo so, lo so, ma mi conosci. Mi piace tenermi al corrente degli affari, così mi sento utile e ho qualcosa a cui pensare.»

Mentre i due parlavano io giocavo con i cani senza aprire bocca, però li ascoltavo, digerendo le informazioni che ricavavo dal colloquio.

«Hai ricevuto i versamenti?» si informò Brad.

«Sì, caro. Puntuali il primo del mese.»

«Non capisco perché ti ostini a stare qui invece di andare in una residenza per anziani» sbuffò Brad. «Avresti assistenza e tutte le comodità.»

«Lo dici ogni volta che vieni a trovarmi e la mia risposta è sempre la stessa. Questa è casa mia, mi piace abitare qui e ci resterò fino alla morte, lo sai.» Evelyn si interruppe, poi aggiunse: «Julia?».

Alzai lo sguardo stupita. «Sì?»

«Scusaci, cara, siamo stati terribilmente maleducati a parlare di lavoro. Dimmi qualcosa di te. Come vi siete conosciuti tu e Bradley?»

Fu Brad a rispondere al mio posto. «Fa la praticante nel mio studio legale.»

«Oh.»

Il suo *oh* era eloquente e io guardai Brad sollevando un sopracciglio, per fargli capire che ritenevo necessaria una spiegazione più esauriente.

«Non è come pensi, Evie» disse lui. «Siamo solo amici. Julia fa tirocinio nell'ufficio di Broward, non da me.»

Non era esattamente così, però si avvicinava alla verità, pensai.

«Non ti stavo giudicando, caro» replicò Evelyn con voce flautata. *Certo, come no!*, pensai.

«E voi come vi siete conosciuti?» intervenni, per cambiare discorso.

«Bradley era il mio avvocato durante il mio primo divorzio.»

«E anche il secondo» precisò Brad.

«Ssh, ragazzaccio, non dovresti tirare fuori i miei scheletri dall'armadio! Chissà cosa penserà di me questa ragazza così simpatica.»

«Adesso è sposata?» le chiesi, incuriosita. Nella casa non c'erano tracce della presenza di un uomo né foto di figli o nipoti.

«Dammi del tu! Non sono poi così vecchia, no?» esclamò Evelyn strizzandomi l'occhio. «Comunque no, cara, dopo le mie seconde nozze ho capito che il matrimonio non fa per me.»

«Non credevo che avessi la licenza per esercitare in Nevada» osservai rivolgendomi a Brad.

«Ho l'abilitazione qui, ma abitualmente non accetto casi da queste parti. Evelyn è un'eccezione, perché avevo rappresentato sua sorella, che è delle nostre parti, e che le ha consigliato di rivolgersi a me quando il suo matrimonio era così in crisi da farle decidere di divorziare.»

«E nessuno può dire di no a mia sorella Ruth» aggiunse Evelyn.

«Quando è stato, undici anni fa?»

«Sì, grazie per avermi ricordato quanto tempo è passato e quanto sono invecchiata» sbuffò Evelyn. «Ah, Julia, per me quest'uomo è una spina nel fianco sin da allora, non capisco perché gli permetta ancora di venire a trovarmi!»

Brad mi sorrise e io mi sforzai di non ricambiare. Era

impossibile non cadere nella rete del suo fascino.

«Quando andrai a trovare Ruth?» chiese Brad a Evelyn.

«Per il Ringraziamento, credo. Non ci siamo ancora messe d'accordo, ma l'anno scorso è venuta lei da me perciò quest'anno tocca a me. Verrai a cenare da noi?»

«Non rinuncerei mai al tacchino di Ruth! Se non vi disturbo, accetto volentieri l'invito.»

«Julia, tu vivi con la tua famiglia?»

«No, i miei sono in Georgia. Io abito con altri universitari» risposi, accorgendomi che Brad mi ascoltava attentamente, perché in effetti non sapeva niente di me.

Evelyn continuò l'interrogatorio. «Cosa fanno i tuoi genitori?»

«Mia madre è infermiera e mio padre è in pensione. Insegnava scienze all'università della Georgia.»

«Allora tifa per i *Bulldog*!»

Le sorrisi. «È un tifoso sfegatato. Il suo studio a casa è un trionfo di bianco, rosso e nero, con sciarpe, coccarde e stendardi appesi dappertutto. Ti piace il football?»

«Il mio primo marito guardava tutte le partite della squadra dell'università dell'Alabama, per cui mi sono appassionata al football di riflesso.»

«E non ti sei aggiudicata il suo abbonamento con il divorzio?»

«Che vuoi farci? Il suo avvocato era migliore del mio!»

Scoppiammo tutti a ridere e continuammo a parlare di sport, poi Evelyn si scusò e ci lasciò soli per qualche minuto per andare a trafficare in cucina. Poco dopo ci accomiatammo dalla padrona di casa che ricambiò con calore il mio abbraccio al momento dei saluti. Sentivo davvero di avere una nuova amica. Evelyn prese entrambe le mani di Brad e lo guardò con gli occhi lucidi.

«Tornerò fra circa un mese e mezzo» la informò lui. «Perché non vieni a stare al *Bellagio* così possiamo vederci di più? Mando Leonard a prenderti con l'auto.»

Evelyn agitò la mano con fastidio. «Sai che odio quella

dannata città, ma per te farò questo sacrificio» sbuffò. «Però non mandarmi Leonard con quell'auto abnorme, mi fa sentire a disagio. Non mi serve altro che una vettura normale.»

«Affare fatto. Ti porterò a vedere il *Cirque du Soleil.*»

«Non mi entusiasmano quei tizi tutti snodati che volano... Che ne dici di Céline Dion?»

«Solo perché sei tu, Evie!»

«Allora siamo d'accordo. Fai il bravo, eh? E stai attento con quella macchina infernale» si raccomandò Evelyn. Abbracciò Brad poi emise un gridolino. «Che sbadata, ma dove ho la testa? Vi ho preparato uno spuntino, niente di particolare, giusto dei panini, qualcosa da bere e degli stuzzichini. Per poco non lo dimenticavo!» Andò in cucina a passo svelto, zoppicando leggermente, e tornò con una borsa termica. «Non preoccupatevi di restituirmela. Potete tenerla o buttarla, tanto ne ho altre.»

La consegnò a Brad e gli diede un bacio sulla guancia.

«Grazie, Evie.»

«Di niente. Julia, ci rivedremo?»

«No, Evelyn, non credo. È stata un'improvvisata ma dubito che ci sarà un'altra occasione.»

Mi scrutò intensamente, poi mi abbracciò forte e mi sussurrò all'orecchio in tono appena udibile ma serissimo: «Stai attenta a dove metti i piedi, quell'uomo è come una voragine senza fondo».

Si ritrasse e tornò allegra come prima, ci salutò calorosamente e ci seguì con lo sguardo dalla soglia agitando la mano mentre salivamo sulle rispettive automobili e partivamo con un rombo di motore e un colpo di clacson per salutare l'arzilla vecchietta.

. 24 .

La giornata era sempre più calda e la pelle nera degli interni della Dodge mi scottava il fondoschiena e le gambe. Ero contenta di aver indossato i jeans e non dei calzoncini. La strada era dritta e attraversava un bel paesaggio, con le montagne da un lato e valli con corsi d'acqua dall'altro. Mi ero sintonizzata su un'emittente che trasmetteva musica rock e avevo inforcato gli occhiali da sole; con i capelli al vento mi sentivo forte e libera, una vera dura al volante di una spider.

Superata la città, arrivammo a un cartello che indicava la diga Hoover; imboccammo una strada tutta curve che si arrampicava tra i monti e l'auto rispondeva con tutta la sua potenza ogni volta che cambiavo marcia. Arrivammo finalmente alla diga ma non ci fermammo al parcheggio e proseguimmo fino a un punto panoramico. Lì lasciammo le macchine e ci avviammo fino alla balaustra; dall'acqua saliva una foschia impalpabile e quando mi appoggiai alla ringhiera sentii la bruma sul volto. Brad si mise alle mie spalle e mi appoggiò le mani sulla vita, stringendomi.

«Vuoi fare un giro?»

«No, a meno che non lo voglia tu. Non sono una fanatica delle visite turistiche, preferisco godermi il panorama in santa pace.»

«Sono d'accordo. Ti va di pranzare qui?»

«Dipende da cosa ci ha preparato Evelyn...» risposi, curiosa.

«Vediamo subito.»

Tornammo alla macchina di Brad e aprimmo la grossa borsa termica, che era piena di leccornie. Se fossimo rimasti bloccati lì avremmo avuto abbastanza da mangiare per una settimana. Evelyn aveva preparato dei tramezzini con insalata di pollo e uova, delle buste ermetiche con bastoncini di carote, fette di mela, due sacchetti di patatine, biscottini al cioccolato e uva, oltre a due bottigliette di limonata.

«Bene» approvò Brad. «L'insalata di pollo di Evelyn è ottima. Mangiamo qui.»

Consumammo il nostro picnic seduti sul cofano dell'auto di Brad, con la borsa termica tra noi. Il panorama era spettacolare e la brezza dovuta all'altezza era rinfrescante. Si stava da Dio.

«Parlami di Evelyn» esordii sgranocchiando un bastoncino di carota. «Siete in società per la proprietà di *Sapphire*?»

Brad masticò l'ultimo boccone di panino e lo innaffiò con un sorso di limonata. «Il primo marito di Evelyn faceva il chirurgo. Avevano una bella villa e, quando divorziarono, Evelyn ne ricavò una liquidazione abbastanza sostanziosa da permetterle di acquistare la casa in cui abita adesso e investire il resto. A quell'epoca avevo intenzione di aprire un locale a Las Vegas, per cui la contattai e le proposi di entrare in società, convincendola che il *Sapphire* sarebbe stato un modo migliore di far fruttare il suo patrimonio rispetto a titoli e fondi finanziari.»

«Uno strip club? Hai convinto un'anziana signora a investire i risparmi in un locale dal futuro incerto, uguale a mille altri a Las Vegas?» mi stupii. «E se fosse andato male?»

Brad mi fissò serio. «Non sono tipo da imbrogliare le vecchiette. Se il club avesse fatto fiasco, avrei coperto personalmente le perdite di Evelyn. Siamo i proprietari dello stabile dov'è il *Sapphire*, per cui ha investito in un bene durevole. Inoltre il club ha reso bene e attualmente Evelyn ha decuplicato il suo investimento iniziale.»

«Che percentuale ha delle quote?»

«Il trenta per cento.»

«Quindi tu hai il settanta?»

«Sessanta» mi corresse. «Ho dato a Janine il dieci per cento.»

«Perché?»

«Nessuno gestisce un'azienda meglio del proprietario. Darle il dieci per cento mi ha assicurato la sua onestà e la sua lealtà, perché così non ha motivo di cercare un altro lavoro. Janine è una donna forte, che sa il fatto suo, è brava con le ragazze e piace ai clienti, e anche a me.»

«Siete mai andati a letto insieme?»

«Perché mi fai questa domanda ogni volta che ti presento una donna che conosco?»

«Non te l'ho chiesto per Evelyn.»

«Be', forse avresti dovuto...» replicò Brad, scherzoso, ridendo nel vedermi arricciare il naso. «Comunque no, non sono mai andato a letto con Janine. È troppo mascolina per me.»

«Quindi non l'hai sedotta solo perché non è il tuo tipo, non perché non è una buona idea andare a letto con la propria socia?» commentai.

Brad mi guardò intensamente. Mi pulì una briciola dall'angolo della bocca, ma scostai la sua mano con un gesto irritato.

«Non avrei scelto una socia da cui fossi stato attratto, perché conosco i miei punti deboli e non sarei riuscito a starle lontano se mi fosse piaciuta. Purtroppo non resisto alle belle donne.» Mi lanciò un'occhiata maliziosa e aggiunse: «D'altronde mi pare che tu abbia lo stesso problema...».

«Che vuoi dire?» gli chiesi, perplessa.

«Be', pensa a ieri sera con Montana...»

Esitai, cercando di rammentare quello che era successo al club e di mettere ordine nella mia memoria offuscata dall'alcol. Ricordavo di aver fatto un giro del locale in compagnia di Montana, e di essere tornata al tavolo con lei mentre Brad non c'era. Mi accigliai, sforzandomi di capire cosa fosse successo dopo. Avevo chiara l'immagine di noi due che bevevamo tequila e... *Oddio!* Sbarrai gli occhi quando ebbi un flash di Montana con la bocca sul mio seno e mi tornò tutto in mente: io e Montana che ci baciavamo, gli uomini che ci circondavano e ci fissavano...

Mi coprii il volto con le mani. «Oh, Signore!» gemetti, mortificata. «E me lo dici solo ora?»

Brad rise e mi tolse le dita dagli occhi. «Non essere in imbarazzo. Fidati, al *Sapphire* succede di peggio, anche se cerchiamo sempre di evitare che si esageri.»

Strizzai le palpebre, profondamente a disagio. «Come ho potuto?»

«Non è colpa tua, ma della tequila» sentenziò Brad, facendo scivolare la mano dal mio volto al collo e al seno, per posarla sulla striscia di pelle scoperta tra la maglietta e i jeans. «E poi mi è piaciuto guardarti» aggiunse, malizioso.

«Con Montana?»

«Non necessariamente. Mi è piaciuto vederti mentre ti divertivi e ti lasciavi andare, eccitata. Sei molto sexy, lo sai?»

Arrossii ma raddrizzai le spalle e scostai una ciocca di capelli dietro le spalle con un gesto enfatico. «Sì, è vero, sono una seduttrice nata» scherzai.

«E anche presuntuosa, vedo...» rise lui.

«Ma tu dov'eri finito? Non eri al tavolo quando siamo tornate.»

Brad distolse lo sguardo da me. «Ero con Alexis.»

«Si è esibita per te in privato?»

«Più o meno» ammise.

«Dio, che porco!»

«Sei arrabbiata?»

«No, ma ti prego di tenere conto del fatto che mi sono

ubriacata con Montana e mi sono abbandonata a un atteggiamento trasgressivo perché mi hai lasciata sola. Sai come si dice? Quando il gatto non c'è i topi ballano!»

«Quindi non sei gelosa?»

Scossi la testa. «Perché dovrei?» Scrollai le spalle e aggiunsi: «Significa che non tengo a te?».

«Presumo» disse lui, asciutto, guardando in direzione della diga.

Riprendemmo a mangiare in silenzio. Brad aprì un sacchetto di patatine. «Ne vuoi?» mi chiese, porgendomelo.

«A che gusto sono?»

«Cipolla.»

Feci una smorfia. «No, grazie. Sappi che non ti bacerò se le mangi. Forse Evelyn l'ha fatto di proposito per tenermi lontana da te...»

«Secondo me le piaci.»

«Non so, è una donna enigmatica, difficile da decifrare. Però si vede che siete molto uniti.»

«Sì, è vero. Non ho un legame forte con la mia famiglia d'origine. Evelyn si prende cura di me e io faccio altrettanto perché ha bisogno di qualcuno che si dedichi a lei, che la faccia sentire importante. Le ho proposto di diventare mia socia anche per questo motivo. Non mi servivano i suoi soldi, avrei potuto farcela anche da solo, ma il club le dà qualcosa di cui occuparsi, è un impegno che la gratifica. Ogni tanto la porto con me al *Sapphire* e vedo che le piace molto stare nel backstage e dare una mano alle ragazze. A me fa piacere vederla contenta.»

«Quindi sei un santo, è questo che vuoi dirmi? Ti piace presentarti come San Bradley?»

«Dio, sei veramente petulante!»

«Solo perché a me non la dai a bere?»

Brad mi sfiorò le labbra con un bacio lieve. «Sei proprio un disastro...» sussurrò in tono affettuoso.

«Ehi, non ti avevo proibito di baciarmi?» lo rimproverai.

Sorridendo con una faccia da schiaffi, Brad si infilò in

bocca una manciata di patatine masticandole rumorosamente.

Prima di ripartire per tornare a Las Vegas, Brad insistette per passare da Evelyn a riportarle la borsa termica anche se gli avevo ricordato che aveva detto che potevamo tenerla. Fu irremovibile e tornò a Boulder City. Aspettai al volante mentre lui suonava alla porta di Evelyn, e la vidi accoglierlo con un abbraccio affettuoso. Per quanto cercasse di trattenerlo tempestandolo di domande, lui riuscì infine a liberarsi e risalì in macchina, dopo avermi informato che aveva intenzione di passare per un'altra strada più panoramica sulla via del ritorno.

Usciti dalla città, alzai il volume della radio e premetti sull'acceleratore, sentendo che il motore rispondeva all'istante, incollandomi al sedile. Io e Brad ci sorpassammo a vicenda diverse volte, scatenati, in corsa con il vento mentre attraversavamo il deserto.

Mi sentivo viva come non mai e, al volante di quel bolide che filava veloce e potente, mi lasciai alle spalle il buonsenso e la coscienza, finalmente libera e leggera.

. 25 .

Regola n°5: qualsiasi tipo di comunicazione rientra strettamente nell'ambito dell'incontro. I partecipanti non socializzano tra loro.

«Raccontami della tirocinante con cui sei andato a letto» esordii.

«Quale?»

Stavo bevendo un sorso di Coca Cola che mi andò di traverso facendomi tossire. Eravamo seduti a un tavolo del ristorante davanti al Terminal D per ingannare il tempo in attesa del volo, seduti tranquillamente a mangiare qualcosa invece di trascorrere tre quarti d'ora in una sala affollatissima di persone vocianti e bambini che correvano.

«Scherzavo, dai!» si affrettò a precisare Brad, notando la mia espressione. «Ce n'è stata una sola. Era bionda, minuta, con un fisico snello, sodo e compatto da ginnasta. Era la mia tirocinante e devo dire che assegnarmela è stato un tremendo errore da parte dell'Ufficio del Personale. La seconda settimana di praticantato cominciò a presentarsi in studio in minigonna e magliettina attillata.»

Brad intinse una patatina nel ketchup e la mangiò prima di continuare.

«Mi conosci, mi è difficile resistere a una tentazione. Più guardavo e più le sue gonne si accorciavano, più mi fermavo alle sue spalle e più lei si chinava a raccogliere continuamente qualcosa. Riuscii a reggere altre due settimane prima di invitarla a bere qualcosa. Dal bar al letto il passo fu facile, il problema fu che a lei piacque e a me no» concluse.

«Perché no?»

Brad mi guardò imbarazzato. «Non mi piace spettegolare di questioni intime. Non sono il tipo che racconta per filo e per segno tutti i suoi exploit erotici.»

«Dai! Pensavo che avessimo superato il livello della conoscenza superficiale in cui si bada al galateo e fossimo arrivati a essere assolutamente sinceri» obiettai. Vedendolo tentennare, lo pungolai: «Facciamo così, se tu mi racconterai tutto sarò disposta a rispondere alle tue domande sul mio passato sentimentale, che ne dici?».

«Quindi *tu* sei il tipo che sbandiera le sue conquiste nei minimi particolari...»

«Penso di potermi fidare di te. Considerato che non hai amici, non vedo a chi potresti rivelare i miei racconti intimi.»

Brad mi sorprese perché ebbe una reazione inaspettata: si alzò di scatto.

«Dove vai?» sbottai.

«Torno subito.»

Si avvicinò al bar e subito una cameriera sulla quarantina, bionda, abbronzata e con qualche ruga di troppo, si protese verso di lui sul bancone mettendo in mostra la mercanzia. Brad tornò al tavolo poco dopo con due bicchierini e ne posò uno davanti a me, che incrociai le braccia e gli lanciai un'occhiata severa.

«Dai! Sta per finire il divertimento. Chiudiamo in bellezza questa parentesi con una tequila.»

La cameriera ci portò una ciotolina di spicchi di lime, indugiando qualche secondo di troppo a fissare Brad con un sorriso seducente prima di allontanarsi con un ancheggiare provocante.

«Ricordando che effetto mi fa la tequila, stai forse cercando di farmi sedurre la barista?» lo stuzzicai.

Brad scoppiò a ridere. «Bevi con me e risponderò alle tue domande.»

«Sembra un ricatto...»

«Sì, lo ammetto, sono colpevole. Lascio a te decidere come farmi scontare la condanna.» Sollevò il bicchierino e lo imitai. «Un brindisi?»

«Agli uomini colpevoli.» Feci cin cin e trangugiai il liquore in un solo sorso, feci una smorfia poi succhiai uno spicchio di lime. «E ora rispondi alla mia domanda. Perché non ti era piaciuta la praticante?»

«Era troppo rumorosa, non aveva mai smesso di gemere e urlare in maniera esagerata, come se avesse continuamente un orgasmo o fosse sul punto di venire. A giudicare dalle sue urla e dai suoi lamenti, aveva battuto tutti i record.»

Arrossii ripensando a quando eravamo stati insieme, e ricordai che anch'io avevo ululato parecchio.

«Cosa c'è?» mi chiese Brad, notando il mio sguardo imbarazzato.

«Stavo pensando che forse è un vizio delle praticanti di uno studio legale essere rumorose durante il sesso perché, per quello che ricordo, anch'io ho espresso il mio gradimento in maniera piuttosto esuberante dal punto di vista vocale...»

«Julia...» Brad mi prese la mano sul tavolo con fare rassicurante. «Sei una bella donna, molto sexy e interessante. Sei dotata di una fortissima carica erotica e mi piace da morire vederti quando ti scateni durante l'amplesso. Credimi, apprezzo chi esprime senza reticenze quello che prova, ma quella ragazza aveva esagerato e mi aveva dato l'impressione di recitare. Non lo trovo eccitante, mi sembra innaturale. Gradisco le reazioni sincere, non le imitazioni di un film porno!»

«La mia era una semplice constatazione, non stavo mettendo in dubbio il mio potenziale erotico» dichiarai.

«E io ti ho solo spiegato la differenza tra voi due.»

«Perciò non vi siete più rivisti?» chiesi prima di mangiare una patatina.

«Oh, no, siamo stati insieme un'altra volta, però ho avuto l'accortezza di imbavagliarla!»

«Ma dai!» esclamai, esterrefatta.

Brad scrollò le spalle. «Che c'è di male? Le piacevano certi giochetti, l'avevo capito subito perché non faceva che chiedermi di legarla e sculacciarla. Quando l'ho imbavagliata l'ho vista molto eccitata e devo dire che è andata molto meglio, impedendole di sfogare a voce il suo entusiasmo.»

«Quindi avete continuato a frequentarvi?»

«No, come ti ho detto, il suo abbigliamento non era adatto all'ambiente serio di uno studio legale come il nostro. Inoltre aveva cominciato a comportarsi in maniera troppo allusiva e confidenziale con me, si capiva chiaramente che tra noi c'era qualcosa, per cui le ho detto che non avremmo dovuto vederci più. In ogni caso non valeva la pena sopportare i rimproveri e gli ammonimenti continui di Broward e Clarke. La trasferirono a un altro avvocato dopo avermi fatto una solenne ramanzina. Persino l'Ufficio del Personale mi convocò per ricordarmi il codice etico interno e i rapporti fra avvocati e praticanti...»

«Eppure ora sei qui con me...»

«Devo pur commettere un'infrazione ogni tanto, per tenerli vigili e in allerta!» scherzò Brad.

«Inoltre nessuno verrà a sapere che abbiamo trascorso il fine settimana insieme» gli feci notare.

Mi lanciò un'occhiata scettica. «Non dipende da me...»

«E neanche da me» dichiarai con foga. «Dico sul serio.»

Brad sollevò le mani in segno di difesa. «Io sono abituato a mantenere segrete le mie scappatelle, sono le ragazze che non riescono a tenere la bocca chiusa. Non è colpa mia se stare con me è un'esperienza così memorabile che vogliono condividerla!»

«Oh, Signore, hai un ego così smisurato che dovresti prenotare un posto in più in aereo! Ora capisco perché giri in limousine e hai noleggiato una macchina tutta per te!» commentai, ironica.

Brad rise, poi tornò serio e precisò: «A parte gli scherzi, in ufficio sarebbe tutto molto più semplice se tenessi per te la notizia di questo viaggetto».

«In primo luogo, non sei così eccezionale da indurmi a raccontare le tue memorabili gesta erotiche ad amici e colleghi. Secondo, stai tranquillo perché sono un tipo riservato e non spifferero a nessuno i nostri segreti. Terzo, quando torneremo a casa ci terremo alla larga l'uno dall'altra, giusto?»

«Giusto. Siamo d'accordo? Niente appuntamenti, telefonate della buonanotte, lunghe e-mail nostalgiche o piene di accuse?»

«Non ci penso nemmeno.»

«Dio, sei davvero una donna perfetta!» Si sporse verso di me e mi diede un bacio, poi raddrizzò la schiena e mi sorrise malizioso. «Che ne dici di una sveltina prima di imbarcarci?»

Gli tirai il tovagliolo di carta appallottolato e mi alzai. «Sei veramente incorreggibile! Chiedi il conto, piuttosto, dobbiamo andare o faremo tardi. Non vorrai rischiare di restare a Las Vegas un'altra notte! Chissà cosa potrei combinare se continuassi a farmi bere...»

. 26 .

Lunedì mattina mi svegliai nel mio letto. Appena aperti gli occhi, fissai la macchia di umidità sul soffitto poi spensi la sveglia che trillava in maniera fastidiosa, sbattendo la mano sul pulsante. *Bentornata alla realtà*. Mi alzai sbadigliando e strofinandomi gli occhi.

La sera prima ero tornata a casa alle undici e quaranta e non avevo neanche disfatto i bagagli. Avevo lasciato il trolley e la borsa in mezzo alla stanza e ci sbattei l'alluce mentre mi trascinavo verso la porta per andare in bagno. Uno dei vantaggi di avere dei coinquilini pigri e dormiglioni era il fatto di non trovare mai la fila in bagno e non dovermi contendere la doccia al mattino presto. Sentendo il getto d'acqua sulle spalle, così pateticamente debole, non potei fare a meno di paragonarlo con la lussuosa doccia del *Bellagio*.

La vita continua, mi dissi. Mentre mi asciugavo ripensai alla fine di quel weekend da favola. Erano passate solo sette ore da quando Brad mi aveva riaccompagnato a casa e mi aveva salutato con un rapido bacio sulla soglia. Non l'avevo invitato a entrare e lui non me l'aveva chiesto.

E ora eccomi di nuovo lì... *Casa dolce casa...*

Passai in rassegna il mio guardaroba e scelsi un noioso tailleur pantalone marrone e mocassini. Non mi misi le lenti a contatto, raccolsi sulla nuca i capelli ancora umidi e mi diedi appena una passata di mascara, cipria e lucidalabbra. Io e Brad avevamo convenuto che avremmo dovuto evitare di vederci al lavoro, e questa decisione mi liberava di un problema, considerate le regole severe di Broward riguardo alla frequentazione dell'ala est e di Brad De Luca in particolare.

La settimana passò in fretta e senza intoppi. Giovedì Broward mi concesse miracolosamente un'ora per la pausa pranzo, e ne approfittai per convocare Olivia e Becca in una pasticceria e panetteria che offriva anche ottime insalate e panini per pranzo. Evitando di raccontare l'amplesso sotto la doccia e l'incontro hot con Montana, riferii per sommi capi il fine settimana trascorso con Brad. Olivia reagì con convinzione, come mi aspettavo, raccomandandomi caldamente di evitare di rivedere Brad, che considerava ben poco diverso da un pedofilo. Becca invece mi riteneva fortunata per l'esperienza fatta e non vedeva nulla di strano se avessi voluto continuare a essere la sua donna oggetto e ad accompagnarlo nei viaggi di piacere. Dopo essermi districata a fatica tra le mille domande delle mie amiche, riuscii a liberarmi dicendo che dovevo tornare in ufficio.

Venerdì pomeriggio lavorai guardando l'orologio ogni cinque minuti e quando, alle otto e mezza di sera, Broward mi disse finalmente che potevo andare, mi precipitai a spegnere il computer e a schizzare fuori dall'ufficio.

Prendemmo l'ascensore insieme e, mentre scendevamo, mi chiese: «Hai programmi per il fine settimana?».

«Solo dormire» risposi sorridendo. «E lei, se posso permettermi?»

«Sabato devo andare ad assistere alla partita di calcio di mio figlio, e domenica stavo pensando di fare qualche lavoretto in casa. Mia moglie mi tormenta da mesi perché vuole che monti delle mensole nel ripostiglio. Secondo lei non abbiamo mai abbastanza superfici su cui appoggiare roba in casa!»

Sorrisi e feci un garbato cenno d'assenso, ricordando quello che Brad aveva detto della vita di Broward. *Noio-*

sa, banale... Non ero sicura che Broward ne fosse scontento; molti apprezzano la tranquillità di un'esistenza normale. Dopotutto non tutti per essere soddisfatti hanno bisogno della scossa d'adrenalina di una corsa in macchina su un'auto potente, serate trasgressive e sesso facile...

E io?, mi chiesi.

Arrivati al parcheggio sotterraneo, salutai Broward e mi diressi verso la mia auto.

Trascorsi il sabato a letto a bere latte e a mangiare biscotti al cioccolato sotto le coperte, guardando tutta la prima stagione di *Desperate Housewives* in DVD. Domenica sentii che cominciavo ad annoiarmi e decisi di fare un bel bagno caldo e leggere un libro invece di guardare la televisione. Purtroppo quella che avevo sperato fosse una lunga immersione corroborante in una nuvola di schiuma profumata nella vasca durò appena un quarto d'ora; Alex, l'altro coinquilino, cominciò a bussare alla porta con insistenza perché aveva bisogno del bagno. Tirai la cordicella del tappo della vasca con un sospiro rassegnato, mi avvolsi in un asciugamano e stavo tornando in camera quando sentii suonare il cellulare.

Mi precipitai a rispondere. «Ciao, Becca!»

«*Hola, chica!* Che fai?»

«Qualcosa di talmente emozionante e trasgressivo che preferisco non parlarne» risposi, ironica.

«Sì, certo... Come se non ti conoscessi!» ridacchiò la mia amica.

«Ehi, hai dimenticato il mio fine settimana di follie a Las Vegas? Non conta come dimostrazione del mio carattere impulsivo e ribelle? Non sottovalutarmi, amica!»

«Scusa, scusa» rise Becca, per nulla convinta. «Comunque ti ho chiamato per informarti che alle quattro c'è il primo spettacolo dell'ultimo film di Tom Cruise. Sapendo che ti piacciono gli uomini maturi ho pensato che volessi vederlo. Che ne dici?»

«Non fare di tutta l'erba un fascio. Ho un solo uomo

maturo all'attivo nel mio curriculum di seduttrice» precisai. «Per essere magnanima, lascerò da parte la cosa eccitantissima che sto facendo per dedicarti qualche ora del mio preziosissimo tempo. Contenta? Verrà anche Olivia al cinema?»

«No, l'ho chiamata ma ha detto che ha molto da studiare» gemette Becca, contrariata. «Che sfigata!»

«Sfigatissima» confermai, ironica. «Il suo senso di responsabilità è assolutamente ridicolo.»

Becca non colse il mio sarcasmo. «Lo so, lo so» sospirò.

«Be', invece noi che ci godiamo la vita ce ne andremo al cinema, eh? Ci vediamo lì o passerai a prendermi?»

«Sarò da te fra venti minuti, così prima facciamo un po' di shopping, va bene?»

«Benissimo!» La salutai sorridendo, pensando con soddisfazione che per la prima volta dopo tantissimo tempo avevo soldi da spendere e tempo per andare a fare acquisti.

Mi preparai con cura perché Becca era molto critica in fatto di moda e volevo presentarmi bene. Indossai jeans skinny, sandali con la zeppa e un top di seta senza maniche, poi mi stropicciai i capelli con la schiuma sperando che, asciugandosi all'aria, potessero sembrare spettinati ad arte. Venti minuti dopo la sua telefonata sentii i colpi di clacson, afferrai in fretta la borsa e uscii. Becca era al volante della sua Mercedes cabrio con la capote abbassata e lo stereo che sparava Gwen Stefani a tutto volume. Con gli enormi occhiali da sole firmati che le nascondevano metà viso, sembrava Barbie Malibù.

«Stai d'incanto, amica» approvò sorridendo quando mi vide.

Salita in macchina, la salutai con un abbraccio. «Grazie. Anche tu, come sempre.»

«Hai le munizioni?»

«Ne dubitavi?» Con un sorriso complice, aprii la shopper e le mostrai le provviste: caramelline alla frutta, barrette di cioccolato, Smarties e M&M's alle arachidi. Chiusi la portiera e Becca partì a razzo, lasciando una striscia di copertoni sull'asfalto. Risi contenta e cantammo muovendo le spalle a tempo con la musica fino al centro commerciale.

Uscire con Becca era divertente ma era come portare al parco giochi una bimba di due anni perché doveva essere tenuta d'occhio costantemente per evitare che combinasse qualcosa. Il problema di Becca erano gli uomini, perché si invaghiva sempre di quelli sbagliati. Il fatto che le piacesse Brad e lo approvasse era la spia del fatto che avrei dovuto evitarlo.

«Non ti capisco proprio» stava commentando mentre passava in rassegna una serie di vestiti in un negozio d'abbigliamento di marca. «Vi siete divertiti a Las Vegas, state bene insieme e il sesso è fantastico. Perché non dovresti rivederlo più?»

«Non ho mai detto che abbiamo fatto sesso» precisai.

«Ah, certo, non hai ammesso esplicitamente di avere avuto un rapporto completo con lui, ma sappiamo che non hai mai avuto un orgasmo con quei due sfigati con cui sei stata, e ci hai raccontato che Brad ti ha fatto venire in quattro minuti appena si è trovato a letto con te! Vuoi davvero che creda che vi siete fermati lì e che non hai ceduto alla curiosità di provare l'ebbrezza di un amplesso soddisfacente con un vero uomo?» Smise di guardare la rastrelliera di abiti e si voltò a guardarmi severa. «Non saprò nulla di cultura generale, ma il sesso è la mia specialità, e tu non me la dai a bere» sentenziò.

Mi morsi il labbro inferiore sforzandomi di non ridere mentre Becca mi puntava un dito contro con fare accusatore.

«Dimmi la verità ora, Julia Campbell, o non ti darò più consigli di moda e non ti dirò quale errore imperdonabile hai commesso oggi vestendoti.»

«Come?» esclamai, interdetta, abbassando lo sguardo

per esaminare il mio abbigliamento. Alla fine sbuffai e mi arresi. «E va bene, ti dirò tutto, ma solo perché tu smetta di puntarmi addosso quell'unghia fucsia con fare minaccioso. Sei inquietante.»

«Ah, allora ammetti che tu, la puritana per eccellenza, hai fatto sesso con quell'uomo?» mi incalzò.

«Sì, ed è stato meraviglioso, molto erotico ed eccitante, e ho avuto un altro orgasmo. Contenta?»

Becca alzò gli occhi al cielo e allargò le gambe estasiata come se le fosse apparsa la Madonna. «Contenta? Sono al settimo cielo!» esclamò. «Finalmente anche tu sei diventata una ragazza normale a cui piace divertirsi!»

Soddisfatta, si diresse verso un'altra rastrelliera di vestiti e io la tallonai. «Ehi, aspetta, e il nostro patto? Non dovevi dirmi dove ho sbagliato?»

Becca si voltò a guardarmi con aria fintamente disgustata. «L'errore è la cintura leopardata. Nessuno sano di mente l'abbinerebbe a sandali di cuoio con la zeppa di sughero.»

Cariche di acquisti, posammo a terra tre buste piene di vestiti e ci sedemmo a un tavolino del bar pasticceria del centro commerciale per divorare una fetta di torta con un tè. Io avevo comprato solo un paio di scarpe costosissime, delle Manolo Blahnik di camoscio. Non avevo mai speso tanto per le calzature, ma avevo pensato che fosse giusto acquistare con una parte della mia vincita qualcosa di esagerato, per celebrare degnamente il weekend a Las Vegas.

«Parlando sul serio, perché non dovreste vedervi se siete stati bene insieme?» obiettò Becca, tornando all'attacco.

Giocherellando con la glassa della torta, risposi: «Ci sono diversi motivi, tanto per cominciare il fatto che sono una praticante dello studio».

«Gli avvocati non possono andare a letto con i tirocinanti, mi sembra una regola logica» annuì Becca.

«Esatto, ma la situazione è un po' più complicata perché Brad non è solo un avvocato, è socio dello studio, e il mio capo, Broward, mi ha proibito espressamente di parlarci, figuriamoci se posso avere rapporti con lui! Per questo è importante che la nostra frequentazione rimanga segreta. Finora ci sono riuscita, ma se continuassimo a vederci potrebbe trapelare qualcosa, e se Broward mi facesse un richiamo formale rischierei di compromettere la mia futura carriera.»

«A questo si può rimediare. Mio padre potrebbe scriverti una lettera di raccomandazione.»

«Ma nella mia scheda personale è scritto che sono praticante presso quello studio, che è molto prestigioso, e non vorrei pregiudicare la possibilità di esservi assunta.»

«Mi sembra una motivazione valida, ma il tuo tirocinio finirà fra sei settimane, mi pare, no?»

«Non ho fatto i calcoli precisi, ma penso sette.»

«Okay, allora non vedetevi fino ad allora.»

«È una soluzione, ma a cosa servirebbe? Ci siamo divertiti insieme, ma la città è piena di uomini con cui potrei divertirmi. Perché dovrei perdere tempo con un uomo problematico quando da qualche parte potrebbe esserci quello giusto che non aspetta altro che di essere trovato?»

«Dio, ancora con questa teoria!» sbuffò Becca. «Se hai perso tempo con il tuo primo ragazzo e con Luke per cercare di capire se erano *quello giusto*, puoi fare altrettanto con Brad, no?»

«Non dimenticare che Luke voleva stare con me stabilmente, ma Brad no. Non credo che abbia intenzione di avere una vera relazione, a meno che la sua ragazza non accetti che lui vada a letto con altre donne, e non è certo il mio caso.»

«Quindi tu non saresti disposta a dividerlo con altre e a chiudere un occhio sulle sue avventure?»

Ripensai alla sua assenza al club perché era con una

spogliarellista. «Se fossi la sua ragazza non accetterei che mi tradisse, ovviamente.»

«Tecnicamente non sarebbe un tradimento se sta bene a tutti» obiettò Becca.

Sbuffai frustrata. «È chiaro che tu saresti il tipo di donna giusta per frequentare uno come Brad perché non ti importa che non riesca a trattenersi davanti a una tentazione, ma io non sono così, perciò è inutile continuare questa discussione» dichiarai seccamente.

«Ehi, non inalberarti! Ho solo assunto il ruolo di avvocato del diavolo per darti un altro punto di vista sulla questione.»

Imbronciata, mangiai un boccone di torta e masticai rabbiosamente mentre Becca, imbarazzata, guardava altrove grattandosi il collo con aria indifferente.

La guardai in cagnesco poi sbottai, a bocca piena: «E comunque non è vero che la mia cintura non sta bene con le scarpe! Nulla vieta di abbinare la stampa leopardo e il sughero. E poi i cinturini dei sandali sono marrone scuro!».

Becca cominciò a sogghignare poi si coprì la bocca con una mano, con le spalle scosse da una risata incontrollabile. Non riuscii a restare indignata più di qualche secondo e la mia espressione truce si tramutò in un sorriso complice. Poi scoppiai a ridere insieme a lei, mentre gli avventori agli altri tavoli guardavano sconcertati noi due che sghignazzavamo come pazze.

Quella sera, quando mi misi a letto dopo il cinema e una pizza veloce, fissai il soffitto pensosa; attraverso la parete sottile arrivavano le note dei Metallica che Zack stava ascoltando allo stereo. Avevo caldo e scostai la coperta scalciandola con insofferenza, poi mi girai e mi rigirai a lungo senza riuscire a prendere sonno. Alla fine mi infilai gli auricolari e accesi l'iPod, cercando di contrastare il rock che proveniva dalla camera accanto. Mi distesi di nuovo e, con gli occhi fissi al soffitto, tornai con la mente ai ricordi di Las Vegas. Ripensai all'aragosta, alle paillettes, allo champagne, e alla brezza del deserto che mi scompigliava i capelli... Finalmente sentii le palpebre pesanti ed ebbi appena il tempo di spegnere l'iPod e togliermi gli auricolari prima di addormentarmi.

Passarono dieci giorni in un lampo. Si avvicinava la data di un'importante acquisizione a cui stava lavorando Broward, e per prepararci a dovere lavorammo come pazzi fino a tardi. Terminammo mercoledì alle due del pomeriggio e Broward diede a tutti il permesso di andare via alle cinque. Mi sembrava di volare; non ero mai stata tanto entusiasta in vita mia, e questo solo perché avevo avuto una normale giornata di lavoro di otto ore. Stavo allegramente unendo i fogli dei fascicoli con la cucitrice quando Todd Appleton si affacciò sulla soglia del mio ufficio.

«Posso entrare?»

La contentezza mi aveva reso generosa, per cui gli feci un cenno sorridendo. «Ma certo! Come vanno le cose?»

«Benone. Ci è giunta voce che voi schiavi dell'ala ovest oggi finite presto. Vuoi uscire a bere qualcosa con noi?»

«Dove andate?»

«Alla *Cantina del Mar*. Fino alle sei c'è l'*happy hour*, due drink al prezzo di uno.»

«Mmh, interessante... Un affare!» commentai, ironica.

«Ehi, non fare la snob. Dovrebbe farti piacere. Dopotutto lavori il doppio di noi ma vieni pagata quanto me... cioè niente.»

«Già, come se non lo sapessi...» Lo squillo del telefono dell'ufficio mi interruppe. «Julia Campbell» risposi.

«Cosa fai?» mi chiese Brad.

«Veramente sto chiacchierando.»

«Con chi?»

«Presumo tu lo sappia già, altrimenti non mi avresti mai chiamato.»

«Che vuoi dire?»

«Comunque sto parlando con Todd» ammisi in tono di sfida.

«Passamelo.»

«Perché?»

«Devo dirgli una cosa, ma ha lasciato il cellulare in ufficio.»

«Riferirò.»

«Smettila di fare la difficile.»

«Ho l'impressione che sia una replica dell'imbarazzante situazione con Bob» insinuai.

«Digli di venire qui, allora» ringhiò Brad prima di chiudere la comunicazione.

Riagganciai e guardai Todd che assunse un'aria indifferente, come se fino a un secondo prima non avesse le orecchie tese per ascoltare quello che dicevo.

«Allora verrai?» tornò all'attacco.

«Sicuramente!» gli sorrisi con entusiasmo. «Ci vediamo al ristorante alle cinque e mezza.»

«Fantastico!» Todd si alzò in piedi, ma rimase davanti alla scrivania, spostando il peso da un piede all'altro come se stesse cercando qualcosa da dire.

Ripresi a dividere i documenti e a unire i fogli con la cucitrice, e Todd capì che l'avevo congedato. Attesi finché non fu sulla soglia, poi lo chiamai: «Todd?».

Si voltò all'istante. «Sì?»

«De Luca ti vuole subito in ufficio.»

Alle cinque feci una sosta in bagno per ritoccare il trucco. Quel giorno indossavo un tailleur pantaloni nero con un sottogiacca di pizzo celeste, perciò tolsi la giacca e sciolsi i capelli. Non ero particolarmente seducente, ma avevo migliorato il mio aspetto ed ero più femminile, anche grazie a un paio di orecchini pendenti con gli strass che avevo fortunosamente lasciato nel cassetto della scrivania qualche giorno prima, perché mi davano fastidio mentre lavoravo e adesso giungevano proprio a proposito per darmi un'aria più festaiola.

In centro era difficile trovare parcheggio, ma dopo l'orario d'ufficio molti posti si liberavano e riuscii a trovarne uno a un isolato dal locale.

Vidi Jennifer, la tirocinante della Renfield, che stava parcheggiando poco lontano e agitai il braccio per farmi notare poi attesi che mi raggiungesse. Affrettò il passo e mi salutò sorridendo, poi mi abbracciò.

«Ehi, chi si vede! Finalmente! Sei scomparsa... Vi tengono proprio chiusi a chiave nell'ala ovest, eh?»

Ridendo, risposi: «Non proprio, ma ci fanno sgobbare. Quello che si mormora di Broward è tutto vero. E con la Renfield come va? È un'arpia come dicono?».

«Dipende dai giorni. Di solito è sopportabile, ma ogni tanto bisogna tenersi alla larga perché è come un tornado che spazza tutto e tutti al suo passaggio, quando è su tutte le furie!»

Jennifer mi tenne aperta la porta ed entrammo nel ristorante. Todd era già arrivato, insieme ad Anton e a Trevor. Avevano già preso una birra e anch'io ne chiesi una alla cameriera mentre mi sedevo.

«Abbiamo ordinato dei *nachos* da dividerci» disse Trevor.

«Benissimo» approvai.

Notai che Todd evitava il mio sguardo e, quando riuscii a intercettarlo, gli lanciai un'occhiata interrogativa a cui rispose con un sorrisetto stentato, poi si affrettò a chiedere qualcosa a Trevor. Con una scrollata di spalle mi rivolsi a Jennifer: «Hai già fatto l'esame di ammissione per la specializzazione in legge?».

«Sì, una volta, e non è andata malissimo, ma quest'estate frequenterò un corso perché miro ad alzare il punteggio. E tu?»

«Io ci ho provato al secondo anno di università e anch'io ho fatto abbastanza bene ma vorrei prepararmi meglio con un corso *online*, penso che possa essermi d'aiuto.»

Continuammo a chiacchierare dell'università e di argomenti futili, ordinando altra birra con degli stuzzichini. Ben presto sentii che mi girava un po' la testa e capii che avevo bisogno di mangiare qualcosa di più sostanzioso per evitare di tornare a casa brilla. Mi alzai per fermare una cameriera di passaggio e le ordinai una *quesadilla* di pollo; tornando al tavolo mi avvicinai a Todd che di nuovo mi rivolse un sorriso tirato poi si concentrò a esaminare l'etichetta della bottiglia di birra.

«Cos'hai? Perché ti comporti in maniera strana?» lo apostrofai sottovoce.

«Non mi comporto in nessun modo» si difese lui.

«Invece sì. Mi eviti come la peste, anche se sei stato tu a propormi di raggiungervi. Perché mi hai invitato se non volevi vedermi?»

«Mi faceva tanto piacere che venissi!» esclamò. «Ma poi...»

«*Poi* cosa?»

«De Luca mi ha intimato di stare alla larga da te.»

Lo fissai sorpresa. «Come?»

«Quando sono tornato in ufficio dopo aver parlato con te, mi ha chiamato e mi ha detto esplicitamente di non frequentarti.»

«Ti ha spiegato perché?»

«Non mi ha permesso di fargli domande. È stato categorico. Ha dichiarato che era proibito fraternizzare tra colleghi e che si aspettava che rimanessi nei nostri uffici invece di andare a importunare le altre tirocinanti.»

«E tu che gli hai detto?» esclamai, indignata.

Todd abbassò lo sguardo. «Gli ho chiesto se potevo continuare a frequentare Trevor dopo il lavoro perché è il mio migliore amico e ci conosciamo da tre anni. Per Trevor mi ha dato il permesso, ma solo per lui.» Si alzò di scatto e aggiunse: «Comunque ora devo andare».

Si avvicinò a Trevor, gli disse qualcosa sottovoce mettendogli una mano sulla spalla poi fece per allontanarsi.

«Todd» lo chiamai. Non mi sentì, perciò alzai la voce. «Todd!»

Si voltò e mi guardò con l'aria da cane bastonato. «Che c'è?»

«Resta, vado via io» gli dissi in fretta. Alzai una mano per troncare le sue proteste sul nascere, vedendo che aveva aperto bocca e scuoteva la testa. Frugai nel portafogli, presi quaranta dollari e li posai sul tavolo. «Spero che bastino. Qualcuno di voi mangi la mia *quesadilla*» aggiunsi stizzita.

Uscii dal ristorante senza salutare, lasciandoli a fissarmi sbalorditi e senza parole. Appena messo piede in strada mi fermai, fremente d'ira, feci un respiro profondo e chiamai Olivia, poi Becca, ma non mi rispose nessuna delle due. Ero troppo brilla per guidare, perciò quando vidi passare un taxi libero alzai la mano per fermarlo, anche se non avevo ancora deciso cosa fare.

Salita a bordo, sbattei lo sportello. «Intanto vada verso nord, poi le dirò dove portarmi.»

Avevo immaginato che Brad abitasse nella zona residenziale a nord della città, perché davo per scontato che avesse una bella villa. Mi collegai con le Pagine Bianche dal cellulare per cercare l'indirizzo di Bradley De Luca e trovai quattro risultati. Tre erano appartamenti, ma tirai a indovinare e pensai che il 1244 di Olive Tree Trail fosse l'indirizzo giusto. Lo diedi al tassista e mi chiusi in un silenzio rabbioso, ignorando lo stomaco che brontolava. Ero furibonda e mentalmente lo ricoprivo d'improperi perché credeva di avere il diritto di decidere con chi potessi uscire. *Non mi vuole ma mi impedisce di frequentare altri? Che arrogante!* Avevo voglia di strangolarlo...

Olive Line Trail era in un quartiere a nord del centro, come mi aspettavo. Vi arrivammo in dieci minuti e pagai il tassista poi scesi dalla vettura senza riflettere mentre il conducente spariva in fondo al viale alberato. Era buio e la zona residenziale era deserta. Erano le sette e io non avevo nessun piano d'azione preciso. Anche se Brad non lavorava fino a tardi, non era detto che a quell'ora fosse già rincasato.

Seguii il vialetto d'accesso lastricato e salii i gradini che conducevano alla porta d'ingresso a due battenti. Suonai e attesi. Non avendo risposta, decisi di dimostrare platealmente tutta la mia impazienza e mi attaccai al campanello. Niente. Mi voltai verso la strada. Il taxi era sparito, e la via era deserta e silenziosa.

Tesi l'orecchio sentendo un rumore indistinto, una specie di tonfo ripetuto che proveniva dal retro, perciò scesi i gradini e feci il giro della villa. Mi trovai davanti a un ampio porticato che dava su un giardino con una piscina e una vasca a idromassaggio rialzata. Brad era seduto in veranda su una sedia di ferro battuto, rivolto verso la casa; era al telefono e aveva in mano una pallina da tennis che tirava contro il muro facendola rimbalzare per riprenderla al volo.

Feci qualche colpo di tosse per annunciare con discrezione la mia presenza, poi mi fermai sulla scala del portico alle sue spalle, con le mani sui fianchi in una posa bellicosa.

Brad inclinò la sedia e girò la testa. Mi fulminò con lo sguardo e disse al telefono: «Rick, devo andare. Ti richiamo». Si alzò e si mise il cellulare in tasca, poi si voltò verso di me. Indossava scarpe da ginnastica, dei calzoncini e una maglietta bianca ed era sudato come se avesse corso, però era così terribilmente sexy che dovetti trattenermi a forza per non correre ad abbracciarlo e conservare invece l'espressione adirata.

«Che fai qui?» mi apostrofò, irritato.

«Cosa faccio io? Cosa fai *tu*?» esclamai.

«Sono a casa mia.»

«Non intendevo questo, cretino! Mi riferisco a Todd, a noi. Cosa credi di fare?»

«Niente, perché non c'è nessun *noi*.»

«Esattamente! Mi hai detto chiaramente che non vuoi una storia seria, però hai fatto scappare Bob e hai detto a Todd di stare alla larga da me. Non sei mio padre né il mio ragazzo, e neanche il mio capo. Non hai alcun diritto di intrometterti nella mia vita privata!» gridai, indignata.

«Perché urli?»

«Perché se ti parlo normalmente non capisci.»

«Ti piace così tanto Todd? È per questo che sei arrabbiata?»

«Todd non mi piace. Non è questo il punto. Quello che dovresti ficcarti in quel cranio duro che hai è che se mi piacesse Todd, o chiunque altro, non puoi dire a tutti che non devono frequentarmi. Come ti permetti? Se non mi vuoi, non devi impedire agli altri uomini di stare con me.»

«Chi dice che non ti voglio?»

Sbuffai e precisai: «Intendo dire che non vuoi una relazione esclusiva con me. Avevo dimenticato che quando si parla con un avvocato bisogna stare attenti a usare i termini giusti!».

«Ti va di cenare con me?»

«Ho già mangiato» borbottai, cercando di mettere a tacere il mio stomaco che brontolava.

«Allora domani sera.»

«Ho un impegno.» Non avevo alcuna intenzione di rendergli le cose facili.

Brad sollevò un sopracciglio e mi guardò con aria scettica. «Va bene, quand'è che la tua intensa vita sociale ti consente di uscire con me?» replicò, ironico.

«Mmh, vediamo... Forse lunedì. E comunque perché vuoi invitarmi a cena?»

«Per parlare di questa cosa.»

«Visto che sono venuta fin qui, perché non parlarne adesso?» gli proposi.

Brad sospirò. «Perché sei ubriaca.»

«Non sono ubriaca!» farfugliai, accorgendomi che barcollavo.

«Allora sei semplicemente fuori di te, comunque non sei lucida, perciò non intendo litigare con te in queste condizioni. Dove hai la macchina?»

«Sono venuta in taxi.»

«Il tassista ti sta aspettando?»

«No, se n'è andato.»

«Ti porto a casa, andiamo» dichiarò scendendo i gradini.

«No!» Sollevai le mani e lui mi guardò irritato, incrociando le braccia. «Chiamo qualcuno perché venga a prendermi.» Frugai in borsa e tirai fuori il cellulare, poi chiamai Olivia pregando in cuor mio che rispondesse.

«Pronto?»

Grazie al cielo! «Sono io. Mi serve un passaggio per tornare a casa.»

«Veramente adesso non posso. Sto...»

«È un'emergenza» la interruppi, concitata.

La mia amica sospirò. «Okay, dove sei?»

«Dodici quarantaquattro, Olive Line Trail. È a nord del centro.»

«Non preoccuparti, imposto il navigatore. Va bene, arrivo.»

«Grazie, ti aspetto in strada.» Chiusa la comunicazione, guardai Brad con aria di sfida. «Fatto. Vengono a prendermi.»

«Chi? Un amico o un'amica?»

D'impulso gli tirai contro il cellulare. L'avrei preso in testa se non si fosse abbassato di scatto ridendo. Il cellulare finì sull'erba, con mio grande sollievo. Lo raccolsi poi mi avviai verso il vialetto d'accesso, cercando di mantenere un'andatura dignitosa nonostante avessi i tacchi e fossi leggermente ubriaca.

«Julia...» Brad mi corse dietro e mi bloccò afferrandomi

per un braccio, ma mi divincolai e mi diressi a passo deciso verso la porta d'ingresso, poi mi accasciai su un gradino, stringendo la borsa come uno scudo e fissando la strada con occhi vitrei. «Scusami, non avrei dovuto parlare con Todd.»

«E con Bob.»

«Sì, anche se tecnicamente non ci ho proprio *parlato*.»

«No, l'hai semplicemente fulminato con lo sguardo facendolo sentire come se fosse stato un criminale.»

Brad sospirò e si sedette sui gradini accanto a me. Avevo una voglia folle di appoggiarmi alla sua spalla; esercitava un fascino potente su di me, come una calamita. Era così forte, protettivo, virile, sexy... oltretutto aveva anche un profumo incredibilmente sensuale, nonostante il sudore che gli si era asciugato addosso.

Però quando fece il gesto di mettermi un braccio intorno alle spalle mi irrigidii. «No» gli intimai seccamente.

Lui lasciò ricadere il braccio e fissò la strada, imitandomi. Rimanemmo così per qualche minuto, seduti in silenzio mentre io cercavo di calcolare quanto tempo avrebbe impiegato Olivia ad arrivare. Presumendo che fosse a casa quando l'avevo chiamata, forse sarebbe stata lì dopo cinque, massimo dieci minuti...

La voce di Brad interruppe le mie elucubrazioni. «A che pensi?»

«A quanto sei stronzo» risposi di getto. «Scusa l'espressione» aggiunsi, circospetta.

«Non preoccuparti, non è la prima volta che me lo sento dire.»

«Lo immaginavo.»

«Ti chiedo di nuovo scusa per Todd. Ci parlerò domani.»

Arricciai il naso. «Sicuramente *non* sarà affatto imbarazzante, e rimetterà le cose a posto come se non fosse successo niente» commentai con sarcasmo.

«È l'unica cosa che io possa fare.»

«Be', ti ringrazio delle scuse. L'unico aspetto positivo

della faccenda è che non ci sono altri tirocinanti decenti, perciò non potrai più fare danni.» Mi girai a guardare il suo profilo forte, attraente e mascolino, illuminato dalla luce soffusa dei faretti incassati ai lati dei gradini. «Non ti capisco proprio, sai? Il tuo intervento sembra quello di un uomo geloso.»

Anche Brad si voltò verso di me e mi fissò intensamente. «Non so come giustificarmi» ammise. «È stato un riflesso automatico. Ho sentito Todd che parlava al cellulare con qualcuno e gli diceva che voleva invitarti a bere dopo il lavoro, e mi è saltata la mosca al naso perché non mi è piaciuto il suo tono. Temevo che volesse farti ubriacare per approfittare di te.»

«Senti chi parla! Ti ricordo che mi hai portato a Las Vegas per tentare di sedurmi e mi hai offerto alcolici a ogni ora del giorno. E devo forse ricordarti che ti sei buttato addosso a me appena ho aperto gli occhi, la prima mattina?»

Brad si accigliò. «Non cercare di cambiare le carte in tavola e farmi passare per un cinico seduttore. Non ti ho portata a Las Vegas per convincerti a venire a letto con me, ma perché non c'eri mai stata e mi era parsa una splendida occasione per conoscerci meglio in un ambiente stimolante, senza timore d'incontrare qualcuno che lavora con noi. E devo forse ricordare *io* a te che sei uscita dal bagno tutta nuda e bagnata per invitarmi a fare la doccia con te? Non mi sembra di averti fatto molta pressione...»

Arrossii e cambiai tattica, visto che mi aveva messa alle corde. «Inoltre come hai potuto dire a Todd che fraternizzare tra colleghi danneggia lo studio, quando vai a letto con le clienti? Oppure addebiti un tanto al minuto anche per le prestazioni sessuali? Ammetti che il tuo intervento è stato fuori luogo, andiamo!»

«E va bene, Julia, sono uno stronzo, ho esagerato e ti chiedo scusa, ma non intendo restare qui a farmi rimproverare come se fossi un bambino» borbottò lui, contrariato. Si alzò e mi guardò ostile, ma Olivia mi salvò perché arrivò proprio in quell'istante, impedendomi di dover cercare qualcosa da ribattere.

Diede un colpo di clacson per avvertirmi e io mi alzai e mi diressi verso la sua auto senza più guardare Brad che non aggiunse altro.

Salita in macchina, chiesi a Olivia: «Ci sta guardando?».

«Sì, e scuote la testa con aria confusa.»

«Bene. Ora non fissarlo più e vai.»

«È De Luca?»

«Ti ho detto *vai*. Quando ci saremo allontanate potrai torchiarmi.»

Olivia si allontanò, obbediente, e attese fino al primo semaforo prima di girarsi verso di me e guardarmi interrogativa. «Allora?»

«Sì, era De Luca. No, non ho voglia di parlarne.»

«Accidenti, Julia, ma ti sei fatta controllare la vista di recente? Quell'uomo è meglio di un modello! Come puoi resistere al suo fisico perfetto, con quelle spalle...»

Alzai una mano per arrestare il suo sproloquio. «Basta, davvero, non voglio sentir parlare del suo corpo quando tutti i giorni faccio una fatica immane per non pensarci. Ti dispiacerebbe accompagnarmi a casa e tenere la bocca chiusa?»

«Va bene, va bene. Tanto per saperlo, dove hai lasciato la macchina?»

«L'ho parcheggiata vicino alla *Cantina del Mar*. Domattina andò a riprenderla in taxi.»

Quelle furono le mie ultime parole. Esausta, appoggiai la testa al finestrino, le palpebre sempre più pesanti. Olivia arrivò a casa mia quando ero già nel dormiveglia. La ringraziai, la salutai con un abbraccio e mi trascinai fino alla porta. Mi buttai sul letto ancora vestita e truccata, ed ebbi solo il barlume di lucidità necessario per puntare la sveglia, poi crollai di schianto in un sonno profondo.

Il trillo acuto della sveglia mi penetrò nel cervello alle sei meno un quarto, tre quarti d'ora prima del solito perché dovevo avere il tempo di risolvere il problema della macchina. La spensi con una manata, mi diressi in bagno trascinando i piedi, poi presi il cellulare per chiamare un taxi e vidi che la sera prima Olivia mi aveva inviato un messaggio alle undici e venti.

Io e Becca abbiamo recuperato la tua auto e te l'abbiamo portata. Ho messo a posto la chiave di riserva nella scatolina magnetica dove sai.

Ringraziai Dio perché le mie amiche sapevano tutto di me, anche dettagli apparentemente insignificanti come il fatto che avevo nascosto la seconda chiave dell'auto in un contenitore magnetico all'interno del parafango. Andai alla finestra e guardai fuori; dopo essermi accertata che la macchina fosse veramente lì mi tuffai di nuovo a letto e puntai la sveglia alle sei e mezza.

Ore 7,35

Mentre attraversavo l'atrio dello studio legale, chiamai Olivia, ma mi rispose la segreteria telefonica. Le lasciai un messaggio per ringraziarla per il suo intervento della sera prima. Evitai di telefonare a Becca sapendo che a quell'ora sicuramente dormiva. Feci una sosta in cucina e preparai il caffè a tempo di record, essendo ormai diventata esperta, ed ero nell'ufficio di Broward alle otto meno un quarto.

«Buongiorno, Julia» mi salutò quando gli misi davanti il caffè.

Gli sorrisi educatamente. «Buongiorno. Qualche impegno particolare per oggi?»

«No, però ti informo sin da ora che la prossima settimana devo andare a Dallas per un'importante conciliazione, perciò sarò assente da martedì a giovedì.»

Tre giorni senza Broward!, pensai esultante, anche se tenni a freno l'entusiasmo e gli feci semplicemente un cenno d'assenso. «Posso fare qualcosa per i documenti da preparare?»

«Sì, mi serviranno tutti i fascicoli della causa *Bandor Construction*. Inoltre ritengo che ti sarebbe utile assistere alle telefonate preliminari tra me e il cliente. Guarda la mia agenda e vieni pure a partecipare a qualsiasi riunione o appuntamento telefonico che riguardi quella conciliazione tra oggi e martedì. Quando tornerò, spero di avere una proposta di accordo da cui partire.»

Feci un altro cenno e mi voltai, ma Broward mi bloccò.

«Ah, Julia!»

Oh, no, pensai. «Sì?» dissi con voce flautata, girandomi verso di lui con un sorriso.

Broward si alzò e mi trapassò con lo sguardo. «L'ultima volta in cui sono stato fuori città ho saputo da Sheila che De Luca ti ha importunata. Ti confesso che ero preoccupato, ma sembra che la cosa non abbia avuto seguito e che Brad sia tornato sui propri passi. Spero che la mia partenza non causi dei problemi.»

«Non ne vedo il motivo, avvocato» replicai, fingendomi sconcertata dal suo commento, come se la cosa non mi riguardasse. «Ho scambiato poche parole con De Luca in qualche occasione, e abbiamo sempre parlato di lavoro. Non mi ha mai importunata.»

Broward si sedette, visibilmente sollevato. «Ottimo. Volevo solo essere sicuro che non ci fossero problemi. Hai un brillante futuro davanti a te, Julia, e mi dispiacerebbe se Brad ti impedisse di raggiungere i tuoi obiettivi. Mi rendo conto che è un avvertimento superfluo, ma ti ripeto ancora una volta che devi stare il più possibile lontana da Brad De Luca.»

Tornata nel mio ufficio, appoggiai i gomiti sulla scrivania e mi presi la testa fra le mani. Ero a metà del praticantato e avevo mentito spudoratamente al mio capo, infrangendo l'unica regola che mi avesse imposto. Sapevo perfettamente che il solo modo di proteggere la mia posizione era di obbedire a Broward e non avvicinarmi a Brad, sperando che nessuno scoprisse mai quello che c'era stato tra noi.

Quando squillò il telefono, risposi automaticamente: «Julia Campbell».

«Sono io.» Era Brad!

Riagganciai senza dire niente.

. 27 .

Giovedì mattina, ore 10,45

Todd Appleton bussò alla porta del mio ufficio e si affacciò. «Sei impegnata? Ti disturbo?»

«Entra, accomodati. Non sto facendo niente di urgente.» Gli rivolsi un sorriso esitante e lui mi guardò con la stessa espressione incerta.

Ci fu un lungo silenzio poi Todd esordì: «Ascolta, stamattina è venuto da me De Luca e mi ha detto che potevo parlare con te e vederti. A lui sta bene».

«Perciò ti ha dato il permesso?»

«Penso di sì. In sostanza si è scusato, ha ammesso che non avrebbe dovuto dire niente e che posso frequentare chi voglio.»

«Com'è stato magnanimo!»

Todd si sedette davanti alla scrivania e prese una graffetta per giocherellarci mentre mi chiedeva: «Cosa c'è tra voi?».

«In che senso?» replicai, mentre sentivo che il cuore accelerava i battiti. Avrei dovuto capire che quella faccenda gli sarebbe parsa strana.

«Be', ti comporti come se ce l'avessi con lui, e poi il fatto che mi abbia intimato di stare alla larga da te... Inoltre ho notato che al telefono, quando hai parlato con lui, gli hai dato del tu. Vi vedete?»

Feci una risata sonora che mi uscì dalla bocca molto più aspra e forzata di quanto avessi voluto. «Todd, non ci siamo mai visti se non di sfuggita» lo rassicurai con finta disinvoltura. «Se gli ho dato del tu al telefono è stato solo per sbadataggine, il suo tono mi aveva innervosito. Non lo conosco di persona, te l'assicuro, però in base a tutte le cose che ho sentito dire di lui penso che sia un vero stronzo.»

«No, è una persona veramente in gamba, credimi!» protestò Todd con convinzione.

«Be', non sembra, e come si è comportato con te ne è una conferma. Non mi piace che qualcuno dica agli altri cosa possono o non possono fare nella loro vita privata. Ieri sera ero ubriaca e ho avuto una reazione esagerata, scusami.»

«Sì, eri veramente fuori di te. Ci siamo chiesti tutti dove fossi diretta, avevi uno sguardo assassino!»

«Ero arrabbiata per un'altra questione. Mi dispiace, non succederà più. Giuro che la prossima volta che andremo a bere qualcosa saprò controllarmi.»

Todd annuì. «Ho saputo che Broward sarà fuori città la prossima settimana» disse con noncuranza, fissando la graffetta che aveva contorto in una forma strana. «Magari potremmo uscire insieme, che ne dici?»

Già, proprio ciò di cui ho bisogno, altre complicazioni in ufficio, pensai. «Non lo so, Todd. Sembra che non vedano di buon occhio chi ha degli appuntamenti con i colleghi.»

«Appuntamenti galanti, intendi? No, non era nelle mie intenzioni.» Fece una risatina nervosa. «Volevo solo invitarti al cinema o a prendere un aperitivo, da amici.»

«Ma certo, Todd, mi farebbe piacere» acconsentii sorridendo, e lo vidi illuminarsi in volto.

«Fantastico! Be', ora devo tornare in ufficio. Oggi abbiamo molto da fare.»

«Grazie di essere passato.»

Gli feci un cenno di saluto e lui fece altrettanto, poi si alzò e uscì così rapidamente da andare a sbattere contro lo stipite. Mi lanciò un'ultima occhiata, paonazzo, poi richiuse la porta. Sospirando, tornai a dedicarmi alla memoria che stavo rivedendo. Chissà perché, avevo l'impressione che i miei giorni da brava ragazza fossero ormai solo un ricordo, e che ormai non sapessi fare altro che infrangere le regole.

Associated Press, 27 giugno

Ex moglie di magnate ottiene quasi mezzo milione di dollari in un divorzio epico

Ieri è stata pronunciata la sentenza definitiva per quello che verrà sicuramente definito come il divorzio più famoso e costoso degli ultimi dieci anni.
Martina Bennington, moglie del magnate del petrolio Frank Bennington, ha ottenuto 420 milioni di dollari come liquidazione dopo una causa di divorzio lunga tredici mesi. L'ingente somma le è stata concessa sia perché ha ottenuto l'affidamento esclusivo dei tre figli di Bennington, sia per aver dimostrato di aver contribuito in larga parte alla ricchezza accumulata dal petroliere, anche se non è chiaro come abbia fatto, considerato che era una semplice insegnante prima di sposarlo. È l'ennesimo successo in aula per l'avvocato Brad De Luca, il noto divorzista che rappresenta la signora Bennington, il terzo quest'anno in cui le sue clienti si aggiudicano una liquidazione che supera i cento milioni di dollari, cosa di cui De Luca non ha voluto parlare nella conferenza stampa dopo l'udienza.
Martina Bennington era separata dal marito da un anno e mezzo, dopo nove anni di matrimonio, e si sussurra che frequenti l'imprenditore Richard Davis.
«La signora Bennington ha soprattutto bisogno di tranquillità e riservatezza in questo delicato momento della sua vita, ma è soddisfatta dell'accordo raggiunto» ha dichiarato l'avvocato De Luca.

Dopo avergli riattaccato il telefono in faccia, non sentii più Brad e il fine settimana passò senza eventi degni di nota. Sabato pulii la mia camera con scarsissima voglia e domenica guardai un film in DVD con Olivia. Non ero sicura che Brad fosse arrabbiato con me, o se dovessi ancora avercela con lui. Chiudere la comunicazione all'improvviso era stato un gesto infantile da parte mia, ma mi era parsa una scappatoia facile dopo gli avvertimenti di Broward. Mi chiedevo cos'avrebbe fatto lunedì. Mi avrebbe ancora portata fuori a cena? Non ero sicura di volerci andare o, per meglio dire, volevo vederlo ma non sapevo se fosse prudente.

Ero sempre più confusa e sentivo di essere sul punto di non riuscire più a ragionare. Non sapevo come comportarmi con Brad. Era chiaro che avrei dovuto stare lontana da lui, e la vecchia Julia non avrebbe esitato a farlo, senza il minimo ripensamento, ma la nuova Julia non era affatto d'accordo e non vedeva l'ora di mandare a quel paese la vecchia sé.

Lunedì sperai che il telefono squillasse e che Brad mi chiamasse, ma lavorai nel silenzio assoluto fino alle dieci di sera. Anche Broward rimase in studio fino a tardi; entravamo e uscivamo senza dire una parola dalla sala riunioni, disponendo i faldoni sul lungo tavolo man mano che erano pronti.

Alle sette e mezza mi affacciai nel suo ufficio e gli chiesi se volesse che ordinassi qualcosa per cena.

Broward stava evidenziando dei documenti e alzò la testa. «Manda un fattorino a prendere qualcosa. Per me tramezzini, se possibile» mi rispose distrattamente.

«Cosa preferisce?»

Ci fu un lungo silenzio. «Come?» disse infine.

«Come vuole i tramezzini?»

«Ah... Prosciutto e formaggio con pane integrale.»

Chiusi la porta e tornai nella mia stanza, poi chiamai

al telefono Jerome, la guardia notturna, l'unica persona che potesse fungere da fattorino a quell'ora, dicendogli che avrei telefonato al bar all'angolo per ordinare i panini anche per lui se fosse andato a ritirarli.

Alle otto sentii il *dlin* dell'ascensore e uscii per andare incontro a Jerome. Da dietro la porta dell'ala est provenivano delle voci e si vedevano le luci accese. La cosa mi parve strana, perché raramente restava qualcuno in ufficio dopo le sei. Presi una delle due buste con i tramezzini e seguii Jerome nella sala riunioni, dove sgombrai un angolo del tavolo per fare spazio.

«Vuoi mangiare con noi?» gli chiesi.

«No, grazie. Devo tornare al mio posto. Ti ringrazio per la cena» rispose il guardiano notturno sorridendo.

«Grazie a te per essere andato al bar.»

Esitai, perché avrei voluto chiedergli se sapesse cosa stava succedendo nell'ala est e chi ci fosse, ma mi trattenni e tirai fuori i panini dalle buste, poi andai in cucina a prendere piatti, bicchieri e da bere e, passando, avvertii Broward che era arrivata la cena. Lui annuì senza alzare lo sguardo dal foglio.

Mi sedetti in sala riunioni e aprii una lattina di Coca Cola, poi scartai il mio tramezzino, cercando di rilassarmi mentre mangiavo. Mi faceva male il collo e mossi la testa da un lato all'altro per cercare di sciogliere i muscoli tesi e doloranti.

«Grazie, Julia» disse Broward sedendosi e scartando il panino che avevo messo su un piatto di carta con accanto un tovagliolo.

Gli passai una lattina e gli chiesi d'impulso: «Cosa mangia di solito per cena?». Broward mi guardò perplesso mentre stava addentando il tramezzino. «Voglio dire, vedo che lavora sempre fino a tardi e non mi sembra che porti qualcosa da casa...» spiegai.

Broward si strinse nelle spalle e si pulì la bocca dopo aver deglutito. «Claire, mia moglie, mi lascia la cena pronta in frigo e io la riscaldo al microonde quando torno a casa. Siamo sposati da dodici anni, ormai è abituata ai miei orari di lavoro.»

«Intende lavorare per sempre con questi ritmi?»

Broward mi fissò a lungo, sconcertato anche da questa domanda, ma infine rispose: «Per il momento il mio obiettivo è lavorare per pensare al futuro. Siamo molto oculati con le spese e cerchiamo di risparmiare il più possibile per la pensione. Ho in progetto di ritirarmi dall'avvocatura fra una decina d'anni e trasferirmi nel Maine o nei dintorni di Chicago».

Annuii, cercando qualcosa da dire, anche se i suoi programmi per il futuro mi sembravano terribilmente noiosi. «Interessante» mormorai.

«Non vediamo l'ora. Claire è casalinga e quando i figli andranno all'università avremo modo di stare un po' da soli e goderci la vita a due» mi spiegò.

Pensai che sarebbe stato meglio per loro se l'avessero fatto *prima* della pensione, ma evitai di fare commenti. Dopotutto non ero la persona più indicata per dare consigli in materia di relazioni.

«Da quanto tempo lavora qui?»

«Vediamo... undici anni, e sono socio da nove. Prima lavoravo da *Daly & Fountain*, un altro studio legale. Mai sentito nominare?»

Feci un cenno d'assenso anche se era la prima volta che sentivo quel nome.

«Lo immaginavo. È uno studio piuttosto importante, anche se non come il nostro.»

«Come mai è venuto qui?»

«All'epoca era solo lo studio legale Clarke, ma sapevo che c'erano buone possibilità che Clarke prendesse dei soci.»

Lo ascoltavo mangiando in silenzio, temendo che Broward nominasse Brad. Era l'ultima cosa che volessi ma, ovviamente, fu quello che accadde subito dopo.

«Dopo due anni riuscii, con grande impegno, a diventare socio. A quel tempo ci voleva molto di più di un buon fatturato per essere promossi.»

Era quasi come se il suo tono astioso mi invitasse a fare un commento, ma evitai di rispondere all'imbeccata e ripresi a mangiare.

Dopo un lungo silenzio Broward continuò senza essere sollecitato: «Voglio dire che, per esempio, quando Brad ha ricevuto da Clarke l'offerta di diventare socio, lavorava qui solo da sei mesi. Io ero assolutamente contrario, ma Clarke aveva la maggioranza e decise di ignorare il mio parere. Brad è diverso da noi, non capisce che la base del lavoro di un avvocato è l'impegno costante».

La sua affermazione carica d'amarezza e ostilità pungolò il mio lato ribelle, perciò non riuscii a trattenermi e replicai: «È per questo che mi ha detto di stare lontana da De Luca?».

«Come?»

«Mi ha già avvertito due volte di tenermi alla larga da De Luca. Perché?»

Broward mi lanciò un'occhiata torva, come se fosse infastidito dalla mia domanda, che sembrava mettere in discussione la sua autorità, ma io sostenni il suo sguardo impassibile, malgrado il mio rimescolio interiore.

Fu Broward a distogliere lo sguardo per primo e fissò il tramezzino che aveva in mano come se di colpo fosse diventato interessantissimo. Alla fine lo posò e tornò a sollevare lo sguardo verso di me. «Qualcuno in ufficio è convinto che io odi De Luca, anche se non è vero. Però non mi piace per due motivi, il primo è perché non aderisce affatto al codice etico dello studio, sia a livello personale sia professionale, e il secondo è perché sei anni fa è andato a letto con mia moglie.»

Trasalii e lo fissai colpita da quella rivelazione. Assurdamente, sentii salire le lacrime agli occhi e battei più volte le palpebre per respingerle. Non sapendo cosa dire, farfugliai: «Mi dispiace tanto...».

Con lo sguardo perso nel vuoto, Broward scosse la testa. «Scusami, non avrei dovuto dirtelo, è una faccenda personale, però volevo solo darti una spiegazione sincera e veritiera. Mi scuso se il mio commento ti è parso inopportuno, però sei una bella ragazza intelligente, ma non mi sembri molto smaliziata, perciò non volevo che cadessi nella trappola in cui sono finite altre praticanti. Ti considero un tipo sveglio, ma ho voluto avvertirti ugualmente.»

Non sapevo proprio come rispondere. Alla fine annuii e lo guardai cupa. «Stia tranquillo, da quel punto di vista non deve proprio preoccuparsi per me.»

Terminammo di mangiare senza parlare. Avrei voluto porgli molte domande, ma erano troppo personali, e Broward sembrava preferire il silenzio alle chiacchiere futili. Alla fine tolsi i resti della cena e riprendemmo a lavorare. Negli uffici deserti si udiva solo il rumore dei nostri passi e il fruscio dei fogli.

Quando tornai a casa in macchina non accesi la radio ma abbassai i finestrini perché avevo bisogno di aria per schiarirmi le idee. Non sapevo proprio cosa pensare. Quello che avevo scoperto avrebbe dovuto darmi degli elementi per risolvere i miei dubbi su Brad. Era andato a letto con la moglie del suo socio, cos'altro c'era da dire?

Non mi restava proprio niente su cui riflettere. Rialzai i finestrini e cercai di pensare ad altro, qualsiasi cosa che non fosse Brad De Luca.

. 28 .

Martedì all'una, quando squillò il telefono e vidi comparire sul display il numero dell'interno di Brad, ignorai la chiamata e lasciai che scattasse la segreteria telefonica, ma lui non lasciò un messaggio. Non risposi neanche quando richiamò alle tre. Grazie all'assenza di Broward che era a Dallas, non eravamo carichi di lavoro come al solito e alle cinque meno un quarto ero pronta ad andarmene. Mi fermai alla scrivania di Sheila e passai l'ultimo quarto d'ora a chiacchierare con lei per ingraziarmela. Nelle ultime settimane era diventata sempre più cordiale ed ero intenzionata a conquistarmi la sua stima, se non addirittura la sua amicizia, prima della fine del tirocinio.

Mentre aspettavo che arrivasse l'ascensore al piano vidi Todd che usciva dall'ala est. Quando mi notò mi rivolse un sorriso raggiante ed entrò in ascensore con me. Appena le porte si chiusero cominciammo a parlare contemporaneamente. Mi bloccai, ma Todd esitò.

«Prima tu» lo invitai ridendo.

«Volevo chiederti di uscire con me stasera o domani, se sei libera.»

«Meglio domani. Hai il mio numero?»

«Sì. Il primo giorno il dottor Ennis ha distribuito un elenco dei praticanti con i relativi numeri.»

«Bene.» Abbassai la testa e mi guardai la punta delle scarpe finché l'ascensore non arrivò al parcheggio.

«Allora a domani» mi salutò Todd. «Verso le otto?»

«Sì, va bene.»

«Ti chiamo.»

«Okay, ciao, a domani.»

Agitò la mano e si diresse verso la macchina. Stavo per arrivare alla mia auto quando mi bloccai vedendo un biglietto infilato nel tergicristalli. Lo aprii con circospezione, come se dovesse scoppiarmi in mano. C'era solo una parola scritta a mano, ed era firmato con le iniziali.

Cena?

BDL

Appallottolai il biglietto nel pugno, poi ebbi un'idea. Lo lisciai, lo strappai a metà e lo accartocciai di nuovo, poi mi guardai intorno, in cerca dell'auto che avevo visto parcheggiata nel vialetto a casa di Brad, una berlina BMW Serie 7 bianca. Non fu difficile individuarla, perché era in uno dei tre posti riservati ai soci e aveva la targa personalizzata, *BD BEST*. *Rivoltante*, pensai, stupita dal fatto che fosse ancora in ufficio alle cinque e un quarto.

Lasciai i miseri resti del biglietto sotto il suo tergicristalli, poi mi diressi verso la mia automobile e salii al posto di guida sorridendo tutta soddisfatta, come se avessi compiuto chissà quale missione eroica. Accesi la radio, alzai il volume, misi in retromarcia e uscii dal parcheggio, pensando che avevo parecchi motivi per essere contenta. Avevo più soldi di quanti ne avessi abitualmente, avevo preso una decisione fondamentale riguardo a Brad e il giorno dopo avevo un appuntamento con un bel ragazzo. Cosa potevo volere di più dalla vita?

Alla fine io e Todd decidemmo di non andare al cinema; mi invitò a guardare un film a casa sua e mi lasciò scegliere il DVD, così optai per una commedia divertente. Era chiaro che era un tipico appuntamento tra universitari, in cui il ragazzo non doveva fare troppa fatica né spendere per un invito a cena; era veramente palese che fosse solo una scusa per farmi andare a casa sua, ma non mi importava. Ero così arrabbiata con Brad che volevo solo fargliela pagare e sfogarmi. Todd era carino ed era disponibile; non mi servivano altre ragioni per accettare.

Arrivai a casa verso le sei meno un quarto, feci la doccia, mi depilai e indossai jeans aderenti e una canottiera con le bretelline sottili piuttosto corta, che scopriva una striscia di pelle alla vita. Per essere previdente nel caso la serata fosse andata oltre qualche bacio, scelsi anche un completino intimo sexy, con perizoma di pizzo e reggiseno a balconcino. La vecchia Julia non avrebbe mai permesso alcun contatto intimo al primo appuntamento, ma ormai mi ritenevo una donna liberata e trasgressiva. Brad aveva tanto cercato di convincermi a prendere in considerazione i rapporti intimi senza alcun impegno sentimentale, e adesso che mi aveva fatto il lavaggio del cervello non era colpa mia se seguivo i suoi precetti e li applicavo anche con altri, no?

Todd si era offerto di venire a prendermi, ma avevo rifiutato perché volevo essere libera di andarmene quando avessi voluto, perciò gli dissi che sarei andata direttamente a casa sua. Avevo scritto l'indirizzo su un post-it e lo copiai su Google Maps sul cellulare. Quando vidi che abitava a settecento metri da casa mia, ne dedussi che anche lui abitava in uno degli spartani alloggi per universitari, come me. Invece scoprii che l'appartamento era in un complesso di villette a schiera, in una zona più decorosa rispetto al mio quartiere. Trovai la casa senza difficoltà e, quando suonai il campanello, Todd venne ad aprirmi con un sorriso radioso, accompagnato da un enorme danese che mi si gettò addosso.

«Walker!» esclamò Todd mentre cercavo di schivare le sue zampe e la lingua penzoloni. Lo afferrò per il collare poi lo portò via e lo chiuse in una stanza. Tornò da me e si scusò mentre sentivo guaire e raspare alla porta. «Abbiamo cinque minuti prima che cominci a ululare e ad abbaiare come un forsennato, perciò ti faccio fare il giro della casa prima di farlo uscire.»

Entrai nella villetta e posai la borsa sul mobile all'ingresso, guardandomi intorno. Il soggiorno era piccolo ma ordinato e accogliente, con un bel divano di pelle e un tavolino basso di granito, dei poster incorniciati alle pareti e un grande televisore al plasma. Ne dedussi che i genitori di Todd dovessero essere piuttosto benestanti. Avvertii l'odore di un profumatore per ambienti e vidi una candela mangiafumo accesa sul bancone della cucina aperta sul soggiorno, come se Todd avesse fatto le pulizie in fretta in previsione del mio arrivo.

Anche Todd si era dato una sistemata per l'occasione; indossava una maglietta stirata di fresco e pantaloni di felpa. Aveva i capelli ancora bagnati dopo la doccia e odorava di bagnoschiuma. Non aveva il fisico possente e virile di Brad, ma ero abituata a frequentare ragazzi snelli e giovani come lui, e lo trovavo più alla mia portata.

«Carino il soggiorno con la cucina» dissi con voce calda, appoggiando i gomiti al bancone che divedeva i due ambienti, consapevole del fatto che quel movimento faceva sollevare il bordo della canottiera, scoprendomi di più la vita. Come previsto, Todd abbassò lo sguardo sul mio ombelico. «Tutto qui? Non hai altro da mostrarmi?» lo stuzzicai.

«Ehm, sì... ci sarebbe la mia camera» farfugliò.

Mi precedette lungo il corridoio e aprì una porta coperta da adesivi. Nella sua camera c'era un letto matrimoniale e un comò; non vidi indumenti sparsi in giro, ma sospettai che avesse gettato tutto alla rinfusa nell'armadio. Senza perdere altro tempo, lo afferrai per le spalle e lo buttai sul letto, poi mi misi sopra di lui sorridendo maliziosa.

«Dio, come sei eccitante!» bisbigliò lui.

Avevo il controllo della situazione; ero tornata nel mio elemento, non mi sentivo più una ragazzina inesperta e insicura come quando ero con Brad. Mi tolsi la canottiera, rivelando il reggiseno di pizzo, poi mi piegai su di lui, sfiorandolo con i seni, e lo baciai sul collo, facendo scivolare le labbra verso l'orecchio. Todd mi accarezzò la vita e la schiena mentre gli cercavo la bocca. Le nostre lingue si incontrarono in una battaglia appassionata. Alla fine mi staccai da lui e mi spostai in avanti, mettendogli i seni in faccia. Lui li liberò dal reggiseno e mi succhiò prima un capezzolo e poi l'altro.

Todd era molto energico; mi leccava e mi succhiava con foga un po' troppo aggressiva, facendomi male. Mi staccai da lui e gli offrii il collo, accarezzandogli i capelli, riabbassandomi fino a trovarmi di nuovo con la bocca contro la sua. Infilai la mano nei pantaloni della tuta e tastai il pene turgido sopra gli slip. Dopo l'esperienza con Brad, ora Todd mi sembrava meno dotato, e lo palpai, vagamente delusa.

Dal corridoio arrivavano i latrati sempre più forti del cane, e ne dedussi che aveva superato il limite dei cinque minuti di sopportazione. Mi staccai da Todd e rotolai sul letto supina. Lui si sollevò puntellandosi su un gomito e mi guardò eccitato ma gli ululati erano sempre più forti. Mi alzai a sedere sul letto e recuperai la canottiera.

«Forse dovresti lasciarlo libero prima che rompa qualcosa o si faccia male.»

Todd si alzò con un gemito contrariato e uscì dalla stanza.

Sentii che apriva la porta e rimproverava Walker, però senza nessun risultato, perché il cane fece irruzione in camera dieci secondi dopo. Io mi ero già infilata il top e stavo riflettendo su quale fosse la migliore strategia per districarmi da quella situazione. Non ero affatto eccitata; tra me e Todd non era scoccata la scintilla e a quel punto avevo più voglia di infilarmi sotto le coperte con un bel romanzo che di fare sesso. Todd entrò di corsa all'inseguimento del cane, che afferrò per il collare per farlo scendere dal letto.

«Torniamo in soggiorno?» gli suggerii.

Deluso, Todd scrollò le spalle. «Va bene. Se siamo lì, Walker non si agita.»

Uscita dalla camera, andai a recuperare la borsa dall'ingresso e chiesi a Todd dove fosse il bagno.

«È nella mia camera.»

Andai a rifugiarmi in bagno, chiusi la porta a chiave, tirai fuori il cellulare dalla borsa e aprii un'app ingegnosa, che permetteva di ricevere finte telefonate. Fino ad allora non l'avevo mai usata, ma l'avevo scaricata pensando che prima o poi avrebbe potuto essermi utile. Mi complimentai con me stessa per la mia lungimiranza e programmai una finta chiamata da Broward impostando il timer di lì a cinque minuti, poi un'altra, sempre da Broward, dopo sei minuti. Aumentai al massimo il volume della suoneria, rimisi il cellulare in borsa, tirai lo sciacquone e mi ravviai i capelli, poi uscii dal bagno.

Tornai in soggiorno, dove Todd mi aspettava imbarazzato, con una Coca Cola e una bottiglietta in mano.

«Qualcosa da bere?»

Posai la borsa sul tavolino, gli sorrisi, poi presi l'acqua e mi sedetti sul divano. «Grazie. Vuoi che metta il film?» gli chiesi indicando la custodia del DVD che sporgeva dalla borsa.

«Ah, sì, certo...»

«Siediti, ci penso io.» Mi alzai, presi il film e mi diressi verso il lettore DVD accanto al televisore. «Hai dei popcorn?»

«No, mi dispiace. Ho solo delle patatine all'erba cipollina. Che ne dici?»

«Magari fra un po'.» *Anzi, mai*, pensai. Annaspai con il telecomando, prendendo tempo, e cambiai canale fino a trovare quello giusto. Con perfetto tempismo, il cellulare suonò proprio in quel momento. Mi girai e chiesi a Todd: «Ti dispiace prendere il telefono dalla borsa e vedere chi è?».

Lui pescò il cellulare, guardò lo schermo e subito mi

lanciò un'occhiata atterrita. «È Broward.»

«Broward?» Mi accigliai, poi guardai l'orologio. «Che strano... Non rispondere, vediamo se mi lascia un messaggio sulla segreteria.»

«Non è a Dallas?»

«Sì, chissà che vorrà... Magari è partita la chiamata per sbaglio.» Scrollai le spalle, presi il telecomando del DVD e premetti il pulsante *Play*, poi andai a sedermi sul divano accanto a Todd. Accoccolandomi contro la sua spalla. Quando sentimmo di nuovo la suoneria del cellulare che Todd aveva lasciato sul tavolino, guardammo lo schermo, dov'era apparso il nome *Broward*. «Devo rispondere» mormorai, fintamente imbarazzata.

«Certo, certo.»

Mi alzai e risposi, parlando al telefono muto. «Pronto?» Una pausa, poi: «No, sono già uscita dall'ufficio». Finsi di ascoltare, accigliata. «Quale statuto? Aspetti, devo prendere una penna.»

Mi girai verso Todd, coprendo il cellulare.

«Hai una penna?»

Lui balzò in piedi e corse in cucina. Sentii che apriva e chiudeva freneticamente i cassetti. Tornò brandendo un blocchetto e una penna.

«Okay, quarto schedario a sinistra, il faldone *Henderson*. Le serve stasera? No, non c'è problema... Sì, certo. La chiamo appena ce l'ho davanti. A dopo.» Finsi di chiudere la comunicazione e guardai Todd con rammarico. «Devo tornare in ufficio, mi dispiace tanto.»

«Adesso?»

«Sì. Broward ha bisogno di certe informazioni per l'incontro di domani e devo mandargliele subito per fax.» Strappai il foglietto dal taccuino e lo ficcai in borsa, poi gli diedi un rapido bacio sulla guancia. «Grazie dell'invito, ma devo scappare.»

«Vuoi che ti accompagni?»

«No, grazie. Non so quanto tempo ci vorrà o se Broward

mi chiederà di fare qualcos'altro mentre sono in ufficio.» Accarezzai il muso del cane, ringraziandolo mentalmente per averci interrotti, poi mollai Todd come un allocco dopo avergli fatto un cenno di saluto e me la diedi a gambe.

Dovevo smetterla con quei giochetti, mi dissi mentre correvo alla macchina. Mi ripromisi di stare lontana dagli uomini da quel momento in poi e diventare una vecchia zitella grassa e felice, con tanti gatti, che mangia gelato al cioccolato piangendo mentre guarda film d'amore.

. 29 .

Regola n°6: Brad ha sempre il controllo.

Giovedì andai al lavoro con le mie stupende scarpe nuove e mi accorsi con piacere che non avevo mille cose da fare. In tutto il giorno ricevetti una sola e-mail da Broward, che mi chiedeva di accedere al suo computer e stampare un documento che avrei dovuto inviargli per fax. Cinque minuti dopo l'avevo spedito, e andai da Sheila per vedere se c'era qualcosa che potessi fare per aiutarla, decisa a tenermi impegnata per non pensare a Brad. Sheila mi diede un paio di incombenze che mi costrinsero a stare al computer fino alla fine della giornata. Ricevetti due chiamate da Brad, ma le ignorai quando vidi il suo numero.

Alle sei meno un quarto inviai l'ultima e-mail, spensi il computer e riordinai i fascicoli sulla scrivania. Era ora di andare a casa. Salutate Sheila e Beverly, varcai la soglia dell'ala ovest e mi diressi verso l'ascensore, ma rallentai, interdetta, quando vidi Brad nell'atrio. Anche lui stava per scendere e aspettava l'ascensore. Non potevo tornare indietro senza fargli vedere chiaramente che volevo evitarlo, perciò lo salutai con un cenno e mi fermai alle sue spalle, sperando che arrivasse qualcun altro. Purtroppo, quando si aprirono le porte, entrammo solo noi nell'abitacolo e Brad premette il pulsante del parcheggio.

«Julia...» cominciò lui.

«No» lo interruppi immediatamente.

Lo vidi stringere i pugni poi, con un gesto deciso e repentino, sbatté la mano aperta sulla parete e con l'altra premette il pulsante rosso d'emergenza.

Nei film, quando qualcuno preme il pulsante d'arresto d'emergenza, l'ascensore si ferma senza neanche uno scossone e gli occupanti dell'abitacolo litigano, o si baciano, oppure escono dalla cabina spostando un pannello del soffitto... insomma fanno ciò che avevano intenzione di fare.

Chiaramente non fu il nostro caso. L'ascensore si bloccò di colpo e l'abitacolo sussultò pericolosamente mentre i freni sulle funi d'acciaio stridevano, emettendo un suono così acuto e fastidioso da farmi accapponare la pelle, molto peggio che se avessi passato le unghie su una lavagna. Mi cedettero le ginocchia per il contraccolpo e mi irrigidii per non perdere l'equilibrio, aggrappandomi alla sbarra di sostegno montata sulle pareti all'altezza della vita. Per giunta, quando Brad aveva premuto il pulsante si era attivato l'impianto antincendio, con le bocchette d'acqua a pioggia e il segnalatore acustico. Perciò, anche se non si erano spente le luci nell'abitacolo, si era acceso un lampeggiante d'emergenza che alternava una luce bianca a una rossa. Chiunque avesse progettato il sistema antincendio aveva come obiettivo non quello di proteggere gli occupanti dalle fiamme e di farli soccorrere al più presto, ma di renderli isterici.

«*Cosa credi di fare?*» gridai a Brad con quanto fiato avessi in gola, per farmi sentire malgrado il suono assordante.

«*Perché non vuoi parlare con me?*» replicò lui fissandomi con occhi fiammeggianti d'ira e indignazione, i pugni stretti lungo i fianchi in una posa bellicosa.

«*Perché no, punto e basta. Eravamo d'accordo di stare lontani, non ricordi?*»

«*E se volessi rinegoziare i termini dell'accordo?*»

«*Questo contratto non è passibile di trattative!*» strillai.

Mentre urlavamo come due ossessi, la luce intermittente rischiava di farmi venire un attacco epilettico e la sirena d'allarme mi trapanava il cervello, l'acqua che scendeva dal soffitto non era uno spruzzo discreto, ma eravamo investiti dall'alto da un getto abbondante di acqua fredda e probabilmente anche sporca e stagnante, perché chissà da quanto tempo era nel serbatoio. Mentre fissavo Brad con aria ostile, meditando di mettergli le mani al collo e strangolarlo, si udì il trillo di un telefono che però Brad ignorò.

«*È per Todd?*» gridò.

«*No! Todd non c'entra niente. Se non voglio più contatti con te è perché sei uno stronzo e un donnaiolo, e non ho alcuna voglia di frequentare uno come te!*»

Avevo il volto a pochissima distanza dal suo; eravamo così vicini che potevo vedere chiaramente che la mia risposta l'aveva colpito. *Ah, ah!*, pensai. *Anche il mostro può sanguinare se viene ferito...*

Il telefono d'emergenza continuava a trillare con insistenza e Brad dovette distogliere lo sguardo dai miei occhi, poi aprì lo sportellino e afferrò il ricevitore.

«*Pronto!*» gridò, tappandosi l'altro orecchio con la mano per cercare di sentire l'interlocutore. «*Sono De Luca... No, ho premuto il pulsante per sbaglio, non c'è nessuna emergenza... Ora potete spegnere tutto e far cessare quest'inferno?*»

A quelle parole, come per magia, l'allarme sonoro si spense anche se la luce non smise di lampeggiare e l'acqua continuò a scendere su di noi, non a pioggia ma a diluvio.

«Sì, grazie» continuò Brad con voce normale. «Portate la cabina al piano di servizio. Non penserete che attraversi l'atrio bagnato come un pulcino?»

Riagganciò e si voltò verso di me. Il suo bel viso cambiava colore con il lampeggiare dell'allarme, passando da un rosso diabolico a un bianco angelico, e quel gioco di luci mi parve molto simbolico...

«Vuoi dirmi il vero motivo del tuo atteggiamento ostile?» mi domandò poi in tono pacato ma intenso.

Mi appoggiai alla parete dell'ascensore con un sospiro, tremando per l'acqua gelida. «Broward mi ha detto tutto.»

Brad si irrigidì. «Di cosa?»

«Tu che dici?» replicai, esasperata. «Di te e sua moglie.»

«Cosa ti ha raccontato esattamente?»

«Non contano i dettagli, non hai comunque scuse.»

La luce si spense e l'acqua si ridusse gradualmente a un rivolo finché la cascata non si interruppe del tutto e dal bocchettone sopra le nostre teste scendeva solo qualche sporadica goccia. Le mie ultime parole sembravano riecheggiare nel silenzio mentre l'ascensore riprendeva a muoversi, all'inizio con qualche scossone. Si arrestò e le porte si aprirono a un piano in cui non ero mai stata, pieno d'impianti e tubi. Ne dedussi che fosse il sotterraneo dov'erano le caldaie, i magazzini e i locali di servizio. Subito l'acqua si riversò fuori dall'abitacolo. Davanti alle porte c'erano ad attenderci due operai in tuta blu.

Mi ravviai i capelli bagnati, scostandoli dal volto, e chiesi a uno dei due uomini come arrivare al garage. Mi indicò la porta delle scale e, senza guardare Brad, mi mossi subito in quella direzione, poi salii al parcheggio. Brad mi chiamò ma non mi fermai, neanche quando sentii i suoi passi affrettati sulle scale. Volevo solo tornare a casa per asciugarmi e mettermi a letto; l'ultima cosa che desiderassi era ricominciare a litigare con lui.

Arrivata al garage, abbassai la maniglia della porta d'acciaio e tirai il battente ma Brad vi mise sopra la mano aperta per bloccarmi. Mi voltai a guardarlo, esasperata; la sua espressione era tanto adirata e frustrata quanto la mia.

«Che vuoi?» ringhiai.

«Non so cosa dire per giustificarmi, Julia. Si è trattato di un deplorevole errore commesso tanto tempo fa. Ho trascorso sei anni a cercare di rimediare...»

«Non è difficile fare due conti e arrivare alla conclusione che anche tu eri sposato a quel tempo.»

«Però ti avevo detto che avevo tradito mia moglie» precisò lui.

«Smettila, Brad. Anche se sono giovane e ai tuoi occhi posso sembrare ingenua, non sono il tipo che va a letto con chiunque, tanto per divertirsi. So che per te il sesso è un passatempo, ma per me no. Sto cercando l'uomo della mia vita per sposarmi e avere dei figli, senza dovermi preoccupare che sia impegnato a sedurre la vicina di casa mentre io gli stiro le camicie. Se c'è una cosa che ho capito con assoluta certezza è che tu non puoi essere quello giusto, e mi dispiace se il mio rifiuto abbassa la media dei tuoi successi di seduttore, ma sinceramente non è a te che penso, ma a me stessa. Per come ti vedo, sei una bomba a orologeria e se ti attivassi so che prima o poi scoppieresti, riducendomi il cuore in frantumi...» Mi interruppi, sentendo che avevo le lacrime agli occhi. «E poi oggi avevo messo le mie Manolo Blahnik *nuove di zecca*!» mi lamentai, appoggiandomi avvilita contro la porta delle scale. «Le avevo pagate un occhio della testa e ora sono irreparabilmente rovinate per colpa del tuo stupido impianto d'allarme! L'acqua è micidiale per il camoscio...» singhiozzai senza più alcun ritegno.

Brad mi prese delicatamente per un braccio e mi fece sedere sul primo gradino, poi si sedette accanto a me e per qualche secondo non parlò, riflettendo. Poi si tolse la giacca fradicia e la piegò sulle ginocchia.

«Hai ragione, non sono il tipo giusto per te e fai bene a non volermi. Scusami se ho insistito.»

Mentre parlava, avevo smesso di singhiozzare e cercavo di riprendere una certa compostezza.

«Il fatto è che anch'io sto cercando la donna giusta, per quanto ti possa sembrare impossibile, a giudicare dal mio stile di vita. Però, credimi, non voglio vivere da solo in una grande casa vuota, e mangiare con una governante taciturna. Le feste e i viaggi mi tengono impegnato, mi distraggono e mi fanno evitare di pensare che non ho nessuno. Non aspiro a una vita di coppia noiosa, ma ho bisogno di stabilità. Vorrei trovare una donna che possa condividere tutti gli agi di cui godo.»

«Be', allora sposati. Sicuramente avrai un elenco interminabile di candidate disponibili. Ti basterebbe interpellare le tue clienti...» insinuai, sarcastica.

Brad fece una risatina secca. «Non è così semplice. Le donne che vogliono sposarsi solo per sistemarsi non soddisferebbero le mie esigenze sessuali, e quelle che invece mi accontenterebbero dal punto di vista erotico non sono tipi con cui vorrei passare tutta la vita.»

«Quali sarebbero le tue esigenze sessuali? Tradire tua moglie e andare a letto con tutte?»

«No, ma non mi va di parlarne ora.» Brad fece una pausa, poi aggiunse: «Buona parte dei divorzi di cui mi occupo sono causati da coppie che si uniscono per motivi superficiali. Le persone si sposano per solitudine o per convenienza, per acquisire prestigio o agiatezza, poi il matrimonio fallisce perché marito e moglie finiscono per condurre vite separate sotto lo stesso tetto, e inevitabilmente uno dei due tradisce l'altro o capisce di desiderare un legame più soddisfacente».

Abbassai lo sguardo sulle mie povere scarpe rovinate e sospirai. «Capisco cosa vuoi dire. L'unione dei miei genitori è proprio così. Non litigano mai e stanno insieme da una vita, ma sembrano così distaccati! Mia madre è sempre impegnata con il lavoro o con le amiche, mentre mio padre passa tutto il tempo libero a pesca o a fare bricolage. Io non voglio un matrimonio come il loro, voglio sposare qualcuno con cui desidero trascorrere più tempo possibile, da cui non riesco a stare lontana... ma forse le mie pretese sono poco realistiche» ammisi affranta, avvolgendomi le gambe piegate con le braccia e poggiando il mento sulle ginocchia.

Brad mi accarezzò i capelli bagnati. Trasalii a quel contatto, ma non lo respinsi.

«E se invece potessimo essere l'uno per l'altra esattamente quello che entrambi desideriamo?» sussurrò.

Mi girai a guardarlo. «Scherzi?»

Per un attimo nei suoi occhi apparve un'espressione incerta, quasi fragile, ma fu un'ombra che svanì subito. «Cerchiamo entrambi l'anima gemella, no? Ho capito che vuoi il principe azzurro, ma nella vita reale non puoi aspettarti che arrivi al tramonto su un cavallo bianco. Le cose possono capitare nelle circostanze più strane e imprevedibili. Come facciamo a sapere che non siamo l'uno per l'altra la persona che stiamo cercando?»

Annaspai, boccheggiando come un pesce in cerca delle parole giuste per obiettare, ma senza trovarle. «Perché non è così» dissi infine, scioccamente.

«Sei un futuro avvocato, no? Puoi fare di meglio per dimostrare la tua teoria. Dammi una prova valida» mi sfidò.

«Okay, ma per prima cosa giura che non ti offenderai per quello che sto per dirti. Mi limiterò a darti i fatti, e se non ti piacciono peggio per te.»

Brad sorrise. «Lo giuro. Ho la scorza più dura di quanto immagini, Julia.»

«Bene, ci sono diversi motivi per cui non puoi essere la mia anima gemella. Sei un traditore conclamato, sei bugiardo e manipolatore, e vuoi sempre avere tutto sotto controllo. Inoltre sei ossessionato dal sesso ma non vuoi spiegarmi che problemi particolari hai al riguardo, sei molto misterioso...» esordii.

«Allora, tanto per cominciare ho più esperienza di te e so che l'infedeltà può distruggere un rapporto, perciò sono più consapevole delle mie azioni e non cadrei in tentazione, mentre un uomo più giovane e inesperto potrebbe non rendersi conto delle conseguenze di un tradimento, per cui sarebbe più incline a cedere a una relazione extraconiugale. E poi non sono bugiardo, non ti ho mai mentito né ho tentato di ingannarti. Sono sempre stato sincero con te, anche a costo di deluderti. Siamo compatibili, andiamo d'accordo, ci piace stare insieme e apprezziamo lo stesso stile di vita. Come hai visto, mi piace divertirmi e non devi temere che io possa trascurarti per il lavoro.»

Feci una smorfia. «Credimi, nessuno in questo studio si preoccupa che tu possa lavorare troppo!» replicai, ironica.

«Inoltre sono convinto che il sesso sia importantissimo in un rapporto e non ho mai conosciuto una donna più bella e sensuale di te...»

A quel punto non resistetti e lo interruppi. «A quante donne l'hai detto?» esclamai, scettica.

«Dico sul serio» dichiarò Brad guardandomi dritto negli occhi. «Hai tutto ciò che desidero in una donna. Per me sei perfetta. Adoro anche i tuoi difetti!»

«Io non ho difetti» obiettai, imbronciata.

Brad si avvicinò fino a fermarsi con le labbra a un soffio e sussurrò: «È vero».

Chiuse gli occhi ma rimase fermo, come se stesse aspettando il mio permesso e io, irrazionalmente, misi a tacere la voce della ragione e lo baciai.

Brad mi passò una mano intorno alle spalle, socchiuse le labbra e un attimo dopo sentii la sua lingua che cercava la mia per attirarla in un intreccio sensuale, in perfetta sintonia. Il bacio divenne più intenso ed erotico, e sentii la passione crescere in me finché non mi staccai e lo fissai, turbata e ansante. Lo guardai negli occhi, che si erano trasformati in due pozzi neri, misteriosi. Nelle loro profondità vidi balenare una luce selvaggia, incandescente e mi parve di precipitare in quell'abisso. Ero davvero come Alice che sprofonda nella tana del Bianconiglio...

Distolsi in fretta lo sguardo e cercai di scostarmi ma lui mi tenne stretta, impedendomi di muovermi.

«Okay, abbiamo stabilito che ti piaccio. E con questo?»

Brad scosse la testa ma tornò all'attacco. «Cosa c'era

d'altro? Ah, sì, il problema del controllo. Sì, lo ammetto, sono colpevole. Se stessimo insieme cercherei di allontanare tutti gli uomini che ti ronzano intorno e che non posso controllare. Non sono tanto ingenuo da credere di poter eliminare tutti i possibili rivali, ma non posso farci niente, sono fatto così. Non sono geloso, la gelosia è un mostro infido che divora tutto e tutti, e io non mi faccio ossessionare, però sono un tipo aggressivo. Voglio avere il controllo del rapporto e spero che questo non sia un motivo per non stare con me.»

«Hai dimenticato le tue segrete *esigenze sessuali*, come le hai definite tu, che nessuna donna è in grado di soddisfare. Cos'hai, devi farlo otto volte al giorno?» scherzai.

Brad rise sommessamente, poi abbassò lo sguardo, pensoso, infine tornò a guardarmi negli occhi e mi chiese: «Prima che continuiamo, dimmi. Se non avessi delle... debolezze sessuali, accetteresti di stare con me?».

«Sinceramente? Non lo so. Non ho abbastanza elementi per risponderti.»

Brad annuì. «So che a molti i miei gusti potrebbero sembrare deviati o perversi, ma ritengo che sia importante essere sincero con me stesso e con la mia compagna riguardo a quello che mi eccita.» Fece una breve pausa, poi aggiunse: «Da avvocato, mi esalta la competizione, e anche nel sesso sono stimolato dalla concorrenza. Voglio essere sicuro di saper soddisfare una donna più di qualsiasi altro uomo. L'idea che mia moglie faccia sesso solo con me per tutta la vita frustra il mio lato competitivo. Mi piace guardare, assistere a situazioni piccanti come quella con Montana al *Sapphire* e anche più trasgressive, perciò mi ecciterebbe vederti fare sesso con altri uomini o anche donne».

Davanti a quella rivelazione non dissi nulla; ero esterrefatta.

«Oltre a essere una mia personalissima propensione sessuale, penso anche che gli esseri umani non siano fatti per essere monogami e che il nostro istinto si oppone al fatto di dover essere legati a una sola persona per tutta la vita. Lo facciamo perché è ciò che la società si aspetta da noi, ma ritengo che una coppia sia più salda se i coniugi fanno sesso anche con altri partner di tanto in tanto, per comprendersi meglio e imparare a soddisfarsi reciprocamente.»

«Quindi vorresti che ti permettessi di andare a letto con altre donne occasionalmente?» replicai, sforzandomi di essere misurata nel tono. *E poi si chiede perché non riesce a trovare moglie...*, mi dissi.

«Non solo io, anche tu, ma non da sola. Lo faremmo insieme.»

«Scusa, ma non capisco» mormorai, smarrita.

«Ogni tanto partecipo a incontri con persone che hanno i miei stessi gusti, e se stessimo insieme ti porterei con me. Se fossi attratta da un uomo del gruppo, potresti farci sesso e lo stesso vale per me. Oppure se tu volessi farlo con me e un'altra donna, o un uomo... potresti fare tutto ciò che ti eccita, purché stessimo insieme, o nella stessa stanza o in un rapporto a tre» mi spiegò.

Mi presi la testa fra le mani e gemetti: «Oddio, e io ho fatto sesso con te senza profilattico!».

«Non hai altro da dire al riguardo?» si stupì Brad. «Non preoccuparti, a queste feste tutti usano il profilattico. È obbligatorio.»

«Quindi il tuo segreto è che sei uno scambista?»

Brad fece una smorfia. «Ebbene sì, anche se è una definizione che non mi piace. Però voglio condividerlo con la mia compagna, o moglie. È l'unico modo per garantire il mio impegno in un rapporto di coppia.»

«Ed è una condizione fondamentale?»

«Sì.» Brad mi prese il mento fra due dita per costringermi a guardarlo. «Mi ecciterebbe guardarti fare sesso con un altro... o un'altra, vederti mentre esplori le tue fantasie erotiche segrete e farne parte, aiutarti a realizzarle.

Non credo che tu ti renda conto della tua incredibile sensualità. Fai impazzire gli uomini, e sarebbe fantastico assistere a un tuo incontro con altri.»

Ero basita; di tutte le idee che mi ero fatta, di tutti i sospetti che avevo avuto, il fatto che a Brad piacesse il sesso di gruppo era un'ipotesi che non avevo mai preso in considerazione. Ebbi un brivido.

«Allora, cosa mi dici?» mi incalzò.

«Che sono bagnata.» Appena ebbi pronunciato quella frase, mi resi conto che dava adito a fraintendimenti. «Nel senso che sento freddo e sono fradicia per tutta l'acqua che mi è piovuta addosso» puntualizzai. «Voglio andare a casa a cambiarmi e a fare una doccia.»

«Vieni da me, abito più vicino. Potresti fare la doccia a casa mia» mi propose lui.

Ero così sconvolta e attonita che non ebbi la forza di reagire, perciò annuii debolmente. Brad si alzò e mi porse la mano per aiutarmi.

Lo seguii con la mia macchina, intenzionata a fare la doccia e poi approfondire la questione, anche se temevo che non sarebbe servito a niente parlare. Non sapevo cosa pensare, cosa dire, tranne che le orge non mi interessavano. Cinque minuti dopo eravamo arrivati a casa di Brad e lo seguii verso il garage. Parcheggiai davanti mentre lui sollevava la serranda automatica con il telecomando ed entrava. Quando uscì, entrammo in casa dal retro. Ero scalza e avevo in mano le mie belle scarpe rovinate che posai a terra mentre Brad accendeva la luce.

«Dov'è la doccia?» gli chiesi strofinandomi le braccia gelide, anche perché in casa il condizionatore era al massimo. «Sono fredda come un ghiacciolo!»

«Vuoi andare nel mio bagno o in quello degli ospiti?»

«È indifferente, ma ti avverto, non pensare neanche di infilarti sotto la doccia con me!» lo ammonii.

«Dai, Julia, sono un gentiluomo. Non mi approfitterei mai di te!»

«Come no...» mormorai, scettica.

«Vai in camera mia. Il bagno interno ha una cabina doccia più grande e comoda. È la prima stanza a sinistra di sopra» mi disse indicandomi le scale.

Salii al primo piano lasciando le impronte dei piedi bagnati sul pavimento. Con sollievo, notai che in camera c'era la moquette. Accesi la luce e mi guardai intorno; le tende oscuranti erano tirate e nella stanza troneggiava un enorme letto con tanti cuscini e il copriletto chiaro. Alle pareti erano appesi dei bei quadri illuminati da faretti, mentre sopra la spalliera del letto faceva bella mostra di sé una gigantografia di un nudo femminile. La donna ritratta distesa su un fianco era splendida e irradiava sicurezza di sé e sensualità; guardava diritto l'obiettivo con le labbra atteggiate a un broncio seducente, e aveva il seno prosperoso, il ventre piatto e una vezzosa strisciolina di peli pubici.

Entrata in bagno, mi guardai allo specchio e pensai che in quel momento ero l'esatto opposto, bagnata come un pulcino, con i capelli spioventi come spinaci lessi, il trucco sbavato e gli abiti spiegazzati. Il cardigan corto era ridotto a un misero straccetto e il vestito di seta che, ricordai con rammarico, si lavava solo a secco, mi aderiva al corpo ma senza farmi assolutamente sembrare più sexy. Paragonarmi alla donna nuda ritratta nella foto fu un brutto colpo per la mia autostima.

Chiusi la porta e mi spogliai, poi mi infilai nella cabina doccia che era all'altezza di quella della suite del *Bellagio*, come d'altronde tutto il bagno, che era sofisticato, completamente in granito lucido, con una serie di asciugamani arrotolati in una scaffalatura aperta e un lungo specchio sopra il lavabo.

Rimasi sotto il getto d'acqua per dieci minuti, poi mi lavai con il bagnoschiuma, mi sciacquai e, uscita dalla doccia, mi avvolsi in un grande e morbido telo di spugna.

Quando mi girai, andai a sbattere contro Brad ed emisi

un gridolino di sorpresa ma lui mi prese per le braccia perché stavo barcollando.

«Potevi bussare!» lo accusai.

«Scusa, tesoro» replicò lui con assoluta disinvoltura, cominciando a spogliarsi.

Pulii con la mano il vapore dallo specchio e presi un fazzolettino di carta dalla scatola accanto al lavabo per pulirmi sotto gli occhi le strisce di mascara sbavato, cercando di ignorare il fatto che Brad fosse vicino a me, nudo. Mi rilassai quando entrò nella cabina doccia.

«Chi è la donna nuda della foto?» gli chiesi con finta noncuranza.

«Chi? Oh, è Stephanie, una mia ex.»

Non feci alcun commento.

«So che dovrei togliere quel ritratto da lì, ma non ho avuto il tempo di pensare a quale altro quadro appendere al suo posto.»

«Per quanto tempo siete stati insieme?»

«Più o meno un anno.»

«E lei era...» Mi bloccai, non sapendo come definire la questione.

«Sì» rispose lui con indifferenza. «Qualche volta l'abbiamo fatto in tre, con un'altra donna e una volta con un mio amico.»

«E le piaceva?»

Brad aveva aperto l'acqua nella doccia ma chiuse il rubinetto per farsi sentire. «Julia, lo scopo di questo genere di giochi erotici è il piacere della mia donna, è questo che mi eccita. Non l'avrei mai fatto con lei se non avesse voluto» dichiarò in tono serio.

«Allora perché vi siete lasciati?»

«Perché oltre al sesso non ci univa praticamente nient'altro. Eravamo troppo diversi.»

Aprì il rubinetto senza aggiungere altro e io mi pulii il viso mentre lui faceva la doccia. Quando uscì dalla cabina gli porsi un asciugamano e Brad mi sorrise, affascinante come sempre, poi se l'avvolse intorno ai fianchi. Senza volerlo, per istinto abbassai lo sguardo verso il suo pene prima che lo coprisse.

«Va bene» dissi di getto.

Brad mi fissò, confuso, inclinando il capo. «Eh?»

«Ho detto *va bene*» ripetei. «Ci ho pensato su, e ci sto. Ci proverò, ma una volta sola, poi deciderò se voglio stare con te o no.»

. 30 .

Un sorriso felice gli illuminò il volto. «Davvero?»

«Sì, ma se in qualsiasi momento vorrò tirarmi indietro, non potrai impedirmelo, e se ti tempesterò di domande stupide risponderai a tutte. Inoltre...»

Mi zittì con un bacio, afferrandomi alla vita e sollevandomi. Quando gli cinsi i fianchi con le gambe spostò le mani verso il mio fondoschiena per sorreggermi. «Sì» disse poi, staccandosi dalle mie labbra. «Farò tutto quello che vorrai. Stabilirai tu le regole.»

Mi diede un altro bacio poi lasciò la presa e mi fece mettere i piedi a terra. Cercò di sospingermi verso il letto; sgusciai via e corsi verso la cabina armadio, ma mi placcò prima che ci arrivassi. Rotolammo a terra e mi immobilizzò, puntellandosi sui gomiti mentre mi baciava con passione. Quando si staccò e balzò in piedi, mi sollevai e gli ricordai: «Mi serve qualcosa da mettermi addosso. Ho tutti i vestiti bagnati».

«Io ho solo indumenti della mia taglia. Che ne dici di una maglietta, anche se ti andrà larga?»

«Va bene qualsiasi cosa, pur di coprirmi.» Ripensandoci, aggiunsi: «Potresti darmi anche una felpa, per favore? A casa tua è freddo. Non capisco perché tu abbia il condizionatore al massimo».

Brad mi porse la mano per aiutarmi ad alzarmi poi aprì l'immenso guardaroba e accese la luce. I faretti illuminarono file e file di giacche fatte su misura, pantaloni dalla piega perfetta, camicie senza una grinza e scarpe lucide.

In fondo alla cabina armadio erano riposti gli indumenti sportivi e da relax. Prese una felpa con il logo di una palestra e una maglietta a mezze maniche bianca con la scollatura a V, me le porse poi infilò una T-shirt e dei calzoncini da ginnastica.

«Davvero non hai indumenti femminili? Mi stupisce che nessun'amica o ex fidanzata abbia mai lasciato degli abiti a casa tua.»

«Se così fosse, Helga o Martha li hanno messi da qualche parte, ma non so dove. Glielo chiederò domattina.»

«Sono le tue domestiche?»

«Helga fa le pulizie al mattino e lavora solo mezza giornata, mentre Martha è più che altro una governante e manda avanti la casa. Sarei perso senza di lei, e lo sa...»

«A che ora arriva di solito?»

«Verso le sei e mezza. Abita nella *dépendance* sopra il garage.»

«Vive qui? Allora perché non le chiedi di prestarmi dei vestiti? Sono solo le sette!»

«Aspetta finché non la conosci... è una generalessa. Lavora per me quaranta ore alla settimana e mi ha fatto capire chiaramente che abitare qui non significa essere a mia disposizione dopo l'orario di lavoro. Devo rispettare il suo volere... altrimenti mi farà mangiare roba scotta o bruciata per una settimana per punizione!»

Sollevai le mani. «Era solo un'idea.»

Brad mi diede un paio di calzoncini. «Sono i più stretti che abbia. Hanno un cordoncino in vita quindi penso che tu possa stringerlo il più possibile in modo che non scivolino. Sarai ridicola conciata così, ma giuro che non lo dirò a nessuno» sogghignò.

Infilati i calzoncini, legai il cordoncino più stretto possibile. «Allora, pensi di darmi qualcosa da mangiare o devo accontentarmi di un panino al volo in un fast food prima di tornare a casa?»

Brad mi prese in spalla come un sacco di patate e io ridacchiai mentre scendeva le scale, poi mi depositò sulla penisola della cucina e aprì il frigorifero.

La cucina era molto sofisticata, tutta in granito e acciaio. Pur essendo perfettamente attrezzata e con elettrodomestici all'avanguardia, sospettavo che tra le sue tante doti non ci fosse anche la bravura ai fornelli, e Brad me lo confermò come se mi avesse letto nel pensiero.

«Non cucino mai, ma Martha mi lascia sempre provviste in abbondanza» mi disse da dietro lo sportello aperto. «Vediamo cosa c'è... Spezzatino di pollo con riso basmati, minestrone e polpettone. Che ne dici? C'è qualcosa che ti piace?»

«Va bene tutto, ma preferisco pollo e riso, se ne hai abbastanza.»

Brad tirò fuori diversi contenitori di plastica. Oltre a quello che aveva elencato, vidi anche delle verdure e un piatto con mezza torta alla banana che mi fece venire l'acquolina in bocca.

Dopo aver riscaldato il tutto al microonde, ci sedemmo al tavolo della cucina e mangiammo con piatti e forchette di plastica.

«Di solito mangi con Martha?»

«Raramente, preferisce stare da sola durante le pause. Non è asociale, ma è come la tipica vicina brontolona da cui tutti si tengono alla larga. Rispetto i suoi spazi, e lei in cambio gestisce la casa in maniera impeccabile e mi riempie il frigo di manicaretti. Il nostro tacito accordo funziona alla perfezione. Nessuno dei due invade la privacy dell'altro.»

«Mi sembra un rapporto piuttosto impersonale, considerato che vive praticamente a casa tua e vi vedete tutti i giorni. Di solito una governante è come una di famiglia.»

Brad, che stava mangiando il minestrone, si fermò con il cucchiaio a mezz'aria. «Diverse persone nutrono un interesse eccessivo per la mia vita privata, per cui apprezzo chi sa stare al suo posto.»

«A proposito della tua vita privata, avrei qualche domanda...» esordii, giocherellando con un pezzetto di pollo.

«Spara.»

«Puoi illustrarmi un esempio d'incontro? Non ho idea di cosa possa succedere in una situazione del genere» ammisi.

«Dipende da te. L'incontro è funzionale al tuo piacere. Cos'è che ti eccita?»

«Cose normali... niente di particolare.»

«Normali?» ripeté Brad. «Julia, noi stiamo andando al contrario rispetto a una relazione consueta, in cui una coppia raggiunge a poco a poco un livello di intimità tale da poter condividere le rispettive fantasie, per quanto possano sembrare trasgressive, e trovare il modo di realizzarle. Per il momento non devi fare nulla, puoi semplicemente stare con me finché non ti sentirai pronta a dirmi ciò che ti piace, a rivelarmi i tuoi desideri più segreti. Io ti ho anticipato e ti ho raccontato com'è la mia vita sessuale e quali sono i miei gusti, solo perché vorrei condividerla con te e non mi è parso giusto confessarti le mie propensioni in un secondo momento. Ho voluto dirti tutto perché, se tu fossi assolutamente contraria, preferirei non perdere tempo né farlo perdere a te. Ma non per questo dobbiamo farlo subito. Possiamo provarci quando ti sentirai in grado di farlo.»

«Invece io voglio capire immediatamente se la cosa mi sta bene o no. Non ho voglia di aspettare e, come dici tu, perdere tempo se certi giochi non fanno per me.»

«Capisco.»

«Allora, dato per scontato che mi eccitano situazioni banali, *normali*, come funziona un incontro?»

«Ci sono diverse soluzioni, non è sempre tutto uguale secondo uno schema prefissato» mi spiegò Brad fissandomi e parlando lentamente, come se stesse attraversando un campo minato. «Possiamo andare in un club e scegliere una persona, oppure puoi descrivermi le tue preferenze e io ti proporrò diversi candidati che facciano al caso, quando avrai scelto ti farò conoscere la persona in questione.»

«Una volta deciso d'incontrarci, cosa succederebbe?»

«Tutto quello che vorrai e che non ti faccia sentire a disagio. Direi che, per cominciare, potremmo attenerci al sesso orale e a quello che può essere definito come petting spinto. Se poi te la sentirai, potrai arrivare dove vorrai, ma sono sicuro che ti piacerà e che non vorrai fermarti. Ti proporrei anche di avere un incontro piuttosto breve come prima volta e di stabilire un limite di tempo, non più di un quarto d'ora. A quel punto ti prenderò da parte e ti chiederò se vuoi continuare, ma ti prego di essere assolutamente sincera. Non devi fare nulla che non vuoi, solo per compiacermi. L'obiettivo di quest'esperienza è che tu sia soddisfatta e ti senta a tuo agio. Devi essere sicura che non succederà niente che tu non voglia. Avrai il pieno controllo dell'incontro finché non sarai pronta ad affidarti a me.»

Mentre Brad parlava, lo ascoltavo attentamente, cercando di raffigurarmi l'incontro. Mi sentivo incoraggiata dalle sue rassicurazioni ed ero certa di poter affrontare la situazione. Lo guardai negli occhi e annuii, vedendolo trepidante. «Okay, posso farcela.»

Sparecchiammo e mettemmo tutto a posto in silenzio. A un certo punto scoppiai a ridere, ripensando alla faccia di Brad in ascensore.

«Cosa c'è?» mi chiese lui, perplesso.

«Mi è venuta in mente la scena in ascensore... Dio, che cosa assurda! Mi sembrava di essere in un film comico, con quelle luci, la sirena assordante, l'acqua...»

«Sì, è stato terribile... Qualche anno fa, quando abbiamo ristrutturato lo stabile, ho dato il mio contributo sostenendo che dovessimo fare le cose in grande da tutti i punti di vista, compreso l'impianto dell'ascensore.»

«Quindi lo sapevi?»

«No!» rise Brad. «Non ho letto le specifiche del sistema d'allarme, ho solo dato istruzioni affinché includessero tutti i possibili impianti di sicurezza. Con il senno di poi, forse è stato uno spreco...»

«Be', almeno adesso so che in ufficio non devo accendere neanche una candela altrimenti si scatena il finimondo!»

Alle dieci Brad mi accompagnò alla macchina. La luna era alta in cielo e la strada era silenziosa, le luci nelle case erano quasi tutte spente. Mi aveva invitato a dormire da lui, ma avevo rifiutato con garbo perché volevo tornare a casa. Avevo bisogno di restare sola per riflettere.

Ci fermammo accanto all'auto. Mi sentivo ridicola con addosso i calzoncini e la maglietta enorme. Aprii lo sportello e buttai sul sedile la busta di plastica contenente i miei vestiti umidi. Stavo per salire al posto di guida, ma mi fermai e mi voltai verso Brad.

«Cos'è successo fra te e la moglie di Broward?» Dovevo saperlo...

Brad sospirò. «Non ho scuse. Davvero, non ho assolutamente alcuna giustificazione per quello che è successo. Eravamo tutti in vacanza ad Aspen e Claire Broward mi raggiunse al bar dell'albergo dove stavo bevendo qualcosa. Aveva litigato con suo marito ed era arrabbiata. Cominciò a bere un cocktail dopo l'altro e, con il passare del tempo, era sempre più brilla, meno arrabbiata con Kent ma anche più socievole nei miei confronti. Lo so, avrei dovuto respingere i suoi approcci, o chiamare Kent affinché venisse a prenderla... Avrei potuto fare tante cose, invece di portarla in camera mia. Fu tutto molto rapido, non arrivammo neppure fino alla fine perché capimmo che era un errore e ci fermammo. Lei tornò in camera e confessò tutto a Kent.»

«Poi cosa successe?»

«La mattina dopo, Kent riferì l'accaduto a Clarke e gli disse che non mi voleva più nella società. Clarke non fu d'accordo e replicò che, per estromettermi, avrebbe dovuto rilevare le mie quote. Broward non aveva i fondi necessari, perciò rimasi come socio. So che Broward mi detesta e non lo biasimo» disse Brad, cupo. «Però considero lo studio come casa mia, anzi, la mia famiglia, perciò non me ne andrò a meno che io non venga costretto, e non reagisco bene quando qualcuno cerca di obbligarmi a fare qualcosa...»

Come commento, davanti a quell'affermazione da *macho*, sollevai la mano chiusa a pugno con il dito medio teso.

«Ehi, sii gentile con me, ho avuto una giornataccia...» sussurrò lui bloccandomi contro la fiancata dell'auto. Mi cinse la vita e mi diede un lungo bacio languido. Io gli passai le braccia intorno al collo poi gli tirai delicatamente i capelli per farlo staccare.

«Sì, è stata una giornata veramente lunga e difficile» sospirai. Lo respinsi e salii in macchina. Lui indietreggiò e mi seguì con lo sguardo mentre andavo via, poi attraverso lo specchietto retrovisore lo vidi rientrare in casa.

Dio, ero proprio andata a cercarmela...

. 31 .

Sapevo che le mie amiche non avrebbero approvato la mia decisione, perciò mi rivolsi ad Alex, il mio coinquilino, la persona dalla mentalità più aperta che conoscessi. I suoi genitori erano il prototipo dei figli dei fiori anni Sessanta e gli avevano trasmesso il concetto del libero amore. Uno spilungone biondo e con i riccioli rasta lunghi fino alle spalle, Alex girava nudo per casa e frequentava indifferentemente uomini e donne di ogni età. Sapevo che avrei potuto parlare con lui di qualsiasi idea trasgressiva senza essere giudicata male, e per incentivarlo feci leva sul suo appetito smodato, invitandolo a mangiare un hamburger e offrendogli la cena. Come prevedevo, Alex non si fece pregare.

Mentre ci dirigevamo verso il fast food con la mia auto e Alex cercava un'emittente radio di suo gradimento, io brancolavo nel buio perché non sapevo come intavolare la discussione, perciò decisi di prenderla alla larga.

«Come sta Julian?» esordii. Julian era la sua attuale compagna, una donna stramba tutta tatuata che amava molto più la marijuana che il sapone e si rifiutava di depilarsi per protesta.

«Bene, ma non so quanto ancora durerà. Sta cominciando a lamentarsi un po' troppo spesso, sembra che non le vada bene niente!»

«Ah, mi dispiace» mormorai, sforzandomi di sembrare interessata, anche se in realtà mi stupiva che fossero ancora insieme.

«E la tua vita amorosa come va?» mi chiese Alex. «Luke ti tormenta ancora?»

«Veramente non lo sento da parecchio. Ho cambiato il numero di cellulare e non ha scoperto dove abito, per cui credo proprio che abbia smesso di perseguitarmi.»

«Chi frequenti in questo periodo? Il tizio con cui sei andata a Las Vegas?»

«Sì, anzi, a tale proposito mi farebbe piacere avere un tuo consiglio. Il tipo di Las Vegas ha dei gusti sessuali piuttosto trasgressivi, gli piacciono i rapporti a tre e cose del genere...»

«Invece a te non piace?»

«Non lo so, se devo essere sincera. Mi ha chiesto di provarci e ho acconsentito a fare un tentativo per una volta» ammisi, imbarazzata.

«Fai bene» annuì Alex.

«Dici davvero?» gli chiesi timidamente, mentre parcheggiavo davanti a *Burger King*. «Allora approvi la mia decisione?»

«Ma certo! Perché non dovrei? Vuoi davvero fare sesso in maniera banale e noiosa per tutta la vita? Dopo un po' anche i rapporti più entusiasmanti stancano. Devi provare nuove dimensioni del sesso adesso, finché sei giovane e non hai legami stabili. Bisogna sperimentare per capire quali sono i propri gusti. Quando sarai matura avrai tutto il tempo di essere una normale signora sposata che fa sesso solo nella posizione del missionario!»

«Hai ragione, però... mi sembra di fare qualcosa di sbagliato.»

«Solo perché la società ci impone di essere monogami» obiettò Alex. «Invece devi ignorare quello che è socialmente accettabile e scegliere ciò che fa per te.»

Entrati nel fast food, ordinammo e proseguimmo il discorso al tavolo dopo aver posato i vassoi.

«Tu hai mai avuto un rapporto a tre?» chiesi ad Alex che stava masticando un enorme boccone di hamburger.

Lui annuì, deglutì, bevve la Coca Cola succhiandola rumorosamente con la cannuccia, poi si ficcò tra le fauci una manciata di patatine fritte. «Sì, un paio di volte» rispose a bocca piena.

«E ti è piaciuto?»

«Una volta molto, un'altra no» confessò. «Tutto dipende dai partner, ma questo vale per tutti i rapporti sessuali, non solo per i giochi erotici più trasgressivi. Per intenderci, se facessi sesso nella stessa posizione con due ragazze diverse tra loro, magari mi capiterebbe di venire dopo due minuti con quella che considero più sexy ed eccitante, e invece addormentarmi sopra un'altra che mi piace meno.»

«Ho capito dove vuoi arrivare» annuii.

«Allora, hai già deciso quando lo farai?»

«Non lo so di preciso, penso fra una settimana. Non ho motivo di aspettare, veramente. Non voglio tirarla troppo per le lunghe, perché considero quest'esperienza una specie di prova per capire se voglio frequentare quel tizio.»

«Insomma è un test?»

«Sì, diciamo che è un esame di ammissione.»

Alex scosse la testa, perplesso. «Non capirò mai voi donne...» sospirò.

Evitai di fargli notare che la settimana addietro l'avevo trovato in cucina a fare colazione con una sessantenne dopo aver fatto sesso rumorosamente per tutta la notte... Secondo me Alex non aveva un metro di paragone per comprendere le donne *normali*! Lo ringraziai per la sua prospettiva illuminante e, quando tornammo a casa, mi sentivo rincuorata.

Venerdì tornò in ufficio Broward ed ero agitata all'idea di vederlo, perché avevo l'impressione che tra noi fosse cambiato qualcosa dopo che mi aveva raccontato di sua moglie, o forse ero in ansia solo a causa del mio rapporto segreto con Brad, perché mi sentivo in colpa nei confronti del mio capo.

La giornata lavorativa passò rapidamente e fu più impegnativa del solito perché, oltre alla normale mole di lavoro, dovevamo anche occuparci di tutti i documenti relativi alla conciliazione che Broward aveva seguito a Dallas. Alle tre mi chiamò Brad, e sorrisi contenta quando vidi il numero del suo interno sul display del telefono.

«Sì?» risposi con voce flautata.

«Che programmi hai per cena?»

«Nessuno, ma non sperare che accetti un appuntamento finché non sarò in grado di prendere una decisione riguardo al nostro rapporto.»

«Significa che possiamo saltare tutta la fase del corteggiamento e andare direttamente al sodo?»

«Teoricamente sì» ammisi.

«Allora dovresti dirmi cosa vuoi, così posso prendere accordi e organizzare la cosa» replicò lui, sornione. «Decidi se preferirci parlarne adesso al telefono dello studio oppure sopportare la mia compagnia per qualche minuto...» insinuò.

Riflettei per qualche istante, poi risposi: «Va bene. Che ne dici se vengo a colazione da te lunedì mattina? Così poi possiamo organizzare l'incontro per il sabato successivo».

«Perché aspettare lunedì invece di vederci sabato o domenica?» protestò Brad.

«Perché voglio il fine settimana tutto per me, e inoltre...» Feci una pausa a effetto. «Voglio conoscere Martha» aggiunsi con una punta di sadismo.

Il weekend passò in fretta. Lo trascorsi quasi interamente davanti al televisore, a guardare sitcom e reality sgranocchiando popcorn e mangiando pizza fredda.

Lunedì mattina mi presentai a casa di Brad alle sei e mezza. Indossavo una gonna a tubino grigia al ginocchio e un maglioncino nero senza maniche; avevo completato l'abbigliamento con décolleté nere per ottenere un effetto sobrio ma seducente.

Mi aprì la porta una donna di colore sui cinquant'anni, alta quanto me ma larga il triplo. Indossava una maglietta rossa, jeans e scarpe da tennis bianche. Quando mi vide, mi squadrò da capo a piedi a braccia conserte, bloccandomi il passaggio perché occupava interamente il vano della porta.

Le rivolsi un sorriso cordiale, sperando di rabbonirla. «Buongiorno!»

La donna mugugnò qualcosa e sollevò leggermente il mento in segno di saluto, poi girò la testa e gridò: «Bradley! C'è una ragazza per te!».

Tornò subito a guardarmi come se volesse tenermi d'occhio, senza cambiare la sua posa da buttafuori finché non apparve Brad alle sue spalle. Si spostò a malincuore quando lui le mise una mano sul braccio per scostarla con delicatezza, ma continuò a fissarmi con diffidenza.

Varcata la soglia, le porsi la mano. «Sono Julia. Lei dev'essere Martha... Lieta di conoscerla.»

Martha guardò la mia mano tesa come se fosse stata una bistecca avariata. Quando notò l'occhiataccia che le aveva lanciato Brad, mi strinse mollemente la mano con scarso entusiasmo. «Piacere» borbottò prima di dirigersi in cucina.

Brad mi sorrise e mi diede un rapido bacio. «Preparati al peggio» mi sussurrò all'orecchio.

Mi sedetti su uno sgabello accanto a Brad. Di fronte a noi, dall'altra parte della penisola, Martha preparava la colazione sbattendo rumorosamente utensili e stoviglie. Si voltò verso di me e mi apostrofò, facendomi una domanda che non sentii perché ero assorta a guardare Brad, annusando la fresca fragranza del suo bagnoschiuma, e avevo notato che si era fatto un taglietto radendosi.

«Scusi, diceva?» replicai, riscuotendomi.

«Come vuole le uova?» ripeté Martha lentamente, irritata, guardandomi come se avesse a che fare con una persona lenta di comprendonio.

«Strapazzate, grazie» risposi intimidita, mentre Brad si copriva la bocca con la mano per nascondere un sorriso beffardo.

Gli diedi una gomitata sotto il bancone mentre Martha ci serviva uova e pancetta con le focaccine, e pane tostato con burro e marmellata. Mentre mangiavo, ammisi che era proprio una brava cuoca, nonostante fosse veramente scontrosa.

«Vado di sopra. Voi fate con comodo, poi lasciate i piatti nel lavello, ci penso dopo» disse la donna.

«Grazie, Martha» rispose Brad, spalmando la marmellata d'uva su una fetta di pane tostato.

Le sorrisi e mi complimentai con lei. «È tutto ottimo!»

Lei mi fulminò con lo sguardo. «Grazie, signorina» mugugnò. Si tolse il grembiule e lo appese prima di allontanarsi.

Quando non fu più a portata d'orecchio, io e Brad ci guardammo e scoppiammo a ridere. «Ti avevo detto che era scorbutica! Di solito è meglio, devo ammettere, ma è indispettita perché le ho chiesto di venire in cucina prima del solito per prepararci la colazione, solo perché vuoi essere in ufficio alle sette e mezza. Non le piace adattarsi agli orari altrui.»

«Ho notato... Fa così solo con me o con tutte le tue donne?»

«Con tutte, non preoccuparti, anche se ne ha conosciute pochissime. Di solito cerco di tenerle lontane da Martha.»

«Ti capisco» annuii, prima di bere un sorso di tè.

«Bene, ora che siamo soli, andiamo al punto. Hai deciso cosa vuoi fare sabato?» esordì Brad, pragmatico e diretto, prima di mangiare una forchettata di uova.

Arrossii e abbassai lo sguardo sul piatto. «Non ne sono sicura, ma ho riflettuto sul fatto che a Las Vegas, quando ero con la spogliarellista, Montana, ero eccitata non tanto da lei, per quanto fosse sexy, ma dal fatto che eravamo circondate da persone che ci guardavano. Per questo ho pensato che forse non voglio farlo con una ragazza, nel senso che non mi basta...» confessai timidamente, incerta.

«Okay, quindi ora sappiamo che ti eccita farti guardare... è già un passo avanti. Vuoi essere osservata da un gruppo di persone?»

«No!» mi affrettai a negare. «Almeno, non ancora... Pensavo, per cominciare, che potessimo farlo con una terza persona.»

«Va bene. Vuoi che sia un uomo?»

Lo fissai circospetta. «Se per te non c'è problema...» mormorai, insicura della sua reazione.

«No, assolutamente no.» Brad continuò a mangiare con aria disinvolta, come se fosse un discorso assolutamente normale, e mi dissi che forse per lui lo era. «Vuoi andare in un club e sceglierlo, o preferisci che lo scelga io?»

«Be', se andassimo in un club non sapremmo niente della persona in questione, quindi forse se c'è qualcuno con cui l'hai già fatto e che puoi coinvolgere, non rischieremmo brutte sorprese, giusto?» azzardai.

«Giusto.» Brad rifletté per qualche istante, masticando, poi deglutì e disse: «C'è un tizio che potrebbe piacerti. È tranquillo, rispettoso e... ben dotato».

Cercai di mantenere un'espressione neutra pur sentendo che arrossivo. «Allora va bene lui. Visto che io sono completamente inesperta di queste situazioni, vorrei solo qualcuno affidabile, che sappia quello che fa e che non sia maleducato o sporco.»

Brad mi diede un bacio lieve, così lieve che quando si staccò avvertii una stretta al cuore, perché desideravo un contatto più prolungato. «Allora è deciso. Si può fare.»

Mangiai un boccone di uova e lo guardai agitata. *Si può fare*, mi ripetei mentalmente per convincermi.

. 32 .

Ero nuda e bendata, distesa riversa sul letto, avvolta dall'oscurità. Sentii accendere delle candele e poco dopo avvertii una lieve fragranza esotica che si mescolava al profumo di lavanda delle lenzuola morbide. Percepivo istintivamente due presenze nella stanza e, poco dopo, il materasso si inclinò sotto il peso di qualcuno che era salito sul letto. Mi irrigidii, tesa, non sapendo cosa sarebbe successo a quel punto.

Sussultai per la sorpresa quando una mano mi toccò un polpaccio, ma mi sforzai di rilassarmi mentre la mano scorreva verso l'alto e qualcuno mi accarezzava anche l'altra gamba. Il contatto si interruppe improvvisamente poi le mani tornarono e mi cosparsero la schiena di olio da massaggi caldo. Sentii le dita scorrere lentamente sul dorso, sulle braccia e sui fianchi, a sfiorarmi la curva dei seni. Emisi un gemito sommesso, abbandonandomi alla piacevole sensazione delle quattro mani che scivolavano sul mio corpo.

«Dio, quant'è sexy!» disse una profonda voce maschile.

Non avrei saputo distinguere le mani di Brad da quelle dell'uomo che aveva parlato, il misterioso partecipante al nostro trasgressivo incontro a tre.

Le dita che mi stavano massaggiando la zona lombare si infilarono sotto il bacino e risalirono fino a racchiudere i seni per palparli e accarezzarli mentre sentivo il peso di un corpo sul mio. Gemetti di nuovo e sollevai leggermente il busto per percepire meglio quelle carezze, ma una mano aperta sulla schiena mi sospinse facendomi aderire al materasso, mentre le dita si allontanavano dai seni per spostarsi verso i fianchi. Qualcuno mi fece spalancare le gambe, e il pensiero di essere spudoratamente esposta allo sguardo dei due uomini che non potevo vedere mi fece strozzare il respiro in gola. Per qualche istante nessuno si mosse né mi toccò; la stanza era immersa nel silenzio, non udivo fruscii né percepivo movimenti, e mi irrigidii di nuovo, immaginando i due che mi giravano intorno di soppiatto come predatori, scrutandomi mentre ero così in mostra, inerme e vulnerabile, in loro potere.

Poi sentii delle dita scorrere lungo la parte interna dei polpacci e delle cosce, fino a raggiungere le natiche. Le mani le ghermirono e le allargarono, mentre un respiro caldo mi accarezzava l'ano. Uno dei due uomini soffiò delicatamente sull'apertura contratta, poi il soffio si spostò verso la fessura del mio sesso, umida per l'eccitazione. Subito dopo un dito seguì lo stesso percorso, dall'alto verso il basso e poi nuovamente in su, massaggiando con lentezza provocante, accarezzandomi con lievi sfioramenti che accrebbero il mio piacere. Eccitata e trepidante, mossi il bacino verso il dito con un mugolio smanioso, cercando di esprimere la mia voglia di essere penetrata. Venni accontentata ma dopo qualche istante il dito si ritrasse, stuzzicandomi ancora di più perché mi negava la soddisfazione a cui anelavo.

Ansante, sollevai il fondoschiena, offrendomi all'uomo che mi stava tormentando, fermo tra le mie gambe aperte. Udii un gemito roco, poi finalmente avvertii la pressione di una lingua sulla mia carne pulsante, sulla clitoride e poi dentro di me. Mi dimenai convulsamente, stringendo il lenzuolo nei pugni e aprendo la bocca in un muto grido estatico.

«Ti piace?» mi chiese la voce sommessa di Brad all'orecchio.

Boccheggiante, annuii energicamente e stesi una mano in cerca del suo corpo. Quando toccai il braccio caldo e muscoloso lo strinsi forte, ma lui si scostò, strappandomi un gemito carico di frustrazione mentre la bocca tra le mie gambe mi procurava un piacere incredibile. Cercai di aderire il più possibile alla bocca che mi succhiava, al viso sprofondato tra le mie cosce spalancate, e mi morsi forte il labbro inferiore. Udii il fruscio di una cerniera che veniva abbassata vicino alla mia testa e la lingua che mi titillava la clitoride rallentò, poi si fermò, nonostante io avessi allargato ancora di più le gambe per supplicare l'uomo di continuare.

«Girati» mi ordinò Brad, autoritario.

Obbedii senza indugio ma avvertii uno spostamento d'aria, poi lo scatto della porta che veniva chiusa, e sbarrai gli occhi sotto la benda per la sorpresa.

«È passato un quarto d'ora» mi informò Brad. «Vuoi smettere?»

La sua voce era lontana, come se fosse vicino alla porta. «No!» ansimai. Non avevo alcuna voglia di interrompere quel gioco eccitante.

«Vuoi che continuiamo così o andiamo avanti?» Ora la voce era più vicina.

«Andiamo avanti...» ripetei sottovoce con un gemito roco.

Di nuovo lo spostamento d'aria che mi fece capire che lo sconosciuto era rientrato nella stanza. Sentii lo scricchiolio del pavimento, dei fruscii, poi di nuovo lo scatto della porta.

Distesa supina attesi le loro mosse, incerta. Poi sentii due mani forti sui miei piedi e altre due, altrettanto sicure, che scorrevano lungo le mie braccia, mi afferravano i polsi e li bloccavano sopra la testa mentre la persona che era in fondo al letto mi accarezzava le gambe fino ad arrivare al mio sesso, penetrandolo con un dito.

Una bocca mi baciò, mi succhiò e mi mordicchiò il collo, scendendo fino al seno per leccare un capezzolo e tirarlo delicatamente tra le labbra. Protesi il busto verso l'alto e alla fine riuscii a strappare una mano alla presa ferrea che mi immobilizzava i polsi. La passai dietro la nuca dell'uomo e tuffai le dita tra i capelli che al tatto non mi erano familiari, per stringergli la testa contro il mio seno mentre la sua lingua continuava ancora a torturarmi dolcemente tracciando lenti cerchi intorno al capezzolo. Poi, di colpo, la testa si staccò dal mio seno e il dito che mi stimolava profondamente si allontanò.

Il materasso ondeggiò mentre il peso dei due uomini si spostava; ora mi erano entrambi accanto, ognuno da un lato. A tentoni allungai le mani e li sentii inginocchiarsi all'altezza della mia vita. Riconobbi le cosce possenti di Brad alla mia sinistra e, incuriosita, mossi le dita per esplorare il corpo dell'altro. Aveva gambe più snelle e coperte da una morbida peluria; feci scorrere la mano lungo la coscia e sfiorai un pene che mi parve lunghissimo, anche se di una circonferenza inferiore a quello di Brad. Evidentemente, nonostante la benda sugli occhi, avevo un'espressione stupita dipinta sul volto perché Brad ridacchiò, divertito dal mio stupore.

Strinsi leggermente il pene, sentendolo durissimo per l'eccitazione, poi lo accarezzai muovendo lentamente la mano in su e in giù, con sempre maggiore sicurezza ed energia mentre cercavo il pene di Brad con l'altra, per accarezzare anche lui. Dovevo ammettere che era molto eccitante impugnare contemporaneamente due membri così turgidi e vigorosi, ognuno con la sua particolarità ma entrambi virili e stimolanti.

I due uomini si spostarono, sollevandosi per protendersi sopra di me all'altezza del mio volto. Mentre li masturbavo, uno mi accarezzava il collo e i seni, mentre l'altro infilava una mano tra le mie cosce. Capii che era Brad a palparmi il seno quando mi prese il viso tra le mani per farmi voltare verso di lui e baciarmi, insinuando la lingua tra le mie labbra, prima con tenerezza poi sempre più ardente e possessivo.

Intanto la mano che si muoveva sul mio sesso mi accarezzava la clitoride con polpastrelli lievi e tocchi rapidi, per stimolarmi e farmi impazzire d'eccitazione al tempo stesso, perché mi faceva desiderare un contatto più deciso. Aderii alla sua mano sollevando il pube e gemetti, dimenticando la carne turgida che stavo stimolando per concentrarmi sul mio piacere, sull'eccitazione crescente. Sentivo che ero sempre più vicina all'orgasmo; stavo per esplodere quando Brad si spostò verso i piedi del letto e si piazzò tra le mie gambe che sollevò dritte, con i piedi verso il soffitto.

Sondò il mio sesso con un dito e gemette: «Dio, sei così bagnata!».

Un istante dopo sentii il glande turgido e grosso che premeva contro la mia fessura e scivolava piano dentro di me, riempiendomi completamente.

Trasalii, mentre l'altro mi stringeva i seni. Brad cominciò a muoversi avanti e indietro, torturandomi con la lentezza dei suoi affondi perché faceva aumentare la mia voglia spasmodica di essere penetrata con maggiore vigore.

Mi piaceva sentirlo dentro di me, mi trasmetteva sensazioni inebrianti; ero estatica perché il suo corpo sembrava incastrarsi alla perfezione con il mio. Era quasi troppo grosso, e ogni slancio era quasi doloroso... *quasi*, e proprio per questo mi suscitava sensazioni incredibili.

Gemetti e mi leccai le labbra, vogliosa, avvicinando al viso la mano che stringeva l'altro pene.

L'uomo intuì il mio desiderio e mi sfiorò con la punta la bocca aperta e avida.

«Oh, sì...» sussurrò con voce roca.

Lo succhiai con foga famelica, infilando il pene fino alla gola, umettandolo con la saliva, e mossi energicamente la testa, smaniosa di prenderli entrambi, ancora più eccitata nel sentire il pene che si induriva sempre più nella mia bocca mentre il mio misterioso amante ansimava. Lo divorai, cercando di arrivare con le labbra a sfiorare la base di quel pene che mi sembrava di una lunghezza spropositata.

«Non hai idea di quanto tu sia sexy così!» gemette Brad tra le mie gambe, aumentando il ritmo degli slanci e penetrandomi sempre più profondamente.

Avvertii le prime contrazioni del piacere, stimolata dall'attrito dei suoi affondi vigorosi, e continuai a succhiare più in fretta il pene dello sconosciuto, accarezzandogli i testicoli con l'altra mano.

Fui travolta da un orgasmo improvviso e violento che esplose intensissimo. Mi staccai di colpo dal pene e gridai, arricciando le dita dei piedi e sollevando il busto in un arco rigido, scossa da tremori intensi che mi tolsero completamente la capacità di ragionare.

L'uomo sopra il mio volto emise un gemito e cominciò a masturbarsi rapidamente. «Sto per venire» annunciò con voce tremante.

«Dove lo vuoi, Julia?» mi chiese Brad, che stava continuando a penetrami con trasporto selvaggio.

«Addosso!» gemetti con voce strozzata.

L'uomo emise un ringhio cupo, quasi agonizzante, quando mi presi i seni tra le mani e li strinsi avvicinandoli, come per offrirli al suo seme caldo, con tutto il corpo scosso dagli affondi veementi di Brad.

Lo sentii schizzarmi addosso, come una pioggia vischiosa e tiepida sul collo, sui seni e sulle mani. Qualche goccia mi investì in faccia e mi leccai le labbra, assaporandone la dolcezza, poi mi portai un dito alla bocca e lo succhiai con avidità sensuale.

Brad emise un gemito roco e si staccò da me, avanzando verso il mio viso. Stesi una mano, annaspando, e quando lo trovai lo portai rapidamente alle labbra per succhiarlo golosa mentre lo stimolavo contemporaneamente con la mano. Lo sentii contrarsi e venire con un getto potente che mi riempì la bocca con la sua essenza. Inghiottii e continuai ad accarezzarlo fino a svuotarlo tutto, bevendolo come un'assetata nel deserto.

. 33 .

Regola n°7: Quando è tutto finito, vorremo sicuramente stare da soli, perciò gli altri partecipanti dovranno andare via con una certa celerità. Non c'è neanche bisogno di salutare.

Ricaddi supina, invasa da un'esaltante euforia, lasciando la presa sul pene di Brad. Avevo le gambe piegate, e le feci scivolare fino a distenderle, abbandonandomi. Sentii il materasso inclinarsi quando uno dei due uomini si alzò, poi anche l'altro. Avvertii lo spostamento d'aria della porta che si apriva, poi il rumore sommesso quando venne chiusa, e infine il suono di passi attutiti che si allontanavano lungo il corridoio. Un corpo tornò sul letto e per una frazione di secondo mi preoccupai che fosse lo sconosciuto. Poi sentii che mi veniva tolta la benda e aprii gli occhi. Mi occorse qualche istante per adattare la vista alla penombra della stanza illuminata solo dalle candele e scorsi Brad disteso su un fianco. Il chiaroscuro sottolineava il suo busto muscoloso e fui invasa dal desiderio nonostante fossi più che appagata.

Mi girai verso di lui e Brad mi sorrise, accarezzandomi i capelli, poi mi porse un asciugamano umido con cui mi pulii.

«Allora?» sussurrò teneramente.

«Ti dirò...» mormorai sorridendogli languida. Gli restituii il panno di spugna che buttò a terra.

«Come ti è sembrato?»

Riflettei per qualche secondo, sfiorandogli con i polpastrelli la peluria sul torace. Mi avvicinai e accarezzai i muscoli in rilievo, solidi e virili, mentre mi analizzavo in cerca di una fitta di rimorso, sensi di colpa, vergogna... ma non avvertii altro che la pienezza della soddisfazione erotica. Mi stirai sensualmente e Brad percorse con uno sguardo ardente il mio corpo, soffermandosi sui capezzoli turgidi e il sesso ancora fremente e bagnato. Si morse il labbro inferiore e mi lanciò un'occhiata allusiva, eloquente. Quando mi accarezzò mi finsi poco interessata, gli allontanai la mano e mi coprii con il lenzuolo.

Lui lo scostò di scatto con un gesto imperioso e io emisi un'esclamazione strozzata di protesta, ma Brad mi attirò a sé imperterrito, incollando la sua pelle calda al mio corpo freddo che ne fu riscaldato all'istante. Mi imprigionò avvolgendomi con una gamba possente e con il suo profumo che aspirai, inebriata dalla sua fragranza seducente.

Protese il viso verso le mie labbra e mi baciò, poi mi guardò negli occhi. «Dimmi, ti è piaciuto? Oppure hai voglia di metterti a correre per scappare via?»

Mi accorsi che il suo sguardo era trepidante, ansioso, vulnerabile. Le sue iridi erano due pozzi pieni di desiderio. Non si era mai esposto tanto ai miei occhi.

Avrei voluto lasciarlo sulle spine, giocare maliziosamente a fare la ritrosa, ma quel momento di fragilità che mi stava mostrando mi parve gravido di possibilità... la possibilità che potesse tenere a me ed essere mio, completamente. Basandomi su quell'esperienza, avevo capito non solo che avrei potuto adattarmi senza difficoltà a quello stile di vita e a quel genere di incontri, ma che mi piaceva, lo desideravo, anzi... ne avevo bisogno per provare emozioni forti.

La domanda di Brad era rimasta sospesa e mi accorsi che si era irrigidito mentre aspettava la mia risposta.

Avevo intenzione di scappare?, mi chiesi.

«Ho voglia di correre, ma solo verso di te» gli sussurrai.

Un sorriso incerto gli incurvò le labbra, all'inizio appena accennato, poi sempre più sicuro e luminoso. Mi passò una mano dietro la nuca e mi baciò con trasporto. L'intento di quel bacio era per suggellare la nostra intesa, ma ben presto i nostri corpi nudi che aderivano l'uno all'altro fecero rinascere in noi il desiderio.

L'energia erotica che ci univa scaturì da quel bacio appassionato e ci travolse, incontenibile come un fiume in piena. In un istante, come se ci fosse stata una deflagrazione, tutto cambiò tra noi. Il nostro rapporto si trasformò e, cercandoci, ci dicemmo senza parlare che eravamo pronti a tutto, ansiosi di affrontare insieme il futuro e tutta la felicità che ci avrebbe riservato.

Mi afferrò una natica e la palpò con foga premendomi il bacino contro il suo pene già eretto.

E lì, nella stanza silenziosa, illuminati dalla luce tremula e sensuale delle candele che dipingevano sulle pareti le ombre mobili del nostro amplesso, facemmo l'amore con lentezza languida, ancora più erotica, finché le candele non si furono consumate fino in fondo, le fiammelle si spensero e la cera si raffreddò, solidificandosi in bizzarre sculture.

Tra baci, carezze e un piacere infinito, celebrammo così l'inizio di una nuova pagina della nostra vita da scrivere insieme.

Della stessa collana

Le brave ragazze non lo fanno - V. Dahl
Fondente come il cioccolato - M. Hart
Il numero perfetto - M. Hart
Ombre su New York - B. Joyce
Finché non sei arrivato tu... - K. Higgins
Le brave ragazze sognano l'abito bianco - V. Dahl
Il confine del piacere - M. Banks
The Returned - J. Mott
Cupcakes a colazione - N. Roberts
Hollywood Party - V. Fox
Stai con me - M. Banks
Come sabbia tra le dita - D. Palmer
Tacco 12, addio! - L. Banks
Donne e diamanti - N. Roberts
Afterburn / Aftershock - S. Day
Ballando con il fuoco - E. Tassi
Se torno, ti sposo - K. Higgins
Peccato d'innocenza - A. Torre
Possesso - S. Walker

Questo volume è stato stampato nel luglio 2014
da Grafica Veneta S.p.A. - Trebaseleghe (Pd)

LE CHOIX
DU
DOCTEUR DUNCAN

Henry DENKER

LE CHOIX DU DOCTEUR DUNCAN

FRANCE LOISIRS
123, boulevard de Grenelle, Paris

Titre original :
The Choice

Traduit de l'anglais par Eveline Charles

Édition du Club France Loisirs, Paris,
avec l'autorisation des Presses de la Cité

Édition originale William Morrow and Co., Inc.

ISBN 2-7242-4387-0

1

Au cinquième étage de l'hôpital universitaire, dans la salle d'opération numéro trois, le Dr Walter Duncan tentait un implant délicat. De ses mains fortes et habiles, il posait la hanche de titane qui devait changer la vie de son patient, un homme âgé de soixante-huit ans. Malgré son impatience, il travaillait vite et bien, mettant en œuvre tout son art, qui était grand. Quand l'entreprise se fut conclue par un succès, il s'assura que la prothèse obéirait avec douceur et efficacité. Il était prêt maintenant à refermer l'incision. Ses doigts agiles s'affairèrent avec leur habituelle sûreté, permettant à son esprit de se tourner vers les événements qui avaient ponctué sa journée trépidante.

Jetant un coup d'œil à l'horloge, sur le mur, il constata qu'il était plus de seize heures. Les difficultés rencontrées avec son patient l'avaient empêché de se rendre à l'école de Simone, qui montait pour la première fois sur les planches. Emily était présente, évidemment, mais Simone n'y attacherait pas un prix particulier ; maman était toujours là, tandis que papa...

Walt Ducan imaginait sans peine l'expression de Simone, lorsqu'il monterait lui donner son baiser du soir. Elle prétendrait avoir très bien compris son absence, mais son regard humide démentirait cette résignation.

« Qui joue le mieux à faire semblant, se demandait-il souvent, les médecins ou leurs enfants ? »

Après avoir posé le dernier point de suture, il immobilisa la hanche en la bandant fermement et en la maintenant au moyen d'une gouttière. Enfin, il se redressa, retira son masque, puis il ôta ses gants de chirurgien pour les jeter dans la poubelle. Une minute plus tard, il se changeait dans le vestiaire, lorsqu'on vint le prévenir qu'il était demandé au téléphone.

Après avoir décroché le récepteur de l'appareil mural, il s'annonça brièvement :

— Duncan.

— Walt ? fit une voix familière, dont la douceur sonnait comme un reproche.

Il connaissait cette voix. Il la connaissait depuis qu'il avait obtenu ses diplômes. A cette époque, elle était plus ferme, mais tout aussi chaleureuse. Walter Duncan l'avait entendue pour la première fois lorsqu'il avait été convoqué à un entretien, après qu'il eut posé sa candidature à un poste d'interne, au service d'orthopédie.

Depuis l'enfance, Walter Duncan voulait être médecin. Il avait fait ses études, grâce à la bourse que lui avaient value ses dons au tennis. On l'avait toujours présenté comme l'un des rares athlètes qui ne négligeait pas le savoir. Il le fallait, s'il voulait entrer à la faculté de médecine...

Mais il devait sa vocation d'orthopédiste à son expérience au Viêt-nam. Le jeune lieutenant qu'il était alors assistait souvent ses hommes blessés, pendant qu'on leur dispensait des soins. Il avait été émerveillé par ces chirurgiens militaires, capables de réparer des membres brisés, tordus ou fracassés. Après la guerre, il avait été admis à la faculté de médecine, bien déterminé à poursuivre sa carrière dans l'orthopédie.

Dans cette spécialité, un seul hôpital et un seul homme méritaient selon lui qu'on les serve : il s'agissait du Centre médical universitaire, et du Dr Simon Rosen.

Au cours de ce premier entretien, l'un des préjugés de Walter Duncan avait été anéanti. Les chirurgiens aussi réputés que Rosen étaient connus pour leurs manières brusques, comme si leur habilité les dispensait de se montrer courtois.

Pourtant Rosen s'exprimait avec douceur, il semblait curieux des ambitions et des idées de son visiteur. Rosen avait pris le temps d'informer Walter Duncan de la vie rigoureuse des chirurgiens attachés au service d'orthopédie. Il ne réclamait pas un dévouement total, cependant il était clair qu'il l'exigeait tacitement. Il comptait qu'on consacrât une bonne partie de son temps à l'hôpital, dont la vocation était de servir la communauté.

— Sans doute gagnerez-vous de l'argent, avait-il dit, beaucoup trop d'argent ! Un médecin digne de ce nom ne devrait pas avoir le loisir d'en dépenser autant.

Walter Duncan avait découvert par la suite que Sy Rosen ne possédait pas de proche famille. Il ne s'était jamais marié, et n'avait jamais eu d'enfants. Souvent, Walter avait pensé que si cela avait été le cas, il les aurait négligés, ainsi que son épouse.

Pourtant, Rosen avait toujours admis les obligations familiales de son jeune confrère. Lorsque Simone était née et que ses parents lui avaient donné le prénom du maître, le vieux Rosen avait envoyé des cadeaux à la mère et à l'enfant. Par la suite, il n'avait jamais oublié les anniversaires de la petite fille, âgée maintenant de onze ans, pas plus que ses étrennes de Noël.

Aujourd'hui, Sy Rosen consultait encore mais n'opérait presque plus. On lui avait attribué le titre de professeur honoraire. Cela équivalait, prétendait-il, à faire son panégyrique de son vivant. Dans tout le Middle West, il était considéré comme l'expert à consulter en cas de difficulté dans le domaine de l'orthopédie. Bien souvent, les doigts lui démangeaient d'opérer des patients aujourd'hui confiés à des hommes plus jeunes que lui, qui possédaient la force et l'habileté qui avaient été les siennes autrefois.

Il transmettait les cas les plus délicats à Walter Duncan, qu'il considérait non seulement comme son successeur, mais comme le fils qu'il n'avait pas eu. Walter Duncan était l'un des quelques chirurgiens qui avaient préféré rester dans le service de Rosen, bien que la pratique privée offrît davantage d'argent et une vie plus confortable.

C'était tout cela qui se pressait dans l'esprit de Walter, lorsqu'il entendait la voix du vieux Rosen.

— Vous vouliez me parler, Sy ?

— Je me doute que vous devez être occupé. Si je me souviens bien, Simone joue sa pièce, aujourd'hui. Vous n'êtes pas un peu en retard ?

— J'ai rencontré quelques difficultés, avec mon patient.

— C'est ce que j'ai pensé en découvrant que vous n'étiez pas encore parti. Je voulais vous prévenir que j'avais pris une liberté, j'espère que vous n'en serez pas contrarié.

— Une liberté ?

— Vous trouverez un dossier, dans votre voiture. Emportez-le chez vous, pour y jeter un coup d'œil ce soir. Vous me direz ce que vous en pensez demain matin. Entendu ?

— Bien sûr.

— Parfait. Maintenant, dépêchez-vous de partir, peut-être arriverez-vous avant la fin de la pièce. Embrassez Simone pour moi.

— Comment savez-vous que...

— Mon enfant chérie interprète son premier grand rôle, et je ne serais pas au courant ? Bon sang ! Hâtez-vous Walt !

Sur le chemin de l'école, Walt songea qu'Emily avait dû appeler Sy, pour le supplier de l'arracher à l'hôpital. Lorsqu'il parvint à destination, le parking vide lui apprit que tout était terminé. En prenant la direction de la maison, il se demanda s'il devait s'arrêter, afin d'acheter un cadeau pour sa fille. Mais récemment, il s'était aperçu que Simone ne se laissait plus séduire aussi facilement qu'autrefois par ces présents destinés à gagner son pardon.

Quand il arriva chez lui, Simone avait déjà dîné et était montée se coucher. Il ne tenta pas de s'expliquer auprès d'Emily, dont le beau visage, le doux regard bleu et le silence étaient plus réprobateurs que des mots.

— Comment était-elle ? s'enquit-il seulement.

— Merveilleuse ! Pendant les premières minutes, c'est à peine si je la reconnaissais. Elle était totalement prise par son rôle.

— Elle est encore réveillée ?

— A moins qu'elle ne se soit endormie en pleurant, fit très bas Emily.

Ce fut le seul reproche qu'elle formula. Walt gravit les marches, s'adressant toutes sortes de promesses. Pour commencer, ils partiraient tous les trois, pendant les vacances de Noël. Ensuite, il programmerait des opérations plus tôt dans la matinée, afin d'être de retour pour le dîner. Il pouvait aussi réduire son temps de présence aux réunions du staff.

Plein de ces bonnes résolutions, il parvint devant la porte de Simone. Emily et lui avaient toujours mis un point d'honneur à frapper avant d'entrer, pour que l'enfant eût le sentiment de posséder un monde bien à elle, inviolable. Mais ce soir-là, elle ne répondit pas. Si la petite fille dormait, il ne la dérangerait pas. Très doucement, il ouvrit la porte.

La pièce était plongée dans l'obscurité. Seul le rayon de lumière provenant du couloir tombait sur le lit. Simone était couchée sur le côté, les genoux remontés sous le menton comme pour se protéger du froid. A sa posture tendue, il comprit qu'elle n'avait pas réussi à trouver le sommeil. S'approchant du lit, il s'agenouilla en murmurant :

— Mon bébé ?

Voyant les paupières de sa fille se serrer plus fort, il déposa un baiser sur sa joue. Lorsqu'elle ouvrit les yeux, il constata qu'elle avait pleuré, ainsi qu'Emily le supposait.

— Mon bébé, je regrette tant de n'avoir pu te voir ! Maman m'a dit que tu jouais si bien qu'au début elle ne te reconnaissait plus. Demain, au petit déjeuner, tu me réciteras entièrement ton rôle, d'accord ?

Comme elle ne disait mot, il l'embrassa encore, puis il enfouit son visage dans le creux doux et chaud du petit cou. L'enfant sortit enfin la main de dessous la couverture pour serrer celle de son père.

— Tu me promets que la prochaine fois... ?

— Promis, mon bébé, affirma-t-il.

Simone frotta sa joue contre le menton de Walt.

— Tu devrais te raser, papa, constata-t-elle, avant de se tourner sur le côté pour s'endormir aussitôt.

Emily lui avait servi son repas dans la kitchenette. Tout en mangeant, il ouvrit le dernier numéro du *Quotidien du médecin.* Comprenant qu'il évitait ainsi de lui parler, comme chaque fois qu'il se sentait coupable, la jeune femme se borna à demander :

— Elle dort ?

— Oui. Nous avons un peu causé... Elle va mieux.

Ce soir-là, il parcourut le dossier que lui avait laissé Rosen, puis il étudia les radiographies du patient, ainsi que les résultats des divers examens qu'il avait subis. Il était surpris que Sy lui eût soumis ce cas, qui selon lui ne relevait pas de la chirurgie. D'autres praticiens auraient sans doute été d'un avis différent, pourtant il était persuadé que les risques de cette opération l'emportaient sur le bénéfice qu'on pouvait en attendre. Dès qu'on violait l'intimité d'un corps, le hasard s'en mêlait forcément. A elle seule, l'anesthésie constituait un danger. Quoi qu'il en fût, l'intervention avait déjà été pratiquée. Si l'on en croyait le reste du dossier, elle semblait d'ailleurs avoir été bâclée. Il était un peu tard pour s'en inquiéter.

Pourquoi Sy lui avait-il confié ce dossier ? Et pourquoi les noms du patient et de son chirurgien avaient-ils été effacés ?

Décidé à téléphoner le lendemain à son vieil ami, Walt abandonna sa lecture pour se tourner vers Emily. S'apercevant qu'elle était montée se coucher, il soupira... S'il se montrait négligent envers sa fille, il l'était encore davantage envers sa femme, dont il attendait toujours qu'elle comprît les exigences de sa carrière.

La première fois que Walter Ducan avait posé les yeux sur Emily Ingraham, elle entrait dans la bibliothèque du Centre médical universitaire. Lui-même y commençait son internat en chirurgie orthopédique. C'était une jeune fille menue, séduisante, mais extrêmement sérieuse. Une infirmière, présuma-t-il, ou bien une étudiante en médecine. Ses traits fins étaient parfaitement harmonieux. Avec ses cheveux sombres et ses lunettes cerclées de noir, elle avait l'air d'une jeune personne très grave, tout à fait absorbée par sa mission.

Il l'entendit réclamer un ouvrage médical totalement périmé. Pour s'intéresser à un pareil tissu de superstitions, elle n'était pas de la partie, comme il l'avait d'abord supposé. La beauté de l'inconnue ainsi que son mauvais goût en matière de littérature médicale avaient éveillé sa curiosité. Il s'approcha.

— Si vous vous intéressez au traitement de la tuberculose, je vous suggère un meilleur titre, bien plus récent et digne de foi, l'*Essai sur les maladies pulmonaires,* de Miller.

Se retournant, elle aperçut un grand gaillard d'un mètre

quatre-vingt-dix, dont la tignasse hirsute témoignait du fait qu'il était toujours trop occupé pour songer à se rendre chez le coiffeur. Elle remarqua son visage énergique et sa mâchoire inférieure un peu saillante, le tout adouci par les yeux bruns qui modifiaient l'impression d'ensemble. Elle lui lança d'abord un regard agacé par cette intrusion, puis elle sourit.

Elle avait l'air amusé, ce qui n'enchanta guère Walt. Il appréciait qu'on le tînt pour spirituel et de bonne compagnie, mais non pas qu'une jeune fille rît à ses dépens, surtout si elle était jolie.

Il répéta son conseil avec plus de fermeté encore :

— Si vous voulez réellement être informée, prenez Miller.

— C'est ce que je ferai si un jour je veux l'être, rétorqua-t-elle avant de se tourner vers la bibliothécaire pour renouveler sa requête.

— Bon sang ! s'exclama Walt avec un certain dépit. C'est bien d'une femme d'être aussi entêtée.

Comme elle gagnait le rayon indiqué par l'employée, Walt nota la gracieuse silhouette de l'inconnue, et ses jolies jambes. Elle portait des souliers à talons plats, ce qu'il ne pouvait qu'approuver, en tant qu'orthopédiste en herbe. Comment une jeune fille qui paraissait raisonnable pouvait-elle s'intéresser à un ouvrage aussi démodé ? N'y tenant plus, il la suivit. Il la rejoignit au moment où elle se haussait sur la pointe des pieds pour attraper le volume en question. C'est en se tournant qu'elle le heurta. Ils échangèrent des excuses, puis il entreprit de la sermonner :

— Ce livre ne vous fournira que des informations erronées. A cette époque, on préconisait le soleil et l'air pur, surtout dans les pays froids. Aujourd'hui, on traite aux antibiotiques. Vous perdez donc votre temps, avec ce bouquin, conclut-il en le lui prenant des mains.

— Écoutez... protesta-t-elle.

— Voici ce que je vous propose, l'interrompit-il, je

vais vous présenter au Dr Leonard Sanderson. C'est lui le grand patron, pour tout ce qui concerne le poumon. Il vous dira tout ce que vous désirez savoir à propos des maladies pulmonaires.

— Rendez-moi mon livre.

— J'ai remarqué que plus les jeunes femmes sont dans l'erreur, plus elles s'obstinent, déclara-t-il en remettant le volume à sa place initiale.

Elle se haussa de nouveau sur la pointe des pieds pour s'en emparer.

— L'étude des femmes, et en particulier des jeunes femmes, constitue-t-elle votre spécialité, docteur ?

— J'ai l'intention de devenir orthopédiste. Je puis donc affirmer que cette position ne convient pas du tout au bas de votre dos.

Il reprit l'ouvrage, mais ne le remit pas à la jeune fille.

— Je me sentirais complice d'un crime si je permettais à la désinformation de faire une victime de plus, poursuivit-il.

— J'ai remarqué que plus les jeunes médecins sont dans l'erreur, plus ils s'obstinent, l'imita-t-elle.

— Que voulez-vous dire, miss...

— Ingraham. Maintenant, docteur, si vous cessiez de me sermonner pour vous intéresser à ce que je cherche, nous ferions un grand pas en avant.

— Je suppose que vous vous intéressez au meilleur traitement de la tuberculose.

— En 1927, compléta-t-elle.

— En 1927 ! Comment une personne douée de raison peut-elle s'interroger sur la façon dont on soignait cette maladie à l'époque ?

— Tout simplement, mon cher jeune docteur, parce que je corrige un roman dont l'action se situe pendant les années vingt, et que j'ai l'intention de vérifier les assertions de l'auteur.

— C'est votre métier ?

— Avec une licence en littérature anglaise, que pourrais-je faire de mieux ?

— En ce cas, c'est... différent.. Je pensais...

— J'ai parfaitement compris ce que vous pensiez.

La jeune fille lui prit le livre des mains pour aller s'installer à une table de lecture. Walt la suivit.

— Miss Ingraham... Je suppose que vous avez un prénom ?

— Comme tout le monde, oui... Emily.

— Emily Ingraham. C'est charmant ! Dites-moi, Emily Ingraham, vous arrive-t-il de corriger des romans dont les héros sont des chirurgiens orthopédistes ?

— Pas jusqu'à aujourd'hui.

— Quelle lacune ! Je pourrais vous apporter une aide précieuse dans ce domaine.

— Eh bien, si jamais l'envie m'en prenait, je vous appellerais, docteur...

— Duncan.

— Entendu, docteur Duncan, fit-elle en se dirigeant vers une chaise inoccupée.

Déçu, il l'interpella :

— Vous ne me demandez même pas mon prénom ?

Elle fit mine de réfléchir, avant de lancer :

— J'ai l'impression que je ne vais pas tarder à l'apprendre, que je ie veuille ou non.

— Vous avez tout à fait raison. Je m'appelle Walter.

— Walter Duncan, chirurgien orthopédiste. C'est charmant ! fit-elle en souriant avec malice.

Un peu décontenancé, il admit :

— Je ne possède pas encore ce titre. Pour l'instant, je poursuis mes études sous la direction du Dr Simon Rosen.

— A la façon dont vous prononcez son nom, je devrais sans doute avoir entendu parler de lui.

— En effet, parce qu'il est le meilleur. J'ai beaucoup de chance de faire partie de ses disciples. Si vous voulez le rencontrer, je peux arranger cela.

Emily feignit un intérêt subit.
— Vraiment ?
— Le mercredi soir, il dirige chez lui un séminaire réunissant quelques internes. On discute des derniers événements concernant l'orthopédie, puis on passe le café et les petits gâteaux en échangeant quelques commérages sur l'administration hospitalière.
— Les profanes sont invités ?
— Les hommes mariés amènent leurs épouses, les célibataires leurs petites amies. Sy les reçoit toutes avec un plaisir égal.
— Y compris celles qui ne sont ni épouses, ni petites amies ?
— S'il s'agit d'une jeune fille aussi charmante que vous, Sy fera certainement une exception, affirma Walt en lui reprenant une fois de plus le livre des mains.
Emily rougit légèrement.
— Êtes-vous libre, mercredi prochain ? reprit-il.
— Sans doute le serai-je... Du moins si je parviens à terminer la correction de ce roman....
Comme s'il s'avisait brusquement qu'il tenait un charbon ardent, il lui abandonna aussitôt le volume.
— Je passerai vous prendre mercredi, disons vers sept heures ?
— Entendu.
— Où ?
Elle griffonna son adresse sur un bout de papier qu'elle lui tendit.
Ce séminaire fut suivi de nombreux autres auxquels Emily assista. Lorsqu'elle épousa Walter, Sy Rosen était assez intime avec eux pour servir de témoin au marié.
Jusqu'à la naissance de Simone, et pendant sa première année, Emily continua d'être employée par la même maison d'édition. Lorsque Simone commença à marcher, la jeune femme renonça à son travail pour passer tout son temps avec sa fille. Après que l'enfant fut entrée à l'école, Emily accepta parfois de corriger un manuscrit

particulièrement important, sans pour autant être attachée à un employeur. Depuis six mois, aucune tâche de ce genre ne s'était présentée.

Pendant le petit déjeuner, Simone récita fièrement son rôle. Elle était tout ce qu'Emily avait dit : totalement prise par son personnage, bien préparée, elle possédait en outre une excellente mémoire et jouait avec naturel. Son talent d'actrice était si manifeste que son père se prit à souhaiter en silence qu'elle ne se lançât pas dans une carrière aussi risquée et frustrante.

Quand elle eut terminé, il l'embrassa puis, la tenant serrée comme lui, il plaisanta :

— Un jour, tu passeras à la télévision, à moins que tu ne montes sur les planches !

— Tu viendras me voir, papa ? demanda l'enfant avec une ironie non dissimulée.

Cette pique marqua la fin de la représentation. Évitant les yeux d'Emily, Walt acheva sa tasse de café avant de partir pour l'hôpital.

— J'ai étudié avec attention ce dossier, Sy, déclara Walter Duncan en s'asseyant en face du vieux chirurgien.

Ce dernier caressa le collier de barbe blanche qui encadrait son visage coloré. Il prétendait souvent qu'un professeur honoraire digne de ce nom se devait de porter la barbe, symbole de sagesse indispensable à sa fonction.

— Et alors ?

— Les dates me gênent.

— Pouvez-vous préciser votre pensée ?

— Le premier examen, la séance de rayons X et l'électromyogramme se sont succédé en l'espace de trois jours. Puis, moins d'une semaine plus tard, l'intervention chirurgicale a eu lieu. Cette hâte me paraît tout à fait imprudente, dans un cas comme celui-ci.

— C'est ce qu'il m'a semblé à moi aussi.

— Avec ces radiographies en main, et, surtout, vu les

résultats de l'électromyogramme, on aurait dû chercher à éviter l'opération. On pouvait auparavant tenter de soulager la douleur du patient avec un traitement moins agressif. Apparemment, il ne s'agissait que d'une sciatique, associée à une faiblesse musculaire. Tout cela aurait pu être soigné par du repos, des médicaments. Mais la chirurgie...

— J'estime en effet qu'il n'y avait pas urgence, renchérit Sy. Mais en ce cas, pourquoi le médecin s'est-il empressé d'opérer ?

— J'hésite à vous faire part de mes soupçons, Sy...

— Cela sent l'appât du gain, hein ?

— Une chirurgie pratiquée au bénéfice du médecin, et non dans l'intérêt du patient... Pis encore, le travail a été saboté. Malheureusement, on n'y peut plus rien. Moi-même, je ne saurais comment soigner cette paralysie des muscles extenseurs du pied.

— Il ne pourra plus jamais maîtriser ses mouvements. Il devra porter une attelle jusqu'à la fin de sa vie.

— Je suis navré pour ce garçon, soupira Walt en rendant le dossier à son ami. A dix-sept ou dix-huit ans, apprendre qu'on gardera toujours une patte folle, qu'on ne jouera plus jamais au football, c'est dur.

Sy ne fit pas un geste pour reprendre le dossier.

— Gardez-le, Walt. Étudiez-le encore, car nous aurons une décision à prendre.

— Une décision ? On ne peut réparer ce dommage.

— Ces documents m'ont été adressés par l'avocat du jeune homme. Il compte poursuivre le chirurgien pour grave incurie.

— Il veut le témoignage d'un expert ?

— En effet. Mais ce vieux trouillard de Worthington prétend que mon cœur ne résistera pas à la fatigue d'un procès. Il paraît que je ne supporterai pas le contre-interrogatoire.

Walt respectait trop son ami pour lui rappeler que « ce vieux trouillard de Worthington » avait bien quatorze ans de moins que lui. Mais il devinait ce que Sy lui demandait implicitement. Tous deux partageaient la même indignation à l'égard des chirurgiens qui considéraient leur art comme un commerce.

— C'est entendu, Sy, j'accepte de vous remplacer à condition que mon travail en Chirurgie n'en soit pas trop affecté. J'espère qu'on ne me fera pas patienter des heures dans un couloir du palais, avant de recevoir mon témoignage.

— Vous n'avez pas d'autre question à me poser ?

— Le cas est tout à fait clair.

— Vous ne désirez pas connaître l'identité du médecin ?

— C'est sans importance, le dossier me suffit...

Remarquant enfin le regard sévère du vieil homme, il s'enquit :

— Qui est-ce ?

— Enright, laisa tomber Sy.

— Vous voulez dire... Peter Enright ?

Sy hocha la tête gravement.

— Je n'ai jamais apprécié son travail parmi nous... Dites, cette intervention n'a pas été pratiquée ici ?

— Non, dans l'hôpital de l'Est où il exerçait juste avant d'arriver. Franchement, si j'avais été au courant de cette histoire, il n'aurait jamais été engagé. Dieu merci, il est parti, mais notre réputation en pâtira forcément, s'il est inculpé.

— Je le sais. Pendant toute sa carrière, il sera mentionné sur son dossier qu'il est passé par le Centre médical universitaire. On ne peut revenir là-dessus. Mais on doit avant tout penser au dommage subi par le patient. Il ne s'agit pas d'un accident malheureux survenu au cours d'une intervention par ailleurs bien menée.

Sy hocha une seconde fois la tête.

— La réputation du Centre ne peut être utilisée pour couvrir des opérations inutiles et bâclées, poursuivit Walt. Comptez sur moi, Sy.

— Merci. Croyez bien que si je pouvais témoigner moi-même, je le ferais. Mon âge et ma renommée me permettent d'affronter les critiques. Hélas, je suis trop vieux pour cela... trop vieux pour de plus en plus de choses, conclut tristement Sy.

— Appelez cet homme de loi. Dites-lui que je suis prêt à le rencontrer à un moment qui nous conviendra à tous deux, déclara Walt.

En acceptant de témoigner, Walt avait alourdi un emploi du temps déjà bien chargé, si bien qu'il rentra chez lui assez tard. Comme cela s'était produit tant de fois auparavant, Simone avait déjà dîné. Elle était montée dans sa chambre pour achever ses devoirs. Quand Walt la rejoignit, elle fermait ses cahiers.. Se baissant, il la saisit par la taille pour l'élever au-dessus de sa tête. Ce jeu avait toujours fait rire la fillette, mais ce jour-là, elle grimaça de douleur.

— Je t'ai fait mal, ma chérie ?

— Non, papa.

Comprenant qu'elle désirait l'épargner, il insista pour l'examiner. Il remarqua presque aussitôt le bleu qui marquait son côté.

— Comment t'es-tu fait cela ? demanda-t-il en palpant doucement l'hématome.

— Je ne sais pas. Je me suis peut-être cognée, contre mon bureau, à l'école.

— Prends garde à ne pas te blesser, mon bébé.

Au réveil, Walt Duncan mit un certain temps à réaliser qu'il se trouvait seul dans son lit. Emily... Pourquoi s'était-elle levée avant lui ? D'ordinaire, il la quittait à moitié assoupie pour se rendre à l'hôpital où il opérait de très bonne heure.

Il jeta un coup d'œil à sa montre. Huit heures et quart ! Il allait être en retard ! Il s'apprêtait à bondir hors du lit quand il se souvint... Dimanche. On était dimanche.

Il avait promis à Emily qu'il consacrerait la journée entière à Simone. Car son épouse l'avait menacé :

— Elle finira par oublier à quoi tu ressembles. Les psychologues affirment que ce n'est pas le nombre d'heures passées avec son enfant qui compte, mais la qualité du temps accordé. Ton prochain jour de congé sera donc réservé à ta fille.

Sortant du lit, il accomplit les mouvements de gymnastique recommandés à ses patients pour prévenir les douleurs lombaires. Il exigeait d'eux une régularité religieuse, mais lui-même n'y pensait que tous les huit jours.

Lorsqu'il descendit déjeuner, Simone l'attendait, vêtue d'un survêtement. Il espéra qu'elle lui proposerait une partie de tennis. Tout en mangeant, il l'écouta raconter les événements de la semaine. Elle avait été invitée à l'anniversaire d'une fillette qu'il ne se souvenait pas avoir jamais rencontrée. Son dernier devoir avait été noté B plus, et elle se plaignait d'un enseignant trop sévère.

Après le déjeuner, Simone se précipita dans le vestiaire pour y prendre son équipement. Il était constitué de deux crosses recourbées et d'une balle de caoutchouc dur. Ce serait donc le terrain de hockey... Il n'y avait jamais joué mais il était décidé à faire de son mieux.

Au moment où Simone ouvrait la porte, il jeta un coup d'œil à Emily qui lui enjoignit silencieusement de suivre sa fille.

Fort heureusement, cette journée de printemps s'annonçait radieuse. L'herbe leur offrait un matelas doux et parfumé, sur lequel ils roulaient à chaque contact. Walt feignait d'opposer à sa fille une forte résistance, mais il s'arrangeait pour tomber le premier au moment crucial.

Toute fière, l'enfant lui enseigna la stratégie du jeu. Il affectait d'être un élève lent et désordonné, si bien qu'elle put se montrer impatiente à son égard et lui manifester sa supériorité. Bientôt, les deux joueurs furent en nage.

Ils venaient de se heurter lorsqu'elle grimaça et parut retenir sa respiration.

— Je t'ai fait mal, ma chérie ? Excuse-moi.

Craignant qu'il ne mît fin à la partie, Simone protesta :

— Je vais très bien, papa.

— Laisse-moi regarder.

— Ce n'est rien, je t'assure !

— Comment peux-tu le savoir, puisque cela vient juste d'arriver ?

Comme elle ne disait mot, il poursuivit :

— A moins que cela ne date pas d'aujourd'hui... ? Je vais t'examiner.

L'enfant céda de mauvaise grâce. Sortant sa chemise de son short, il découvrit une marque bleuâtre plus large qu'une pièce d'un demi-dollar.

— Eh bien... Où t'es-tu fait cet hématome ? En pratiquant le hockey ?

— Peut-être.

— A partir de maintenant, tu devras être plus prudente. Nous jouons encore ? A moins que nous n'allions chercher maman pour déjeuner dehors ?

— Nous irons dans ce restaurant où l'on sert ces délicieux petits pains au lait ?

— C'est exactement mon intention, acquiesça-t-il, heureux de la contenter.

Pendant que Simone se douchait, Walt et Emily goûtèrent un instant d'intimité dans le salon.

— Sais-tu à quoi je pense, ma chérie ? dit-il au bout d'un moment.

Elle sourit de son ton sentencieux.

— Non, à quoi ?

— Quand j'étais gosse, mon père et moi avions l'habitude de jouer au ballon, dans le jardin. Mais nous n'aurions jamais pensé à disserter sur « la qualité du temps accordé ». Nous n'étions qu'un père et son fils prenant du plaisir ensemble. De nos jours, on trouve des termes scientifiques pour désigner n'importe quoi, fût-ce les choses les plus naturelles du monde.

— Peu importent les termes, répliqua la jeune femme.

Un père doit passer le plus de temps possible avec sa fille.

— Compris ! Ah... autre chose. Crois-tu que le hockey soit un sport trop rude pour les filles ?

— Je l'ai pratiqué sans dommages. Pourquoi me poses-tu cette question ?

— Simone a un bleu au côté, comme si elle avait reçu un coup de crosse.

— Personne ne l'a frappée, assura Emily.

— Comment peux-tu en être aussi sûre ?

— Parce que l'entraînement ne commence que la semaine prochaine.

Il interrompit ses explications, car Simone apparaissait sur le seuil, vêtue d'une robe rose que son père aimait particulièrement. Rempli d'une joie tranquille, il comprit qu'elle s'était apprêtée pour lui plaire.

— Tu es prêt, papa ? lui demanda-t-elle avec un sourire.

— Tout à fait, ma chérie.

— Êtes-vous certains d'avoir besoin de moi aujourd'hui ? soupira Emily.

— Allons-y ! répliqua Walt dans un éclat de rire.

Pendant tout le trajet, Simone ne cessa de bavarder. Elle s'amusa à proposer à son père des devinettes dont les réponses farfelues les faisaient rire aux larmes, ou bien ils rivalisaient de jeux de mots.

Tout en plaisantant, Walt était harcelé par une petite voix qui lui répétait :

« Surveille ce bleu sur son côté... »

Pour une raison inconnue, il était inquiet.

2

Trois jours plus tard, la première intervention de Walt était fixée à sept heures du matin. Il se glissa silencieusement hors du lit afin de ne pas déranger Emily. Depuis longtemps, il avait pris l'habitude de ne pas l'éveiller lorsqu'il commençait d'aussi bonne heure.

Ce réflexe lui venait de son enfance. Sa propre mère se levait à cinq heures du matin pour préparer le déjeuner de son père qui était chauffeur de tramway sur la dernière ligne encore en service dans l'État. Il devait partir de l'entrepôt à six heures pour ramasser les ouvriers des aciéries et des usines de tréfilage. La Seconde Guerre mondiale venait de s'achever, aussi les automobiles particulières étaient rares. La plupart des gens comptaient sur les transports en commun, même s'ils étaient aussi démodés que les tramways.

Il n'oublierait jamais le spectacle que lui offrait sa mère. Dans son kimono propre mais fané, elle se tenait debout devant l'évier et déposait deux sandwiches dans une boîte en fer. Les matins d'hiver, elle y ajoutait une portion de soupe prélevée sur le potage de la veille. Son mari la ferait réchauffer sur le poêle ventru du dépôt.

Après le départ du père, il était temps d'éveiller les garçons, Owen et Walter. Elle commençait par secouer l'aîné, Owen. Dès qu'il se dirigeait vers la salle de bains, elle passait à Walter. Dans sa prime enfance, il lui arrivait de n'ouvrir les yeux que lorsqu'elle l'avait déjà à moitié habillé. Plus tard, pendant la maladie d'Owen, ce fut à Walter de se lever le premier. Puis Owen mourut, à l'âge de dix ans, et il fut le seul... Parfois, quand sa mère était particulièrement triste, ou après des heures passées à pleurer, elle l'appelait Owen au lieu de Walter. Dans ces moments-là, il souffrait de penser que peut-être elle avait aimé son frère plus que lui, et regrettait de n'être pas mort à la place de son aîné.

Sa vocation médicale naquit pendant ces nuits où il écoutait ses parents discuter, tout en feignant d'être endormi. Son père paraissait encore plus inconsolable que son épouse éplorée.

Les yeux secs, il ne cessait de marmonner :

— Un si brave gosse ! Comment un Dieu pitoyable permet-il qu'un enfant aussi jeune soit frappé par une telle maladie ? Comme il a souffert ! Comme il a souffert !

Walter ne gardait aucun souvenir de cette souffrance, car à ce stade de la maladie, Owen fut envoyé à l'hôpital pour y mourir.

A deux reprises, ses parents l'emmenèrent dans le service réservé aux enfants. Jamais il n'oublierait cette longue salle triste, avec ses deux rangées interminables de lits. Chacun d'entre eux était occupé par un jeune moribond, puisqu'il semblait que seuls les malades réduits à la dernière extrémité étaient jugés dignes d'un traitement. Plus tard, Walter avait compris que, par nécessité, les familles donnaient tout ce qu'elles avaient pour que leurs enfants reçoivent des soins intensifs. La convalescence se passait à la maison, surveillée par les mères et les sœurs en guise d'infirmières.

Ces deux visites avaient convaincu Walter Duncan d'une chose : il ne travaillerait jamais dans un hôpital qui comporterait ce genre de salles. Fort heureusement, lorsqu'il était devenu interne, elles n'existaient plus.

Tout en évoquant ces images du passé, Walter traversa

la cuisine et ouvrit la porte du garage. Il n'avait pas bu son café, mais sa secrétaire, Claudia Holcomb, lui en aurait certainement préparé. Il sourit en songeant à elle. Malgré son sourire suave, cette jeune Noire pouvait se transformer en tyran, si l'emploi du temps chargé de Walt l'exigeait.

Il était quatre heures de l'après-midi. Walter Duncan avait pratiqué trois longues interventions, il avait été appelé en consultation pour donner son avis sur trois autres cas, et réussi à avaler la moitié du sandwich que Claudia lui avait fourré dans la main au moment où il s'apprêtait à faire ses visites.

Il quittait son bureau lorsque Claudia l'intercepta pour le prévenir qu'il était appelé au téléphone.

— Plus tard, Claudia !

— C'est le Dr Rosen, insista-t-elle.

Aussitôt, Walter retourna s'asseoir à sa table pour décrocher le récepteur.

— Walt ? fit la voix fatiguée de Sy. En ces temps modernes, tout va plus vite qu'autrefois. Nous devons affronter le premier obstacle.

— Un obstacle ? répéta Walt.

— Russell.

Il était inutile d'en dire davantage, car ce nom était plus couramment utilisé qu'un autre, à l'hôpital. James Rowe Russell était le seul administrateur qui eût hérité de son siège au conseil d'administration. Son père avait été avant lui l'âme du Centre médical, édifié grâce à lui, le plus généreux donateur. L'actuel Russel veillait sur l'institution comme si elle lui appartenait. Tout ce qui pouvait rejaillir sur sa réputation lui apparaissait comme une insulte lancée à la face de feu son bien-aimé père.

— Que veut-il, cette fois ? demanda Walt.

— Il a entendu parler du procès intenté à Enright.

— Comment ?

— L'avocat d'Enright a pensé que s'il le mettait au courant, Russell ferait pression sur les médecins prêts à témoigner. Et évidemment, il ne se trompait pas.

— Et alors ?

— Russell veut vous parler.

— Entendu, je vais l'appeler.

— Tout de suite, suggéra Sy. S'il continue de ressasser cette affaire, il sera cinq fois plus en colère que ce matin.

Au moment où Walt priait Claudia de former le numéro de Russell, Lars Olafsen surveillait de près l'entraînement de ses élèves, sur les courts du lycée Midvale. Lars Olafsen, plus couramment nommé le Suédois, avait formé au tennis plusieurs générations d'élèves. Ses cheveux couleur de blé mûr à ses débuts avaient acquis une blancheur de neige. Son visage autrefois lisse et rose ressemblait aujourd'hui à un vieux parchemin ridé.

En revanche, ses yeux bleus étaient plus acérés que jamais, lorsqu'il observait ses joueurs à l'entraînement. Certains frappaient la balle et l'accompagnaient d'un ample mouvement de rotation du bras. D'autres commençaient à peine à s'échauffer, les yeux fixés sur la balle.

Le Suédois leur répétait toujours :

— Tant que vous ne déchiffrez pas la marque de la balle, c'est que vous ne la suivez pas. Regardez la balle, regardez ses coutures, concentrez-vous sur elle. Peu importe que tout le reste soit parfait, si vous perdez la balle des yeux, vous ne la frapperez pas correctement.

L'équipe masculine avait gagné sa part de médailles, comme l'attestait l'armoire aux trophées du gymnase. Cette année, elle promettait d'aller jusqu'aux finales, elle risquait même de remporter le championnat. Mais contrairement aux années précédentes, les filles pouvaient elles aussi briguer le titre.

Cette ambition reposait sur la qualité de la frappe, le coup d'œil et le style gracieux d'une adolescente de quinze ans, Amy Bedford. Incroyablement mince pour une fille qui portait des coups aussi puissants, Amy rappelait au vieux Suédois quelques-unes des plus grandes qu'il avait vues étant jeune. Non seulement il la croyait capable de vaincre toutes ses concurrentes lors des compétitions organisées par l'État, mais il pensait qu'elle pourrait devenir l'une des meilleures joueuses professionnelles au monde.

Cet après-midi, Amy était aussi fraîche que si elle avait passé la journée à se reposer. Elle pouvait encore battre n'importe quelle fille de l'équipe ; il remarqua pourtant que chaque fois que le poids de la jeune fille se portait sur sa jambe droite, elle trahissait une gêne légère. Il était possible qu'elle eût mal, à moins qu'elle n'accusât une baisse de forme, comme cela arrivait souvent aux joueurs surmenés. Il lui conseillerait de se détendre.

Quand Amy vint essuyer son joli visage ruisselant de sueur, il lui suggéra :

— C'est assez pour aujourd'hui, mon petit.

— Pourquoi ? s'enquit-elle avec une sorte d'irritation.

— Ton jeu devient inégal, ton coup de raquette moins sûr. A ce stade, l'entraînement ne sert plus à rien.

— J'essaie de ne pas y penser, déclara Amy.

— Tu essaies de ne pas penser à quoi ? s'étonna le Suédois.

— J'ai un peu mal à la jambe droite, avoua l'adolescente, mais je me débarrasserai de cette douleur avant les tournois. Ne vous inquiétez pas, monsieur Olafsen.

— Entendu, Miss Punch, mais n'en fais pas trop.

Elle lui sourit, heureuse qu'il utilisât le surnom qu'il lui avait trouvé. Tandis qu'elle s'éloignait, il l'observa avec attention, et la surveilla discrètement pendant tout le reste de l'après-midi. Il ne voulait pas qu'elle se crût l'objet d'une réelle inquiétude, mais chaque fois qu'un joueur cherchait à soulager une quelconque partie de son corps, il infligeait à ses autres muscles un fardeau supplémentaire. Le cas échéant, il lui interdirait de s'entraîner pendant quelques jours pour vérifier si elle cessait de souffrir.

En fin de journée, les jeunes gens quittèrent les courts pour se doucher et se changer. Comme ils commençaient à déserter le gymnase, le Suédois observa Amy Bedford qui se dirigeait vers les portes ouvertes, au bout du couloir. Sa mince silhouette se dessina à contre-jour. Elle boitait légèrement.

Il allait devoir la surveiller de près, pendant les jours à venir.

James Rowe Russell était un homme d'une soixantaine d'années. D'ordinaire, la presse le décrivait comme un riche philanthrope, sous prétexte qu'il profitait depuis sa naissance de la fortune accumulée par son père. Grand amateur de voile, il arborait le visage bronzé et buriné d'un vieux loup de mer. Il était d'ailleurs arrivé premier lors de la course des Bermudes, et s'était classé troisième de New York à Southampton.

En dehors de ses activités sportives, Russell administrait le Centre médical universitaire, qu'il considérait comme son fief. Il s'arrangeait pour n'accueillir au conseil d'administration que des membres favorables à ses vues, aussi pouvait-il compter sur une majorité confortable chaque fois qu'il en avait besoin. Depuis qu'il contrôlait la répartition des fonds attribués à la recherche, il détenait un pouvoir supplémentaire sur ces médecins qui le méprisaient.

Cependant, tous reconnaissaient que sous sa houlette, le Centre était devenu l'un des mieux équipés de tout le Middle West. Seuls quelques-uns des plus importants centres universitaires pouvaient se targuer d'installations aussi sophistiquées. Les connaissances de Russell, dans le domaine médical et scientifique, prouvaient qu'il n'était pas un dilettante. Malgré leur rancune à son égard, les médecins respectaient cet aspect de sa personnalité.

Assis en face de James Rowe Russell, Walter Duncan réfléchissait à la question posée par l'administrateur :

— Duncan, si vous êtes sûr que ces poursuites sont justifiées, la plupart des chirurgiens devraient partager votre point de vue, non ?

— Les plus honnêtes, oui, concéda Walt.

— En ce cas, il ne devrait pas être difficile de trouver d'autres experts qui témoigneront en faveur de ce patient. Faut-il vraiment qu'il soit l'un des médecins de cet hôpital ? En d'autres termes, pourquoi vous ? A moins évidemment que cet avocassier n'ait fait appel à vous pour jeter le discrédit sur notre réputation ?

— Le dossier a d'abord été adressé au Dr Rosen. La raison en est évidente. Quel orthopédiste jouit d'une meilleure réputation, dans le pays ? Aucun témoignage ne saurait être plus respecté que le sien. Mais pour des raisons de santé, il a été conseillé à Sy de ne pas comparaître à la barre, c'est pourquoi il m'a confié cette responsabilité.

— Et bien entendu, vous ne pouviez refuser. Vous ne lui avez jamais rien refusé, n'est-ce pas ?

— En général, nos points de vue concordent, se borna à constater Walt.

— L'avocat qui représente cet homme est juif, lui aussi ? demanda soudain Russell.

— Je l'ignore. Je ne me suis intéressé qu'à l'aspect médical de ce procès.

— Silverstein ! Il s'appelle Silverstein.

— Franchement, je ne l'avais pas remarqué. Je ne me souviens même pas du nom du patient. A mes yeux, cela n'a aucune importance.

— Tout aussi franchement, répliqua Russell avec acrimonie, il me semble que ce Silverstein a choisi Rosen pour des raisons évidentes, comme vous dites. Et Rosen a accepté de collaborer pour les mêmes motifs.

— Là-dessus, enchaîna Walt, le Dr Simon Rosen a supplié ce presbytérien de Walt Duncan de prendre part à ce complot juif. Il est d'ailleurs bien connu que les presbytériens et les juifs conspirent ensemble depuis des siècles.

La colère colora davantage le visage buriné de Russell.

— Posons cartes sur table, Duncan. Si vous témoignez contre un homme qui a appartenu au personnel du Centre, vous nuirez grandement à l'institution.

— Elle pâtira davantage si l'on apprend que nous dissimulons la vérité sous prétexte de solidarité envers un confrère dont la morale professionnelle est plus que douteuse.

— Il n'entre pas dans nos obligations de prendre part au procès, protesta Russell. Surtout si nous ne sommes pas concernés. L'erreur, si elle existe, a été commise dans un autre hôpital, et par un homme qui ne se trouve plus sous notre responsabilité.

— Monsieur Russell, je vous ferai observer que chaque fois que l'exercice de la médecine n'est pas ce qu'il devrait être, tout médecin a le devoir de le dénoncer.

S'étant levé, Walt se mit à marcher de long en large tout en poursuivant :

— Je comprends votre point de vue, monsieur Russell, et je ne vous en blâme pas. Un verdict sévère prononcé à l'encontre d'un hôpital élève le taux d'assurance de tous les autres. Le coût des erreurs imputées à notre Centre doit déjà tourner autour de la centaine de milliers...

— Plus d'un million de dollars, précisa Russell.

— Va pour un million. Et pour quelle raison ? Parce que depuis des années, notre corps professionnel s'efforce d'étouffer ses bavures en mettant sur la liste noire tous les médecins qui oseraient témoigner. Jusqu'ici, les jurés ont manifesté leur indignation en nous infligeant ces verdicts qui nous coûtent si cher. La solution ne consiste pas à jouer les autruches, mais à pratiquer une médecine de qualité. S'il le faut, nous devons exclure de nos rangs les hommes et les femmes qui refusent de se plier à cette exigence.

Les deux hommes savaient que l'entretien était clos. En sortant du bureau de l'administrateur, Walt était si furieux qu'il faillit heurter un inconnu qui se tenait dans la salle d'attente.

Avant de rentrer chez lui, en fin d'après-midi, Walter Duncan passa par le bureau de Silverstein, afin de discuter avec lui de son témoignage.

Petit homme d'aspect fragile, l'avocat avait soigneusement préparé la visite de Walter Duncan. Il prouva à son interlocuteur qu'il avait creusé le problème médical de son client au point de pouvoir en remontrer à n'importe quel médecin. Au moment où ils allaient se quitter, Silverstein se sentit assez confiant pour suggérer :

— Docteur Duncan, peut-être pourrons-nous envisager un règlement à l'amiable de cette affaire pour éviter un procès interminable.

Comme il parvenait enfin devant chez lui, Walter Duncan se reprocha une fois de plus son retard. Il espérait que Simone n'était pas encore couchée, mais personne ne répondit à son appel joyeux.

— Simone ? Où es-tu ma chérie ?

Il se rendit dans la cuisine, où il ne trouva personne. Les restes du repas prouvaient cependant qu'Emily et Simone avaient dîné. Cela ne ressemblait pas à Emily de laisser des assiettes sales sur la table. Walt raillait souvent ce qu'il appelait son obsession de la propreté, bien qu'en tant que médecin il appréciât cette qualité.

Il se dirigea vers l'escalier.

— Il n'y a personne, dans cette maison ?

— Papa ?

La voix de Simone était tendue, différente. Il monta quatre à quatre les marches recouvertes d'un épais tapis, et se précipita dans la chambre de la fillette. Simone était étendue sur le ventre, sa chemise de nuit relevée jusqu'au cou si bien qu'elle était nue des épaules jusqu'aux pieds. Emily était assise au bord du lit, à côté d'elle.

— Que se passe-t-il ? s'enquit-il en traversant la pièce.

— Elle a une autre tache bleu et noir, sur le bras gauche, cette fois, dit Emily.

Walter Duncan aperçut une sorte d'hématome à l'intérieur du bras. Il était placé haut et presque caché par la proximité de la poitrine.

— Comment aurait-elle pu prendre un coup de crosse à cet endroit ? grommela-t-il en examinant le bleu de plus près.

Il fléchit le bras, sans que la fillette en parût incommodée. Il palpa ensuite l'endroit meurtri, mais Simone ne réagit pas.

— Tu vas cesser de jouer au hockey pendant un certain temps, conclut-il, au moins une semaine.

— Mais papa...

— Il y d'autres sports tout aussi attrayants et moins dangereux. Pourquoi pas la course, ou le tennis ?

— Écoute, p'pa...

— Je sais, toutes tes meilleures amies pratiquent le hockey, mais pour l'instant tu te livreras à une autre activité.

Sans laisser à sa fille le loisir de discuter, il se pencha pour l'embrasser.

— Ton père jouait au tennis, et cela ne lui a fait aucun mal, pas vrai ? dit-il en souriant.

Après un moment d'hésitation, elle sourit à son tour.

— C'est vrai, papa.

— J'ai une idée ! Si tu veux prendre des cours particuliers de tennis, j'appelle le Suédois demain, et je te paie une nouvelle raquette. D'accord ?

— D'accord, soupira Simone.

Pendant qu'il dînait, Emily prit place en face de lui. Absorbé dans le *Quotidien du médecin,* il accordait peu d'intérêt à la nourriture. L'article analysait la possibilité de recourir à des techniques chirurgicales simplifiées, en cas de fractures consécutives à des accidents de voiture.

Il tournait la page, lorsque Emily insinua :

— Cela refroidit...

— Mmm... Quoi ?

— Ta tranche de rôti va être froide, et si je la réchauffe, elle sera trop sèche.

— Ah oui ! Délicieuse, cette viande ! fit-il d'une voix coupable.

— Comment s'est passée ta journée, aujourd'hui ?

— Comme d'habitude.

— Et ton entrevue avec l'avocat ?

— Il a dit qu'il en savait assez pour pouvoir conclure l'affaire rapidement. Il espère éviter le procès.

— Donc, tu n'aurais pas à témoigner ? Tant mieux !

Elle paraissait si soulagée qu'il déposa son journal.

— Que veux-tu dire ?

— J'ai rencontré Millie Enright, aujourd'hui. Nous déjeunions toutes les deux au club. Après m'avoir lancé un regard furieux, elle m'a ignorée.

— J'en suis navré, mais je ne peux revenir sur ma décision.

— Walt, tu es bien sûr qu'Enright a si mal travaillé ?

— Il suffit d'étudier le dossier de son patient pour en être convaincu. L'intervention chirurgicale n'était pas nécessaire. Et l'état dans lequel Enright a laissé ce garçon prouve qu'il a de surcroît bâclé l'opération.

— Je ne comprends pas pourquoi Enright a été accepté au Centre, s'il est tellement incompétent.

— On l'a prié très vite de s'en aller, ne l'oublie pas. Il serait plus proche de la vérité de dire qu'il s'est fait proprement éjecter.

— Malgré tout, on devait bien avoir quelques raisons de l'avoir engagé ? insista Emily.

— Franchement, cela m'a gêné aussi. C'est pourquoi je suis allé aux archives, pour parcourir le dossier d'Enright. Avec ses recommandations, tous les hôpitaux de la région se seraient arraché sa candidature. Cela m'a donné à réfléchir. Comment un si bon chirurgien a-t-il pu s'en tirer aussi mal dans un cas relativement simple ? J'ai donc appelé Dick Forester.

— En quoi était-il mieux informé que toi ?

— Enright appartenait au service d'orthopédie de Dick, avant de venir chez nous. Il ne m'en a pas dit grand-chose de bon.

— En ce cas, pourquoi l'ont-ils gratifié de ces recommandations élogieuses ?

— Dick a admis qu'il y avait été obligé. Ses administrateurs voulaient éviter le procès qu'Enright leur intenterait inévitablement si Dick rédigeait une lettre de condamnation comme il en avait l'intention. Ils ont préféré se débarrasser de lui avec des éloges, et laisser un autre hôpital hériter du problème.

— C'est ainsi qu'Enright est devenu le vôtre, à toi et à Sy, conclut Emily.

— Exactement, et il en va de même dans tout le pays. Des centaines de médecins incompétents continuent d'exercer aux dépens des patients.

— Il faudrait faire quelque chose ?

— Chaque fois que les gens s'expriment ainsi, tu peux être sûre que rien ne sera fait.

Manquant décidément d'appétit, il repoussa son assiette.

— J'ai préparé une mousse au chocolat, dit Emily en se levant.

— Non merci, chérie, j'ai beaucoup de lecture en retard.

Avant de se diriger vers le salon, il l'embrassa.

— Surveille bien Simone, je n'aime pas ces taches bleues.

3

Pendant qu'il observait l'entraînement de ses joueurs, le Suédois formait en esprit les équipes qui participeraient au tournoi. En ce qui concernait les garçons, le choix risquait d'être difficile. Qui disputerait le premier, puis le deuxième et le troisième simple ? Et parmi les meilleurs, qui allait-il sélectionner pour les doubles ?

Les filles lui poseraient moins de cas de conscience. Il prenait mentalement des notes sur la rapidité des joueuses, leurs coups, leur jeu de jambes, leur faculté d'anticipation et leur façon d'occuper le terrain, lorsque son attention fut attirée par Amy Bedford. Alors qu'elle s'apprêtait à servir, elle avait brusquement pivoté sur elle-même pour se précipiter vers la clôture. Appuyée contre le grillage, elle haletait, le corps agité par des spasmes. Lars se mit à courir vers la jeune fille. Parvenu à quelques pas d'elle, il comprit qu'elle vomissait.

— Amy ! Que se passe-t-il, mon petit ?

Elle voulut se détourner, embarrassée par le spectacle qu'elle lui avait offert. L'ayant rejointe, il l'enlaça et la contraignit à lui faire face. Comme il sortait un mouchoir pour lui essuyer les lèvres, elle éclata en sanglots.

— Calme-toi, Amy, murmura-t-il. Viens, ajouta-t-il en l'entraînant vers la porte du gymnase.

Une minute plus tard, assise dans son bureau, elle levait vers lui des yeux coupables.

— De quoi s'est composé ton déjeuner ? l'interrogea-t-il.

— Je... Je n'ai rien pris.

— De quoi s'agit-il, en ce cas ? Tu es nerveuse ? Tu n'as pourtant aucune raison de l'être, Amy. Je n'ai jamais vu une fille aussi bien préparée que toi pour les finales de l'État. Contente-toi de jouer comme d'habitude, et tu peux gagner. Mais si tu ne dors plus, ne manges plus et te transformes en paquet de nerfs, tu seras battue. Si tu avais déjeuné, cet incident ne se serait pas produit. Ne recommence plus, d'accord ?

Comme elle hésitait, il insista :

— D'accord ?

— Ce... ce n'est pas le manque de nourriture.

— Explique-toi, en ce cas.

— Je crois que c'est l'aspirine, avoua finalement Amy.

— Tu as pris de l'aspirine ! Pourquoi ?

— Ma jambe me faisait toujours mal, alors j'ai commencé par quelques cachets. Comme cela ne s'arrangeait pas, j'en ai pris davantage. Ce matin, j'en étais à six comprimés...

— Cela peut être ça, admit le Suédois avec une grimace. Lève-toi, que je te regarde marcher.

L'adolescente obéit docilement. Le vieil entraîneur l'observa, tandis qu'elle parcourait la pièce étroite. Il était clair qu'elle boitait toujours.

— Tu as encore mal, hein ?

— Oui, murmura-t-elle en lui jetant un coup d'œil par-dessus son épaule.

— Plus qu'avant ?

— Oui.

— Reviens vers moi, ordonna-t-il.

En claudiquant légèrement, elle s'approcha de lui.

— Pour commencer, tu n'absorberas plus d'aspirine, ni aucun autre médicament. Il ne sert à rien de masquer la douleur.

— Mais je veux être en forme pour jouer ! protesta

Amy. Je dois obtenir le titre, pour pouvoir participer à des tournois plus importants, vous me l'avez dit vous-même.

— Ta santé est plus importante que toutes les victoires, mon petit. Si tu ne prends pas part aux compétitions cette année, tu tenteras ta chance l'an prochain.

A cette idée, les yeux bleus d'Amy se voilèrent de larmes.

— Ne pas jouer cette année ? Mais j'ai tout organisé ! J'ai même commencé à en parler à papa.

— De quoi lui as-tu parlé ?

— De devenir une joueuse professionnelle... De gagner beaucoup d'argent.

— Entendu, je partage tes espoirs, mais nous devons d'abord songer à l'essentiel : ta santé. Au lieu d'avaler de l'aspirine, tu vas te reposer pendant quelques jours. Ensuite, nous verrons.

Elle ouvrait la bouche pour protester, mais le vieux Suédois secoua fermement la tête.

— Quelques jours de repos, Amy.

Résignée, elle haussa les épaules avant de quitter le bureau.

L'entraîneur resta assis, les yeux fixés sur la porte. Ses confrères auraient eu recours à toutes sortes de traitements pour soulager temporairement la souffrance d'un de leurs poulains. Surtout s'ils se trouvaient à la veille d'une compétition... On ne manquait pas d'injections et de drogues diverses pour affronter ce genre de situations. Mais le Suédois était persuadé que ces mesures ne s'appliquaient pas à des athlètes aussi jeunes. Les dommages causés à leur corps pouvaient s'avérer irréversibles. Aucun trophée, aucun titre ne valait cela.

Comme chaque fois qu'il était confronté à ce type de problème, il se tourna vers le téléphone pour composer un numéro qu'il connaissait par cœur. Dès qu'on lui répondit, il demanda :

— Ici Lars Olafsen, pourrais-je parler à Sy ?

Quelques secondes plus tard, Sy était au bout du fil.

— Bonjour, vieux, comment va ?

— Je ne me plains pas, répliqua comme chaque fois l'entraîneur. Et toi, Sy ?

— Je pourrais me plaindre, mais je n'en serais pas soulagé pour autant, rétorqua le médecin.

Ces formalités terminées, Simon Rosen passa aux choses sérieuses. Il savait que son ami ne l'appelait pas pour le plaisir de bavarder un moment.

— Qu'est-ce qui t'amène, mon vieux ?

— J'ai une fille, dans mon équipe, Amy Bedford...

— Amy Bedford ? Il me semble avoir entendu parler d'elle. Elle est très bonne, n'est-ce pas ? J'ai dû lire un article sur elle, dans le journal local. Et alors ?

— Elle souffre légèrement, Sy, et nous sommes à la veille des finales de l'État.

— Elle souffre ? Où ?

— A la jambe droite. Celle sur laquelle elle s'appuie lorsqu'elle monte au filet.

— A quel endroit, exactement ?

— On dirait que la douleur se situe juste au-dessous du genou. Cela doit faire mal, parce qu'elle s'est bourrée de cachets d'aspirine, au point de vomir ce matin.

— Envoie-la-moi, vieux, je la passerai à la radio. Ce n'est sans doute rien, mais il vaut mieux vérifier.

— Merci. C'est ma meilleure joueuse, tu sais. Elle a de bonnes chances de devenir professionnelle. Je n'avais jamais vu sa pareille depuis Chris Evert, en Floride.

— Qu'elle passe me voir. Cela ne peut pas faire de mal de jeter un coup d'œil, hein ?

Sy raccrocha, plus inquiet qu'il n'avait voulu le laisser paraître. Il était inutile de se montrer alarmiste sur la foi d'une simple intuition.

Depuis des années, le Suédois avait pris l'habitude de lui demander souvent conseil. Le vieil entraîneur témoignait une grande sollicitude envers ses poulains, c'est pourquoi Sy répondait avec promptitude à ses appels.

Autrefois, ils avaient organisé des doubles amicaux. Chaque dimanche, le Suédois, Sy et deux autres médecins se retrouvaient au tennis-club pour disputer quelques parties. Ensuite, les trois médecins retournaient à l'hôpital pour effectuer leurs visites. Sy avait toujours soupçonné le Suédois de leur laisser remporter un ou deux sets par amitié. Grâce à lui, ces rencontres constituaient des moments de détente vitaux pour ces hommes qui exerçaient un métier qui les surmenait.

Un accident cérébral avait contraint l'un des confrères de Sy à cesser tout effort physique. Le second était mort d'une crise cardiaque. Par une sorte d'accord tacite, l'habitude était tombée en désuétude, mais les deux hommes étaient restés amis. Sans que cela fût officiel, Sy était devenu le médecin des jeunes protégés du Suédois.

Ce n'était pas la première fois qu'il proposait une radiographie. La plupart du temps, Sy constatait avec soulagement que ses craintes n'étaient pas fondées. Néanmoins, il agissait chaque fois avec diligence.

— Tu dois passer une radio ? Mais pour quelle raison, ma chérie ? s'inquiéta Marion Bedford. Tu as légèrement mal à la jambe ? Laisse-moi regarder.

Agenouillée devant sa fille, elle fit courir ses doigts sur la peau lisse.

— Je ne sens aucun gonflement, conclut-elle. Avant de décider quoi que ce soit, je vais appeler le Dr Corey. Comment s'appelle le médecin dont t'a parlé M. Olafsen ?

— C'est le Dr Simon Rosen.

Mme Bedford dut attendre un instant avant qu'on ne lui passât le Dr Corey. Un peu nerveuse, elle rejeta en arrière ses longs cheveux blonds, qu'elle avait tendance à perdre dans les périodes d'anxiété. Bien qu'elle fût tentée de minimiser le problème, elle craignait instinctivement qu'il ne s'agît de quelque chose de grave. Son inquiétude lui attirait le plus souvent des réflexions exaspérées de la part de son mari :

— Bon sang, Marion, je travaille comme un forcené tout le jour et une partie de la nuit. Le soin de la maison et l'éducation de notre fille te regardent. J'espère que ce n'est pas trop exiger.

Bedford se déchargeait sur sa femme de la responsabilité d'Amy. Ce n'était pourtant pas faute de l'aimer, mais il se sentait incapable de s'en occuper. Le travail agissait sur lui comme une drogue, et il se sentait plus à l'aise à la tête de son affaire de machines-outils que confronté à une adolescente. Dans son entreprise, il n'avait pas à affronter des phénomènes inconnus et incompréhensibles. Comme, par exemple, les comportements des jeunes filles dans un monde où elles étaient si libres que tout devenait possible, y compris la drogue, l'alcool et les grossesses indésirées.

Dès que le Dr Corey fut en ligne, Marion Bedford lui expliqua la situation.

— A quel spécialiste Olafsen a-t-il envoyé Amy ? se borna-t-il à demander.

— A un médecin du Centre médical universitaire nommé Rosen.

— Sy Rosen ?

— C'est cela.

— Elle ne pourrait se trouver en de meilleures mains. Demandez simplement à Rosen de m'appeler dès qu'il aura les radios.

— Détends-toi, Amy. Tu t'appelles bien Amy, n'est-ce pas ?

— Oui, monsieur, répondit l'adolescente en se tordant nerveusement les doigts.

— Sais-tu que nous avons de nombreux points communs, Amy ? Et pour commencer, nous avons le même entraîneur. Nous avions, pour être précis, car je ne joue plus au tennis. Mais quand cela m'arrivait, il était mon professeur et mon partenaire en double. Jusqu'à ce que je devienne si bon qu'il a craint que je le batte.

Sy Rosen gloussa avant de poursuivre :

— Je plaisante, évidemment. En fait, je le soupçonne plutôt de m'avoir fait cadeau de quelques sets pour m'empêcher d'abandonner. Bien... Le Suédois me dit que tu as un peu mal à la jambe.

— Oui, monsieur.

Sy Rosen se pencha en avant.

— Où, exactement ?

Amy traça un cercle juste au-dessous de son genou droit.

— Lève-toi, mon petit. Va jusqu'à la porte et reviens vers moi.

Elle obéit. Il nota une légère claudication, preuve qu'elle souffrait encore. Lorsqu'elle se fut assise, le vieux chirurgien s'agenouilla pour palper la zone douloureuse. Il n'y avait aucun gonflement, mais ses doigts sensibles détectèrent une différence de température imperceptible. Cette constatation le contraria.

— Parfait, dit-il d'une voix neutre. Nous allons procéder à la radio. Je parie que tu es déjà passée aux rayons X...

— Seulement chez le dentiste.

— En ce cas, tu sais que cela n'est pas douloureux. Tu ne sentiras rien, aussi détends-toi. Mon assistante, Mme Kruzsik, va t'accompagner en Radiologie. Ensuite, j'appellerai le Dr Corey pour lui dire ce que nous avons trouvé.

— Vous connaissez le Dr Corey ? s'étonna l'adolescente.

— Depuis des années.

Cette découverte calma la jeune fille, dont la tension parut se relâcher. Sy l'observa, tandis qu'elle sortait de son bureau. Cette jambe droite, pourtant parfaitement formée, abritait un mal qui causait ce boitement.

« Bon sang de bon sang ! se dit-il, pourquoi suis-je porté à toujours envisager le pire ? Ce peut n'être rien. C'est même le plus probable. »

Mais son intuition lui affirmait le contraire.

Walter Duncan se nettoyait les mains avant sa première intervention de la matinée. Le soin minutieux qu'il y apportait lui permettait de réfléchir. Il pensa à l'opération qu'il était sur le point d'entreprendre. Il ne devait pas oublier de jeter un dernier coup d'œil aux radios, avant de commencer... Juste avant son départ, Emily l'avait prévenu que l'école de Simone organisait une autre réception, cette fois il devait s'arranger pour y être. Quand il avait embrassé sa fille, ce matin, elle dormait encore... Avait-elle de nouvelles marques bleu et noir sur le côté... ? Ou bien commençait-il à avoir trop d'imagination... ? Pas étonnant que les médecins ne soient pas censés soigner les membres de leur famille... La subjectivité s'en mêlait aussitôt.

Il venait de s'essuyer les mains quand une infirmière vint le prévenir que le Dr Rosen avait appelé. Il lui demandait de passer le voir en sortant de la salle d'opération.

L'intervention réclamait une habileté considérable mais fort heureusement il s'agissait d'une chirurgie corrective dont les chances de réussite étaient très élevées. Son jeune patient se remettrait rapidement, et bientôt il pourrait de nouveau jouer au base-ball. Quand la saison sportive commencerait, il serait aussi bon qu'avant, sinon meilleur.

Après sa troisième opération de la matinée, Walter Duncan visita ses patients. Ayant constaté qu'aucun d'entre eux ne présentait de complications post-opératoires, il était libre de rejoindre Sy.

Le bureau du Dr Rosen était plongé dans l'obscurité. Walt aperçut son vieil ami, assis dans un coin de la pièce. Malgré la pénombre, il remarqua son expression morose.

— Sy ? Vous vouliez que je jette un coup d'œil sur des radios ?

— Je les ai laissées sur le négatoscope.

Walter s'approcha de l'écran, alluma la lumière, et étudia les deux radios de la jambe d'Amy. Il se tourna vers Sy.

— Les radios ne sont pas suffisantes, Sy, vous le savez mieux que quiconque. Encore que...

— Encore que quoi... ?

— Je peux me bercer d'espoirs, mais non vous tromper. Scintigraphie osseuse, scanner et éventuellement biopsie. C'est la seule façon d'être absolument sûrs de ce que nous avançons.

Sy hocha sombrement la tête. Le scanner leur fournirait une image en trois dimensions de la jambe d'Amy...

— Qui est le patient ? s'enquit Walter.

— C'est une gamine de quinze ans.

— Cela ne m'étonne pas. S'il s'agit d'un ostéosarcome, nous tombons dans le groupe d'âge le plus touché. Mais rien ne prouve encore que ce soit un cancer. Ce n'est peut-être qu'un kyste bien délimité, ou une tumeur bénigne.

— Peut-être bien, grommela Sy.

Mais son ton maussade et son attitude indiquaient clairement qu'il se faisait peu d'illusions.

— Quinze ans ! répéta Walt en s'approchant de nouveau des radios. C'est moche...

— Elle s'appelle Amy Bedford, précisa Sy.

— La jeune joueuse de tennis sur laquelle on a écrit quelques articles ? Une protégée du Suédois, si je me souviens bien.

— C'est bien elle.

— Bon sang ! Il me semble avoir lu qu'elle avait l'intention de devenir joueuse professionnelle ?

— D'après le Suédois, elle est plutôt douée, précisa Sy.

— Qui allons-nous prévenir en premier ?

— Chuck Corey, le pédiatre d'Amy. C'est lui qui se chargera d'informer la famille. Vous acceptez de vous en occuper ?

— Bien sûr.

Il n'ignorait pas que chaque fois que des enfants étaient concernés, l'investissement affectif était plus fort. Depuis la naissance de Simone, il était obsédé par la mort d'Owen, au point de se comporter envers ses jeunes patients comme s'il était leur père. Par une ironie du sort, sa réputation de douceur envers les enfants lui valait de recevoir de plus en plus de jeunes malades.

Retenu par ses occupations, le Dr Corey ne put rappeler Sy qu'en début de soirée. Leur conversation fut brève et concise.

— Chuck, je me suis arrangé pour que Walt Duncan prenne en charge Amy Bedford. Je voudrais que vous lui fassiez passer une autre radio.

— Une autre radio ? répéta le pédiatre d'une voix troublée.

— Du thorax, cette fois-ci.

Au mot « thorax », le médecin réagit immédiatement :

— Que craignez-vous, Sy ? Une métastase aux poumons à partir d'un ostéosarcome ?

— Pour l'instant, il ne s'agit que de soupçons, Chuck. Nous ne sommes sûrs de rien.

— Je m'en occuperai dès demain. Quoi d'autre, Sy ?

— Nous allons procéder à une scintigraphie osseuse. S'il s'agit d'un ostéosarcome, il peut ne pas être primaire. Nous devons nous assurer que ce n'est pas déjà une métastase. Et s'il est primaire, nous voulons connaître son étendue.

— Évidemment...

Sy perçut l'inquiétude du pédiatre. Il suivait Amy depuis sa naissance...

— Faites... Faites votre possible, Sy, dit-il après un long silence.

— En ce qui concerne la famille, Chuck, comment devons-nous nous y prendre ?

— La mère est courageuse, relativement forte. Et elle fait bien, parce que le père est entièrement absorbé par son travail. D'après moi, il choisit de l'être parce qu'il est incapable de maîtriser ses problèmes personnels. Je ne peux certifier qu'il réagira correctement. Quand le moment sera venu... s'il vient, je suggère que nous les affrontions ensemble. Vous et Walt répondrez aux questions d'ordre technique, et je puis vous assurer que Bedford en posera beaucoup. Quant à moi, je tâcherai de les rassurer. Mais d'abord, je vais leur parler de cette nouvelle radio et aborder la question de la scintigraphie

— Pendant que vous y êtes, évoquez la possibilité d'une biopsie.

Dans une pièce obscure, Walt et Sy projetaient sur un écran les résultats des examens subis par Amy Bedford. Comme ils passaient d'un cliché à l'autre, examinant avec minutie les zones franches et opaques, ils n'éprouvaient pas le besoin de parler. Seules les radios du thorax envoyées par Corey étaient encourageantes, car les poumons étaient clairs.

— Il faut fixer la date de cette biopsie le plus vite possible, Walt.

— Une simple ponction ne suffira pas... Pas dans un cas comme celui-ci.

— La tumeur n'est pas d'un accès facile, acquiesça Sy, et nous ne pouvons prendre le risque de prélever trop peu de cellules, sous peine de faire une erreur de diagnostic. La méthode la plus sûre, dans ce cas, est la biopsie par incision.

Sans l'avoir dit de façon explicite, les deux hommes

venaient de confirmer leurs pires craintes. La prochaine étape serait constituée par les résultats de la biopsie, après quoi il faudrait prendre une décision.

Juste avant de quitter l'hôpital, Walt prévint Claudia de réserver la salle d'opération et de convoquer un anesthésiste pour la biopsie d'Amy, une semaine plus tard.

Quand il arriva chez lui, Simone avait déjà dîné. Elle se trouvait au premier étage, où elle se préparait pour la nuit. Il monta à pas de loup, espérant la surprendre et transformer son retard en jeu. La culpabilité l'incitait souvent à ce genre de subterfuges. Il la découvrit dans la salle de bains, debout devant le miroir de la porte. Elle semblait absorbée dans la contemplation de son jeune corps, ce qui le fit sourire.

Son amusement fut de courte durée, car il remarqua presque aussitôt une autre meurtrissure, située cette fois sur l'épaule. Furieux, il songea qu'elle n'avait pas abandonné le hockey, malgré son interdiction.

— J'espère que tu as rendu coup pour coup, grommela-t-il.

Elle sursauta à la vue de son père puis, avec la pudeur naissante de l'adolescente, elle attrapa son peignoir.

— J'étais sûre d'avoir fermé la porte, dit-elle lorsqu'elle l'eut enfilé.

Comme il lui tendait les bras, elle s'y jeta. Il l'embrassa tendrement avant de dénuder son épaule pour examiner l'hématome. Une fois de plus, il le palpa sans qu'elle manifestât la moindre gêne. Il scruta le visage confiant levé vers lui.

— Quelque chose t'embête, papa ?

— Rien du tout, mais il est l'heure de te coucher.

Sans protester la fillette gagna sa chambre, se glissa entre ses draps et s'étendit sur le côté. Walt s'attarda un instant afin de l'embrasser encore, puis il descendit dans le salon, où Emily lui avait servi un apéritif.

— Sais-tu qu'elle a une nouvelle tache bleue sur l'épaule ? l'interrogea-t-il.

— Non... Elle a pourtant abandonné le hockey.

— Elle n'a pas fait de difficultés ?

— Non. J'en ai même été surprise, car j'étais persuadée qu'elle se révolterait. Peut-être mûrit-elle plus vite que nous ne le pensons...

— Peut-être, répéta Walt d'une voix soucieuse. Te paraît-elle changée, ces temps-ci ?

— Bien sûr que non ! s'étonna Emily. Pourquoi le serait-elle ?

— Tu ne la trouves pas un peu pâle ?

— Les brunettes au teint clair ont toujours l'air un peu pâles. C'est ce qu'on disait de moi lorsque j'étais enfant.

— Je veux dire, plus que d'habitude, précisa Walt.

— Je n'ai rien remarqué. Dépêche-toi de boire ton apéritif, le dîner est prêt.

Le visage soucieux, Walt opina sans répondre.

Sy ne désirait pas alarmer les Bedford avant d'avoir une certitude, surtout après ce que Corey lui avait dit du père d'Amy. Il leur présenta donc la biopsie comme un examen de routine. Ed Bedford laissa sa femme s'occuper de tout pour se consacrer à ses affaires. Plus que jamais, il évitait ce qui pouvait menacer son équilibre.

La veille de la biopsie, Marion Bedford amena sa fille à l'hôpital. Amy fut installée dans une chambre où l'anesthésiste vint s'entretenir un instant avec elle. On lui fit une prise de sang pour les tests de laboratoire, puis elle fut examinée par un interne. Enfin, Walt Duncan lui rendit une petite visite.

Ainsi qu'il s'y attendait, l'adolescente était tendue, malgré tous ses efforts pour paraître détachée. Sa mère, une mince femme blonde en qui Walt devina aussitôt une anxiété un peu pathologique, se tenait au pied du lit. Elle en serrait si fort le montant d'acier que ses articulations blanchissaient. Elle lui adressa un sourire contraint, qui apparut ensuite par intermittence, comme si elle avait été une poupée mécanique.

— Écoute, Amy, commença Walt, ce que nous allons te faire demain est très simple. Tu seras endormie, si bien que tu ne sentiras rien. Ensuite, tu découvriras sous ton genou une petite incision d'environ cinq centimètres de long. Au début, elle te piquera un peu, mais il ne te restera pratiquement aucune cicatrice.

Il ne précisa pas qu'un jour, qui viendrait peut-être trop vite, cette cicatrice n'existerait plus parce que la jambe d'Amy aurait été amputée...

— Pour l'instant, nous allons simplement prélever un peu d'os. Cela nous aidera à déterminer le traitement qui soulagera ta douleur.

— Docteur Duncan, pensez-vous que je pourrai participer au tournoi de l'État ? Le Suédois pense que j'ai de bonnes chances de remporter le titre.

— Nous ferons notre possible... Je te verrai demain en Orthopédie.

— D'accord, fit la jeune fille.

Mais il était clair que l'adolescente n'était pas prête à affronter l'énorme déception qui l'attendait.

Le lendemain matin, à six heures quarante-cinq, Amy Bedford fut emportée sur un brancard au cinquième étage. On lui avait déjà administré un sédatif, si bien qu'elle était à moitié endormie lorsque Walt Duncan, vêtu de sa tenue verte de chirurgien, lui adressa quelques mots d'encouragement :

— Rappelle-toi, Amy, tu ne sentiras rien. Abandonne-toi au sommeil, je serai là à ton réveil.

Sous les yeux attentifs de Sy, Walt Duncan s'empara de son scalpel. Il se tourna d'abord vers l'anesthésiste, qui hocha la tête pour signifier que sa patiente était prête.

Quand l'infirmière qui l'assistait lui eut à son tour adressé un signe imperceptible du menton, il traça la première incision. Une ligne d'environ cinq centimètres, qui resta invisible jusqu'à ce que le sang perlât.

Pendant que son assistante en écartait les bords, Walt introduisit un foret électrique et utilisa des curettes pour extraire de minuscules échantillons d'os de la zone atteinte. Il en envoya immédiatement une partie au laboratoire, afin que les techniciens procèdent sur-le-champ à des analyses extemporanées. Le diagnostic final dépendrait évidemment d'examens plus approfondis, qui dureraient au moins cinq jours. Selon leur issue, Walt et Sy sauraient à quel type de tumeur ils avaient affaire. Ils pourraient alors prendre une décision.

Walt attendit pour refermer l'incision qu'on lui fît parvenir ces premiers résultats. Lorsqu'ils arrivèrent, lui et Sy tentèrent une dernière fois de se réconforter en s'assurant mutuellement que ces analyses extemporanées n'étaient jamais décisives.

Ils étaient cependant assez alarmants pour que Sy suggérât :

— Bon sang ! Pourquoi ne faisons-nous pas nous-mêmes une radio du thorax ? J'ai horreur de penser que quelque chose pourrait nous échapper.

Walt sutura méticuleusement la zone d'où il avait extrait les fragments d'os nécessaires à la biopsie. Si la tumeur s'emballait, les cellules cancéreuses pourraient envahir les tissus sains. La situation deviendrait alors désastreuse.

Avant de quitter la salle d'opération, Walt envoya des échantillons de cellules, ainsi que les radios et tous les résultats des examens, au Dr Alan Woodside, l'anatomo-pathologiste de l'hôpital. Il aurait besoin de toutes ces données pour établir le diagnostic final.

Les nouvelles radios des poumons d'Amy étaient claires.

Six jours plus tard, le rapport de Woodside aboutit sur le bureau de Sy. Il affirmait qu'Amy Bedford, âgée de quinze ans, souffrait d'un ostéosarcome virulent.

Dès que Walt Ducan eut lu le rapport, il sut ce qui lui restait à faire. Il fallait agir vite. Il en discuterait le lendemain avec ses confrères cancérologues, mais le traitement devrait commencer aussitôt.

4

Après plusieurs coups de téléphone et un rendez-vous annulé au dernier moment, Ed et Marion Bedford accompagnés de leur fille, Amy, furent enfin rassemblés dans le bureau de Sy, en présence de Walt Duncan et du Dr Corey.

Il revint à Sy de fournir les premières explications. Averti du scepticisme d'Ed Bedford, il eut recours aux radios ainsi qu'aux résultats de la scintigraphie osseuse et du scanner.

— Vous voyez cette ombre, monsieur Bedford ? s'enquit-il calmement.

— Oui, rétorqua Bedford avec impatience. Qu'est-ce que c'est ?

— Un néoplasme ou, si vous préférez, une excroissance anormale.

— Anormale... répéta Bedford. Qu'est-ce que cela veut dire ?

— Il s'agit d'une tumeur osseuse, expliqua Sy. Maintenant, sur ces images fournies par la scintigraphie osseuse, vous pouvez apercevoir le même point d'inflammation situé dans la même zone.

— Un point d'inflammation, répéta encore Bedford comme s'il ne comprenait pas.

— C'est l'indication d'une tumeur maligne, précisa le vieux médecin.

Réalisant soudain les implications de ce qui venait d'être dit, Bedford rougit.

— Êtes-vous en train de me dire que... que ma fille a un cancer ? C'est impossible ! Pas à quinze ans !

— Ed, je t'en prie... l'interrompit son épouse.

Bien qu'elle se sentît elle-même au bord des larmes, elle voulut réconforter sa fille en lui prenant la main. Les doigts de l'adolescente étaient glacés, et son visage livide trahissait la terreur qui la submergeait.

— Écoutez ! explosa Bedford. Je suis un homme habitué à se colleter avec les faits. J'exige toute la vérité. Je ne suis pas complètement stupide. Sortons d'ici, vous me direz ce qu'il y a à savoir.

— Attendez, Ed... intervint le Dr Corey en lançant un regard d'excuse en direction de Sy.

Bedford se tourna vers le pédiatre.

— Bon sang ! Comment se fait-il que vous ne soyez au courant de rien, vous ? Tous les six mois, vous faites subir à ma fille un bilan complet, comment une maladie aussi immonde a-t-elle pu vous échapper ? Quand je pense à tout l'argent que je vous ai versé depuis des années ! On ne peut vraiment compter sur personne, de nos jours.

Déployant son mètre quatre-vingt-dix, Walt se leva pour saisir Bedford par les épaules.

— Ça suffit comme ça, Bedford ! fit-il d'une voix sèche.

Bedford leva les yeux vers lui. Un instant, il parut sur le point de s'arracher à l'étreinte du médecin. Pendant quelques secondes interminables, les deux hommes se fixèrent, puis le père outragé sembla se tasser sur lui-même et perdre de son agressivité.

— Monsieur Bedford, reprit posément Walt, il s'agit d'une maladie insidieuse, rarement décelée à l'occasion de bilans. Aucun praticien n'aurait pu soupçonner son existence avant l'apparition de symptômes. C'est la difficulté majeure que nous rencontrons, pour diagnostiquer et traiter les tumeurs osseuses : la douleur est le premier symptôme. Maintenant qu'elle est apparue, nous allons prendre les mesures nécessaires. Par ailleurs, vous devez abandonner une autre idée préconçue. Le cancer ne s'attaque pas seulement aux personnes âgées. Les adolescents de quinze ans peuvent en être atteints, aussi oubliez vos a priori et écoutez très attentivement ce que nous avons à vous dire. Aujourd'hui, vous allez devoir faire un choix, le plus important sans doute de toute la vie de votre fille.

Réduit au silence par ce discours, Ed Bedford s'effondra sur sa chaise, pâle et transpirant. Walter Duncan resta debout. Maintenant qu'il pouvait tourner son attention vers Amy, il constatait combien la réaction de son père l'avait choquée. Si dans un moment aussi crucial un enfant ne pouvait s'appuyer sur son père, sur qui pourrait-elle compter, dorénavant ?

— Amy, je ne chercherai pas à minimiser la gravité de ton mal, et je ne te mentirai pas. Il peut être mortel... Mais Dieu merci, nous pouvons aujourd'hui en venir à bout. De plusieurs façons. C'est pourquoi toi et moi, nous allons devoir faire un choix.

Hors de lui, Ed Bedford bredouilla :

— Le jeune Kennedy... ils lui ont pris sa jambe... ils l'ont amputé.

Poussant un cri, Amy se mit à pleurer. Tandis que sa mère l'enlaçait, Walt Duncan s'agenouilla auprès de l'adolescente désespérée. Après lui avoir pris la main, il glissa un doigt sous son menton pour la contraindre à le regarder dans les yeux.

— Amy, ce n'est pas moi qui ai utilisé ce mot, pas plus que le Dr Rosen ou le Dr Corey. J'ai dit que toi et moi nous devions faire un choix. Il est vrai que l'amputation constitue l'un des termes de l'alternative, le plus sûr, peut-être, et, d'une certaine façon, le plus facile. Pourtant, tu peux choisir une autre voie.

Insensible à tout ce qui l'entourait, l'adolescente aux cheveux blonds continuait de sangloter.

« Bon sang, songeait Walt, avec un autre père, tout ceci aurait pu être dit sans susciter autant d'angoisse. Nous n'allons pas seulement devoir soigner cette enfant, nous devrons aussi remplacer son père défaillant... »

— Maintenant, ma chérie, écoute-moi attentivement, parce que c'est toi qui vas prendre cette décision. Oui, nous pouvons amputer, mais je te répète qu'il existe une autre possibilité. Voici en quoi elle consiste : pendant six à dix semaines, tu subiras un traitement chimiothérapique. S'il réussit et provoque une diminution de la tumeur, cela prouvera que nous contrôlons le sarcome. A ce moment-là, je pourrai t'opérer, assisté du Dr Rosen et du Dr Corey. Pendant cette intervention, je retirerai la partie atteinte de ton os.

— Vous m'amputerez ? osa demander Amy.

— Il ne s'agit pas d'amputation, mais de résection. Cela signifie qu'on enlève uniquement la zone malade, et qu'on laisse ce qui est sain.

— Mais si vous m'ôtez un bout de jambe... protesta la jeune fille.

Walt caressa le petit menton qui tremblait.

— Amy... Amy, écoute-moi. Une fois que nous avons pratiqué la résection, nous insérons ce que nous appelons une prothèse, un long tube de titane ultra-léger qui remplacera l'os malade. Si nous y étions obligés, nous pourrions même remplacer ton genou.

— Je pourrai marcher ?

— Si tout se passe bien, tu pourras marcher.

— Je pourrai encore jouer au tennis ?

— Pas aussi bien qu'avant.

— Alors, c'est ce que je choisis.

— Pas aussi vite, ma chérie. D'abord, tu dois savoir que cela ne sera pas facile. Ensuite, je ne peux pas te garantir la réussite de notre entreprise. Les cellules cancéreuses peuvent déjà s'être répandues dans ton sang, qui les déposera dans une autre partie de ton corps. Heureusement, tes poumons sont clairs. Ils constituent la zone la plus menacée par ces cellules, aussi avons-nous de la chance. Peut-être prenons-nous le mal à temps. Pourtant tu dois connaître tous les risques de ce traitement, nous serons toujours honnêtes envers toi, Amy.

Apparemment, ces paroles mesurées augmentaient la confiance d'Amy envers Walter Duncan.

— Maintenant, si tu choisis la résection et la prothèse, tu devras endurer une année de chimiothérapie, de chirurgie et de rééducation, avec toute la souffrance que cela implique. Tu dois donc être prête à abandonner douze mois de ta vie. C'est un pari, mais on peut le gagner.

— Une année entière ? demanda-t-elle.

— Une année entière. Oublie le tennis, oublie toutes tes autres activités, va à l'école quand c'est possible. Toute ton énergie doit être consacrée à la guérison d'Amy Bedford. Qu'en dis-tu ?

L'adolescente hésita avant de murmurer :

— C'est d'accord, docteur.

Comme s'il tirait sa force de sa fille, Ed Bedford hocha la tête à son tour :

— Je suis désolé, pour tout à l'heure. Tout ça va sûrement coûter de l'argent, beaucoup d'argent. Ne vous en faites pas, on en trouvera. Aidez seulement ma petite fille à guérir.

— Nous ferons le maximum, intervint Sy. Pour commencer, Amy devra rencontrer le Dr Bristol, notre oncologiste, qui lui expliquera tout ce qu'il y a à savoir sur la chimiothérapie. Ce que c'est, à quoi ça sert, quels en sont les effets secondaires. J'ai déjà contacté la secrétaire du Dr Bristol. Elle vous attend.

— Amy, suggéra Walt, pourquoi ne monterais-tu pas avec ta maman au secrétariat du Dr Bristol ?

Ed Bedford comprit aussitôt qu'on le priait implicitement de rester. Dès que la porte se fut refermée sur la mère et la fille, il glissa la main dans la poche intérieure de son manteau afin d'en sortir son carnet de chèques.

— Très bien, messieurs, combien voulez-vous pour commencer ?

— La question financière sera abordée en temps utile, monsieur Bedford, rétorqua Walt. Si je vous ai prié de demeurer parmi nous, c'est pour m'assurer que vous avez bien compris l'essentiel. Votre fille va devoir subir un traitement long et pénible. La chimiothérapie comporte malheureusement des effets secondaires douloureux et angoissants, que certains patients supportent moins bien que d'autres. Pour franchir ces moments difficiles, elle aura besoin de rassembler toute sa force, tout son courage. Il se peut qu'elle doive affronter l'enfer, pourtant nous sommes convaincus que cela doit en valoir la peine.

Pendant quelques minutes, Walt arpenta la pièce en silence, puis il reprit :

— Amy n'a pas besoin de votre argent, mais de votre cran. Elle tirera sa force de la vôtre, comprenez-vous ? Si vous éprouvez l'envie de crier, que ce soit de colère ou de refus, allez hurler dans votre bureau ou dans un terrain vague. Si vous ne pouvez vous empêcher de pleurer, cachez-vous dans la salle de bains. Lorsque vous maudirez Dieu ou le sort, arrangez-vous pour qu'elle ne vous entende pas. Ce que nous vous demandons, c'est un sourire, un simple sourire qui lui dise : « Accroche-toi, ma chérie, et nous y parviendrons. » Murmurez-lui des mots d'encouragement, serrez-lui la main, qu'elle sache combien vous l'aimez. Transmettez-lui votre conviction qu'elle guérira, mais ne lui donnez surtout pas l'impression qu'elle vous a trahi en tombant malade. Vous l'aimiez avant ce coup du sort, aimez-la davantage maintenant. Personne ne pouvait le prévoir, c'est arrivé, c'est tout.

Bedford hocha la tête humblement. Ses lèvres remuèrent, mais il ne parvint pas à articuler un mot. Après de vains efforts pour exprimer ce qu'il ressentait, il se leva et gagna la porte. La main sur la poignée, il se tourna vers les trois médecins :

— Amy et sa mère l'ignorent, mais depuis trois ans

j'ai mis de l'argent de côté, pour financer sa première année de tournois professionnels. Vingt-cinq mille dollars, au bas mot. Ils sont à vous, messieurs.

Agacé, Walt demanda :

— Et que diriez-vous si nous exigions dix fois plus ?

— Vous les auriez. Votre prix sera le mien. Je ne vous demande qu'une chose : sauvez-la.

Les yeux brillants, il se glissa hors de la pièce avant de fondre en larmes.

— Pauvre homme, murmura Sy. Si la santé était à vendre, ce serait tout simple, il la lui achèterait. Je me demande comment il va se comporter, maintenant.

— Je vais tâcher de le maintenir sur la bonne voie, dit simplement le Dr Corey. Malheureusement, il n'est d'aucun secours, dans ce genre de situations. Il traite sa famille comme son entreprise. J'ignore comment il réagira, maintenant qu'il a en quelque sorte une fille abîmée. Si elle était son employée, il saurait quelle conduite adopter.

Après le départ de Corey, Sy tourna vers son ami un visage soucieux.

— Walt, n'êtes-vous pas allé trop loin en vous engageant quasiment à la guérir ?

— Il le fallait. Je lui ai donné ce dont elle aura besoin pour affronter l'année qui l'attend.

Les événements de l'après-midi avaient plus affecté Walter Duncan qu'il ne l'aurait cru. Pendant toutes ses visites, il fut obsédé par le petit minois d'Amy Bedford. Il était encore devant ses yeux lorsqu'il reçut les médecins qui lui amenaient des patients en vue d'interventions chirurgicales, et quand il dut se rendre aux Urgences pour donner son avis sur les fractures d'un accidenté de la route. Il finit par demander à Claudia d'annuler ses deux derniers rendez-vous, ce qui lui permettrait de dîner avec Simone et Emily. Il venait de comprendre que malgré leurs différences, Walter Duncan et Ed Bedford avaient au moins un point commun.

Ce furent des instants délicieux pour tous les trois. Pendant tout le repas, Simone ne cessa de bavarder avec animation, à tel point que Walt fut plusieurs fois obligé de la rappeler à l'ordre :

— Ma chérie, ton poulet refroidit. Nous aurons tout le temps de parler ensuite.

Mais la fillette babillait, relatant tout ce qui lui était arrivé à l'école, non seulement ce jour-là, mais aussi le précédent. Attristé, Walt comprit que cette excitation ainsi que ces yeux étincelants constituaient véritablement un reproche. Simone profitait à fond de sa présence parce qu'elle en jouissait trop rarement. Une fois de plus, il prit un certain nombre de bonnes résolutions, dont la plupart ne seraient pas tenues, faute de temps.

Après s'être levée de table, elle s'arrêta sur le seuil de la pièce.

— Tu monteras m'embrasser et me souhaiter bonne nuit, plus tard ?

— Bien sûr, ma chérie.

Il lui sourit, amusé par son ton raisonnable. Sa petite fille grandissait...

Dès qu'il eut achevé sa tasse de café, il monta au premier étage. La porte de Simone était entrouverte, comme pour lui rappeler sa promesse. Il jeta un coup d'œil dans la chambre, prêt à en plaisanter avec elle, mais elle dormait déjà. Traversant la pièce, il se pencha pour l'embrasser sur la joue, puis il la borda avec soin avant de se glisser dans le couloir.

Emily l'attendait au salon. A son visage tendu, il comprit qu'elle avait un problème urgent à lui soumettre, pourtant elle se borna à remarquer :

— Tu es rentré bien tôt, ce soir.

Bien qu'il s'agît d'une constatation, il était clair qu'on attendait de lui une explication. Walt sourit.

— Mes retards sont admis, mais si je rentre à l'heure, je dois m'expliquer.

— Ce n'est pas seulement cela... Il t'est arrivé quelque chose, aujourd'hui.

Étonné par la perspicacité de son épouse, Walt lui parla d'Amy Bedford.

— Peut-être me suis-je trop engagé, conclut-il, mais je pouvais difficilement agir autrement. J'ai lu une telle supplication, dans les yeux bleus de cette fillette, que je me devais de la rassurer.

— Quels sont réellement ses espoirs de guérison ?

— Ils sont sérieux... Enfin, pas exactement. Il y a actuellement huit chances sur dix pour que le cancer ait déjà commencé à se répandre dans son corps, mais la chimiothérapie peut s'y opposer.

— Et si ce n'est pas le cas ?

Refusant d'envisager le pire, Walt soupira.

— A ce stade, il est absurde de spéculer. Nous saurons bien assez tôt à quoi nous en tenir... dans six semaines, peut-être huit. Nous saurons alors si la tumeur a diminué ou non, ce qui déterminera notre décision.

— Tout cela ne me dit pas pourquoi tu es rentré si tôt, remarqua Emily. Simone était absolument hors d'elle.

— Apparemment, cette excitation l'a épuisée. Elle s'endort toujours aussi facilement, ces temps-ci ?

— Maintenant que tu m'y fais penser, elle ne se révolte plus lorsque je lui dis d'éteindre la télévision. Elle monte se coucher sans protester.

— Tant mieux.

— Elle se dit sans doute qu'il est inutile de rester éveillée, puisque papa n'arrivera jamais à temps, de toute façon. Excuse-moi, mon chéri, je ne voulais t'adresser aucun reproche, mais je n'ai pas pu m'en empêcher.

— J'essaie... Je te jure que j'essaie. Mais au dernier moment, il se produit toujours un événement imprévu.

Comme il s'installait pour étudier les rapports de laboratoire concernant le patient qu'il devait opérer le lendemain matin, il resta un instant les yeux dans le vague. Emily avait-elle raison ? La soumission de Simone constituait-elle une protestation silencieuse contre ses absences trop fréquentes ? Souvent, les enfants réagissent de façon étrange aux blessures qu'on leur inflige...

Revenant à ses préoccupations professionnelles, il songea qu'il lui faudrait rencontrer le Dr Bristol, le lendemain, afin de fixer avec elle le traitement d'Amy Bedford.

Sautant du coq à l'âne, il se rappela ensuite que tous les efforts de Silverstein pour établir l'incurie d'Enright avaient échoué. Il devrait donc se rendre au tribunal quand il y serait appelé en tant que témoin. La perspective de cette corvée n'avait rien de réjouissant.

Au Centre médical universitaire, chacun considérait Rita Bristol comme une personne extrêmement discrète. On savait qu'elle possédait une licence en biologie, outre son diplôme de docteur en médecine. Par ailleurs, les deux hôpitaux de l'Est où elle s'était perfectionnée dans sa spécialité ne tarissaient pas d'éloges à son sujet, mais personne n'aurait pu en dire davantage sur elle.

Rita Bristol était une petite femme brune et séduisante. En face de ses patients, elle ne manifestait jamais aucune émotion, et peu de gens auraient su dire ce qu'exprimaient vraiment ses yeux vifs et perspicaces. Pourtant, elle se montrait ouverte et directe, abordant avec précision le traitement qu'elle prescrivait à ses malades.

Elle n'avait pas d'enfant, bien qu'elle eût parfois fait allusion à son mariage. A la façon dont elle en parlait, on pouvait supposer qu'il avait eu une issue malheureuse.

Tout le monde ignorait qu'elle se rendait plusieurs fois par an à Washington, lorsqu'elle pouvait obtenir quelques jours de congé. Là, elle passait plusieurs heures auprès du monument dédié aux vétérans du Viêt-nam, caressant de ses doigts tremblants un nom gravé dans la pierre froide.

Puis elle retournait à l'hôpital, où elle reprenait tranquillement le cours de ses activités.

Ce jour-là, Rita Bristol affrontait Amy Bedford et sa mère avec son efficacité coutumière. Elle avait tressé ses cheveux en une couronne qui mettait en valeur ses traits bien dessinés. Il était clair qu'elle avait étudié tous les rapports de laboratoire concernant Amy, ainsi que les radios, les résultats du scanner et de la scintigraphie, et le compte rendu de Walt.

Éperdue de terreur, Amy fournissait un énorme effort pour paraître calme. Assise auprès d'elle, sa mère essayait désespérément d'arborer une expression d'intelligente coopération, dépourvue de toute émotion. Si elle avait pu contrôler la veine folle qui battait à la base de son cou, elle aurait réussi à paraître impassible.

Consciente de la nervosité de ses visiteuses, le Dr Bristol tâcha de commencer l'entretien sur un ton optimiste :

— Amy, je suppose qu'on t'a raconté des horreurs sur ce qui arrive aux personnes qui subissent un traitement chimiothérapique. Ces histoires sont très exagérées, mais cela ne signifie pas pour autant que tu vas vivre une expérience agréable. C'est un peu comme si un combat se livrait dans ton corps. Tes amis sont les agents chimiques que nous te donnons, tes ennemis, les cellules cancéreuses. Comme dans toutes les guerres, d'innocents civils souffriront parfois. C'est pourquoi tu connaîtras des moments désagréables, tu auras des nausées, tu vomiras de temps en temps. Mais rien de tout cela n'est aussi terrible que ce qu'on a pu te raconter. Le plus important, c'est que pendant toutes les années où j'ai exercé, nous n'avons jamais perdu un patient. Notre but, à toi comme à moi, est de réduire la tumeur de ta jambe. Si nous réussissons, le Dr Duncan t'opérera et nous aurons toutes les chances de remporter la victoire. Alors, chaque fois que tu te sentiras prête à abandonner, chaque fois que tu penseras en toi-même : « Cette saleté de Bristol veut ma mort », répète-toi notre devise : « Tout pour que cette tumeur diminue. » D'accord ?

— Oui, murmura faiblement Amy. Mais que se passera-t-il si cela ne marche pas ?

— Si cela ne marche pas ? répéta le Dr Bristol, prise par surprise.

— Que ferez-vous si la tumeur ne diminue pas ?

Ignorant ce que Walter Duncan avait dit, le Dr Bristol décida que la vérité était la plus sûre des réponses.

— En ce cas nous n'aurions plus le choix, le Dr Duncan devrait t'amputer.

Une main glacée agrippa l'estomac d'Amy, son corps mince se couvrit d'une sueur froide. Elle allait se tourner vers sa mère quand le Dr Bristol intervint :

— Amy ! Je n'ai pas dit que c'est ce qui allait se produire. Cela n'arrivera que si toi et moi, nous échouons. C'est pourquoi chacun de nous doit accomplir sa part. Quand tu te sentiras mal, quand tu auras envie de vomir, que la chimiothérapie te laissera à bout de forces, rappelle-toi que tu souffres pour une bonne cause. Ce désagrément, cette tension peuvent signifier au bout du compte une opération réussie, et ensuite une nouvelle vie. Alors, au lieu de haïr ce traitement, considère-le comme une chance formidable, une chance qu'une adolescente comme toi n'aurait pas eue il y a quelques années.

Amy puisa un certain réconfort dans les profonds yeux sombres qui tentaient de lui transmettre leur conviction.

— Maintenant, Amy, reprit le médecin, je vais t'expliquer ce qui nous attend pendant les huit prochaines semaines. Tu auras neuf perfusions d'un produit appelé le méthotrexate. Mais bien qu'il ne soit pas administré par voie buccale, ce remède peut te donner des nausées.

— Devrai-je rester à l'hôpital ?

— Seulement trois jours chaque fois. Le premier, tu subiras le traitement, et pendant les deux autres nous surveillerons ses effets sur ton sang et tes urines. Nous vérifierons ainsi que ton corps tolère bien le méthotrexate.

— Je manquerai l'école trois jours de suite !

— Je préviendrai l'administration de ton lycée. Nous

nous arrangerons pour que tu puisses t'y rendre chaque fois que tu t'en sentiras capable.

L'air peu rassuré, Amy hocha la tête. Sa mère lui tapota maladroitement le bras.

— Souviens-toi, chérie, le Dr Duncan a dit que cela durerait un an. Qu'est-ce qu'un an, si tu gagnes la santé pour le reste de ta vie ?

Le Dr Bristol fut soulagée de ne pas avoir émis une promesse aussi extravagante, pourtant elle ne fit rien pour la démentir.

— Nous allons bien trouver une solution pour tes études, Amy. On peut envisager des leçons particulières, un programme spécial... Et puis, il y aura encore toutes les journées où tu te sentiras assez bien pour aller à l'école. Autre chose... J'ai retenu une chambre pour toi dans le pavillon des enfants.

— J'ai quinze ans ! protesta Amy.

Le Dr Bristol lui sourit avec indulgence.

— Je crains que les milieux médicaux ne te considèrent encore comme une enfant. Nous t'attendons donc lundi matin, à huit heures.

— Huit heures, acquiesça Marion Bedford. Viens, ma chérie, nous allons acheter ce dont tu auras besoin lundi.

Rita Bristol les regarda quitter son bureau.

« Quelle jolie fille ! songea-t-elle. Par quelle aberration doit-elle affronter une pareille épreuve ? »

Après étude du dossier, elle ne se sentait pas inclinée à un franc optimisme. Elle avait vu trop de cas semblables mal tourner. C'était l'amputation... et pis encore.

5

Cette nuit-là, Amy s'éveilla en sursaut, arrachée à un rêve dont elle ne gardait aucun souvenir, sinon qu'elle criait :

— Je suis trop jeune... trop jeune !

Épuisée, elle resta étendue entre ses draps humides de sueur.

« Moi qui ai protesté parce qu'on me mettait dans le pavillon des enfants, songea-t-elle, voilà maintenant que je me trouve trop jeune. »

Respirant profondément, elle essuya son visage ruisselant avec la paume de ses mains. Elle se sentait aussi fatiguée que lorsqu'elle avait disputé un set avec un garçon. Le Suédois leur faisait souvent subir cette épreuve pour les habituer à des coups plus puissants que ceux de leurs adversaires habituelles.

Elle évoqua soudain son entretien avec le Dr Bristol. Lundi, on allait commencer à lui administrer ce métho... quelque chose, qui provoquait en vous toutes sortes de réactions affreuses... Des nausées, des vomissements. Et si tout cela ne servait à rien ? S'il se produisait ce genre d'accidents dont les journaux parlaient chaque jour, lorsque les remèdes nuisaient au patient au lieu de le guérir ?

Elle se tourna dans son lit, consciente de la douleur

légère qui habitait toujours sa jambe droite. Pour elle, l'ennemi était cette douleur, non la maladie. Elle sentait la douleur, mais elle n'avait aucune preuve de la maladie.

Décidément, elle ne pouvait croire qu'on fût entraînée pour les tournois de l'État un jour et menacée de mort le lendemain... C'était impensable... inacceptable !

Avant de se soumettre aux horreurs de la chimiothérapie, elle voulait procéder à sa petite enquête personnelle... S'étant glissée hors de son lit, elle se dirigea vers son cabinet de toilette. Elle ouvrit la porte, sur laquelle sa mère avait fait installer un grand miroir le jour de son douzième anniversaire. C'était la preuve qu'elle était assez grande pour se soucier de son apparence. C'était aussi l'âge où les adolescentes commençaient à être préoccupées par les garçons.

Elle orienta la porte de façon que le miroir reçût le maximum de lumière, puis elle avança le pied droit pour observer attentivement sa jambe. Elle la tourna dans un sens, puis dans l'autre, ne remarquant aucun gonflement, aucune déformation. Elle la pressa, la pinça sans rien ressentir de particulier, sinon cette douleur têtue qui la harcelait jour et nuit. Mais elle pouvait très bien être causée par l'entraînement sévère qu'elle avait subi en vue des tournois. Il était presque naturel d'avoir mal, tenta-t-elle de se persuader. Parfois, son épaule était douloureuse après des services trop durs, souvent elle ressentait une sorte de brûlure dans le bras... C'étaient le genre de maux dont souffraient tous les joueurs de tennis. Elle avait déjà joué en dépit de ces petits inconvénients, il n'y avait aucune raison pour qu'elle n'en fît pas autant aujourd'hui. Elle était décidée à le prouver.

S'étant recouchée, elle s'endormit en élaborant le plan qu'elle avait l'intention d'appliquer dans la matinée.

Elle s'éveilla plus tôt que d'habitude. Pouvait-elle appeler à cette heure-ci ? Après quelques instants d'hésitation, elle choisit de prendre le risque. Puisque ses parents refusaient de lui accorder son propre appareil jusqu'à son seizième anniversaire, elle était obligée de téléphoner du salon ou de la cuisine. Le salon était plus sûr, car son père se levait souvent de très bonne heure pour se préparer lui-même son petit déjeuner avant de se rendre au bureau.

Pieds nus, elle descendit silencieusement l'escalier. Puisque aucune lumière ne filtrait sous la porte de la cuisine, elle avait le rez-de-chaussée pour elle toute seule. Une fois dans le salon, elle s'installa dans le fauteuil de son père et forma un numéro.

Elle savait exactement ce qu'elle dirait si la mère de Brent Martin décrochait. Heureusement, ce fut Brent lui-même qui répondit.

— Brent ? C'est Amy.

— Oh ! salut, Amy !

Bien qu'il s'efforçât de prendre un ton détaché, elle perçut dans sa voix une surprise mêlée de ravissement. L'année précédente, il avait tenté de sortir avec elle, n'y renonçant que lorsqu'il avait réalisé qu'elle ne le désirait pas. Son appel devait constituer pour lui une joie inattendue, à en juger par son enthousiasme.

— Où étais-tu, tous ces derniers temps, Amy ? Je ne t'ai pas vue à l'entraînement. Tu as des ennuis ?

— Tu connais le Suédois... Depuis que j'ai mal à la jambe, il ne veut plus que je travaille. Je me demandais... Puisque c'est samedi, aujourd'hui, nous pourrions échanger quelques balles, juste pour m'empêcher de perdre la forme ?

— Si le Suédois a dit...

— Nous n'irons pas sur un court du lycée, mais sur un de ceux du parc. Je t'en prie, Brent...

— Pour toi, Amy, c'est d'accord. Quand ?

— A neuf heures ?

— Entendu. Tu veux que je passe te chercher ?

Amy réfléchit un instant.

— Non, je... je te rejoindrai là-bas. Retiens un court.

L'herbe était encore humide de rosée lorsque Amy Bedford apparut sur le court. Elle était ravissante, dans son survêtement bleu et rouge, dont les teintes vives rehaussaient sa blondeur. Bien coupé, l'ensemble soulignait son jeune corps de façon flatteuse, et elle le portait avec une sorte de défi, comme si elle criait au monde entier : « Je suis jeune et bien portante ! »

Elle attendit Brent avec appréhension, craignant qu'il ne vînt pas. Impressionné par l'interdiction du Suédois, il pouvait très bien avoir renoncé au dernier moment. Mais à neuf heures, il arriva comme convenu, portant sa raquette et un sac plein de vieilles balles, encore assez bonnes pour l'entraînement.

Lorsqu'il aperçut la jeune fille, il fut clair qu'il brûlait du désir de l'embrasser. Il contint son élan, craignant sans doute d'être éconduit une seconde fois.

— Tu es sûre d'être assez bien pour jouer ? s'enquit-il au moment où ils retiraient leurs survêtements.

— Bien sûr que oui ! J'ai l'impression de n'avoir presque plus mal. Quand je serai échauffée, la douleur disparaîtra complètement.

— Allons-y, alors.

Ils commencèrent l'échauffement en se postant aux deux extrémités du terrain. Brent envoyait des balles longues et puissantes qui tombaient chaque fois à un mètre de la ligne de fond. Amy les lui retournait. Peu à peu, ils élargirent la surface de jeu. Maintenant, Brent visait la ligne médiane, et parfois les angles du court, obligeant ainsi la jeune fille à se déplacer davantage et plus vite qu'au début.

Il frappait avec précision, sans pour autant quitter des yeux Amy, qui courait après la balle. Le plus souvent elle arrivait à temps pour la lui renvoyer, mais parfois, c'est à peine si elle parvenait à l'effleurer de sa raquette. Brent monta ostensiblement au filet, pour obliger son adversaire à parer des coups de plus en plus rapides. Enfin, il s'arrêta.

— Amy ?

Elle tourna vers lui un visage ruisselant de sueur. Elle haletait.

— Oui ?

— Tu ne renvoies pas comme d'habitude.

— Je ne suis pas encore échauffée, répliqua-t-elle vivement.

— Tu devrais l'être, insista le jeune homme. Il y a quelque chose qui cloche.

— Tout va bien, au contraire. recommençons, et envoie-moi des balles de plus en plus courtes, pour m'obliger à monter au filet.

— Tu es sûre... commença-t-il.

— Mais ce n'est pas vrai ! Tu es pire que ma mère quand tu t'y mets ! Fais ce que je te dis !

— D'accord.

Il retourna derrière la ligne de fond, imité de l'autre côté par Amy. Il commença par une balle longue qu'elle lui renvoya sans difficulté, puis il visa la ligne de service, ce qui contraignit son amie à courir. Ensuite, elle fit encore trois pas jusqu'au filet, d'où elle relança la balle suivante à la volée de façon que Brent ne pût la rattraper.

Comme elle regagnait le fond du court, afin de répéter la manœuvre, il remarqua le boitement léger qui avait troublé Lars Olafsen. Le jeune homme sentit qu'il fallait interrompre l'entraînement, mais il connaissait l'entêtement d'Amy Bredford. S'il refusait de l'aider, n'importe quel autre garçon de l'équipe accepterait de le remplacer. Il décida de poursuivre l'expérience, tout en la surveillant plus que jamais. A la première occasion, il insisterait pour qu'elle se repose.

Ils reprirent donc leurs échanges. Au bout d'un moment, Amy demanda à Brent de lui envoyer des balles très longues, pour qu'elle pût s'entraîner à remonter au filet après les lui avoir renvoyées. C'est ce qu'elle fit après un coup droit. Deux fois, elle parvint même à suivre ses revers, quand elle avait réussi à frapper avec suffisamment de force.

Le souffle court, la jeune fille transpirait, pourtant elle se sentait en grande forme. Douleur ou non, elle était persuadée de pouvoir vaincre n'importe quelle fille de son âge. Il était presque possible de croire que tout ce que les médecins avaient prétendu était faux.

— Envoie-moi des balles hautes ! cria-t-elle.

Obéissant, il lui décocha des lobs qui retombaient à côté de la ligne de fond. Amy les suivait, levant sa raquette au-dessus de sa tête par anticipation, puis elle attaquait avec force, lui retournant ses balles à droite ou à gauche avec une telle énergie que Brent n'essayait même plus de les rattraper.

Tout marchait à la perfection. L'arrêt de son entraînement lui avait fait moins de mal qu'elle ne le craignait. Pénétrée de joie, elle sentait ses muscles répondre à la moindre sollicitation.

— On fait quelques jeux ? cria-t-elle en direction de Brent.

— D'accord. C'est toi qui sers !

Amy ramassa trois balles. Elle en glissa une dans la poche de son short, gardant les deux autres à la main. Elle n'utilisa pas toute sa force pour envoyer la première, afin de commencer en douceur. Il la lui renvoya au fond du court, ce qui n'était pas méchant mais exigea d'elle une bonne frappe en retour. Ils échangèrent ensuite quelques balles jusqu'à ce que Amy montât au filet derrière l'un de ses coups droits. Il lui renvoya directement la balle, mais elle l'intercepta pour effectuer une volée coupée qui projeta la balle juste derrière le filet, hors d'atteinte de Brent.

Ils jouèrent pendant une vingtaine de minutes, accélérant leur rythme, renforçant leurs coups afin d'éprouver les limites d'Amy. Mais elle tenait bon, décidée à montrer qu'elle était meilleure que jamais.

Elle était sur la ligne de fond, attendant le service de Brent. La première balle heurta le filet. La seconde avait l'air puissante, mais heureusement, elle dépassa la ligne de service, si bien que la jeune fille n'eut qu'à s'écarter. La troisième fut plus courte, et moins forte que la précédente, avec un lift slicé. Elle courut à sa rencontre, mais son pied se déroba sous elle. Elle tomba en avant, déchirée par une douleur si soudaine qu'elle ne put s'empêcher de crier. Aussitôt, Brent se rua dans sa direction, sautant par-dessus le filet pour la rejoindre.

Dès qu'il fut agenouillé auprès d'elle, il examina la peau écorchée où le sang commençait à perler. Malgré les protestations de son amie, il l'enleva dans ses bras pour l'emporter vers sa voiture.

— S'il te plaît, supplia-t-elle, ne me dépose pas devant ma porte...

— Je ne te laisserai pas marcher, affirma-t-il, pas avec cette jambe.

Au moment où ils s'engageaient dans la rue, Amy réitéra sa supplication, mais Brent demeura inflexible. Ainsi qu'elle le craignait, Marion Bedford sortit de la maison dès qu'elle entendit la voiture se garer devant la porte.

— Je t'en prie, souffla Amy, n'aggrave pas les choses en me soutenant.

— D'accord, concéda-t-il à regret, mais dis-lui la vérité. Ne lui cache rien.

— Nous jouions au tennis, pourquoi mentirais-je ?

— Je n'en sais rien, pourtant j'ai l'impression que nous avons eu tort.

Ouvrant la portière, elle se glissa hors de la voiture. Heureusement, son survêtement dissimulait son genou abîmé, mais elle ne pouvait masquer sa souffrance. Lorsqu'elle rejoignit sa mère, celle-ci était passée de la simple inquiétude à une profonde détresse. Elle aida sa fille à rentrer dans la maison, puis à s'asseoir dans la cuisine. Avec une grande douceur, elle remonta alors la jambe du pantalon d'Amy. La vue du sang qui maculait le membre malade la plongea dans la consternation.

Elle nettoya les écorchures avec de l'eau tiède, puis elle les couvrit de vaseline avant de poser dessus une compresse stérile. Puis, sans un mot de récrimination, elle appela le Dr Corey.

— Prévenez le Dr Duncan, s'exclama aussitôt ce dernier. Il faut qu'il voie Amy tout de suite. Vous m'entendez ? Tout de suite !

— Eh bien ! lança Walter Duncan de sa voix la plus détachée.

Étendue sur la table d'examen, Amy observait son visage impassible. Il semblait beaucoup moins inquiet que sa mère et le pédiatre, songea-t-elle avec soulagement. Si elle l'avait mieux connu, elle aurait su qu'il l'était cent fois plus...

— Raconte-moi comment c'est arrivé, l'interrogea-t-il en palpant doucement sa jambe.

Tandis qu'il passait un doigt léger sur les écorchures, elle lui rapporta la séance d'entraînement dans ses moindres détails, insistant sur le fait qu'elle ne s'était jamais sentie aussi en forme. Bien sûr, il y avait cette petite douleur, mais elle s'était atténuée à mesure qu'elle s'échauffait.

Comprenant qu'elle voulait minimiser sa désobéissance, Walter ne tint aucun compte de cette précision. Prenant son silence pour une adhésion à ses arguments, la jeune fille décrivit sa chute. Elle s'efforça de prouver que l'accident n'était pas dû au mal. Elle n'avait pas tenté d'épargner particulièrement cette jambe, elle ne la traînait pas non plus. Ce n'était qu'un accident banal, comme il s'en produit chaque jour sur les courts. Le docteur le savait aussi bien qu'elle, puisqu'il jouait lui-même au tennis.

— Vous voyez, docteur, ma chute n'a rien à voir avec cette douleur, conclut-elle.

Soulagée par sa plaidoirie, elle se laissa aller en arrière, dans l'attente du verdict.

— Amy, la façon dont cela s'est passé n'a pas vraiment d'importance, commenta Walter Duncan.

La jeune fille exhala un profond soupir, persuadée d'avoir évité l'orage.

— Que tu aies trébuché contre une marche ou glissé sur un parquet ciré, cela reviendrait au même. La seule chose qui compte, c'est que tu ne te sois pas cassé la jambe.

De plus en plus rassurée, Amy laissa échapper un second soupir.

— Parce que si elle avait été brisée, poursuivit-il, nous n'aurions pas eu le choix. J'aurais dû t'amputer aujourd'hui même.

Elle retint son souffle, saisie à la gorge par les paroles monstrueuses qu'il venait de proférer. Il disait cela pour l'effrayer ! songea-t-elle avec force. Mais quand elle plongea son regard dans les yeux tendres du médecin, elle comprit qu'il lui disait la vérité.

— Comprends-moi, ma chérie, pour l'instant nous savons que le danger est limité à cette zone, et nous espérons qu'il en sera ainsi jusqu'à ce que ton traitement commence. Dans la mesure où nous sommes capables de l'affirmer, toutes les cellules cancéreuses sont là. Elles ne se sont pas répandues dans ta jambe, et n'ont encore gagné aucune autre partie de ton corps. Mais si une fracture les libérait, elles envahiraient ta jambe et ton corps comme une troupe de terroristes, prêtes à détruire et à tuer. En ce cas, la seule solution consisterait à amputer le membre qui contient ces cellules folles, tout en priant le ciel qu'elles n'aient pas eu le temps de s'échapper.

Comme Amy se mettait à trembler, Walt posa doucement ses mains sur les épaules de la jeune fille.

— J'ai dit que c'est ce qui se serait produit s'il y avait eu fracture. C'est pourquoi j'insiste pour qu'à l'avenir tu portes une gouttière, et surtout pendant la chimiothérapie. Nous ne pouvons courir le risque que tu te casses la jambe, même en supprimant toute activité violente.

— Une gouttière ! s'exclama Amy. Comme un estropié.

— Une gouttière, comme une jeune personne mise en danger par une maladie que nous voulons guérir.

— Devrai-je la porter tout le temps ?

— Oui.

— Même lorsque j'irai au lycée ?

— Oui. Quand tu pourras t'y rendre, il faudra la garder.

— Alors, je n'irai pas ! Je ne veux pas que les copains me voient comme ça !

— Amy, j'ai déjà contacté Hans Metterling, notre prothésiste. Il t'attend...

Le domaine de Hans Metterling semblait encombré par un fatras de morceaux d'un métal brillant nommé le titane. Des croquis s'alignaient contre les murs. Plusieurs prothèses étaient suspendues auprès des croquis. Par leur couleur et leur surface polie, elles ressemblaient à s'y méprendre à des parties du squelette humain. Au milieu de ce désordre apparent, un vieil homme travaillaient tranquillement. Il savait exactement où se trouvaient les pièces dont il avait besoin.

Ce spectacle hétéroclite accabla Amy. Certainement, ce vieux monsieur ne pouvait créer la précieuse gouttière en laquelle le Dr Duncan plaçait tant de confiance...

Metterling lui fit signe de s'asseoir. Absorbé par sa tâche, il ne prêta d'abord aucune attention à la jeune fille. Quand il eut parfaitement limé la pièce métallique sur laquelle il était penché, il l'examina soigneusement, étudia de nouveau le croquis, puis il donna encore quelques légers coups de sa lime minuscule. Enfin, ayant une dernière fois observé l'objet, il sembla satisfait.

Il se tourna alors vers Amy qui attendait avec anxiété qu'il daignât s'intéresser à elle. Mais au lieu de lui adresser la parole, il parut frappé par une idée subite. Faisant volte-face, il passa délicatement sa lime sur son œuvre.

— Ah ! prononça-il avec satisfaction lorsqu'il fut certain d'avoir atteint le degré de perfection désiré. Et maintenant...

Abandonnant la pièce de métal, il revint vers l'adolescente.

— Le Dr Duncan m'a parlé de toi, dit-il d'une voix forte qu'Amy trouva chargée de reproche. Une jeune fille, une très jolie jeune fille qui s'efforce de casser sa jambe sur un court de tennis. Nous n'allons pas permettre qu'une telle catastrophe se produise. Je suppose que tu ne me contrediras pas sur ce point, hein ?

Il l'observa par-dessus les verres épais qu'il portait pour travailler.

— Mais dis-moi, tu es vraiment aussi belle que le Dr Duncan le prétend ! tant mieux, car pour les très jolies filles, le vieil Hans fabrique de très jolies gouttières... Enfin, disons qu'elles sont plus sympathiques que celles que nous avons l'habitude de faire. Il y a une dizaine d'années, ce qui pour vous, les jeunes, équivaut à des siècles, les appareillages étaient confectionnées dans un acier très lourd. De nos jours, grâce à la recherche spatiale, nous disposons de toutes sortes de métaux plus légers. Tu vois cela ?

Il s'empara d'un objet long et mince, façonné pour remplacer le tibia d'un patient. Il le souleva pour montrer à la jeune fille combien il était léger.

— Il ne pèse pas davantage qu'une plume ! s'exclama le vieil artisan. Le jeune homme qui l'aura oubliera rapidement que ce n'est pas son os d'origine. La façon dont les choses évoluent dans le monde ne cesse de m'émerveiller... Ainsi, toi... Nous allons te confectionner une gouttière qui ne sera pas plus lourde qu'un duvet. Ça te plaît, jeune fille ?

Amy s'efforça en vain de hocher la tête.

— Je sais, je sais, poursuivit-il. Tu te demandes ce que vont dire tes copains, quand ils verront ta gouttière. Alors de deux choses l'une : ou bien tu leur dis que tu te soucies de ce qu'ils pensent comme d'une guigne, ou bien tu portes des pantalons et ils ne sauront rien. Maintenant...

Prenant avec douceur le pied droit de l'adolescente, il lui étendit la jambe afin de l'étudier. Puis il se mit à marmonner pour lui-même tout en griffonnant ce qui ressemblait à des hiéroglyphes sur un vieux carnet posé sur sa table. A l'aide d'un mètre et d'un pied à coulisse, il nota la circonférence de sa jambe, ainsi que la distance entre son genou et sa cheville, puis entre son genou et le milieu de sa cuisse. A la fin, il semblait à Amy qu'il avait jeté sur le papier plusieurs centaines de chiffres, sans cesser de marmonner dans sa langue natale, un patois allemand utilisé dans certains cantons suisses.

Au moment où la jeune fille commençait à devenir nerveuse, il lui demanda :

— Je t'attends dans quatre jours pour l'essayage, d'accord ?

— Oui, oui, bien sûr.

— Parfait, déclara le vieil homme en inscrivant une dernière note sur son carnet.

Il tira sur sa moustache blanche tout en étudiant ses chiffres. Sans lever les yeux vers Amy, il observa :

— Tu sais, jeune fille, je suis prêt à parier que tu crois être la seule. La seule fille de ton âge à être touchée par ce genre de maladie. Eh bien, jette un coup d'œil autour de toi... La plupart de ces... objets sont destinés à de tout jeunes gens. Comme toi, ils ont quinze ou seize ans. Certains sont plus âgés que toi, d'autres plus jeunes. D'autres encore sont beaucoup plus vieux, il est vrai. Eh bien, entre nous, je crois que le Dr Duncan et moi, nous essayons de rendre coup pour coup à cette saleté de cancer, parce que nous lui arrachons des gens qu'il croyait à lui. Duncan les sauve, et le vieil Hans les fait marcher de nouveau. Alors, ne sois pas si effrayée, mon petit. Ce Walter Duncan fait des miracles, et moi... je l'aide un peu.

Comme il la regardait par-dessus ses lunettes, elle vit étinceler ses yeux d'un bleu délavé.

— On se revoit dans quatre jours ? s'enquit-il en souriant.

— Oui, oui, monsieur Metterling.

— Hans, corrigea-t-il gentiment. Je m'appelle Hans.

Lorsqu'elle quitta le vieil homme, Amy se sentait soulagée et ragaillardie.

6

Couchée dans son lit d'hôpital, Amy Bedford chiffonnait avec nervosité le drap qui recouvrait son corps élancé. Elle regarda sa mère, qui se tenait au pied de son lit, un sourire encourageant sur les lèvres. Amy lui adressa une petite grimace, sentant que si elle ne le faisait pas, la jeune femme allait pleurer. Trois fois, ce week-end, l'adolescente avait surpris sa mère en larmes, quand elle se croyait seule.

— Tout ira bien... très bien, répétait Marion Bedford. Avant peu, tu joueras de nouveau au tennis. Le Suédois me l'a affirmé. Il m'a dit qu'il en avait parlé avec les docteurs Duncan et Rosen. Tous deux pensent que tu vas te remettre rapidement.

« Mon Dieu, songea la jeune fille, faites qu'elle s'en aille ! Ne voyez-vous pas qu'elle va craquer ? Elle ne sait pas quoi dire, alors elle invente n'importe quoi. Le Suédois ne lui a jamais dit ça. »

Au grand soulagement d'Amy, le Dr Bristol entra dans la chambre, suivie d'une infirmière qui portait un plateau.

— Madame Bedford, si cela ne vous ennuie pas... commença le médecin sans regarder Amy.

Marion Bedford hocha la tête, son sourire figé toujours plaqué sur ses lèvres.

— J'attendrai dehors, ma chérie.

— Ce n'est pas la peine, intervint le Dr Bristol. Amy n'aura envie de voir personne pendant un certain temps.

— Je... En ce cas, je vais descendre dans la salle d'attente. Si elle veut me voir, appelez-moi.

Le Dr Bristol remplissait une bouteille d'un liquide incolore.

— Amy, voici le médicament dont je t'ai parlé, le méthotrexate. Avant la fin du traitement, tu haïras ce mot, synonyme pour toi de souffrance, de nausées, de vomissements. Mais rappelle-toi toujours que le méthotrexate combat les cellules cancéreuses. Nous devons réduire cette tumeur pour que le Dr Duncan puisse sauver ta jambe. C'est ce que tu dois te répéter : nous allons diminuer cette tumeur.

Elle noua autour du biceps d'Amy une sorte de mince cordon de caoutchouc jusqu'à ce qu'une veine se gonflât à l'intérieur du bras. Le médecin nettoya alors cette zone à l'aide d'un tampon d'ouate imbibé d'alcool, afin de la stériliser, puis elle introduisit une aiguille dans la veine. Une minute plus tard, l'oncologiste déclampait le tuyau reliant l'aiguille à la bouteille, de façon que le puissant fluide se diffusât dans les corps d'Amy.

— Nous y sommes, dit-elle enfin. La première phase du traitement est commencée. Il ne manque pas d'infirmières disponibles... Il te suffit d'appuyer sur ce bouton. N'hésite pas à appeler. Nous savons ce que tu dois affronter, aussi n'éprouve aucune honte à réclamer de l'aide. En attendant, tu peux lire, écouter la radio ou des cassettes, ou même regarder la télévision.

— J'ai apporté mes livres. Je ne veux pas prendre trop de retard dans mes études.

— Bonne idée, Amy. Puis-je faire quelque chose pour toi ?

L'adolescente hésita.

— Oui... S'il vous plaît, renvoyez maman à la maison. Je... je préférerais qu'elle soit avec moi, pour ne pas être seule. Mais elle ne pourra pas le supporter. C'est trop, pour elle, beaucoup trop.

— Laisse-la rester, suggéra le Dr Bristol.

— Elle se sent tellement impuissante qu'elle raconte n'importe quoi, pour me donner du courage. Et c'est exactement l'inverse qui se produit.

— Je peux lui proposer de partir, mais il m'est impossible de l'y forcer.

— Essayez, je vous en supplie.

En fin d'après-midi, quelques heures après cette première perfusion, Amy commença à en percevoir les effets. Née dans son estomac, la nausée remonta jusqu'à sa gorge pour y allumer un brasier. Elle tendit la main pour presser la sonnette, mais un flot verdâtre jaillit de sa bouche et se répandit sur le drap blanc, ainsi que sur la chemise fournie par l'hôpital.

Quand ce fut terminé, elle se mit à pleurer, tout en essuyant sa bouche du revers de sa main. Une infirmière entra en courant dans sa chambre.

— Madame... madame, commença Amy.

Mais les mots furent noyés sous un autre jaillissement visqueux. L'infirmière tint une cuvette, tout en enlaçant l'adolescente de son bras libre.

— Tout va bien, Amy, tout va bien, murmura-t-elle. Ce qui t'arrive est tout à fait normal. N'aie pas peur, ne sois pas gênée.

Le combat prit fin. Ruisselante de transpiration et hors d'haleine, Amy gisait dans sa chemise de nuit souillée. Avec dégoût, elle repoussa sa literie humide.

— Tu te sentiras beaucoup mieux quand nous aurons changé ton linge, affirma sereinement l'infirmière.

Avant qu'elle ne revînt avec les draps propres, Amy entendit la porte s'ouvrir doucement, presque timidement.

— Amy... chuchota Marion Bedford.

— Pas maintenant, maman.. Je suis dégoûtante.

— Je sais, l'infirmière m'a tout raconté. Puis-je faire quelque chose pour toi, ma chérie ?

— Elle est allée chercher de quoi me nettoyer.

Justement, l'infirmière revenait.

— Debout, Amy! lança-t-elle avec entrain.

Soulagée de ne percevoir aucun reproche dans le ton de la jeune femme, Amy se leva. Une fois que le lit fut garni de draps frais et d'une couverture qui sentait bon le blanchissage, l'infirmière se tourna vers l'adolescente.

— A ton tour!

Après avoir déshabillé sa patiente, elle lui passa un linge humide sur le corps, puis elle lui enfila une chemise propre.

— Et maintenant, au lit.

L'infirmière plaça un nouvel oreiller derrière la tête d'Amy, avant de s'exclamer plaisamment :

— Parfait! Tu dois te sentir plus à l'aise, non?

— Jusqu'à ce que cela se reproduise.

— En ce cas, utilise la cuvette. Et quoi qu'il arrive, dis-toi que tu as fait de ton mieux. Personne ne te reprochera rien. Madame Bedford.... commença-t-elle à l'intention de Marion.

Comprenant qu'elle suivait les instructions du Dr Bristol, Amy intervint :

— S'il vous plaît... Je voudrais que maman reste auprès de moi.

— Bien sûr, répondit l'infirmière d'une voix surprise.

Dès qu'elles furent seules, Marion Bedford s'approcha du lit. Ses yeux bleus aux paupières rougies trahissaient les larmes qu'elle avait versées, assise dans la salle d'attente. Tendue, elle observait sa fille afin d'anticiper la prochaine vague de nausées. En même temps, elle s'efforçait de paraître détachée, de façon à ne pas irriter Amy.

Au bout d'un instant, l'adolescente eut l'impression que son estomac se retournait, puis le feu s'alluma dans sa gorge.

— Maman!

Marion Bedford se précipita sur la cuvette, qu'elle tint sous la bouche de sa fille. Pendant qu'Amy vomissait, elle serrait contre elle son corps tremblant. Secouée par des spasmes douloureux, la jeune fille avait l'impression qu'on lui arrachait l'estomac.

Enfin, les haut-le-cœur s'atténuèrent progressivement. Haletante, le corps trempé de sueur, Amy se détendit. Pour l'instant, c'était terminé. Marion Bedford s'écarta pour déposer la cuvette.

— Maman ? murmura l'adolescente.

— Ma chérie ?

— Serre-moi contre toi un petit moment, s'il te plaît.

— Bien sûr, mon amour, bien sûr.

On dut plusieurs fois changer la chemise de nuit, mais non les draps. A elles deux, Amy et sa mère avaient réussi à dompter ces instants douloureux jusqu'à les transformer en routine, une routine pénible mais au moins surmontable. Dans les intervalles de détente, Amy parvenait à dormir, veillée par sa mère qui essuyait parfois son visage humide de sueur.

La dernière fois qu'Amy ouvrit les yeux, la pièce était plongée dans l'obscurité.

— Il fait nuit ? Comment se fait-il que tu sois encore là, m'man ?

— Il n'est que six heures, et ton papa doit passer me chercher. Il ne va pas tarder à arriver.

— Oh !

— On va bientôt servir le dîner.

— Je n'ai pas faim !

— Le Dr Bristol est venue te voir, pendant ton sommeil. Elle a dit que tu devais manger.

— Je vomirai encore.

— Elle a prévu que tu dirais cela mais qu'il fallait te forcer un peu. Je vais appeler Mme Sanchez.

— C'est le nom de l'infimière ?

— Oui, Mme Sanchez. Sais-tu qu'elle a un garçon et une fille ? Son fils a le même âge que toi.

Mme Sanchez avait posé le plateau sur une table roulante, puis elle avait redressé la partie supérieure du lit, de façon qu'Amy pût dîner.

— Tu peux commencer, l'encouragea-t-elle.

La jeune fille regarda sans enthousiasme les mets fades qu'on lui proposait : une salade, un blanc de poulet, des pommes de terre au four et une orange.

— Bof!

— Nous avons appelé le *Burger King* le plus proche, plaisanta Mme Sanchez, mais ils avaient été dévalisés. Plus un seul cheeseburger, tu te rends compte? Fais un petit effort, Amy, tu as besoin de te nourrir. D'accord? Persuadez-la de dîner, ajouta-t-elle à l'adresse de Marion Bedford.

Amy avait fourni l'effort demandé. La nourriture lui parut totalement dépourvue de saveur, mais elle en comprenait maintenant la raison. Le moindre assaisonnement aurait pu provoquer de nouvelles nausées. Elle avait absorbé le plus grand nombre de bouchées possible, c'est-à-dire fort peu, lorsque la porte s'entrouvrit. Son père pénétra furtivement dans la pièce, comme s'il s'attendait à en être chassé.

— Papa...

Il l'enlaça de son bras droit, car le gauche entourait un carton qui semblait peser assez lourd.

— Ma secrétaire a passé la ville au peigne fin pour te trouver ça, ma chérie. Attends de l'avoir vue...

Il commença par défaire soigneusement l'emballage, pour finalement le déchirer avec impatience. Amy aperçut un petit objet noir, à peine plus gros qu'une radio à transistor.

— Qu'est-ce que c'est?

— Ta télévision personnelle. Regarde la taille de l'écran! Tu peux suivre un film ou une émission dans n'importe quelle position, ce qui n'est pas le cas si tu utilises le récepteur de l'hôpital. Que tu sois étendue sur le côté ou face au mur, cela revient au même. Et l'image est superbe ! Laisse-moi te montrer.

Il déroula le fil, puis l'enfonça dans la prise murale. Ayant appuyé sur un bouton rouge, il attendit que l'écran s'illuminât. Lorsque ce dernier y consentit, il passa de chaîne en chaîne comme un vendeur pressé de démontrer la qualité de réception de son appareil. Malheureusement, aucune d'entre elles ne fournit une image convenable. Extrêmement déçu, Ed Bedford grommela :

— Je vais l'emporter au bureau. Fritch est capable d'expliquer n'importe quelle panne. C'est lui qui entretient nos ordinateurs. Il saura pourquoi ça ne fonctionne pas.

Après avoir toussoté, il changea de sujet :

— Comment s'est passée cette journée, ma chérie ? Ta maman m'a dit que tu avais traversé des moments difficiles. Pourtant tu as l'air bien... vraiment bien.

Un sourire crispé aux lèvres, Amy ne répondit pas. « Pauvre papa ! songea-t-elle, je me demande ce qu'il trouverait à me dire, si ce mot n'existait pas. On devine tout de suite quand les gens mentent, ils disent toujours qu'on a l'air " bien "... Et s'il s'agit d'un gros mensonge, ils ajoutent un autre " bien ". Mais au moins, il fait ce qu'il peut. Il a eu quinze ans pour apprendre à être père, et il commence juste à s'y mettre. »

Voyant qu'il examinait son cadeau d'un œil désolé, elle voulut le réconforter :

— Ce n'est pas aussi terrible que ce que l'on raconte, hein, maman ?

Ed Bedford remarqua les plats à peine entamés.

— Tu n'as pas mangé grand-chose, ma chérie. Cela ne m'étonne pas ! Cette nourriture d'hôpital est parfaitement insipide. Je te ferai apporter d'autres plats. Ordonne, tu seras exaucée.

Ce n'était pas la première fois qu'Amy entendait cette formule. Son père l'utilisait chaque fois que des clients l'appelaient à la maison. Ed Bedford lançait la petite phrase magique : « Ordonnez, vous serez exaucés », quand ce n'était pas : « Votre prix sera le mien. » Ensuite, il téléphonait à son chef d'équipe : « Débrouillez-vous, mais la commande doit être satisfaite. »

Apitoyée, l'adolescente observait son père, qui arborait l'expression rassurante qu'il réservait d'ordinaire à ses clients.

« Pauvre papa, est-ce qu'il ne connaît pas une autre façon d'affronter les autres ? »

— Je t'assure que c'est très bon, affirma-t-elle gentiment. Cela a meilleur goût qu'on ne le dirait.

« Mon Dieu, supplia-t-elle en silence, faites qu'il soit parti avant ma prochaine crise. Je ne sais pas s'il pourra le supporter. »

Le Dr Bristol vint à son secours en entrant dans la chambre, vêtue de ses vêtements de ville. Visiblement, elle s'apprêtait à quitter l'hôpital.

— Comment as-tu franchi cette première journée, Amy ? demanda-t-elle avant de réaliser qu'une quatrième personne se trouvait dans la pièce. Monsieur Bedford, je suppose ? Je suis le Dr Bristol.

— Ravi de vous rencontrer, docteur. Que pensez-vous de notre petite fille ?

— D'après ce qu'on m'a rapporté, je dirai qu'elle s'est fort bien conduite. Elle a accepté calmement la perfusion, réagi comme il le fallait. Nous pensons que si elle continue ainsi, nous réussirons à réduire la tumeur. Notre Amy s'est montrée très courageuse.

— Bien, dit Ed Bedford, très bien...

— Maintenant, si je puis me permettre une suggestion, je crois que votre fille a besoin d'être un peu seule, afin de se préparer pour une bonne nuit de sommeil. Qu'en penses-tu, Amy ?

— Oui, c'est vrai.

Ed Bedford embrassa sa fille, puis il réemballa tant bien que mal son présent avant de se diriger vers la porte.

— Je te la ferai régler, ma chérie.

Marion Bedford se pencha à son tour pour déposer un tendre baiser sur la joue d'Amy, après quoi elle suivit son époux.

— Qu'est-ce que c'était ? s'enquit le médecin quand ils eurent disparu.

— Une petite télévision.

— Elle capte des chaînes que les nôtres n'obtiennent pas ?

— Non. Mon père n'est pas très doué, lorsqu'il s'agit de choisir des cadeaux, alors il charge sa secrétaire de la corvée. Elle devait être à court d'idées.

— Ce qui est important, c'est qu'il ait voulu te faire plaisir, la consola le Dr Bristol en reculant la table roulante. Tu n'as pas avalé grand-chose. Il est naturel que tu manques d'appétit, pourtant je te demande de fournir un effort. Même minime, le profit que tu en tireras en vaut la peine. Tu n'as pas de kilos en trop. Si tu étais potelée, au lieu d'être mince et athlétique, tu pourrais te permettre de perdre du poids, mais ce n'est pas le cas.

Comme elle se dirigeait vers la porte, Amy la rappela :

— Docteur...

Le Dr Bristol se retourna.

— Ma chérie ?

Amy hésita quelques secondes avant de se lancer :

— Quand saurons-nous si tout ça... euh... en valait le coup ?

Avant que le Dr Bristol pût répondre, la porte s'ouvrit derrière elle. Jetant un coup d'œil par-dessus son épaule, elle aperçut Walter Duncan.

— Comment se porte notre patiente, Rita ?

— Elle a supporté la première phase du traitement avec beaucoup de courage.

— Tant mieux !

— Elle me posait justement une question à laquelle vous saurez sans doute répondre mieux que moi. Amy ?

L'adolescente prit une profonde inspiration avant de demander :

— Quand saurons-nous si tout ça... la chimiothérapie... les nausées, les vomissements, ça en valait la peine.

Walter préféra aborder sa peur de front :

— Tu veux dire... quand saurons-nous si le traitement a réussi ?

— Oui, admit la jeune fille.

— Nous devrons patienter pendant six ou sept semaines, huit au plus. Mais ne t'inquiète pas de cela maintenant. Plie-toi aux décisions du Dr Bristol, et...

Il ne termina pas sa phrase, car l'adolescente explosait :

— Si tout cela aboutit à ce que vous... vous m'enleviez ma jambe, laissez-moi mourir !

— Amy ! s'exclama-t-il d'une voix plus forte qu'il ne l'aurait voulu..

— Je le pense vraiment, insista-t-elle. Vous voyez, je ne sais pas comment il réagirait. Je ne pourrais plus supporter son regard.

— Le regard de qui ? s'enquit Walt.

— De... mon père.

Walter jeta un coup d'œil à Rita Bristol avant de s'approcher du lit.

— Écoute-moi, ma chérie. J'ai une petite fille, moi aussi. Elle est un peu plus jeune que toi, mais je sais ce qu'un père ressent. Quoi qu'il arrive, il t'aimera toujours, et il voudra que tu jouisses de la meilleure vie possible.

— Vous ne comprenez pas ! Il ne s'est jamais habitué à l'idée qu'il avait une fille, parce qu'il désirait un fils, un garçon avec lequel il puisse jouer au foot, un garçon qui fasse des études commerciales et lui succède un jour à la tête de son entreprise.

Walt éclata de rire.

— Mais voyons, les femmes font cela tout aussi bien que les hommes, de nos jours !

— Il voulait un fils, insista l'adolescente. C'est pour

ça que je me suis mise au tennis, pour qu'il soit fier de moi. Et j'ai réussi à ce qu'il fasse attention à moi. Vous comprenez, il n'était pas taillé pour être le père d'une fille.

— Tout homme désire avoir des filles, parce qu'elles sont affectueuses, câlines, et qu'ils peuvent leur acheter toutes sortes de jolies choses : des robes à frou-frou, leurs premières chemises de nuit quand elles renoncent aux pyjamas... Je n'ai jamais rencontré un homme qui ne veuille avoir une fille.

— Bien sûr que si, mais vous ne vous en êtes pas aperçu, affirma Amy. Maintenant, si quelque chose devait arriver... et vous comprenez ce que je veux dire... vous saurez qu'il supportera encore moins d'avoir une fille cul-de-jatte.

— Amy, je t'en prie...

Mais l'adolescente s'était détournée pour lui cacher ses larmes. Walt se pencha pour l'attirer contre lui. Il la berça comme une enfant, tout en lui murmurant à l'oreille :

— Amy, je t'en donne ma parole. Un an de ta vie, et je te guérirai.

Après avoir quitté l'hôpital, les Bedford étaient retournés chez eux. D'ordinaire, Ed Bedford ne rentrait jamais aussi tôt, car il aimait rester seul dans son bureau, quand tout le monde était parti. Il pouvait alors travailler en paix, sans être interrompu à chaque instant. Ses journées étaient gâchées par les coups de téléphone, ses collaborateurs qui le traquaient dans les couloirs ou faisaient irruption dans son bureau pour lui dire : « Si vous pouvez m'accorder une minute, monsieur Bedford, j'ai un problème... »

Il n'était tranquille que de très bonne heure, ou tard le soir. C'est alors qu'il abattait le meilleur travail, concevait des projets, prenait les décisions qui avaient fait de son entreprise une compagnie de premier plan dont les ramifications s'étendaient dans quatre États.

Mais ce soir-là, son esprit n'était pas aux affaires. Il se dirigeait vers sa maison, au volant de sa coûteuse Cadillac, un modèle de luxe qui n'avait été produit qu'en nombre limité cette année. Pas de voiture étrangère pour lui ! « Achetez américain ! », telle était sa devise, et celle de son père avant lui, du temps que le vieil homme se satisfaisait d'une seule usine.

Ed Bedford voyait plus loin. Il rêvait d'élargir à la fois son marché et sa production, mais sans jamais perdre le contrôle de son affaire. Jamais il n'aurait recours aux actionnaires. Ceux de ses confrères qui avaient accepté de morceler leur pouvoir avaient été balayés par les grands trusts. Maintenant, il ne leur restait plus qu'à bronzer au soleil en jouant au golf. Personne ne mettrait jamais la main sur Bedford Industries. Toutes ses actions étaient détenues par lui-même et par son épouse Marion, assise tranquillement auprès de lui, sans compter les titres qu'il avait mis au nom d'Amy.

Son seul regret était de ne pas avoir de fils à qui transmettre son affaire.

Évidemment, de nos jours les femmes se taillaient une part de plus en plus importante dans le monde de l'industrie. Au cours de ses voyages, il en rencontrait de plus en plus qui occupaient des postes clefs. Il recevait aussi de plus en plus de demandes d'emploi émanant de femmes diplômées des meilleures écoles de commerce : Harvard, Wharton, l'université de New York. Quand Amy serait prête à lui succéder, d'ici six ou sept ans, cela ne surprendrait plus personne.

Il avait finalement accepté cette nécessité. Il n'avait pas le choix, d'ailleurs... Des années auparavant, les médecins avaient déconseillé à Marion une seconde grossesse, vu les complications affrontées au cours de son premier accouchement. Aussi n'aurait-il jamais de fils. Ils avaient envisagé d'adopter un garçon, mais Ed Bedford savait qu'il ne pouvait se reconnaître que dans son propre sang. Pour un homme qui vivait, travaillait et réussissait dans le monde moderne, il restait attaché à certaines valeurs archaïques.

Ce soir-là, au volant de sa Cadillac, il songeait avec amertume que son espoir de voir un jour Amy lui succéder pouvait n'être lui aussi qu'une illusion.

En dépit des encouragements prodigués par ces médecins, le vieux... comment s'appelait-il déjà ? Et le plus jeune, Duncan, lui, Ed Bedford, connaissait la musique.

Depuis que le cancer d'Amy avait été diagnostiqué, il s'était renseigné dans toutes les villes où il s'était rendu. Entre deux visites à ses installations, et quand il n'appelait pas d'importants clients, il s'était personnellement attelé à la question. Il avait sillonné le pays, et spécialement les grandes villes où étaient implantés les hôpitaux les plus fameux. Los Angeles, Pittsburgh, Chicago, New York... C'est là que se trouvaient les meilleurs médecins, les chirurgiens les plus renommés, là aussi qu'on trouvait l'équipement le plus moderne.

Dans chacune de ces villes, Ed Bedford avait consacré deux ou trois heures de son précieux temps à consulter les meilleurs cancérologues. Il posait des questions directes, et obtenait des réponses tout aussi directes, bien que limitées par le fait que les spécialistes n'avaient pas vu les radios ni les images du scanner. Ed Bedford insistait surtout pour savoir à quoi s'attendre dans le meilleur des cas... et dans le pire.

Il avait appris bien des choses. Et d'abord que les décisions du jeune Dr Duncan étaient approuvées par tous les experts qu'il avait interrogés. Plusieurs d'entre eux connaissaient Duncan, pour l'avoir rencontré à l'occasion de séminaires. Aucun ne contestait sa compétence.

Mais Ed Bedford avait aussi été mis au courant des dangers que comportait ce choix. Une fracture de la jambe pouvait s'avérer fatale, la chimiothérapie n'obtenait pas toujours le résultat désiré. L'opération, même réussie, n'était pas une garantie de guérison. L'amputation elle-même ne l'était pas. Amy était atteinte par une maladie destructrice, qui pouvait attaquer n'importe quelle autre partie de son corps, et pas seulement les poumons.

C'est ainsi qu'Ed Bedford affrontait les problèmes qu'il avait à régler : en prenant connaissance de ses pertes éventuelles, aussi bien que de ses gains possibles. C'était la seule façon de prendre des décisions intelligentes.

Sauf que dans cette situation où la vie de sa fille était en jeu, il n'était pas en mesure de décider. Tout était entre les mains des médecins, qui se battaient contre un ennemi qu'ils étaient incapables de contrôler totalement...

En approchant de la maison, Ed Bedford tenta de chasser ces pensées déprimantes. Bien qu'il aspirât à être réconforté, il ne pouvait ajouter au tourment de Marion en partageant ses soucis avec elle. Elle accusait suffisamment le choc comme cela.

Ils dînèrent en silence. Ed Bedford tenta plusieurs fois d'engager la conversation, mais il n'obtint que de brèves réponses qui le découragèrent. De temps à autre, il regardait furtivement son épouse qui, assise en face de lui, s'efforçait vainement d'avaler quelques bouchées.

Cette vue lui rappela de tristes souvenirs. Lorsqu'elle avait appris de son gynécologue qu'elle devait renoncer à avoir un second enfant, Marion s'était enfoncée dans le même silence, avait adopté l'attitude détachée qu'elle arborait maintenant. Elle avait perdu l'appétit, maigri. Finalement, il avait fallu qu'elle consultât un psychiatre, pour ne pas sombrer dans la dépression.

« Mon Dieu ! pria intérieurement Ed. Pas maintenant ! Amy a besoin d'elle... J'ai besoin d'elle. »

Bien qu'il fût lui-même dégoûté par la nourriture, il se forçait à manger. Mais la mastication lui paraissait de plus en plus difficile, voire impossible. Soudain, Marion rompit le silence :

— C'est notre faute.

— Notre faute ? répéta-t-il De quoi parles-tu.
— Amy...
— Amy ? Amy... Notre faute ?
— Nous n'aurions jamais du l'encourager..
Il posa sa fourchette pour la dévisager.
— Mais enfin, à quoi fais-tu allusion ?
— Au tennis ! explosa-t-elle..
— Quel rapport existe-t-il entre le tennis et...
— Nous l'avons laissée s'épuiser. Elle s'entraînait trop, elle participait à trop de matches, c'est ce qui l'a affaiblie.
— Mais voyons, cela n'a rien à voir avec...
— Bien sûr que si !
Frappé par son excitation, il craignit qu'elle ne fût plus proche de la dépression qu'il ne s'en était douté.
— Je l'ai lu dans un magazine, poursuivait-elle. Il y avait un article qui disait que de plus en plus de médecins estiment que cela arrive quand le système immunitaire est défaillant, ou trop faible pour combattre la maladie. Nous avons permis que cela se produise, nous l'avons permis...
Sa voix se brisa, et elle se mit à pleurer. Ed se leva, puis il contourna la table pour forcer sa femme à se lever. L'ayant enlacée, il la serra contre lui afin d'apaiser les spasmes qui secouaient son corps.
— Marion chérie, je t'en prie... J'ai discuté avec les meilleurs spécialistes du pays. Aucun d'entre eux n'en connaît la cause, et ils sont tous d'accord avec le Dr Duncan. Il a pris les bonnes décisions, ce qui veut dire que nous avons pris la bonne décision. Tu n'as rien à te reprocher, nous n'y sommes pour rien, nous ne pouvions pas prévoir ce qui allait arriver, et nous faisons de notre mieux. De notre mieux...
Profondément ému par le désarroi de Marion, il en vint à réinventer ses entretiens avec les cancérologues :
— Certains des spécialistes que j'ai rencontrés... et même la plupart d'entre eux, m'ont assuré qu'elle avait de grandes chances de vaincre la maladie. Dans ce genre

de cas, la guérison est quasiment assurée, et sans amputation à la clef. Notre rôle est de la soutenir. Si nous y croyons, elle y croira aussi. En tout cas, c'est ce que les médecins m'ont affirmé. D'accord ?

Elle réussit à hocher la tête.

— Alors, fais-moi un sourire, dit-il en passant un doigt sous le menton de Marion pour la forcer à le regarder.

A travers ses larmes, elle esquissa une grimace.

— C'est beaucoup mieux, assura-t-il.. Maintenant, je vais t'aider à débarrasser.

— Non, je m'en occuperai. Tu dois être fatigué. Va dans le salon. Lis, ou bien regarde la télévision.

Soulagé de s'éloigner, il entra dans le salon. La pièce était plongée dans l'obscurité, mais il n'alluma pas. Envahi par un sentiment de solitude presque insupportable, il s'assit dans un fauteuil et se mit à pleurer. En mentant à sa femme, il se privait du seul appui dont il disposait dans les moments de désespoir. Dorénavant, il devrait feindre, non seulement devant Amy, mais aussi devant Marion.

Peu après minuit, Amy sortit d'une de ses brèves phases de sommeil. Entre deux vagues de nausées, elle essayait de se consoler en imaginant que si la chimiothérapie produisait sur elle un tel effet, elle devait semer la consternation parmi ces saletés de cellules cancéreuses. Elle palpa sa jambe pour vérifier si la chose avait commencé à diminuer. Incapable d'utiliser le nom de la maladie, elle l'appelait « la chose ». Hélas, la douleur était toujours là.

« Sois gentille, la pria-t-elle avec ferveur, réduis, fais-toi plus discrète, que le Dr Duncan puisse m'opérer. Mon Dieu, faites qu'elle s'en aille, je vous en supplie ! »

Longtemps, elle resta étendue sans pouvoir se rendormir. Deux mois de ce traitement ! Allait-elle pouvoir les supporter ? Mais si elle craquait, cela signifiait l'amputation. Fini, le tennis. Adieu, les sorties. Quel garçon acccepterait de se montrer avec elle après cela...? Même pas Brent. Cela voulait dire qu'elle ne se marierait jamais, qu'elle n'aurait pas d'enfants. Elle préférait mourir. Mourir !

Sanglotant, elle sombra dans le sommeil.

L'aube la réveilla. Elle avait franchi le premier jour et la première nuit de son supplice.

— Est-ce que vous allez bientôt me passer aux rayons X ? demanda Amy au Dr Duncan lorsqu'il vint la voir avant de quitter l'hôpital.

Il lui sourit avec compréhension.

— Nous n'en sommes qu'au début, Amy. La chimiothérapie a besoin de temps, pour agir. Nous ferons des radios en temps utile. En attendant, nous devons analyser ton sang et tes urines chaque jour. Quand tu iras au lycée, tu passeras d'abord par l'hôpital.

— Pourquoi ces examens sont-ils indispensables ? s'enquit Marion Bedford d'une voix inquiète.

— Ils nous diront si elle supporte la chimiothérapie. Par exemple, une trop grande acidité des urines peut provoquer des complications, comme un mauvais fonctionnement rénal. Nous n'avons vraiment pas besoin de cela.

Mme Bedford hocha la tête, mais elle lança au médecin un regard traqué qui l'alerta. « Bon sang ! songea-t-il avec une certaine impatience, pourvu qu'elle tienne le coup ! » Le traitement commençait à peine, et Amy aurait souvent besoin de s'appuyer sur sa mère.

— Vous pouvez emmener votre fille chez vous. Qu'elle se repose pendant deux jours. Au début, ces agents chimiques vous mettent sur le flanc.

— Mais vous aviez dit que je pourrais aller au lycée ! protesta Amy.

— Reste simplement à la maison les deux prochains jours. De toute façon, tu t'apercevras toi-même que tu es un peu trop affaiblie pour t'aventurer dans le monde.

Sais-tu ce que je ferais, à ta place ? J'appellerais mes professeurs pour qu'ils m'indiquent les leçons à apprendre et les devoirs à faire. Ainsi, tu ne prendras aucun retard.

— Je m'en occuperai, proposa avec empressement Marion Bedford.

— C'est moi qui téléphonerai, m'man, trancha Amy..

Elle était en train de brosser ses longs cheveux blonds, qui ruisselaient gracieusement sur ses épaules. Si elle avait été à l'entraînement, elle les aurait retenus en arrière. Maintenant, elle pouvait se permettre de les lâcher.

Tournée vers le miroir, elle s'efforça de sourire. Walt savait qu'elle voulait lui paraître plus forte, pour le convaincre qu'elle pouvait guérir.

— On s'en va, maman ?

— Avant que tu partes, Amy, je voulais t'avertir qu'outre les nausées, tu peux souffrir d'aphtes. Ils se placeront sur les parois buccales, sur tes lèvres et ta langue. Comme ils risquent d'être douloureux, tu peux être tentée de ne pas manger. Utilise des bains de bouche, mais nourris-toi. Il faut que tu sois vigoureuse, quand je t'opérerai. Compris ?

— Compris, acquiesça Amy en lui tendant la main.

Elle lui sourit une seconde fois, et il songea : « J'espère que dans dix mois, dans un an, elle sourira encore. Compte tenu des complications possibles, j'espère qu'elle sera encore là pour sourire. »

7

Sept semaines s'étaient écoulées. Amy Bedford s'était régulièrement présentée à l'hôpital pour subir son traitement chimiothérapique. Abandonnant le méthotrexate, le Dr Bristol était passé à la vincristine, qui était plus puissante.

Amy s'était bien comportée, supportant avec courage les souffrances inhérentes au traitement, se présentant chaque jour pour les analyses de sang et d'urine. Elle ne se rendait au lycée que lorsqu'elle s'en sentait la force. Ses professeurs et elle-même s'étaient résignés au fait qu'elle ne pourrait soutenir le même rythme scolaire que ses camarades. Cependant, elle était déterminée à ne pas se laisser complètement distancer.

En secret, elle comptait les jours... Elle les barrait sur un calendrier qu'elle enfermait ensuite dans un tiroir de sa commode. Si les médecins n'avaient pas menti, ils ne tarderaient pas à lui faire subir de nouveaux examens. On saurait alors si cette chose dégoûtante avait oui ou non rétréci.

Parce que si ce n'était pas le cas... Elle ne put se résoudre à formuler ce qui se passerait.

Chaque jour, elle se postait devant son miroir pour examiner sa jambe sous toutes les coutures. Elle lui paraissait plus mince. Peut-être cela signifiait-il que la chose réduisait. Malheureusement, tout le reste de sa personne avait minci. Elle avait perdu du poids, cela se voyait à ses jambes, ses bras, son visage, sa jeune poitrine. Elle n'avait jamais utilisé le mot « décharné » pour désigner quiconque, mais elle savait qu'on pouvait aujourd'hui la qualifier ainsi.

L'adolescente ne se pesait plus sur la balance de sa mère. Cet objet devenait terrifiant. Les remèdes antinausées ne lui produisaient aucun effet, si bien qu'elle était sûre de vomir cinq fois plus qu'elle n'absorbait, dans les périodes de traitement. Avec tout cela, comment aurait-elle pu éviter de maigrir ? Ces aphtes dont lui avait parlé le Dr Duncan n'arrangeaient rien. Parfois, c'est à peine si elle parvenait à avaler les milk-shakes que sa mère lui présentait.

Sa seule consolation était que cette première phase n'allait pas tarder à prendre fin. Bientôt... Elle n'osait s'interroger sur la suite. Il y avait pire que la chimiothérapie. Et aucun médecin ne s'était engagé à interrompre le traitement au cas où on devrait l'amputer.

La nuit qui précéda le passage crucial au scanner, le sommeil d'Amy fut encore plus agité que d'habitude. Elle se réveilla en sursaut, gênée par la brûlure annonciatrice de nausée. Elle resta immobile, mais le sentiment désagréable persista. Elle était tellement habituée à ce que la nausée fût suivie de spasmes et de vomissements que le moindre malaise lui faisait craindre le début du cycle infernal.

Étendue sur le dos, elle fixait le plafond de sa chambre. La lumière diffusée par un lampadaire de la rue filtrait à travers le feuillage des bouleaux agités par la brise. Pendant sa courte vie, elle avait souvent eu l'occasion d'observer ces jeux d'ombre et de lumière, mais ce soir ils lui paraissaient différents. Rien n'avait changé, hormis elle-même, et pourtant rien n'était plus pareil : que ce fût la nourriture, le sommeil, le lycée ou les conversations avec les copains.

Dès que le mot cancer avait été prononcé, votre vie était dévastée. Bien sûr, les médecins assuraient qu'on pouvait le soigner, c'est pourquoi ils avaient établi ce traitement si compliqué. Mais ils ne pouvaient garantir la guérison. Le gentil Dr Duncan lui-même ne lui avait rien promis de plus que de faire de son mieux. Il avait dit que cela marcherait, qu'elle ne souffrirait plus en marchant, qu'elle mènerait une vie normale, mais jamais il n'avait fait la promesse définitive...

Épuisée, assommée par un sommeil qui se refusait à elle, Amy se mit sur le côté. Étendant le bras droit le long de son oreiller, elle sentit sous ses doigts quelque chose qui la fit sursauter. Elle étendit la main pour allumer sa lampe de chevet, et elle les vit... de longues mèches de cheveux blonds en travers de l'oreiller rose. On l'avait pourtant prévenue, mais elle n'avait pas voulu y croire. Comme les larmes jaillissaient de ses yeux bleus, elle enfouit son visage entre ses mains.

Après avoir sangloté pendant quelques minutes, elle se décida à affronter le pire. Repoussant la couverture, elle resta assise au bord du lit pendant un instant avant d'oser se lever pour consulter le miroir. Enfin, elle fut prête.

Debout devant la glace, elle constata que ce n'était pas aussi terrible qu'elle l'avait craint. Sa chevelure blonde semblait aussi épaisse que d'habitude. Elle laissa échapper un soupir de soulagement, car l'espace de quelques secondes, elle avait imaginé son aspect, si ses cheveux avaient été clairsemés... Pis encore, elle s'était vue chauve !

Elle fut tentée de tirer sur ses mèches pour s'assurer qu'elles ne lui resteraient pas dans la main, mais elle préféra ne pas prendre ce risque. A la place, elle s'empara de sa brosse soufflante et entreprit un vigoureux brushing. Elle espérait ainsi stimuler la circulation du sang, nourrir ses cheveux et triompher de la chimiothérapie.

Elle poursuivit sa tâche jusqu'à ce que la main qui tenait la brosse lui procurât une sensation étrange. Elle posa l'objet pour plier ses doigts. D'abord, elle ressentit une impression de picotement, puis d'engourdissement. Au prix d'un gros effort, elle les referma sur la brosse, décidée à terminer ce qu'elle avait commencé. Elle l'élevait jusqu'à sa tête lorsque la brosse lui échappa pour tomber bruyamment sur sa coiffeuse avant de glisser sur la moquette.

Terrifiée, l'adolescente se mit à crier :

— Maman ! Maman !

Se ruant hors de sa chambre, elle se précipita dans celle de ses parents.

— Maman, maman, je suis paralysée ! Paralysée !

Marion et Ed Bedford furent arrachés en sursaut à leur sommeil agité. Marion jaillit hors du lit pour prendre dans ses bras sa fillette éperdue. Elle s'efforça de l'apaiser.

— Mon bébé, ma chérie, calme-toi et dis-moi ce qui s'est passé.

— La brosse soufflante... Je ne pouvais plus la tenir, alors elle est tombée, articula Amy entre deux sanglots. Je ne peux plus rien tenir, maintenant, je suis paralysée.

— Laisse-moi regarder ta main, mon amour.

Amy leva le bras droit.

— Bouge les doigts.

La jeune fille ouvrit et referma sa main.

— Là, tu vois ? Tu n'es pas paralysée, s'exclama la jeune femme, qui s'efforçait de rester calme et d'étouffer ses propres terreurs.

— Mais je sens des picotements, et je ne peux plus rien tenir !

Enhardi par la démonstration de son épouse, Ed Bedford s'empara de sa propre brosse soufflante et la présenta à sa fille.

— Prends-la, chérie.

Amy fixa un instant l'objet avant de tendre la main vers lui. Quand ses doigts l'eurent enveloppé, Ed Bedford le lâcha. Pendant quelques secondes, l'adolescente réussit à le retenir, puis il lui échappa pour tomber sur le sol.

— Tu vois, je te l'avais dit ! Je te l'avais dit !

— Je vais appeler le Dr Duncan, trancha le père.

— Non, Ed, pas à cette heure de la nuit !

— Si ma fille est malheureuse, je me fiche bien de l'heure. Je le paie, non ?

Sans attendre, Ed décrocha le récepteur placé auprès de son lit. Lorsqu'il eut déclaré qu'il s'agissait d'une urgence médicale, les renseignements lui fournirent sans difficulté le numéro privé de Walter Duncan.

Chez les Duncan, la sonnerie rompit le silence de la nuit. Walter Duncan décrocha instinctivement, persuadé qu'il s'agissait d'un appel des Urgences. Ils devaient avoir besoin de l'avis d'un expert, ou de l'intervention immédiate d'un chirurgien expérimenté.

— Duncan, annonça-t-il brièvement.

— Docteur Duncan ! attaqua aussitôt Ed Bedford. Ma fille ne se sent pas bien, pas bien du tout !

— Qui est à l'appareil ?

— Bedford. Ed Bedford.

Walt se redressa avec tant de vivacité que bien qu'à moitié endormie, Emily se tourna vers lui :

— Walt ?

— Chut... la rassura-t-il. Maintenant, monsieur Bedford, pouvez-vous m'expliquer de quoi souffre exactement Amy ?

— Ses mains... Elle n'arrive plus à tenir quoi que ce soit.

— Passez-la-moi, ordonna Walt.

Il attendit quelques instants, puis les sanglots d'Amy retentirent au bout du fil. Il était clair qu'elle ne pouvait parler.

— Amy, tu m'entends ?

— Ou... oui, réussit-elle à articuler.

— Alors écoute-moi, ma chérie, et réponds seulement

par oui ou par non. Ressens-tu quelque chose au bout de tes doigts ?

— Oui.

— C'est un picotement ?

— Un peu.

— Et à d'autres moments, ils te paraissent engourdis.

— Oui.

— Écoute-moi attentivement, Amy. Il te semble peut-être que tu perds tes moyens, à certains moments, mais tu n'es pas paralysée et il n'y a aucune raison pour que tu le sois. La vincristine produit parfois ce genre d'effets secondaires, mais ils sont temporaires. Maintenant, fais quelque chose pour moi.

— Oui ?

— Tu es debout, en ce moment ?

— Non, docteur, répondit-elle, cessant tout à fait de pleurer.

— Alors, lève-toi, dépose le récepteur et marche de long en large dans la pièce, puis reviens, ordonna-t-il.

Il attendit un instant. Bientôt, la voix d'Amy lui parvint de nouveau.

— C'est fait, docteur.

— Comment te sens-tu ? La même que d'habitude ?

— Pas... pas tout à fait.

— Alors, nous verrons ça demain. Peut-être diminuerons-nous les doses de vincristine, à moins que nous ne l'interrompions tout à fait. Maintenant recouche-toi et ne t'inquiète plus : tu ne seras pas paralysée. Cet engourdissement passera, je te le promets.

— Oui, docteur. Je suis désolée de vous avoir réveillé, mais j'ai eu si peur ! C'était horrible...

— Tu as eu raison, ma chérie. Chaque fois que tu t'inquiètes, ou que tu as une question à me poser, appelle-moi.

— Merci, docteur.

Elle allait raccrocher lorsque son père lui reprit le récepteur des mains.

— Docteur, vous prenez bien soin d'elle, hein ? Je veux dire que s'il existe quelque chose au monde susceptible de l'aider, vous le faites. Je paierai !

— Bien sûr, je comprends, monsieur Bedford.

Walt hocha la tête. Pourquoi les gens s'imaginaient-ils que les médecins leur vendraient des remèdes miracles, pourvu qu'ils y mettent le prix ?

— Votre prix sera le mien, reprit Ed Bedford avec emphase.

— C'est entendu. Pouvez-vous me passer votre femme ?

Quelques secondes plus tard, la voix tendue de Marion Bedford lui parvenait :

— Oui, docteur ?

— Madame Bedford, votre fille est dans un état de tension extrême, au point d'exagérer le moindre événement. Après tout, elle doit affronter l'examen crucial, demain matin. Sachez qu'elle peut refuser de se rendre à l'hôpital. Certains patients agissent ainsi au dernier moment, car ils préfèrent ignorer la vérité. Aussi, quoi qu'elle dise ou fasse, arrangez-vous pour qu'elle soit en Radiologie à l'heure prévue. Je veux examiner les radios et les résultats du scanner à la fin de la journée.

Walt s'assit au bord du lit, s'avisant avec un peu de retard qu'il devait raccrocher, puis il jeta un coup d'œil au réveil. Cinq heures cinquante-trois... Il était trop tôt pour se lever, et trop tard pour se rendormir. D'ailleurs, il devait partir plus tôt pour l'hôpital, ce matin-là. Une rude journée l'attendait. Quatre opérations, dont la première était prévue pour sept heures trente, ensuite une réunion avec ses confrères cancérologues, pour définir les traitements d'un certain nombre de patients atteints par le cancer.

Pour compliquer sa vie, l'affaire Enright progressait. Silverstein l'avait prévenu qu'il pouvait être appelé à témoigner n'importe quand. Et pour clore la journée, il recevrait les radios d'Amy, ainsi que les images du scanner. Il saurait si l'adolescente avait traversé cette épreuve en vain, ou si la chimiothérapie avait eu les effets espérés. S'il devait lui apprendre que l'amputation était nécessaire, le moment où il affronterait les yeux bleus serait presque insoutenable...

Avec toutes les pensées qui se pressaient dans sa tête, il était clair que le sommeil se refuserait à lui. Une bonne douche froide y suppléerait.

Sous la douche, il pesta intérieurement contre l'obligation de témoigner. Il regrettait presque de s'y être engagé... Sauf que si l'occasion se présentait encore, il savait qu'il ne se déroberait pas. Il ne restait plus qu'à espérer qu'on ne lui demanderait pas de revenir au tribunal une seconde fois.

Il s'habilla dans le noir afin de ne pas réveiller Emily. Le jour n'était pas encore levé lorsqu'il entra dans la chambre de sa fille pour l'embrasser. Au moment où il se penchait vers elle, elle entrouvrit les yeux et murmura :

— Bonne nuit, papa.

Comme il déposait un baiser sur son front, il le trouva un peu chaud. Elle avait une légère fièvre, songea-t-il sans s'inquiéter outre mesure. Rien de très étonnant, chez un jeune enfant, pourtant il laisserait un message à Emily pour l'en avertir.

8

Le Dr Duncan s'apprêtait à étudier les derniers examens d'Amy Bedford. La pièce était plongée dans l'obscurité. Il glissa trois séries de radios dans le négatoscope, puis il illumina l'écran. Pour commencer, il étudia celles qui avaient été prises lors du premier examen, puis il passa au deuxième jeu, pris plus tard mais exactement sous le même angle que le premier. Enfin, il s'intéressa à la troisième série.

Il était inutile de s'attarder sur les radios des poumons, qui étaient parfaitement claires. L'absence de métastases était encourageante.

En revanche, il observa longuement les radios de la jambe et de la cuisse, d'abord le premier jeu, puis le deuxième, et enfin les deux ensemble.

S'il était bon signe que les images des poumons fussent identiques, il n'en allait pas de même pour celles-ci. Hélas, elles étaient semblables, bien trop semblables. Après ces deux traitements, au méthotrexate et à la vincristine, il avait espéré une nette diminution de la tumeur. Dans le cas contraire, l'éventail des choix serait inexistant.

« Pauvre petite, songea-t-il, elle a supporté cette épreuve avec courage. Et maintenant... »

La porte s'ouvrit, interrompant le cours de ses pensées. Le Dr Bristol parut sur le seuil.

— On m'a dit que les radios d'Amy étaient prêtes ?

— Elles sont là, répondit Walt en les désignant sans enthousiasme.

L'oncologiste s'approcha du négatoscope, puis elle compara les images deux par deux, série par série, passant de l'une à l'autre, revenant en arrière. Enfin, elle laissa échapper un soupir découragé.

— Qu'en pensez-vous, Rita ? Vous êtes d'avis de poursuivre le traitement ?

— Cela ne peut pas faire de mal. Cette satanée tumeur va peut-être se décider à diminuer. Abandonner maintenant... ce n'est pas possible !

— Pourra-t-elle le supporter ?

— Elle s'est accommodée des nausées et des vomissements. Elle a des aphtes, beaucoup d'aphtes. Pourtant, je pense qu'elle est assez courageuse pour continuer. Si vous pensez pouvoir repousser l'amputation encore de trois semaines sans mettre sa vie en danger, je suis partante.

— Je vais lui parler, conclut Walter Duncan.

Amy Bedford et sa mère attendaient patiemment dans la chambre de la jeune fille quand Walter Duncan entra. Aussitôt, Amy se redressa afin d'offrir une image de santé et de force qui détournerait le médecin de toute velléité d'amputation.

Conscient de cet effort, il remarqua qu'elle n'était plus la jeune patiente qu'il avait examinée quelques semaines auparavant. Son joli visage était plus mince qu'autrefois. Des taches rouges d'inégales grosseurs parsemaient ses joues creusées. Ses cheveux blonds tombaient encore sur ses épaules, mais ils étaient moins épais. Par endroits son crâne était même totalement dégarni.

Pourtant, elle le regardait droit dans les yeux, espérant de toute son âme qu'il lui apportait de bonnes nouvelles justifiant cette longue période de souffrance.

— Bonjour, Amy, lança Walt d'une voix qu'il voulait

encourageante. Le Dr Bristol et moi, nous venons d'étudier tes radios.

La mère et la fille s'exclamèrent ensemble :

— Qu'avez-vous trouvé ? Elle est plus petite, n'est-ce pas ?

— Nous... nous pensons que c'est imminent, déclara Walt.

— Imminent... répéta l'adolescente sur un ton qui trahissait toute sa déception, sa souffrance, ses espoirs brisés.

— Nous n'abandonnons pas, Amy. Nous voudrions commencer une nouvelle chimiothérapie. Nous ajouterions un nouvel agent chimique au méthotrexate.

— Continuer la chimio... dit l'adolescente, les yeux brillants de larmes.

Il lui prit tendrement la main.

— Amy, je sais ce que tu as enduré, et ce que signifie pour toi la poursuite du traitement.

— Vous ne savez rien ! explosa-t-elle.

— Amy ! intervint sa mère.

Mais des semaines de combat et d'espoir ne pouvaient être réduites au silence.

— Vous ne savez pas ce que c'est que de se regarder dans la glace, chaque matin, et de se demander : « C'est moi ? C'est vraiment moi ? » Je ne me reconnais plus, ce n'est plus mon visage, c'est celui d'une patiente qui porte mon nom, mais ce n'est pas moi. Le matin, je trouve des mèches de cheveux sur l'oreiller... Bientôt je serai chauve, complètement chauve !

— S'il te plaît, Amy... supplia sa mère.

Walt Duncan la fit taire d'un geste.

Les joues sillonnées par les larmes, l'adolescente poursuivait :

— Je ne pourrais pas affronter ça un jour de plus. Je ne peux pas les regarder en face...

— De qui parles-tu, Amy ?

— Eux. Les autres. Les garçons et les filles du lycée.

Je ne peux pas supporter qu'ils me voient devenir comme ça. Je ne peux pas.

Perdant totalement le contrôle d'elle-même, Amy éclata en sanglots.

— Laissez-moi mourir, c'est tout ce que je demande...

— Amy, chuchota Marion Bedford.

Le médecin secoua la tête, comme pour lui dire : « Qu'elle pleure tout son soûl, qu'elle dise ce qu'elle veut, elle en a besoin. »

Peu à peu, l'adolescente se calma et essuya ses larmes avec le mouchoir que Walt lui tendait.

— Je suis encore plus moche, maintenant. Tout ça, c'est votre faute !

— Tu n'es pas moche, fit doucement Walt, tu es une jeune personne aux yeux rouges. Dès que tu auras cessé de pleurer, ils retrouveront leur belle couleur bleue. Maintenant, dois-je comprendre que tu ne vas plus au lycée ? Le Dr Bristol et moi t'avons pourtant dit que tu pouvais assister normalement aux cours ?

— Pas avec cette dégaine ! protesta Amy.

— Amy, quand je t'ai dit : « Donne-moi une année de ta vie, et je te soignerai », cela ne signifiait pas que tu devais abandonner toutes tes activités. Je voulais dire que tu devais poursuivre autant que possible ton existence habituelle, mais qu'elle serait interrompue de temps à autre par le traitement. Tu vas retourner au lycée !

— Non ! protesta Amy.

Elle passa la main dans ses cheveux, arrachant du même coup quelques mèches blondes.

— Là ! Vous voyez ?

— Ainsi, c'est cela qui te tourmente ? D'accord, attends-moi une minute.

En son absence, Marion Bedford supplia sa fille :

— Amy chérie, il fait tout son possible. Je t'en prie, ne le blesse pas. Je suis certaine que c'est un homme très sensible.

Walt Duncan revint, tenant un bout de tissu vert.

Lorsqu'il le déploya, Amy reconnut un couvre-chef de chirurgien. Il le déposa sur la tête blonde de l'adolescente, tout en invitant Marion à donner son opinion :

— Qu'en pensez-vous ? N'est-ce pas mieux ainsi ? s'enquit-il en faisant glisser la toque sur le côté. Je l'aime mieux comme ça, pas vous, madame Bedford ? Ça ne manque pas d'un certain chic.

Se dirigeant vers la salle de bains, il ouvrit la porte afin qu'Amy pût se voir dans le miroir.

— Vas-y, jette un coup d'œil, Amy !

La jeune fille observa son reflet pendant quelques instants.

— Je n'ai pas l'air trop tarte, concéda-t-elle.

— Tu veux dire que tu es bougrement jolie ! rectifia Walt Duncan. Amy... Qu'en dis-tu ? Tu es partante pour une nouvelle chimio ? Je crois que cela peut en valoir la peine.

L'adolescente tarda un peu à répondre. Elle revivait toutes ces nuits où, pliée en deux par les nausées, elle avait supplié en silence : « Qu'on me prenne ma jambe ! Qu'on me prenne ma jambe, mais qu'on mette fin à ce supplice ! »

— Amy, insista Walt Duncan d'une voix enrouée. Je crois que tu as suffisamment de cran pour traverser cette seconde épreuve.

Serrant les dents, elle hocha la tête.

— Bravo ! s'exclama le médecin.

D'un geste, il fit comprendre à Marion Bedford qu'il désirait la voir seul à seule.

— Madame Bedford, je ne veux pas que votre fille devienne une recluse. Je ne veux pas qu'elle se retire de la vie pour se transformer en handicapée psychique. Elle doit retourner au lycée. Je suis persuadé que la santé mentale d'un patient intervient de façon massive dans sa guérison. A-t-elle des amis proches susceptibles de l'aider ?

— Il y a un garçon... Elle n'est pas vraiment sortie avec lui, mais ils font tous les deux du tennis. Il s'appelle Brent Martin.

— N'est-ce pas le jeune homme avec qui elle se trouvait lorsqu'elle est tombée ? se souvint Walt.

— C'est lui, en effet.

— Dites-lui de m'appeler.

En cette fin de journée, Walt Duncan venait de terminer sa tournée de visites. Il avait examiné tous ses patients convalescents, et en avait vu deux autres qu'il devait opérer le lendemain matin. Lorsqu'il poussa la porte de son bureau, il trouva un inconnu dans la salle d'attente.

C'était un jeune homme d'environ dix-sept ans. Il était blond, grand et mince, mais à sa silhouette, Walt devina aussitôt qu'il s'épaissirait en vieillissant.

— Votre secrétaire devait partir. Elle m'a dit de vous attendre ici, expliqua le jeune homme.

— Quel est votre problème ? Qui vous a envoyé ?

— C'est vous qui m'avez fait demander de vous contacter.

— Je vous ai... Oh ! Vous devez être Brent Martin.

— C'est ça. Je suppose que vous désirez me parler d'Amy, puisque c'est Mme Bedford qui m'a prévenu. S'agit-il de cette séance d'entraînement au cours de laquelle elle est tombée ? J'ai essayé de l'en dissuader, mais elle s'est entêtée. Si vous la connaissez un peu, vous savez combien elle peut être têtue.

— Têtue ? répéta Walt Duncan. Entrez dans mon bureau, Brent.

Dès que le jeune homme se fut assis face à son bureau, Walt commença :

— Si Amy peut se montrer têtue en certaines circonstances, en d'autres elle ne l'est pas assez. Elle refuse de retourner au lycée les jours où elle en a la force.

— Nous pensions qu'on ne le lui permettait pas.

— Non seulement elle en a le droit, mais je veux qu'elle poursuive autant que possible une existence normale. Nous devons l'aider à garder le moral, et je pense que vous pouvez jouer votre rôle.

— Je ferai tout ce que vous me direz, docteur.

— Bavardez avec elle, persuadez-la de fréquenter le lycée, passez la prendre le matin. Agissez de façon qu'elle se sente obligée de suivre les cours.

— D'accord.

— Ce ne sera pas facile, pour elle, parce que son traitement est pénible. Certains jours, elle refusera de vous suivre, tellement elle se sentira faible, nauséeuse. La perte de ses cheveux lui paraîtra de plus en plus insupportable, elle aura l'impression d'être trop laide pour affronter le regard des autres. Ce sera à vous de la convaincre qu'ils repousseront, qu'elle retrouvera son poids d'antan, qu'elle redeviendra aussi jolie qu'avant. En un mot, Brent, votre job sera de l'encourager constamment : vous serez son supporter particulier.

Le jeune homme hocha la tête avec sérieux, puis il demanda :

— Mais c'est vrai, ce que vous me dites ? Je veux dire... Elle retrouvera son poids, ses cheveux ?

— Pour autant que je puisse l'affirmer, c'est vrai.

— Tant mieux, parce que je ne voudrais pas lui mentir. Actuellement, je ne peux même plus lui adresser la parole. Depuis que ça a commencé, elle refuse tout contact avec ses amis.

— Certains malades agissent ainsi, expliqua Walt. Ils ressentent le cancer comme une sorte de tare dont ils devraient avoir honte. Ils ont l'impression d'avoir commis une faute dont ils sont punis. Connaissez-vous quelqu'un, parmi ceux qu'elle aimait, qui serait susceptible de la faire changer d'avis ?

— Le Suédois. S'il y a quelqu'un qu'elle écoutera, c'est lui.

— Entendu, Brent. Votre première mission sera donc

de contacter le Suédois. Si vous avez besoin de renforts, j'appellerai le Dr Rosen. Lui et Olafsen sont de vieux partenaires, au tennis.

— Je ferai de mon mieux, affirma Brent.

Il avait atteint la porte, lorsque Walt le rappela :

— Brent !

Se retournant, le jeune homme aperçut entre les mains du médecin un bout de tissu vert. Comme Walt le lui tendait, il le déplia avec curiosité.

— Qu'est-ce que c'est ?

— Une toque de chirurgien, sourit Walt.

— Que dois-je en faire ?

Les yeux confiants du jeune homme inspirèrent à Walt un espoir subit. Il passa au tutoiement :

— Persuade Amy de retourner au lycée, petit, et je te le dirai.

Le Suédois se présenta chez les Bedford en fin d'après-midi. Marion lui ouvrit la porte d'entrée. Elle semblait sur la défensive. Dès qu'elle le reconnut, son regard s'assombrit.

— Elle ne voudra pas vous voir. Elle refuse toutes les visites, l'informa-t-elle.

— Dites-lui que j'ai besoin de son aide.

— De son aide ? répéta Marion d'une voix sceptique.

— Dites-lui simplement que le vieux Suédois a un problème qu'elle peut l'aider à résoudre. Je vous en prie ! Vous pouvez bien lui transmettre mon message ?

Mme Bedford hésita, puis elle commença à gravir l'escalier. Lars Olafsen attendit longtemps. Enfin, elle redescendit.

— Elle accepte de vous recevoir. Mais je vous en prie, ne la fixez pas avec trop d'insistance. Elle est extrêmement consciente de son apparence. Quelquefois, j'ai l'impression qu'elle préférerait que je ne la voie pas. Elle appréhende même le trajet jusqu'à l'hôpital, et le regard des infirmières. Surtout, ne lui posez aucune question sur son couvre-chef. Elle perd toujours ses cheveux, et elle en a déjà beaucoup perdu.

— Madame Bedford, je m'occupe de jeunes gens depuis bientôt trente-six ans. Je connais la sensibilité des adolescents.

Il reconnut la chambre d'Amy à sa porte entrebâillée, et à la pénombre qui y régnait. Il frappa. Au bout d'un moment, une voix étouffée répondit :

— Entrez.

S'étant introduit dans la pièce, il chercha à percer l'obscurité de cette fin d'après-midi. Enfin, il discerna une silhouette. Amy était pelotonnée sur une chaise, comme pour se protéger du froid. Ce n'était pas sa petite Miss Punch, son Amy Bedford, celle qui voulait tant devenir championne !

« Cette saleté l'a vaincue », songea-t-il avec désespoir.

— Amy... commença-t-il. Je sais que tu ne te sens pas bien. On m'a parlé des effets de la chimiothérapie, et je ne me serais pas permis de te déranger sans un motif grave. Comme tu nous quittais pour la saison, j'ai été obligé de te faire remplacer par Carole Wallace.

— Oui, dit Amy, je m'en doutais.

— Tu comprends, on peut décréter qu'une fille est le numéro un d'une équipe, mais il lui faut du temps pour intégrer cette idée. Tu sais cela mieux que personne. Si une fille n'a pas la conviction intime qu'elle est la meilleure, elle ne donnera pas son maximum.

— Que puis-je faire ? s'enquit Amy.

— Tu sais à quel point Carole t'admire... Je pense que si tu pouvais lui dire combien tu la trouves bonne, cela changerait tout.

— Vous voulez que je lui téléphone ?

— Si tu ne l'as pas vue s'entraîner, tu ne pourras lui faire aucune remarque sur son jeu. Il faut que tu l'observes. Un simple appel ne suffira pas, Amy.

— Cela voudrait dire que je...

Amy se tut, incapable de poursuivre.

— C'est ça, Amy. Pour que ça n'ait pas l'air convenu, il faudrait que tu viennes au lycée, que tu assistes à l'entraînement, et que tu bavardes avec elle ensuite.

— Revenir au lycée... C'est impossible.

— Pourquoi pas ?

L'adolescente parut se recroqueviller davantage.

— Parce que... Je ne peux pas affronter les copains avec cette dégaine.

— Si je n'avais pas eu besoin de ton aide, je ne te l'aurais pas demandée, insista le Suédois. Tu sais ce qu'une qualification au niveau de l'État signifierait pour moi. J'envisage de prendre ma retraite... Après trente-six ans de bons et loyaux services, il me semble en avoir le droit. Mais avant de partir, je voudrais voir ce trophée dans le gymnase.

L'adolescente ne répondit pas.

— Amy ?

— Je... Je vais y réfléchir, articula-t-elle enfin.

Comme la haute silhouette couronnée d'une chevelure blanche s'éloignait en direction de la porte, elle appela :

— Monsieur Olafsen...

— Oui, Amy ?

— Je comprends combien c'est important pour vous, alors... C'est d'accord, je le ferai.

Brent Martin se tenait à quelque distance de la maison des Bedford. Il attendait depuis sept heures moins le quart. Il vit d'abord M. Bedford monter dans sa voiture, puis la porte se rouvrit. Amy et sa mère apparurent sur le seuil et échangèrent quelques mots. Pendant quelques minutes, il sembla à Brent que la jeune fille avait changé d'avis et voulait rentrer chez elle, puis elle se décida à descendre l'allée. Dès qu'elle fut sur le chemin du lycée, il sortit de sa cachette pour se précipiter à sa suite.

Quand il parvint à ses côtés, il ralentit, s'efforçant d'avoir l'air surpris de leur rencontre.

— Tiens, Amy ! C'est toi ?

Elle se détourna à demi pour le regarder. Il fut heureux de constater qu'elle avait meilleure apparence qu'il ne l'avait craint, surtout avec ce petit chapeau vert perché crânement sur sa tête et fixé par des barrettes. Bien que très mince, elle était presque aussi jolie qu'autrefois.

— Tu as l'air en pleine forme ! s'exclama-t-il avec enthousiasme.

— Tu le penses vraiment ?

— Évidemment ! Ton petit chapeau est super. Je te porte tes bouquins ?

Aussitôt sur la défensive, l'adolescente serra ses livres contre sa poitrine.

— Je suis assez forte pour m'en charger moi-même !

— Je disais cela parce que j'ai lu qu'autrefois les garçons montraient de cette façon leur affection aux filles, en leur portant leurs livres. Ça doit être dans Mark Twain, à moins que ma grand-mère ne m'ait raconté que grand-père lui avait fait la cour de cette manière.

— Tu es sûr ? s'étonna Amy. C'est ainsi qu'ils leur montraient qu'elles leur plaisaient ?

— Évidemment, aujourd'hui on devrait plutôt proposer : « Veux-tu que je porte ton transistor ? Ou ton ordinateur de poche ? »

Comme il éclatait d'un rire communicatif, elle l'imita. Brent se sentit encouragé par ce premier succès. Cela marchait... ou du moins on pouvait l'espérer. Mais l'épreuve cruciale aurait lieu un peu plus tard, lorsqu'elle devrait affronter tous ses camarades réunis.

Ils n'étaient plus qu'à une centaine de mètres du lycée. Pam Sanford se tenait devant les portes de l'établissement, placée en sentinelle. Dès qu'elle les aperçut, elle se précipita à l'intérieur, et se rua le long des couloirs, bousculant dans sa hâte quelques lycéens qui se pressaient vers leur première classe de la matinée.

En franchissant le seuil de la classe, elle cria :

— Ça y est, les copains ! Ils arrivent !

Aussitôt, chacun gagna sa place sans un mot. L'attente leur parut ensuite interminable.

Amy et Brent pénétrèrent dans le bâtiment, puis ils longèrent un corridor. Les quelques adolescents qui les croisèrent n'accordèrent aucune attention à Amy. Enfin, ils parvinrent devant la porte de la classe. Sentant qu'elle se contractait, Brent posa la main sur le bras de son amie. Ils entrèrent dans la salle.

L'accueil qu'on lui avait réservé arracha des larmes de soulagement à la jeune fille. Toutes les filles portaient une toque de chirurgien fixée sur la tête à l'aide de barrettes. Et elles lui souriaient... D'une même voix, elles clamèrent avec enthousiasme :

— Amy !

Puis elles se précipitèrent vers elle pour l'embrasser. Bientôt, toutes les filles de la classe l'entouraient, gloussant de joie parce qu'elle était de retour.

Comme convenu, leur professeur, M. Hitchins, arriva avec un peu de retard. Arborant un air sévère, il lança :

— Eh bien, parviendrai-je à vous inculquer quelques rudiments d'histoire, aujourd'hui ? Amy Bedford, ajouta-t-il en souriant, j'aimerais assez vérifier que vous êtes bien à jour. Pourriez-vous nous exposer les effets de l'implantation des missiles soviétiques à Cuba sur la politique étrangère américaine ?

Debout derrière son bureau, Amy Bedford commença :

— Jusqu'à la crise des missiles, la doctrine Monroe était la pierre angulaire de la politique étrangère américaine...

Hitchins se laissa aller contre le dossier de sa chaise. Le cours se déroulait comme d'habitude, et Amy Bedford savait sa leçon, comme d'habitude. Une importante crise venait d'être surmontée. Le petit complot élaboré par Walter Duncan, Brent Martin, Lars Olafsen et Alfred Hitchins avait réussi. Une bien petite victoire, au sein d'un combat désespéré pour sauver une jeune vie.

Il était seize heures vingt. Tous les courts du lycée étaient occupés. Les membres de l'équipe travaillaient dur. Comme toujours, le Suédois passait d'un terrain à l'autre, observant, critiquant, approuvant, encourageant. Mais ce jour-là, Amy Bedford se trouvait à ses côtés. Grâce à la gouttière dissimulée sous son pantalon, elle pouvait régler son pas sur celui de l'entraîneur malgré un boitement imperceptible.

Ils s'approchèrent du court où Carole Wallace s'opposait à Ethel Lindquist, passée numéro deux depuis le départ d'Amy. L'adolescente regarda les partenaires échanger des balles à la fois longues et puissantes. Le Suédois lui avait affirmé que dans sa jeunesse les jeunes femmes ne jouaient pas ainsi.

Amy se concentra sur Carole Wallace. C'était une grande fille aux cheveux bruns, dont les épaules et les bras vigoureux étaient les plus sûrs atouts au service. Mais une fois que son adversaire avait réussi à le contrer, son jeu n'était plus aussi bon. Amy comprit aussitôt où voulait en venir le Suédois.

Quand l'entraînement prit fin, les deux jeunes filles rejoignirent Amy, qu'elles accueillirent à grands renforts de bourrades et de sourires.

— Je suis bien contente de te voir, dit Carole. Malheureusement, j'ai bien peur de ne jamais parvenir à ton niveau.

— Écoute, Carole, n'oublie pas que c'est toi qui devras soutenir nos couleurs contre Eve Sampson, de Northside. Si tu la bats, tu affronteras Sue Axelrod, de Wilson, et après Sue, il ne restera plus que Deedee Snider, du lycée Cleveland.

— Il ne me restera plus ? répéta Carole. Si seulement je pouvais parvenir aussi loin dans le tournoi !

Amy attira la grande fille contre elle.

— J'ai joué contre elles, et je les ai toutes battues, à un moment ou à un autre.

— Parce que tu es toi, mais moi...

— Je suis sûre que tu peux les vaincre, à condition d'écouter mes conseils.

— Tu veux bien m'aider ? s'enquit Carole avec anxiété.

— Chacune de ces filles a une faiblesse. Si tu utilises ta force contre ce point faible, tu remporteras la victoire.

— Tu le crois vraiment ?

— Tout à fait, affirma Amy avec conviction.

Le Suédois se tenait légèrement à l'écart, saisissant de temps à autre une bribe de conversation. Il comprit qu'Amy venait de trouver une raison de sortir de son exil volontaire. Il espérait que cela l'aiderait dans son combat contre le tueur qui se trouvait encore en elle.

De retour à son bureau, Walt Duncan trouva un message laissé par Claudia : « Ed Bedford a appelé. Demande que vous le contactiez. »

Walt lança un coup d'œil à l'horloge murale. Il était dix-huit heures cinquante-sept. Il y avait des chances pour que Bedford fût encore dans son bureau. Il forma le numéro. Bedford en personne répondit presque immédiatement.

— Monsieur Bedford ? Dr Duncan, à l'appareil. On m'a averti de votre appel. Vous désirez me parler du nouveau traitement d'Amy ? Le premier n'a pas donné les résultats escomptés. Avant d'envisager l'amputation, nous voudrions faire une nouvelle tentative.

— Je suis au courant. Ma femme m'a expliqué votre point de vue. Je vous suis reconnaissant de ne pas abandonner. Mais ce n'est pas de cela que je voulais vous parler. Mon épouse m'a dit ce que Lars Olafsen, vous et le jeune Brent Marlow...

— Martin, rectifia Walt.

— Exact, Brent Martin. A vous tous, vous avez convaincu Amy de retourner au lycée. C'est magnifique ! Je ne peux exprimer ce que je ressentais à l'idée qu'en rentrant à la maison j'allais la trouver enfermée dans sa chambre. Elle refusait d'en sortir, même pour dîner avec nous. Ce que vous avez accompli est si extraordinaire que j'aimerais vous prouver ma gratitude d'une façon ou d'une autre.

— A quoi pensez-vous, exactement ?

— Y a-t-il quelque chose que ce jeune homme aimerait avoir ? Qu'Olafsen aimerait avoir ? Que le lycée aimerait avoir ? Les camarades de ma fille se sont montrés très chics, je pourrais leur offrir une réception, ou bien doter le lycée d'un élément d'équipement.

— Monsieur Bedford, si vous désirez vraiment mon avis...

— Je le sollicite.

— Eh bien, je pense que les amis de votre fille ne peuvent être récompensés par de l'argent, des cadeaux ou des réceptions. Le mieux que vous puissiez faire, actuellement, est de passer davantage de temps avec Amy, et un peu moins au bureau.

— Docteur, vous ne semblez pas conscient du fait que mille deux cent dix-sept personnes dépendent de moi. C'est une responsabilité énorme. Si je la néglige, c'est comme si je les laissais tomber.

— Monsieur Bedford, vous avez mille deux cent dix-sept employés, mais une seule fille.

Après avoir raccroché brusquement, Walt Duncan examina ses autres messages. Estimant que rien d'urgent ne réclamait son attention avant le lendemain matin, il se débarrassa de sa blouse blanche pour enfiler sa veste. Une fois de plus, il quittait trop tard l'hôpital pour retrouver sa propre fille.

9

Plusieurs semaines plus tard, de bonne heure, Walter Duncan se servait une tasse de café lorsque Emily le rejoignit.

Cette habitude qu'avait Walt de boire son café sans même prendre le temps de s'asseoir avait toujours chagriné la jeune femme. Sachant qu'il opérait très tôt, ces temps-ci, elle s'abstint de lui en faire une fois de plus la remarque. D'ordinaire, il lui répondait par une plaisanterie :

— Moi qui me suis marié pour échapper à ma mère, j'ai déniché une épouse qui a les mêmes obsessions !

Il s'aperçut de sa présence au moment où il déposait sa tasse dans l'évier.

— Bonjour, ma chérie. Je t'ai éveillée en me levant ?

— Non. Je voudrais te préparer un petit déjeuner un peu plus substantiel. Je n'en ai pas pour longtemps.

— Tu es gentille, mais je dois être en Orthopédie avant sept heures. Ensuite, je passerai la moitié de la journée au tribunal.

— Toujours l'affaire Enright ?

— C'est ça. Les hommes de loi doivent être payés à la journée, si l'on en croit la manière dont ils allongent la procédure.

— J'espère qu'il n'y aura pas trop de remous.

— Quand un médecin sabote une opération, il y a toujours des remous, répliqua Walt.

S'étant penché pour embrasser sa femme, il se dirigea vers la porte du garage. Soudain, il parut frappé par une idée subite :

— Simone a la grippe, en ce moment ?

— Elle l'a eue, rectifia Emily.

— Il faut qu'elle reste à la maison pendant un jour ou deux.

— Mais elle adore l'école ! Par ailleurs, elle est presque guérie, je ne pense pas qu'elle soit contagieuse.

— Si elle a la moindre température, garde-la avec toi.

— Elle ne va pas apprécier.

— Dis-lui que le Dr Duncan insiste.

Il pénétrait dans le parking de l'hôpital lorsqu'il freina brusquement. Fort heureusement, aucune autre voiture n'y entrait à sa suite. Les yeux dans le vague, il passa en revue les symptômes isolés qu'il avait remarqués chez sa fille durant les mois précédents.

Fièvre légère, pâleur, docilité inhabituelle, bleus, faiblesses... Aucun d'entre eux ne se manifestait de façon criante, cependant cette accumulation elle-même était inquiétante. Un médecin pouvait-il être investi dans sa spécialité au point d'en oublier ce qu'il savait si bien pendant son internat ?

Il n'avait pas le temps de s'y attarder maintenant. Il fallait qu'il se préparât à amputer un patient de soixante-deux ans, diabétique de surcroît.

Ses trois opérations de la matinée terminées, Walt ôta sa tenue verte pour remettre ses propres vêtements, puis il regagna son bureau.

Dès qu'il poussa la porte, Claudia l'accueillit par ces mots :

— M. Silverstein a rappelé. Je lui ai dit que vous vous

présenteriez devant le tribunal, au moment où la séance rouvrirait, après le déjeuner.

— J'y serai, grommela Walt.

Il fronça les sourcils, comme s'il lui reprochait cette obligation, mais ce n'était qu'un jeu. En réalité, sans la douce insistance de sa secrétaire, il aurait négligé bien des rendez-vous, ainsi que la plupart des réunions importantes auxquelles il se devait d'assister.

— Claudia, jusqu'à quelle heure serez-vous là ?

— Je resterai autant que vous le désirez. Vous avez quelque chose de particulier à me demander ?

— Dites-moi simplement : « N'oubliez pas ! » Je saurai de quoi il s'agit. A propos, Amy Bedford... Où en sont ses radios ?

— J'y ai veillé. Elle est en Radiologie, en ce moment.

— Très bien. Je passerai la voir, avant de me rendre au tribunal. Cette pauvre gosse est terrifiée, et il y a de quoi !

Dès qu'il fut parti, Claudia s'empara d'une feuille de papier blanc, sur laquelle elle inscrivit en gros caractères : « N'oubliez pas ! »

Quand Walter Duncan pénétra dans la salle d'audience, il vit aussitôt le Dr Peter Enright, assis auprès de son avocat. Il comprit qu'il lui faudrait affronter l'hostilité de son confrère pendant toute la durée de son témoignage. Ce n'était pas agréable, mais cela ne changeait rien aux faits sur lesquels il allait être appelé à donner son avis.

Assis sur la chaise des témoins, il venait de prêter serment quand Andrew Silverstein, l'avocat du jeune plaignant, vint vers lui.

— Docteur, voulez-vous exposer au jury vos titres et qualifications ?

Walt fournit son cursus universitaire et professionnel. Après une maîtrise en biologie, il était entré à la faculté de Médecine. Nanti de son diplôme, il avait été interne pendant deux ans, puis il était resté attaché à l'hôpital durant les trois années suivantes. Depuis, il était chirurgien au Centre Médical Universitaire.

— Êtes-vous agréé par le Conseil des Orthopédistes ?

— Oui.

— Docteur, combien d'articles avez-vous écrits pour des périodiques médicaux ?

— Trente-deux.

Silverstein demanda alors à Walt de fournir la liste de ces articles, après quoi il se tourna vers le juge.

— Votre Honneur, le Dr Duncan vous paraît-il suffisamment qualifié pour être appelé à la barre en tant qu'expert ?

Le magistrat se tourna vers l'avocat de la partie adverse.

— Monsieur Sullivan ?

— Pas d'objection, répliqua Roger Sullivan en s'emparant d'un carnet jaune et d'un stylo.

— Docteur, avez-vous étudié le dossier médical de mon client ? s'enquit Silverstein.

— Oui.

— Et vous avez examiné le jeune plaignant qui se trouve à cette table ?

— En effet.

— Pouvez-vous décrire au jury l'état dans lequel vous avez trouvé ce jeune homme ?

— Il est en bonne santé, mais son pied gauche est équin. En d'autres termes, à la suite d'une paralysie des extenseurs, son bout de pied tombera toujours.

— Est-il possible de déterminer les causes de ce handicap ?

— Je l'ai fait.

— Qu'avez-vous découvert ?

— Au cours d'une opération visant à traiter une hernie discale, certains nerfs ont été accidentellement sectionnés.

— A votre avis, docteur, ces nerfs endommagés recouvreront-ils jamais leur fonction ?

— Non, monsieur.

— Est-ce à dire que ce jeune homme de dix-huit ans restera handicapé jusqu'à la fin de sa vie ?

— C'est exact, affirma Walter.

— Docteur, êtes-vous bien conscient que ce jeune homme était un footballeur remarquable, à qui ses qualités d'athlète valaient de recevoir une bourse d'une des universités les plus fameuses...

Sullivan se dressa.

— Votre Honneur, je suis persuadé que le Dr Duncan est tout à fait qualifié pour donner un avis médical. En revanche, je ne pense pas que son opinion à propos des cursus universitaires nous intéresse.

— Votre Honneur, protesta Silverstein, le Dr Duncan est spécialisé en médecine sportive.

— En ce cas, qu'il se borne à témoigner dans les affaires concernant la médecine sportive, vociféra Sullivan, dont le visage s'était empourpré.

Souriant, Silverstein poursuivit :

— Une dernière question, docteur. Vous avez étudié les radios, les résultats de l'électromyogramme et du scanner, ainsi que l'histoire du patient. Vous avez eu connaissance du diagnostic posé par le médecin, ainsi que de l'intervention pratiquée. Selon vous, le traitement et l'opération sont-ils conformes à ce qu'on est en droit d'exiger de nos jours ?

Walter Duncan regarda Peter Enright, dont les yeux posés sur lui reflétaient une crainte mêlée de défi.

— A mon avis, ni l'un ni l'autre n'atteignent le degré d'excellence auquel tout patient a droit.

— Cela signifie-t-il que le défendeur a fait preuve de négligence ?

— En effet, assura Walt. J'estime qu'il y a incurie.

— Merci, docteur Duncan. Le témoin est à vous, monsieur Sullivan.

Le juge intervint :

— Auparavant, je dois suspendre la séance pendant

une dizaine de minutes pour obliger le magistrat qui traitait l'affaire précédente.

Après son départ, Silverstein s'approcha de Walter.

— Docteur, vous pouvez quitter votre fauteuil, si vous le désirez.

Heureux de se dégourdir les jambes, Walt descendit dans la salle. Un homme vint à sa rencontre.

— Docteur Duncan...

Walt mit un instant avant de reconnaître l'homme qu'il avait croisé en sortant du bureau de James Rowe Russell. Ce dernier se présenta lui-même :

— Tom Fraser, des Assurances Worldwide.

— Que puis-je pour vous ?

— C'est nous qui assurons votre Centre Médical, ainsi que l'hôpital qui est impliqué dans cette affaire. Mais au rythme où vont les procès, et si les jurys continuent de prononcer des verdicts qui nous coûtent des millions, nous envisageons de renoncer à cette clientèle. A moins que nous n'élevions considérablement nos tarifs.

— Dois-je comprendre que vous cherchez à influencer mon témoignage ?

— Je tente seulement de vous mettre en face des réalités, docteur.

— Je vous remercie, répliqua Walter sur un ton mordant.

Dès que le juge eut rouvert la séance, Roger Sullivan s'approcha du témoin.

— Docteur, savez-vous pourquoi le plaignant en est venu à consulter mon client ?

— Le jeune homme me l'a dit.

— Pouvez-vous nous répéter ses propos ?

— La hernie discale a été provoquée par une chute, durant un match de football. Un adversaire l'a plaqué au sol par-derrière.

— Si je comprends bien, le tort initial n'est pas dû au Dr Enright ?

— Non, mais...

— Docteur, vous avez répondu à ma question en disant non, l'interrompit Sullivan. Le fait est que le Dr Enright n'est pas responsable du dommage causé initialement à ce jeune homme. Cela établi, je vous demanderai ce que vous auriez fait si ce jeune homme était venu vous trouver.

— D'abord, j'aurais étudié son passé médical, puis j'aurais localisé la douleur et cherché sa cause probable. Ensuite je l'aurais soumis aux rayons X pour la déterminer avec exactitude.

— D'après ce que vous avez découvert dans le dossier du patient, pouvez-vous nous dire si le Dr Enright a respecté cette procédure ?

— Évidemment ! admit Walter Duncan.

— Jusqu'ici, donc, pas de négligence ?

— Non, monsieur, cependant...

— Docteur, nous passerons aux « cependant » plus tard, trancha une seconde fois Sullivan. Maintenant, si vous aviez découvert que la douleur était due à une hernie discale, qu'auriez-vous prescrit.

— Certainement pas une opération immédiate !

— Docteur, le réprimanda vivement Sullivan, je ne vous ai pas demandé ce que vous n'auriez pas fait, mais ce que vous auriez fait !

— J'aurais prescrit le lit et quelques médicaments, afin de donner au corps le temps de se remettre. Si cela n'avait pas suffi, je l'aurais mis en traction pendant plusieurs semaines. Mais je ne me serais pas empressé de...

— Je vous en prie, docteur, contentez-vous de dire au jury les mesures que vous auriez prises.

— Je suis désolé, dit Walt.

Mais il sacra intérieurement contre cette procédure légale qui l'empêchait de dire simplement son opinion aux jurés.

— Maintenant, docteur, supposons que la douleur ait persisté après le repos et la traction, qu'auriez-vous décidé ?

— J'aurais considéré que l'opération était le dernier recours.

— Si je comprends bien, vous auriez opéré le patient pour traiter sa hernie discale ?

— Oui.

— Donc, la négligence ne réside pas dans la décision d'opérer ?

— C'est l'empressement à opérer qui me paraît extrêmement suspect.

— L'empressement à opérer ? répéta Sullivan. Qu'est-ce que cela peut bien signifier, docteur ? On peut comprendre que le Dr Enright a pris les mesures qui s'imposaient tandis que vous-même auriez péché par excès de lenteur...

L'avocat se tourna vers le jury, pour vérifier que les jurés avaient bien compris la plaisanterie. Quelques rires le récompensèrent.

— La chirurgie doit constituer le dernier recours, non le premier, rétorqua sèchement Walt. Si elle est pratiquée à n'importe quel moment, on peut soupçonner...

— Votre Honneur, Votre Honneur... s'exclama Sullivan d'une voix forte.

Le juge abattit son marteau sur sa table.

— Docteur, bornez-vous à répondre aux questions. Nous ne vous demandons pas des sermons.

Walter fut tenté d'ignorer l'avertissement pour poursuivre sa démonstration. Maîtrisant sa colère au prix d'un énorme effort, il se tut.

Sullivan s'empara d'une liasse de feuillets avant de s'adresser une fois de plus à Walter Duncan.

— Docteur Duncan, est-il vrai que le Dr Enright a appartenu au personnel de votre propre hôpital ?

— En effet.

— Je suppose qu'il a obtenu ce poste après examen de ses qualifications ?

— C'est exact, dut admettre Walt. Notre comité de recrutement a étudié ses références.

— Dites-moi, docteur, est-ce une habitude, dans votre hôpital, d'engager des médecins incompétents ?

— Bien sûr que non ! rétorqua Walter.

— Si bien qu'on peut en déduire que la candidature du Dr Enright fut agréée parce qu'il possédait tous les titres requis ?

— Déduisez-en ce que vous voulez, j'en ferai autant de mon côté, grommela Walter Duncan.

De sa place, Silverstein fit signe à Walter de ne pas se laisser aller à des mouvements d'humeur imprudents qui feraient le jeu de Sullivan.

— Docteur, poursuivit ce dernier, je vais vous montrer une lettre que je compte utiliser pour la défense de mon client dès que vous l'aurez identifiée.

Silverstein se leva.

— Votre Honneur, j'insiste pour prendre connaissance de ce document avant le témoin.

— C'est tout naturel, dit en souriant Sullivan.

Il tendit la feuille de papier à Silverstein qui la lut rapidement avant de la lui rendre.

— Je peux, monsieur Silverstein ?

Comme Silverstein hochait la tête, Sullivan alla vers Walter Duncan.

— Maintenant, docteur Duncan, veuillez identifier cette lettre pour le jury.

Walter parcourut le document. C'était la photocopie d'une lettre de recommandation qui portait Enright aux nues. L'original se trouvait dans le dossier d'Enright, à l'hôpital.

— Docteur ? le pressa Sullivan.

— Cette lettre provient de l'hôpital Lincoln.

— Est-ce là que le Dr Enright a exercé pendant trois ans avant de rejoindre votre équipe ?

— En effet.

— Si je comprends bien, Lincoln était très satisfait du travail fourni par le Dr Enright ?

— Pas nécessairement... commença Walter.

— Docteur, l'interrompit Sullivan, seriez-vous assez aimable pour lire à haute voix le passage qui a été souligné ?

De mauvais gré, Walter jeta un coup d'œil au document. La rougeur qui envahit son visage témoigna de sa répugnance à faire ce qu'on lui demandait.

— Docteur ? insista Sullivan.

Walter leva les yeux vers Silverstein qui hocha imperceptiblement la tête, puis il se mit à lire :

— « Nous avons toujours estimé que l'éthique du Dr Enright était tout à fait rigoureuse. Sa pratique de la médecine et de la chirurgie est conforme aux exigences les plus élevées de la profession. »

— Votre Centre Médical s'est fié dans ce jugement, provenant d'un hôpital de bonne réputation ? s'enquit Sullivan.

Comme il n'obtenait aucune réponse, il insista :

— Docteur Duncan ?

— C'est exact, admit Walter, cependant...

— Vous tenez vraiment à vos « cependant » ! s'exclama Sullivan en adressant un sourire complice aux jurés.

Walter Duncan se tourna vers le juge.

— Votre Honneur, s'il ne m'est pas permis de dire toute la vérité, comme j'en ai fait le serment, alors nous allons donner au jury une vision totalement erronée de ce cas.

— Voyons, docteur, le rabroua avec bienveillance le magistrat, de même que les médecins respectent une certaine procédure, vous devez admettre que la Justice suit son cours selon ses propres règles.

— Cela explique pourquoi les tribunaux et les hommes de loi sont discrédités parmi la population, répliqua Walter.

Silverstein bondit sur ses pieds.

— Votre Honneur, si je puis me permettre... Le Dr Duncan est un homme très occupé. C'est la raison pour laquelle nos méthodes peuvent constituer à ses yeux une perte de temps. Pardonnez son impatience et ses sautes d'humeur.

— La Cour acceptera les excuses du témoin, prononça le juge avec gravité.

— En ce cas, la Cour pourra attendre longtemps! déclara Walter en se levant.

— Voyons, docteur! le réprimanda sèchement le juge.

— Voulez-vous que le jury soit réellement éclairé sur cette affaire, ou bien avez-vous l'intention de continuer à l'embrouiller? demanda Walter.

— Je vous en prie, docteur Duncan... intervint Silverstein.

Le juge abattit son marteau.

— Huissier, faites sortir les jurés.

Lorsque le public eut été évacué à son tour, le magistrat se tourna vers Walter.

— Docteur, laissez-moi vous instruire de nos droits. La Cour a le pouvoir, que dis-je, le devoir de considérer vos propos comme un outrage, si vous persistez dans cette attitude. Maintenant, vous devez nous promettre de poursuivre votre témoignage dans le respect de nos règles.

Walter réfléchit un long moment avant de répondre.

— Votre Honneur, un jeune homme est handicapé à vie, sa carrière d'athlète est terminée avant d'avoir commencé, et ce médecin en est responsable. Si je peux dire la vérité au jury, je me plierai à la procédure légale. Dans le cas contraire, j'obéirai à ma conscience.

— Êtes-vous conscient du fait que vous pouvez être poursuivi pour outrage à la Cour?

— Si la vérité constitue un outrage à la Cour, j'accepte ce risque.

— Monsieur Silverstein... commença le juge.

— Votre Honneur, puis-je dire un mot en particulier au Dr Duncan?

— Oui. Nous considérons que l'audience est suspendue pendant cinq minutes.

Silverstein entraîna Walter dans un coin de la salle.

— Duncan, notre victoire dépend de votre témoignage. Je vous en prie, ne contrariez pas le juge, et n'essayez pas de vous opposer à Sullivan. Contentez-vous de répondre à ses questions. Lorsque je vous interrogerai, je vous fournirai l'occasion de dire ce que vous désirez.

— J'aurai vraiment la possibilité de m'exprimer librement ?

— Je vous le promets.

— Entendu, en ce cas.

Les jurés avaient réintégré leur place, et Walter Duncan se trouvait de nouveau sur la sellette. Sullivan reprit son interrogatoire là où il l'avait laissé :

— Résumons-nous, docteur. Cette lettre affirme-t-elle que l'éthique du Dr Enright est rigoureuse, et sa pratique médicale conforme aux exigences les plus élevées de la profession ?

Ravalant sa colère, Walter Duncan fut forcé d'admettre :

— C'est en effet ce que dit cette lettre.

— Merci, docteur. Vous nous auriez épargné une perte de temps si vous l'aviez admis du premier coup, au lieu de vous efforcer de semer la confusion dans l'esprit des jurés.

Se détournant de Walter avec mépris, Sullivan regagna sa place.

Sans laisser à Walter le temps d'éclater, Silverstein se hâta d'entamer son interrogatoire. Petit homme si mince qu'il en paraissait frêle, il posa sa première question d'une voix à peine audible.

Les jurés se penchèrent en avant pour saisir ses paroles, ce qui servait admirablement ses desseins, car il était sur le point de mettre en lumière le nœud de l'affaire.

— Docteur, si vous voulez bien oublier l'attaque grossière dont vous venez d'être l'objet...

— Votre Honneur ! protesta Sullivan.

— Monsieur Silverstein, intervint le juge, vous pouvez vous dispenser de prologues et poser vos questions.

— Veuillez m'excuser, Votre Honneur, dit Silverstein, satisfait d'avoir atténué les propos de Sullivan. Maintenant, docteur, si un jeune homme de dix-sept ans souffrant de sciatique à la suite d'une chute, et montrant des signes de faiblesse musculaire dans la jambe, vous avait consulté, qu'auriez-vous fait ?

— Je l'aurais d'abord soumis à un examen complet, pour déterminer l'étendue des dégâts.

— Le Dr Enright l'a fait, n'est-ce pas ?

— En effet, admit Walter, qui se demandait ou Silverstein voulait en venir.

— Votre patient aurait passé des radios ?

— Évidemment.

— Le Dr Enright a bien suivi la même procédure ?

— Oui.

— Si je ne m'abuse, il est même allé plus loin, puisqu'il a eu recours à l'électromyogramme pour mesurer l'activité musculaire de la jambe douloureuse.

— C'est cela.

— Vous auriez agi de la même façon ?

— Oui, grommela Walter.

— Alors, docteur, où est la négligence ?

Walter comprit soudain que Silverstein venait de lui ménager la possibilité de fournir un témoignage détaillé, ainsi qu'il le souhaitait depuis le début de l'audience. Au grand dépit de Sullivan, il se lança dans ses explications, s'adressant aux jurés plutôt qu'aux magistrats.

— Les rayons X et l'électromyogramme n'étaient destinés qu'à découvrir la cause de la douleur. En l'occurrence, il s'agissait d'une hernie discale. Pour la traiter, aucun médecin ne se hâte d'opérer. Il met son patient au lit, afin de réduire l'inflammation du nerf qui est à l'origine de la douleur. Si cela ne suffit pas, il le met en traction, à domicile ou à l'hôpital. En d'autres termes, il donne à ce jeune corps une chance de se rétablir tout seul. Il y consacre trois, quatre, cinq semaines, six, si besoin est. Une chose est certaine : le repos n'empirera pas l'état du jeune homme, et c'est ce qui importe. Rappelons-nous le vieux serment d'Hippocrate : « Je dirigerai le régime des malades à leur avantage, et je m'abstiendrai de tout mal... » Et ce n'est que lorsque le lit a échoué, les sédatifs ont échoué, la traction a échoué qu'un médecin scrupuleux envisage d'agresser le corps de son patient. Parce que dès que l'on a recours au scalpel, on fait prendre un risque au malade. Même dans l'hypothèse d'une opération effectuée dans les meilleures conditions possibles, et par le chirurgien le plus attentif, les accidents sont toujours possibles. Le patient peut réagir de façon inattendue à l'anesthésie. Plus tard, l'infection peut s'installer. J'affirme que l'intervention chirurgicale est l'ultime solution, non la première.

En prononçant ces derniers mots, Walter Duncan s'était tourné vers Peter Enright et son avocat. Il poursuivit :

— Et si vous opérez, faites-le correctement, bon sang ! Ne laissez pas un jeune homme avec un pied équin et peut-être une attelle pour le reste de sa vie !

Silverstein attendait patiemment que Walter eût terminé..

— A votre avis, docteur, quelle est la cause du préjudice subi par le patient ?

— Le dernier électromyogramme montre clairement que le nerf L5 a été sectionné, lors d'une opération sabotée, visant à retirer le disque qui était à l'origine de la hernie discale. Quand on sectionne le nerf L5, on obtient un pied équin. Le port constant d'une attelle peut être prescrit.

— Selon vous, docteur, cet accident est-il le résultat d'une pratique défectueuse de la médecine et de la chirurgie ?

— Pour moi, cela ne fait aucun doute. L'opération

en question n'est pas conforme aux exigences de la profession.

— Merci, docteur.

Comprenant qu'il venait de subir un rude assaut, Sullivan voulut effacer de la mémoire du jury les accusations portées par Walter Duncan.

— Docteur, est-il impossible que deux médecins aient une opinion différente à propos d'un même patient ? Ne vous êtes-vous jamais trouvé en désaccord avec certains de vos confrères ?

— Oui, admit Walt.

— Par exemple, arrive-t-il qu'un médecin préconise l'opération, tandis qu'un autre la déconseille ?

— Évidemment.

— N'est-ce pas ce qui s'est produit, en l'occurrence ? Le Dr Enright a décidé d'opérer. Mais un an plus tard, le Dr Duncan entre en scène, estimant qu'on aurait dû s'abstenir. Où est la différence ?

— Elle est dans la précipitation, monsieur Sullivan. Le dossier de ce patient comporte certains éléments qui permettent de deviner la manière dont les choses se sont passées.

— Quels éléments ? s'enquit Sullivan, qui ne tarda pas à regretter sa question.

— Il s'agit de constatations non médicales. Par exemple, le prix payé par la famille de ce jeune homme : quatre cents dollars. Pour un jeune chirurgien débutant, âgé d'une trentaine d'années, avec femme, maison et prêt à rembourser, il pouvait être plus tentant d'opérer que de choisir des voies plus douces.

— Docteur Duncan, quel est votre prix, pour ce type d'opération ?

— Sans doute le même, cela dépend du patient. Parfois, nous intervenons gratuitement.

— Vous avez bien une femme, un enfant, une maison et un prêt à rembourser ?

— En effet.

— Pouvons-nous en déduire qu'il vous arrive d'être sensible à l'appât du gain ?

— Vous le pourriez, mais ce serait inexact ! rétorqua Walt.

Sous l'effet combiné de la colère et de la tension, il s'était mis à transpirer abondamment. Sentant combien son cœur battait fort, il songea que le Dr Worthington avait eu raison d'interdire à Sy l'épreuve du contre-interrogatoire.

Ayant marqué ce qu'il considérait comme un point important, Sullivan entreprit d'en finir avec le témoin.

— Dites-moi, docteur, étiez-vous dans la salle d'opération au moment où le Dr Enright a effectué cette intervention sur le plaignant ?

— Bien sûr que non.

— En ce cas, vous ne savez pas ce qu'il a trouvé en ouvrant le dos de ce jeune homme ?

— C'est exact.

— Vous ignorez donc ce que vous auriez fait si vous aviez été confronté à la même situation ?

— Je ne sais qu'une chose : ce jeune homme gardera un pied équin parce que quelqu'un a sectionné son nerf L5. Le responsable est coupable de négligence, de grosse négligence. Nous ne pouvons rien en conclure d'autre, monsieur Sullivan.

— Prétendez-vous que le Dr Enright s'est montré négligent ?

— En l'occurrence, oui, répliqua Walt.

— Docteur, vous est-il arrivé de travailler avec le Dr Enrigh ?

— Non.

— Vous n'avez donc jamais assisté à l'une de ses opérations ?

— Non.

— Votre opinion sur sa compétence s'appuie donc sur un seul cas, à propos d'une intervention dont vous n'avez pas été le témoin, constata Sullivan, qui jeta un coup d'œil de côté pour s'assurer que les jurés avaient bien entendu.

Se dirigeant vers sa table, il saisit la lettre de recommandation dont il avait déjà fait état pour la brandir en direction du jury.

— Docteur, estimez-vous que votre opinion sur ce jeune médecin a davantage de poids que celle des praticiens avec lesquels le Dr Enright a travaillé pendant trois ans ? Ne l'ont-ils pas observé attentivement, pendant ces trois années ?

— Je ne fonde mon avis que sur ce seul cas.

— Prétendez-vous que les chirurgiens dont les noms apparaissent sur ce document se sont trompés lorsqu'ils ont écrit : « Nous avons toujours estimé que l'éthique du Dr Enright était tout à fait rigoureuse. Sa pratique de la médecine et de la chirurgie est conforme aux exigences les plus élevées de la profession » ? Oserez-vous affirmer qu'ils ont fait erreur ?

D'une voix sourde, Walter Duncan s'adressa aux jurés :

— Cette lettre peut impressionner ceux qui ne sont pas de la partie...

— Votre Honneur ! protesta Sullivan. Exigez du témoin qu'il se contente de répondre à la question.

— Docteur Duncan, intervint le magistrat, j'admets que cette question a été formulée de façon un peu oblique, mais tâchez d'y répondre directement.

— C'est ce que je fais, Votre Honneur. Mais ce type de réponse exige un minimum de précisions préliminaires, si l'on veut être compris. Si je puis...

— Votre Honneur ! l'interrompit Sullivan.

— Le témoin a le droit de fonder sa réponse sur des arguments.

— Comme je le disais, reprit Walter Duncan, cette lettre peut impressionner un profane, mais non un médecin. Parce que depuis longtemps, nous autres, hommes et femmes qui avons fait de la médecine notre profession, nous n'avons pas seulement enterré des patients. Nous avons enterré le triste fait que des médecins et des chirurgiens incompétents se trouvent parmi nous.

Sullivan bondit sur ses pieds.

— Votre Honneur, le témoin divague.

— Monsieur, il se trouve que j'éprouve soudain l'intérêt le plus vif pour ses divagations, répliqua le juge. Et puisque vous attachez tant d'importance à cette lettre de recommandation, je suis certain que le jury appréciera d'être mieux informé à son propos. Poursuivez, docteur Duncan.

— Ces médecins incompétents, nous savons qui ils sont, mais nous sommes incapables de les mettre hors d'état de nuire. Car si nous les dénonçons, si nous cherchons à les empêcher d'exercer, nous nous engageons dans des procès fort onéreux. C'est pourquoi les hôpitaux rédigent ces extravagantes lettres de recommandation, se déchargeant ainsi du problème sur d'autres hôpitaux.

Il se tourna vers Sullivan, avant de continuer.

— Non, monsieur, je ne pense pas que les praticiens dont les noms figurent au bas de cette lettre se soient « trompés ». Ils ont menti, afin de protéger leur propre réputation, leur propre hôpital, leur propre clientèle contre un médecin incompétent, qu'ils ont littéralement expédié au premier centre médical qui a accepté de l'engager.

Il poursuivit à l'adresse des jurés :

— Un jour, nous autres, médecins, nous aurons le cran de purger nos rangs. Alors seulement, le nombre de procès pour incurie diminuera, le coût de nos assurances sera moins élevé. Les patients seront mieux soignés, et les lettres de recommandation retrouveront quelque crédit.

Silverstein se leva.

— Monsieur Sullivan, je suppose que vous ne désirez plus poser de questions au témoin.

— Pas de questions, grommela Sullivan en s'affalant sur sa chaise.

— Tant mieux, dit Silverstein, parce que le témoin est un homme surchargé de responsabilités. Je vous prierai de l'excuser car il doit retourner à l'hôpital.

Walter Duncan se leva, puis il alla serrer la main de Silverstein. Au moment où il s'écartait de l'avocat, le juge l'interpella :

— Docteur Duncan ?

— Oui, Votre Honneur ?

— Je vous remercie pour cet exposé si instructif. Je suis certain que les jurés et la Cour en auront tiré le plus grand bénéfice.

Pour sortir de la salle d'audience, Walt devait passer devant Peter Enright. Le jeune chirurgien lui lança un regard mauvais, mais il n'y prêta aucune attention. Il était pressé de retrouver son bureau, où deux patients l'attendaient. Ensuite, il ferait sa tournée de visites. L'ascenseur du palais lui parut d'une lenteur désespérante. Il dévala les quelques marches qui menaient à la rue, puis il se glissa derrière le volant de sa voiture et démarra en trombe en direction du Centre médical universitaire.

Tout en conduisant, il se sentit étreint par une telle angoisse qu'il se contraignit à ralentir. A un feu rouge, il comprit ce qui l'incitait à se hâter ainsi. Il devait clore sa journée le plus tôt possible et retourner chez lui. Vers Simone.

Il avait garé sa voiture et se dirigeait vers l'entrée de l'hôpital, lorsque Alan Bridges en sortit. Ce confrère orthopédiste avait un emploi du temps presque aussi chargé que celui de Walter Duncan.

— Bonjour, Alan, lança Walt en le croisant.

— Comment cela s'est-il passé ? s'enquit Alan.

— De quoi parles-tu ? s'étonna Walt.

— De quoi ? répéta Alan avec hargne. C'est tout ce que cela signifie, pour toi ? Tu oublies ce que tu as fait une demi-heure auparavant.

— Mais à quoi fais-tu allusion ? s'énerva Walt, anxieux de poursuivre son chemin.

— Je parle du coup que tu viens d'infliger à tous les chirurgiens orthopédistes.

— Ah... mon témoignage !

— Tu commences à comprendre ! Toi et Sy, vous pensez sans doute obéir à des principes moraux élevés, mais j'aimerais te rappeler que votre action va se solder par une hausse de nos coûts d'assurance. Ils n'en avaient pas besoin ! Je paie déjà huit cents dollars, quel que soit le nombre de mes interventions. Après ce procès, Dieu sait combien on va me réclamer !

— Alan, est-ce que tu as étudié le dossier de ce patient ? Est-ce que tu l'as vu ? Un jeune homme de dix-huit ans définitivement affligé d'un pied équin.

— C'est inutile. Je tiens pour acquis que les accidents sont inévitables.

— Ce n'est pas un accident mais une opération bousillée !

— Et quand bien même !

— Tu ne peux pas tirer un trait sur une vie gâchée avec un « quand bien même » !

— Pour aider ce gosse, tu as décidé de pénaliser des centaines de chirurgiens orthopédistes innocents. Toi et Sy, vous avez fait un choix insensé, lorsque vous avez décidé de mettre le doigt dans cet engrenage.

— Je suis navré que tu voies les choses de cette façon, dit Walt en poursuivant son chemin.

— Je suis pas le seul ! cria Bridges dans son dos..

Cela sonnait comme une menace, mais Walt Duncan n'avait pas le temps de s'y attarder. D'abord, ses visites. Ensuite, les nouveaux patients. Puis la maison... et Simone.

Oui... Simone.

10

Walter Duncan fit un saut à son bureau, au cas où Claudia aurait des cas urgents à lui signaler, mais par bonheur il n'y en avait pas. Il pouvait donc commencer ses visites de fin d'après-midi. Ce jour-là, il passerait plus tard que d'habitude, ce qui ne l'enchantait guère, car il n'aimait pas déranger les infirmières au moment où elles servaient le dîner.

Les trois patients qu'il avait opérés le matin étaient éveillés. Malgré le malaise postopératoire, ils allaient tous bien et ne se plaignaient pas. Le vieil homme qu'il avait amputé faisait même preuve d'un entrain remarquable. Mais Walter n'ignorait pas qu'il accuserait le choc plus tard, au moment où il devrait assumer son handicap, avec l'aide d'un psychologue.

Il bavarda avec Mme Colucci, dont il avait traité la hernie discale. Elle lui témoignait sa joie à l'idée de rentrer chez elle, lorsque le bip-bip placé dans la poche de Walter l'avertit qu'il était demandé au téléphone.

Il décrocha le récepteur qui était placé sur la table de chevet de Mme Colucci.

— Duncan, annonça-t-il.

— Walter ? Ici, Rosen. Venez tout de suite dans mon bureau !

Le bureau de Sy était plongé dans l'obscurité. Seul le négatoscope était illuminé. Sy examinait des radios prises aux rayons X et au scanner qu'il avait disposées deux par deux. Dès qu'il vit les dates, Walt comprit de quel patient il s'agissait : le 14 mars 1987, Amy Bedford avait subi ses premiers examens. Aujourd'hui, 25 mai 1987, elle avait passé les derniers...

— Jetez un coup d'œil, Walt ! lança Rosen d'une voix excitée.

Walt étudia les séries une à une, se déplaçant de gauche à droite, puis il les compara. Il était clair que la tumeur avait diminué. Elle n'était pas vaincue, mais du moins avait-elle été contrainte de reculer devant ces puissants agents chimiques.

— C'est suffisant pour prendre une décision, conclut-il.

— Fixez tout de suite la date de l'opération, l'enjoignit Sy.

— Entendu.

De retour à son bureau, Walt trouva Claudia qui l'attendait, bien qu'il fût plus de dix-neuf heures.

— Comment se fait-il que vous soyez encore là ? Vous veillez sur moi ? Entre vous et ma femme, je n'ai plus aucune vie privée, plaisanta-t-il.

— A la façon dont vous m'avez demandé de vous rappeler quelque chose, j'ai pensé qu'il valait mieux vous rafraîchir la mémoire moi-même. Maintenant, que puis-je pour vous ?

— Appelez Amy Bedford. Si sa mère est là, dites-lui de mettre le haut-parleur.

Entrant dans son bureau, il trouva le message de Claudia. Si elle avait pris la peine de lui confectionner un panneau aussi voyant, pourquoi avait-elle attendu son retour ? Sans doute avait-il laissé percer son angoisse, d'une façon ou d'une autre...

La sonnerie du téléphone retentit.

— Docteur, Amy et sa mère sont toutes les deux au bout du fil.

— Merci, Claudia. Maintenant, rentrez chez vous.

Il appuya sur un bouton lumineux, ce qui établit la communication avec les Bedford.

— Amy ?

— Oui, docteur.

Il perçut l'attente mêlée de terreur qui faisait trembler sa jeune voix.

— Amy Bedford, à partir d'aujourd'hui, je te citerai en exemple, pour redonner du courage aux patients qui devront affronter les tourments de la chimiothérapie.

— Docteur... commença-t-elle sans oser poursuivre.

— Oui, Amy, tu as réussi ! Tu as réussi ! Toutes ces nausées, ces vomissements, ces aphtes, ces poignées de cheveux dorés sur ton oreiller, tu n'auras pas enduré tout cela en vain. Cela en valait la peine. Le Dr Rosen et moi-même venons d'examiner tes radios. La tumeur a assez rétréci pour que nous pensions que l'opération s'impose.

— Oh, docteur... lança l'adolescente d'une voix enthousiaste, avant d'éclater en sanglots.

Il n'avait jamais pensé qu'il pourrait tirer autant de plaisir à entendre quelqu'un pleurer.

— Docteur, intervint Marion Bedford. Quand désirez-vous qu'elle se présente à l'hôpital ?

— Demain matin, je m'occuperai de fixer une date, que Mme Holcomb vous transmettra. Je pense que l'opération aura lieu dans la semaine, peut-être d'ici deux jours. Utilisez ce délai pour bien vous convaincre que nous avons gagné la première bataille d'une longue guerre. Dors bien, Amy chérie...

— Merci, docteur ! Merci beaucoup !

Dès qu'il eut raccroché, on frappa à la porte.

— Oui.

Claudia Holcomb parut sur le seuil.

— Vous êtes certain de ne pas avoir besoin de moi ?

— Qu'est-ce qui vous le fait penser ?
— La façon dont vous m'avez demandé de vous rafraîchir la mémoire. Avez-vous un souci que j'ignore ?
— Je vous en prie, Claudia, rentrez chez vous. Je dois rester seul pendant une heure.

Il avait prononcé ces mots d'une voix si grave qu'elle ne répliqua pas. Hochant la tête, elle referma doucement la porte. Elle était tentée d'attendre encore. Depuis quatre ans qu'elle travaillait pour lui, elle ne lui avait jamais vu un visage aussi sombre. Elle choisit pourtant de lui obéir, et elle se glissa dehors, après avoir enfilé son manteau et pris son sac. Passant par le standard de l'hôpital, elle laissa des instructions aux opératrices :
— Aucun appel pour le Dr Duncan. Il ne veut pas être dérangé.

Walter Duncan hésita avant de se tourner vers la bibliothèque qui se trouvait derrière son fauteuil. Il balaya du regard les titres de nombreux ouvrages, qui traitaient non seulement de sa spécialité mais de la plupart des autres. Enfin, il sélectionna un gros volume à la couverture de cuir bleu, qu'il n'avait pas consulté depuis des années. Ayant trouvé le chapitre qu'il cherchait, il commença à lire :

« ... se présente fréquemment comme une maladie infectieuse et soudaine... et de la fièvre... le patient peut paraître apathique... docile... les douleurs articulatoires peuvent induire un diagnostic erroné concluant à une attaque aiguë de rhumatisme articulaire... des pétéchies, ecchymoses et autres taches peuvent apparaître... »

Il laissa tomber le livre sur son bureau. Les symptômes dont il venait de lire la description se rapportaient à une maladie s'en prenant plus fréquemment aux jeunes qu'aux vieux... La leucémie aiguë...

Comme tous les parents confrontés à une aussi terrible éventualité, sa première réaction fut de la nier. Simone ne présentait pas exactement ces symptômes. Par exemple, l'article mentionnait des « saignements de la bouche et du nez ». Elle n'en avait pas eu. Pour ce qui était de « l'hypertrophie du foie et des ganglions lymphatiques », il l'examinerait le soir même, il la réveillerait s'il le fallait.

D'ailleurs, toutes ces taches et ces bleus avaient une origine : le hockey. Il suffisait d'une collision accidentelle avec un adversaire, d'un coup de crosse. Elle avait pu se cogner contre un casier, à l'école.

Cependant, il était bien obligé d'admettre que d'autres bleus étaient apparus après qu'il eut persuadé sa fille d'abandonner le hockey au profit du tennis...

Il épongea la sueur qui ruisselait sur son visage, conscient qu'il n'oserait écarter aucune possibilité, aussi cruelle fût-elle. Mais il devait agir de façon à ne pas alarmer Simone et Emily, surtout si ses craintes étaient vaines...

Sur le chemin du retour, il réfléchit à la manière dont il devait procéder pour ne pas susciter l'inquiétude de sa femme. Lorsqu'il s'engagea dans l'allée qui conduisait à sa maison, il savait comment il s'y prendrait.

En franchissant la porte, il appela :

— Eho ! Je suis rentré !

L'effort qu'il fournissait pour paraître plein d'entrain lui parut soudain insupportable. La voix d'Emily lui renvoya son appel, du premier étage.

Elle descendit pour l'embrasser.

— Tu veux boire quelque chose pendant que je réchauffe ton dîner ?

— Pas ce soir. Simone ne dort pas encore ?

— Nous vérifiions justement son cahier de textes et ses devoirs pour demain. Tu sais, elle est vraiment... Je ne voudrais pas me laisser aveugler par l'orgueil maternel... mais elle a vraiment le don de tourner joliment ses phrases. Je ne serais pas surprise qu'elle devienne un jour écrivain, ou qu'elle choisisse une profession qui exige un maniement aisé de la langue. Journaliste, par exemple.

— Je crois que je vais monter dire bonsoir à notre génie en herbe.

— Je n'ai pas prétendu qu'elle était géniale. Mais en tant que correctrice de manuscrits, je sais reconnaître le talent. Ou, si tu préfères, une certaine aisance à jouer avec les mots. Quoi qu'en pense son père, elle sera sûrement quelqu'un, en grandissant.

Comme elle se mettait à rire, il s'efforça de l'imiter.

« Je dois monter avant que Simone s'endorme », songea-t-il.

Lorsqu'il parvint en haut de l'escalier, il vit la lumière qui filtrait sous la porte de sa fille. C'est à peine s'il hésita quelques secondes, avant de frapper doucement.

— Simone ? C'est papa. Je peux entrer ?

— Bien sûr, papa.

A son regard brillant, il comprit qu'elle attendait son baiser du soir pour s'endormir. Souriant, il s'approcha du lit et se pencha pour l'embrasser. Elle jeta ses bras autour du cou de son père, afin de l'attirer contre elle, puis elle enfouit son nez contre sa poitrine.

— Tu n'as pas opéré, cet après-midi ! décréta-t-elle.

— Comment le sais-tu ?

— Tu ne sens pas la salle d'opération.

— Bien sûr, puisque je prends toujours une douche lorsque j'ai terminé, plaisanta-t-il.

— Mais l'odeur reste, comme si tu fumais. Je ne me trompe jamais.

— Renifle encore, et devine ce que j'ai fait cet après-midi.

Elle se pressa contre lui, enfouit son visage dans les cheveux de son père et respira profondément. Une fois, deux fois.

— Tu veux une petite piste ? se moqua-t-il.

— Oui, s'il te plaît.

— Je ne sens pas le juge ?

— Le tribunal ! C'est aujourd'hui que tu as témoigné ! s'exclama la petite avec délices. Dis, papa, c'est comme à la télévision ? Ils t'ont fait jurer de dire toute la vérité, rien que la vérité, et tout ça ?

— Tout ça. Maintenant, mon bébé, dis-moi comment tu te sens.

— Très bien, affirma Simone.

— Pas de nouvelle marque bleu et noir ?

— Non.

— Je ne te crois pas !

— Tu n'as qu'à regarder ! lança la fillette avec indignation.

Pressée de prouver ses dires, elle alluma sa lampe de chevet. Il la regarda faire, heureux qu'elle ne témoignât aucune appréhension. Elle allait même au-devant de ses vœux en orientant l'abat-jour pour qu'il l'examinât plus aisément.

Elle releva le haut de son pyjama, offrant son dos au regard de son père.

— Tu peux y aller, papa ! Tu ne trouveras rien du tout !

Il examina soigneusement le dos de la petite fille, constatant qu'il ne portait en effet aucune nouvelle marque. L'ayant légèrement tournée d'abord sur le côté droit, puis sur le côté gauche, il ne remarqua rien de suspect. Il entreprit alors de masser le dos de l'enfant, qui gloussa de plaisir.

— C'est agréable ? s'enquit-il.

— Génial !

Il l'amena peu à peu à se mettre sur le dos, sans cesser de frictionner mais en se concentrant sur la zone située juste au-dessous des côtes. Il enfonça alors ses doigts plus profondément dans la chair, ce qui arracha à Simone un léger cri de protestation.

— Excuse-moi, ma chérie.

Ses mains sensibles avaient eu le temps de détecter une légère hypertrophie du foie. Il atteignit ensuite les zones où il pourrait palper les ganglions lymphatiques, mais il ne parvint pas à les localiser. Redescendant vers l'estomac, il chercha de nouveau le foie. L'hypertrophie ne lui paraissait plus aussi évidente. Il fallait procéder à des examens plus approfondis, décida-t-il.

Emily monta au premier étage pour l'appeler :

— Walt ? Le dîner est prêt.

Comme elle franchissait le seuil de la chambre, elle s'étonna :

— Simone a mal quelque part ?

— Non, déclara Walt en se relevant. Juste un petit massage pour se détendre. Maintenant, chérie, tu vas dormir ?

— Je te verrais demain matin, papa ?

— Non. Je pars de bonne heure pour l'hôpital.

— Encore ? s'exclama l'enfant d'une voix déçue.

— Encore. Au fait, mon chou, tu m'as entendu parler de cette jeune fille, Amy Bedford ?

— Bien sûr, papa. Elle joue rudement bien au tennis ! Le Suédois n'arrête pas de nous raconter ses exploits.

— Eh bien, je vais pouvoir l'opérer, et peut-être sauver sa jambe.

— Oh, papa, c'est génial ! Vraiment génial ! Qu'est-ce que le Suédois va être content !

— Nous le lui dirons bientôt. Dors, ma chérie.

Tout en dînant, Walter parcourut le journal. C'était le seul moment de la journée où il prenait connaissance des nouvelles, puisqu'il n'avait pas le temps d'écouter la radio ou de regarder la télévision. Assise en face de lui, Emily l'observa jusqu'à ce qu'il lui fût impossible de refréner sa curiosité.

— Simone s'est plainte de quelque chose ? s'enquit-elle.

— Simone ? Non, pourquoi ?

— Je pensais qu'elle s'était plainte d'une douleur quelconque.

— Cela lui est arrivé, récemment ? demanda-t-il, caché derrière le journal.

— Non. Elle a toujours de la fièvre, mais elle ne souffre pas. Je me demandais simplement pourquoi tu l'as massée.

— Eh bien, improvisa-t-il, elle venait de s'endormir, quand je suis entré dans sa chambre. J'étais un peu embêté de l'avoir réveillée, alors j'ai pensé la rendormir de cette façon.

Emily fut sans doute satisfaite de cette explication, puisqu'elle n'insista pas. Il laissa s'écouler quelques secondes avant de s'enquérir à son tour :

— Mais toi-même... Tu n'as rien remarqué, récemment ?

— Non. Sinon qu'elle paraît un peu fatiguée. C'est sans doute dû à la fièvre.

— Probablement, conclut-il en feignant de se plonger dans sa lecture.

Il était impératif de procéder à un examen plus approfondi. Il fallait qu'il trouvât un prétexte anodin pour la conduire chez le pédiatre. Ou bien souffrait-il du syndrome des étudiants en médecine ? Dès l'instant où ils avaient étudié les symptômes d'une maladie, ils s'en croyaient atteints. Ils franchissaient leurs années d'études, frappés d'un mal après l'autre, jusqu'à ce que le diplôme les guérît définitivement.

Il s'en tiendrait à l'observation, décida-t-il, une observation soigneuse, prudente et sereine.

Vêtu de sa blouse blanche, Walter Duncan descendit dans le sous-sol, où se trouvait l'atelier de Hans Metterling. Le vieux technicien, que Walt considérait davantage comme un artiste, était penché sur la prothèse de titane qu'il avait conçue pour correspondre exactement aux paramètres définis par l'ordinateur. Si tout se passait comme prévu, elle s'emboîterait parfaitement dans l'espace que Walt allait tailler dans les os de la jambe et de la cuisse d'Amy.

Hans lui montra le fonctionnement de la mince mais solide prothèse argentée qui allait remplacer les os malades avec tant d'efficacité que l'adolescente pourrait mener une existence tout à fait active. Robuste, elle se pliait facilement à la jointure du genou, elle-même confectionnée en un plastique résistant qui durerait des années, voire toute la vie d'Amy.

Walt l'examina avec soin :

— De quelle marge de sécurité disposerai-je, Hans ?

Aussitôt, le vieux Suisse entreprit de démontrer comment on pouvait régler la prothèse en écartant quelques anneaux aux deux bouts de la jambe et de la cuisse.

Les radios de la colonne vertébrale d'Amy indiquaient que sa croissance n'était pas terminée. En temps utile, Walt exécuterait une opération très simple, de façon que les deux jambes restent d'égale longueur. Si tout se déroulait selon leurs plans, Amy ne boiterait jamais, elle pourrait marcher et courir sans difficulté.

Si tout se déroulait selon leurs plans...

Cette réserve occupait sans cesse les pensées de Walt. Ce type d'intervention se présentait toujours comme une aventure extrêmement aléatoire. On ne savait jamais comment le patient allait réagir, ni à quelles découvertes inattendues le chirurgien pouvait être confronté. Walt avait vu les meilleurs plans contrecarrés par une nature perverse.

Quand Walt fut satisfait de la démonstration de Hans, qu'il eut à son tour allongé la prothèse, pour lui redonner ensuite sa taille originelle, il la rendit au vieux technicien. Hans l'enveloppa tendrement dans du plastique, puis il la tendit au chirurgien.

— Bonne chance, Walt, c'est une brave gamine.

Hans avait senti l'inquiétude de Walt, bien qu'il ne se permît pas d'y faire allusion. La chance jouerait un rôle important dans le destin d'Amy Bedford, à partir de ce jour.

Maintenant qu'il avait la prothèse, Walt Duncan devait affronter l'obligation pénible qui précédait toute intervention chirurgicale. Il passa par son bureau, où Claudia lui remit un formulaire, puis il se rendit au pavillon des enfants.

Ainsi qu'il l'avait demandé, M. et Mme Bedford attendaient au chevet de leur fille. Walt comprit aussitôt que Marion Bedford n'avait pas dormi de la nuit. Ses yeux cernés trahissaient les heures d'insomnie et, bien qu'elle s'efforçât d'avoir l'air détendue, son sourire vacillant prouvait le contraire. Ed Bedford était assis auprès de sa fille dont il serrait la main très fort.

« Est-ce pour la rassurer, ou pour affermir son propre courage ? se demanda Walt. Il ne reste plus qu'à espérer qu'il recèle une force que son épouse ne possède pas, sinon nous allons vivre des moments difficiles. »

— Amy, je veux te montrer quelque chose qui va faire partie intégrante de toi-même...

Après l'avoir soigneusement déballée, il exhiba la prothèse argentée, la faisant tourner dans un sens, puis dans l'autre, pliant doucement la jointure du genou.

— Tu vois, elle joue avec naturel, comme ton propre genou. Il y a un petit mécanisme de blocage, pour garantir la stabilité. Tu apprendras à t'en servir en temps utile.

Amy tendit la main vers l'objet de froid métal, mais elle n'osa pas le toucher. En revanche, son père s'en empara pour l'examiner attentivement. Sa longue expérience des machines-outils, dont la conception obéissait à des contraintes extrêmement précises, le fit s'exclamer :

— Quel travail remarquable ! C'est un véritable chef-d'œuvre !

— C'est celui de notre ami Hans. Amy et moi, nous le connaissons bien, maintenant. Pas vrai, Amy ?

— Oui, acquiesça l'adolescente. C'est un type vraiment génial.

— Tu vois, Amy, cette prothèse t'appartient. Elle ne

pourrait s'adapter à personne d'autre dans le monde entier. Et demain, elle fera partie de toi pour le restant de ta vie.

Tout en parlant, Walt avait récupéré l'objet, qu'il réemballait. Maintenant, il fallait en venir au but réel de sa visite. Il enfonça la main gauche dans sa poche, pour s'assurer que le formulaire était toujours là.

— Si je vous ai demandé de venir aujourd'hui, dit-il à M. et Mme Bedford, c'est qu'il vous reste une formalité à remplir avant l'opération.

Sortant la feuille imprimée de sa poche, il poursuivit :

— Vous trouverez ici des explications sur l'opération que votre fille subira demain, mais auparavant j'ai besoin de votre accord. Amy, puisque tu es encore mineure, il suffit que tes parents signent ce papier. Pourtant, je désire ta signature.

L'adolescente leva vers lui des yeux effrayés, puis elle jeta un coup d'œil à son père, qui paraissait aussi troublé et tendu qu'elle. Enfin, elle se retourna vers Walt, attendant la suite.

— Amy, en dépit des radios et des examens, nous pouvons toujours être confrontés à des découvertes inattendues, dans un cas comme le tien.

— Quelles sortes de découvertes ? intervint aussitôt Marion Bedford.

Amy s'agrippa plus fort à la main de son père.

— C'est vrai ! Quelles sortes de découvertes ?

Walt lui tendit le papier, sur lequel il désigna plus précisément un passage.

— Je voudrais que tu lises ces mots.

— Je verrai cela d'abord, intervint son père.

S'emparant du formulaire, il le parcourut, puis il leva les yeux vers Walt Duncan. D'une voix tendue, il articula :

— Je croyais que tout ce qui a précédé avait été fait pour éviter ce qui est écrit ici ?

— En effet, confirma Walt, mais nous ne sommes pas sûrs de ce que nous allons trouver.

— Je veux voir, dit Amy.

Walt reprit la feuille de papier des mains d'Ed Bedford pour la remettre à l'adolescente. L'ayant prise, elle leva vers lui des yeux interrogateurs jusqu'à ce qu'il soulignât une ligne de l'ongle. « Au cas où le chirurgien la considérerait comme nécessaire pour préserver la vie de son patient, nous acceptons qu'il procède à l'amputation du membre infecté. »

— L'amputation... répéta péniblement Amy. Mais vous disiez : « Donne-moi une année... »

Sa main tremblait tellement qu'elle faillit laisser échapper la feuille. Son père la lui reprit, et la tint le plus fermement possible. Derrière la jeune fille, Marion Bedford s'était mise à pleurer.

S'approchant d'Amy, Walt la prit par les épaules. Les yeux plongés dans les iris bleus de l'adolescente, il lui parla d'une voix à la fois ferme et douce :

— C'est vrai, je t'ai dit : « Donne-moi une année, et je te soignerai. » Et je te jure de faire tout mon possible pour tenir cette promesse, parce que tu es une patiente merveilleuse de courage et de volonté. Cependant, je sais ce qui peut se produire en salle d'opération. Un chirurgien arrive, armé de tests et d'informations, certain que tout se déroulera selon ses plans. Mais il découvre que la nature lui a joué un sale tour. La réalité n'est pas conforme à ce qu'annonçaient les examens. Ce qui ressemblait à un os ou à un tissu sain ne l'est pas. Une artère avait l'air propre, elle ne l'est pas. Et sans cette artère, la jambe ne peut être irriguée. Alors, le chirurgien n'a plus le choix : il sauve la vie du patient. C'est ce que cette phrase signifie. Elle veut dire : « Docteur, faites de votre mieux, mais je m'en remets à vous pour préserver ma vie, avant tout. »

— Si vous prenez ma jambe, je préfère mourir ! cria la jeune fille.

— Non, Amy, tu veux vivre, affirma Walt Duncan. Tu es trop brave pour abandonner la vie. Trop de joies t'attendent pour que tu acceptes de la quitter. Je t'en prie, ma chérie, signe ce papier. Ta signature n'a peut-être aucune importance, sur le plan légal, elle m'est pourtant indispensable. Parce qu'elle exprime ta confiance en ton chirurgien.

Les yeux d'Amy passèrent de Walt au formulaire, puis elle secoua la tête.

— Je ne peux pas !

Comme elle enfouissait son visage contre l'épaule de son père, ce dernier lui caressa la joue tout en regardant Walt.

— Docteur, vous avez besoin de cette signature pour opérer ?

— Nous ne pouvons effectuer aucune intervention sans un consentement clairement exprimé par les intéressés après qu'ils ont été informés de toutes les éventualités.

— Vous ferez tout ce que vous pourrez pour sauver sa jambe ?

— Vous savez bien que oui.

— Entendu, déclara Ed Bedford plus calmement que Walt ne s'y attendait. La vie de ma fille m'est plus précieuse que tout.

Prenant un stylo dans la poche intérieure de sa veste, il tint le formulaire contre le mur pour y apposer la signature la plus tremblante de toute son existence.

Lorsqu'il l'eut rendu à Walt, celui-ci demanda doucement :

— Amy ?

Elle ne se retourna même pas pour le regarder.

— Je ne peux pas ! Je ne peux pas ! répéta-t-elle.

11

Le lendemain, en fin d'après-midi, Marion Bedford était assise sur une chaise longue en cuir, installée dans un coin de la chambre d'hôpital. Elle fixait sa fille étendue sur son lit, vêtue davantage comme une interne dans un dortoir de pensionnat que comme une patiente attendant l'opération dont dépendait sa vie entière.

De son côté, l'adolescente réfléchissait sombrement. Et si le pire se produisait ? Y aurait-il un seul homme au monde pour aimer une cul-de-jatte ? Une femme incomplète ? Traverserait-elle la vie, solitaire et boiteuse ? Bien sûr, elle avait entendu parler de ces gens qui surmontent les pires désastres et finissent par triompher de l'adversité...

Mais elle abandonnait volontiers l'héroïsme aux autres ! Elle préférait garder ses deux jambes, et vivre une vie normale, avec un mari et des enfants. Si elle avait su que toutes ces semaines de chimiothérapie, toutes ces nausées, ces vomissements, ces aphtes et ces pertes de cheveux ne serviraient à rien, elle aurait pris une décision...

Une décision... Le mot était vague, pourtant elle savait bien ce qu'il recouvrait, dans son esprit : le suicide.

Elle ne savait pas bien comment elle s'y serait prise, mais s'il l'avait fallu, elle aurait trouvé un moyen. Elle aurait fait n'importe quoi, pour ne pas être une invalide. N'importe quoi !

Elle leva les yeux vers sa mère, craignant soudain qu'elle ne pût déchiffrer ses pensées. Pauvre maman ! C'est à peine si elles avaient échangé trois mots, aujourd'hui. Elles n'essayaient même plus de se consoler mutuellement, elles n'auraient pas pu.

« Je n'ai pas rempli mon rôle, songeait Marion Bedford. J'étais censée la soutenir dans les difficultés. Jusqu'à maintenant, j'y étais parvenue. Elle a franchi sans encombre les maladies de l'enfance, mais comment aurais-je pu prévoir une telle catastrophe ? Cela n'a pourtant commencé que par une toute petite douleur dont elle se plaignait à peine. Et maintenant, le Dr Duncan nous parle d'amputation ! Que puis-je lui dire ? Que tout se passera bien ? Que s'ils doivent l'amputer, au moins conservera-t-elle la vie ? Qui peut appeler ça une vie ? Lorsqu'elle était une jolie petite fille blonde, je pensais souvent qu'elle ferait une ravissante fiancée. Peut-être ne le sera-t-elle jamais. Jamais ! »

Elle s'aperçut soudain que la respiration d'Amy avait pris un rythme plus ample. Dieu merci, elle avait fini par s'endormir ! Mme Bedford se glissa hors de la chambre pour aller puiser un peu de réconfort auprès des infirmières.

Amy dormait encore lorsque la porte s'entrouvrit. Bien que ténu, ce bruit suffit à la faire sursauter. Elle se tourna avec appréhension vers le seuil, s'attendant à ce qu'on lui fît subir un nouvel examen, un autre test. Elle aperçut un grand jeune homme de vingt-quatre ans, plutôt agréable à regarder. A un autre moment, elle l'aurait sans doute trouvé franchement beau. Bien qu'il ne portât pas de blouse blanche, elle supposa qu'il s'agissait d'un jeune interne.

— Vous êtes bien Amy Bedford ? s'enquit-il.

— Oui.

— Puis-je entrer ?

— Oui.

Il s'approcha du lit.

— Je m'appelle Josh Tedrow. Le Dr Duncan m'a demandé de vous rendre visite.

— Vous êtes un de ses amis, ou vous travaillez avec lui ?

— Les deux, d'une certaine façon.

— Je ne comprends pas.

— Vous permettez que je m'assoie ?

— Bien sûr, répliqua l'adolescente, un peu étonnée.

Il régla la chaise longue de façon à élever le repose-pied, puis il s'installa confortablement, étendant ses longues jambes.

— Là ! C'est mieux !

— Monsieur Tedrow, pourquoi êtes-vous venu me voir ?

— Walt m'a demandé de passer. Il m'a dit qu'à l'approche de l'opération, vous auriez un peu mal au cœur.

— Mal au cœur... Cela ne suffit pas à décrire ce que l'on ressent après avoir absorbé tous ces remèdes.

Se levant, le jeune homme s'approcha du lit, contre lequel il s'appuya.

— C'est l'enfer, pas vrai ? Je parie qu'il vous est arrivé de vous dire : « Je préfère mourir que de supporter ce traitement. »

— Plus d'une fois !

— Et quelquefois, vous vous sentiez si moche que vous aviez envie d'appeler Walt pour l'agoniser d'injures !

— Oh là là ! Souvent !

— Eh bien, moi, je l'ai fait !

Le jeune homme attira une chaise près du lit, puis il s'assit et croisa les jambes avant de se pencher en avant, comme s'il allait partager avec elle un secret.

— Une nuit, je lui ai téléphoné pour l'envoyer au diable, et sa chimio avec lui. Je ne voulais plus entendre parler de traitement ou d'opération.

— Vous... Vous avez été opéré ? s'étonna l'adolescente.

— Oui. J'ai subi la même intervention que vous.

— Mais vous... commença-t-elle sans oser poursuivre..

Il termina à sa place :

— Je parais très bien, merci. D'ailleurs, je me sens en pleine forme. Je me déplace comme je veux, je marche, je m'assois, je croise mes jambes. Si je ne vous avais pas avertie, vous n'auriez rien remarqué. C'est celle-ci, précisa-t-il en tapotant sa jambe gauche. Rien ne m'est interdit, aujourd'hui : la marche, la course, la nage, la voile, le golf... Je pratique tous les sports sauf le ski, parce que Walt craint une chute.

— Il vous a demandé de me raconter tout ça, hein ?

— C'est la partie du contrat que j'ai passé avec lui. Je lui ai promis que s'il me guérissait, je ferais cela aussi souvent qu'il me solliciterait. Et c'est la meilleure mission dont j'ai jamais été chargé, parce que je sais ce que vous ressentez, à l'idée de ce qui va se passer demain. Vous vous inquiétez de la façon dont ça va tourner, vous avez peur de ce que vous allez découvrir en vous éveillant. Regardez-moi, et vous le saurez. Vous avez la vie devant vous !

S'étant levé, il prit la main de la jeune fille.

— Amy... J'avais à peu près le même âge que toi. Tout comme toi, j'avais peur, j'étais affaibli par la chimiothérapie. A certains moments, je perdais tout espoir. La nuit, je m'éveillais en pleurs, me demandant pourquoi Dieu avait décidé de me faire mourir si jeune. Et puis, Walt est arrivé, avec son grand sourire, sa confiance, et je me suis dit : « Je marche avec lui, parce que s'il y en a un qui peut me guérir, c'est lui. Il va m'aider à vaincre la mort. »

— Et vous avez traversé tout ça ?

— Tout ça. La chimio, l'opération, et encore la chimio. Ça a duré une année. Aujourd'hui, j'en ai six de plus. Tu y parviendras aussi, Amy. Demain, quand tu rentreras en salle d'op, dis-le-toi, crois-le, et tu t'en sortiras.

Les larmes montèrent aux yeux d'Amy, tandis que le jeune homme se penchait pour l'embrasser sur la joue.

— Tu y parviendras aussi, répéta-t-il très bas.

Quand Marion Bedford entra dans la chambre, Tedrow tapotait le menton d'Amy. Il adressa un clin d'œil à l'adolescente avant de se tourner vers sa mère.

— Madame Bedford ?

— Oui.

— Vous avez une fille courageuse. Je suis sûr que tout va bien se passer pour elle.

Marion Bedford le regarda traverser la chambre et ouvrir la porte. Dès qu'il fut parti, elle s'enquit :

— Qui est-ce ?

— Josh Tedrow.

— Il n'est pas un peu âgé pour faire partie de tes amis ?

— Peut-être, mais c'en est un quand même. Un bon.

On frappa timidement à la porte. S'attendant à voir apparaître une infirmière, mère et fille tournèrent la tête. Un nouveau médicament, sans doute. Cela n'arrêtait pas.

Un homme au visage coloré surmonté d'une chevelure blanche apparut sur le seuil.

— Le Suédois ! cria Amy avec une joie mêlée de soulagement.

Aussitôt, elle se détourna, submergée par une sorte de honte. Il lui semblait que sa maladie constituait une trahison, après tous les soins, le temps et l'effort qu'il lui avait consacrés.

— Amy chérie, murmura-t-il avec reproche. Nous ne devons pas nous cacher l'un de l'autre. Pas nous.

Elle leva vers lui des yeux brillants de larmes.

— Je suis venu te souhaiter bonne chance pour demain, reprit Lars Olafsen. C'est comme avant un grand match. Tu sais, les minutes intenses que l'on vit avant de rentrer sur le court. On se sent un peu ivre, la tête brûlante et les mains glacées. Donne-moi tes mains.

Comme elle les lui tendait, il les prit dans ses grandes

pattes brunies par le soleil. Les doigts de l'adolescente étaient en effet glacés.

— Parfait, dit-il. Il faut qu'un joueur soit nerveux avant le tournoi. On ne devrait jamais se montrer trop confiant, car l'adversaire en profite toujours pour vous prendre par surprise.

Tout en parlant, il frottait les doigts de la jeune fille pour les réchauffer.

— Dis-toi bien que demain, tu vas jouer un match. Il faut que tu sois prête, alors répète-toi ceci : « Quoi que je découvre, quand je me réveillerai, je suis capable de l'affronter, et même de le surmonter. » Tu te souviens de la première fois où tu es montée en finale ? Tu n'étais qu'une débutante, et tout le monde disait : « Cette gosse maigrelette n'a aucune chance contre une joueuse confirmée qui a déjà remporté le titre ! » Tu étais maigrelette, en effet, à cette époque. Mais je t'ai dit : « Pense uniquement à l'instant présent. Oublie tes erreurs, et n'anticipe pas sur le jeu suivant. » Tu m'as écouté, et tu as remporté la victoire. Ça oui, tu n'étais pas grosse, pourtant tu as tenu le coup. Parce que tu savais que perdre une balle, ou même un set, ce n'est pas perdre la partie. Demain, c'est la même chose, Amy chérie. Si tu perds un point, tu peux encore gagner la partie. Et ma petite Miss Punch n'a pas le droit d'abandonner, quoi qu'il arrive. D'accord ?

Elle plongea dans les yeux bleu faïence, illuminant un visage de Nordique, maigre et haut en couleur.

— C'est le Dr Duncan qui vous a demandé de venir me voir ?

— Non, dit-il avec franchise et simplicité.

— Qui, alors ? insista-t-elle.

— Ton père, avoua le Suédois.

— Papa ?

— Il m'a dit qu'il ne savait pas comment s'y prendre, mais qu'il voulait que quelqu'un te dise que quoi qu'il t'arrive demain, la vie t'attend. Il veut que tu entres dans cette salle d'opération avec la même impatience, la même combativité que lorsque tu te présentes sur un court. Et que tu en sortes l'esprit intact, même si...

— Je ne jouerai peut-être plus jamais. Si ça se trouve, je ne courrai plus, je ne marcherai plus !

— Amy chérie, est-ce ainsi que tu vois la vie ? Tout ce dont tu parles disparaît, de toute façon. Lentement, sans doute. Mais un jour ou l'autre, nous ne pouvons plus jouer, ni courir, pourtant nous continuons de vivre. Nous trouvons notre place. Nous agissons au mieux, avec ce que nous sommes. Voilà la réalité de la vie. Que nous ayons seize ans ou soixante, nous donnons le meilleur de nous-mêmes. C'est parce que tu t'es toujours comportée ainsi que tu es devenue une championne. Sois ma championne, demain. C'est promis ?

Les yeux levés vers le vieil entraîneur, l'adolescente se mit à pleurer. Elle réussit pourtant à esquisser un sourire, et hocha la tête.

— Je retrouve ma petite fille, murmura-t-il en embrassant les joues humides.

Avant de quitter l'hôpital, en fin d'après-midi, Walter Duncan étudia une dernière fois les radios d'Amy Bedford, ainsi que les résultats de tous ses examens, en vue de l'opération du lendemain.

Passant par la chambre de l'adolescente, afin de lui souhaiter une bonne nuit, il la trouva seule. Ed Bedford avait convaincu son épouse de sortir de la chambre afin d'absorber son premier repas de la journée.

— Comment te sens-tu, Amy ? Tu es prête ?

— Josh Tedrow est venu me voir, aujourd'hui.

— Chic garçon, ce Josh.

— Vous l'avez guéri. Et il m'a dit que vous aviez conclu un contrat, tous les deux. Quand vous le lui demandez, il bavarde avec certains de vos patients.

— Il n'a jamais manqué sa promesse. Jamais il n'a prétendu être trop occupé pour remplir sa part du marché. Plus tard, tu en feras autant.

— Moi ?

— Oui. La seule chose que je te demanderai, quand tu seras guérie, ce sera d'encourager les jeunes qui vont passer sur le billard. Pour qu'ils sachent que ceux qui ont affronté cette épreuve avant eux en sont sortis sains et saufs.

— Je ne saurai pas comment m'y prendre.

— Quand l'occasion se présentera, tu sauras, affirma Walt en tapotant la main de l'adolescente. Prête, chérie ?

— Je suis prête, dit-elle avec conviction.

— Tant mieux !

Soulagé, il nota qu'elle paraissait avoir meilleur moral que lorsqu'il était passé la voir, un peu plus tôt dans la journée. Il examina sa feuille de soins. Elle n'avait eu ni fièvre ni malaise. Tous les rapports de laboratoire indiquaient qu'elle était dans les meilleures conditions possibles pour affronter l'opération.

— A demain matin, dit-il en se dirigeant vers la porte.

— Docteur ! le rappela-t-elle.

— Oui.

— Ce formulaire... Si vous le désirez toujours, je suis prête à le signer.

Ils échangèrent un long regard. Elle lui souriait, ses yeux brillant de détermination.

Walter Duncan regagna son bureau afin de prendre connaissance des derniers appels. En chemin, il comprit que la satisfaction qu'il tirait d'Amy se transformait en un sentiment de culpabilité.

Lorsqu'il pénétra dans son bureau et alluma la lumière, il en découvrit la raison. Son investissement affectif dans la guérison d'Amy avait des racines beaucoup plus profondes qu'il ne l'avait cru... parce qu'il en était venu à la considérer comme sa seconde fille. Mais sa première fille lui donnait aussi du souci. S'il n'avait pas fait de découvertes spécifiques, en examinant Simone, son inquiétude n'en était pas pour autant apaisée.

« Suis-je en train de me comporter en parent, et non en médecin ? se demanda-t-il. Suis-je en train de nier l'évidence, imitant en cela tous les pères dont l'enfant est gravement menacé ? J'ai observé ce trait chez tant de mes patients ! Est-il possible que je leur ressemble ? En ce cas, mon refus serait d'autant plus fort que la menace est plus terrible. Dès l'instant où j'ai eu un soupçon, j'aurais dû adresser Simone à un autre praticien. C'est ce que je ferai, évidemment. Mais d'abord, je dois procéder à un examen supplémentaire. Sans alarmer Emily ou Simone, évidemment. Je le ferai dès ce soir. »

Avant de quitter l'hôpital, il passa par la salle de soins pour y prendre une seringue, plusieurs aiguilles et un tube à échantillons. Il enveloppa le tout dans une serviette qu'il enfouit soigneusement dans la poche de son manteau, puis il éteignit les lumières et sortit.

Le couloir qui menait de l'ascenseur jusqu'à la sortie vers le parking ne lui avait jamais paru aussi long.

— Je vais prélever un peu de sang à Simone, annonça-t-il à Emily.

Remarquant aussitôt l'expression inquiète de sa femme, il s'empressa de la rassurer :

— Je veux vérifier que cette grippe ne subsiste pas sous forme de petite infection, ce qui expliquerait sa fièvre. Dès que je l'aurai identifiée, nous pourrons soigner Simone.

— C'est une bonne idée. Tu as besoin d'aide ?

— Occupe-toi d'expliquer à Simone la raison de ce prélèvement.

Pendant que Walter préparait la seringue, Emily se chargeait de rassurer leur fille :

— Ma chérie, ton papa va te prendre quelques gouttes de sang pour les faire analyser à l'hôpital. Comme cela, nous connaîtrons l'origine de cette vilaine fièvre, et nous la chasserons.

— Ça ne fait pas mal ? s'enquit la petite fille, dont les doux yeux bruns trahissaient la peur.

— Tu crois que ton papa pourrait te faire du mal ?

Simone parut considérer la question.

— Non... Pas beaucoup, en tout cas,

Emily prit l'enfant dans ses bras, la joue contre celle de sa fille, tandis que Walter introduisait l'aiguille dans une veine du petit bras. Il remplit lentement la seringue d'un sang rouge qu'il réinjecta ensuite dans le tube.

Le lendemain matin, il irait voir Victor Ogura, l'hématologue de l'hôpital, pour qui il avait la plus haute estime.

12

En 1942, après l'attaque de Pearl Harbor par les Japonais, la famille de Victor Ogura avait été obligée de quitter Tarzana, en Californie, pour vivre dans un champ du Montana, réservé aux ennemis étrangers. Le jeune garçon qui avait quitté le camp était bien décidé à oublier l'affront qu'il avait subi, lui qui était né aux États-Unis. Il avait repris ses études là où on l'avait forcé à les interrompre, et s'était inscrit à l'université de Californie, puis il était entré en faculté de Médecine, à Los Angeles. Bien que son père fût un jardinier au fort accent japonais, il se conformait rigoureusement aux modèles culturels américains, imitant en cela tous les fils d'immigrés désireux de s'intégrer à la société américaine.

On trouvait d'ordinaire cet homme méticuleux, véritable sommité dans sa profession, penché sur son microscope. Il ne quitterait pas ce poste avant d'avoir prononcé un diagnostic concernant des patients inconnus de lui. Il ne prescrivait rien, n'opérait pas, pourtant ses avis avaient une importance vitale dans le traitement de nombreuses maladies mortelles.

Très tôt, ce matin-là, Walter Duncan pénétra dans le bureau d'Ogura.

— Salut, Victor.

L'hématologue quitta un instant son microscope des yeux.

— Walt... Quel bon vent t'amène ?

Walt lui tendit le tube, gardé depuis la veille au réfrigérateur.

— Pas de problème, dit Ogura selon son habitude.

— Vic, dès que tu sauras, appelle-moi.

— Bien sûr. Que cherchons-nous. Des cellules cancéreuses ?

— Tu me dis simplement ce que tu as trouvé, d'accord ?

Quelque chose dans le ton de Walter Duncan alerta Ogura.

— Qui est-ce, Walt ? Un patient spécial ?

— Pas du tout... Il s'agit d'un examen de routine. Simplement, tu me dis ce qu'il y a.

— Je t'appelle dès que j'ai quelque chose.

— Merci, dit Walt en se dirigeant vers la porte. Ah ! J'oubliais... Je suis en salle d'op, ce matin.

— Je laisserai le message à Claudia.

— Non. Je... Je t'appellerai, d'accord ?

— Bien sûr, Walt.

Bien qu'il fût troublé par l'attitude étrange de Walter Duncan, Victor Ogura n'en demanda pas davantage. Lorsque la porte se referma sur son collègue, il était de nouveau penché sur son microscope.

Dans la chambre 205 du pavillon des enfants, Amy Bedford avait été éveillée de bonne heure. Une infirmière lui rasa soigneusement la jambe droite, puis elle la lava avec une solution antiseptique.

— Avale ça, ma chérie, dit-elle ensuite en tendant à l'adolescente une petite tasse dans laquelle se trouvaient deux pilules blanches.

— Qu'est-ce que c'est ?

— Cela te calmera.

— Je suis parfaitement calme ! protesta Amy.

— Prends-les quand même, la cajola l'infirmière, qui avait perçu la rapidité de son pouls au moment où elle lavait la jambe de sa patiente.

— Entendu. Même si je n'en ai pas besoin, cela vous calmera, vous, grogna Amy.

— Très bien, approuva l'infirmière.

A cet instant, un infirmier noir entre deux âges entra, poussant devant lui un lit roulant.

— Où est la fillette que j'emmène en promenade? s'enquit-il en souriant. Oh! s'écria-t-il, feignant d'apercevoir Amy. C'est la plus jolie patiente de la journée!

Amy éclata de rire.

— Il n'est que six heures du matin.

— Alors... La plus jolie que je m'attends à balader aujourd'hui, rectifia-t-il de bonne grâce.

Comme il faisait un signe de la tête à l'infirmière, celle-ci se rapprocha du lit. Ensemble, ils soulevèrent aisément l'adolescente, et la déposèrent sur le brancard. L'infirmière étendit sur elle une couverture.

— Bonne chance, mon chou, murmura-t-elle tandis qu'Amy franchissait le seuil de la chambre.

Dans l'ascenseur, Amy ne cessait de se répéter : « Ils doivent savoir à quel point j'ai peur, sinon pourquoi m'adresseraient-ils tous ces sourires, toutes ces plaisanteries qui ne sont même pas drôles ? »

L'ascenseur s'arrêta plusieurs fois, pour prendre des membres du personnel. Certains portaient leur blouse, d'autres s'apprêtaient à quitter l'hôpital, dans leurs vêtements de ville. Chacun lui lançait un coup d'œil, puis se détournait. L'un d'entre eux salua l'infirmier.

— Comment va, Ralphy? Encore au boulot?

Ils atteignirent l'étage réservé aux salles d'opération, puis ils longèrent encore un couloir avant de pénétrer dans une pièce aux dimensions assez réduites.

— On est arrivé? s'enquit Amy, un peu déçue.

— Non, ma chérie, tu es dans ce que l'on appelle l'antichambre. A partir de maintenant, tu te trouves dans de bonnes mains. Bonne chance! dit Ralph.

— Merci.

En face d'elle, une porte s'ouvrit. L'anesthésiste avec

lequel elle avait eu un entretien la veille entra, vêtu de la tenue verte des salles d'opération.

— Je suis content de te voir, Amy. Voilà, je vais introduire ce cathéter dans ton bras pour que tu sois prête à recevoir l'anesthésie. Après la légère douleur produite par la piqûre, tu ne sentiras plus rien.

Après avoir noué un cordon de caoutchouc autour du bras de l'adolescente, il enfonça doucement l'aiguille dans son bras, puis il défit le garrot. A cet instant, Walter Duncan entra dans la pièce.

— Bonjour, Amy, comment vas-tu ? demanda-t-il avec un sourire. Tu te sens bien ?

— Euh... A peu près.

— L'estomac un peu serré, je parie ?

— Je... Peut-être un petit peu, avoua-t-elle.

— Tu n'as aucun souci à te faire. Le Dr Sy est là, ainsi que le Dr Corey. Quant à l'équipe qui va m'assister, tu ne peux rêver mieux.

— Docteur, si... Je veux dire, si vous devez... s'il faut que vous m'amputiez, comment le saurai-je ?

Walter Duncan prit la main de l'adolescente.

— Amy, quand tu te réveilleras, nous compterons tes doigts de pied. Ensemble, toi et moi. A ce moment-là, tu sauras. Dix doigts de pied, c'est le but que nous nous sommes fixé, et nous allons l'atteindre. Tu entends ?

— Oui, docteur, j'entends.

— Brave petite ! Faites-la entrer, ajouta-t-il à l'adresse de l'anesthésiste.

Amy fut poussée dans une vaste pièce où elle aperçut ce qui lui apparut comme un enchevêtrement de projecteurs et d'instruments électroniques, entassés derrière la table d'opération. De nouveau, on la souleva pour la déposer sur cette table. Aveuglée par les lampes, elle cligna des paupières. Quand elle retrouva la vue, ce fut pour être assaillie par un spectacle effrayant : elle n'était plus environnée par des visages, mais par des masques surmontés d'yeux.

Une voix familière retentit :

— Amy...

C'était le Dr Corey, elle le reconnut à son regard chaleureux et compatissant.

— Docteur Sy ? appela-t-elle.

— Je suis là, Amy.

Le vieux médecin entreprit alors de lui présenter tous les membres de l'équipe, non sans lui préciser chaque fois leur fonction durant l'intervention.

— Et voici Mlle Kimble, l'assistante anesthésiste, conclut-il. Elle va placer sur toi des électrodes, pour que nous puissions contrôler tes réactions pendant l'opération.

Pendant que Mlle Kimble s'affairait, l'anesthésiste fixait autour du bras d'Amy un tensiomètre, destiné à mesurer sa pression artérielle, puis il le brancha sur un instrument qui commença aussitôt à afficher cette pression sur un écran vert.

Walter Duncan s'éloigna du lavabo au-dessus duquel il venait de se nettoyer les mains. Une infirmière enfila des gants sur ses doigts écartés, puis elle les saupoudra d'antiseptique. Il était prêt à commencer.

— Prête, Amy ?

— Oui, docteur.

Le chirurgien adressa un signe de tête à l'anesthésiste qui commença aussitôt à injecter les anesthésiques dans le cathéter. Walter consulta du regard la pendule murale. Il lui semblait qu'il devait se presser pour remplir ensuite une autre obligation. Ce n'était pas dans ses habitudes. Dès qu'il se trouvait en salle d'opération, il n'obéissait à aucun horaire. Plus rien n'importait, hormis le patient qu'il opérait. Que l'intervention durât trente minutes ou six heures, il l'exécutait avec le maximum de soin et d'habileté. Pourtant, aujourd'hui, il regardait la pendule...

Juste avant que l'anesthésiste lui fît signe qu'il pouvait commencer, Walt comprit qu'il ne s'interrogeait pas à propos de l'opération. En fait, il se demandait si Victor

Ogura avait déjà trouvé quelque chose de suspect dans le sang de Simone.

Il ne pouvait se permettre aucune distraction, pendant une intervention d'une telle complexité. Il aurait trop de décisions importantes à prendre, pour laisser son esprit s'arrêter sur quoi que ce soit d'autre. Mais il y avait Simone... et tous ces symptômes inquiétants... et cet échantillon de sang... et Victor Ogura.

L'anesthésiste lui adressait le signal habituel. La patiente était endormie, prête à subir l'opération. Il était temps de commencer.

Walter Duncan semblait ailleurs.

— Walt... murmura l'anesthésiste en lui frôlant le bras.

Alerté, Sy Rosen se pencha pour chuchoter :

— Walt, vous allez bien ?

— Bien sûr que oui. Pourquoi ?

— Je ne sais pas. C'est juste que... Je ne vous ai jamais vu hésiter de cette façon. Si vous n'êtes pas sûr de vous, remettons l'intervention à plus tard.

— Je suis parfaitement en forme ! protesta-t-il en tendant la main.

L'infirmière, qui avait déjà dû l'assister une centaine de fois, y déposa le scalpel. Le Dr Duncan ne lui paraissait pas dans son assiette, aujourd'hui. S'il s'était agi d'un autre, elle aurait suspecté un abus d'alcool, ou même de drogue. Mais pas Walter Duncan !

Le scalpel en main, Walt sut qu'à partir de cet instant il devait oublier Simone, et tout ce qui n'était pas Amy. La vie de l'adolescente dépendait de ce qui allait se produire pendant les trois ou quatre heures à venir. Lui seul en serait responsable.

Il aurait à combattre la nature, qui pouvait se montrer sournoise et cruelle, en de telles occasions. Personne, aucun médecin, aucun chirurgien, aucun radiologue ne pouvait prédire exactement ce qu'on découvrirait quand on aurait ouvert. L'obligation d'amputer pouvait se présenter une douzaine de fois. Il suffisait qu'un tissu, qu'une artère, qu'une veine, l'arête de l'os, fussent infectés pour qu'il fût contraint de prendre cette décision.

En de tels instants, l'habileté du chirurgien ne suffisait plus, le courage du patient ne comptait plus. Toutes les prières du monde n'y faisaient rien. Si l'une de ces éventualités se réalisait, il devrait amputer sa patiente. Et si par hasard il avait été trompé par les radios et laissait une portion infime d'os malade, il en serait réduit à la même extrémité. De chaque côté de la zone réséquée, tout devait être sain, sinon il n'aurait pas le choix. La jambe d'Amy devrait être enlevée.

Toutes ces craintes et ces inquiétudes présentes à l'esprit, Walt Duncan traça une longue incision partant du mollet pour parvenir à la mi-cuisse. Nette et droite, elle ne tarda pas à saigner. Aussitôt, l'assistante de Walt utilisa le cautère électrique pour endiguer le flot.

Walt écarta les bords de l'incision pour parvenir jusqu'aux artères principales, l'artère fémorale, puis la veine. Walt tira dessus pour les éloigner de l'os, puis en prit une dans chaque main afin de les examiner soigneusement. Constatant que ni l'une ni l'autre ne semblait atteinte par la tumeur, il respira un peu mieux. Si tel avait été le cas, cela aurait signifié que le cancer s'était répandu hors de l'os. Si la jambe n'était plus irriguée par un sang propre, on n'avait plus aucun espoir de la conserver.

Cet obstacle franchi, il s'intéressa au nerf sciatique. Sain, lui aussi ! Avec la même délicatesse, il écarta le nerf du péroné. La chance était avec lui... Et avec Amy Bedford. Sain.

Il échangea un regard avec Sy Rosen dont les yeux d'un bleu délavé semblèrent lui dire : « Pour l'instant, tout va bien. Continuons. »

Maintenant, il examinait les os mis à nu depuis le mollet jusqu'à la mi-cuisse, unis par la rotule. Des mesures précises, la comparaison entre les radios, les images du scanner et plusieurs tomographies avaient permis de délimiter avec exactitude la portion d'os malade. De chaque côté, Walt avait défini les limites de la résection. Pour plus de sûreté, il couperait dans l'os sain, légèrement au-dessous de la zone atteinte, côté tibia, et légèrement au-dessus, côté fémur.

Le moment de l'exécution était arrivé. Si ce qu'il prenait pour une portion saine se révélait infecté, de nouveau il n'aurait plus le choix. L'amputation serait le seul recours, car les cellules cancéreuses ainsi libérées ne tarderaient pas à contaminer le reste du corps. Car telle était la nature agressive et sournoise de cette forme de cancer.

C'est pourquoi son prochain geste, incluant l'utilisation d'une scie électrique stérile, devait être d'une précision absolue.

Il fixa l'os mis à nu, ainsi que les points de repère qu'il venait d'y reporter. Ensuite, il se tourna vers Sy dont les yeux exprimaient les mêmes craintes, et l'espoir que la marge de sécurité fût suffisante.

Enfin, Walt tendit la main. Aussitôt, son assistante lui passa la scie. Il en appliqua la lame à l'endroit délimité sur le tibia, puis il la mit en marche, sectionnant l'os avec précision et rapidité. Puis il en fit autant de l'autre côté, taillant dans le fémur avec la même netteté. Il retira la rotule qu'il tendit à l'infirmière. On en aurait besoin plus tard.

Le moment crucial était arrivé, celui qui allait décider du sort d'Amy Bedford. Car si la marge de sécurité avait été calculée trop courte, non seulement la jambe d'Amy, mais sa vie, étaient en danger. Dès que le cancer se serait répandu, elle ne survivrait pas très longtemps. Quelques mois, peut-être.

Walt préleva des échantillons d'os au-dessus et au-dessous de l'espace vide laissé par la résection, puis il les envoya au laboratoire pour que les techniciens procèdent immédiatement à un extemporané. Il saurait ainsi s'il avait bien coupé dans une portion saine.

Cela ne prendrait que quelques minutes, de longues minutes qui sembleraient des heures, jusqu'à ce que l'anatomopathologiste lui communiquât les résultats par téléphone.

Il n'y avait rien d'autre à faire que d'attendre. Walt leva les yeux vers la pendule murale. L'opération était commencée depuis plus d'une heure. Durant ce laps de temps, Ogura avait-il examiné le sang de Simone ? Et si tel était le cas, quelles étaient ses conclusions ? Dieu fît qu'il n'eût rien trouvé de grave... Que ces symptômes ne fussent que cela, des symptômes dont la somme ne révélait aucune maladie grave.

Sy Rosen sentit le malaise de Walt. Il supposa que son ami s'inquiétait pour sa jeune patiente.

— Ne vous tracassez pas, Walt. Je suis certain que vos calculs étaient suffisamment larges.

Sy remarqua que ces paroles d'encouragement n'avaient pas sur Walt l'effet recherché. Que lui arrivait-il donc, aujourd'hui ? Il n'était plus le Walt que Sy croyait connaître si bien. Regrettait-il l'extravagante promesse qu'il avait faite à Amy : « Donne-moi une année, et je te soignerai » ? Cette petite phrase avait déterminé le choix de l'adolescente. Et maintenant, il était possible qu'en dépit de ce choix elle perdît sa jambe. Ce n'était pas de la faute de Walt. Cela pouvait arriver à n'importe quel chirurgien, à lui comme aux autres. Cela faisait partie des risques inhérents à la spécialité. Il ne fallait pas que Walt se le reprochât.

La sonnerie du téléphone retentit. Toutes les têtes se tournèrent dans cette direction. L'infirmière décrocha. Elle sourit, puis elle regarda Walt Duncan en hochant la tête. Il fallait qu'il entendît la réponse lui-même. Se déplaçant, il s'empara du récepteur.

— Peter ? Ici Walt. Je t'écoute.

— Sain, répliqua une voix. Tous les échantillons sont propres.

— Rien d'autre à signaler ?

— Je ne vois pas. Bien sûr, nous allons soumettre les échantillons aux tests habituels, mais je n'ai jamais rien vu de si propre.

— Merci, Pete.

De retour auprès de la table, il fit signe à son assistante, qui lui passa aussitôt la prothèse de titane. Il fit jouer le genou pour s'assurer une dernière fois que l'utilisation en serait aisée. Ensuite, il creusa une entaille en haut du tibia d'Amy, après quoi il la bourra de ciment chirurgical. Profitant que le ciment était encore frais et mou, il y enfonça l'extrémité inférieure de la prothèse. Dès que celle-ci fut solidement fixée, il referma les pinces situées à l'autre bout de la prothèse sur l'extrémité du fémur. L'« os » de métal était maintenant solidement inséré dans l'espace laissé libre par la résection.

Walt fit alors signe à l'infirmière de lui redonner la rotule, retirée un peu plus tôt. Au moyen de minuscules vis en acier, il la fixa sur la jointure du genou en plastique. Si Amy se rétablissait, la rotule grandirait normalement, à l'intérieur de la prothèse.

L'intervention n'était pas teminée. Le contact de la peau avec le métal pouvant provoquer une infection, Walt devait s'arranger pour que le titane fût recouvert par les muscles. Il travaillait lentement, utilisant juste assez de force pour pousser peu à peu les muscles du mollet sur la prothèse. Il était prêt maintenant à rabattre la peau sur les muscles et à refermer l'incision.

Lorsqu'il l'eut recousue, l'infirmière lui tendit une seringue, et Walt injecta de la fluocinolone dans la jambe d'Amy. L'assistante éteignit toutes les lampes de la salle d'opération. Walt braqua alors une lampe de Wood sur la table. Les ultraviolets projetèrent aussitôt leur étrange lumière sur la longue incision. Sous l'effet de la fluocinolone, la couture prendrait une nuance jaune, si les tissus vivaient. Dans le cas contraire, Walt devrait rouvrir et refermer l'incision.

Heureusement, toute la longueur de la couture était

auréolée de jaune. Il ne restait plus à Walt qu'à introduire des drains et à appliquer un pansement. Puis il enferma la jambe d'Amy dans une gouttière de Jordan, un plâtre muni de fermetures en Velcro, ce qui permettrait à Walt d'ouvrir sans difficulté pour observer la progression de la cicatrisation.

Enfin, Amy Bedford fut prête à être transportée en salle de réveil. L'adolescente fut soulevée avec précaution, puis on la déposa sur un lit roulant. Tandis qu'on l'emmenait, Walt ôta ses gants de chirurgie.

— Excellent, Walt ! De la chirurgie de première classe, commenta Sy.

Corey, le pédiatre d'Amy, lui tapota l'épaule.

— Je n'ai pas assisté à beaucoup d'opérations, mais je sais reconnaître le travail d'un artiste, quand j'en vois un. Voulez-vous que nous montions rassurer les Bedford ? Vous savez comment sont les parents.

Walt se retint de répliquer : « Oui, je sais bougrement bien comment sont les parents, et aujourd'hui plus que jamais. »

— Bien sûr, dit-il, ils veulent savoir tout de suite.

Ils trouvèrent les Bedford dans la chambre d'Amy. Il était clair que Marion Bedford avait pleuré, et tout aussi clair qu'Ed Bedford était inapte à la consoler. Assis dans un fauteuil, il braquait sur la fenêtre un regard d'aveugle. En entendant la porte s'ouvrir, ils se tournèrent d'un même mouvement, pour prononcer le même mot :

— Docteur ?

Walter Duncan pénétra dans la pièce, suivi du Dr Corey.

— Monsieur Bedford, madame Bedford, tout s'est passé aussi bien que nous l'espérions. Bien sûr, nous aurons encore quelques obstacles à surmonter, mais d'ores et déjà nous pouvons affirmer que l'opération est un succès.

— Le mot est faible ! s'exclama le Dr Corey avec

enthousiasme. Cet homme est un génie, un véritable génie ! Vous ne vous êtes pas trompé en choisissant ce chirurgien, Ed. Amy ne pouvait se trouver en de meilleures mains.

— Merci, docteur. Merci, s'écria Ed Bedford en s'emparant de la main de Walt, qu'il secoua vigoureusement. Je n'ai pas oublié ma promesse. Sauvez ma petite fille, et je financerai toutes les recherches que vous voudrez.

— Nous ferons de notre mieux.

Il savait qu'un test crucial l'attendait encore, environ une demi-heure plus tard, quand Amy s'éveillerait. Mais en attendant...

— Cela ne vous dérange pas que je passe un coup de fil ? s'enquit-il.

Décrochant le récepteur, il forma un numéro interne. La sonnerie retentit trois fois sans que personne répondît. La quatrième fut brusquement interrompue.

— Vic ? Ici Walt. Quelles...

Une voix de femme le coupa :

— Le Dr Ogura est absent pour le moment. Puis-je lui transmettre un message ?

— Dites-lui... Non, dites-moi s'il a étudié l'échantillon que je lui ai confié de très bonne heure, ce matin ?

— Je ne suis pas au courant. De quel échantillon s'agit-il ?

— Je suis le Dr Duncan. Pensez-vous que Vic ait eu le temps de s'en occuper ?

— Si vous le lui avez demandé personnellement, je suis sûre qu'il l'a fait.

— Bien... vous en a-t-il parlé ?

— Je suis désolée, docteur, mais pas à moi.

— Tant pis. Dites-lui que j'ai appelé, grogna Walt en raccrochant.

— Un ennui, Walt ? s'inquiéta le Dr Corey.

— Non, non. Tout va bien, parfaitement bien. J'aurai ces résultats plus tard. Maintenant, je ferais bien d'aller vérifier si Amy ne s'est pas réveillée.

Il monta en salle de réveil, avec l'espoir de confirmer, si possible, que l'opération avait pleinement réussi. En dépit de toute son habileté, Amy devait encore subir un test. Un seul, mais crucial pour son avenir.

En approchant de la porte de la salle de réveil, il perçut un gémissement.

« Parfait, songea-t-il, elle est en train de reprendre conscience. »

Quand il pénétra dans la pièce, elle s'efforçait de redresser la tête pour regarder sa jambe. Il savait quelle angoisse l'habitait.

— Est-ce qu'elles sont là toutes les deux ? demanda-t-elle avec fièvre.

— Oui, Amy, elles sont là toutes les deux.

Elle leva les yeux vers lui. Son visage blême et moite exprimait à la fois la peur, le soulagement et la reconnaissance.

— Maintenant, Amy, j'ai quelque chose à te demander. Peux-tu remuer les doigts de pied ? Laisse-moi regarder !

Les yeux fixés sur la jambe droite, il attendit. Enfin, dans la prolongation du plâtre, il les vit bouger faiblement, puis ils s'agitèrent avec entrain.

« Bravo ! pensa-t-il. Excellent ! Aucun nerf n'a été endommagé. Elle peut le faire... Elle pourra toujours le faire, si nous avons de la chance. »

Deux heures plus tard, Amy Bedford était transportée dans sa chambre. Une infirmière resterait auprès d'elle afin de lui donner des analgésiques si elle souffrait.

Son père l'accueillit en l'embrassant.

— Le Dr Duncan a dit que tout s'était très bien passé.

Sa mère souriait en essuyant ses larmes.

13

Walt relut une douzaine de fois le message qu'il avait trouvé en regagnant son bureau : « Le Dr Ogura a appelé. Le contacter d'urgence. »

A plusieurs reprises, Walt s'efforça d'interrompre ses occupations pour téléphoner. Il n'y parvint que deux fois, pour découvrir que Victor Ogura était absent parce qu'il assistait à une réunion du staff.

Il était dix-huit heures quand il réussit enfin à le joindre.

— Vic ? Qu'est-ce que tu as trouvé ?

— Peux-tu passer deux minutes au labo ?

— Bien sûr. J'arrive tout de suite.

Incapable d'attendre l'ascenseur, il grimpa l'escalier quatre à quatre. Hors d'haleine, il fit irruption dans le laboratoire d'Ogura.

— Vic, de quoi s'agit-il ?

— Walt, j'ignore pourquoi ce patient est venu te voir, mais ce que je suggérerai dépendra en partie de ce que tu traites. Ma première réaction serait de prélever un échantillon de moelle osseuse, mais cela...

— Tu dis un échantillon de moelle osseuse... l'interrompit Walt.

— Oui, cela me paraît indiqué en raison du taux extrêmement faible de globules rouges, ainsi que de leucocytes, et de la profusion anormale de blastes. Walt... Qu'est-ce qu'il t'arrive ?

— C'est... elle... commença Walt.

Voyant le visage de son confrère blêmir, et ses lèvres se crisper nerveusement, Ogura demanda encore :

— Walt ? Qu'est-ce qu'il y a ? Assieds-toi, voyons !

Walter Duncan s'effondra sur un siège, le front ruisselant de sueur.

— Ça va, Walt ?

Walter Duncan hocha la tête. Il respirait lentement, essayant de maîtriser son désarroi. Enfin, il prononça d'une voix enrouée :

— Vic, le patient... Ce n'est pas un patient...

— Qui est-ce alors ? interrogea Ogura avec anxiété.

— Simone, avoua Walt dans un souffle.

— Mon Dieu !

— Dis-moi, dis-moi tout.

— Je n'ai malheureusement pas grand-chose à ajouter. Dans ces cas-là, on prescrit ordinairement une analyse de moelle osseuse, pour établir un diagnostic définitif.

— Cependant, tu dois bien avoir ta petite idée ?

— Je pense qu'il s'agit d'une leucémie... Je suis vraiment navré, Walt.

Hochant imperceptiblement le menton, Walt se détourna de son ami et collègue depuis tant d'années.

— Il faut que tu l'amènes ici pour que nous procédions à ce prélèvement, dit Ogura. Alors seulement nous aurons une certitude.

Walt hocha encore la tête d'un air vague.

— Bien sûr, bien sûr, nous aurons une certitude.

— Walt, de nos jours le pourcentage de guérison est meilleur que jamais. Nous obtenons aujourd'hui des résultats dont nous n'aurions même pas rêvé quand j'ai commencé à...

Walter Duncan explosa :

— Ne me parle pas de pourcentages ! Je me fous de ce qui concerne les enfants des autres ! Je ne veux pas entendre parler de rémissions ou de guérisons quand il s'agit de ma fille. Je suis las des propos lénifiants dont nous accablons les parents pour alléger leurs craintes justifiées. Ce qui m'intéresse, c'est uniquement...

S'interrompant brusquement, il se rua hors du laboratoire. Après avoir hésité quelques secondes, Victor Ogura décrocha le récepteur du téléphone. Sans doute allait-il trahir le secret professionnel, mais il ne s'agissait pas non plus d'une circonstance ordinaire.

Il forma un numéro à trois chiffres qu'il connaissait bien. Dès qu'on lui répondit, il demanda :

— Passez-moi Sy.

Quelques secondes plus tard, la voix de son vieil ami retentissait à l'autre bout du fil.

— Vic ? Que se passe-t-il ?

— Puis-je monter quelques minutes dans votre bureau ? Il faut que je vous parle.

— Vic, est-ce que vous réalisez bien ce que vous êtes en train de me dire ? C'est de ma filleule dont vous parlez !

— C'est bien pour cela que je vous ai appelé. Vous êtes le seul à posséder quelque influence sur Walt.

— De l'influence ? Pourquoi ?

— Je ne l'ai jamais vu dans cet état. En un clin d'œil, le scientifique a disparu. J'avais affaire à un père tout aussi désarmé que n'importe quel profane à qui j'aurais annoncé la même nouvelle.

— Cela vous étonne ? Les médecins n'ont-ils pas le droit de réagir en parents ? S'il s'agissait de votre fille Nathalie, vous sentiriez-vous différent ? Agiriez-vous différemment de n'importe quel autre individu placé dans cette situation ?

Simon soupira tristement avant de poursuivre :

— Mon Dieu, Vic, pourquoi les enfants des médecins sont-ils si souvent la cible des pires maladies ? On dirait qu'ayant reconnu l'ennemi, elles le frappent dans le dos.

— Que décidons-nous pour Walt ? lui rappela Ogura. Et pour Simone ?

— Je lui parlerai, dit Sy d'une voix lasse. Après tout, qui d'autre pourrait s'en charger ?

Sy trouva Walt dans son bureau. Debout près de la fenêtre, il fixait la nuit. Quand la porte s'ouvrit, il ne se retourna pas pour voir qui lui rendait visite.

— Walt... commença Sy.

Le chirurgien ne bougea pas.

— Vic vient de me mettre au courant... Walt, je sais que c'est comme si on vous avait planté un couteau dans le cœur, et rien de ce que je vous dirai n'y changera rien. Quelqu'un doit prévenir Emily, et ensuite Simone. Il vaudrait mieux que ce soit vous, pourtant je le leur dirai si vous le désirez.

Walt ne répondit pas.

— Walt ?

Sans le regarder, Walt dit très bas :

— Je parlerai à Emily.

— Quand ?

— Ce soir.

— Si vous pensez que je serai de quelque utilité, je peux venir...

— C'est inutile, je vous remercie.

— Et Simone, que lui raconterez-vous lorsque vous l'amènerez à l'hôpital pour le prélèvement de moelle osseuse ?

— Je lui en dirai le moins possible, dit Walt en se tournant vers son ami. Elle ne saura la vérité que lorsque je ne pourrai plus la lui cacher. Et n'essayez pas de me convaincre du contraire, Sy. Je sais que nous avons mis notre point d'honneur, nous autres médecins, à révéler la vérité aux patients. Mais Simone n'est pas une patiente, elle est ma fille ! Est-ce que vous êtes capable de comprendre ça ? Non, je ne pense pas que vous le puissiez !

Dans son désarroi et sa colère, il attaquait son guide et ami en lui rappelant son célibat et sa vie sans enfants. Il regretta aussitôt les paroles amères qu'il venait de prononcer.

— Pardonnez-moi, Sy, je n'aurais jamais dû dire une chose pareille.

— Je vous ai pardonné avant même que vous ne l'ayez dite. Je ne vous blâme pas non plus. Il n'y a pas de pire tourment que de voir un être aimé affronter la mort.

Quelque chose dans la voix de Sy incita Walt à plonger dans les yeux de son vieil ami, tandis que celui-ci poursuivait :

— Oui, je sais. J'étais déjà un jeune médecin, quand nous avons été déportés. Nous... c'est-à-dire ma famille tout entière. J'avais été chassé de l'hôpital de Breslau, si bien que j'étais retourné auprès de ma mère et de mes sœurs, dans la petite ville où mon père avait été médecin durant toute sa vie. J'avais projeté de les emmener en Suisse, malheureusement il était trop tard... Nous avons été enfermés pendant deux jours et deux nuits dans la synagogue, transformée en prison pour l'occasion. Nous étions entassés là comme du bois de chauffage. Deux jours et deux nuits debout. Les vieillards mouraient dans cette position parce que nous étions si serrés qu'ils ne pouvaient tomber. Nous étions hantés par la terreur qu'ils ne mettent le feu au bâtiment. Nous avions entendu parler de telles horreurs. Enfin, ils nous ont poussés vers la voie du chemin de fer toute proche, ils nous ont fait monter dans les wagons comme du bétail mené à l'abattoir. Nous avons passé trois autres jours dans le train. Il faisait froid. Pas de nourriture. Pas d'eau. D'autres gens sont morts, cette fois il y avait des jeunes parmi eux. Pour finir, on nous a répartis dans deux camps, un pour les femmes et un pour les hommes. Nous nous faisions face, uniquement séparés par une haute clôture de fil de fer barbelé. Nous pouvions nous voir. Presque nous toucher. Je ne cessais de les chercher du regard... ma mère et mes deux sœurs. Je voyais aussi la fumée qui montait des cheminées, et je connaissais cette odeur. Le pire était de voir la peur qui tendait leurs traits. Elles savaient que j'étais réduit à l'impuissance, pourtant leurs yeux me suppliaient : « Aide-moi, sauve-moi. » J'étais le seul homme de la famille, vous comprenez ? Elles ne pouvaient s'empêcher de me regarder, et moi, je me sentais étouffé par la culpabilité. Elles ont disparu une à une. Ma mère, d'abord. Un jour, elle n'était plus là pour me supplier du regard. Ce jour-là, j'ai pleuré en contemplant la fumée qui s'élevait au-dessus des cheminées. Et puis, ça a été le tour de l'aînée de mes sœurs, Esther. Un matin, elle disparut. Il ne restait plus que ma petite sœur, Myriam, pour affronter l'inévitable. Elle ne pouvait l'accepter, alors, quand ils sont venus la chercher, elle s'est mise à courir dans le vain espoir de s'enfuir. Accrochée aux fils de fer barbelés, elle hurlait. C'est là qu'ils l'ont abattue. Elles est restée pendue là, morte, jusqu'à ce que son corps glisse sur le sol. Les pointes acérées de la clôture ont laissé des traînées sanglantes sur son jeune corps... Et je ne pouvais rien faire d'autre que de regarder. Vous pensez encore pouvoir m'apprendre quelque chose sur l'impuissance, la frustration, le désespoir ou la cruauté du sort ?

— Sy, vous ne m'aviez jamais dit...

— Je n'avais aucune raison de le faire... jusqu'à maintenant. Mon petit, si je puis vous le suggérer, parlez dès ce soir à Emily. Avec ménagement, si vous le pouvez. En ce qui concerne Simone, je m'arrangerai pour que ce prélèvement de moelle osseuse soit fait avant la fin de la semaine. Mais d'abord, Emily.

Le dîner fut interminable. Walt essayait de rire, pendant que Simone imitait l'un de ses professeurs. Il comptait les bouchées qu'elle avalait, comme si la nourriture avait pu améliorer son état. Enfin, il remarqua les yeux d'Emily posés sur lui, exprimant une interrogation muette.

C'est à peine s'il put attendre qu'il fût l'heure pour Simone de monter se coucher. Il l'accompagna dans sa chambre, la regarda enfiler sa chemise de nuit, puis il la borda en l'embrassant. Au moment de franchir le seuil de la pièce, il se retourna pour lui jeter un dernier coup d'œil. Elle pointa la frimousse hors des couvertures pour lui sourire, tandis qu'il lui envoyait un baiser.

En redescendant l'escalier, il se sentait un peu réconforté par l'entrain qu'avait manifesté Simone durant tout le repas. On pouvait difficilement parler de lassitude ou de docilité inhabituelle. Évidemment, sa présence pouvait avoir stimulé la fillette. Malgré tout, il n'avait remarqué aucun symptôme inquiétant, ce soir. Peut-être que tout ceci s'expliquerait par une erreur de laboratoire... Il s'aperçut alors qu'il raisonnait de nouveau en patient, non en médecin. Victor Ogura ne commettait jamais de telles erreurs.

Emily l'attendait au bas des marches. Il allait devoir la mettre au courant.

Il attendit qu'elle eût débarrassé la table. Lorsqu'elle eut déposé les assiettes dans le lave-vaisselle, elle le rejoignit au salon. Il avait imaginé plusieurs façons d'aborder le sujet, mais Emily l'en dispensa en demandant :

— D'accord, Walt, de quoi s'agit-il ?

Pris de court, il lui lança un regard de côté.

— Je ne suis pas complètement idiote, Walt. Hier, tu fais une prise de sang à ta fille, ce soir tu te comportes bizarrement. Pendant tout le dîner, tu ris un peu trop souvent et un peu trop fort, sans détourner un seul instant les yeux de Simone. Visiblement, tu comptes les bouchées qu'elle absorbe, comme si tu voulais les mâcher à sa place. Alors maintenant, tu vas me dire ce qui se passe. Parce que ça ne peut pas être pire que de ne pas savoir.

— Assieds-toi, ma chérie, lui dit-il simplement.

Une fois qu'elle eut pris place en face de lui, il commença :

— Malheureusement, je crains que cela ne soit pire...

— Dis-moi !

— Il est possible... Non, je ne te mentirai pas. Les tests préliminaires prouvent que Simone est atteinte de leucémie.

Les larmes voilèrent les yeux de la jeune femme, mais elle ne s'effondra pas. Elle était déterminée à se montrer forte.

— Et alors ? réussit-elle à articuler.

— Il faut que je l'emmène à l'hôpital, pour faire un prélèvement de moelle osseuse.

— Elle aura mal ?

— Je te promets que non.

Ils demeurèrent silencieux pendant quelques minutes, puis il reprit :

— De nos jours, la chimiothérapie accomplit des miracles chez les jeunes leucémiques.

— Des enfants en meurent aussi, dit-elle simplement.

— Mais les chiffres sont encourageants. On obtient entre soixante-dix et quatre-vingts pour cent de guérisons.

— Ce qui veut dire qu'un enfant sur cinq n'en réchappe pas, rétorqua Emily. Un sur cinq, répéta-t-elle lentement.

— Nous ferons en sorte qu'elle n'en soit pas, dit Walt aussi fermement que sa lucidité de médecin le lui permettait.

Il lui était reconnaissant de ne pas avoir éclaté en sanglots, parce qu'il savait qu'il aurait craqué aussi. De fait, il n'avait pas espéré qu'elle se comportât aussi courageusement. Sans dire un mot, elle monta se coucher. Seule. Il voulait lui laisser une chance de sombrer dans le sommeil avant qu'il la rejoignît. Lui-même ne pourrait prendre aucun véritable repos.

Quand il s'éveilla, le jour n'était pas encore levé.

Il étendit le bras pour s'assurer qu'Emily reposait à

ses côtés, mais il était seul dans le lit. S'étant levé, il sortit de la chambre et longea le couloir en chuchotant :

— Emily ? Chérie ?

Aucune réponse ne lui parvint. Il poussa la porte de Simone. Emily ne s'y trouvait pas, mais l'enfant venait visiblement d'être bordée soigneusement. Il descendit alors les marches recouvertes de moquette. Aucune lampe n'était allumée, hormis les projecteurs disposés dans le jardin de façon à éloigner les rôdeurs. Enfin, il pénétra dans le salon. Il y trouva Emily roulée en boule, les genoux remontés sous le menton, sa chemise de nuit serrée autour d'elle pour se protéger du froid de la nuit.

Comme elle était tournée vers la fenêtre, Walt ne put voir si elle dormait.

— Chérie ? souffla-t-il.

La jeune femme ne répondit pas. S'approchant du fauteuil où elle était recroquevillée, il se pencha vers elle. Les yeux d'Emily étaient ouverts. Elle ne dormait pas, pourtant elle ne parut pas remarquer sa présence.

— Tu es levée depuis longtemps ? l'interrogea-t-il.

Elle haussa les épaules.

— Tu n'as pas le droit d'aggraver les choses, lui reprocha-t-il avec douceur. Simone va avoir besoin de toi, pendant les prochains mois. Un besoin vital, surtout quand elle devra supporter la chimio... Sans compter tout le reste.

— Pourquoi ? demanda Emily.

— Tu es sa mère, voilà pourquoi.

— Je veux dire, pourquoi faut-il que cela lui arrive, à elle ?

— Personne ne peut répondre à cette question.

— Les rayons X ! J'ai lu quelque part que les rayons X peuvent susciter des cancers, et spécialement la leucémie. N'est-ce pas ce qui s'est produit à Hiroshima ? Toutes les radiations produites par la bombe ont ouvert la voie à la leucémie.

— C'est vrai, admit Walt, mais pas autant que les gens

se l'imaginent. Quoi qu'il en soit, quel rapport avec Simone ?

— Son appareil.

— Son appareil ? répéta Walt sans comprendre.

— Simone porte un appareil dentaire, destiné à redresser ses dents, ce qui implique de fréquentes radios, pour vérifier comment les choses évoluent.

— Emily chérie, je t'en prie, ne dis pas n'importe quoi. Au cours de ce genre de traitement, un enfant ne reçoit pas assez de rayons X pour en être affecté.

Comme elle se mettait à trembler, il s'efforça de l'attirer contre lui pour la réchauffer. Mais elle résista.

— Si ce n'est pas cela, alors qu'est-ce que c'est ? s'entêta-t-elle.

— Nous ne le savons pas et nous ne le saurons jamais. Il est donc inutile de poursuivre dans cette voie. Nous devons regarder plus loin, maintenant, vers le diagnostic définitif, vers le traitement, vers les résultats.

— Est-ce que tu n'as pas une tante qui est morte d'un cancer ? s'enquit soudain Emily.

— Tu parles de ma tante Birdie ?

— Tu es même allé à son enterrement.

— Évidemment.

— Bon. Si elle est morte d'un cancer, ta famille offre peut-être un terrain favorable à cette maladie. Ce serait... héréditaire, en quelque sorte.

— Je te répète qu'il est inutile de chercher une cause à la leucémie de Simone. Nous ne la connaîtrons sans doute jamais.

— Mais ta tante Birdie souffrait bien d'un cancer, insista Emily.

— En effet, mais elle n'était ma tante que parce qu'elle était l'épouse du frère de ma mère, Arthur. Nous n'avons donc aucun lien de parenté.

— Pourtant, si tu t'es rendu à son enterrement...

— J'étais le seul homme de la famille, c'est tout.

— Mais si... commença Emily.

Elle s'interrompit brusquement pour éclater en sanglots, pour la première fois depuis qu'il lui avait révélé le drame qui les frappait.

Walt enlaça la jeune femme, sans qu'elle lui opposât la moindre résistance. Après l'avoir bercée un instant contre lui, il enfouit son visage dans les cheveux d'Emily.

— Ma chérie, murmura-t-il, quand bien même nous découvririons l'origine de ce mal, nous n'en tirerions aucun réconfort. Nous devons affronter le fait que la maladie est là. La question est de savoir comment nous allons lutter contre elle. D'abord, la biopsie. Si les résultats sont mauvais, nous nous creuserons la tête pour définir le meilleur traitement, puis nous attendrons de voir comment Simone le supportera. Mais il ne faudra jamais oublier que les pourcentages nous sont favorables. Elle a quatre chances sur cinq de guérir, ne perds jamais cela de vue : quatre chances sur cinq d'obtenir une rémission. Elle peut vivre de nombreuses années, conclut-il avec une emphase voulue.

Emily hocha la tête, sans cesser pour autant de pleurer.

— Maintenant, au lit, enchaîna-t-il. A partir d'aujourd'hui, tu auras besoin de sommeil. Tu dois rester forte, pour le bien de ta fille autant que pour le tien.

Walt entraîna sa femme au premier étage. Une fois dans leur chambre, il lui fit avaler des somnifères. Dès qu'elle eut sombré dans un sommeil agité, il se glissa chez Simone. Assis dans un fauteuil à bascule trop petit, il contempla longuement sa fille. Elle dormait paisiblement, inconsciente de la terreur qui s'était abattue sur ses parents. Son jeune visage innocent était éclairé par la lueur de la veilleuse.

14

— Vas-y doucement avec elle, recommanda Walter Duncan à son confrère, Herbert Coleman.

Ce dernier hocha la tête, sans cesser de se nettoyer les mains. Dans quelques instants, il procéderait sur Simone à une ponction de moelle osseuse, en vue de la biopsie.

— Walt, intervint Sy. Je serai là, ainsi qu'Emily. Elle n'éprouvera même pas la moindre peur.

— Je serais bien resté moi-même, si...

— Walt, l'interrompit Sy. Vos patients vous attendent...

Walt hésita, puis il comprit que son départ arrangerait tout le monde. Sa présence risquait de distraire Coleman, et Sy était là pour veiller à ce que la douleur fût épargnée à sa fille. Réprimant son angoisse, il entreprit donc sa tournée de visites.

Il entrouvrit la porte d'Amy Bedford, pour voir si elle était éveillée. Étendue sur le dos, l'adolescente fixait le plafond. A ses joues humides, il comprit qu'elle avait pleuré. Ses propres soucis ne devaient pas l'empêcher de prodiguer à cette enfant le réconfort dont elle avait besoin.

— J'ai de bonnes nouvelles pour toi, annonça-t-il en entrant.

Elle tourna vers lui des yeux anxieux, avide de recevoir les bonnes nouvelles en question.

— Les examens de laboratoire sont arrivés, expliqua-t-il.

— Je croyais que vous les aviez eus pendant l'opération ?

Elle paraissait inquiète, à l'idée qu'on pût remettre en question les premiers résultats.

— Ceux-là étaient parfaits, la rassura-t-il. Mais nous ne nous sommes pas arrêtés là, nous avons continué d'analyser l'os que je t'ai enlevé. Trente échantillons, prélevés sur l'arête de l'os, ont été examinés. Et ils sont tous sains ! Tous les trente ! Qu'est-ce que tu dis de cela ?

Le visage d'Amy s'éclaira. Pourtant, au bout d'un moment, elle ne put s'empêcher de demander :

— Que se serait-il passé s'ils n'avaient pas été sains ?

— Inutile de s'en inquiéter maintenant.

— Vous auriez dû rouvrir... C'est ce que vous dites, n'est-ce pas, « rouvrir » ? Et vous m'auriez amputée ?

— Amy, je t'ai dit que tout était sain, nous n'avons donc pas à revenir là-dessus. Maintenant, laisse-moi jeter un coup d'œil sur cette cicatrice.

Il ouvrit le plâtre temporaire dans lequel il avait enfermé la jambe d'Amy pour l'immobiliser jusqu'à ce que l'incision fût bien refermée, et les muscles prêts à assumer leurs fonctions. Éventuellement, Amy aurait besoin d'une longue rééducation, pour que son corps retrouvât toute sa force. Mais on avait le temps d'y penser. D'abord, la guérison... une guérison qui ne fût ponctuée par aucun accident, si possible.

Après avoir découvert la jambe et la cuisse, il examina la longue cicatrice rouge. Ses yeux exercés cherchaient une trace d'infection. Cela arrivait une fois sur quatre, forçant le chirurgien à rouvrir l'incision pour la refermer, espérant ainsi obtenir une cicatrisation saine.

Par bonheur, la jambe d'Amy était en parfait état. Walt décida d'ôter les drains. Appelant une infirmière, il se fit apporter une cuvette, puis il retira les drains, non sans les examiner un par un. Propres.

« Jusqu'ici, tout va bien, songea-t-il, espérons que cela continuera. Espérons... espérons que ce que Coleman découvrira ne nous contraindra pas à conclure au pire. »

Il referma le plâtre.

— Alors, ce n'était pas terrible, pas vrai, Amy ?

— Docteur, vous allez bien ?

— Bien sûr que oui ! Pourquoi cette question ?

— Je ne sais pas. C'est juste que vous êtes diffférent, aujourd'hui.

— Moi, différent ? Ne dis pas de sottises ! Je me porte comme un charme.

— Quand vous êtes arrivé, et au moment où vous examiniez ma jambe, j'ai cru que vous aviez trouvé quelque chose qui ne vous plaisait pas. A cause de votre regard... de votre façon de parler. On aurait dit que vous faisiez semblant d'être optimiste pour ne pas m'effrayer.

— Rien de tel, ma chérie. Tout va bien. Jusqu'à maintenant, tu as l'air d'entamer une convalescence sans problème. Cela en devient presque ennuyeux, conclut-il en riant.

Il espérait qu'elle l'imiterait, mais elle se contenta de le fixer sans rien dire jusqu'à ce qu'il sortît de la chambre.

Soucieux, Walt s'éloigna. Tout cela signifiait que sa pensée était ailleurs, auprès de Simone et de Coleman. Il fallait qu'il se contrôlât.

Emily Duncan avait remis son enfant entre les mains de Sy Rosen. Celui-ci avait emmené la fillette en salle de soins, puis il l'avait serrée dans ses bras pour la rassurer, pendant que le Dr Coleman lui injectait un anesthésique local dans le bras. Presque aussitôt, Simone s'était détendue car la douleur était moins vive qu'elle ne l'avait craint.

Quand l'anesthésique commença à faire effet, Sy tourna

le visage de Simone vers le sien tandis que Coleman s'emparait d'un trocart. Il l'enfonça d'abord dans la peau de la fillette, puis dans le périoste. Si elle devait avoir mal, cela commencerait là, dans cette membrane sensible du bras. Enfin, le trocart rencontra la résistance offerte par l'os du bras. Coleman accentua sa pression jusqu'à ce qu'il sentît qu'il traversait l'os et plongeait dans la zone molle de la moelle. Il tourna alors le trocart, afin de prélever un peu de moelle, puis il le retira lentement et déposa quelques échantillons sur une lame. Pour terminer, il mit le reste dans un tube avec de l'héparine, un produit chimique destiné à empêcher la moelle de se solidifier.

Quatre fois, Coleman répéta l'opération, entrant chaque fois dans une zone différente. Le développement des cellules anormales pouvait varier suivant les parties du corps.

Lorsque Coleman se fut acquitté de sa tâche, sans que Simone en eût beaucoup souffert, Sy ramena l'enfant à sa mère.

— Vous pouvez rentrer chez vous... commença-t-il.

— Qu'avez-vous trouvé ? l'interrompit Emily.

— Rien encore. Vous pouvez même la conduire à l'école, si vous le désirez.

— Nous irons à la maison, dit Emily en serrant la petite main de Simone dans la sienne.

Sur le seuil de la pièce, la jeune femme se retourna, lançant à Sy un regard suppliant qui signifiait : « Ne trouvez rien, je vous en prie, ne trouvez rien. »

Sy s'efforça de la rassurer du regard, songeant qu'en de tels moments, même une femme de médecin cherchait à espérer contre tout espoir...

Quand il retourna dans la salle de soins, Coleman étudiait au microscope les échantillons déposés sur des lamelles.

— Alors ? demanda Sy.

— Jetez un coup d'œil, proposa Coleman.

Sy examina soigneusement les lamelles, l'une après l'autre. Quand il releva la tête, ses yeux croisèrent ceux de Coleman. Il était clair qu'ils aboutissaient tous deux au même diagnostic décourageant.

— Nous... Ne nous pressons pas de conclure, murmura Sy. Repassons-les au microscope électronique.

Coleman était certain que les conclusions ne varieraient pas, cependant, conscient de l'attachement de Sy pour la jeune patiente, il acquiesça.

— Bien sûr, Sy, tout de suite. Je vous appellerai dès que j'aurai les résultats.

Sy retourna dans son bureau pour ses consultations, très perturbé par ce qu'il venait de voir. Essayant de nier ce que ses propres yeux lui avaient affirmé, il raisonna :

« D'accord, c'est une leucémie, mais il s'agit peut-être de cellules non T non B. En ce cas, le pronostic ne serait pas mauvais. Pas mauvais du tout. La chimiothérapie peut s'avérer très efficace. Quatre-vingts pour cent de rémission. Cinq ans sans rechute. Guérisons. Les pourcentages sont excellents. Ou s'ils ne sont pas excellents, ils sont très bons... Du moins, joliment bons. »

Mais en lui, le praticien s'opposait au parrain !

« Évidemment, d'après ce que j'ai vu et même si Coleman ne m'en a rien dit, il pourrait s'agir de cellules B ou de cellules T. Là, évidemment, ce ne serait pas aussi bon. En cas de cellules T, il reste encore de l'espoir. C'est un point important. Mais les pourcentages de rémission ne sont plus aussi favorables. Enfin, il nous resterait un espoir. Mais... admit-il malgré lui, il reste encore les cellules B... En ce cas, la situation serait tout à fait différente. Pour les cellules B, le pronostic est le pire de tous. Encore qu'une chimio intensive obtienne parfois des rémissions. Il y a eu des cas... »

Il songea qu'ils auraient dû profiter de ce que la fillette était en salle de soins pour lui faire une ponction lombaire. L'analyse du liquide céphalo-rachidien leur aurait appris si les cellules malignes avaient envahi son système nerveux. S'il n'avait pas été aussi ému par ses récentes découvertes, il aurait rappelé Emily pour lui demander de ramener Simone à l'hôpital.

« Mais ensuite, songea-t-il, par une amère ironie du sort, plus nous prolongerons la vie de Simone, plus ces cellules meurtrières envahiront son système nerveux, produisant l'ironie finale : pour protéger l'organe le plus important du corps humain, le cerveau, la nature a mis au point un moyen de défense, entre le corps et le cerveau, la barrière méningée, qui interdit aux substances étrangères de pénétrer dans le cerveau. Malheureusement, cette ultime protection a aussi pour effet d'interdire le passage à la chimiothérapie, l'empêchant ainsi d'exercer dans le cerveau son pouvoir de guérison. En protégeant le cerveau, la barrière méningée le condamne. C'est un cercle vicieux... Nous devrons observer Simone avec attention, pour repérer immédiatement les indices d'une infiltration par la leucémie de son système nerveux... c'est-à-dire les migraines, l'apathie, l'irritabilité. »

Sur ces tristes conclusions, le vieil homme s'efforça de chasser sa filleule de son esprit, car de nombreux patients lui étaient adressés ce jour-là, comme les précédents.

De son côté, Walt essayait de poursuivre sa tournée, mais il en fut incapable. Il se rendait chez M. Considine, un patient dont l'artériosclérose avait provoqué une gangrène de la jambe, lorsqu'il fit demi-tour et se dirigea vers l'ascenseur. Parvenu au rez-de-chaussée, il longea le couloir où se trouvaient les cabinets des médecins.

Poussant une porte sur laquelle une plaque de bronze indiquait : « DR SIMON ROSEN », il découvrit huit patients qui attendaient de voir Sy.

— Il est seul ? s'enquit-il auprès de Bridget Kruzsik, la secrétaire.

A son expression, elle comprit qu'il valait mieux ne pas lui affirmer le contraire. D'ailleurs, Walt pénétrait déjà dans le cabinet de Sy, qu'il trouva plongé dans le dossier du malade suivant. Présumant que Bridget avait introduit son patient, Sy poursuivit sa lecture en désignant un siège :

— Asseyez-vous, je vous prie. Je serai à vous dès que j'aurai terminé la lecture de votre dossier.

— Sy ? lança Walt d'une voix anxieuse.

Levant les yeux, le vieil homme abandonna les feuillets. Le moment était venu d'assener à cet homme qu'il considérait comme son fils des vérités douloureuses et peut-être destructrices. Il aurait préféré le faire à un autre moment, dans un autre contexte. Hélas, ce qui devait être dit serait toujours horrible à entendre, quelle que fût la façon dont il s'y prendrait.

— Walt, asseyez-vous.

Aussitôt, Walt comprit que le diagnostic était l'un des pires, et que le pronostic ne vaudrait guère mieux.

— Est-ce que c'était... commença-t-il.

— Walter, nous devons attendre une confirmation du laboratoire, mais je viens de recevoir un coup de fil de Coleman. Selon lui, Simone est atteinte de « leucémie myéloblastique aiguë ».

Walter Duncan sentit la sueur ruisseler le long de son front, de ses joues et de son cou. Ses mains, ses fortes mains habiles se pétrifièrent, réduites à l'état de bloc de glace, inutiles.

— Ce n'est pas la fin du monde, Walt. Les leucémies peuvent être traitées. Vincristine, asparaginase, prednisone à fortes doses. En trois ou quatre semaines, le traitement sera bien engagé.

Walter Duncan hocha vaguement la tête, comme pour signifier qu'il ne désirait pas poursuivre cette discussion, puis il se leva.

— M. Considine m'attend, il faut que je parte, déclara-t-il en quittant son ami.

Le lendemain matin, Sy Rosen étudiait des radios glissées dans le négatoscope, lorsque la sonnerie du téléphone retentit. D'ordinaire, Bridget avait pour consigne de ne pas l'interrompre pendant l'examen d'un cas. Avec une efficacité redoutable, elle détournait tous les appels, sauf les plus urgents.

Il fallait donc se résigner. Cette interruption, quoique ennuyeuse, devait avoir un motif important. Sy espéra que James Rowe Russell ne l'appelait pas pour l'entretenir du verdict prononcé à l'encontre de Peter Enright, après le témoignage de Walt. Présumant qu'il s'agissait de Russell, Sy répondit avec une brusquerie impatiente :

— Oui, Bridget ?

— Sy... fit la voix hésitante d'Emily Duncan.

— Emily ?

— Sy, je... Il faut que je vous parle...

Incapable de poursuivre, la jeune femme se mit à sangloter.

— Emily... Je vous en prie, supplia le vieil homme.

Il attendit pour continuer qu'elle se fût calmée.

— Maintenant, dites-moi ce que vous attendez de moi.

— Il faut que je vous voie. Seule, et pas à l'hôpital.

— Bien sûr. Laissez-moi jeter un coup d'œil dans mon agenda... Cet après-midi, à deux heures ?

— A deux heures... réfléchit Emily. Oui, Simone sera encore à l'école.

— Où voulez-vous que nous nous rencontrions ?

— Il y a un petit salon de thé, tout près de la galerie marchande.

— Je le connais. Leur thé est un peu faible, mais les pâtisseries trop riches. J'y serai, promit Sy.

Vers deux heures, le salon de thé était à moitié vide. Les femmes qui avaient interrompu leurs courses pour déjeuner étaient déjà reparties. Celles qui passaient à l'heure du thé n'étaient pas encore arrivées. Il ne leur fut pas difficile de trouver une table un peu écartée, loin des oreilles indiscrètes et des bons Samaritains curieux. Ils passèrent rapidement leur commande, afin de bénéficier d'un peu d'intimité. Emily réussit à se contenir jusqu'à ce que la serveuse les eût servis, mais Sy nota ses tics nerveux. Elle semblait ne savoir que faire de ses doigts. Sa lèvre supérieure brillait de sueur, juste au-dessus du rouge appliqué d'une main hâtive. Sans même s'en rendre compte, elle mordait sa lèvre inférieure. Il sentit qu'elle n'allait pas tarder à exploser si elle ne pouvait très vite lui parler.

— Dites-moi ce que vous désirez savoir, Emily, commença-t-il.

Elle parut soulagée qu'il eût pris l'initiative.

— Je... Je suis allée à la bibliothèque, hier. Je ne suis sans doute pas médecin, mais j'ai quand même une licence et je suis correctrice de manuscrits. Je sais comment me diriger parmi les livres, même s'ils concernent la médecine.

Sy se tendit légèrement. Un profane lâché dans des rayons spécialisés pouvait en ressortir muni d'informations erronées et traumatisantes. Cette démarche ne pouvait qu'avoir renforcé les craintes légitimes d'Emily, ainsi que son anxiété. Mieux valait anéantir ces impressions fausses dès le début.

— Qu'avez-vous découvert ?

— D'abord, qu'il y a deux formes de leucémies aiguës.

— Exact.

— Et que l'une des deux est pire que l'autre. La pire des deux est la leucémie myéloblastique aiguë. Les livres ne cessent de l'évoquer.

— En effet, dit Sy qui attendit avec angoisse la question suivante.

— Je voudrais savoir si celle de Simone est... une leucémie myéloblastique aiguë.

Sy hésita un instant. Si Emily posait cette question, il était clair que Walt avait tenté d'épargner sa femme en ne lui livrant pas d'un coup le diagnostic dans toute sa cruauté. Peut-être espérait-il l'amener peu à peu à la réalité. Mais dans la mesure où elle allait droit au but, il se sentait contraint de lui fournir une réponse précise.

— Oui, Emily, Simone est un cas de leucémie myéloblastique aiguë, dit le vieil homme. J'espère que vous comprendrez pourquoi Walt ne vous a pas tout dit et que vous lui pardonnerez. Il a voulu vous donner le temps de vous habituer.

Hochant la tête, la jeune femme se mit à pleurer en silence. Gênée, elle se servit de sa serviette de papier en guise de mouchoir, tandis que deux lignes noires se dessinaient sur ses joues.

— Dites-moi tout, articula-t-elle enfin. Ne me cachez rien, parce que j'ai besoin de savoir comment je dois me comporter envers mon enfant. Je lui mentirai, s'il le faut. Je la consolerai, je lui promettrai n'importe quoi. Mais moi, je dois savoir la vérité, pour être capable de lui mentir intelligemment.

Le vieil homme posa sa main sur celle de la jeune femme.

— Emily, le mensonge n'est pas forcément la meilleure solution.

— Elle souffrira suffisamment physiquement. Je veux lui éviter l'épreuve morale, je veux pouvoir lui dire que le traitement sera efficace.

— Vous pouvez le lui dire sans mentir. Le traitement améliorera son état... peut-être, mais nous n'en sommes pas sûrs. Cependant, jusqu'à ce qu'il échoue, si cela doit arriver, vous pourrez lui affirmer sans mentir qu'il va l'aider. En revanche, cela ne servirait à rien de la tromper sur les effets secondaires du traitement : la douleur, les vomissements... Comment raconter à un enfant que tout va bien, quand il est assailli par les nausées ? Quand elle perdra ses cheveux par poignées, il vous sera difficile de lui affirmer le contraire. On peut rassurer sans recourir au mensonge.

Emily avait cessé de pleurer, pourtant ses yeux exprimaient encore le doute.

— Emily... Ne voyez-vous pas combien il vaudrait mieux, pour Simone et vous, que vous lui révéliez les difficultés qu'elle va devoir affronter ? Ensuite, vous lui direz : « Mais maman ne te quittera pas. Toi et moi, nous nous en sortirons ensemble. » Elle se sentira plus rassurée si elle comprend que vous lui avez dit la vérité.

Emily hocha imperceptiblement la tête, semblant se ranger à l'avis du médecin, puis elle demanda :

— Sy, ne serait-ce que pour moi, il faut que je sache à quoi m'en tenir. Dites-moi le positif et le négatif, que je puisse nous préparer, mon enfant et moi.

— Vous voulez tout savoir ?

— Tout, assura-t-elle avec tant de fermeté qu'il comprit que toute dérobade était inutile.

— L'endroit est peut-être mal choisi. Si vous sentez que vous ne pouvez pas en supporter davantage, dites-le-moi. Nous irons ailleurs. Au parc, par exemple. Nous ne serons pas gênés par les gens.

— Ça ira. Allez-y, insista-t-elle.

— Comme vous voulez. Il y a une trentaine d'années, un enfant atteint d'une leucémie myéloblastique aiguë mourait dans les trois mois. Depuis cette époque, nous avons parcouru du chemin. Nos armes chimiques ont considérablement accru le nombre d'enfants qui résistent à la maladie. Nous obtenons des rémissions complètes qui durent des années, voire s'installent de façon permanente. Cependant, ces pourcentages optimistes concernent surtout les autres formes de leucémies infantiles. Malheureusement, l'histoire de la leucémie myéloblastique aiguë n'est pas aussi encourageante. Il est vrai que nous obtenons des rémissions dans environ soixante-dix pour cent des cas. Nous éliminons les cellules leucémiques, et la moelle osseuse recouvre ses fonctions.

Emily s'empara du chiffre avec avidité.

— Soixante-dix pour cent ! Je n'en espérais pas autant !

— Emily, Emily, vous avez dit que vous vouliez tout savoir. Alors, écoutez-moi. Le problème, dans les cas de leucémie myéloblastique aiguë, c'est que la plupart des patients rechutent après ces rémissions.

— La plupart des patients, répéta-t-elle dans un souffle.

— Nous essayons, nous ne cessons d'essayer de nouvelles formes de chimiothérapie. Et il y a toujours la possibilité de recourir à la greffe de moelle osseuse.

— Si c'est nécessaire, je peux lui en donner, proposa aussitôt Emily. Simone et moi appartenons au même groupe sanguin.

— L'appartenance à un même groupe sanguin n'implique pas la compatibilité de moelle, précisa Sy. De toute façon, nous en avons toujours d'avance. Observons d'abord comment les choses évoluent. Nous aurons toujours le temps de nous replier plus tard sur d'autres formes de traitements.

— Que faut-il que je sache encore ?

— A propos des pourcentages... Qu'ils portent sur les rémissions ou sur les guérisons, ils ne signifient rien. Ce qui compte, c'est ce qui arrive à Simone. Et c'est ce qu'il faut que nous découvrions, jour après jour.

Hochant la tête d'un air vague, Emily s'essuya les yeux avec sa serviette. Elle remarqua aussitôt les traces noires laissées par le mascara.

— A mesure que le temps passera, voulut-elle plaisanter, je ferais bien de me maquiller de plus en plus légèrement.

— Surtout, qu'elle soit consciente de votre courage, de votre espoir. Souriez ! J'ai vu bien des cas où les médecins avaient abandonné tout espoir, mais pas le patient ! Bien souvent, il survivait à certains de ces praticiens. Notre science, avec tous ses pourcentages, ses courbes, ses tableaux et ses comptes rendus de cas empilés jusqu'au ciel, est encore une science inexacte. Les médecins honnêtes se trompent presque aussi souvent qu'ils ont raison. Nous travaillons avec nos connaissances acquises, notre instinct, et pour le reste, nous nous contentons d'espérer.

Emily consulta sa montre-bracelet.

— Je dois aller chercher Simone à l'école.

Ils se levèrent d'un même mouvement, puis il l'embrassa sur la joue avant de la regarder partir.

« Elle est préparée aux pires éventualités, songea le vieil homme, mais je me demande si elle est bien consciente de ce qu'elles impliquent. Ces jours et ces nuits de tourment. Toutes les fois où elle serrera contre elle son enfant tordue par la nausée, suppliant le ciel de lui infliger cette souffrance à elle, et non à sa fille. Les jours où elle remarquera que l'enfant maigrit et pâlit presque à vue d'œil. Et lorsque à la fin, elle suppliera qu'on lui prenne son sang, sa moelle osseuse en échange de la vie de sa fille. Mais ce sera inutile... à moins d'un miracle. »

Dans sa voiture, Emily s'accrochait au moindre espoir. Après tout, Sy avait bien dit que Simone était atteinte de la pire forme de leucémie, mais que cela n'impliquait pas nécessairement une issue fatale. Il y avait une chance de la sauver, il fallait se concentrer là-dessus. Une petite chance, mais une chance quand même.

Lorsqu'elle retrouva Simone, à la sortie de l'école, Emily Duncan avait pardonné à son mari de ne pas lui avoir révélé toute la vérité d'un coup.

15

La réunion du staff avait été fixée à dix heures du matin, cinq jours après l'opération d'Amy Bedford. Le diagnostic concernant Simone Duncan était établi depuis quarante-huit heures.

Le futur traitement d'Amy Bedford dépendait des analyses effectuées sur les os retranchés par Walter Duncan. Malgré toute son habileté, l'intervention pouvait être mise en échec par des cellules cancéreuses têtues.

C'est pourquoi les fragments d'os retirés de la jambe d'Amy avaient été envoyés à l'anatomopathologiste, qui en avait fait un examen détaillé au microscope, puis au microscope électronique. Il avait aussi analysé les échantillons prélevés au cours de l'opération sur les bords du tibia et du fémur, dans la marge de sécurité calculée par Walt. Il savait maintenant quel pourcentage de cellules atteintes avaient été anéanties par la chimiothérapie.

Le staff était constitué d'un hématologue, d'un oncologiste, d'un radiologiste et d'un chirurgien, sans compter Sy Rosen et Walter Duncan. Tous attendaient les conclusions de l'anatomopathologiste, Irwin Steele.

Steele confirma le premier diagnostic, puis il passa aux effets de la chimiothérapie :

— J'ai constaté au microscope que presque quatre-vingt-dix pour cent des cellules cancéreuses avaient été détruites par la chimio.

Comme il s'était tourné vers le Dr Bristol, celle-ci hocha la tête.

— Nous allons poursuivre le traitement. Il n'y a aucune raison d'en changer.

Sy Rosen intervint :

— Irwin, à quelle distance la tumeur se trouvait-elle de la portion d'os retranché ?

— Elle n'en était pas assez proche pour constituer un danger.

Walt Duncan accueillit cette affirmation par un intense soulagement. S'il en avait été autrement, il aurait dû rouvrir pour amputer Amy. Un chirurgien consciencieux ne pouvait prendre aucun risque, en face d'un ennemi aussi dangereux que l'ostéosarcome.

Le cas suivant proposé à l'attention du staff était celui de la jeune Simone Duncan.

Les observations de l'hématologue Victor Ogura, la confirmation fournie par la biopsie de la moelle osseuse incitèrent le staff à adopter l'approche classique indiquée dans les cas de leucémie myéloblastique aiguë.

Le Dr Bristol suggéra de fortes doses de vincristine, d'asparaginase et de prednisone pendant une période de quatre semaines.

Dans la plupart des cas de leucémie, ce traitement produisait une rémission. Pour éviter une réapparition rapide de la maladie, Simone subirait ensuite un traitement de consolidation, afin de détruire les cellules cancéreuses qui auraient survécu à la première attaque. Pour cette seconde phase, le Dr Bristol proposa différentes combinaisons médicamenteuses, car les cellules malades avaient la capacité démoniaque de résister peu à peu à leurs ennemis chimiques.

Mais avant d'en arriver là, il faudrait attendre les résultats du premier traitement. Par une sorte d'ironie, les dangers de la seconde phase n'étaient encourus qu'après le succès de la première.

Après le cas de Simone Duncan, le staff devait en

discuter plusieurs autres. Comme aucun d'entre eux n'impliquait d'intervention orthopédique, Walt Duncan demanda à se retirer et sortit précipitamment. Il parvenait au bout du couloir quand il entendit son nom.

— Walter, Walt ! criait Sy, qui était sorti sur ses talons.

Le vieil homme le rattrapa.

— Walt, vous n'avez pas le droit de vous laisser aller. Il faut donner à ce traitement une chance, c'est le moins que nous puissions faire. Ne vous comportez pas comme le père d'Amy au début.

— Sy, j'ai découvert ces jours-ci que je ressemblais beaucoup au père d'Amy, sauf sur un point : je sais que tout peut mal tourner, je connais les pourcentages défavorables à Simone. Aussi pardonnez-moi de n'être que cela : un père soucieux... un père terrifié.

Pour qu'une relation amicale s'établît entre le médecin et sa jeune patiente, Walt Duncan amena le Dr Bristol dans la chambre de Simone. Emily se tenait au pied du lit lorsque Walt fit les présentations.

— Ma chérie, voici le Dr Bristol. C'est une dame très gentille, et l'une de mes amies. Tu peux donc la considérer toi aussi comme une amie. Fais ce qu'elle te dit, et tout ira bien... Très bien.

Tout en s'efforçant de sourire, il évita de croiser le regard de sa femme.

— Maintenant, je vais vous laisser faire connaissance, poursuivit-il en faisant signe à Emily de le suivre dans le couloir.

Sitôt que la porte fut refermée derrière eux, il murmura d'une voix pressante :

— Je t'en prie, chérie, n'essaie pas de sourire tout le temps. Si elle s'aperçoit que tu te forces à paraître gaie, elle perdra confiance en nous tous. Réconforte-la, parle-lui, mais ne lui souris pas quand tu as envie de pleurer.

— Excuse-moi, Walt, je n'en avais pas conscience.

Il l'embrassa sur la joue en ajoutant très bas :

— Elle a une chance, une bonne chance de s'en tirer. J'ai vu bon nombre de guérisons, dans des cas comme le sien.

— Walt, chuchota la jeune femme, ne te force pas non plus à sourire quand tu as envie de pleurer...

Comprenant que son enthousiasme feint ne l'avait pas convaincue, il hocha vaguement la tête avant de s'éloigner.

La matinée se déroula selon le rigoureux emploi du temps habituel : examens, consultations, étude de radios, résultats de scanner, diagnostics, prescriptions de traitements, dates fixées pour des interventions chirurgicales. Il vit des patients convalescents, tantôt satisfait des suites opératoires, tantôt déçu par les cas qui n'évoluaient pas comme ils l'auraient dû, l'obligeant à se creuser la tête pour trouver un traitement adéquat. C'était un jour comme tous les autres dans la vie professionnelle bien remplie de Walt Duncan.

A ceci près, cependant, qu'il lui semblait supporter un fardeau supplémentaire, un intolérable fardeau. Et quand il oubliait ce poids effroyable, c'était une ombre, une présence assombrissant ses pensées, une présence qui ne le quittait pas. A chaque instant, quand il prenait un instrument, étudiait un cliché, rédigeait une prescription, elle était là, fidèle et inhibitrice. Lorsqu'il s'en aperçut, il sut aussitôt que c'était celle de sa fille, dans la chambre 219 du pavillon des enfants. L'aiguille enfoncée dans son jeune bras mince diffusait dans son corps les agents chimiques qui, il l'espérait, sauveraient la vie de son enfant.

Quatre fois, durant la journée, il trouva un prétexte pour passer au pavillon des enfants, afin de voir comment Simone supportait le traitement. Il la trouva chaque fois étendue dans son lit, tandis que le goutte-à-goutte déversait en elle la chimiothérapie salvatrice. Elle paraissait de très bonne humeur.

Consciente de l'inquiétude de son père, la fillette s'efforça de le rassurer :

— Ça ne fait pas mal, papa. Je m'aperçois à peine que c'est là.

— Splendide, mon bébé ! s'exclama-t-il.

Il l'embrassa, tout en ébouriffant ses cheveux sombres. En même temps, il calculait que la perfusion durait déjà depuis trois heures. Encore deux heures, trois tout au plus, et les effets secondaires commenceraient. Les nausées... les vomissements... Comment ce jeune corps déjà si frêle pourrait-il les affronter ? Elle avait peu de kilos à perdre...

Walt venait d'effectuer sa troisième intervention chirurgicale, et il disposait d'une demi-heure de battement avant la quatrième. S'étant débarrassé de ses vêtements de chirurgien, il se précipita dans la chambre de sa fille. Il la trouva dans les bras de sa mère, vomissant dans une cuvette d'acier déjà à moitié pleine. Se glissant à la place d'Emily, il serra le corps mince en murmurant :

— Ce sera bientôt fini, mon bébé. Encore un peu de courage, et ce sera fini. Ne t'inquiète pas, papa est là. Tout va bien se passer, tu verras.

Il se tourna vers sa femme, l'interrogeant du regard : « A-t-elle souffert ainsi tout au long de l'après-midi ? »

Les yeux d'Emily lui répondirent : « Oui, et pis encore. »

Il serra son enfant plus fort, comme pour lui donner un peu de la force qui était en lui. Les haut-le-cœur commençaient à s'espacer. Peu à peu, son corps se détendit. Elle respirait plus profondément.

— Tu te sens mieux, mon bébé ? fit-il d'une voix douce.

Elle voulut hocher la tête, mais une nouvelle vague de nausée la submergea. Il sentit le petit corps se contracter de douleur, secoué par les spasmes. Le téléphone sonna. Irrité, il se tourna à demi vers son épouse.

— Ne décroche pas ce damné appareil !

Comme la sonnerie ne s'interrompait pas, Emily s'empara du récepteur.

— Oui. Oui, il est là. Je vais le lui dire.

Elle raccrocha.

— C'était la salle d'opération. Ton patient est prêt. Ils t'attendent.

A contrecœur, il rendit son enfant à sa mère. Puis il embrassa Simone sur la joue.

— Maman reste avec toi, ne t'inquiète pas, mon bébé, ne t'inquiète pas. Tout va bien se passer.

Lorsqu'il se fut désinfecté les mains, qu'il eut revêtu sa tenue et passé les gants stériles, il se maîtrisait de nouveau. Une fois de plus, il était un chirurgien compétent et habile, capable d'affronter toutes les maladies qui s'attaquaient au squelette humain.

Walt Duncan se tenait debout auprès du lit de sa fille, les yeux fixés sur son enfant endormie. Emily se trouvait auprès de lui.

— Cela arrivera-t-il encore ? demanda-t-elle dans un souffle.

— Pas jusqu'à ce qu'ils lui administrent une nouvelle dose de vincristine, répliqua-t-il sur le même ton. Pauvre gosse, elle est épuisée. Mais au moins, elle a pu s'endormir. Tu devrais rentrer à la maison, pour te reposer un peu, toi aussi.

— Je préfère rester ici, au cas où elle s'éveillerait.

— Les infirmières lui donneront tout ce dont elle a besoin.

Si Emily s'épuisait, songea-t-il avec inquiétude, elle ne pourrait pas affronter les moments difficiles qui l'attendaient.

— Quand elle s'éveille, insista la jeune femme, c'est

moi qu'elle cherche. Et je sais ce que ses yeux me disent : « Ne me laisse pas seule, j'ai peur. » Je veux rester auprès d'elle.

— En ce cas, je vais demander à l'infirmière de te trouver une chambre vide, pour que tu puisses prendre un peu de repos.

Sortant de la chambre, il laissa échapper un long soupir, exténué par l'effort constant qu'il fournissait pour cacher à Emily ses pires craintes. Ses confrères, y compris Sy, s'étaient montrés pleins d'égards envers ses sentiments, mais par respect pour lui, ils n'avaient pas feint l'optimisme. En revanche, ils s'étaient abstenus de parler à Emily, pour permettre à la jeune femme de garder bon visage en face de sa fille.

Après s'être arrangé avec l'infirmière pour qu'Emily pût dormir un peu, il commença sa tournée de visites. Aujourd'hui était un grand jour pour Amy Bedford, car elle devait sortir de son lit. Sur ses pieds. Les deux. Une promesse qu'il n'aurait pas osé faire une semaine auparavant.

Jusqu'ici, tout allait bien pour Amy Bedford, pour qui le pronostic était nettement meilleur que ce qu'on pouvait prédire à la petite Simone Duncan. Non que tout danger fût écarté, loin de là. Walt allait devoir l'en convaincre, pour amener l'adolescente à accepter un nouveau traitement chimiothérapique. Mieux valait commencer par les béquilles.

Souriant largement, il pénétra dans la chambre d'Amy.

— Alors, paresseuse ! Aujourd'hui, il va falloir sortir du lit.

— Je peux ? s'empressa Amy en esquissant un mouvement.

— Pas si vite, ma chérie. D'abord un petit sermon. Je ne serais pas le Dr Duncan si je ne précédais pas n'importe quoi d'un discours. Pas vrai ?

Il s'efforça de rire, mais Amy remarqua qu'il n'y parvenait pas. Elle se demanda s'il fallait se préparer à entendre de mauvaises nouvelles. Peut-être les dernières radios n'étaient-elles pas satisfaisantes ? Pourquoi se comportait-il ainsi ? Pourtant, elle décida de jouer le jeu, quel qu'il fût.

— Qu'est-ce que c'est, cette fois, docteur Walt ? Vous allez m'apprendre à me servir de ces béquilles ? Je le sais déjà.

— Vraiment ? s'étonna-t-il avec un sourire.

— Parfaitement ! Quand j'avais onze ans, je me suis cassé la jambe gauche, en colonie. J'ai passé tout l'été à clopiner sur mes béquilles. C'est pour ça que je m'y connais.

— Parfait... Cette fois-ci, ce sera un peu différent, dit Walt en lui présentant les béquilles. Comme tu vois, elles sont faites à l'ancienne, c'est-à-dire que tu les glisseras sous tes aisselles pour ne pas t'appuyer sur ta jambe droite. Maintenant, nous allons les ajuster à ta taille. Assieds-toi, Amy.

Lentement, l'adolescente se redressa puis, faisant glisser ses jambes hors du lit, elle s'assit.

— Vas-y doucement, maintenant, recommanda le médecin.

Tandis qu'il glissait une béquille sous son bras gauche, puis la seconde sous le bras droit, elle commença à se lever. Les béquilles étaient un peu trop hautes. S'agenouillant devant elle, il desserra les vis et régla le système à coulisse de façon à en réduire la longueur.

— Tu peux y aller...

Elle appuya son corps sur les supports revêtus de caoutchouc. Il l'observa avec attention, constatant qu'elle parvenait à se lever sans exercer la moindre pression sur sa jambe droite.

— Parfait ! En fin d'après-midi, Hans va t'amener une gouttière. Dès que tu l'auras, tu pourras te déplacer un peu. Tu as même le droit de sortir de ta chambre, dont tu dois commencer à être dégoûtée.

— J'aimerais bien discuter un peu, admit l'adolescente.

Étendue sur mon lit, je passe mon temps à écouter les bruits du couloir. Les gens ne sont que des voix, pour moi. J'aimerais savoir à quoi ils ressemblent.

— Bientôt, tu auras ta gouttière, promit Walt.

« Maintenant, le sermon... », songea-t-il.

— Amy, nous devions aborder la question de ton nouveau traitement. Je t'en ai déjà parlé, mais je suis sûr que tu t'inquiétais tellement de ton opération que tu ne m'as pas entendu. Aussi, nous reprenons tout à zéro.

Aussitôt, l'expression enjouée d'Amy se mua en tranquille attention.

— Amy, on t'opérant, nous avions pour objectif de retirer ta tumeur.

— Vous m'avez dit que tout était parti, lui rappela la jeune fille.

Une lueur de crainte au fond des yeux, elle se prépara à entendre de mauvaises nouvelles, de dangereuses nouvelles.

— Et c'est ce que nous avons fait. Du moins avons-nous retiré ce que nous avions localisé. Mais le cancer est une maladie perfide. Des cellules malignes peuvent subsister dans ton sang, ou se trouver dans d'autres parties de ton corps sans que nous n'en sachions rien. C'est pourquoi nous devons les traquer, comme la police poursuit un tueur en fuite. Les traquer, les chasser, les anéantir.

— Comment ferons-nous ?

— Grâce à la chimiothérapie.

— Encore ? demanda Amy, qui gardait douloureusement en mémoire les effets pénibles du traitement.

— Oui, Amy, encore. Pas pendant les trois semaines à venir, parce que la chimiothérapie pourrait gêner la guérison de ta jambe. Mais ensuite, il faudra que tu reviennes toutes les deux ou trois semaines.

— Toutes les deux ou trois semaines, répéta l'adolescente d'une voix angoissée.

— Pendant les huit prochains mois. Rappelle-toi, je t'avais demandé de me donner un an. Les huit prochains mois en font partie.

— C'est que j'avais prévu de retourner au lycée à plein temps, plaida-t-elle.

— Pas cette année, ma chérie. Vas-y quand tu le peux, tâche de te maintenir à flot, mais ne sois pas déçue si tu ne peux pas passer tous tes examens. Tu ne devrais même pas essayer de t'y présenter. Tu n'es pas encore prête.

Les yeux humides, elle hocha la tête.

— Encore huit mois, répéta-t-elle.

— Chaque mois, tu devras subir des radios des poumons.

— Pourquoi ?

— Si ces damnées cellules poursuivent leur sale travail dans ton corps, c'est là qu'elles se montreront d'abord.

— Et si c'est le cas ? osa-t-elle demander.

— Si c'est le cas, nous devrons t'opérer, et nous continuerons la chimio.

— Du moins, si je suis encore vivante.

Elle le regarda droit dans les yeux, attendant d'être contredite.

— Amy, jusqu'ici tu t'en sors très bien. Ne commence pas à t'attendrir sur toi-même. Crois-moi, si je te compare à d'autres cas, tu es en bonne voie, en très bonne voie.

Amy hésita, se demandant si sa question paraîtrait impertinente au Dr Duncan. Enfin, elle se lança :

— Docteur, est-ce que vous allez bien, aujourd'hui ?

— Bien sûr que oui ! Pourquoi cette question ?

— Je ne sais pas. C'est la façon dont vous êtes entré. Vous aviez l'air gai... trop gai, comme si vous vouliez me cacher de mauvaises nouvelles.

— Il fallait que je te parle de la chimio.

— C'était plus que cela, insista l'adolescente. Et puis, tout de suite, la manière dont vous m'avez dit « si je te compare à d'autres cas » m'a parue étrange. Pourquoi ?

Il comprit que la jeune fille possédait une intuition plus fine qu'il ne l'avait cru. A moins qu'il ne fût devenu extrêmement transparent...

— C'est exact, Amy, tu as raison. L'un des cas auquel je pensais... est celui de ma fille.

— Oh ! Elle ne va pas bien ?

— Pas très, admit-il.

— Elle est à l'hôpital ?

— Au même étage que toi.

— Cela ne vous gêne pas si... Je veux dire, elle a le droit de recevoir des visites ?

— Je suis certain que la tienne lui fera très plaisir, Amy.

— Si ce n'est pas trop loin, ce sera le but de ma première promenade.

— Ce serait vraiment gentil de ta part, mais ne te fatigue pas trop. Tes muscles ne sont plus aussi forts que tu te l'imagines. Cela prendra du temps. En attendant, ménage-toi.

— Je ferai attention, docteur.

Après le départ du Dr Duncan, Amy Bedford prit les béquilles qui étaient appuyées contre le lit. Elle les glissa sous ses aisselles.

« Je vais m'exercer avant l'arrivée de maman, songea-t-elle avec jubilation. Comme ça, quand je le ferai devant elle, elle n'en reviendra pas. Et cette fois, au moins, ce sera une bonne surprise. Pauvre maman, comme elle a pleuré ! Pas quand je la regardais, mais je m'en suis bien aperçue. Pourquoi les parents prennent-ils leurs enfants pour des idiots ? »

Prenant appui sur sa bonne jambe, elle se leva sans poser le pied droit sur le sol. Plusieurs fois, lorsque le Dr Duncan avait ouvert son plâtre, elle s'était enhardie jusqu'à jeter un coup d'œil à sa cicatrice, pour vérifier si tout allait bien. La longue ligne rouge barrée par les points de suture était assez impressionnante pour lui rappeler qu'elle devait traiter sa jambe avec de grands égards.

Comme elle clopinait en direction de la porte, elle comprit que son expérience de la colonie ne lui était d'aucune utilité. Ce qu'elle vivait maintenant était entièrement nouveau, et elle ferait bien d'y aller doucement. Elle n'avait pas prévu à quel point sa jambe droite la trahirait, bien qu'elle ne s'appuyât pas dessus.

Au bout de quelques pas, elle décida de ne pas s'aventurer dans le couloir comme elle en avait eu l'intention, pour aller rendre visite à la petite fille du Dr Walt. Elle regagna son lit, un peu essoufflée et bien plus fatiguée qu'elle ne s'y était attendue.

« Où est passée mon énergie ? songea-t-elle. Quand je pouvais affronter sans mal plusieurs sets d'affilée ? Partie. Partie avec mes cheveux. Reviendra-t-elle de la même façon qu'ils repousseront ? »

Assagie et quelque peu effrayée, elle s'étendit.

« Est-ce ainsi qu'on se sent quand on devient vieux ? » se demanda-t-elle avec effroi.

La soirée ne faisait que commencer, mais le dîner avait déjà été servi aux patients. Amy avait essayé en vain de s'intéresser à un feuilleton télévisé, mais sa capacité de concentration semblait s'être envolée, elle aussi. Lorsqu'elle s'était aperçue qu'elle regardait les images sans les voir et écoutait les dialogues sans les entendre, elle avait baissé le son. Elle s'était d'abord amusée à deviner les paroles prononcées par les personnages en fonction de leurs attitudes, puis elle les avait trouvés ridicules et avait éteint la télévision.

Dehors, il faisait presque noir. C'était une de ces soirées de printemps où la nuit elle-même semble douce et bienveillante. De très loin, le murmure de la ville lui parvenait. L'hôpital était calme, juste avant la tempête des visites de fin de journée. Bientôt arriveraient les parents, les amis. Ils avaient été accaparés par leur travail ou l'école tout le jour, et maintenant ils venaient pour sourire et bavarder sans répit, comme si le silence était l'ennemi du malade, et non la maladie.

Pendant tous ses séjours à l'hôpital, Amy était devenue imbattable pour reconnaître le bruit des pas. Ceux des infirmières étaient courts et rapides, lorsqu'elles se pressaient vers une tâche urgente. Les médecins marchaient à grandes enjambées, s'arrêtant devant chaque porte. Quant aux visiteurs, ils avaient chacun leur rythme propre.

Brent, par exemple... Elle identifiait le bruit étouffé que produisaient ses pieds chaussés de baskets au contact du sol. Il n'était pas difficile de reconnaître ses amies du lycée, avec le claquement de leurs talons contre le lino, et leurs chuchotements sonores. Juste avant d'entrer dans sa chambre, elles riaient bien fort pour dissimuler leur frayeur et faire croire à Amy qu'elles étaient bien contentes d'être là.

Et enfin, le bruit des pas de ses parents. Celui de sa mère, d'abord. Elle y était habituée, parce que la jeune femme arrivait chaque matin à heure fixe. Il était régulier, et résonnait juste après le passage des infirmières, mais avant la visite du Dr Walt. Son père marchait vite. Toute sa vie, elle l'avait vu comme un homme continuellement pressé. Quoi qu'il fît, qu'il rentrât à la maison pour le dîner, qu'il partît le matin, qu'il répondît au téléphone, qu'il distribuât des ordres, qu'il sortît sa femme et sa fille au restaurant, qu'il examinât ses carnets de notes, qu'il allât à l'église, qu'il bavardât avec elle, qu'il la grondât ou qu'il lui donnât des cadeaux, il se hâtait d'en finir.

Même la fois où sa femme l'avait obligé à prendre des vacances... Il les avait quittées au bout de quatre jours. Ses affaires l'appelaient.

La façon dont il parcourait l'hôpital comme un bolide reflétait sa conception de la vie : « Fais-le. Fais-le tout de suite. Débarrasse-t'en. » Lorsqu'il se trouvait dans la chambre de sa fille, il était incapable de dissimuler son impatience. Jusqu'à ce qu'Amy suppliât en silence :

« Pourquoi fait-il semblant d'avoir envie d'être ici ? Je sais bien qu'il m'aime, mais il n'a pas le temps de me le montrer. Va-t'en, papa ! Je t'en supplie, va-t'en ! »

Justement, le bruit de ses pas pressés retentissait dans le couloir. Et, se hâtant à ses côtés, ceux de sa mère. Amy se redressa, puis elle s'assit et s'empara de ses béquilles. Après les avoir glissées sous ses aisselles, elle se leva, heureuse de les accueillir debout.

Comme d'habitude, son père précédait sa mère. Son sourire de commande fit place à un ravissement sincère.

— Ma chérie, mais tu marches ! Marion, regarde ! Ma fille est sur ses deux pieds, n'est-ce pas formidable ?

S'approchant de sa fille, il l'enlaça avec douceur, puis il l'embrassa sur la joue et recula brusquement.

— Excuse-moi, ma chérie, je ne t'ai pas fait mal, j'espère ? Je veux dire, je n'ai pas heurté ta jambe ?

— Non, papa. Je me sens en super forme, je t'assure. Et le Dr Walt m'a dit que je pourrai me promener dans le couloir quand je me sentirai assez bien pour ça.

— Peut-être pourrions-nous te procurer une infirmière privée, pour éviter tout accident, suggéra Ed Bedford. Cela ne poserait aucun problème.

— Papa, je pense que le Dr Walt veut que je progresse toute seule. Cela fait partie de mon rétablissement, il faut que je refasse mes muscles.

— C'est lui le patron. Quoi qu'il dise, je me conformerai à ses conseils. Cet homme est un artiste, dans son domaine ! s'exclama le père d'Amy avec enthousiasme.

La jeune fille le dégrisa, lorsqu'elle poursuivit :

— Il a dit aussi que je devrai reprendre la chimio.

— Encore ?

— Toutes les deux ou trois semaines, pendant huit mois, l'informa Amy.

— Aussi souvent ? Et aussi longtemps ? s'enquit Ed Bedford d'une voix déçue.

— Mon chéri, intervint son épouse, il me l'a expliqué l'autre jour où tu n'as pu venir parce que tu étais en voyage d'affaires.

— Tu ne m'en as jamais parlé.

— J'ai essayé plusieurs fois, mais nous ne cessions d'être interrompus par des coups de téléphone concernant ton travail. D'ailleurs, tu n'y pouvais rien. Nous devons nous résigner, cela fait partie du délai d'un an dont il nous a parlé dès le début.

— Bien sûr, je m'en souviens. Bon, si ma petite fille doit le supporter, elle y parviendra. C'est ce qui fait d'elle une championne. Pas vrai, mon chou ?

— Sûrement, p'pa ! s'exclama l'adolescente avec autant de conviction qu'il en attendait d'elle.

Mais elle sentait qu'elle l'avait encore déçu. Il espérait être débarrassé de ces visites à l'hôpital, ainsi que de l'inquiétude qui y était associée. Tant que sa fille était confinée dans cette petite chambre, le danger paraissait plus proche. A la maison, on pouvait croire qu'elle se rétablissait, ou du moins qu'elle finirait par guérir. Mais avec la poursuite de la chimiothérapie, le danger se rapprochait de nouveau, d'autant plus menaçant qu'on l'avait cru écarté.

16

— D'accord, Amy, voyons comment tu parviens à marcher, aujourd'hui, dit Walter Duncan.

Amy se dirigea vers lui, appuyée sur ses béquilles. Il l'observait avec attention, pour vérifier si par inadvertance elle portait le moindre poids sur sa jambe droite. Mais non, son pied effleurait à peine le sol à chaque pas.

— C'est parfait, Amy. Maintenant, tu vas enfiler cette gouttière que Hans a conçue spécialement pour toi. Tu la porteras jusqu'à ce que je t'examine de nouveau, pour voir si tu es prête à faire supporter à ta jambe un peu de ton poids, disons vingt-cinq pour cent de ce que tu pèses normalement. Nous nous reverrons donc dans cinq ou six semaines.

— Êtes-vous en train de me dire que je peux rentrer à la maison ?

— Oui ! Mais rappelle-toi que tu dois te montrer très attentive. En particulier, tu dois me prévenir au moindre signe d'infection. C'est pour cette raison qu'il ne faut exercer aucune pression sur cette jambe, et c'est aussi pour cela que tu vas porter une gouttière. Nous voulons que tes muscles et ta chair se referment proprement autour de cette prothèse.

— Mais pourquoi parlez-vous toujours de ça ? s'énerva l'adolescente. Je ne fais rien de dangereux.

— Amy, tu vas subir un traitement chimiothérapique toutes les deux ou trois semaines. Si la chimio anéantit ces satanées cellules cancéreuses, elle affaiblit aussi ton système immunitaire. Voilà pourquoi tu as l'impression que je rabâche toujours la même chose.

Amy hocha sagement la tête.

— Tu passeras aussi à la radio tous les mois, lui rappela-t-il.

— Vous craignez toujours que cette... chose s'en prenne à mes poumons ?

— Pendant une année entière, il faudra y faire attention. Autre chose... J'ai appelé ta mère. Elle vient te chercher cet après-midi.

— Alors, je vais aller voir Simone avant qu'elle arrive.

— Elle m'a dit que tu lui avais rendu visite plusieurs fois. Elle t'aime beaucoup.

— Je l'aime aussi. Elle est très jolie, et très intelligente. On ne dirait jamais qu'elle n'a que onze ans.

— La maladie mûrit ceux qu'elle attrape.

— Qu'est-ce qu'elle a ? Personne ne veut me le dire, mais à leur air, j'ai l'impression que c'est sérieux.

— Ça l'est, mais nous luttons avec acharnement.

— Ça veut dire que c'est très grave, en déduisit tristement l'adolescente.

— C'est une leucémie, Amy, avoua très bas Walt.

Amy parcourut le couloir sur ses béquilles, qu'elle maniait maintenant avec confiance, sinon avec aisance. Elle parvenait devant la porte de Simone Duncan lorsqu'elle entendit :

— Maman, tu devrais descendre pour manger quelque chose. Je t'assure que je me sens très bien.

Mais la petite voix grêle de Simone démentait cette affirmation.

— Je ne te laisserai pas seule, répondait Mme Duncan au moment où Amy pénétrait dans la chambre.

— Je resterai avec Simone tant que vous serez partie, proposa la jeune fille.

— Tu vois, maman, tu peux t'en aller ! fit Simone avec entrain.

— Entendu, dit Mme Duncan qui se tourna vers Amy pour lui laisser ses recommandations. Au cas où Simone aurait une vague de nausées, tends-lui la cuvette et appelle l'infirmière. Si elle n'arrive pas tout de suite, tu n'as qu'à sonner, et...

— Madame Duncan, je sais ce qu'il faut faire puisque je suis passée par là, lui rappela Amy.

— Excuse-moi, je suis stupide. Je serai de retour dès que possible, ma chérie.

Comme elle se penchait pour l'embrasser, la fillette lui dit :

— Tu n'as pas besoin de te presser, maman. Amy et moi nous entendons très bien.

Les deux amies attendirent que la porte se fût refermée sur Mme Duncan, puis Simone se tourna vers sa visiteuse.

— Je suis contente que tu sois là, murmura-t-elle. J'ai besoin de quelqu'un à qui parler. Cela ne t'ennuie pas ?

— Pas du tout ! Vas-y !

— Je ne crois pas qu'ils me disent la vérité, avoua la fillette.

— Bien sûr que si ! Ton papa ne m'a jamais menti. Il m'a toujours tout dit, le bon et le mauvais.

— Peut-être que ton mauvais n'était pas aussi mauvais que mon mauvais...

— Que veux-tu dire ?

— Ils me disent des choses, comme par exemple quelle sorte de chimio on m'injecte, et ce qu'elle est censée me faire. Ils m'ont dit que je vomirais, tout ça... Pourtant, il y a une chose dont ils ne parlent jamais.

— Laquelle ?

— Est-ce que je vais mourir ? Ils ne disent jamais rien,

là-dessus, alors je n'arrête pas de me poser des questions. Est-ce que tu y pensais, toi aussi ?

— Oui, mais j'avais encore plus peur de perdre ma jambe.

— C'est pire que de mourir ?

— C'est en tout cas ce que je m'imaginais.

— Évidemment, dans mon cas, je n'ai pas le choix.

— Qu'est-ce que tu veux dire ?

— Tu comprends, je ne me dis pas : « Est-ce que je vais mourir, ou bien est-ce que je vais perdre ma jambe ? » Je pense simplement : « Vais-je mourir ou non ? » Toi et moi, ce n'est pas exactement pareil.

— Je sais ce que tu ressens, parce que je l'ai vécu aussi, insista Amy. On se tracasse. Surtout la nuit, quand on est seul. Ils ont beau te rendre visite, te parler, te sourire, la nuit on se retrouve tout seul. Alors, on se met à penser à tout ce qu'ils veulent si fort qu'on oublie. Même quand les médecins nous ont donné tous les détails, il y en a toujours un qui nous manque, qu'on a eu peur de se faire préciser. Alors, on le rumine, on le retourne dans tous les sens.

— Toi aussi ?

— Je suppose que cela arrive à tous les enfants.

— En tout cas, à moi. Je n'ai pas dit à maman que je pensais à la mort. Elle a déjà assez pleuré comme ça. Si je le lui dis, elle ne le supportera pas. Si bien que je n'en parle à personne.

— Même pas à ton père ?

— Surtout pas lui.

— Pourtant, il est médecin.

— C'est pour ça qu'il sait si je suis très malade. Je suis sûre qu'il ne dit pas tout à maman. Je l'ai compris en comparant ce qu'ils me disent. Ce n'est pas toujours la même chose. Pourtant, je suis certaine que maman ne me mentirait pas. Elle peut ne pas me révéler toute la vérité, mais elle ne me mentirait pas. Donc, s'ils ne disent pas la même chose, cela signifie que papa ne lui raconte pas non plus la vérité tout entière. Tout ça prouve une chose : quoi que ce soit, c'est tellement terrible qu'il ne faut pas que je le sache.

— Ne t'en fais pas, Simone, ton père trouvera quelque chose. Regarde ce qu'il a fait pour moi ! Je peux marcher avec mes béquilles, maintenant. Dans quelques semaines, je pourrai m'appuyer sur ma jambe. Et je n'ai plus de cancer. Ton père l'a complètement enlevé !

Le regard que Simone posait sur Amy força cette dernière à demander :

— Qu'est-ce que tu as ?

— Maintenant, tu commences à leur ressembler. Tous ! Papa, maman, l'oncle Sy. Ils ont tellement envie de me remonter le moral qu'ils s'imaginent que je suis idiote, que je ne comprends pas ce qui m'arrive.

Comme elle se détournait, Amy comprit qu'elle avait commis une erreur. On frappa à la porte, et Simone appela :

— Maman ?

C'était l'infirmière, avec le matériel de perfusion. Amy se pencha vers Simone.

— Ne t'en fais pas. Je sais combien c'est pénible, mais souviens-toi que cela aura une fin. J'en suis sûre.

D'un mouvement spontané, elle embrassa la fillette et poursuivit :

— Ton père est un type formidable. Il trouvera quelque chose.

Elle clopina jusqu'à la porte, appuyée sur ses béquilles. Dans quelques semaines, elle devrait elle-même affronter la même épreuve que Simone.

Pendant que Marion Bedford emballait les affaires de sa fille, Walt Duncan lui donnait ses dernières instructions :

— Nous sommes bien d'accord, Amy. Tu reviendras dans deux semaines, pour une journée de chimio. Puis tu resteras chez toi pendant les deux jours suivants, en attendant la fin des effets secondaires. Nous répéterons le processus toutes les trois semaines, en fonction des observations du Dr Bristol. Pendant tes séjours, nous en profiterons pour radiographier tes poumons. Après la quatrième phase de chimio, tu passeras au scanner.

— Vous pensez encore que c'est là, docteur ? s'enquit Marion Bedford.

— Nous ne prenons aucun risque, pas vrai, Amy ?

— Non, docteur Walt.

— Autre chose, ma chérie. N'en fais pas trop. La cicatrisation ne se fait pas en un jour. Garde ta gouttière, marche avec précaution. Un faux pas ou une chute pourraient ruiner tous nos efforts. Plus tard, quand tout sera bien en place et que le danger sera écarté, tu entameras ta rééducation, de façon que les muscles de ta jambe et de ta cuisse assument leurs nouvelles fonctions. Quand il s'agira de reconquérir ta forme d'athlète, tu y trouveras plus de plaisir qu'à supporter la chimiothérapie, les radiographies ou le scanner.

Mme Bedford avait fermé la valise. Il était temps de partir.

— Amy, pour l'instant tu as une grande chance de mener une vie normale. Ne la gâche pas.

— N'ayez pas peur, docteur. Et merci, merci un million de fois.

Impulsivement, elle déposa un baiser sur la joue du médecin et, perdant l'équilibre, elle tomba contre lui. Il la rattrapa.

— Amy, tu vois ce que je voulais dire ? Ne fais aucun mouvement brusque. Va lentement, et sûrement. C'est ma seule prescription pour le moment.

— Je le sais. Excusez-moi, je voulais juste vous remercier.

On frappa à la porte, puis Brent Martin parut sur le seuil de la chambre.

— Puis-je servir à quelque chose, en portant les bagages ou les fleurs, par exemple ?

— Brent, est-ce que tu n'es pas censé être au lycée, à cette heure-ci ? s'inquiéta Mme Bedford.

— J'ai obtenu l'autorisation de m'absenter. Nous pensions que vous auriez besoin d'un coup de main.

Mme Bedford soupesa la valise.

— Elle est plus lourde que je ne le pensais, constata-t-elle en souriant.

Brent s'en empara, tout en se tournant vers Walt.

— Docteur, je veux que vous sachiez combien nous vous sommes tous reconnaissants de ce que vous avez fait pour Amy.

— Je n'avais jamais eu une patiente aussi volontaire et coopérative. Je suis fier d'elle, mais rappelle à tes camarades que nous n'avons pas encore gagné la guerre. Gardez vos remerciements pour plus tard.

— Docteur, intervint timidement Amy, j'espère que Simone ira mieux, elle aussi. C'est une mignonne petite fille, très intelligente... Plus encore peut-être que vous ne vous en doutez. Dites-lui que je l'aime beaucoup.

— Je n'y manquerai pas, et merci, Amy. Rendez-vous dans quelques semaines, pour ta chimio.

Avec une intense satisfaction, il observa l'adolescente boitiller vers la porte, appuyée sur ses béquilles. Sa mère et Brent la suivaient lentement. Aucun d'entre eux ne soupçonnait à quel point il avait fallu que la chance s'en mêlât pour qu'Amy Bedford s'engageât aussi loin sur le chemin de la guérison. Lui seul savait combien de fois le traitement et l'opération auraient pu être un échec par un développement inattendu, qui aurait pu signifier l'amputation ou la mort.

Cette pensée lui fit différer sa visite au patient suivant pour se rendre dans la chambre 219.

Il trouva Simone dans son lit, le cathéter fixé au bras, l'aiguille enfoncée dans sa veine. Elle écoutait une cassette, les écouteurs de son baladeur sur les oreilles. Emily était assise près du lit.

— Comment va ma petite fille ? s'enquit Walt d'une voix enjouée.

Simone lui sourit et, bien qu'elle ne l'eût pas entendu, répondit :

— Très bien. Maman m'a apporté une nouvelle cassette. Les Outrageous.

Comme Walt posait sur elle des yeux étonnés, elle expliqua :

— C'est un nouveau groupe, p'pa. Tu ne les as jamais entendus, à la radio ? Ils sont au Top Cinquante toutes les semaines.

— Ah oui... Les Outrageous. Ils sont formidables, en effet. Je les ai écoutés en allant à l'hôpital. Quelquefois, il m'est arrivé de fredonner avec eux... Du moins, quand je comprends les paroles.

Simone éclata de rire.

— Tu dois avoir du mal, admit-elle.

Ce rire réchauffa le cœur de Walt, mais lorsqu'il se tourna vers sa femme, il comprit que son sourire cachait la peur de ce qui allait se passer d'ici quelques heures. A ce moment-là, les agents chimiques auraient commencé de produire leurs effets redoutables dans le corps de Simone.

Il se pencha vers sa fille pour l'embrasser et lui tapoter la joue. Comme il attirait Emily contre lui, il sentit combien elle était raide et tendue, mais il était forcé de les quitter pour remplir ses fonctions professionnelles. En de tels instants, il se sentait totalement incompétent, car sa science était si spécialisée qu'il n'était pas plus utile à son enfant que n'importe quel profane.

Il semblait y avoir plus de voitures que d'habitude, garées dans la rue bordées d'arbres où vivaient les Bedford

— Je n'ai jamais vu autant de voitures, observa Amy, et surtout un mardi.

— Mme Snedeker doit avoir organisé un bridge, estima Marion Bedford..

Elle engagea la Cadillac super luxe dans l'allée, afin

de s'approcher le plus possible de la porte d'entrée. Brent les suivait de près, sur sa motocyclette. Aussi, lorsque Amy ouvrit sa portière, il était déjà là pour lui tendre les béquilles, l'aider à peser sur son bon pied et l'escorter le long du chemin pavé de briques qui menait jusqu'à la maison. Il ne quitta pas son amie d'un pas, criant à Mme Bedford par-dessus son épaule :

— Ne vous embarrassez pas de la valise. Je retournerai la prendre dans une minute.

Amy parvenait aux trois marches de briques rouges. Brent se retint de l'aider, tandis qu'elle grimpait une marche à la fois, d'abord les béquilles, puis le pied gauche, encore les béquilles, puis le pied gauche, une dernière fois les béquilles, puis le pied gauche. Parvenue devant la porte blanche, elle était hors d'haleine. Brent tourna la poignée de cuivre brillant, puis il poussa la porte et s'écarta pour la laisser entrer. En clopinant, l'adolescente pénétra dans la maison.

Elle avait à peine accompli quatre pas laborieux que les voix excitées de ses camarades de classe résonnèrent de toutes parts :

— Bienvenue à la maison, Amy !

Pour l'accueillir, ils affluèrent de la salle de séjour, de la salle à manger et du premier étage. Prises de court, Amy et sa mère échangèrent un regard avant de se mettre à rire et à pleurer en même temps. Environnées par tous ces jeunes gens qui semblaient jaillir de partout, c'est à peine si elles remarquèrent qu'ils prenaient soin de ne pas effleurer Amy, de peur de compromettre son équilibre précaire.

— Merci pour votre merveilleux accueil, leur cria enfin Marion Bedford. Mais est-ce que vous ne devriez pas être en cours ?

— Nous y sommes, expliqua en riant une adolescente. En ce moment même, nous étudions l'instruction civique. Le sujet est « Comment se montrer bon voisin et ami ».

— Êtes-vous sûrs que votre professeur soit d'accord ?

— Vous pouvez l'appeler, si vous voulez vérifier, proposa Brent.

— Très bien. En ce cas, je vais préparer des sandwiches. Il en faudra beaucoup, si j'en juge par votre nombre.

— Trop tard ! dit une autre jeune fille.

— Je n'en ai pas pour longtemps.

— Elle veut dire que nous nous en sommes déjà chargés, intervint Brent. Nous avons dû demander la permission d'entrer à votre mari. Lorsqu'il a su pourquoi nous venions, il nous a procuré tout ce dont nous avions besoin. C'est vraiment un chic type, quand on le connaît bien.

— C'est vrai, acquiesça Amy. Papa est un chic type, quand on le connaît bien.

Sy Rosen passa voir Simone, en fin d'après-midi. De plus en plus affectée par son traitement, l'enfant était penchée au-dessus d'une cuvette en acier. Emily la tenait contre sa poitrine.

Les yeux de Sy et de la jeune femme se croisèrent. « Voulez-vous que je vous remplace ? » lui demanda-t-il silencieusement.

« Non, répondit-elle, c'est à moi d'aider mon enfant. »

Sy se glissa sans bruit hors de la chambre, tourmenté par la culpabilité. Non pas à cause des souffrances endurées par la fillette : elles étaient le prix que les patients devaient payer au cancer pour retrouver la santé. Mais les dernières observations du Dr Bristol démontraient que jusqu'ici Simone payait en vain ce tribut. Bientôt, si les examens n'étaient pas plus encourageants, il faudrait recourir à des produits chimiques encore plus énergiques pour combattre la maladie. Et s'ils échouaient... Il leur resterait l'ultime thérapie, qui comportait autant de dangers que de promesses.

Il entra dans le bureau de Rita Bristol. Elle devança sa question :

— Non, Sy, aucune amélioration.

— Ne devrions-nous pas modifier sa chimio ?

— Pas encore. Laissons-lui le temps d'agir.

— Du temps... répéta le vieux praticien. Combien de temps pensez-vous qu'une enfant de cet âge puisse résister ?

— Nous faisons de notre mieux, rétorqua calmement le Dr Bristol. De notre mieux.

S'il ne l'avait pas aussi bien connue, il l'aurait silencieusement affublée du sobriquet que certains patients gênés par son approche froide et scientifique lui avaient trouvé : l'Iceberg.

Mais Sy n'ignorait pas qu'il ne s'agissait que d'une façade adoptée par une femme extrêmement sensible, dont le sort professionnel était de lutter contre la plus mortelle des maladies.

C'est pourquoi il lui ferait confiance. Quand le moment viendrait de changer la combinaison médicamenteuse, elle le ferait. Si des mesures encore plus extrêmes étaient nécessaires, elle les prescrirait aussi.

Comme il se dirigeait vers son propre bureau, il se prit à murmurer :

— Oh ! Simone, Simone... Si cela pouvait t'être utile, je t'offrirais mon sang.

Jamais il ne pourrait effacer de sa mémoire le souvenir du sang de Myriam tombant goutte à goutte des pointes acérées du fil de fer barbelé, tandis qu'elle glissait lentement sur le sol.

17

Deux mois passèrent. Simone avait subi ses quatre séries de chimiothérapie. Elle était revenue à l'hôpital pour les tests habituels. Les résultats n'étant toujours pas encourageants, le Dr Bristol décida de lui administrer des produits chimiques plus puissants.

Quand elle lui annonça cette décision, il sembla à Walt que sa collègue lui dissimulait en partie ses craintes. Il allait devoir jouer le même triste jeu avec Emily : il fallait qu'il la prévînt sans alarmer davantage la jeune femme.

Simone était couchée. Emily et Walt se trouvaient au salon quand il annonça d'une voix neutre :

— J'ai discuté avec Rita Bristol, aujourd'hui.

— Que t'a dit l'Iceberg ? l'interrogea Emily, qui pressentait de mauvaises nouvelles.

Walt se força à rire.

— Je pensais que seuls les patients l'appelaient ainsi.

— Elle ressemble à une machine. Un ordinateur. Tel et tel résultat de laboratoire. Nombre de globules blancs. Nombre de globules rouges. Ensuite, elle te serine les dosages de produits chimiques, comme un distributeur de boissons dispense ses boîtes de sodas.

— Écoute, ma chérie, cette femme affronte les pires maladies. Si elle s'impliquait affectivement dans chaque cas, elle y laisserait sa peau.

— J'espère que tu ne lui ressembleras jamais !

— Rien de méritoire dans mon domaine : il est difficile de s'attendrir sur les douleurs lombaires. Ne parlons plus d'elle, tu veux ?

— D'accord. Tu la défends avec tant de chaleur que si je ne te connaissais pas aussi bien, je m'imaginerais qu'elle est ta maîtresse.

— Ne sois pas ridicule, Emily.

— Qu'y a-t-il de ridicule là-dedans ? rétorqua-t-elle sérieusement. Avec tout ce qui a bouleversé notre vie pendant ces derniers mois...

Comme elle se détournait, il la prit doucement par les épaules pour la forcer à le regarder. Les yeux de la jeune femme étaient humides.

— Je n'ai jamais parlé ainsi auparavant, admit-elle. Je n'ai jamais pensé non plus une chose pareille.

— L'autre femme de ma vie est Simone. A part mon travail, je ne crois pas avoir de place pour quoi que ce soit d'autre, avoua-t-il très bas.

La serrant très fort contre lui, il l'embrassa. C'était un baiser très tendre mais dépourvu de passion, elle le savait.

— Que t'a dit Rita Bristol ? s'enquit-elle, toujours dans ses bras.

— Elle veut que Simone revienne à l'hôpital.

— Je l'y amène chaque matin pour les examens.

— Tu ne m'as pas compris. Il s'agirait que Simone reste à l'hôpital.

Le corps d'Emily se raidit, entre les bras de son mari.

— Pourquoi ?

— Un nouveau type de chimio...

— Ce qui veut dire ?

— Les produits sont nouveaux, beaucoup plus forts. Rita pense que cela devrait marcher, cette fois-ci.

— Et elle veut que Simone reste à l'hôpital, répéta Emily comme pour bien s'imprégner de la signification de ces mots. Elle s'est exprimée ainsi ?

— Je ne me souviens pas de ses paroles exactes, mais elle m'a fait comprendre que Simone devrait demeurer sur place pendant toute la durée du traitement, par mesure de précaution. Emily chérie, qu'est-ce qui t'arrive ?

— Je ne sais pas, dit-elle en se libérant de son étreinte pour essuyer ses larmes. C'est ce mot, « rester »... J'ai eu soudain l'impression que Simone ne reviendrait plus jamais à la maison.

— Le Dr Bristol fait le maximum, nous faisons tous le maximum. Mais nous n'avons aucune garantie, murmura Walt.

Elle hocha la tête, sans cesser d'essuyer ses pleurs du dos de la main.

— Quand veut-elle que Simone retourne à l'hôpital ? demanda-t-elle enfin d'une voix résignée.

— Demain.

Le lendemain matin, Emily Duncan conduisit sa fille au pavillon des enfants. Dans une petite valise, elle avait mis plusieurs chemises de nuit, une robe de chambre et des chaussons. Sans compter Matilda, la poupée favorite de Simone.

Comme elles pénétraient dans l'ascenseur, elles rencontrèrent Mme Amiel, une jeune et jolie jeune femme blonde, dont le fils occupait la chambre voisine de celle de Simone, lors de sa précédente hospitalisation.

— Bonjour, dit Emily. Comment va David ?

Paralysée par la présence de Simone, Mme Amiel balbutia :

— Très bien. Il va vraiment... bien.

— J'en suis heureuse, dit Emily.

Mais par-dessus la tête de la fillette, les deux mères échangèrent un regard expressif. Les yeux de Mme Amiel révélaient un morne désespoir, pourtant elle s'efforça de sourire.

« Elle était si jolie il y a seulement deux mois, songea Emily avec compassion. Il a suffi de si peu de temps pour qu'elle vieillisse de plusieurs années. A quoi ressemblerai-je moi-même, d'ici quelques mois ? »

— Si David a la permission de recevoir des visites, je suis certaine que Simone sera contente de passer le voir. Qu'en dis-tu, ma chérie ?

— Bien sûr, à condition qu'on me laisse sortir du lit.

— David en serait très heureux, dit Mme Amiel.

La porte de l'ascenseur s'ouvrit. Elles se séparèrent rapidement, puis Mme Amiel se hâta de rejoindre son fils.

— Il est très malade, hein, maman ? interrogea Simone.

— Oui, ma chérie.

— Alors pourquoi elle a dit qu'il allait très bien, puisque ce n'est pas vrai ?

— Je pense... qu'elle a voulu entretenir ses propres espoirs. Pauvre femme !

Elles passaient devant une porte ouverte, lorsqu'elles entendirent une voix familière :

— Simone, c'est toi ?

Simone jeta un coup d'œil dans la chambre, où elle découvrit Amy Bedford étendue sur son lit, un cathéter fixé sur le bras et l'aiguille enfoncée dans la veine.

— Amy ! s'exclama-t-elle d'une voix ravie, en entrant dans la pièce.

— Eh oui, je suis de retour pour ma chimio. Toi aussi ?

— J'en ai l'impression.

— Je n'en ai plus que pour quatre mois, soupira l'adolescente.

— Ils t'ont fait tes radios du poumon ? s'enquit Emily, qui avait suivi sa fille.

— Oui. Il paraît qu'elles sont nettes. Et demain, je dois passer au scanner, pour un examen osseux complet. Si tout va bien, je repartirai chez moi pour trois semaines.

— J'en suis sûre, affirma Emily. Walt m'a dit qu'il est très content de la façon dont tu progresses.

— Il a dit ça ? Je veux dire que quelquefois, quand

les médecins ont l'air optimiste, je me demande s'ils le sont vraiment ou s'ils veulent me remonter le moral. Vous pensez qu'ils sont sincères ?

— Mon mari l'est, assura Emily.

— En tout cas, j'ai appris une chose, dit Amy pour encourager Simone. Je supporte de mieux en mieux la chimiothérapie. Tu vois, Simone, il te reste de l'espoir. Pour toi aussi, ça deviendra plus facile.

— Ce sera déjà quelque chose, admit la fillette.

— Quand on me retirera le cathéter, je viendrai te voir dans ta chambre, d'accord ?

— Oh oui ! s'exclama l'enfant. Viens, je t'en prie !

Amy Bedford avait absorbé sa dose de produit de contraste, en vue de son scanner osseux. Étendue sur une table qui glisserait bientôt sous l'œil énorme, rond et transperçant du scanner, elle se raidissait d'appréhension. Soudain, elle se sentit déplacée en arrière, jusqu'à ce qu'elle fût entourée de toutes parts par le caisson de métal. Elle croisa deux doigts, pour solliciter la chance.

« Je vous en prie, mon Dieu, faites qu'ils ne trouvent rien. Je vous en prie ! »

Elle avait l'impression d'être totalement seule, coupée du reste du monde. Personne au monde ne pourrait influencer son destin, maintenant. Ni sa mère, ni son père... Ni l'argent. Plus rien n'importait, hormis le verdict que cette machine rendrait finalement. Sentant son cœur battre à grands coups, elle se demanda si le scanner enregistrait aussi cela. Rien ne semblait en œuvre, dans cette machine. Elle ne produisait aucun bruit, ne semblait pas comporter de parties mobiles. Elle était silencieuse, comme la conscience, pourtant elle rendait des verdicts de vie ou de mort.

« Faites que ce soit la vie, pria-t-elle avec ferveur. Faites que ce soit la vie... »

Dans son bureau, le Dr Bristol étudiait une fois de plus les rapports de laboratoire concernant la jeune Simone Duncan. Nombre de globules blancs. Nombre de globules rouges. Plaquettes... Aucun chiffre n'était franchement affligeant, mais pris ensemble, ils n'étaient pas encourageants non plus. L'état de la patiente se détériorait lentement, en dépit de tous les produits chimiques qu'elle avait avalés.

Adriamycine, décida le Dr Bristol. Un peu extrême et non dénué de risques, mais il fallait essayer tant que la patiente était assez forte pour en supporter les effets.

Dès le lendemain, elle mettrait la petite Simone Duncan sous adriamycine.

Amy Bedford avait été ramenée dans sa chambre. Malgré ses réactions aux produits chimiques absorbés un peu plus tôt, elle était autorisée à la quitter pour aller dans le solarium, ou bien à y rester pour faire ses devoirs, ou encore à rendre des visites. Elle choisit cette dernière possibilité.

Le petit David Amiel était encore là. Elle s'inquiétait de lui chaque fois qu'elle était hospitalisée. C'était un gentil petit garçon, qui paraissait plus mince et plus pâle d'un mois sur l'autre. Sa mère semblait toujours ravie de recevoir des visiteurs. Cela la déchargeait un instant de l'obligation de toujours sourire pour rassurer son enfant. Oui, Amy commencerait par lui.

Mais lorsqu'elle parvint devant sa porte, elle la trouva fermée. On y avait accroché un panneau qui portait la mention : « Interdit aux visiteurs ». Elle hésita, puis elle s'éloigna dans le couloir, appuyée sur sa canne. A cet égard, ses progrès réjouissaient le Dr Duncan. Après une période de dépendance totale vis-à-vis de ses béquilles, il l'avait autorisée à porter vingt-cinq pour cent de son poids sur sa jambe droite. Aujourd'hui, la jambe toujours protégée par une gouttière, elle pouvait se contenter d'une canne. Elle était heureuse de savoir que cela ne constituait pas une fin, mais une étape qui confirmait le calendrier avancé par le Dr Duncan.

Amy longeait le couloir avec précaution. Elle était bien décidée à ne pas courir le risque de tomber et d'abîmer sa précieuse prothèse de titane. Étant donné l'inquiétude manifestée par le Dr Duncan au sujet de sa cicatrisation, elle ne voulait pas qu'il fût contraint à rouvrir sa jambe pour la remplacer.

La veille de son premier départ de l'hôpital, Hans lui avait montré la prothèse de rechange qu'il conservait dans son magasin.

— Nous te la garderons toujours prête, au cas où tu en aurais besoin. Mais prends garde à toi, mon petit, prends garde.

L'adolescente atteignit la chambre de Simone. La porte était ouverte. La fillette était couchée, sa poupée serrée contre sa poitrine. Amy ne tarda pas à comprendre que l'enfant était endormie. Elle allait s'éloigner quand elle décida d'entrer pour l'observer plus attentivement, ce qu'elle ne pouvait pas faire lorsque Simone était réveillée.

Elle se tint au pied du lit, penchée en avant pour mieux voir sa petite compagne d'infortune. C'était une jolie enfant aux traits fins, comme sa mère. En grandissant, elle lui ressemblerait. Ce serait une ravissante petite brunette. Amy avait admiré Emily Duncan dès leur première rencontre. Elle avait pensé qu'un homme aussi exceptionnel que le Dr Duncan méritait une épouse aussi belle. Oui, si elle grandissait, Simone lui ressemblerait... Si ?

Amy tressaillit. Qu'est-ce qui lui faisait penser une chose pareille, tout à coup ? Était-ce parce que Simone lui paraissait si mince, si pâle, avec des joues si creuses ? Elle n'était pas ainsi, la première fois qu'Amy l'avait vue. Mais Amy aussi avait changé, depuis le début de sa chimiothérapie. Simone s'en sortirait, elle aussi. Peut-être devrait-elle porter une perruque, comme son aînée... Fabriquait-on des perruques pour les enfants aussi jeunes ?

L'infirmière entra dans la chambre, poussant devant elle un chariot sur lequel on avait disposé du matériel. A la vue d'Amy, elle parut étonnée mais pas mécontente. Souriante, elle s'apprêtait à parler, mais Amy désigna du doigt la fillette endormie.

Comme Amy gagnait la porte, appuyée sur sa canne, elle jeta un coup d'œil au chariot.

« Je n'ai jamais besoin de ce genre de choses, quand je suis en traitement. Je me demande ce qui ne va pas... », observa-t-elle avec inquiétude.

Emily se dirigeait vers la porte du garage quand le téléphone sonna :

« Pourvu que ce ne soit pas encore une amie qui vient aux renseignements », espéra-t-elle.

Elle appréciait beaucoup la sollicitude de ses relations, pourtant elle était lasse de fournir le même vague résumé une dizaine de fois par jour. Elle était reconnaissante à ses amies de lui proposer de l'aider pour le ménage ou les courses, mais elle aurait préféré ne pas avoir à donner d'explications. Spécialement aux mères des camarades de classe de Simone. Récemment, Emily Duncan avait pris conscience de la rancune qu'elle éprouvait envers les parents des enfants en bonne santé.

Un instant, elle pensa à ne pas décrocher. Mais ce pouvait être l'hôpital. Il fallait répondre.

— Allô ?

— Emily chérie...

La jeune femme reconnut la voix de sa mère.

— Oui, maman ?

— Emmie, ton père et moi nous en avons discuté. Nous sommes d'accord pour penser que nous devrions être auprès de toi... commença sa mère.

— Je t'en prie, maman, il est inutile de vous donner cette peine.

— Ce n'est pas une peine, et nous pensons...

— Maman, je ne crois pas que ce serait très sage,

et Walt est de mon avis. N'oublie pas que papa risque toujours un malaise cardiaque. Restez plutôt en Arizona jusqu'à ce que nous vous disions de venir.

— Mais quand ? demanda sa mère. Quand ce sera trop tard ?

— Ne dis pas une chose pareille !

— Et que veux-tu que nous imaginions ? Tu ne nous livres que de vagues informations. Et si j'ai bien compris, rien n'indique que son état s'améliore. J'ai raison, oui ou non ?

— Je t'en prie, maman, je vais être en retard à l'hôpital.

— J'ai parlé à un voisin, récemment. Ils ont traversé la même épreuve. Enfin... Ce n'était pas vraiment une leucémie, mais une autre terrible maladie. Leur petit-fils est mort avant même qu'ils aient pu lui dire au revoir.

— Maman, je veux pas entendre parler des autres enfants. Ce qui leur est arrivé ne m'intéresse pas !

— Nous pensons quand même qu'il faut que nous venions, s'entêta sa mère.

— Non ! jeta brusquement Emily. Je dois consacrer tout mon temps à Simone. Malgré tout l'amour que je vous porte, je ne dois pas le gaspiller à tenir la maison pour toi et papa. Ma fille passe avant tout, en ce moment.

— Tu nous interdis de venir ? s'enquit sa mère d'une voix blessée.

— Si tu veux présenter les choses de cette façon, maman, eh bien, oui, je vous l'interdis. Maintenant, je dois partir pour l'hôpital. Je t'appellerai plus tard.

— C'est cela, toujours plus tard, répliqua sa mère, qui raccrocha sans un adieu.

Cette conversation avait énervé Emily, si bien qu'elle dut fournir un effort pour prêter attention à sa conduite. Quand elle arriva à destination, elle avait repris le contrôle d'elle-même. Suffisamment en tout cas pour reconnaître que l'amour de ses parents envers leur petite-fille n'était pas moins intense que le sien. Leur besoin d'être avec elle était aussi fort que ce qu'elle éprouvait elle-même. Ce soir, elle les rappellerait et se montrerait un peu plus compréhensive.

Son calme retrouvé fut de nouveau sévèrement compromis lorsqu'elle pénétra dans la chambre de sa fille. Simone était étendue sur son lit, un cathéter dans le bras. Les électrodes fixées sur sa poitrine lui indiquèrent qu'un électrocardiogramme était en cours. Elles étaient reliées par des fils à l'appareil, ainsi qu'à l'oscilloscope.

« Mon Dieu ! hurla intérieurement Emily. Les effets de la chimio ont-ils été si terribles que son cœur a finalement lâché ? Nous devons cesser de la torturer. Il le faut ! »

Elle perdit tout d'un coup le peu d'emprise qu'il lui restait sur elle-même. Le bruit de ses sanglots alerta le Dr Rosen, qui détourna les yeux de Simone.

— Sy ? demanda Emily à travers ses larmes.

Il lui fit signe de le suivre dans le couloir. Dès que la porte fut refermée sur eux, elle l'interrogea :

— Qu'est-il arrivé ?

— Rien. Ce matériel est justement destiné à empêcher tout accident.

— Ils lui font un électrocardiogramme. Cela signifie qu'elle a eu une crise cardiaque.

— Je vous en prie, Emily, avant d'imaginer le pire, laissez-moi vous expliquer de quoi il s'agit. Le Dr Bristol essaie sur Simone un médicament plus puissant, l'adriamycine, qui produit quelquefois sur les patients des effets secondaires comme la tachycardie, une accélération du pouls, des contractions ventriculaires prématurées, des arythmies et d'autres complications cardiaques. C'est pourquoi, en même temps qu'on administre l'adriamycine, on surveille le cœur du patient pour éviter ce genre de désagréments.

— Et s'ils se produisent ?

— Elle stoppera aussitôt le traitement, et tout redeviendra normal, affirma le vieux chirurgien.

Comme Emily se taisait, il poursuivit :

— Vous me croyez, n'est-ce pas ?

Elle hocha finalement la tête.

— Je ne vous mentirais pas, conclut-il.

— Pardonnez-moi, Sy, mais j'ai eu une discussion un peu vive avec ma mère, au téléphone, et cela m'a agacée.

— Elle veut venir, je parie ?

— Oui. Qu'en pensez-vous ?

— Je suis mal placé pour répondre. Franchement, si vous et Walt étiez partis en Californie quand on lui a proposé ce poste à Los Angeles, et si Simone était tombée malade, je serais venu. Que vous soyez d'accord ou non. Je comprends ce que les grands-parents ressentent... Je ne vous suis pas d'une grande utilité, hein ?

Elle déposa un baiser sur la joue ridée.

— Je vais appeler maman pour lui dire que j'ai changé d'avis.

— C'est bien. Après tout, votre fille a besoin de vous aujourd'hui, mais vous êtes vous-même une fille. Vous n'avez pas à avoir honte d'avoir besoin de votre mère.

18

Amy Bedford était de retour à l'hôpital pour une nouvelle série d'injections, et de nouvelles radiographies. Cette fois-ci, elle ne passerait pas au scanner, puisque son dernier remontait à seulement deux mois. Elle connaissait la routine par cœur, maintenant. Chimio toutes les trois semaines, radiographie du poumon chaque mois, scanner tous les trois mois. Elle en était à cinq radiographies, deux scanners et vingt et une cures de chimio. Elle apercevait la fin du tunnel. Plus que quatre radiographies, deux scanners et huit cures de chimio...

Ce traitement ressemblait un peu à ces romans à suspense qu'elle avait tant lus pendant ces longues journées de lit. Les médecins ne cessaient de poursuivre ces cellules meurtrières comme s'il s'agissait de sous-marins ennemis, dans l'espoir de les anéantir. C'est pourquoi ils passaient leur temps à sonder les fonds pour découvrir si l'ennemi était encore là. Sauf qu'ils n'appelaient pas cela des sondages, mais des radiographies et des scanners.

Une année auparavant, elle était une jeune fille pleine de force et de santé, dont le seul but était de remporter les tournois de tennis de l'État. Aujourd'hui, lorsqu'elle se regardait dans le miroir de poche qu'elle emportait partout avec elle, elle découvrait une adolescente au visage émacié, au crâne presque chauve, qui avait simplement de la chance d'être encore en vie.

Ça oui, elle était en vie, et bien décidée à le rester. Pas seulement pour elle-même, mais aussi pour sa mère si aimante et spécialement pour son père. Il lui avait révélé la profondeur d'une affection qu'elle n'avait jamais soupçonnée.

Les matins où elle devait retourner à l'hôpital pour une chimio ou des examens, son père s'attardait avec elle pendant le petit déjeuner. Il ignorait même le téléphone qui ne cessait de sonner, alors qu'autrefois il se serait précipité dessus. Il n'oubliait jamais de l'appeler au moins quatre fois par jour, chaque fois qu'elle était hospitalisée, et lorsqu'il arrivait, en fin de journée, ce n'était jamais les mains vides.

Il en ferait certainement autant aujourd'hui, songea l'adolescente en longeant le couloir qui menait à la chambre qu'on lui avait attribuée. Elle avait encore besoin d'une canne mais elle s'en débarrasserait dès que les muscles de sa hanche et de sa jambe seraient prêts à assumer les fonctions autrefois remplies par les muscles du genou qui lui manquaient aujourd'hui.

Il était très tôt. Les chariots étaient encore dans le couloir, prêts à recevoir les plateaux vides du petit déjeuner. En cherchant sa chambre, Amy remarqua qu'elle venait de dépasser une porte sur laquelle la carte épinglée portait le nom de Simone Duncan. Ainsi, la petite Simone était encore là ? C'était bizarre... La dernière fois qu'Amy avait vu le Dr Walt, elle lui avait demandé des nouvelles de sa fille.

— Oh, elle se remet tout doucement, avait-il dit.

Puis il s'était absorbé dans l'examen de la jambe d'Amy, la faisant aller et venir sans l'aide de ses béquilles ou de sa canne.

Avait-il évité de parler de Simone pour ne pas raviver sa propre souffrance ? se demanda Amy. Ou bien avait-il craint de la décourager ?

Derrière sa porte close, Simone Duncan était éveillée. Étendue sur son lit, sa poupée Matilda serrée contre elle, elle attendait l'arrivée de sa mère. L'infirmière qui était venue reprendre son plateau lui avait rappelé avec entrain :

— Pas de chimio, aujourd'hui, ma chérie. Tu ne trouves pas que c'est une bonne nouvelle ?

Simone s'était efforcée de rire, mais les muscles de son ventre étaient trop douloureux, après trois jours de nausées, de vomissements et de spasmes.

A l'intérieur de sa bouche, son palais supérieur et les bords de sa langue étaient parsemés d'aphtes qui lui faisaient très mal, malgré les bains de bouche.

Simone serrait très fort Matilda, cherchant à puiser un réconfort dans cet objet familier.

« Bientôt, pensa-t-elle, je rentrerai à la maison, et ce sera terminé. Plus d'aiguilles, ni de docteurs. Il y en a trop ! Et ils me sourient comme s'ils s'imaginaient que je suis idiote, ou que je n'ai pas peur. Ils voudraient me faire croire que ce n'est pas grave. L'oncle Sy... Même quand il me sourit, ses yeux me disent que ça ne va pas... C'est lui qui m'a donné Matilda quand j'avais huit ans. »

Elle pressa la poupée contre sa poitrine, puis elle se mit à lui chanter à mi-voix une chanson que sa mère lui fredonnait quand elle était plus petite. Quand elle avait trois ans, elles la chantaient ensemble. Mais ce rite avait pris fin lorsqu'elle avait commencé à se coucher seule, après avoir fait ses devoirs.

Au-delà de la porte, elle percevait les bruits habituels. Le chariot sur lequel on déposait les plateaux vides des petits déjeuners roulait doucement de porte en porte. Les chaussures blanches des infirmières claquaient sur le sol, tandis qu'elles entraient dans les chambres pour procéder aux soins matinaux. Elle perçut leurs voix fraîches prodiguer les habituels bonjours aux malades.

Soudain, les bruits changèrent. Toute activité sembla

cesser, puis les pas convergèrent dans la même direction. Il y eut des chuchotements inquiétants. Simone s'assit dans son lit, mais elle ne put comprendre ce qui se disait. Elle se recoucha, cependant toute idée de repos l'avait fuie. Ne songeant plus à serrer Matilda, elle tendit l'oreille vers la porte.

De nouveau, les bruits étaient différents. Elle reconnut la voix de Mme Hutchinson, la surveillante. Mme Hutchinson mettait son point d'honneur à passer la voir au moins une fois par jour, pour demander :

— Et comment se porte la petite fille du Dr Duncan ?

Au début, Simone avait été flattée de cette attention particulière. Puis, à mesure que son état ne s'améliorait pas mais empirait, elle avait commencé à en vouloir à Mme Hutchinson. Que disait-elle aux autres enfants, quand elle les voyait ? Ou peut-être ne s'intéressait-elle pas à ceux dont les pères n'occupaient pas des fonctions importantes ?

Le ton de Mme Hutchinson était à la fois ennuyé et très professionnel :

— Nous remplirons le certificat plus tard. Pour l'instant, retirons-le de l'étage.

Curieuse, et profitant du fait qu'elle n'était pas entravée par un cathéter, Simone se glissa hors de son lit. Gagnant la porte, elle l'entrouvrit juste assez pour pouvoir jeter un coup d'œil dans le couloir. De nouveau, elle perçut des bruits. Des voix, des pas, le ton étouffé de roues caoutchoutées.

Furtivement, Simone passa la tête à l'extérieur. Elle vit d'abord Mme Hutchinson dans son uniforme blanc, un sweater bleu marine jeté sur ses épaules. Elle baissait les yeux vers quelque chose. Le quelque chose entra dans le champ de vision de Simone. C'était un brancard poussé par une infirmière stagiaire. Sur ce brancard, complètement recouverte d'un drap blanc, se trouvait une forme sur laquelle on ne pouvait se tromper. C'était le corps d'un enfant. Ce devait être un garçon, pensa Simone, puisque Mme Hutchinson avait dit : « Retirons-le de l'étage. »

Ouvrant de grands yeux effrayés, Simone regarda la petite procession jusqu'à ce qu'elle tournât le coin du couloir. Se sentant soudain glacée jusqu'aux os, elle se mit à trembler et regagna son lit. Elle se pelotonna entre les draps et tendit la main vers Matilda qui lui parut plus chaude qu'elle-même. Serrant étroitement la poupée contre sa poitrine, elle demeura raide et immobile, après avoir tiré la couverture par-dessus sa tête.

Quand Emily arriva à l'heure habituelle, elle trouva sa fille ainsi dissimulée.

— Qu'est-ce que tu fais, ma chérie ?

— Je... je joue à des jeux avec Matilda, répliqua Simone.

— Sors de là, que je puisse voir ta mine, ce matin.

Comme Simone se tortillait pour émerger de ses draps, Emily discerna aussitôt la peur qui habitait les yeux de son enfant.

— Qu'est-ce qu'il y a, mon bébé ? Tu as mal quelque part ?

— Non, je vais très bien, maman. Simplement...

— Simplement quoi, ma petite perle ?

— Je voudrais rentrer à la maison, lâcha la fillette.

— A la maison ? répéta Emily, prise de court. Il y a encore des choses que les médecins doivent faire. La date de ton retour dépend de ce que le Dr Bristol dira.

— Mais si elle ne dit jamais que je peux rentrer à la maison ?

— Pourquoi ne le dirait-elle jamais ?

— Parce qu'ils auront peut-être toujours des choses à me faire.

Après s'être assise au bord du lit, Emily prit son enfant dans ses bras et rejeta en arrière ses légers cheveux bruns. Tout en caressant le petit front glacé, elle lui chuchota à l'oreille :

— Mon bébé chéri, si les médecins essaient de nouveaux produits, c'est parce qu'ils espèrent ainsi trouver celui qui te guérira.

— Ils ne guérissent pas tout le monde, remarqua la fillette.

En dépit de tous ses efforts pour se maîtriser, Emily ne put s'empêcher de tressaillir.

— C'est vrai, ma chérie, les médecins ne guérissent pas tout le monde, mais quand ils auront découvert le remède qui te convient, ils te guériront.

Simone voulut se reculer pour plonger son regard dans celui de sa mère, mais celle-ci la serrait si fort qu'elle n'y parvint pas. Elle frissonna.

— Il vaut mieux te coucher et te couvrir, dit Emily.

— Tu remonteras la couverture par-dessus ma tête ? s'enquit l'enfant.

Emily ne comprit pas la signification de cette question. Elle aida Simone à se remettre au lit, puis elle la borda avec soin.

— Là... Tu dois te sentir mieux, plus au chaud.

— Oui, maman, répondit finalement la petite fille.

Après le déjeuner, Emily profita de ce que Simone s'était endormie pour passer quelques coups de fil urgents, dans le bureau des infirmières. C'est là qu'elle apprit que le jeune David Amiel était mort dans la matinée de sa maladie pulmonaire. Ce gentil petit garçon, à peine âgé de neuf ans... Elle avait passé beaucoup de temps avec sa mère, dans le salon réservé aux visiteurs. Une femme sympathique, terriblement effrayée. Maintenant, ses pires craintes s'étaient réalisées. Il fallait lui écrire un mot, songea Emily, lui envoyer des fleurs. Une chose était sûre : quand Simone s'éveillerait, elle lui en parlerait. Elle ne la laisserait pas ressasser une terreur cachée.

Simone remua dans son sommeil, laissant Matilda glisser sur le sol. Emily se pencha pour ramasser la poupée. Quand elle la déposa sur le lit, Simone ouvrit les yeux.

— Maman ?

— Oui, mon bébé, je suis là.

Simone sourit, et tendit la main vers Matilda.

— Tu veux boire ? Quelque chose de frais ?

— Non merci, maman.

— Rien du tout ?

— Non.

L'enfant resta un instant immobile, puis elle se mit à fredonner une berceuse pour sa poupée.

— Simone, est-ce qu'il s'est passé quelque chose de spécial, tôt ce matin ?

— Tôt ce matin... quelque chose... Oh, oui ! Un enfant a dû mourir.

— Comment le sais-tu ?

— Je... J'ai entendu des bruits, alors je suis sortie du lit. Ne t'inquiète pas, m'man, personne ne s'en est aperçu. Je suis allée à la porte, je l'ai entrouverte, et j'ai vu ce brancard. Il y avait... il y avait quelque chose, sous un drap. C'était une personne. Une petite personne. Un garçon.

— Tu te souviens de Mme Amiel ? Elle est venue quelquefois te voir.

— Oh oui, c'est une gentille dame. Est-ce que c'était...

— Oui, Simone, c'était son petit garçon.

L'enfant réfléchit un instant. Lentement, la frayeur assombrit sa petite figure pâle, mais elle ne dit rien.

— Mon bébé... quand tu as vu cela, tu as eu peur ?

— Oui, avoua-t-elle très bas.

— C'est pour cela que tu te cachais ?

— Je ne me cachais pas.

— Tu étais pourtant sous les couvertures.

— Je... Je voulais voir quelle impression ça faisait.

— De quoi parles-tu, ma chérie.

— Quelle impression ça faisait d'être étendu sur ce brancard, complètement recouvert. Mort.

Emily se força à ne pas prendre l'enfant dans ses bras. Elle savait qu'une réaction trop impulsive risquait de l'effrayer davantage.

— Maman, qu'est-ce qu'on sent, quand on est mort ?

— Je ne sais pas exactement ce que l'on sent, mais je suis sûre que l'on n'a pas mal.

— Pas mal du tout ?

— Du tout, affirma Emily.

La fillette réfléchit encore une minute, puis elle hocha la tête, apparemment satisfaite.

— Il n'y a pas de quoi avoir peur, chérie, parce que c'est quelque chose qui doit arriver à chacun de nous un jour. Cela fait autant partie de la vie que la naissance.

— Est-ce que les bébés ont mal, quand ils naissent ?

— Je ne le pense pas. Simon, les médecins n'auraient pas à leur donner une tape pour leur faire pousser leur premier cri.

— C'est ce qu'ils m'ont fait ?

— Non. Tu venais de naître quand le médecin t'a tendue à l'infirmière. Tu t'es mise à crier toute seule, et le Dr Breland m'a dit : « Emily, votre bébé est en parfaite santé. Le cœur est bon, les poumons aussi, et la voix... sonore ! »

— Il a dit ça ?

— Bien sûr

— Et papa, qu'est-ce qu'il a dit ?

— Papa ? répéta Emily, surprise.

— Il était là, non ?

— Eh bien, en fait...

— Je sais ! Il était à l'hôpital, en train d'opérer. C'est ça ?

— Simone chérie, nous étions aussi à l'hôpital, expliqua Emily en souriant. Nous étions à la maternité, et ton papa se trouvait en Orthopédie. Il était en train d'opérer, mais j'ai dit : « Appelez le Dr Duncan, et prévenez-le qu'il est le papa d'une belle petite fille. » Il a reçu le message en salle d'opération.

— Qu'est-ce qu'il a dit ?

— Ton oncle Sy me l'a raconté. Tu vois, ton papa assistait l'oncle Sy, à cette époque. Ton papa lui a dit : « Sy, nous l'appellerons Simone, par amitié pour vous. »

— C'est vrai, maman ?

— Oui. Ton papa et moi en avions parlé avant ta naissance. Oncle Sy a été un père, pour papa. Nous avions donc décidé d'appeler notre bébé Simon, si c'était un garçon, et Simone, si c'était une fille. Quand tu as été baptisée, tu étais dans les bras d'oncle Sy. Il t'a donné le bracelet d'or que nous gardons pour quand tu seras grande. Quand il l'a apporté, il s'est exprimé ainsi : « Emily, je ne serai plus là quand Simone se mariera, mais j'aimerais qu'elle le porte le jour de ses noces. »

— Nous l'inviterons sûrement pour mon mariage, hein, maman ?

— Oui, mais ce qu'il voulait dire c'est que tout le monde meurt un jour. Il pensait que son heure viendrait avant que tu sois en âge de te marier. Et il voulait que tu te souviennes de lui.

— Je ne l'oublierai jamais, même si je n'avais pas le bracelet.

— De cette façon, il pensait être toujours auprès de toi.

— Est-ce que... quand il t'a dit cela, est-ce qu'il avait peur.

— Non. Il avait l'air d'un homme dont la vie professionnelle avait été bien remplie, et qui était content de mourir.

— Il était peut-être fatigué ? Il avait envie de se reposer ?

— On peut formuler les choses ainsi, ma chérie. En fait, peu de temps après avoir abandonné la chirurgie, il est devenu médecin consultant. Depuis, il a vécu longtemps et j'espère bien que cela continuera.

19

Le Dr Bristol déposa une liasse de feuillets sur le bureau de Sy. Le vieil homme frotta sa barbe courte et drue, répugnant à en prendre connaissance. Si Rita Bristol avait sollicité un entretien, ce n'était certainement pas pour lui annoncer de bonnes nouvelles, il en avait le sombre pressentiment. Finalement, il s'empara des résultats de laboratoire, qu'il plaça sous sa lampe, puis il les examina. C'était encore pire qu'il ne se l'était imaginé.

Bon sang ! songea-t-il, le nombre de globules blancs n'avait jamais été aussi bas, et celui des plaquettes l'était encore plus. La chimio les avait sévèrement diminués, augmentant non seulement les risques d'infection, mais d'hémorragie. Si encore les cellules malades avaient été anéanties ! C'était l'inconvénient de la chimio. Elle attaquait les cellules saines aussi bien que le cancer...

Sy écarta les rapports et leva les yeux vers Rita Bristol.

— Que suggérez-vous ?

— Pour commencer, je vais soumettre ces résultats au staff. Mais auparavant, quelqu'un devrait en discuter avec le Dr Duncan.

— Je m'en charge. Mais quel traitement proposerez-vous, dorénavant ?

Rita Bristol plongea dans les yeux délavés du vieil homme, où se lisait une profonde tristesse.

« Pourquoi me pose-t-il cette question ? se demanda-t-elle. Il connaît le dernier recours utilisé dans les cas aussi intraitables que celui de Simone. Mais s'il a besoin que je le lui dise, je le ferai. »

— Les cas extrêmes exigent des mesures extrêmes. Renforcement de la chimiothérapie, séances de radiothérapie, pour anéantir les cellules malignes et du même coup sa moelle osseuse. Puis, greffe de moelle saine pour reconstituer son système immunologique.

— Irradiation totale du corps, commenta Sy à contrecœur.

— Dans ce cas, oui...

— Incluant le crâne...

Le visage de Sy s'était encore assombri, car le traitement comportait des effets secondaires redoutables.

— Je prescrirai de la prednisone, évidemment, pour combattre un éventuel œdème du cerveau.

— Vous vous rendez compte, Rita, que Simone n'a pas de frères et sœurs ?

Le Dr Bristol hocha la tête.

— En ce cas, vous évaluez les risques, ajouta Sy.

— Je n'ai jamais prétendu que Simone était la candidate idéale pour une greffe de moelle, mais je connais ses chances actuelles. Elle n'en a aucune. C'est pour cela que je désirais vous parler. Vous connaissez bien la famille. Y a-t-il des donneurs éventuels que j'ignore ?

— Non.

— Alors, j'aimerais effectuer des tests de compatibilité tissulaire sur Walt et sa femme, pour déterminer leurs rhésus ainsi que leurs identités tissulaires. J'utiliserai la moelle de celui des deux qui sera le plus proche de Simone.

— C'est une procédure extrêmement risquée, docteur.

— Pouvez-vous me suggérer une autre solution, docteur ?

— Je vais tout de suite parler à Walt, soupira Sy. Il n'y a que cela à faire.

Le Dr Bristol était en train de réunir les rapports de laboratoire quand le vieil homme posa ses mains sur les siennes.

— Vous n'ignorez pas combien ce traitement a peu de chances de réussir ?

— En ce cas précis, nous n'avons pas le choix.

Sy baissa la tête. Le Dr Bristol prit ses feuillets et se dirigea vers la porte. Sur le point de sortir, elle rappela à Sy :

— Vous savez que dès que le traitement aura commencé, je devrai isoler Simone.

— Bien sûr.

Walt accueillit la nouvelle sans émotion apparente. Le vieux Sy espérait presque que son protégé s'effondrerait, pleurerait, maudirait le sort qui s'en prenait si souvent aux enfants des médecins. Mais Walt avait écouté calmement, comme si les rapports de laboratoire concernaient un patient inconnu. Avant même que Sy eût terminé son exposé, Walt lui en épargna la fin :

— Oui, oui, Sy, bien sûr. Une greffe de moelle osseuse. La question des donneurs... J'imagine que le Dr Bristol et vous y avez réfléchi. A-t-elle dit quand elle voulait que nous venions pour donner des échantillons de moelle ?

— Non, mais j'ai compris qu'il n'y a pas un jour à perdre.

— J'en parlerai dès ce soir à Emily, déclara Walt en se dirigeant vers la porte.

Sy ne put s'empêcher de le rappeler :

— Pour l'amour de Dieu, Walt, réagissez en père, non en médecin !

Lentement, Walt se retourna vers son ami. Sy vit les larmes qui coulaient le long de ses joues.

— Je dois parler à Emily, et elle n'est pas stupide, elle comprendra que l'état de Simone est désespéré, que nous en sommes aux dernières extrémités. Ce peut être le dernier coup qui la fera craquer.

— Voulez-vous que je le lui dise ?

— C'est quelque chose qu'elle mérite d'entendre de ma bouche. Maintenant, je dois faire ma tournée avant d'aller trouver Emily.

Il vit tous ses patients, ceux qu'il allait opérer, et ceux qui avaient déjà subi une intervention. Parmi eux se trouvait Amy Bedford, de retour à l'hôpital pour sa période de chimiothérapie. Après avoir examiné la jambe de l'adolescente, il se montra satisfait de son évolution.

— Tu ne vas pas tarder à commencer ta rééducation et abandonner cette canne, observa-t-il. Comment supportes-tu la chimio ? Toujours aussi pénible ?

— Je dois m'être habituée. Les nausées me paraissent si naturelles, maintenant, que je ne me souviens plus du temps où je n'en avais pas. Les bons jours, en me réveillant, je me demande ce qui me manque.

Ayant remarqué le visage sombre du Dr Walt, elle avait voulu le dérider. Elle vit que sa tentative avait échoué, et s'enquit timidement :

— Docteur Walt ?

— Oui, répondit-il vivement, s'attendant à une question concernant ses progrès futurs.

— Simone va vraiment très mal ?

Il lui lança un regard dépourvu d'aménité, comme s'il lui reprochait cette intrusion dans son chagrin.

— Chaque fois que je suis hospitalisée, je vais la voir, poursuivait Amy. Elle ne se plaint jamais. Je sais ce que j'éprouvais, au pire de ma chimio. Je me lamentais, j'injuriais tout le monde.

— Tu ne t'es jamais comportée ainsi !

— Oh si ! Pas devant vous, ni même devant mes parents, la plupart du temps. Mais à l'intérieur, je me révoltais, je maudissais le sort qui m'avait choisie. Mais Simone n'est pas comme ça, elle est toujours aussi douce et...

Elle allait dire « résignée », mais elle comprit aussitôt que le mot ne convenait pas à la petite fille.

— Elle est très malade, n'est-ce pas ? reprit-elle. Je veux dire... vraiment malade.

Walter Duncan hocha gravement la tête.

— Personne ne le dit jamais, continua Amy, mais cela se voit dans les yeux de votre femme. Les mères ont une certaine façon de sourire, quand elles redoutent le pire, je l'ai remarqué en observant la mienne. Je suis très triste, docteur, vraiment très triste.

— Merci, Amy, j'apprécie ton amitié.

— Cela ne vous ennuie pas que j'aille la voir ? J'aime m'imaginer que ça l'encourage, de voir une malade à peine plus âgée qu'elle qui se porte mieux. C'est ce dont nous avons tous besoin, de savoir qu'il est possible d'aller mieux.

— Tu peux lui rendre visite, bien sûr. Du moins aujourd'hui. Ensuite, ce sera impossible.

— Ah bon ? Pourquoi ?

— Elle va devoir être isolée, dit Walt sans fournir d'explication. Maintenant, je vais contacter Brud Simpson pour qu'il mette au point un programme de rééducation. Il te verra avant ton départ.

Après ses visites, Walt répondit à tous ses appels, et laissa des instructions pour ses interventions du lendemain matin. Il avait trouvé deux messages émanant de James Rowe Russell, président du conseil d'administration, et incarnation à l'hôpital du pouvoir non médical. Visiblement, Russell soupçonnait Walter de l'éviter. Son second message était clair :

« J'attendrai dans mon bureau jusqu'à ce que vous me rappeliez. »

C'était une véritable sommation. Walt se décida à appeler l'administrateur, qui décrocha aussitôt.

— Ah, Duncan ! fit-il d'une voix sèche. Que puis-je pour vous ?

— Puisque c'est vous qui m'avez contacté, monsieur, je vous retournerai la question. Que puis-je pour vous ?

— Je voulais vous parler de la lettre que je viens de recevoir. Nous sommes informés que la cour d'appel a confirmé le verdict prononcé à l'encontre du Dr Peter Enright. Il est donc condamné à payer deux millions cinq cent mille dollars au plaignant. Et il y a moins d'une heure, j'ai été averti par notre compagnie d'assurances que pour l'année à venir, les cotisations versées par les hôpitaux de la région pour couvrir les fautes professionnelles seraient accrues de cent cinquante pour cent.

Il y eut un silence, puis Russell répéta :

— Cent cinquante pour cent, Duncan. Savez-vous à quoi cela correspond ?

— Un million de plus ? hasarda Walt.

— Deux millions quatre cent mille, corrigea Russell. La prochaine fois que votre précieuse éthique menacera de l'emporter sur votre sens commun, rappelez-vous-en. Réfléchissez-y à deux fois.

— Êtes-vous en train de me menacer ?

— De vous mettre en garde, Duncan, de vous mettre en garde, rectifia froidement l'administrateur.

Sans laisser à Walt le temps de répondre, il raccrocha. Il était temps de se rendre dans la chambre 219 pour ramener Emily à la maison.

Il allait falloir lui dire. Pour Simone. Et les greffes de moelle osseuse.

Il embrassa Simone, serrant contre lui le corps fragile de l'enfant. Elle semblait avoir diminué de moitié, depuis le début du traitement. La maladie avait accompli son œuvre dévastatrice, et la chimio avait fait le reste. Il s'assit au bord du lit, la câlina tendrement, lui raconta ses activités de la journée, et celles qui l'attendaient le lendemain. Il lui parla de ses projets, quand elle sortirait de l'hôpital. Tout ce qu'elle avait à faire, c'était d'aller mieux.

— Tu crois que j'irai mieux un jour, papa ? demanda-t-elle le visage contre la poitrine de son père.

— Bien sûr. Après tout, l'oncle Sy ne laissera rien arriver à sa filleule favorite.

Comme il lui caressait le crâne, d'un geste familier, de longues mèches de cheveux bruns lui restèrent entre les doigts.

Ils étaient à mi-chemin de la maison. Rien n'avait été dit. Il n'y avait rien à dire, sauf peut-être que Simone paraissait plus pâle, plus mince. Mais il était inutile de le préciser.

Walt s'était arrêté à un feu rouge, tout près du centre commercial.

— Tu as besoin de quelque chose ? s'enquit Walt.

Emily ne répondit pas.

— Du lait ? Des oranges ? Autre chose ? insista-t-il.

De nouveau, le silence. Se tournant vers sa femme, il s'aperçut qu'elle pleurait sans bruit.

— Emily... Ma chérie, je t'en prie...

Elle secoua la tête, impuissante à réprimer ses pleurs. Il voulut l'attirer contre lui, mais le feu passa au vert, tandis qu'un conducteur impatient actionnait son avertisseur. Walt démarra en jurant, puis il se maîtrisa et poursuivit sa route. Bientôt, il s'engagea dans Sycamore, une petite rue tranquille qui menait à leur quartier. Ralentissant, il entoura les épaules de la jeune femme, pour la réconforter.

— Em, il ne faut pas perdre espoir. Il y a encore des choses que nous pouvons tenter, assura-t-il.

Il lui jeta un coup d'œil. Elle regardait droit devant elle, les yeux brillants, les joues marbrées de larmes.

— J'allais justement t'en parler. Toi et moi, nous devons passer des tests. Dès demain, si possible. Ils doivent déterminer lequel de nous deux possède la moelle osseuse la plus compatible avec l'organisme de Simone.

Il s'attendait à ce qu'elle lui en demande la raison,

mais elle demeurait silencieuse, immobile, respirant à peine.

— Tu vois, il y a une procédure que l'on appelle la greffe de moelle osseuse. Elle obtient des résultats vraiment miraculeux. Dans le cas de la leucémie, le système immunitaire ne produit plus suffisamment de globules blancs sains pour lutter contre la maladie. On peut dire que c'est la moelle osseuse qui est défectueuse. Tout ce que l'on peut faire, c'est donc d'éliminer complètement la moelle osseuse défectueuse de Simone, grâce à un renforcement de la chimiothérapie et de la radiothérapie. Ensuite, il faut prendre la moelle osseuse d'un donneur compatible et en bonne santé, comme toi ou moi, et la lui injecter par intraveineuse. Dans le meilleur des cas, cette greffe déclenche la production d'une nouvelle moelle osseuse, saine cette fois. C'est un peu comme si nos cellules saines apprenaient à l'organisme de Simone à produire à leur tour leurs propres cellules saines.

Comme Emily ne réagissait toujours pas, il poursuivit :

— Bien sûr, ce traitement comporte des inconvénients. Tu comprends, ma chérie, au moment où ils anéantissent la moelle osseuse de Simone, avec la chimio et les radiations, ils réduisent du même coup à néant sa résistance à la maladie. A n'importe quelle maladie. Les rhumes, l'infection, la pneumonie. C'est pour cette raison qu'on est obligé d'isoler le patient. Simone sera transférée dans une autre chambre, presque un petit appartement, comportant un sas pour la séparer complètement de l'extérieur. Les visiteurs ont la possibilité de se laver, et bien sûr ils doivent revêtir des tenues stériles. Toute personne enrhumée, ou atteinte de n'importe quelle autre maladie infectieuse, devra renoncer à la visite. Sinon, tu pourras passer auprès d'elle autant de temps qu'auparavant. Il faudra faire encore plus attention, c'est tout.

Il lui semblait avoir fourni l'explication la moins douloureuse de ce traitement de dernier recours. Ils étaient arrivés chez eux. Ils passèrent directement du garage dans la cuisine.

— Tu as faim ? demanda Emily.

— Non. Je boirai peut-être un verre, mais je n'ai envie d'absorber aucune nourriture. Et toi ?

— Je ne veux rien. Pas maintenant.

— Tu devrais manger quelque chose, observa-t-il. On m'a dit que tu ne prenais que du café, à l'hôpital. Et encore, quand les infirmières t'en apportent.

— Plus tard, dit-elle.

Il eut envie d'insister, mais il y renonça, soulagé qu'elle eût cessé de pleurer. Il se trouvait dans le salon, en train de se préparer un whisky-soda, lorsque les talons d'Emily résonnèrent sur le parquet de bois bien ciré, derrière lui.

— Tu veux un verre ? s'enquit-il.

— Walter, dit-elle, qu'est-ce que signifie « la réaction du greffon contre l'hôte » ?

La bouteille de whisky faillit lui échapper. Où voulait-elle en venir ? Si elle en était au point de demander la signification de cette expression, elle devait en savoir plus long qu'il ne l'avait cru sur les greffes de moelle osseuse. Il comprit à son air qu'il ne pourrait pas tergiverser.

— Ce que cela signifie... Eh bien, il y a des cas où le greffon attaque son hôte, c'est-à-dire le patient, au lieu d'accomplir le résultat recherché.

— Si je comprends bien, une greffe de moelle osseuse peut faire à Simone plus de mal que de bien ?

— Écoute, ma chérie, tu sais parfaitement que tout traitement peut être suivi d'un retour de flamme. Ce peut être une infection... la pneumonie. Enfin, toutes sortes de complications sont possibles. Nous devons agir au mieux avec ce que nous avons.

— Agir au mieux avec ce que nous avons, répéta-t-elle avec une amère ironie. Et quand le mieux ne vaut pas mieux que le pire ? Que fait-on, dans ces cas-là ?

Il comprit qu'il devait aborder de front ses frayeurs.

— Em, comment as-tu entendu parler de la réaction du greffon contre l'hôte ?

Elle posa sur lui des yeux pleins de colère, puis sa rancune se mua en pleurs.

— Je voudrais ce verre, maintenant, dit-elle en s'effondrant sur la chaise la plus proche.

Walt prépara un cocktail et vint le mettre dans la main de la jeune femme. Avec douceur, il écarta les mèches brunes qui barraient son visage, puis il s'installa en face d'elle.

— Emily ?

Elle avala deux gorgées d'alcool, les yeux au loin.

— Cet après-midi... commença-t-elle.

Soudain, elle sembla incapable de poursuivre. Au lieu de la solliciter, il attendit.

— Cet après-midi, reprit-elle enfin, après avoir aidé Simone à absorber le peu de nourriture qu'elle accepte, je m'apprêtais à emporter son plateau. J'atteignais la porte quand j'ai entendu une voix familière. C'était celle du Dr Bristol. Elle demandait : « Est-ce que vous lui avez parlé ? » Une autre voix a répondu, celle de Sy cette fois, et il disait : « Il a été toute la journée en salle d'opération. Dès qu'il sera libre, je lui parlerai. » Mais Sy n'a pas dit que cela...

— Qu'a-t-il dit d'autre ?

— Il a dit... Il a dit : « Rita, pensez-vous qu'une greffe de moelle osseuse puisse faire le moindre bien ? » Elle s'est exclamée : « Sy, vous connaissez les pourcentages ! » Et Sy a soupiré : « Malheureusement, je les connais. »

— Emily, je ne t'ai jamais promis de miracles ! protesta Walter Duncan.

— Je n'ai pas terminé ! répliqua sèchement la jeune femme. Quand Simone s'est endormie, je suis allée à la bibliothèque de l'hôpital. Et j'ai demandé à cette femme...

— Mme Robinson, la bibliothécaire ?

— Elle s'est montrée des plus aimables. Je lui ai

demandé la publication la plus récente sur les greffes de moelle osseuse. Elle m'a sorti plusieurs journaux médicaux. Comme ceux que tu lis le soir.

— Em, ils sont destinés à des médecins, non à des profanes.

— Je te rappelle que je suis licenciée en littérature anglaise, et correctrice de manuscrits à l'occasion. Je peux comprendre ce que je lis. Du moins y avait-il là-dedans des choses que j'étais à même de déchiffrer : des courbes, des pourcentages, des chifffres.

— Des pourcentages ?

— Ils portaient sur les chances de guérison, fit-elle d'une voix plus aiguë.

— Emily, je t'en prie... voulut-il l'interrompre.

Elle ne le lui permit pas :

— J'ai découvert qu'il existe plusieurs sortes de greffes. Par exemple, on peut utiliser la propre moelle du patient, ou bien celle d'un vrai jumeau, et enfin celle d'un donneur partiellement compatible ou même n'ayant aucun lien de parenté avec le malade. C'est exact ?

— Oui.

— Dans les deux derniers cas, les chances sont minimes.

— L'idéal est de prélever la moelle sur un jumeau, mais Simone n'en a pas. Elle n'a même pas de frères et sœurs. Toi et moi sommes les seuls à être liés à elle génétiquement. Nous faisons de notre mieux.

— Pas exactement, mon chéri.

— Nous n'avons plus d'autres recours !

— C'est de cela que je parle, Walter. Le temps n'est plus aux petits mensonges. Je ne veux plus qu'on me ménage, je ne veux plus de demi-vérités, je ne veux plus que tu me dises le soir des choses dont j'apprends le lendemain qu'elles sont fausses. A partir de maintenant, et... jusqu'à la fin, je veux savoir où nous en sommes. Je veux pouvoir être honnête envers mon enfant. Elle est très intelligente, très sensible, plus fine que tu ne le crois. Je devine à son regard qu'elle sait. Cessons de jouer à ce jeu avec elle. L'autre jour...

Le verre d'Emily lui échappa des mains et tomba sur le tapis avec un bruit sourd.

— Emily...

— L'autre jour, articula péniblement la jeune femme, ma fille, ta fille, m'a demandé : « Maman, qu'est-ce qu'on sent, quand on est mort ? »

— Em ! Emily !

Venant à elle, il la força à se lever pour serrer contre lui son corps secoué par les sanglots.

— Je t'en prie, ma chérie...

— A partir de maintenant, réussit-elle à prononcer, je veux connaître la vérité, la vérité tout entière.

— Entendu, ma chérie, la vérité. Mais ne te hâte pas de conclure que tout espoir est perdu. Ce sera difficile, les pourcentages sont contre nous, pourtant la situation n'est pas encore désespérée. Rappelle-toi cela.

— Tu me préviendras, quand elle le sera ?

Il hésita à peine.

— Oui, je te préviendrai.

20

Emily et Walter Duncan avaient subi une prise de sang, puis on avait pénétré leurs os sous anesthésie locale afin de prélever suffisamment de moelle osseuse pour permettre au laboratoire de comparer ces échantillons avec le sang et la moelle de Simone. Il apparut que les caractéristiques génétiques d'Emily se rapprochaient davantage de celles de Simone que celles de Walter. Cependant, Victor Ogura avait dit à Sy Rosen et au Dr Bristol :

— J'ai vu plus proche.

— Vic, si nous avions une autre possibilité... avait commencé Sy.

Ogura avait hoché tristement la tête.

— Si seulement elle avait un frère ou une sœur !

Une fois qu'on eut pris la décision de tenter une greffe de moelle osseuse, il fallut y préparer Simone Duncan. Cela commença par des injections intraveineuses de cyclophosphamide pendant deux jours consécutifs.

La cyclophosphamide étant un produit encore plus puissant que les précédents, ses effets secondaires étaient d'autant plus redoutables. Simone fut mise au supplice par les nausées et les vomissements. Plus d'une fois,

Emily la tint dans ses bras, tandis qu'il semblait à l'enfant que son corps était le théâtre d'un combat sans merci.

Souvent, Emily se sentait sur le point d'éclater en sanglots, pourtant elle résistait. « Faut-il vraiment que mon enfant souffre ainsi ? se demandait-elle. Pourquoi ne pas la laisser mourir ? » Mais tant qu'il subsistait la moindre chance, elle se cuirasserait pour supporter cette agonie.

Elle lui faisait des promesses à voix basse, s'efforçait de lui distiller l'espoir, ne cessant de murmurer :

— Mon bébé, cela te fait mal maintenant, mais quand tu iras mieux, tu oublieras tout ça.

Quand ces deux jours de souffrance furent écoulés, il resta six jours de traitement complémentaire. Six jours de radiations intensives. Pour que la greffe de moelle osseuse eût une chance de réussir, il fallait anéantir presque toutes les cellules cancéreuses. Certaines régions du corps étant inaccessibles à la chimiothérapie, comme le système nerveux, on comptait sur la radiothérapie pour achever son œuvre. Irradiation totale... Si les effets secondaires n'en étaient pas aussi apparents que ceux de la chimiothérapie, l'irradiation totale avait pourtant de sérieuses conséquences.

Mille rads par jour pendant six jours consécutifs, cela constituait une dose massive qui devait non seulement anéantir les cellules cancéreuses, mais du même coup toutes les fonctions de la moelle osseuse.

La frêle petite Simone avait subi ses six jours de radiothérapie. Le lendemain, Emily Duncan fournirait la moelle osseuse qui remplacerait celle de sa fille.

Comme on devait la préparer pour cette intervention chirurgicale, Emily ne pouvait rester au chevet de Simone. Walt annula toutes les opérations de la matinée, remettant les plus urgentes à l'après-midi et les autres à la fin de la semaine.

Il pénétra dans le secteur isolé où Simone avait été transférée. Comme son système immunitaire avait été anéanti et qu'il faudrait à son corps trois ou quatre semaines pour être en mesure de repousser une infection, chaque visiteur devait se plier aux règles d'asepsie les plus rigoureuses.

Walter s'arrêta devant le lavabo d'acier inoxydable pour se laver soigneusement les mains. En même temps, il observait sa fille à travers la vitre. Étendue sur le lit, elle était immobile, le visage tourné vers la fenêtre et le monde extérieur, avec ses fleurs et ses plantes orientées vers le soleil.

Il s'efforça d'évaluer son état le plus objectivement possible. Elle semblait encore plus pâle qu'avant, et plus mince, aussi. Cela n'avait rien d'étonnant, songea-t-il, après ce qu'elle venait de traverser. Des semaines de chimio, suivies d'injections de cyclophosphamide puis d'une radiothérapie intensive. Elle paraissait avoir perdu la moitié de son misérable poids.

Il enfila une tenue stérile et mit un masque chirurgical avant d'approcher de la porte. Elle entendit la poignée s'abaisser et, sans se retourner, demanda de sa petite voix :

— Maman ?

— Cette fois-ci, c'est papa, dit-il.

Bouleversée, elle fit face.

— Où est maman ? Il est arrivé quelque chose à maman !

— Non, non, ma chérie, il n'est rien arrivé à maman.

La petite fille n'eut pas l'air tout à fait rassurée.

— Je ne veux pas être seule, dit-elle.

La signification de cette phrase n'apparut pas pleinement à son père.

— Nous nous relaierons tous à ton chevet. Maman, papa, l'oncle Sy, et cette gentille fille que j'ai soignée, Amy Bedford. Tu l'aimes bien, je crois.

Simone hocha la tête. Son visage blême et creux

commençait à lui rappeler les photos d'enfants qu'on avait prises dans les camps de concentration.

« Nous pratiquons une médecine démoniaque, pensa-t-il, nous combattons la maladie avec des moyens qui attaquent la résistance du patient. C'est presque pire qu'un exorcisme. »

En bougeant, Simone ne put réprimer un petit cri de douleur.

— Ça fait mal, mon bébé ? Dis-le à papa.

Elle repoussa la couverture légère avec un air d'excuse. Il vit que ses côtes et sa jambe étaient en partie recouvertes de cloques minuscules. Malgré toutes les précautions des médecins et des infirmières, les brûlures dues aux radiations étaient inévitables, quand celles-ci étaient administrées en doses aussi massives. Il s'empara d'un tube de vaseline et en enduisit légèrement les zones douloureuses.

— Ça va mieux ?

— Oui... murmura-t-elle, comme si le fait même de parler lui faisait mal.

— Ça s'en ira, mon bébé, ça s'en ira. Et tu te sentiras mieux.

— Quand ? demanda-t-elle avec la franchise des enfants.

— Bientôt, dit-il vaguement.

— Très bientôt ?

— Très bientôt.

Elle parut puiser un peu de réconfort dans cette affirmation. Puis, tenant la main de son père tout près de son petit visage émacié, elle glissa dans le sommeil.

Au même moment, dans une autre aile de l'hôpital, la dernière phase de son traitement était mise en route.

Dans une petite salle d'opération, à peine assez grande pour contenir l'anesthésiste et son équipement, ainsi que l'assistante et la table d'opération, Emily Duncan était étendue sur le dos, recouverte d'un drap stérile. L'anesthésiste avait décidé de l'endormir complètement, autant pour calmer son hyperémotivité que pour lui épargner toute douleur.

Dès que le Dr Bristol eut reçu le signal indiquant que la patiente était endormie, elle s'empara d'un objet d'acier pointu qui ressemblait à une longue aiguille hypodermique, pourvue d'un bouchon plat à l'autre extrémité. Mais il était beaucoup plus solide qu'une aiguille, car il devrait pénétrer dans la peau, puis dans le muscule et enfin dans l'os du donneur.

Personne n'aurait soupçonné qu'une femme d'aussi petite taille que le Dr Bristol possédait la force nécessaire pour accomplir une telle tâche. Pourtant, une fois que l'infirmière eut tourné Emily Duncan sur le côté afin de présenter au médecin le bas du dos de la jeune femme, Rita Bristol enfonça le trocart en direction de la ceinture pelvienne, qui constituait le réservoir le plus riche en moelle osseuse. Le bout pointu transperça facilement la peau, le muscle, jusqu'à ce qu'il rencontrât la résistance offerte par l'os. Le Dr Bristol exerça une pression considérable, puis elle sentit que l'os cédait. La pointe du trocart avait atteint la zone plus tendre de la moelle osseuse.

Le médecin ôta alors le bouchon et fit signe à l'infirmière de lui passer une seringue, qu'elle vissa au sommet du trocart. Lentement, elle tira le piston. Bientôt, la seringue fut pleine d'une moelle osseuse ressemblant à du sérum sanguin. Elle la vida dans un tube stérile qu'elle scella aussitôt.

Le Dr Bristol répéta trois fois cette opération. Quand ce fut terminé, elle fit porter les tubes au laboratoire, afin d'en éliminer les cellules dangereuses.

Lorsque Emily Duncan reprit conscience, elle se trouvait dans une petite chambre. Elle était seule, car l'intervention ne requérait pas la surveillance d'une infirmière. Pendant un instant, elle resta immobile, ayant oublié pourquoi elle se trouvait là et insensible à la douleur sourde qui habitait le bas de son dos. Elle tendait la main pour sonner une infirmière quand un bruit attira son attention. Le Dr Simon Rosen passait la tête dans l'entrebâillement de la porte.

— Comment allez-vous, Emily ? Vous avez sans doute un peu mal ? s'enquit le vieil homme.

— Comment cela s'est-il passé ? Ils ont pu m'en prendre suffisamment ?

— Ils ont prélevé une grande quantité de moelle, rassurez-vous. J'arrive justement du laboratoire. Tout va bien.

— Ils la lui ont déjà donnée ?

— Pas encore. Plus tard, cet après-midi.

— Pourquoi ? protesta la jeune femme. Plus vite elle l'aura, plus vite cela commencera à faire de l'effet !

— Ils la lui injecteront bien assez tôt. Pour l'instant, nous ne comptons plus en heures. Il faudra des semaines à son corps pour utiliser votre moelle et commencer à fabriquer la sienne.

— Sy... Vous croyez que ça marchera ?

— C'est dans ce but que nous avons pris cette décision, avec l'espoir que cela va marcher. Jusqu'à maintenant, tout se passe exactement comme prévu.

— Je peux la voir ?

— Dans la mesure du possible, il vaudrait mieux que vous restiez au lit jusqu'à demain.

— Je veux la voir tout de suite !

Le vieux chirurgien hésita, puis il se laissa fléchir

— Après tout, pourquoi pas ? Mais vous devrez vous laver soigneusement les mains, et porter une tenue stérile, ainsi qu'un masque.

— Je sais.

Plusieurs heures plus tard, le Dr Bristol injectait par voie intraveineuse la moelle osseuse dans le bras de Simone Duncan. Si la chance et la nature se trouvaient du côté de la petite fille, la moelle de sa mère circulerait dans le sang de Simone pour se loger finalement dans les os de l'enfant malade.

Après cela, il resterait à vérifier si le système immunitaire commençait à produire sa propre moelle.

Quels que fussent les plans des médecins, leurs espoirs et leurs craintes, la nature seule en déciderait.

21

Les parents d'Emily, Charles et Madeline Ingraham, arrivèrent le lundi qui suivit l'injection de moelle osseuse dans le corps fragile de Simone Duncan. Comme Emily avait insisté pour demeurer au chevet de sa fille, les Ingraham prirent un taxi à l'aéroport. Mais au lieu d'aller à la maison, ils se rendirent directement à l'hôpital.

Sans en avoir été avertie, Emily se trouva brusquement confrontée à ses parents, qui la regardaient à travers la vitre du sas. Visiblement, ils étaient alarmés de découvrir qu'on avait isolé leur petite-fille. Avant qu'ils pussent exprimer leur inquiétude, Emily sortit pour les accueillir. Comme toujours, son père s'avança pour l'embrasser. Elle recula.

— Attention, papa, cette tenue doit rester stérile.

— Bien sûr, dit-il, mais il était clair qu'il se sentait rejeté.

Mme Ingraham avait l'habitude de prendre le taureau par les cornes.

— Pourquoi ces tenues stériles, Emily ? Que se passe-t-il, ici ? Et pourquoi n'avons-nous pas été prévenus ?

— Je t'en prie, maman, je n'ai pas le temps de t'expliquer maintenant la situation, mais si vous désirez passer quelques instants auprès de Simone, vous devrez vous laver soigneusement les mains, enfiler une de ces tenues, et mettre un masque.

— Je voudrais quand même savoir pourquoi ma petite-fille...

— Maman, ou bien tu laves tes mains et enfiles une tenue, ou bien je devrai te demander de sortir.

— Fais ce qu'elle dit, Madeline, suggéra fermement M. Ingraham.

Ils se nettoyèrent les mains méticuleusement, puis ils enfilèrent les combinaisons vertes. Ensuite, ils attendirent sur le seuil tandis qu'Emily disait d'une voix douce :

— Simone chérie, devine qui est venu de l'Arizona pour te voir ?

— Mamie, papie, murmura l'enfant.

— Tu ne t'es pas trompée, ma chérie, dit Mme Ingraham en approchant du lit.

Elle se tourna à demi vers Emily, comme pour lui demander la permission d'embrasser sa petite-fille. Emily hocha la tête. Elle prit alors l'enfant dans ses bras et pressa son visage contre le sien.

— Oh, Simone, que je suis contente de te voir ! Ma chérie, ma chérie...

Soudain, elle perdit tout sang-froid. Choquée par la vue de sa petite-fille, la pauvre femme fondit en larmes. Malgré sa compassion, Emily se devait de protéger Simone. Elle ordonna :

— Papa, emmène-la dehors.

— Viens, Madeline, murmura M. Ingraham en enlaçant sa femme pour la pousser vers la porte.

Aussitôt, Emily s'agenouilla auprès de sa fille.

— Qu'est-ce que tu dis de cela, chérie ? Mamie est si contente de te voir qu'elle a craqué ! Pense donc, ils ont fait plus de mille six cents kilomètres pour venir te voir.

L'enfant leva vers elle des yeux clairvoyants.

— Est-ce que j'ai vraiment l'air si mal que ça ?

— Bien sûr que non, mon bébé, se hâta de la rassurer Emily. C'est juste que ton dernier traitement n'a pas encore eu le temps de faire de l'effet. Il faut que tu comprennes mamie. Après avoir parcouru toute cette distance et s'être fait tant de souci pour toi, elle n'a pas résisté. Elle faisait pareil quand je revenais de la faculté. Ta mamie a toujours eu la larme facile, conclut-elle en souriant.

A son tour, l'enfant esquissa un faible sourire.

— Elle va revenir ?

— Bien sûr. Donnons-lui le temps de se calmer.

— Et papie aussi ?

— Ils reviendront tous les deux, promit Emily.

Elle les trouva dans le salon réservé aux visiteurs. Dans un coin, Charles Ingraham se penchait sur sa femme qui s'était assise à l'écart des autres visiteurs et cachait ses larmes dans un mouchoir.

— Madeline... Madeline... suppliait-il.

— Je ne peux pas m'en empêcher, disait-elle entre deux sanglots.

Emily s'approcha d'eux. Son père lui adressa ce haussement d'épaules impuissant qu'elle avait vu tant de fois auparavant. Il n'avait jamais su prendre sa femme, lorsqu'elle se trouvait dans une telle agitation. Emily lui fit signe de la laisser faire. Posant les mains sur les épaules de sa mère elle la força à lui faire face, puis elle lui retira le mouchoir trempé.

— Maintenant, maman, tu vas m'écouter. Tu vas retourner voir Simone. Tu lui souriras, et tu lui parleras de choses agréables. Je ne veux pas qu'elle voie dans tes yeux à quel point tu es bouleversée et effrayée. Walt et moi nous abstenons de le lui montrer, et nous ne te laisserons pas...

— Mais elle a tellement changé... Cela saute aux yeux que...

— Que quoi ? s'enquit Emily avec une froide colère.

Madeline Ingraham lança un coup d'œil à son époux, puis elle revint à sa fille.

— Qu'elle va mourir...

— Le dernier traitement n'a pas encore eu le temps d'agir, martela Emily. Il faudra des semaines, pour que nous sachions...

— Écoute, ma chérie, la raison réelle de notre venue...

— Ne lui en parle pas, Madeline ! intervint M. Ingraham.

— Cet énorme hôpital, son père qui est censé être un chirurgien si important... Ils n'ont pas été capables de l'aider. Ça se voit à son petit visage amaigri. Mon Dieu, elle était plus grosse lorsqu'elle est venue chez nous, il y a quatre ans !

— J'ai dit non, Madeline, insista son mari d'une voix basse mais assez ferme pour attirer l'attention des autres visiteurs.

— Il faut que je le lui dise, répliqua Mme Ingraham avec une égale détermination.

Ignorant son époux, elle prit sa fille par le bras pour l'attirer plus près d'elle.

— Crois-moi, je tiens des meilleures sources ce que je vais te raconter. Il y a cette famille, à Sunburst, c'est-à-dire à quelques kilomètres de chez nous. Ils ont un petit garçon âgé de neuf ans, peut-être dix. Lui aussi, il était atteint d'un terrible cancer. Ils ont tout essayé. L'hôpital de Phoenix n'a rien pu y faire, alors ils sont allés à Chicago. Mais cela n'a pas marché non plus. En dernier recours, ils sont allés à Mexico. Il y a là un docteur qui paraît-il accomplit des miracles...

— Je n'emmènerai pas Simone à Mexico ! protesta Emily.

— Je ne te dis pas de l'emmener à Mexico.

— Alors à quoi rime ce bavardage ? s'énerva la jeune femme.

— Madeline, Madeline ! supplia Charles Ingraham.

— Laisse-moi tranquille ! Il est clair que tous ces traitements l'ont épuisée. Cela ne peut lui faire aucun mal.

— De quoi s'agit-il, maman ? demanda Emily.

— Emily, nous ne sommes pas seulement venus pour voir Simone. Je voulais te parler de ce petit garçon. Quand tous les médecins, y compris celui de Mexico, ont abandonné tout espoir, il y a eu ce prédicateur... Cette secte qui s'intitule « les Messagers du Ciel ». Il est venu à Sunburst et il a imposé ses mains sur l'enfant. A partir de cet instant, le gamin a commencé à aller mieux. C'était comme un miracle.

Emily fixa sa mère, puis son père qui haussa les épaules pour indiquer qu'il ne souscrivait pas aux convictions de sa femme.

— Nous sommes venus pour emmener Simone avec nous et la montrer à cet homme de Dieu, poursuivit Mme Ingraham avec une conviction religieuse qu'Emily ne lui avait jamais vue auparavant.

— Maman, Simone ne peut pas sortir de sa chambre isolée, pas plus qu'elle ne peut accomplir un aussi long voyage.

— C'est la seule solution, sinon elle va mourir.

— Maman, arrête de dire ça !

— Tu dois tout essayer, maintenant !

— C'est ce que nous faisons. Nous essayons tous les moyens expérimentés par la médecine pour combattre sa maladie

— Et quel est le résultat ? Cette enfant a la mort dans ses yeux.

— Madeline ! s'écria son mari en lui prenant les bras.

Elle le repoussa brutalement.

— Laisse-moi terminer, Charles. Maintenant, Emily, si tu ne veux pas avoir la mort de ton enfant sur la conscience, permets-nous de l'emmener, ou bien de conduire cet homme jusqu'ici.

L'espace d'une seconde, la conviction d'Emily Duncan vacilla. Sa mère avait au moins dit quelque chose de vrai : jusqu'ici, tout ce que la science médicale avait proposé avait échoué. Elle éprouvait le même désespoir, le même sentiment que le combat de sa fille, les tourments qu'elle endurait étaient vains. En vérité, si la greffe de moelle osseuse échouait à son tour, les médecins eux-mêmes étaient prêts à admettre leur défaite.

Enfin, la raison l'emporta. Elle parvint à faire la part du désespoir et de la réalité.

— Non, maman, elle restera ici, entre les mains des médecins.

— Emily... voulut insister sa mère.

Son époux l'interrompit avec plus de fermeté qu'auparavant :

— Madeline, tu as dit ce que tu avais à dire, et notre fille t'a répondu. Maintenant, voici ce que tu vas faire. Tu vas retourner dans cette chambre, après avoir effacé de ton visage toute trace de pleurs. Tu vas sourire à ta petite-fille, lui raconter des histoires, lui chanter des chansons comme quand elle était petite. Mais tu ne lui montreras plus ta peur.

Mme Ingraham parut sur le point de résister, puis elle se rangea à l'avis de son mari. Dès qu'elle fut sortie, Emily chuchota à son père :

— Papa, ce petit garçon dont elle a parlé, est-il guéri maintenant ?

— Nous l'ignorons. Nous ne le connaissons pas, ce sont juste des rumeurs. Il peut très bien avoir bénéficié d'une rémission spontanée.

Emily lui lança un rapide coup d'œil, étonnée qu'il eût utilisé ce terme réservé aux spécialistes.

Presque gêné, il admit :

— Comme je ne voulais pas vous ennuyer, toi et Walt, j'ai discuté avec notre médecin, ainsi qu'avec le Dr Bernhardt. C'est le cancérologue de notre hôpital.

Prenant sa fille par la main, il passa un doigt sous son menton pour la forcer à le regarder dans les yeux.

— Maintenant, tu vas me dire la vérité, ma chérie. Est-ce aussi mauvais que ça en a l'air ?

Elle hocha imperceptiblement la tête.

— Est-il vrai que le dernier traitement n'a pas encore eu le temps d'agir ? poursuivit-il

— Il faudra attendre plusieurs semaines avant que nous sachions s'il a produit l'effet recherché.

— En ce cas, voici ce que je vais faire : je vais remmener ta mère en Arizona. Ta vie n'est déjà pas si facile, je ne veux pas que tu sois en plus obligée de t'occuper de nous.

— Merci, papa. Tu as tout à fait compris la situation, et...

— Maintenant, ma chérie, pour ta mère... Tu sais qu'elle n'est pas le genre de femme à sombrer dans la superstition. Mais elle s'est fait tant de souci, elle était si désespérée, qu'elle aurait fait n'importe quoi pour sauver sa petite-fille. N'oublie pas combien nous aimons Simone. Depuis qu'elle est née, nous avons retrouvé une seconde jeunesse. Nous avons revécu avec elle les précieux instants de ta propre enfance. Qui aurait pu penser que je jouerais de nouveau sur la pelouse avec une petite fille de quatre ans ? Pourtant c'est ce qui s'est passé, j'ai roulé sur l'herbe avec Simone. Je l'ai emmenée au zoo, au parc d'attractions, j'ai fait avec elle des choses que je n'avais pas faites depuis des années, depuis que tu étais toute petite. Oui.. Elle signifie beaucoup pour moi. Et pour ta mère, aussi. Qui peut réjouir autant une cuisinière qu'un petit bout qui se précipite sur ses pâtisseries ? Tu vois, quand Simone devait nous rendre visite, ta mère prévoyait des semaines à l'avance les gâteaux, les biscuits, les bonbons qu'elle allait lui confectionner.

Charles Ingraham passa une main tremblante sur son front avant de poursuivre :

— Il y a quelques jours, nous faisions les courses. Elle a rempli deux caddies de nourriture pour Simone. Pas un gosse au monde ne pourrait absorber tout ce qu'elle a acheté. D'une certaine façon, tout l'amour que ta mère n'a plus eu l'occasion de te manifester depuis ton départ pour l'université, elle l'a économisé pour Simone. Et c'est pour cette raison qu'elle s'est accrochée à des ragots sur des guérisons miraculeuses. Elle est désespérée, Em... Nous sommes tous les deux désespérés. Je ferai de mon mieux pour la contenir, mais ne crois pas que je n'en sois pas au même point qu'elle.

Emily se dressa sur la pointe des pieds pour embrasser son père.

— Je sais, papa, je sais. Chacun de nous affronte cette épreuve comme il le peut.

— Quand veux-tu que je ramène ta mère à la maison ?

— Dans un jour ou deux.

— Entendu, ma chérie, tu peux compter sur moi.

— Merci, papa.

Trois semaines avaient passé depuis que la moelle osseuse d'Emily avait été injectée à Simone.

Chaque matin, Emily arrivait très tôt à l'hôpital. Elle se lavait les mains, enfilait la tenue stérile et passait la journée avec son enfant malade. Chaque jour elle la nourrissait. Chaque jour elle l'observait, espérant déceler une transformation, une miraculeuse transformation.

Souvent, elle tenait contre elle le corps gracile, tandis que la fillette vomissait sous l'effet du méthotrexate qui devait l'aider à supporter l'intrusion de cette moelle osseuse étrangère. Durant cette même période, Emily, Walter et le vieux Sy ne cessaient de guetter le signe annonciateur de cette réaction du greffon contre l'hôte. S'il apparaissait, cela voudrait dire que le traitement devenait l'ennemi de la petite patiente.

Malgré les statistiques décourageantes que Walter n'essayait plus de lui cacher, Emily gardait espoir. Même pendant les deux semaines où elle savait qu'aucun changement ne pouvait intervenir, elle avait prétendu détecter des signes d'amélioration.

Plusieurs fois par jour, dès que l'occasion s'en présentait, Walter Duncan arrivait, se lavait les mains, enfilait la tenue verte et restait quelque temps avec sa fille. Il l'embrassait, lui rappelait les bons moments passés ensemble et lui promettait qu'ils reviendraient bientôt. Il racontait à l'enfant des anecdotes amusantes sur sa propre jeunesse qui la faisaient rire. Il lui parlait de son grand-père paternel qu'elle n'avait jamais vu parce qu'il était mort avant sa naissance. Parfois, c'est lui qui la prenait dans ses bras lorsqu'elle vomissait sous l'effet du méthotrexate. Dans ces moments-là, il lui semblait que le corps de sa fille était de plus en plus léger, plus maigre, qu'elle n'avait littéralement plus que la peau sur les os.

Chaque fois, les yeux d'Emily le suppliaient : « Dis-moi que tu as remarqué un mieux, dis-moi que la greffe réussit ! » Il avait déjà vu ce regard dans les yeux d'autres mères et d'autres pères. Il n'avait pas pensé alors qu'un jour sa propre femme le regarderait ainsi.

Sy Rosen venait lui aussi plusieurs fois par jour pour sourire à sa filleule. Il adressait à Emily un hochement du menton encourageant, mais il réservait ses observations au Dr Bristol. Chaque jour, il se rendait dans son bureau.

— Alors, Rita ? demandait-il simplement.

— Nous ne savons pas encore, répondait-elle.

— Vous ne savez pas, ou vous ne voulez pas le dire ? Globules blancs, plaquettes, lymphocytes... Son système commence-t-il à répondre, à produire des cellules saines ?

— Les signes ne sont pas encourageants...

— Aucune indication de la réaction du greffon contre l'hôte.

— Pas encore.

— Pas encore ? Est-ce que cela signifie que vous êtes certaine qu'elle va se produire ? Pourquoi ne pas passer du méthotrexate à la cyclosporine ? Ou bien à la prednisone ? Elles luttent avec efficacité contre l'apparition de cette foutue réaction !

— Ils sont quelquefois efficaces, rectifia le Dr Bristol.

Sy hocha la tête.

— Rita, tenez-moi informé. S'il y a quelque chose que je puisse faire.... que nous puissions faire...

Le vieil homme se tut. Rien de ce qu'il dirait ne pouvait influencer ce qui était à venir.

Même lorsque la moelle avait été prélevée sur un frère ou une sœur, les pourcentages n'étaient pas excellents. Quarante à cinquante pour cent des cas développaient une réaction du greffon contre l'hôte. Une fois identifiée, celle-ci résistait à tous les traitements. Cela pouvait attaquer le foie, la peau ou l'estomac, ou tout à la fois. Dans la phase finale, elle prédisposait le corps du malade à n'importe quelle infection. La fin était inévitable.

22

A la fin du vingt-sixième jour qui suivit la greffe de moelle osseuse, Corinne Scammon, l'infirmière qui s'occupait de Simone, prenait sa température à l'heure habituelle. Comme l'enfant n'avait pas eu de fièvre pendant toute cette période, Corinne jeta un regard distrait sur le thermomètre. Elle s'apprêtait à le secouer, lorsqu'elle s'arrêta brusquement pour lever l'instrument vers la lumière. Ses yeux suivirent la graduation jusqu'au trait marqué 38°5. Emily se tenait au chevet de sa fille, aussi l'infirmière ne prononça-t-elle pas un mot. Elle secoua le thermomètre, puis elle le trempa dans l'alcool.

En sortant, elle se précipita sur le téléphone et demanda qu'on fît chercher le Dr Bristol. Celle-ci monta bientôt en Pédiatrie. Corinne Scammon était en train de fixer un cathéter sur le bras d'Amy Bedford, de retour à l'hôpital pour sa chimiothérapie et ses radios pulmonaires mensuelles.

— Le Dr Duncan a dit que tu descendes en Radiologie dès que ta perfusion de cytotoxine sera terminée.

Amy hochait la tête quand le Dr Bristol entra dans la chambre.

— Vous m'avez fait appeler, mademoiselle Scammon ?

— La patiente du 212...

— Oui ? fit Rita Bristol d'une voix pressante.

— Elle a 38°5.

— Merci, je vais aller la voir, dit le médecin en se hâtant de sortir.

— Mademoiselle Scammon, intervint timidement Amy, la patiente du 212, ce n'est pas la petite fille du Dr Duncan, Simone ?

— Si.

— Je descendrai la voir tout à l'heure, c'est une gentille gosse.

— Tu ne pourras pas la voir aujourd'hui.

— Oh, je sais ! Il faut se laver les mains et enfiler ces tenues vertes...

— Pas aujourd'hui, répéta fermement l'infirmière.

Amy n'insista pas.

— Bonjour, docteur ! lança Emily avec entrain lorsque Rita Bristol entra dans la chambre.

C'était un accueil chaleureux, comme si en obtenant les faveurs des médecins, elle les encourageait à prononcer un verdict optimiste.

— Bonjour, répondit en souriant le Dr Bristol.

S'approchant de Simone, elle lui prit le poignet pour trouver son pouls. En fait, cette ruse lui permettait d'observer les yeux de l'enfant. Au bout d'un instant, elle lui tâta le front. Il était chaud et sec. S'emparant du thermomètre, elle reprit la température de l'enfant tout en arborant une expression détachée. Enfin, elle leva l'instrument jusqu'à ses yeux. Scammon avait raison, sauf que maintenant la fillette avait 38°6.

— Maintenant, examinons un peu cette jeune fille, dit-elle sur un ton plaisant.

Après avoir repoussé la couverture et le drap, elle ôta à Simone sa chemise de nuit. Aussitôt, son regard averti détecta l'éruption. Elle n'était pas encore d'un rouge très prononcé, mais elle allait le devenir.

Tournant l'enfant sur le dos, elle appuya légèrement sur l'estomac. La fillette laissa échapper une plainte imperceptible.

— C'est fini, ma chérie, je ne recommencerai plus. Détends-toi.

Le médecin aida sa patiente à remettre sa chemise, puis elle la recouvrit. En se redressant, elle rencontra le regard inquisiteur d'Emily, qui avait suivi tous ses mouvements, de l'autre côté du lit. Le Dr Bristol lui adressa un sourire encourageant.

— Je reviendrai te voir, ma chérie, dit-elle le plus gaiement possible.

En sortant du secteur isolé, elle se rendit directement dans le bureau des infirmières où elle consulta la feuille de soins de Simone Duncan. Elle repéra le 38°5 reporté par Scammon, et nota la légère perte de poids signalée la veille. En revanche il n'était pas question de problèmes intestinaux, comme des coliques. Cependant, la situation était assez préoccupante pour qu'elle téléphonât aussitôt au Dr Sy Rosen.

Sy Rosen venait d'assister l'un de ses vieux amis qui remplaçait une hanche. Comme d'habitude, il tendit la main en passant devant la table de Bridget, et comme d'habitude sa secrétaire y déposa une pile imposante de messages. Elle avait placé celui du Dr Bristol au-dessus, mais Sy n'y lança d'abord qu'un regard distrait. C'est en posant la main sur la poignée de la porte qu'il en réalisa soudain la teneur :

« Le Dr Bristol désirerait vous voir dès que vous aurez un moment à lui consacrer. »

Il redoutait cet appel, pourtant il ordonna :

— Bridget, formez-moi le numéro du Dr Bristol, je vous prie.

Sy Rosen prit place dans son vieux fauteuil grinçant, puis il frotta sa barbe blanche en jetant un regard plein d'appréhension à sa consœur, assise de l'autre côté du bureau.

— Très bien, Rita, de quoi s'agit-il ?

— Elle a 38°6.
— Pas d'autres signes cliniques ?
— Une dermatite accompagnée de desquamation s'est déclarée sur le dos. J'ai noté une dilatation abdominale. Par ailleurs, le ventre paraît sensible.
— Aucune indication d'hépatite ?
— Pas encore, répliqua le Dr Bristol avec une moue dont la signification n'échappa pas à Sy. Mais elle a encore très légèrement perdu du poids.
Sy hocha tristement la tête.
— Les signes classiques. Réaction du greffon contre l'hôte.
— C'est le cas dans la plupart des greffes de moelle osseuse, lui rappela le Dr Bristol.
— Pourtant, la moelle d'Emily a été mise en incubation, avant d'être réinjectée. Bon sang ! Il faudra bien qu'un jour nous trouvions un moyen...
D'un geste, il balaya ces vains espoirs et demanda :
— Pouvons-nous augmenter les doses de méthotrexate ?
— Je lui donne déjà tout ce qu'elle peut supporter.
D'un signe de tête, il signifia qu'il acceptait son appréciation de la situation.
— Drôle de métier que le nôtre, Rita. Si la maladie ne tue pas le patient, le traitement s'en charge.
— Nous en connaissions les risques, mais nous n'avions pas le choix.
— Rita... Si vous deviez le préciser, à combien estimeriez-vous les chances d'enrayer la réaction du greffon contre l'hôte, dans le cas de Simone ?
— Sy, tout comme vous, j'ai vu quelques rares cas où la chance l'emportait sur les pourcentages. Mais toute précision serait déraisonnable. Trompeuse, même.
— En vous fondant sur votre expérience, vos connaissances, à combien estimez-vous ses chances ? insista Sy.
— Entre très peu et pas du tout.
— Donc, vous pensez que c'est la fin ?

— Il suffit d'une légère infection, d'une pneumonie interstitielle due aux effets de la chimiothérapie sur les poumons. N'importe quoi peut la tuer. N'importe quoi.

— Voudriez-vous me rendre un service, Rita ?

— Que puis-je faire de plus ?

— Je n'ai pas le cœur d'en avertir Emily. Ou même Walter.

— Simone est ma patiente, se borna à constater Rita Bristol, comme si elle acceptait l'obligation de prévenir les parents.

Au moment où elle atteignait la porte, Sy l'arrêta.

— Attendez, Rita. Je ne suis pas lâche à ce point. Ils ont le droit de l'entendre de ma bouche.

Après le départ du Dr Bristol, Sy appela Walter Duncan. Claudia lui apprit que le Dr Duncan était en consultation, et qu'il avait laissé des ordres pour ne pas être dérangé.

« Plus tard, songea Sy avec une sorte de soulagement. Il saura toujours assez tôt ce que j'ai à lui dire. Bien assez tôt... »

Walter Duncan avait été appelé en Radiologie par le Dr Wiswell, qui suivait Amy Bedford depuis son opération. Pour permettre des comparaisons, le Dr Wiswell avait glissé sur l'écran lumineux toutes les séries des radios pulmonaires d'Amy. Quand Walt entra dans la pièce, il comprit aussitôt que quelque chose n'allait pas.

— Jette un coup d'œil, Walt, dit simplement Wiswell.

Tout en parlant, il avait éteint le plafonnier. Walt commença par l'extrémité gauche de l'écran. Éclairés par-derrière, les clichés présentaient des zones franches et opaques. Les deux hommes se déplacèrent lentement de gauche à droite.

Clair, clair, clair, notait Walt en silence. Jusqu'à ce qu'il parvînt à la dernière série de radios. Là, Wiswell avait entouré d'un trait rouge une forme sombre qui n'apparaissait sur aucun des clichés précédents.

Walt se tourna vers Wiswell.

— Quand j'ai vu ça ce matin, expliqua ce dernier, j'ai passé la gamine au scanner. Tu verras que c'est encore plus net sur les images du scanner. Un point d'inflammation bien dessiné.

— Bon sang ! s'exclama Walt. Elle allait si bien... si bien.

— Heureusement, il est tout à fait délimité et donc opérable.

— Heureusement ! répéta Walt en tournant vers son confrère un visage furieux. Qu'y a-t-il de si heureux dans le fait d'avoir une métastase ? Je croyais que nous avions vaincu cette saloperie, mais cela ne s'arrête jamais ! C'est la guérilla. Ces damnées cellules se cachent dans des coins secrets du corps, dans le sang. Elles attendent que le médecin et l'oncologiste reprennent confiance. Alors, elles passent à l'attaque. Nous sommes des clowns, des charlatans ! Tous nos discours rassurants sont autant de mensonges. Enfin... peut-être le sont-ils. A moins que nous ne nous sentions si vulnérables, avec nos misérables pourcentages de guérisons, que nous mentions sans le vouloir. Pour nous cacher tous nos échecs.

Prenant soudain conscience que Wiswell fixait sur lui des yeux stupéfaits, Walt se calma.

— Excuse-moi. La fatigue, sans doute... Elle allait si bien que je ne m'y attendais pas. J'en parlerai à Levin, en Chirurgie du thorax. Et évidemment, il va falloir prévenir Amy et ses parents. Bon sang ! répéta-t-il encore, mais presque pour lui-même.

Ed et Marion Bedford arrivèrent à l'hôpital environ une demi-heure après l'appel de Walter Duncan, elle de la maison, et lui d'une importante réunion de cadres, à son bureau.

Dans la chambre d'Amy, ils attendirent avec anxiété l'arrivée de Walt.

— Est-ce que le Dr Duncan t'a dit quelque chose, mon chou ? demanda Ed Bedford à sa fille.

— Seulement qu'il voulait nous voir ensemble.

— Il s'agit sans doute d'un nouveau type de traitement, trancha son père. Je le lui ai déjà dit, je désire tout ce qui peut faire du bien à ma petite fille, et je me fiche du prix. Ce doit être quelque chose de nouveau, peut-être au sujet de ta rééducation.

Bien qu'il arborât un sourire confiant, il ne cessait d'essuyer son visage ruisselant de sueur au moyen d'un mouchoir déjà trempé.

— Je sais ! s'exclama-t-il. Il va te dispenser des prochaines chimios, et nous dire que tu es guérie ! Je le lui ai dit, dès que tu seras rétablie, nous partirons en voyage, tous les trois. Nous pourrions faire une croisière, hein, ma chérie ? A cette époque de l'année, il paraît que les pays scandinaves sont magnifiques. Les fjords, les montagnes...

Marion Bedford ne put se retenir de supplier :

— Je t'en prie, Ed, attendons de savoir ce que le docteur veut nous dire.

Ed Bedford se tut aussitôt. L'atmosphère de la chambre s'épaissit de craintes informulées.

Walter Duncan les rejoignit enfin.

— Je suis navré de vous avoir fait attendre, mais j'ai été... retenu.

— Docteur... commença Ed Bedford, mais il s'interrompit, stoppé net par le regard sévère de sa femme.

— Monsieur Bedford, madame Bedford, Amy, ce que j'ai à vous dire va vous paraître décourageant en un premier temps...

— Qu'est-ce que c'est, docteur ? lança Amy d'une voix anxieuse.

— Amy, avant d'imaginer le pire, écoute bien ce que j'ai à te dire. Nous avons découvert quelque chose, sur tes dernières radios, et le scanner l'a confirmé. Un point d'inflammation, c'est-à-dire une métastase.

— Vous voulez dire qu'elle a encore le cancer ? fit Ed Bedford sur un ton accusateur, comme si la chirurgie et la médecine l'avaient trahi.

— Monsieur Bedford, j'ai dit qu'en ce cas comme en tant d'autres de cette sorte, le cancer a gagné les poumons. Ce n'est pas aussi dramatique que cela en a l'air, parce que ce type particulier de cancer, lorsqu'il s'attaque aux poumons, est extrêmement bien délimité. En l'occurrence, il occupe un espace étroit et précis, si bien que nous pourrons l'ôter en laissant le poumon intact.

— Et si la maladie est encore là... commença Ed Bedford.

— C'est la raison pour laquelle nous poursuivons la chimiothérapie pendant un an, expliqua Walt. Pour chasser ces damnées cellules et les anéantir.

— Mais vous n'y êtes pas parvenus ! explosa Bedford. Vous avez fait connaître l'enfer à ma fille, avec toutes ces nausées et ces vomissements. Elle a perdu la moitié de son poids ! Mais regardez-la ! Regardez à quoi votre traitement l'a réduite ! C'est pour cela que je n'arrivais pas à dormir, il y a deux nuits. Alors, j'ai fouillé le débarras où Marion garde toutes les photographies d'Amy, et j'ai regardé les portraits que j'ai tirés d'elle, l'année dernière. Sans mentir, je ne l'ai pas reconnue. Je ne cessais de me répéter : « Elle redeviendra ainsi. Tout se déroule au mieux, jusqu'ici. Elle vaincra cette chose. Dans un an, elle ressemblera à ces photographies. » Et maintenant, vous venez me dire...

Il secoua la tête avec désespoir avant de s'essuyer une nouvelle fois le visage.

— Vous ignorez ce que c'est que d'être le père d'un enfant malade. Impuissant, voilà ce que l'on est. Impuissant.

— Je crois connaître ce sentiment, monsieur Bedford. Maintenant que vous m'avez dit tout ce que vous aviez sur le cœur, laissez-moi continuer.

Walt se tourna vers Amy avant de poursuivre :

— Amy, il va falloir que nous t'opérions une seconde fois. Mais comme il s'agit des poumons, j'ai demandé au Dr Levin de s'en charger. C'est un excellent chirurgien qui a souvent effectué cette opération. Bien entendu, je l'assisterai. Je veillerai sur toi, je m'assurerai que tout va bien. L'important, ma chérie, c'est que tu comprennes qu'il ne s'agit pas d'un développement inhabituel de la maladie. Nous espérions l'éviter, mais nous l'avions prévu. Rappelle-toi que les statistiques témoignent en ta faveur.

— Pouvez-vous nous fournir des chiffres ? demanda Marion Bedford.

Ignorant ses parents, Walt prit la main de l'adolescente.

— Amy, tu t'es montrée très courageuse, jusqu'ici. Tu es l'une des patientes les plus coopératives que j'aie jamais eues. C'est pourquoi je tiens à ce que tu saches la vérité. Les patients atteints d'une métastase au poumon, sans autre complication, ont soixante-dix chances sur cent de vivre. Au-delà de cinq ans, on estime qu'ils sont guéris. Soixante-dix pour cent ! C'est un très bon pourcentage.

Amy hocha gravement la tête.

— Nous allons donc poursuivre notre chemin. Chirurgie, pour commencer, ensuite nous changerons ton traitement chimiothérapique. La cisplatine est plus pénible à supporter que ce que tu prenais jusqu'ici, mais avec ton courage et ta détermination, tu en viendras à bout.

Amy le regarda droit dans les yeux.

— C'est d'accord, docteur.

— Tant mieux, parce que le Dr Levin a la possibilité de t'inclure dans son emploi du temps demain matin. Nous désirons en finir tout de suite.

L'adolescente hocha la tête. Il lui tapota la joue, puis il se dirigea vers la porte.

— Ce Levin est-il le meilleur ? lança Ed Bedford avant qu'il fût sorti.

« Bon sang ! jura intérieurement Walt. Pourquoi faut-il que tous les parents posent la même question ? »

Il se tourna lentement vers Bedford.

— Si ma fille pouvait être aidée par une opération du poumon, je choisirais Levin. Cela répond-il à votre question, monsieur Bedford ?

Après son départ, les Bedford restèrent un instant silencieux.

— Retourne à ton bureau, dit enfin Marion Bedford. Je resterai toute la journée avec Amy.

— Bien sûr... bien sûr... dit vaguement Ed Bedford. Au lieu de s'en aller, il se dirigea vers la table de chevet, décrocha le téléphone et forma un numéro.

— C'est moi, Cathy. Dites-leur que je ne reviendrai pas au bureau aujourd'hui ni demain. Oui, oui, je sais. Je ne présiderai pas notre réunion nationale sur les ventes. Dites à Burke et à Chamblis qu'ils devront se débrouiller sans moi. Je ne les paie pas à ne rien faire.

Il raccrocha et se tourna vers sa fille.

— Papa, je t'assure que tu n'es pas obligé de rester.

— Ma chérie, je ne reste pas parce que j'y suis obligé mais parce que je le veux.

Pendant les heures suivantes, la procédure habituelle fut déclenchée. On fit à Amy une prise de sang, puis l'anesthésiste passa pour prendre son dossier médical. En fin d'après-midi, le Dr Levin lui rendit visite.

Lorsqu'il se présenta, Ed Bedford l'examina pendant quelques secondes avant de lui serrer la main.

— Vous êtes... Vous êtes très jeune !

— Ne vous inquiétez pas, monsieur Bedford, je sais exactement ce que j'ai à faire, et tout se passera très, très vite. A cette heure-ci, demain, tout sera terminé et Amy se trouvera en Soins intensifs. Nous respirerons tous beaucoup mieux. Amy, poursuivit-il en s'approchant du lit, j'ai bien étudié tes radios. Nous allons écarter tes côtes, atteindre cette tumeur et l'enlever aussi facilement qu'on cueille un fruit. Ensuite, tout sera propre. Rien de plus horrible que ça ! Bien sûr, tes parents vont devoir me signer le formulaire habituel.

— Il... il n'est pas question d'amputation, cette fois-ci ?

— Ne t'inquiète pas, c'est complètement exclu, promit-il. A demain matin, Amy.

23

Le vieux Sy connaissait bien la vie de la famille Duncan, ces jours-ci, il ne la connaissait que trop bien. A la fin d'une longue journée passée à opérer, à consulter, à examiner, à visiter des patients et à préparer les interventions du lendemain, Walt arrivait dans la chambre de Simone, épuisé mais décidé à n'offrir à sa fille qu'un visage souriant et optimiste.

Pendant ce temps, Emily aurait fait avaler à sa fille le peu qu'elle pouvait manger, elle l'aurait câlinée, elle lui aurait chanté des chansons et attendu que l'enfant glissât dans le sommeil dont elle avait un besoin si pressant. Puis elle se serait assise au chevet de Simone, tenant dans la sienne la petite main glacée, écoutant la respiration imperceptible.

Walt arriverait alors, se laverait soigneusement les mains, enfilerait la tenue stérile et se glisserait silencieusement dans la pièce. Il regarderait sa femme qui lui ferait signe de ne pas parler pour ne pas réveiller l'enfant. Il l'observerait attentivement, comme s'il était possible d'évaluer son état par une simple observation. Il lutterait contre la tentation d'inventer des signes imaginaires d'amélioration.

De même que la maladie aspirait la vie de Simone, cette tension perpétuelle mettait en danger Emily, tant sur le plan physique qu'émotionnel. Le manque de sommeil et la perte de poids combinés pouvaient provoquer une brutale dépression.

Évidemment, elle n'aurait pas mangé de la journée, prétextant que cela l'obligeait au retour à se relaver les mains, puis à réenfiler une nouvelle tenue stérile. Walt avait insisté pour qu'on lui montât un repas, mais cela n'avait pas changé grand-chose. Emily était incapable de se nourrir. Et le soir, les repas se terminaient au milieu des sanglots qu'elle avait réprimés toute la journée.

Sachant que les Duncan se trouveraient dans la chambre de Simone, Sy appela l'infirmière du second étage et lui laissa un message. Lorsqu'elle entra dans la chambre 212, Emily serrait étroitement la main de sa fille, répugnant à partir bien que l'enfant dormît profondément.

— Le Dr Rosen vous demande de passer par son bureau avant de partir, chuchota l'infirmière. Tous les deux.

— Emily, fit Walt d'une voix pressante, Sy veut nous voir. Viens, je t'en prie.

Elle hocha la tête d'un air vague et se pencha pour embrasser son enfant.

— Sa fièvre a empiré, dit-elle.

Lorsqu'ils pénétrèrent dans le bureau de Sy, celui-ci avait étalé sur sa table les comptes rendus du Dr Bristol, ainsi que les rapports du laboratoire. Emily s'assit lourdement, tandis que son mari restait debout, observant son vieil ami dont le visage reflétait les tristes certitudes.

— Emily, Walt, j'ai discuté avec le Dr Bristol. Il n'y a aucun doute que Simone est en train de subir une réaction du greffon contre l'hôte. La moelle osseuse qui devait amorcer sa guérison a commencé à attaquer son corps. Le Dr Bristol l'a mise sous cyclosporine, mais... il n'y a aucune chance, conclut-il en soupirant.

— C'est ma faute, murmura Emily comme pour elle-même.

— Non, Emily ! protesta Sy.

— C'est ma faute. Je n'ai pas réussi à lui donner ce dont elle avait besoin.

— Emily, intervint Walt, nous t'avons expliqué que c'était une tentative désespérée, quelque chose à essayer quand il ne restait plus aucun recours.

— C'est ma faute... répéta-t-elle. C'est ma faute.

Walt lança un coup d'œil à Sy qui ne pouvait dissimuler combien la réaction d'Emily le secouait. Prenant sa femme par le bras, il la mit debout pour la serrer étroitement contre lui.

— Emily, chuchota-t-il, ce n'est pas ta faute, c'est celle de la médecine. Nous ne savons pas encore vaincre cette terrible maladie. S'il y a quelqu'un à blâmer, ce sont les médecins.

Il l'entraîna hors du bureau. Sy les suivit des yeux, le visage soucieux. Emily n'était pas prête à affronter ce qui allait suivre.

Walter ouvrait la portière de la voiture lorsque Emily dit brusquement :

— Je ne pars pas.

— Tu dois prendre un peu de repos, insista-t-il.

— Je dormirai sur une chaise dans sa chambre, dit-elle en faisant volte-face.

Il se précipita à sa suite

— Emily, tu ne peux pas faire ça ! Elle a besoin de sommeil, elle aussi !

— Elle a besoin de sa mère. Quand les médecins échouent, quand les médicaments échouent, un enfant a plus que jamais besoin de sa mère.

Sans lui accorder un regard, elle se mit à courir vers l'entrée. L'ayant rattrapée devant la porte, il tenta de la retenir mais elle se débattit avec une force qu'il ne lui connaissait pas. Il comprit alors qu'il valait mieux s'incliner.

— Je vais te chercher un lit de camp, dit-il finalement.

Un veilleur de nuit trouva le lit de camp. Comme il n'était pas question qu'il pénétrât dans la chambre isolée de Simone, Walt se chargea de dresser la couche de sa femme au chevet de l'enfant. Bien qu'il s'efforçât de faire le moins de bruit possible, la fillette s'agita plusieurs fois. Ouvrant les yeux pendant quelques secondes, elle s'étonna :

— C'est toi, papa.

— Oui, mon bébé, rendors-toi.

Quand Emily fut couchée, Walter Duncan se dirigea vers la sortie dans l'intention de rentrer chez lui. Parvenu à la porte, il se ravisa et décida de rester lui aussi à l'hôpital. Ayant trouvé l'une des petites chambres où les internes de garde se reposaient entre deux appels, il retira ses chaussures et s'étendit sur un lit inconfortable. Les mains derrière la nuque, les yeux au plafond, il laissa son esprit errer...

« Après toutes ces années, songeait-il, me voilà de retour parmi les internes. Quand je l'étais moi-même, je rêvais au futur, je nous voyais mariés, Em et moi. Nous aurions des enfants, une maison. Ce serait une maison modeste, pour commencer. Et puis, un enfant ou deux, ou même trois. D'abord, j'assisterais Sy, puis je prendrais sa succession lorsqu'il se retirerait. Et j'ai réussi.

« " Réussir ", quel mot trompeur... Nous poursuivons tous la sécurité, et nous nous abusons en pensant que nous l'avons définitivement acquise, que nous avons " réussi "... Et soudain, le destin, la nature ou Dieu lui-même intervient, et l'on découvre que cette certitude était illusoire. On peut toujours travailler, faire des projets et rêver, au bout du compte on ne contrôle pas grand-chose.

« Simone, oh, Simone, quelle vie j'avais projetée pour toi ! Sais-tu que j'avais mis de côté l'argent nécessaire pour tes études universitaires ? Mais auparavant, nous aurions visité les plus beaux coins du pays. Ensuite nous serions allés en Europe, pour voir les lieux historiques, les monuments des siècles passés. Je me serais libéré pour voyager avec toi. Tout ce que je n'avais jamais eu, je voulais te le donner, mon bébé, tout...

« Voilà pourquoi je suis ici, effrayé de retrouver une maison vide. J'ai eu peur que, comme toujours, mon instinct ne m'entraîne dans ta chambre. Quelle que soit l'heure, je suis toujours monté t'embrasser... Mais tu n'y seras pas. Alors, je me rendrai dans le salon pour boire un verre avec ta maman. Elle ne s'y trouvera pas. Alors, je réaliserai que si vous n'y êtes ni l'une ni l'autre, ma place n'y est pas non plus.

« Voilà pourquoi je me cache dans cette petite pièce. La moitié de ma vie est derrière moi, et je me retrouve au point de départ. Walter Duncan, qui a " réussi "... »

Walt sombra finalement dans le sommeil, un sommeil agité et tourmenté. Lorsqu'il s'éveilla en sursaut, il lui fallut quelques secondes pour réaliser où il se trouvait et pourquoi. Il se souvint alors qu'il devait se rendre en salle d'opération pour assister le Dr Levin pendant que celui-ci ôterait la tumeur maligne du poumon d'Amy. Il fallait qu'il prît une douche, avalât plusieurs cafés, puis il rejoindrait son confrère.

Mais d'abord, il irait voir comment allaient Simone et Emily.

Il pénétra dans le sas, se lava les mains et enfila une tenue stérile. Au moment où il allait rejoindre sa femme et sa fille, ce qu'il entendit lui fit marquer une pause devant la porte.

— Ma perle, disait Emily, si tu avais un souhait à formuler, que demanderais-tu ?

— La maison, maman, je veux la maison.

— La maison ?

— Je veux ma chambre, mes affaires, mes poupées, mes jouets, mes livres, ma stéréo.

Comme si elle confiait un secret à sa mère, l'enfant ajouta :

— Je n'aime pas cet endroit, maman, je préférerais rentrer à la maison.

— Entendu, ma chérie, si c'est ce que tu veux, maman te ramènera à la maison.

Le premier mouvement de Walter fut de crier :

— Non, Emily, tu ne peux pas faire ça !

Pourtant, il se força au silence afin de ne pas alarmer l'enfant. Il discuterait avec Emily plus tard. Se forçant à sourire, il entra dans la chambre.

— Bonjour, mon bébé ! lança-t-il d'une voix enjouée.

— Papa ! Papa ! Devine quoi ! Je retourne à la maison. Maman me ramène à la maison. Tu ne trouves pas que c'est génial ?

— Oui, oui, ce serait bien, acquiesça-t-il. Bien sûr, nous devrons d'abord en parler avec oncle Sy.

— Le faut-il vraiment ? le défia Emily.

— Oui, Em. Il faut que nous en discutions d'abord avec Sy, dit-il en insistant sur chaque syllabe.

— Oh, il dira oui ! s'exclama Simone avec confiance. Il ne m'a jamais rien refusé.

— Nous verrons, ma chérie, nous verrons, dit Walt.

Comme l'infirmière apportait le petit déjeuner de Simone, Walt fit signe à sa femme de sortir avec lui. Dès que leur fille ne put plus les entendre, il demanda :

— Pourquoi lui as-tu fait une telle promesse, Emily ? Il est impossible de l'emmener maintenant.

— Pourquoi pas ? rétorqua-t-elle avec vivacité.

— Elle a plus que jamais besoin de soins médicaux.

— Pour quoi faire ?

— Em, pour l'amour de Dieu...

— Donne-moi une seule bonne raison de la garder ici ! Que peuvent-ils pour elle, désormais ? Rien ! C'est à peu près ce que nous a dit Sy hier soir. On ne peut que la regarder, pendant que ma moelle osseuse la tue lentement. C'est pour ça que je vais la ramener à la maison, là où elle désire être, entourée de ce qu'elle aime. Là où elle a vécu toute sa vie. La maison, Walter, la maison ! Tu n'y es pas souvent, mais c'est son royaume ! Je la ramène à la maison.

— Em... voulut-il supplier.

— Nous rentrons. Aujourd'hui même ! déclara la jeune femme avec une détermination farouche.

Il ne pouvait discuter plus longtemps car on l'attendait en Chirurgie.

— Je t'en prie, dit-il seulement, attends mon retour. Promis ?

— Je pourrai tenir jusque-là, acquiesça-t-elle.

Mais elle paraissait plus décidée que jamais.

On avait déjà administré des sédatifs à Amy Bedford mais elle était encore consciente lorsque Walt entra en salle d'opération, vêtu d'une tenue stérile et le visage dissimulé derrière un masque.

Il se pencha sur elle.

— Amy...

Elle le regarda dans les yeux.

— Bonjour, docteur Walt. Hier soir, avant de m'endormir, je pensais...

— Oui, Amy ?

— Simone, comment va-t-elle ? On ne m'a pas permis de la voir pendant deux jours, alors je me demandais...

— Elle va bien, Amy, elle va bien.

L'anesthésiste intervint, évitant à Walt de s'enfoncer plus avant dans le mensonge.

— Docteur, je dois m'occuper de la patiente, maintenant.

Walt tapota la joue de l'adolescente.

— Tout va bien se passer, Amy. Quand tu te réveilleras, cette chose aura disparu et nous repartirons à zéro.

Durant l'intervention, Walt assista son confrère en appliquant le cautère électrique pour stopper tout épanchement de sang. Il admirait l'habileté de Levin. Le jeune chirurgien travaillait vite et bien. Il ôta la tumeur, la déposa dans une cuvette en acier inoxydable et l'envoya au laboratoire pour une première biopsie. Il fallait s'assurer qu'il ne s'agissait pas d'un nouveau cancer, mais bien d'une métastase de l'ostéosarcome. Le fait que le patient avait déjà eu un cancer n'empêchait pas qu'il pût en avoir un autre. L'intervention ne serait pas achevée tant qu'on ne le saurait pas.

Dix minutes plus tard, le laboratoire donnait sa réponse par téléphone. Il s'agissait bien d'une métastase de l'ostéosarcome. Levin pouvait refermer.

Amy avait été emportée en salle de réveil. Walt et Levin retiraient leurs gants quand le jeune chirurgien observa :

— Si vous n'opérez pas vous-même, vous ne tenez pas en place, Walt.

— Pourquoi me dites-vous cela ?

— Je vous ai senti très anxieux. J'ai eu quelquefois l'impression que vous étiez sur le point de m'arracher le scalpel pour ôter vous-même cette tumeur. Comme si j'allais trop lentement. Vous avez des ennuis, aujourd'hui ?

— Des ennuis ? Non, aucun. Sauf que je dois aller voir le vieux Sy... Nous devons discuter d'un cas qui nous intéresse tous les deux.

— Je vous en prie. Je vous remercie de m'avoir assisté, Walt. Je suis certain qu'Amy en a tiré un grand réconfort.

Levin regarda Walt quitter la salle.

« Qu'est-ce qui lui arrive ? se demanda-t-il. Ce n'est pas la première fois que nous travaillons ensemble, mais il n'a jamais été comme ça. Ce ne peut être à cause d'Amy Bedford. Je sais combien il investit dans ses jeunes patients, mais une seule métastase au poumon n'est jamais très menaçante. »

Soudain, il se souvint :

« Mon Dieu, comment puis-je être aussi stupide ? Simone ! J'avais oublié Simone ! Nous autres chirurgiens sommes tellement absorbés par nos cas que nous en oublions les préoccupations les plus humaines et les plus élémentaires de ceux qui nous entourent. »

— Walt ! cria-t-il. Walt, je voulais vous demander...

Mais Walt avait déjà disparu.

« Il faudra que j'envoie un cadeau à la petite, pensa Levin. Des fleurs, peut-être, ou bien une poupée... ou un livre... »

— Je vous en prie, Sy, insista Walt. Parlez à Emily, elle vous écoutera.

— Que pourrais-je lui dire ?

— Dites-lui qu'elle n'a pas le droit de ramener Simone à la maison.

Le vieil homme frotta sa barbe blanche, puis il demanda :

— Pourquoi devrais-je lui dire cela ?

— Je ne comprends pas... Nous n'avons pas les installations nécessaires, à la maison. Même si nous engagions une infirmière à plein temps, nous ne pourrions pas la soigner.

— Walt, dit doucement Sy, nous ne pouvons pas non plus la soigner ici.

En entendant ce simple constat, Walt tomba lourdement sur la chaise la plus proche. Quelles qu'eussent été ses propres estimations, elles ne lui avaient jamais paru aussi réelles et définitives que lorsqu'un autre les prononçait.

24

Couchée dans son propre lit, sous une couverture aux gais motifs rouge et blanc, Simone jeta un regard satisfait autour d'elle et respira profondément.

— Ça sent bon, ici, maman.

Emily hocha la tête en souriant, malgré les larmes toutes proches.

— C'est bon, de revenir à la maison, poursuivait l'enfant. Ils ne me donneront plus de médicaments, maintenant que je suis rentrée ?

— Non, ma chérie. Que dirais-tu de manger quelque chose, maintenant ? Des céréales, peut-être ?

— Non. Je voudrais... des crêpes. Pas de saucisses, s'il te plaît, juste des crêpes avec de la confiture.

— Entendu, mon cœur. Je descends tout de suite pour te les préparer.

Comme elle se dirigeait vers la porte, la petite fille la rappela :

— Maman ?

— Oui, ma chérie ?

Simone désigna une poupée posée en haut de sa bibliothèque.

— Cindy... Tu te souviens ? Papa me l'a ramenée de Californie quand il y est allé pour ce séminaire.

Emily saisit la poupée aux nattes de nylon et aux

vêtements chatoyants. Elle la tendit à Simone, qui la serra tendrement contre son cœur.

— Bonjour, Cindy. Est-ce que je t'ai manqué ? A partir d'aujourd'hui, je reste ici, tu sais ? dit-elle en tapotant la joue de tissu.

Emily s'éloigna afin de préparer le déjeuner. Elle était à peine sortie de la chambre quand ce qu'elle entendit lui perça le cœur :

— Cindy, est-ce que tu aimerais appartenir à Kimmie ? A moins que tu préfères Lynne ? Je pense que tu serais mieux avec Kimmie, mais tu as le droit de choisir.

Le souffle coupé, Emily prit appui contre le mur.

— Évidemment, je pourrais laisser le choix à Kimmie. Elle est ma meilleure amie, tu comprends. Oh, j'aime bien Lynne aussi, mais pas autant que Kimmie. On était dans la même équipe de basket. Elle te plaira, je t'assure. Peut-être que je te donnerai à Kimmie. Et Lynne aura Oscar le clown. Je l'ai eu quand oncle Sy m'a emmenée au cirque, tu te rappelles ? Ah... Il y a aussi mes patins à glace... A qui en ferai-je cadeau ?

Emily brûlait de se précipiter dans la chambre pour protester :

— Non ! Non ! Il ne faut pas...

Au lieu de cela, elle resta appuyée contre le mur et pleura en silence, tandis que son enfant distribuait d'une voix douce ses biens les plus précieux.

Simone somnolait lorsque sa mère entra dans sa chambre, portant un plateau sur lequel elle avait déposé des crêpes chaudes, un pot de confiture et un verre de lait froid.

— Ton déjeuner, ma chérie.

Simone se tourna à demi vers elle, ouvrit les yeux, puis elle les referma.

— Je t'ai préparé des crêpes comme tu les aimes. Tu ne trouves pas qu'elles sentent bon ?

Ignorant son invitation, l'enfant demanda :

— Maman, qu'est-ce qu'on sent quand on meurt ?
— Qui parle de mourir ?
— Est-ce que ça fait mal ? insista la petite fille.
Emily comprit alors qu'elle ne pouvait plus longtemps esquiver la question. Pour permettre à Simone de trouver la paix de l'âme, il fallait renoncer à mentir. Après avoir posé le plateau sur le bureau de Simone, elle prit sa fille dans ses bras et la serra contre son cœur.
— Non, ma chérie, cela ne fait pas mal. En fait, quand cela arrive, on ne souffre pas du tout... On ne souffre jamais plus.
— On n'a plus mal au ventre ?
— Non, ma perle, cela aussi, c'est terminé.
Immobile, Simone semblait réfléchir à ce que sa mère lui avait dit.
— Et comment ça arrive, maman ?
Emily se tut, incapable de répondre.
— Est-ce que quelqu'un sera avec moi ? poursuivit l'enfant.
— Bien sûr, mon amour. Je serai là, avec papa, et peut-être oncle Sy. Une chose est sûre, tu ne seras pas seule.
— Et après ? Qu'est-ce qui se passe, après ?
Emily ne put réprimer ses larmes. Elle les laissa glisser le long de ses joues, sans chercher à les dissimuler.
— Après... Nous serons toujours là. Tu ne resteras pas toute seule.
— Est-ce que je te reverrai, maman ?
— Un jour, quelque part, nous serons de nouveau ensemble, affirma la jeune femme.
— Ce serait trop triste, d'être séparée longtemps de toi, dit l'enfant. Trop triste.
Sentant les larmes de sa mère tomber sur son front, elle s'étonna :
— Tu pleures, maman ?
— Ou... Oui.
— Ça fait du bien ? Je veux dire, de pleurer ?

— Si tu en as envie, mon bébé, ça fait du bien.

La fillette enfouit son visage entre les seins de sa mère. Bientôt, Emily sentit les larmes tièdes de son enfant traverser sa robe.

Au bout de quelques minutes, Simone demanda :

— Maman, est-ce que Kimmie et Lynne peuvent venir me voir ? Et Stephanie ? Ce que j'ai, ça ne s'attrape pas, je crois ?

— Je pense que c'est possible, mais j'en parlerai d'abord au Dr Bristol.

— J'aimerais leur donner des choses...

— Je téléphonerai au Dr Bristol, promit Emily.

Simone parut rassurée. Soudain, elle s'enquit encore :

— Tu es certaine que je ne serai pas seule, maman ?

— Non, mon amour, je te jure que tu ne seras pas seule.

Dès la nuit suivante, Emily dormit auprès de sa fille. Le quatrième jour, Simone fut autorisée à recevoir des visiteurs. Le Dr Bristol avait commencé par résister, ne voulant pas exposer l'enfant sans défenses aux maladies éventuelles de ses jeunes amies. Puis, réalisant qu'après l'échec de la greffe de moelle osseuse, cela n'avait plus vraiment d'importance, elle avait accordé la permission demandée.

Pendant un bref instant, la présence de ses amies donna à Simone un air d'animation factice. Elle leur raconta ses séjours à l'hôpital, les traitements, les infirmières, et même les vomissements. Elle leur rapporta aussi des anecdotes amusantes, et enfin parla de son amitié pour Amy Bedford.

— Est-ce que vous saviez qu'elle était une vedette du tennis, au lycée ? Elle bat même certains garçons de l'équipe. Elle est souvent venue me voir, et nous nous amusions bien, ensemble. Elle m'a donné un chapeau, quand mes cheveux ont commencé à tomber.

Emily écoutait, réjouie par ce regain d'énergie. Qui

sait, se prit-elle à espérer, peut-être Simone irait-elle mieux, maintenant qu'elle se trouvait chez elle, entourée de ses amies.

Pour éviter qu'elle ne s'épuisât, la jeune femme annonça :

— Les enfants, il est l'heure de déguster une glace avec des gâteaux secs.

Aucune des fillettes ne parut particulièrement enthousiasmée de cette perspective, pas même Stephanie, dont la gourmandise n'était un secret pour personne. D'une certaine façon, elles semblaient comprendre qu'elles voyaient peut-être leur amie pour la dernière fois. Avant leur départ, Simone distribua ses trésors ainsi qu'elle en avait eu l'intention. Comme Kimmie et Lynne refusaient les poupées que leur proposait la fillette, Emily insista :

— Simone veut que vous les ayez.

Puis Simone offrit à Stephanie le stylo que celle-ci avait un jour admiré en classe. Emportant leurs cadeaux, les trois petites filles firent mine de s'en aller.

— Ne partez pas, cela ne s'attrape pas ! supplia Simone. Hein, maman ? Dis-leur que ce n'est pas contagieux.

— Bien sûr que non, mais tu as besoin de te reposer, après ce bon après-midi.

Simone agita la main en direction de ses amies qui se glissaient dans le couloir en lui envoyant des baisers.

— Elles ont apprécié leurs cadeaux, tu ne crois pas, maman ?

— J'en suis certaine, ma chérie. C'est vraiment gentil de ta part, d'y avoir pensé.

— Quand je ne serai plus là, est-ce qu'elles se souviendront de moi ? Je veux dire... Chaque fois qu'elles regarderont mes présents, penseront-elles à moi ?

— Avec ou sans eux, tu resterais dans leur mémoire. Nous ne t'oublierons jamais et nous ne te laisserons pas seule. Tu seras toujours avec nous. Dans nos têtes et dans nos cœurs.

Rassurée, l'enfant ferma les yeux et s'abandonna au sommeil.

Pendant les jours qui suivirent le retour de sa fille à la maison, Walter Duncan accomplit ses tâches quotidiennes comme un automate.

Heureusement, les années d'études, ses connaissances et son expérience avaient fait de lui un excellent chirurgien. Il continua de travailler avec son habituelle habileté et une efficacité égale, bien que ses pensées fussent avec Simone.

Qu'il fût consulté pour une laminectomie destinée à soulager une épine dorsale douloureuse, qu'il effectuât une résection, qu'il réparât un os éclaté à la suite d'un accident, ou qu'il se prononçât contre l'intervention chirurgicale, une part de lui-même ne quittait pas Simone.

Chaque geste était devenu tellement routinier qu'il lui arriva de se nettoyer les mains avant une opération jusqu'à ce que Sy lui rappelât qu'il l'avait déjà fait. Chaque coup de téléphone, chaque appel du gadget électronique qui se trouvait dans sa poche l'effrayait. Même les questions amicales de ses collègues, à propos de Simone, étaient devenues une source de tourment.

Malade, son enfant était plus près de lui qu'elle ne l'avait jamais été en bonne santé.

Malgré son nouvel emploi du temps, allégé pour lui permettre de passer plus de temps avec sa fille, il lui semblait toujours qu'il la frustrait de sa présence. Le besoin de la rejoindre devenait chaque jour plus puissant, si bien qu'il devait s'exhorter à la prudence en sortant du parking de l'hôpital. Car chaque soir, il était torturé par la peur effroyable d'arriver trop tard.

Mais quand il rentrait chez lui, Simone était encore là. Dans son lit. Dans la chambre qu'il aimait. A la vue de son père, elle rayonnait. Malgré sa faiblesse, elle s'efforçait de lui sourire. Les plaisanteries de son père parvenaient même à la faire rire. Mais cet effort l'épuisait et souvent il cessait de l'amuser, averti par un regard d'Emily. Il s'étendait alors auprès de son enfant pour la serrer dans ses bras jusqu'à ce qu'elle s'endormît.

Lorsqu'il retrouvait Emily dans le salon, la même scène se déroulait chaque soir. Walt leur préparait à chacun un verre. Emily ne terminait jamais le sien, et lorsque lui-même avalait la dernière gorgée, le glaçon avait fondu depuis bien longtemps. Ils parlaient parfois, pour rompre le silence.

— Dois-je faire venir mes parents ? demanda une fois Emily.

— Pas encore.

Il n'eut pas besoin d'en dire davantage. Ni l'un ni l'autre ne se sentaient le courage d'affronter M. et Mme Ingraham quand ils verraient dans quel état se trouvait leur petite-fille.

Leurs soirées au salon se concluaient toujours de la même façon, quand Emily soupirait :

— Walt, il faut vraiment que tu manges quelque chose.

Une fois à table, il jouait machinalement avec la nourriture, s'arrangeant pour qu'Emily crût qu'il avait avalé quelques bouchées, mais il était incapable d'absorber la moindre miette. En revanche, il buvait des litres de café. Cela semblait suffire à le maintenir debout.

Après le dîner, Walt retournait par habitude au salon. Il sortait de son porte-documents les derniers articles que Claudia avait réunis pour lui, puis il se mettait à lire. Au bout de deux ou trois pages, comprenant qu'il n'en avait pas retenu une ligne, il les jetait de côté. A l'autre extrémité de la pièce, Emily écrivait, assise devant son bureau.

— Qu'est-ce que tu écris ? lui demanda-t-il une fois.

— J'envoie des remerciements à tous ceux qui ont fait parvenir des cadeaux à Simone pendant ses hospitalisations. Sais-tu que beaucoup de tes anciens patients lui ont adressé des fleurs ? Je veux qu'ils sachent que nous avons été touchés par cette attention.

— Oui, c'est touchant, répéta-t-il sans y penser.

Ensuite, ainsi qu'il en avait pris l'habitude depuis le retour de Simone à la maison, il montait à l'étage et s'arrêtait devant la chambre de l'enfant. S'il n'entendait rien, la terreur le prenait à la gorge. Poussant légèrement la porte, il écoutait jusqu'à ce qu'il perçût sa faible respiration.

Comme toutes les six semaines, Amy Bedford vint le voir pour l'habituel bilan. Les radios posées devant lui et les résultats du scanner en main, Walter Duncan lui assura qu'aucune nouvelle métastase n'était apparue.

— J'ai toujours soixante-dix pour cent de chances ? s'enquit-elle.

— Je dirai même un peu plus, actuellement. Continue de m'apporter des radios comme celles-ci, et l'année se terminera sans que tu t'en aperçoives. Monte sur cette table, maintenant, que j'examine cette jambe.

Il palpa la jambe et la cuisse, éprouvant de ses doigts les muscles qui entouraient la prothèse de titane. Visiblement, l'adolescente était en bonne voie, mais il lui fallait une rééducation plus énergique.

— C'est parfait, Amy, tout va bien. Nous allons monter ensemble en Rééducation. Je veux préciser certaines choses.

Brud Simpson, le kinésithérapeute qui s'occupait d'Amy, fit monter la jeune fille sur le tapis roulant, puis il enroula une corde autour de son corps afin qu'elle ne tombât pas si elle perdait l'équilibre. Walt et Brud s'écartèrent, pour ne pas être entendus.

— Vas-y, Amy ! ordonna Walt.

Amy commença à marcher sur le tapis incliné. Elle avait du mal à maîtriser sa jambe droite qui n'avait pas recouvré sa force musculaire et sa motricité. Elle se mit à transpirer abondamment, bien trop abondamment au gré de Walter Duncan.

— Faites-la souffler dans le spiromètre, dit-il au kinésithérapeute.

Simpson s'approcha du tapis pour qu'Amy pût souffler dans le ballon sans cesser de marcher. Walt observait les résultats sur le compteur. Ainsi qu'il le soupçonnait, Amy dépensait beaucoup trop d'énergie et utilisait une quantité exagérée d'oxygène par rapport à l'effort demandé.

— Nous allons devoir lui apprendre à respirer. Mieux elle utilisera son oxygène, mieux ce sera.

— Nous y travaillons déjà, docteur, précisa Simpson.

— Voyons comment elle se comporte sur une bicyclette.

— Entendu.

Walt regarda l'adolescente s'efforcer d'obtenir de sa jambe droite qu'elle appuyât en douceur sur la pédale. Comme elle n'y parvenait pas, elle abandonna, semblant sur le point de pleurer. Il vint auprès d'elle.

— Amy, rappelle-toi que tu dois apprendre à te servir de cette jambe au moyen de nouveaux muscles. Tu dois t'habituer à l'idée que derrière cette genouillère se trouve un genou artificiel.

— Mais j'essaie, j'essaie...

Incapable de poursuivre, elle se mit à sangloter.

Walt entoura du bras les épaules de l'adolescente.

— Ma chérie, si tu as jamais cru en ma parole, fais-moi confiance une fois de plus. Très bientôt, tu accompliras ces mouvements sans même y penser. Mais nous devons travailler dur pour obtenir ce résultat. D'accord ?

Levant les yeux vers lui, elle sourit à travers ses larmes.

— D'accord, docteur Walt. Je ferai tout ce que vous direz.

— Maintenant, tu vas monter sur les skis. Rien ne reconstituera davantage tes muscles que ce mouvement glissant.

— Entendu.

Au moment où Walt s'écartait, Amy posa une main timide sur son bras.

— Docteur, comment va-t-elle ?

— Je souhaiterais qu'elle se porte aussi bien que toi.

— Est-ce que cela vous ennuierait si... Je ne voudrais pas me montrer indiscrète, mais est-ce que je pourrais venir la voir ?

— Elle en serait très heureuse. Elle parle de toi très souvent.

Avant de partir, il échangea quelques mots avec Simpson.

— Gardez-la active, mais qu'elle ne se surmène pas. Ce serait tout à fait son genre. Elle a gardé la mentalité des futurs champions.

Il quitta la Rééducation, s'étonnant de ne pas se sentir plus satisfait. Peu d'années auparavant, Amy aurait été condamnée. Ajourd'hui, sa plus grande crainte était qu'elle se surmenât...

Si seulement il avait pu en faire autant pour Simone.

Si seulement un médecin avait pu en faire autant pour elle...

Comme l'état de sa fille continuait de se détériorer, Walter Duncan rentra chaque jour plus tôt de l'hôpital. Sy assumait ses consultations à sa place, ainsi que les réunions du staff. Par deux fois, lors des concertations plus importantes du lundi, Sy présenta pour lui des cas inhabituels en utilisant les dossiers de Walt. Le vieux chirurgien se chargeait souvent des visites postopératoires, depuis qu'il le remplaçait en Chirurgie. Il aurait fait n'importe quoi pour décharger Walt et lui permettre de passer plus de temps avec sa fille.

Quant il était chez lui, Walt montait dans la chambre de son enfant dès qu'elle était éveillée. Il la régalait d'anecdotes sur sa jeunesse, sur ses études. Les histoires qu'il lui racontait à propos de son père, que Simone n'avait jamais connu, n'étaient pas toujours entièrement vraies, mais peu leur importait. Elle adorait aussi qu'il évoquât le souvenir de sa mère, qui était morte peu de temps après la naissance de sa petite-fille.

Il parla à la fillette du jour où son père avait apporté chez eux leur premier poste de télévision en couleurs. Quelle joie ils avaient eue !

— Tu veux dire qu'il y avait une autre sorte de télévision ? s'étonna l'enfant.

— Bien sûr, nous avons d'abord eu l'image en noir et blanc. En fait, à une certaine époque nous n'en avions pas du tout.

— Mais nous en avons trois ! Les parents de Stephanie en ont même quatre !

— Eh bien, ma chérie, quand j'étais un petit garçon, nombreuses étaient les familles qui ne disposaient pas de télévision...

— Ben ça, alors... fit Simone d'une voix lugubre, comme si elle plaignait sincèrement les enfants d'autrefois.

Non loin d'eux, Emily les observait tout en écoutant son mari évoquer sa jeunesse, ou ce que Simone nommait toujours « le temps jadis ». Parfois, elle souhaitait presque qu'il cessât de feindre l'optimisme, pensait-elle. A certains moments il semblait presque croire qu'il pourrait s'opposer à l'inévitable...

Sous prétexte que Simone avait besoin de repos, elle finissait par chasser Walt de la chambre, puis elle s'étendait sur son propre lit où elle cherchait le sommeil pendant des heures.

Le sixième jour après le retour de Simone à la maison, Emily fut éveillée par la voix de sa fille. Il était encore très tôt, et la chambre était plongée dans l'obscurité.

— Maman...

— Oui, ma chérie, répondit Emily à moitié endormie. Que veux-tu ? De l'eau ? Du jus de fruit ?

— Maman... J'ai si chaud... je me sens mouillée... et je suis si... fatiguée.

Aussitôt, Emily fut sur le qui-vive. D'un mouvement vif, elle alluma sa lampe de chevet, puis elle vit...

Le sang coulait de la bouche de son enfant, descendait le long de son menton, maculait sa chemise de nuit.

— Simone ! cria Emily en prenant sa fille contre elle pour la bercer. Walt ! Walt ! appela-t-elle désespérément.

Mais elle savait ce que cela signifiait. Elle avait assez lu, avait été suffisamment avertie pour reconnaître la fin. Une hémorragie massive... lui avait-on dit. Elle se mit à sangloter.

— Ne pleure pas, maman, je me sens bien. Ça ne fait pas mal. C'est tout à fait comme tu avais dit, ça ne fait pas mal...

Arraché au sommeil, Walt fit irruption dans la chambre. Comprenant aussitôt ce qui se passait, il se précipita pour enlever l'enfant aux bras de sa mère. Mais Emily résista.

— Non... Non... Je lui ai promis. J'ai promis... ne cessait-elle de protester en pleurant.

Avec fermeté, mais en prenant soin de ne brutaliser ni la mère ni l'enfant, Walt les sépara. Tenant sa fille dans ses bras, il comprit que c'était arrivé. Ce qu'il redoutait depuis si longtemps était finalement arrivé.

La lutte était terminée. Elle ne souffrirait plus, ne subirait plus les tourments du traitement. Son corps ne serait plus le théâtre d'un combat sans merci. C'était fini. Son enfant connaissait enfin la paix.

25

L'enterrement de Simone Duncan, âgée de onze ans, eut lieu le samedi matin. Plusieurs de ses compagnes de classe y assistèrent, en compagnie de leurs parents. Kimmie avait amené la poupée aux nattes de nylon que Simone lui avait offerte.

M. et Mme Ingraham étaient arrivés en avion de Tucson. Les premiers mots que Mme Ingraham avait adressés à sa fille avaient été :

— Tu nous as prévenus trop tard, ainsi que je m'y attendais.

— Votre présence n'aurait rien changé, intervint Walt pour justifier sa femme. Emily a témoigné jusqu'au bout d'un merveilleux courage.

M. Ingraham serra le bras de son épouse pour lui enjoindre de se taire.

La cérémonie fut brève et d'une simplicité émouvante. La chorale de l'école chanta deux chants, et le pasteur trouva le ton juste pour évoquer la courte vie de Simone.

Lorsqu'on emporta le cercueil, Emily et Walt remontèrent l'allée centrale à sa suite. Dehors la journée s'annonçait ensoleillée. Derrière eux venait Sy, entouré de collègues et d'employés de l'hôpital. Comme ils atteignaient la dernière rangée de chaises, Walter remarqua Amy Bedford, appuyée sur sa canne. A ses côtés se trouvait Brent Martin, qui l'avait amenée. L'adolescente lui adressa un geste de la main presque imperceptible, où elle mettait toute sa compassion. Walt la remercia d'un signe de tête.

Ne vinrent au cimetière que Walt, Emily, ses parents et Sy. La jeune femme n'avait voulu qu'aucune présence étrangère ne troublât les derniers moments qu'ils allaient passer avec leur fille. Le pasteur prononça une simple prière, confiant la petite Simone aux mains de Dieu. Enfin, il se tourna vers Walt, car il appartenait au père de jeter la première et symbolique pelletée de terre. Immobile, Walt ne put se résoudre à prendre la pelle. Bien que le pasteur l'y engageât, il continua de fixer la tombe sans bouger.

Sy avança et prit la pelle, puis il dispersa un peu de terre brune sur le cercueil, ensuite le père d'Emily l'imita. Walter Duncan n'avait pas esquissé un geste.

Le trajet du retour s'effectua en silence. Emily, son père et sa mère étaient assis sur la banquette arrière de la limousine. Sy et Walt avaient pris place sur les strapontins. Personne ne se sentait le courage de parler. Que restait-il à dire, sinon maudire l'injustice du sort ?

Malgré son chagrin, Sy ne pouvait s'empêcher de s'interroger sur la conduite de Walt, qui avait été incapable d'accomplir ce dernier geste envers sa fille. Cela ne ressemblait pas au Walter Duncan qu'il connaissait depuis qu'il était un tout jeune chirurgien, brillant, passionné et scrupuleux. Sy s'était trouvé auprès de Walter lorsqu'un patient âgé était mort sur la table d'opération. Walt avait recousu le patient avec le même soin et le même professionnalisme que si cet homme avait été encore vivant.

Sy Rosen était inquiet.

Quand ils arrivèrent chez eux, plusieurs voisins les attendaient. Contre la volonté de Walt, ils avaient préparé un repas chaud.

Ils déjeunèrent en silence. Personne ne tenta d'égayer les convives en racontant les habituelles anecdotes sur la petite disparue. Walt toucha à peine à la nourriture, puis il quitta la table après s'être excusé.

— Il doit être retourné à l'hôpital, estima Sy. C'est sans doute ce qu'il y a de mieux pour lui en ce moment.

Un peu plus tard, M. Ingraham rejoignit Sy Rosen dans le jardin.

— Docteur Rosen, y a-t-il quelque chose au monde qui aurait pu être...

— Nous avons tout tenté, l'interrompit Sy. Tout. Trop, peut-être.

— Trop ? répéta le père d'Emily d'une voix troublée.

— Nous aurions dû la laisser s'éteindre plus tôt. Pauvre gosse...

Après quelques minutes de silence, M. Ingraham reprit :

— Il faudra que je modifie mon testament, maintenant.

— Moi aussi, soupira Sy. A quelle université pensiez-vous pour elle ?

— Je m'imaginais que peut-être elle aurait envie de venir dans l'Arizona, si bien que nous aurions pu la voir souvent. Ou alors, elle aurait pu s'inscrire à Los Angeles. Ce n'est guère à plus d'une heure d'avion de Tucson.

Ils se turent encore un long moment avant qu'Ingraham ne hasardât :

— Et vous ?

— J'avais choisi l'université de Chicago, pour les mêmes raisons que vous. En avion, le trajet dure à peine une heure. Et les études y sont réputées. J'espère que cela ne vous heurte pas. Je me considérais comme son grand-père.

— D'après ce que m'a dit Emily, vous méritiez ce titre. D'ailleurs, tous les enfants ont deux grands-pères

— Je ferais bien de m'en aller, dit Sy. Il faut que je fasse mon possible pour soulager Walt de ses obligations, aujourd'hui plus que jamais.

Il fit quelques pas, se retourna.

— Elle aimait le cirque, le saviez-vous ?

— Oui, je le savais.

— Je l'y ai emmenée deux fois. Nous avons passé de bons moments, ensemble.

— C'était une enfant qui aimait rire.

— Si vous aviez vu son émerveillement chaque fois qu'ils présentaient des numéros extraordinaires, comme de projeter un homme dans les airs au moyen d'un canon... Dieu ! Elle avait les yeux sombres les plus grands, les plus brillants que j'aie jamais vus.

— Vous êtes sûr qu'il n'y avait rien de plus... Pardonnez-moi. Si tel avait été le cas, je sais que vous l'auriez fait.

Sy se dirigeait vers sa voiture quand Walt se gara en face de la maison. Le vieux chirurgien s'approcha de lui pour lui adresser quelques mots de sympathie. Il remarqua alors que Walt prenait sur la banquette arrière des dossiers, des livres et plusieurs diplômes encadrés.

— Qu'est-ce que cela veut dire, Walt ?

— Je ne pense pas que j'y retournerai, dorénavant. Emily a besoin de moi. Je ne veux plus la négliger comme j'ai négligé Simone. A partir de maintenant, je lui consacrerai tout mon temps. Elle a traversé l'enfer, c'est à moi de le lui faire oublier.

— Écoutez-moi, Walt...

— Pardonnez-moi, Sy, mais il est inutile d'insister. J'ai laissé des instructions concernant les patients que je devais opérer. Pendleton s'en occupera.

— Attendez, Walt. Vous n'avez pas le droit de partir ainsi !

— C'est déjà fait. Emily a besoin de moi.

— Walt, je sais ce que vous ressentez, mais...

Walt l'interrompit sans égards :

— J'ai un service à vous demander. Prenez soin d'Amy Bedford. Elle s'est montrée si déterminée, si confiante dans son traitement malgré ce qu'elle a souffert, que j'aimerais que vous veilliez vous-même sur elle.

— Bien sûr, mais ne nous écartons pas de la vraie question, Walt. Il faut que vous reveniez.

— Pourquoi ?

— Vous vous devez à votre métier, à vos patients présents et futurs. Et pour finir, à vous-même.

— Je me dois ? Je ne dois rien à personne ! explosa Walt. Simone ! oui, je me devais à elle ! Je lui devais plus que de rentrer quand elle dormait déjà. Je lui devais plus que des baisers qu'elle ne sentait pas. Combien de fois a-t-elle accompli des choses dont j'avais de quoi être fier, mais je n'étais pas là pour la féliciter ? Les autres pères étaient là, eux ! Les autres pères riaient, applaudissaient, partageaient ces merveilleux moments avec leur fille. Mais pas Walter Duncan. Oh non ! Lui, il servait l'humanité. Et quelle humanité ? Des visages qui apparaissaient et disparaissaient. Pour la plupart, je ne les revoyais jamais. Mais la seule personne qui était une part de ma vie, qui était ma vie, je n'avais pas de temps à lui consacrer. Aujourd'hui, il me reste Emily. Elle a droit à tout mon temps, à tout mon amour. Elle en a besoin Vous le savez vous-même.

Sy avait une réponse toute prête, mais il savait qu'elle n'aurait aucun impact sur un homme tourmenté par la culpabilité comme l'était Walt Duncan en ce moment.

Posant la main sur l'épaule de son protégé, il dit très bas :

— Walt, nous autres juifs avons une façon particulière d'affronter le deuil. Pendant une semaine, un homme ne doit pas quitter la maison. Il ne doit pas porter des chaussures, mais des chaussons. Il ne s'assied pas sur sa chaise habituelle, mais sur un tabouret. Pour se conformer à la tradition biblique, il fait une entaille symbolique dans sa veste, en mémoire des Anciens qui déchiraient leurs vêtements. Et il se nourrit essentiellement d'œufs, parce que cet aliment représente la continuité de la vie. Cependant, au bout de sept jours, il retournera à la vie. Il n'oubliera pas le mort, pour qui il priera chaque jour pendant une année entière, et ensuite tous les ans, mais il reprendra le fil de sa vie. C'est pourquoi je vous laisserai en paix pendant les sept prochains jours, mais ensuite je vous rappellerai à vos devoirs.

— Je ne changerai pas d'avis, s'entêta Walt.

— Je serai de retour dans une semaine, dit Sy.

Avant la fin de la semaine, Sy téléphona à Emily.

— Y a-t-il quelque chose que je puisse faire pour vous ? Avez-vous besoin de quelque chose ?

La jeune femme le rassura. Les voisins s'étaient montrés d'une extrême gentillesse. Ils avaient fait les courses, s'étaient occupés des visiteurs et s'étaient mis à la disposition d'Emily pour accomplir à sa place toutes les corvées.

— Et Walt ? demanda Sy.

Emily hésita, puis elle parla d'une voix étouffée, de peur d'être entendue par son mari.

— Les deux premiers jours, il a accueilli les visiteurs avec courtoisie. Mais le troisième jour, quand des camarades de classe de Simone sont venues pour nous exprimer leur chagrin, il a explosé. Il leur a dit de partir, que rien de ce qu'elles pouvaient dire n'avait plus d'importance, que rien désormais ne pouvait modifier ce qui était : Simone était morte. Partie. Elle ne reviendrait jamais.

— Oh non ! s'attrista Sy.

— Depuis, continua Emily, il passe son temps dans la chambre de Simone. Quand je lui demande de descendre, il refuse. Si j'insiste, il me dit : « Je rattrape tout le temps que je n'ai pas passé ici. » Sy, Sy, je ne sais pas quoi faire... Vraiment, je ne sais plus.

Il l'entendit sangloter, à l'autre bout du fil.

— Emily... Em... Je vais venir lui parler, promit Sy.

Sy Rosen frappa doucement à la porte de Simone. Il n'y eut pas de réponse.

— Walt ? Walt !

Comme rien ne venait, Sy tourna la poignée et poussa la porte. La pièce était plongée dans l'obscurité car les stores avaient été baissés pour interdire au jour d'entrer. Il aperçut Walt étendu sur le lit trop petit de sa fille.

— Walt.

— Votre semaine n'est pas encore terminée, fit Walt d'une voix dure.

— Je ne pouvais attendre plus longtemps, s'excusa Sy. Nous avons des problèmes, à l'hôpital. Des cas sur lesquels nous aurions besoin de votre avis. Des patients en milieu de traitement. Des patients qui vous réclament parce qu'ils n'ont confiance qu'en vous.

— Désolé, mais le Dr Duncan n'est pas disponible. Désormais, il utilise son temps à sa guise. Ses soucis sont aussi importants que ceux de n'importe qui. Sa famille, ou plutôt ce qu'il en reste, est aussi importante que celle des autres. Dites-le-leur !

— Il faudra bien que vous reveniez un jour. Pourquoi pas tout de suite ?

— Si j'exerce de nouveau un jour, et je dis bien « si », je ne retournerai jamais dans cet hôpital. Jamais. Jamais je n'y remettrai les pieds. J'emmènerai Emily quelque part où nous pourrons oublier tout cela. C'est le moins que je lui doive !

— Vous le lui devez, dites-vous ? Très bien, mon cher docteur Duncan, continuez de vous nourrir de motifs nobles. Ainsi, vous vous apprêtez à sacrifier votre carrière, votre poste à l'hôpital.... Tout cela pour le bien d'Emily ? C'est un mensonge. Je vais vous dire ce que vous faites vraiment. Vous vous complaisez dans l'auto-châtiment. Parfaitement, le châtiment ! Cette science à laquelle vous avez consacré votre vie vous a déçu, elle vous a trahi. Au moment même où vous auriez sacrifié n'importe quoi pour sauver l'être qui vous était le plus cher, votre propre science a échoué. Après vous voir permis de sauver des patients soi-disant incurables, elle vous a abandonné. Notre hôpital a failli. Vous êtes un homme en colère, Walter Duncan, un homme empli de ressentiment. « Puisque la médecine m'a laissé tomber, je la lâcherai à mon tour », voilà ce que vous pensez... Walt, vous savez aussi bien que moi que dans ce domaine, les certitudes n'existent pas. Vous avez perdu certains patients, comme nous tous. Nous ne sommes pas parfaits et ne le serons jamais. Notre ennemi nous l'interdit. Dès que nous avons vaincu une maladie, une autre apparaît. Quand nous l'aurons terrassée, d'autres la remplaceront. Vous voulez la perfection ? Elle n'existe pas.

— Je n'en ai jamais demandé autant ! explosa Walter Duncan. Je voulais simplement qu'une petite fille soit sauvée, qu'elle survive. Une seule petite fille. Ma propre fille !

— Walt... commença Sy.

— Non ! l'interrompit son protégé. Il est inutile d'insister. Jamais plus je ne sacrifierai mes besoins, ceux de ma femme, pour le salut des autres. Jamais plus !

Peu à peu, les cartes de condoléances se raréfièrent, pour enfin cesser complètement. Le père et la mère d'Emily repartirent pour l'Arizona. Quant à Sy, il passait son temps à l'hôpital pour assumer ses propres tâches en plus de celles de Walt.

Pour la première fois, la maison fut vide. Et silencieuse. A défaut d'avoir autre chose à dire, et par pure habitude, Emily demandait :

— Tu veux du café ? Je viens d'en préparer.

— Non merci, répondait Walt sans la regarder.

Tourné vers la fenêtre du salon, il fixait le jardin sans le voir

— N'y a-t-il rien que je puisse t'offrir ? demandait-elle.

— Si, répondit-il une fois, je veux que ma petite fille revienne.

— Non ! explosa-t-elle soudain. Tu n'as pas le droit de me faire ça !

— Faire quoi ? Que t'ai-je fait, sinon te priver d'un mari ? Toi et Simone, je vous ai volé le temps qui vous appartenait.

— Je ne parlais pas de cela.

— De quoi parlais-tu donc ?

— Tu veux rejeter le blâme sur moi, n'est-ce pas ?

— Je n'ai rien dit de tel ! protesta-t-il.

Elle leva vers lui des yeux brillants de larmes.

— Bien sûr que non, ce n'est pas quelque chose que tu puisses me lancer au visage. Tu es trop généreux, trop attentionné ! Va au diable ! Tu veux que je le dise moi-même pour que plus tard je ne puisse pas t'accuser ? D'accord ! Je le dirai. Selon toi, qu'est-ce qui m'a tenue éveillée, pendant toutes ces nuits, depuis que j'ai su qu'elle allait mourir ? Dès l'instant où j'ai compris que ce que vous appelez la « réaction du greffon contre l'hôte » commençait, j'ai passé des heures à la regarder. Et je pensais que la moelle tirée de mes os détruisait mon enfant. Je la tuais.

— Emily, non ! Ils nous avaient dit dès le début que la compatibilité parfaite n'était pas atteinte. Mais c'était sa seule chance, une chance ultime. Nous le savions tous.

— Tu ne comprends pas ! cria-t-elle. Une chance ultime pouvait échouer, mais ce n'est pas ce qui s'est passé. Ma moelle n'a pas seulement échoué, elle a attaqué Simone, elle l'a tuée. Je l'ai tuée. Ça y est, je l'ai dit ! Tu es content ?

Elle se mit à pleurer, le corps secoué par les sanglots. Il voulut la prendre dans ses bras, mais elle se dégagea avec violence.

— Tuée... Je l'ai tuée... ne cessait-elle de gémir.

— Non, Em, tu as fait tout ce qui était en ton pouvoir. Si quelqu'un est fautif, c'est moi. Si je n'avais pas été aussi occupé par les enfants des autres, aussi soucieux de leurs maladies, j'aurais compris plus vite. J'aurais reconnu les symptômes présentés par Simone. Maintenant que j'y repense, ils étaient si évidents... Ces taches sur sa peau... cette fatigue. Rappelle-toi combien elle était pâle, combien elle était docile. Elle me suppliait pratiquement de reconnaître sa maladie, mais j'étais bien trop absorbé par celles des autres ! Pendant toute sa courte vie, j'ai été occupé, occupé ! Elle a vécu et elle est morte sans avoir joui d'un père à plein temps. La faute me revient, entièrement !

S'écartant d'Emily, il s'effondra dans la chaise la plus proche.

— La « qualité du temps », dit-il d'un air vague. N'est-ce pas toi qui m'en as parlé ? Je n'ai jamais eu de temps, pour Simone, ou pas vraiment. En tout cas pas assez pour lui donner une chance de vivre. Sinon, j'aurais repéré ces symptômes plus tôt. J'aurais...

— Ce n'est pas ce que dit Sy, intervint Emily.

— Hein ? Quoi. Que dit Sy ?

— Je lui ai demandé si notre fille aurait pu être guérie si la maladie avait été détectée plus tôt. Il m'a dit que non. Une fois que la leucémie était là, Simone n'avait quasiment aucune chance de survivre. Un peu plus tôt... un peu plus tard, cela n'aurait fait aucune différence. Nous savons maintenant que rien ne pouvait la sauver.

Ils se turent pendant quelques minutes.

— Pendant toutes ces nuits, avoua-t-il, je suis devenu comme fou. Je me suis mis à discuter avec la maladie, avec la mort. J'ai essayé de conclure un marché avec elles. Elles me rendaient ma fille, et j'abandonnais la chirurgie. Et je le pensais vraiment.

Il faisait nuit. Il n'avait allumé aucune lampe, il n'avait répondu à aucun appel téléphonique. Assis dans le salon, il ne ressentait ni la soif ni la faim, il n'était conscient que du silence qui régnait dans la maison. Il se leva pour aller rejoindre sa femme. Passant devant la porte restée ouverte de Simone, il se dirigea vers leur chambre.

Voyant la porte close, il connut un instant de panique. Poussée par son sentiment de culpabilité, Emily avait-elle attenté à ses jours ?

Il se rua dans la pièce. Emily décrochait des vêtements dans la penderie. Une valise ouverte était déposée sur le lit.

— Em ?

— Je crois que je vais quitter cet endroit.

— Pour aller où ?

— Je l'ignore. Peut-être chez mes parents. Quelque part.

— Tu veux me laisser seul ? Avec tout ce vide ?

— Chaque fois que je passe devant sa chambre, je ne peux m'empêcher de penser qu'une part de moi l'a tuée.

Prenant les cintres de ses mains, il les jeta de côté pour la prendre dans ses bras.

— Emily... Désormais, nous sommes tout l'un pour l'autre. Et j'ai besoin de toi, profondément... Parce que moi aussi, je vais commencer une nouvelle vie. S'il faut partir, alors, partons ensemble. Rien ne nous retient plus ici. J'ai prévenu Sy que je ne retournerais pas à l'hôpital. Peut-être ne pratiquerai-je jamais plus la chirurgie. Peut-être même abandonnerai-je la médecine. Je ne leur dois rien !

Prenant le visage d'Emily entre ses deux mains, il l'embrassa sur les lèvres, puis il pressa sa joue contre la sienne.

— Est-ce que tu me pardonnes pour ce que j'ai fait à Simone ? chuchota-t-elle.

— Je te pardonne toutes tes fautes, réelles et imaginaires. Je te pardonne d'avoir été si bonne et si compréhensive. Pour avoir vécu avec les nécessités, les urgences et les frustrations qui font partie de l'existence des femmes de médecins, je te pardonne.

Comme il l'embrassait encore, elle répondit à son baiser. Il sentit s'éveiller en lui des désirs qu'il avait crus morts avec sa fille. Il n'avait jamais eu autant besoin de se rapprocher d'Emily, de se confondre avec elle. L'emportant dans ses bras, il la déposa sur le lit, puis il se mit à la dévêtir.

— Pas après... commença-t-elle.

— Jamais nous n'avons eu à ce point besoin l'un de l'autre, répondit-il. Jamais autant eu besoin de nous aimer

Il était si tard qu'ils entendirent les cloches de l'église, qui se trouvait à quelques rues de leur maison. C'était un son qu'ils ne percevaient que lorsque tous les bruits du quartier avaient cessé.

Elle était blottie au creux de son bras, la tête sur sa poitrine.

— Tu étais sincère lorsque tu as dit que tu ne retournerais pas à l'hôpital ?

— Je ne l'ai jamais été davantage.

26

Le Dr Sy Rosen terminait le bilan des examens subis par Amy Bedford. Ses radios du poumon étaient claires, une fois de plus. L'intervention chirurgicale avait atteint son but, et la cicatrisation était parfaite. Aucune autre métastase n'était apparue, et l'année étant presque terminée, sa vie future s'annonçait sous les meilleurs auspices.

Pendant qu'Amy et sa mère attendaient dans la pièce où il examinait ses patients, il retourna dans son bureau et demanda à sa secrétaire d'appeler Brud Simpson, en Rééducation.

— Brud ? Ici le Dr Rosen. J'ai dans mon cabinet la patiente du Dr Duncan, Amy Bedford.

— Ah oui, une fille extraordinaire ! Elle n'a qu'un défaut, elle se mène elle-même trop durement. Sinon, ses progrès sont remarquables.

— C'est tout ce que je désirais savoir. Elle s'appuie toujours sur une canne, mais il me semble qu'elle pourrait s'en passer. Qu'en pensez-vous ?

— Je suis tout à fait d'accord, à condition qu'elle poursuive sa rééducation ici.

— Évidemment. Je le lui rappellerai. Merci.

Il allait raccrocher lorsque Simpson demanda :

— Docteur, avez-vous des nouvelles de Walter Duncan ? Pourquoi n'est-il pas revenu ?

Sy estima qu'un petit mensonge ne nuirait à personne :

— Il a des ennuis familiaux.

— Bien sûr... Sa femme doit être salement secouée.

Sy ne répondit pas.

— Très bien, Amy. Maintenant tu vas marcher de long en large sans ta canne.

L'adolescente jeta un coup d'œil à Sy, puis à sa mère. Abandonnant sa canne sur la table d'examen, elle commença à marcher en direction du mur le plus éloigné de la longue pièce étroite. Un pied, puis l'autre... hésitant une seconde avant de poser le droit sur le sol. Elle le plaçait de façon que la prothèse se bloquât et pût supporter le poids de son corps.

Sa marche n'était pas aussi aisée qu'elle le serait un jour, mais elle pouvait progresser sans appui. Après la chimiothérapie, qui devait se poursuivre encore un mois, elle pourrait reprendre une vie normale.

— La boucle sera bientôt bouclée, Amy. C'est la finale du championnat, en quelque sorte. Encore un peu de chimio, une autre série de radios, un scanner de plus, et ton année sera terminée.

— Mon année ? Il y a eu des jours... et des nuits... où il me semblait qu'elle durait un siècle.

— Je sais, mon petit, je sais. Mais ça en valait le coup. Pas vrai, madame Bedford ?

Marion Bedford lui adressa un sourire rayonnant.

— Tout à fait ! Croyez-moi, il y a onze mois, et à plusieurs reprises pendant ces onze mois, j'ai pensé qu'elle ne marcherait plus jamais.

— Vous vous trompiez. Et elle va encore progresser !

— Docteur Rosen, intervint Amy, je voudrais vous poser une question que j'aurais posée au Dr Duncan s'il avait été là.

— Oui ?

— Puis-je me remettre au tennis ?

Sy sourit tendrement à l'adolescente.

— Si tu le peux ? Je suppose que oui, dans quelque temps. Est-ce prudent ? Je ne le crois pas. Et je pratique ce sport depuis très, très longtemps. Demande au Suédois. Pourtant, à ta place je ne m'y risquerais pas. Bien sûr, nous disposons d'une prothèse de rechange. En ce moment même, elle se trouve dans le magasin de Hans. Nous est-il déjà arrivé de remplacer une prothèse ? Bien sûr. Mais nous préférons de loin éviter les interventions chirurgicales superflues. Tu as maintenant quinze ans...

— Seize, rectifia Amy. J'ai même eu de la chimio le jour de mon anniversaire.

— D'accord, seize ans. Ta vie va reprendre son cours. Pense à tes études, à ta carrière. Pense à sortir avec des garçons de ton âge. Tu seras courtisée, tu te marieras, tu auras des enfants. J'imagine que tu ne désires pas passer plus de temps qu'il n'est nécessaire dans les hôpitaux ? Alors, oublie le tennis.

Amy hocha gravement la tête, puis son visage s'épanouit.

— Docteur, pendant tous ces longs mois, j'ai eu une ambition : que le Dr Walt me voie le jour où je pourrais marcher toute seule.

— Il aurait été ravi, assura Sy.

— Pourrai-je le lui montrer ?

Voyant l'air troublé du vieux chirurgien, elle poursuivit très vite :

— Si je passais devant sa maison, pensez-vous qu'il me verrait ? J'aimerais marcher jusqu'à sa porte sans béquilles ni canne.

— C'est une très bonne idée, approuva Sy, mais appelle-le d'abord pour l'avertir de ta venue.

— Bien sûr.

Pendant qu'Amy se rendait dans le vestiaire pour ôter la tenue blanche des patients, Sy chuchota à sa mère :

— Madame Bedford, votre mari joue-t-il au golf ?

— Quand il en trouve le temps, pourquoi ?

— Une fille comme Amy, habitée par un tel désir de se réaliser sur le plan corporel, a besoin de trouver un sport de remplacement. Le tennis pourrait s'avérer très dangereux pour elle, parce qu'il implique des démarrages foudroyants et des arrêts soudains. Elle pourrait tomber. En revanche, avec le golf, nous ferions d'une pierre deux coups. Amy exercerait ses dons dans un sport sans danger, et elle se rapprocherait de son père.

Marion Bedford lui sourit, l'air soulagée.

— Docteur Rosen, je peux vous avouer maintenant que dès qu'Amy a commencé à se rétablir, j'ai craint qu'elle ne revienne à ses anciennes amours. J'aimerais beaucoup qu'ils jouent au golf ensemble.

— Suggérez-leur subtilement cette idée, conseilla Sy.

— Walt, on te demande au téléphone, dit Emily en entrant dans la chambre de Simone où son mari passait le plus clair de son temps.

— Je ne veux parler à personne.

— C'est une patiente.

— Qu'elle s'adresse à Sy.

— C'est Amy Bedford. Elle a quelque chose à te dire.

— Amy... Amy Bedford. D'accord. Mais elle est la seule à qui j'accepterai de répondre.

Walt descendit dans le salon pour prendre l'appel. Il écouta Amy exposer son projet, et refusa de la voir. Comme elle insistait, il finit par accepter.

Le voyant remonter à l'étage, Emily s'inquiéta :

— Tu devrais te raser et mettre des vêtements un peu moins négligés.

Il hocha sombrement la tête, mais il regagna la chambre de Simone.

— Brent, tu n'auras qu'à me déposer devant chez eux, dit Amy Bedford au téléphone.

— Ce serait avec plaisir, Amy, mais je n'ai pas de voiture. La mienne est au garage, et maman a pris la sienne pour se rendre à la même réception charitable où doit aller ta mère.

— Je pourrais prendre un taxi, mais j'avais envie que tu sois là quand je le lui montrerai. Après tout, tu y es pour beaucoup, tu sais.

— Eh ! Mais j'ai une idée. Pourquoi n'irions-nous pas en mobylette ? Je m'en sers pour aller au lycée depuis que ma voiture est en panne.

— Je ne suis pas remontée sur une mobylette depuis le début de ma maladie. Ce sera comme au bon vieux temps ! Viens me chercher dans une demi-heure.

— Ah, j'oubliais ! N'oublie pas de prendre ton casque.

— Bien sûr. A tout de suite !

Brent Martin se montra extrêmement prudent, s'assurant qu'Amy était confortablement installée sur le siège arrière de sa mobylette. Après qu'elle eut assujetti le casque, il mit en marche son engin bruyant puis il prit la direction du faubourg où vivaient les Duncan.

Le trajet se déroula sans encombre jusqu'à ce qu'ils fussent à quelques centaines de mètres de la maison du Dr Duncan. Comme un énorme camion les doublait, Brent ralentit pour lui permettre de le dépasser, puis il reprit sa vitesse initiale.

Alors, sans crier gare, le camion se rabattit brusquement sur la droite, coupant la route à Brent. Le chauffeur appuya sur les freins, mais le mastodonte était trop puissant pour s'arrêter à temps.

La mobylette s'écrasa sur le flanc du camion.

La femme qui vivait au coin de la rue entendit le hurlement des freins, puis le bruit de ferraille qui suivit. Ayant jeté un coup d'œil par la fenêtre, elle décrocha le téléphone et forma le 911[1] pour signaler l'accident.

1. 911 : numéro d'appel de l'équivalent de Police Secours.

— D'après ce que j'ai vu, vous pouvez envoyer une ambulance, dit-elle. Peut-être même deux.

Sirènes hurlantes, trois voitures de police gagnèrent les lieux de l'accident, où elles formèrent un barrage pour bloquer la circulation. Quelques minutes plus tard, l'ambulance arrivait à son tour. Les infirmiers ouvrirent l'arrière du véhicule, tandis que le conducteur en sortait un brancard.

— Que s'est-il passé ? s'enquit l'un des infirmiers auprès d'un policier.

— Deux gosses en mobylette. Heureusement, ils portaient des casques, mais le garçon semble salement amoché.

L'infirmier s'agenouilla à côté de Brent, qui venait de reprendre conscience.

— Tu n'as mal nulle part, fiston ?

— Non, monsieur, réussit à articuler Brent.

L'homme examina rapidement le blessé, s'attardant particulièrement sur sa nuque et son cou, puis il appela le chauffeur :

— Approche le brancard !

Avec beaucoup de précautions et tout en soutenant la tête de Brent, ils déposèrent le garçon sur le brancard et le portèrent dans l'ambulance. L'infirmier immobilisa ensuite sa tête avec les courroies prévues à cet effet. Alors seulement l'infirmier s'occupa d'Amy Bedford. Après avoir pris son pouls, il constata qu'elle ne souffrait d'aucun traumatisme apparent. En dehors du choc, elle semblait indemne, pourtant il insista pour qu'elle les accompagnât à l'hôpital où l'on s'assurerait qu'elle n'avait subi aucun dommage interne.

Dès que Brent Martin arriva aux Urgences, l'interne de service comprit au premier coup d'œil qu'il fallait procéder à une radio du rachis cervical. Quand Brent fut sur la table, il demanda :

— Tu n'as mal nulle part, petit ?

— Non, souffla Brent.

— Montre-moi comment tu bouges les jambes. La droite, pour commencer.

Le jeune garçon esquissa un mouvement imperceptible.

— La gauche, maintenant, ordonna le médecin.

Brent essaya en vain d'obéir à l'injonction.

— Voyons le bras droit.

Au prix d'un énorme effort, Brent parvint à le soulever légèrement.

— Le gauche, poursuivit l'interne bien qu'il eût maintenant formé son diagnostic. Appelez le Dr Pendleton, continua-t-il à l'adresse de l'infirmière. S'il est occupé, trouvez-moi quelqu'un en Orthopédie ou en Neurochirurgie. Dépêchez-vous, c'est urgent !

De la table d'examen où elle était couchée, Amy supplia :

— Prévenez le Dr Rosen, s'il vous plaît.

— Rosen ? répéta le jeune médecin. Vous connaissez Simon Rosen ?

— C'est lui qui me suit.

— Pourquoi ne pas l'avoir dit plus tôt ? Mademoiselle, débrouillez-vous pour trouver Sy Rosen, où qu'il soit.

Quelques minutes plus tard, Sy Rosen entrait en courant aux Urgences.

— Une de mes patientes ? demanda-t-il d'une voix essoufflée. Qui est-ce ? Où est-elle ?

Il aperçut Amy, dont l'une des infirmières nettoyait le visage tuméfié. Il se précipita vers elle.

— Docteur Rosen, intervint le jeune médecin, cet autre patient...

Sy l'écarta d'un geste pour rejoindre la jeune fille, puis il examina soigneusement sa jambe droite. De ses doigts sensibles, il la palpa jusqu'à ce qu'il fût assuré qu'elle était indemne.

— Lève-toi, Amy ! ordonna-t-il.

— Docteur Rosen... insista l'interne.

— Debout, Amy ! Montre-moi comment tu marches.

Le pantalon froissé et maculé de sang, le sweater déchiré dans la chute, Amy Bedford se mit à marcher de long en large.

— Bravo ! approuva Sy Rosen avec soulagement. Tu passeras une radio, mais d'ores et déjà je suis presque sûr que tout va bien.

Se tournant vers l'interne, il l'interrogea :

— Et maintenant, docteur, que puis-je pour vous ?

— Je voudrais que vous examiniez ce garçon.

Il ne fallut pas longtemps à Sy Rosen pour confirmer le diagnostic du jeune médecin.

— Il faut qu'il soit opéré sur-le-champ. Appelez Pendleton. S'il n'est pas disponible, Harvey ou Bridges. Il y en aura bien un des deux de libre. Ensuite, retenez une salle d'opération, et faites chercher Braham, en Neurologie. Nous aurons besoin d'un neurologue, durant l'intervention.

27

Peu après, le Dr Alan Bridges faisait irruption aux Urgences.

— Vous m'avez fait demander, Sy ?

— Alan, examinez soigneusement ce jeune garçon, je vous prie.

Tandis que le chirurgien procédait à un examen minutieux du blessé, Sy s'efforça de consoler Amy, qui sanglotait.

— C'est ma faute, ne cessait-elle de répéter en pleurant. C'est ma faute. Si je ne lui avais pas demandé de m'accompagner chez le Dr Duncan, rien ne serait arrivé. Est-ce qu'il va mourir ? Je vous en supplie, docteur Rosen, dites-moi la vérité.

— Nous n'en savons rien encore, ma chérie. Mais nous redoutons davantage ce qui se produira s'il vit.

— Que voulez-vous dire ?

Avant que Sy pût répondre, Bridges s'écarta de la table. Du regard, il fit comprendre à Sy qu'il ne désirait pas discuter du blessé en présence de la jeune fille. Hochant la tête, le vieil homme attira son confrère dans un coin de la pièce.

— Il nous faut une radio de la colonne vertébrale, commença Bridges.

Sy l'interrompit avec impatience :

— Bien entendu ! Je suppose que vous envisagez une dislocation de la colonne vertébrale. Il est possible que la zone médullaire soit endommagée. Il ne peut plus bouger les jambes.

— A peine, du moins. Mais si vous le saviez déjà, pourquoi m'avez-vous fait chercher ?

— Nous devons l'opérer tout de suite !

— Intervenir dans un cas comme celui-ci ! Ne comptez pas sur moi !

— Je ne comprends pas, Bridges. Voulez-vous dire que vous refusez d'opérer ? Je vous l'ordonne !

— Docteur Rosen, rétorqua Bridges d'une voix grave, dois-je vous rappeler que vous n'êtes plus le patron du service d'Orthopédie ? Et que le titre de professeur honoraire ne vous confère aucune autorité ?

Furieux, Sy saisit Bridges au collet.

— Bridges, en tant que médecin s'adressant à un autre médecin, je vous demande de réduire la fracture de ce garçon.

Pesant soigneusement ses mots, Bridges répliqua :

— Docteur Rosen, selon moi les chances de rétablissement du patient sont si minces qu'il est inutile de lui faire courir ce risque.

— Vous faites allusion aux risques courus par le patient... ou par le médecin ? s'enquit Sy, le visage empourpré par la fureur.

— Je pense qu'il est inutile de faire courir ce risque au patient, répéta Bridges.

Renonçant à discuter, Sy décrocha le téléphone mural.

— Appelez le Dr Walt Duncan, ordonna-t-il à la standardiste. Il est chez lui. Et insistez pour qu'il réponde lui-même.

Le récepteur à la main, il jeta un regard furibond à Alan Bridges. Amy se tenait près de la table d'examen, serrant désespérément le bras de son ami. Il avait sombré dans l'inconscience et elle tentait de l'y arracher, terrifiée à l'idée que s'il ne s'éveillait pas très vite, il ne reviendrait plus jamais à lui.

— Bonjour, Walt, dit Sy. Ah... Emily... Je désirerais parler à votre mari. Il ne voudra pas venir à l'appareil ? Bon sang ! Dites-lui que je veux lui parler ! Ce n'est pas le moment de se lamenter. Il faut que je lui parle !

Aux Urgences, plus personne n'osait bouger. Même l'infirmière qui avait fixé le cathéter sur le bras de Brent hésitait à déclamper le tuyau. Immobiles, tous se taisaient.

Enfin, Sy brisa le silence :

— C'est vous, Walt ? Je veux que vous veniez tout de suite à l'hôpital. Une urgence... Le genre de cas où chaque minute compte... Une décompression de la moelle épinière, suivie d'une réduction de la fracture... Une collision, oui. D'après ce que j'ai pu constater, la compression du tissu osseux risque de laisser ce jeune homme tétraplégique.

— Sy, je vous ai dit... commença Walt.

— Attendez, vous connaissez ce garçon. C'est un ami d'Amy Bedford. Il vous a aidé à lui faire remonter la pente.

— Le jeune... Martin... Quelque chose ?

— C'est son nom, et son prénom est Brent. Walt, vous savez ce qui se produit si les nerfs sont soumis à une pression trop prolongée. Venez tout de suite !

Walt n'avait jamais pu refuser quoi que ce soit à Sy Rosen, s'il insistait. Il céda.

— Entendu, Sy. J'arrive.

— Merci. Walt...

— Oui ?

— Demandez à Emily de prendre le volant, pour plus de sûreté.

Walt Duncan hésita pendant quelques secondes.

— D'accord, Sy, d'accord.

Douze minutes plus tard, Emily Duncan se garait le long du trottoir réservé aux ambulances. Mal rasé, vêtu d'un vieux pantalon de toile et d'une chemise bleue froissée, Walt Duncan en descendit et gravit les quelques marches qui conduisaient aux Urgences.

Lorsqu'il y pénétra, Emily sur les talons, Sy lui désigna la table d'examen. Walt s'en approcha et baissa les yeux vers le jeune homme inconscient. Il s'apprêtait à l'examiner, lorsque Sy lui rappela :

— Docteur, ne pensez-vous pas que vous devriez d'abord vous laver les mains ?

Penché au-dessus du lavabo, Walt prit conscience de la présence d'Amy.

— Elle se trouvait avec Brent, Sy ? Elle n'a pas été blessée ? Vous avez regardé sa jambe ?

— Au toucher, sa jambe paraît indemne, mais elle devra évidemment subir une radio. Je me fais surtout du souci pour le garçon.

Walt Duncan retourna auprès du blessé. Il se mit à le palper avec une délicatesse infinie, afin de déterminer ses lésions. Enfin, il se tourna vers Alan Bridges, qui se tenait derrière Sy Rosen.

— Tu vas devoir ouvrir et le décompresser. Il n'y a pas d'autre solution.

— En ce cas, fais-le toi-même, rétorqua le médecin.

— C'est impossible. Pour l'amour du ciel, Alan, après ce que je viens de traverser, je ne me fie plus à mes propres mains. Tu dois t'en charger.

— Je le dois ? Veux-tu que je te rappelle les pourcentages d'échecs, dans ce genre de cas, quand bien même l'intervention s'est parfaitement déroulée ? Le nombre de décès ? Et parmi les patients qui survivent, combien d'entre eux perdent l'usage de leurs jambes, de leurs mains, ou même des quatre membres ? Tu veux que je te rappelle les statistiques ?

— Alan, ce garçon n'a que dix-sept ans. Il a toute sa vie devant lui. Allez-vous le condamner à la passer dans un fauteuil roulant ? intervint Sy.

— Je n'interdis à personne de l'opérer. Je précise simplement que ce ne sera pas moi. Certainement pas !

Et ne m'en veuillez pas si je n'assiste pas non plus à l'intervention..

— Alan, regarde mes mains, supplia Walt Duncan en écartant ses longs doigts dont il avait éprouvé tant de fois l'efficacité. Vois comme elles tremblent, c'est à peine si je peux les immobiliser un instant... Alan !

Le visage sombre, Sy s'interposa tristement :

— C'est inutile, Walt, vous avez affaire à une nouvelle race de médecins. Plutôt que de prendre un risque pour leur patient, ils se défilent comme des lâches afin de sauver leur propre peau.

— Ne me taxez pas de lâcheté ! rétorqua vivement Alan Bridges. Si le système est ce qu'il est, je n'y suis pour rien ! Vous savez foutrement bien que si ce garçon mourait à la suite de l'opération, ou restait paralysé, je risquerais des poursuites. Tout ce pour quoi j'ai travaillé, la sécurité de ma femme, l'éducation de mes enfants, serait anéanti. Ce jeune homme a dix-sept ans, s'il devait rester paralysé à vie, quel serait le verdict prononcé à mon encontre ? Cinq millions de dommages et intérêts ? Dix millions ? Qui sait ce que déciderait le jury ? Mais si je n'opère pas, on ne peut m'accuser d'incurie. Un médecin a le droit de considérer que dans ce cas particulier, l'opération constitue un risque trop grand pour la vie du patient.

— Qui donc es-tu ? s'exclama Walt Duncan. Un homme d'affaires ou un praticien ? Pour quelle raison as-tu choisi cette profession ? Tu espères sans doute mettre un peu d'argent de côté pour prendre ta retraite le plus tôt possible ?

Le Dr Bridges choisit ses mots avec le plus grand soin :

— Je ne pense pas que le risque encouru par le patient soit justifié. Particulièrement lorsqu'un saint de ton espèce est susceptible de témoigner contre moi devant les tribunaux, ainsi que tu l'as fait contre Enright.

— Tu ne l'oublieras jamais, n'est-ce pas ? Tu ne me pardonneras jamais d'avoir osé dire la vérité ?

— Messieurs, je vous ai donné mon avis professionnel. Je me prononce contre une réduction de fracture dans ce cas précis.

Le Dr Alan Bridges quitta la salle, non sans jeter un regard mauvais aux deux infirmières et à l'interne de garde, pétrifiés par son attitude.

— Walt ? fit Simon Rosen.

Il n'eut pas besoin d'en dire davantage. Walt Duncan savait ce que son vieil ami avait en tête. Si l'opération devait avoir lieu, il fallait l'entreprendre sur-le-champ. Il sentit que ses mains tremblaient, le long de son corps, il ignorait si c'était de fureur ou d'épuisement nerveux. Quoi qu'il en fût, il se sentait incapable de relever le défi lancé par Sy.

Ce dernier regarda Emily, qui s'était tenue à l'écart pendant l'altercation. Des yeux, il la supplia d'intervenir. Lentement, elle s'approcha de son mari, puis elle posa ses mains sur ses épaules.

— Walt, c'est un tout jeune homme, presque un enfant. Il a toute la vie devant lui. Tu dois le faire.

— Désormais, je n'ai plus aucune obligation, répliqua-t-il. D'ailleurs, je ne crois pas en être encore capable.

— Toute ton habileté n'a pas disparu en quelques jours ? Je t'en prie, Walt !

Bien qu'il ne répondît pas, elle comprit qu'il n'était pas prêt à accepter.

— Walter, reprit-elle, imagine que Simone ait pu être sauvée grâce à une intervention chirurgicale, mais qu'aucun médecin n'ait accepté de s'en charger...

Les yeux soudain voilés par les larmes, Walt s'enquit d'une voix étouffée :

— Quelqu'un peut-il prévenir les parents de Brent ?

— Je les ai appelés, dit Amy.

— En ce cas, ils devraient arriver d'un instant à l'autre, dit Walt en se tournant vers Sy. Je vais me nettoyer les mains. Occupez-vous d'obtenir leur consentement lorsqu'ils seront là. Je vous retrouve en salle d'opération.

Lorsqu'il fut sorti, Sy se précipita vers Emily.

— Merci, Emily. Vous avez prononcé les mots qu'il avait besoin d'entendre.

Réduire la fracture... Cette injonction résonnait dans le cerveau de Walt tandis qu'il se lavait les mains avant d'entreprendre sa première intervention chirurgicale depuis la mort de sa fille. Ces trois petits mots anodins recouvraient une opération délicate consistant à soulager le système nerveux de la pression qui s'exerçait sur lui. C'était une tâche extrêmement difficile, qui exigeait du chirurgien des précautions infinies. Il s'agissait de retirer de la moelle épinière les esquilles pointues de vertèbres qui s'y étaient incrustées, sans endommager les nerfs eux-mêmes. Le chirurgien devait s'efforcer de sauvegarder à son patient la mobilité qui lui restait, tout en espérant lui rendre le plein usage de ses membres.

Réduire la fracture... Sous ces mots innocents se cachaient les risques énormes qui tenaient à la nature de l'intervention.

Au cours de l'opération, Walt garderait en mémoire que les pourcentages étaient contre lui. Ce n'était pas la première fois qu'il traitait un cas semblable. Ses résultats étaient meilleurs que la moyenne, mais il avait eu sa part d'échecs. Pourtant, il devait prendre ce risque pour donner à ce jeune garçon une chance de mener une existence normale.

Sy vint se désinfecter les mains au-dessus du lavabo voisin.

— En Neurochirurgie, Clemmons est d'accord pour vous assister. Il arrive.

— Brave type, ce Clemmons, observa Walt.

Tout en se rinçant les mains pour la dernière fois, il poursuivit :

— A propos d'Alan Bridges... Ce n'est pas entièrement sa faute. C'est ce que le système produit sur nombre de praticiens. Malgré leur compétence, la peur les amène à choisir la sécurité au détriment de l'honnêteté.

Dès que Walt eut enfilé les gants que l'infirmière lui tendait, il se sentit plus à son aise. Il se retrouvait en terrain connu. Malgré les obstacles qui pouvaient se présenter, il se savait apte à les affronter. En fait, il était bien mieux armé contre eux que contre les douleurs de sa propre vie.

Clemmons à ses côtés et Sy en face de lui, il entreprit avec une délicatesse et un soin extrêmes d'atteindre la zone endommagée, écartant la peau puis la chair pour parvenir jusqu'à la dure-mère qui protégeait la moelle épinière.

A l'œil nu, il était évident que des esquilles de vertèbres écrasées compressaient la partie médullaire. Si cela durait ne serait-ce que quelques heures, il en résulterait une paralysie irréversible. Mais en tentant de les retirer, on n'était pas assuré d'obtenir un complet rétablissement, et la tentative risquait même d'empirer l'état du patient.

Bridges avait tout à fait raison, songea Walt Duncan. Le chirurgien pouvait déployer tout son art et ne commettre aucune erreur, les chances n'étaient pas de son côté.

Après avoir consulté Clemmons du regard, Walter Duncan commença à extraire les minuscules éclats d'os de la moelle épinière. Lorsqu'il fut venu à bout de cette tâche, il procéda à la reconstitution du corps vertébral qui préviendrait toute complication ultérieure. Le nerf avait été décompressé. Désormais, le sort du patient se trouvait entre les mains de la nature.

Walt donna alors des instructions précises. La tête du jeune homme devait être immobilisée entre deux billots de mousse rigide pour faciliter la cicatrisation. Clemmons le suivrait sur le plan neurologique, et si tout allait bien, Brent se rétablirait. Cela prendrait des semaines, peut-être des mois, mais au moins il avait maintenant une chance de s'en sortir.

Pendant qu'on emmenait le blessé sur un lit roulant, Walt ôta ses gants et les jeta dans le récipient prévu à cet effet. Au moment où il retirait son masque chirurgical, il prit conscience du regard de Sy posé sur lui. Le visage du vieil homme était encore dissimulé derrière son masque. Seuls ses yeux d'un bleu délavé étaient visibles.

— Beau travail, Walt, approuva-t-il.

— Magnifique, renchérit Clemmons. Ce garçon a vraiment eu de la chance. J'espère qu'il l'appréciera. Ce fut un plaisir de vous assister, ajouta-t-il en tendant la main à Walt.

Quand le neurologue eut quitté la salle, Sy se débarrassa à son tour de ses gants et de son masque.

— Walt... Puisque vous êtes là, je voudrais vous demander une faveur.

— Laquelle ?

— J'ai un petit garçon, en Pédiatrie. Vous voulez bien l'examiner ?

— Que soupçonnez-vous ?

— Je ne veux pas vous influencer. Vous me direz ensuite ce que vous en pensez, d'accord ?

Walter Duncan hésita un instant avant d'accéder à la requête de son vieil ami.

— Entendu, mais je ne verrai que cet enfant.

— C'est tout ce que je vous demande. Mais auparavant, je vous suggère de vous raser et de vous peigner. Vous ressemblez à une star du rock, pas à un chirurgien.

28

Walt Duncan examina avec soin le petit patient de dix ans. Après avoir étudié son dossier médical, il fit signe à Sy de l'accompagner dans le corridor.

— Sy, vous n'aviez pas besoin de mon avis. Les radios et le scanner indiquent clairement un ostéosarcome.

— Que suggérez-vous ?

— Chimiothérapie, évidemment. Et tout de suite.

— Il a commencé le traitement depuis huit semaines, précisa Sy. Vous comprenez, se hâta-t-il de poursuivre, je ne voulais pas vous ennuyer, étant donné les épreuves que vous traversiez.

Walt hocha la tête avant de poser la question cruciale :

— La tumeur a-t-elle diminué ?

— Sensiblement.

— Alors il n'y a pas à hésiter, il faut ouvrir et pratiquer une résection. Bien sûr, en raison de son extrême jeunesse et de la croissance, il devra changer de prothèse dans quelques années, mais ce n'est pas un problème.

— C'est en effet ce qu'il faudrait faire, mais il y a un obstacle, objecta Sy.

— Lorsque vous avez parcouru son dossier, n'avez-vous pas remarqué son nom.

— Quelle importance.

— Il est aussi sur la feuille de soins.

— Je sais. Il s'appelle Mangan, ou quelque chose comme ça.

— Vous avez noté son adresse ?

— En quoi cela comporte-t-il un intérêt quelconque ?

— Il s'agit du Foyer pour enfants Sainte-Marie.

— Il est orphelin ?

— Il n'a pas cette chance... C'est un enfant maltraité, Walt. Le juge pour enfants l'a retiré à la garde de ses parents. C'est aussi la raison pour laquelle les médecins ont mis si longtemps à diagnostiquer le cancer. Lorsqu'il se plaignait, ils attribuaient ces douleurs aux mauvais traitements subis.

— L'erreur est banale. Mais il n'est pas trop tard pour intervenir.

— Heureusement. L'ennui est qu'il s'agit d'un cas social. A qui puis-je demander d'opérer gratuitement ? A l'un de nos éminents confrères qui conduisent des Mercedes de soixante mille dollars ? Vous connaissez déjà leur réponse... Alors Walt, c'est la dernière faveur que je vous demanderai... Faites-le pour moi et pour cet enfant. Vous admettrez qu'il est adorable.

— En effet, c'est un brave gosse. Mais Emily et moi nous étions décidés à partir loin d'ici, à oublier cet endroit et tout ce que nous y avons vécu.

— Vous pensez que vous y laisserez vos souvenirs ? Que vous oublierez Simone ? Ce qui est arrivé à ma famille s'est passé il y a plus de quarante ans. Croyez-vous que ce drame s'est effacé de ma mémoire ?

Walt se détourna, refusant de répondre directement à la question

— J'opérerai cet enfant pour vous, mais ensuite, je m'estimerai délivré de toute obligation. Je serai libre !

Walter Duncan et Sy Rosen se désinfectaient les mains côte à côte, au moyen d'un savon antiseptique et de brosses à ongles aux poils durs.

— Il est courageux, n'est-ce pas ? lança Sy.

Walt sursauta, arraché à ses réflexions. Il s'était absorbé dans les détails de l'opération qu'il allait entreprendre. En dépit des obstacles qu'il pouvait rencontrer, il espérait venir à bout de toutes les difficultés.

— Je parle de notre petit patient, poursuivait Sy. Étant donné ce qu'il a déjà vécu, il fait preuve d'un cran remarquable. Son désir de survivre me stupéfie. Une telle rencontre vous amène à réfléchir... Est-il possible que ses parents n'aient pas compris quel don précieux ils avaient reçu du ciel ? Comment peut-on maltraiter un enfant ?

Ils se trouvaient dans l'amphithéâtre où un groupe d'étudiants étaient rassemblés pour regarder Walt procéder à la résection. Un large écran de télévision leur permettrait en outre de suivre tous les détails de l'opération.

Walt et Sy étudiaient une dernière fois les radios de l'enfant, lorsque Walt s'enquit soudain :

— Que va-t-il arriver ?

— C'est vous qui en déciderez, Walt.

— Je veux dire, après l'intervention chirurgicale. En admettant qu'il se rétablisse parfaitement, que deviendra-t-il ensuite ?

— Je ne sais pas. J'imagine que son sort est entre les mains du juge. A moins que quelque service social ne le prenne en charge. Je ne suis pas homme de loi.

— J'espère qu'on ne le rendra pas à ses parents. Regardez ces traces de fractures. Ils ont commencé à le battre dès la prime enfance. Bon sang ! De telles horreurs sont inadmissibles !

— Walt, nous ne sommes responsables que de sa guérison. Nous ne sommes pas chargés de corriger tous les défauts de notre société.

— Je n'oublierai jamais son expression, le désir qui brillait dans ses yeux la première fois que je l'ai examiné, poursuivit Walt. Ils me suppliaient de l'aimer, de l'accepter. Il faudra que vous le suiviez, et pas seulement sur le plan médical.

— Bien sûr.

Sy lança un regard de côté à son jeune confrère. Il aurait préféré que Walt se proposât de suivre l'enfant lui-même, mais il faudrait bien qu'il parvînt un jour à son propre salut...

L'intervention fut longue et intense, mais elle se déroula sans encombre. L'habileté de Walt lui permit d'exécuter une résection très nette. Lorsqu'il enleva la portion d'os atteinte, il disposait encore d'une marge de sécurité qui laissait au jeune patient de bonnes chances de guérison. La prothèse de titane conçue par Hans était parfaite. Le fait qu'il faudrait la remplacer quelques années plus tard était une considération mineure.

A l'issue d'une opération qui avait duré cinq heures trente, Walt songeait avec satisfaction que l'enfant mènerait une vie longue et active, si la chimiothérapie produisait les effets espérés.

Tandis qu'il retirait ses gants, Sy lui suggéra :

— Puisque vous êtes là, Walt, profitez-en pour aller voir Brent Martin.

— Vous m'avez dit qu'il se rétablissait sans problèmes, rétorqua Walt.

— Il vous réclame. Après tout, vous le lui devez bien. Rappelez-vous combien il s'est montré coopératif, lorsque Amy avait besoin d'être soutenue.

— Son aide a été précieuse, reconnut Walt. Je passerai le voir.

Brent Martin était étendu sur son lit, le cou immobilisé afin de ménager sa colonne vertébrale. Lorsqu'il entendit la porte s'ouvrir, il tenta de tourner les yeux dans cette direction. Était-ce une infirmière qui allait lui infliger une nouvelle piqûre ? Ou bien sa mère qui venait lui rendre visite ? Ce pouvait être un camarade, car il était autorisé à en recevoir un à la fois. Il fut ravi de découvrir qu'il s'agissait du Dr Duncan.

— Quand vais-je me lever, docteur? plaisanta-t-il.

— Je voulais justement savoir comment tu te sens, Brent.

— Pas trop mal, pour l'occupant d'une chambre de torture moderne.

Tirant sur les couvertures, Walt découvrit le jeune homme.

— Montre-moi comment tu remues les orteils.

Quand Brent eut remué les doigts de pied, Walt palpa ses jambes, qu'il pinça doucement pour obtenir des réflexes

— Parfait, déclara-t-il en prenant la main de son patient. Serre-moi la main. Bien... Plus fort... Très bien. Tu progresses à pas de géant, observa-t-il après que Brent eut accompli les mêmes performances de la main gauche.

— Docteur, j'ai entendu certaines choses... Vous comprenez, le personnel hospitalier s'exprime devant les patients comme s'ils étaient sourds. On dirait que nous ne sommes pas là, ou incapables de comprendre.

— Nous sommes parfois un peu négligents, admit Walt.

— D'après ce que j'ai entendu, si vous n'aviez pas accepté de m'opérer je serais resté paralysé à vie. C'est vrai ?

— N'importe quel bon chirurgien aurait pu en faire autant, Brent.

— Si j'ai bien compris, il y a au moins un bon chirurgien qui a refusé de prendre ce risque.

— Nous n'étions pas... tout à fait d'accord sur ce qu'il convenait de faire, reconnut Walt.

— Quand je pense que j'aurais pu passer ma vie dans un fauteuil roulant... Vous savez, je m'éveille souvent, la nuit, et j'ai beau savoir que j'y ai échappé, je... je pleure, avoua le jeune homme. Cette pensée suffit à me terrifier, j'en ai des sueurs froides.

— Dis-toi que cela n'arrivera pas, mon petit. Tu vas te rétablir.

A cet instant, la porte s'ouvrit brusquement et une voix familière retentit :

— Brent, je viens de... Excusez-moi, docteur Walt, je ne savais pas que vous étiez là.

— Amy ! Tu ne te sers plus de ta canne, constata Walt en souriant.

— Non, et admirez... dit-elle avec fierté tout en arpentant la chambre de long en large. Que dites-vous de cela ? conclut-elle en lui faisant face.

— C'est merveilleux, Amy !

— Souvenez-vous, vous m'aviez dit : « Donne-moi un an de ta vie. » Nous n'avons mis que onze mois, pour obtenir ce résultat ! se vanta la jeune fille.

— Nous avons réussi. A partir de maintenant, il ne te reste plus qu'à muscler cette jambe. Tous les trois mois, on t'examinera, et tu passeras au scanner deux fois par an.

— Terminée, la chimio ! exulta Amy.

— Désormais, tu es libre, ma chérie. Tu peux de nouveau mener ta vie comme tu l'entends, aller au lycée, danser, nager, faire du vélo, et même du tennis si tu es très prudente.

— J'y ai réfléchi, et finalement j'ai choisi le golf.

— Bonne idée !

— Papa est de votre avis. Il dit que cela nous permettra de passer plus de temps ensemble.

Les yeux soudain humides, l'adolescente poursuivit :

— J'y aurai au moins gagné quelque chose... Il est vraiment mon père, maintenant. C'est un type génial, quand on le connaît mieux.

— N'oublie pas que nous avons conclu un marché, lui rappela Walt.

— Lequel ?

— Tu te souviens que je t'avais demandé de parler avec mes autres patients ?

— Oui.

— Alors, suis-moi. Tu ne m'en voudras pas si je t'emprunte Amy pendant un moment, Brent.

— Bien sûr que non, mais renvoyez-la-moi, surtout.

Tout en longeant le corridor, Walt expliqua :

— Amy, il y a un petit garçon, dans la chambre 29. Il a subi la même opération que toi. Il n'a que dix ans, et il a très peur parce qu'il n'a pas de famille. C'est pourquoi j'aimerais que tu le réconfortes, il en aura besoin. Tu veux bien ?

— Comptez sur moi, docteur Walt.

Lorsqu'il poussa la porte, Walt découvrit une infirmière qui faisait boire un jus de fruit à l'enfant.

— Vous désirez l'examiner, docteur ? Je vous amène tout de suite ce qu'il vous faut.

— Je vous remercie, mais nous venons juste bavarder avec ce jeune homme.

Souriante, la jeune femme quitta la pièce tandis que Walt se penchait vers l'enfant.

— Thomas Mangan, je voulais te faire rencontrer une autre de mes patientes, Amy Bedford.

— Salut, Tommy !

— Amy, marche de long en large devant Tommy. Je veux qu'il sache comment il sera, d'ici un an.

Tel un mannequin, Amy évolua gracieusement devant le lit du petit garçon. Celui-ci se dressa, les yeux élargis par l'étonnement.

— Tu as eu la même chose... commença-t-il.

— Pis encore, intervint Walt. Et regarde-la, maintenant. Bien... Je vous laisse faire connaissance, tous les deux.

Comme il refermait doucement la porte, il entendit Amy qui disait :

— C'est une chance inouïe, que d'être soigné par le Dr Walt...

De retour dans son ancien bureau, il reprenait son

manteau avant de s'en aller lorsque ses yeux tombèrent sur un message urgent du Dr Rosen : « Appelez-moi tout de suite !!! »

Amusé par les trois points d'exclamation, Walt sourit. Il voyait clair dans le jeu de son vieil ami. En lui soumettant sans cesse de nouveaux cas, Sy espérait le faire renoncer à son projet...

Décrochant le récepteur téléphonique, il forma le numéro privé de Sy. Dès que ce dernier répondit, il lança :

— Écoutez, vieux faussaire, je sais exactement où vous voulez en venir, et vous ne réussirez pas. Emily et moi, nous allons partir, et très loin d'ici ! Et nous ne reviendrons jamais. C'est clair ?

— Vous ne voulez même pas assister à la cérémonie ? s'enquit Sy.

— La cérémonie ? Quelle cérémonie ?

— J'ai entre les mains un faire-part émanant de James Rowe Russell lui-même, ce qui équivaut à avoir été averti par Dieu en personne.

— Sy, je ne me sens pas concerné par les invitations de l'auguste James Rowe Russell, pas plus que par ses déclarations. Il peut mener l'hôpital à sa perte, cela ne m'intéresse plus.

— Ayez au moins la courtoisie d'écouter ce que dit le faire-part.

— Allez-y !

— Je lis : « Vendredi après-midi, une cérémonie spéciale aura lieu dans le grand amphithéâtre afin de célébrer le don de deux cent cinquante mille dollars offert à la Fondation Walter Duncan. Cette somme sera consacrée à la recherche en orthopédie. » Qu'en dites-vous ? conclut Sy. Walt ? Vous êtes encore là ?

— Je suis là... mais sans voix. Qui a bien pu offrir une telle somme ?

— Excusez-moi, je termine : « Les fonds destinés à créer la Fondation Walter Duncan nous ont été gracieusement versés par Bedford Industries, dont le président, M. Edward Bedford, a pour fille une patiente du Dr Duncan. » Fin de citation... Walt, à quoi cela ressemblerait-il si vous n'y étiez pas ?

— Eh bien... C'est entendu, j'y serai. Mais je ne promets rien de plus.

— Je ne vous l'ai pas demandé, répondit Sy en raccrochant.

Walter Duncan déposa à son tour le récepteur téléphonique. Il hésita quelques secondes avant de former un autre numéro.

— Emily ? Chérie, après l'épreuve que nous venons de traverser, je suis désolé d'avoir à te le demander, mais nous allons devoir remettre à un peu plus tard notre départ.

— Je suis au courant, Walt. Sy m'a appelée pour savoir si j'étais d'accord.

— Et...

— Si je n'avais pas dit oui, il ne t'aurait pas contacté. C'est un homme plein d'égards, que ton vieil ami.

— Em... Si tu n'y vois pas d'inconvénients, je pensais leur demander de changer le nom en Fondation Simone Duncan. Em ?

— Je... C'est une très bonne idée. J'aimerais que tout le monde sache qu'une petite personne comme Simone a existé, et qu'on se souvienne toujours d'elle.

Il comprit aussitôt qu'elle était au bord des larmes.

— Chérie, pourquoi ne pas prendre ta voiture pour venir me rejoindre ? Il y a si longtemps que nous n'avons pas dîné ensemble au restaurant.

— Très volontiers, mon amour.

— Et pendant que tu seras à l'hôpital, il y a quelqu'un que je désirerais te présenter. Il n'a que dix ans, mais il a de gros problèmes, et pas seulement sur le plan médical. Il devra parcourir seul la longue route qui le sépare de la guérison... On l'a retiré à la garde de ses parents.

— Mais pourquoi.

— Le juge a interdit à sa famille d'entrer en contact avec lui. Ses parents le maltraitaient.

— Oh non !

— Il est donc entièrement livré à lui-même. Je lui ai envoyé Amy. Elle passera le voir de temps à autre, afin de l'encourager par son exemple. Mais il a besoin que quelqu'un lui rende visite, passe un peu de temps avec lui, lui apporte parfois un cadeau. Plus que tout, il a besoin d'amour. Je n'ai jamais vu un enfant aussi assoiffé d'amour que lui. Tu m'écoutes, Em ?

— Bien sûr, mon chéri. J'arrive tout de suite.

Au second étage du pavillon des enfants, tous les visiteurs étaient partis. Les infirmières avaient préparé leurs patients pour ce qu'elles espéraient devoir être une nuit de repos, calme et sans incidents.

Walt Duncan et sa femme Emily parvinrent devant la chambre 29. Walt frappa doucement avant d'entrouvrir la porte.

— Tu ne dors pas encore, Tommy ?

— Non, docteur Duncan.

Le petit garçon s'efforça de se redresser, malgré le plâtre qui alourdissait sa jambe gauche.

— Tommy, je voulais te présenter ma femme, Emily.

Hochant légèrement la tête, l'enfant posa ses yeux bleus sur la jeune femme.

— J'espère que vous deviendrez bons amis pendant les semaines qui viennent, dit Walt. De très bons amis.

Aubin Imprimeur
LIGUGÉ, POITIERS

Achevé d'imprimer en novembre 1989
pour le compte de France Loisirs
123, bd de Grenelle, 75015 Paris
N° d'édition 16041 / N° d'impression L 33615
Dépôt légal, novembre 1989
Imprimé en France

ISBN : 2-7242-4387-0